本书系教育部人文社会科学重点研究基地重大项目"文艺美学元问题与文艺美学学科体系建设研究"（批准号：06JJD75011—44008）最终结项成果，受教育部人文社会科学重点研究基地山东大学文艺美学研究中心基金资助

文艺美学元问题研究

谭好哲 孙 媛 等 著

人民出版社

责任编辑:郭星儿

封面设计:源　源

图书在版编目(CIP)数据

文艺美学元问题研究/谭好哲 等著. —北京:人民出版社,2021.11
ISBN 978-7-01-023766-4

Ⅰ.①文…　Ⅱ.①谭…　Ⅲ.①文艺美学-研究　Ⅳ.①I01

中国版本图书馆 CIP 数据核字(2021)第 189359 号

文艺美学元问题研究
WENYI MEIXUE YUANWENTI YANJIU

谭好哲　孙　媛　等　著

人民出版社 出版发行
(100706　北京市东城区隆福寺街 99 号)

北京汇林印务有限公司印刷　新华书店经销

2021 年 11 月第 1 版　2021 年 11 月北京第 1 次印刷
开本:710 毫米×1000 毫米 1/16　印张:22.75　字数:360 千字

ISBN 978-7-01-023766-4　定价:62.00 元

邮购地址 100706　北京市东城区隆福寺街 99 号
人民东方图书销售中心　电话 (010)65250042　65289539

目　录

绪　论

一、文艺美学的命名与学科创始

从学科建构的意义上来说，文艺美学可以说是纯由中国学者命名并不断发展起来的一门新兴文艺研究学科。这一新兴学科是如何在中国发端、又是如何走向成熟的，学界已有较多论述，大致认为这一学科开始于1971年由台湾新风出版社出版的我国台湾地区文学理论家王梦鸥的《文艺美学》一书，兴盛于20世纪80年代初期大陆学者胡经之和随后其他一批学者的大力倡导与努力践行。这样一个判断大致上是不差的，但在语词概念的发生学意义上来看，其起始点需要做一点修正、补充和理论辨证。

在近年来的研究中，学界开始认为在汉语学界首用"文艺美学"概念者并非王梦鸥，而是现代著名文学批评家李长之。[①] 1934年创刊的《文学评论》第一、二期上刊载了杨丙辰的《文艺——文学——文艺科学——天才和创造》一文，系统介绍了德国学者玛尔霍兹的著作《文艺史学与文艺科学》的观点。玛尔霍兹认为文艺科学包括文艺体系学和文艺史学两个分支，而文艺体系学又包括文艺美学、文艺批评和文艺教育三个部分。该著对李长之产生了较大影响，同年他也写作了《论研究中国文学者之路》一文，在文中引述了玛尔霍兹的观点，其后又将该著翻译过来，于1943年在重庆由商

---

① 参见杜吉刚《试析中国文艺美学学科的历史起点问题》，《中州学刊》2010年第3期；刘洁《文艺美学"何处说起"——李长之与中国文艺美学的现代建构》（上、下），《黑龙江教育学院学报》2012年第12期、2013年第1期；刘洁《李长之与中国文艺美学的现代建构》，《马克思主义美学研究》2013年第1期；刘月新《论李长之对中国现代文艺美学的贡献》，《学习与探索》2014年第4期。

务印书馆出版。需要注意的是，玛尔霍兹原著中本来用的是"文学的美学"，李长之1934年的这篇文章中也沿用了"文学的美学"的直译，而在1935年撰写的《论文艺批评家所需要之学识》一文中，他开始改用"文艺美学"的概念，并对这一概念的基本含义作了比较明确的界定："什么是文艺批评家的专门知识呢？这是只有文艺美学或者叫诗学。文艺美学是纯以文艺作对象而加一种体系的研究的学问。例如什么是古典，什么是浪漫，什么是戏剧、小说、诗……从根本上而加以探讨的，都是文艺美学的事。这是文艺批评家的专门知识，这是文艺批评家临诊时的医学。"① 此后，李长之又多次使用了这一概念。由这个事实来看，但就"文艺美学"概念的发生来说，中国的文艺美学研究应该说是发端于20世纪30年代中期。

　　李长之对"文艺美学"概念的使用有三点值得注意：其一，他的"文艺美学"概念主要是就"文学的美学"即文学美学而言的，尚没有真正扩展到整个艺术领域。这既与玛尔霍兹的原意相符，也与20世纪以来中国文艺理论领域的一种基本状况相关，就是学界通常将来自于德语、俄语、日语中的文学概念翻译为文艺，将文学科学翻译为文艺学，直至今日，许多文艺美学论著往往谈论的也多是文学问题。尽管如此，将"文学美学"改译为"文艺美学"，毕竟为日后文艺美学研究向包括文学和艺术在内的大艺术领域的开放做了命名上的铺垫。其二，他完全采用了玛尔霍兹的看法，将文学美学等同于诗学，也就是将文艺美学等同于文艺的基本原理，这与德国美学自鲍姆嘉滕、黑格尔以后将美学与艺术理论、艺术哲学相联系甚至相等同的传统是一致的，而这就在实质上肯定了文学和艺术的审美性质，提倡依照审美规律和美学原则来开展文艺研究和文艺批评。就此而言，李长之实质上是不自觉地将文学、艺术的理论研究纳入了美学的视野与学科范围之内。也因为如此，李长之虽然多次使用了文艺美学的概念，但在主观上却并没有试图有意识地创立一门新的文艺研究学科。其三，李长之是一个著名的文学批评家，并不以理论研究见长，所以他只是赞同地引述玛尔霍兹的观点，却并未尝试构建一个文艺美学理论系统。

　　由于各种特殊的历史原因所致，李长之率先使用的"文艺美学"概念

---

① 李长之：《李长之文集》(3)，河北教育出版社2006年版，第35页。

在 20 世纪 50—70 年代的大陆学界并未得以流传，而在台湾地区却得以传播和发展。据杜书瀛先生了解和转述，1969 年，台湾学者金荣华就在"中国文化大学"文学系开设了"文艺美学"课，差不多与此同时，台湾的一所师范院校也开设了这一课程。① 就此来看，王梦鸥的《文艺美学》在 20 世纪 70 年代初期正式编著出版，不是一个偶然的事件。王梦鸥的《文艺美学》像李长之对"文艺美学"的使用一样，还是局限于文学范围，而且全书大部分内容是对西方古希腊以来文学观念以及康德之后美学观念的介绍评述，虽然也有自己的相关理论观念和看法，但并不以系统阐发自己的观念和看法为目的，其理论成就还难以给予较高的评价。虽然如此，从语词概念的翻译和使用到进入课堂、出版著作，毕竟标志着文艺美学的系统性理论建构和学科建设取得了初步的成绩，尤其是在主观上已经有了自觉意识。此外，王梦鸥对文学的审美特质以及文艺美学的建构基础也有了自己的观点和看法，并不是简单引述他人的观点和看法。他不仅作出了"文学是表现美的文字工作"② 的文学定义，而且探讨了美的关系性存在和文学美的情感性质以及文字、表现与美三大文学要素的内在逻辑关系，并在这样一些理论认识的基础上阐述了文学主客体审美关系的构成原则及构成条件和过程等问题。这样一种理论上的系统性认识是李长之所未曾达到过的。正是基于这样一种状况，说文艺美学作为一个学科在中国的诞生以王梦鸥的《文艺美学》为标志还是比较妥当的。从李长之开始的那一段时期，那一些努力，只是为这一诞生所做的铺垫。这就像美学学科在德国的诞生一样，虽然鲍姆嘉通在 1735 年的《关于诗的哲学默想录》中就使用了美学的概念，但直到 1750 年他的《美学》一著的产生才标志着现代美学学科的诞生一样。当然，就如同现代美学诞生于鲍姆嘉通的《美学》却成熟、光大于此后的康德、黑格尔等人一样，中国文艺美学的学科创建起始于王梦鸥的《文艺美学》，却真正兴盛、发展于 80 年代以来的大陆学界，这一点，也是多数研究者的共识，无须赘言了。

以上，做这样一个简要的梳理和辨证，意在说明学界论说文艺美学通常溯及王梦鸥，而又主要谈论大陆学界 80 年代以来的研究进展，是基本符

---

① 参见杜书瀛《说文解艺》"文艺美学·'教父'之称"，文化艺术出版社 2005 年版，第 112—113 页。

② 王梦鸥：《文艺美学》，（台湾）远行出版社 1976 年版，第 29 页。

合中国文艺美学发展实际的。本著的后续论说大致上也将如此处理，在此预作说明。

二、文艺美学的新近进展与存在问题

自 20 世纪后期特别是 80 年代以来，在约半个世纪的学术开拓与累积中，文艺美学不仅作为一个研究学科列入国家社科规划与研究生教育的学科专业目录，明确获得了国家学术与教育体制上的接纳与认可，同时也产生了大量学术研究成果，为当代中国美学、文艺学研究的繁荣与发展作出了贡献。在十多年前出版的《现代视野中的文艺美学基本问题研究》一书中，我们曾简要概括了此前几十年间文艺美学研究中取得的一系列重要成果，并就其中的著作评述说："这些著作，或偏重学理的思辨，或擅长材料的分析，或侧重宏观的概括，或倾心微观的体悟，或追求体系的建构，或着眼问题的推进，勾连互动、相互辉映，共同营造出了文艺美学研究的一方新格局，逐渐形成了从审美角度审视和研究艺术问题的新视角、新思路，在美学、文艺学的民族化或中国特色方面走出了一条自己的道路。"[1] 这样一个基本的判断，今天看来，依然是能够立得住的。

应该说，自《现代视野中的文艺美学基本问题研究》出版以来的十多年间，文艺美学研究，在先前所积聚的学术成果和理论动能基础上，又有了新的进展。针对具体艺术门类和具体艺术审美问题的大量研究成果暂且不论，但就宏观层面上对学科内容的拓展与深化而论，也有不少值得关注的重要理论成果问世，比如曾繁仁主编的《中国文艺美学学术史》（长春出版社 2010 年版）以及《文艺美学教程》（高等教育出版社 2006 年版），马龙潜主编的《文艺美学的多重复合结构——文艺美学与美学、文艺理论、艺术哲学、部门艺术美学的关系研究》（长春出版社 2010 年版），王杰、仪平策主编的《文艺美学的学科定位和发展趋势研究》（人民文学出版社 2010 年版），冯宪光等著的《全球化文化语境中的中西文艺美学比较研究》（四川出

---

[1] 谭好哲、程相占主编：《现代视野中的文艺美学基本问题研究》，齐鲁书社 2003 年版，第 4—5 页。

版集团、巴蜀书社 2010 年版），蒋述卓、刘绍瑾主编的"中国古典文艺美学现代价值研究丛书"（包括《古今对话中的中国古典文艺美学》《通向现代的中国古典文艺美学范畴》《移动的诗学——中国古典文论现代观照的海外视野》《庄子的"古典新义"与中国美学的现代建构》，暨南大学出版社 2012 年版），金元浦等著《继承与反思——马克思主义文艺美学观念对中国当代文艺学建设的影响》和《借鉴与融汇——中国当代文艺学对西方马克思主义文艺美学观念的研究与接受》（群言出版社 2015 年版）等等。这些著作，仅从题目上就不难见出它们对于文艺美学研究理论内容与思想空间的推进与拓展。

　　不过，在充分肯定既有成就的同时，也要看到这一学科领域的发展的确还存在各种不尽人意之处。这主要体现在两个方面：一是在学科基本理论的研究上，缺乏新的理论切入点，尤其是欠缺能够推进学科整体格局变动、引起学界普遍感兴趣的新颖话题和问题，从而在学科理论的深层掘进上显得乏力，学术体系尤其是学理系统的建构尚显粗浅与促狭；二是与当下文艺实践的现实互动不够，缺乏应对现实的理论敏感，尤其是欠缺从当下文艺审美实践中提炼话题与问题的能力，从而在学科理论的内容拓展上显得不够丰富、不接地气，学科建设的热情没有在话语体系的建构中得以充分彰显。这两方面的原因相互影响，致使先前比较热闹、大有成为显学可能的文艺美学发展态势有所减弱甚至失落，很多情况下不再成为美学、文艺学界的理论兴奋点和聚焦点，这是需要引起文艺学界警惕与思考的一个现实状况。

　　本课题聚焦于文艺美学元问题与文艺美学体系建设研究，从问题意识上说，主要基于当代文艺美学前述不足的第一个方面，而且是从文艺美学学术理论体系建设的目的性着眼的。从学术发展的历史反思可以明白，能不能构建起一个系统化的学术理论体系，是一门学科成熟与否的一个标志。一个研究领域，其相关的思想内容不能组合成一个相对完整与自洽的学术系统和话语系统，就很难说已经形成为一个理论体系，更不要说是一个理论研究学科了。文艺美学研究也是如此。在中国当代学界，有的学者曾提出文艺美学只是一个研究方向或一个具有新的可能性的研究视角，从而质疑和否定它能构成为一个学科。比如董学文就以胡经之主编的"文艺美学丛书"包括马克思主义美学、六朝美学、音乐美学、中国小说美学等等，说明文艺美学不过等于文艺学加美学而已，"它实际上证明了文艺美学作为一门学科的不完整、不准确"。他还认为"文艺"一词到底是指文学艺术还是指文学，不清楚，因而"'文艺美学'这四个字在逻辑上是有毛病的，在学科意义上是不存在的"。① 不过，这种质疑的声音在整个学术界不是主流，学界大多是承认文艺美学学科存在的合法性的。比如大陆文艺美学研究中体系化建构的代表性人物之一杜书瀛就明确指出："文艺美学是 20 世纪七八十年代中国学者提出并命名的一个具有原创性的新学科，而且两岸学者都付出了努力。"② 钱中文则进一步由中、西方文论研究的历史反思指出："西方有纯粹的美学研究，也有纯粹文学理论的系统探讨，在不少作家以及一些现代哲学家那里，也有较多的文艺美学这种形式的探讨。而我国古代文论中，像西方那种纯美学式的研究、体系式的理论研究，也是有的，但相对来说不很发达，但是对创造主体的审美活动充满诗意、富有灵性的体悟，对于艺境的空灵的体认，并在这类活动中形成的文艺美学，却是特别发达的。我国古代文论，大量诗话，大体是一种文艺美学的形式，或是说，是文艺美学的古代形式。"他又说："'文艺美学'作为一门学科，是将各个门类的艺术打通起来、综合研究的一门学科，或是以一种艺术为主，兼及其他门类的艺术。文艺美学为我们提供、开辟了新的学术领域。文艺美学是文艺科学的新的生长点，作为一门学科，是名实相符的，有着良好的发展前景。"③ 其他如冯宪光，还针对学界的质疑专门写下了《论文艺美学作为学科的事实性存在》一文。④

可以说，作为一个原创性、初创性的文艺理论研究学科，当代许多学者一直在努力进行着系统化的理论体系建构，并以他们的努力使文艺美学逐渐被认同为一个理论研究学科。而从系统化理论建设的宏观格局来看，此前的文艺美学研究除去对大量具体性问题的研究不论，在学科理论建设的整体思路上主要做了两个大的方面的系统整合工作，一个是文艺美学的学科定

① 董学文：《对文艺美学的质疑》，载《文艺美学研究》第 1 辑，山东大学出版社 2002 年版，第 304 页。
② 参见杜书瀛《文艺美学诞生在中国》，见曾繁仁、谭好哲主编《学科定位与理论建构——文艺美学论文选》，齐鲁书社 2004 年版，第 16 页。
③ 钱中文：《文艺美学：文艺科学新的增长点》，见曾繁仁、谭好哲主编《学科定位与理论建构——文艺美学论文选》，齐鲁书社 2004 年版，第 91—92、92 页。
④ 冯宪光：《论文艺美学作为学科的事实性存在》，《吉林大学社会科学学报》2008 年第 4 期。

位，一个是文艺美学的研究对象，这两个思路的系统整合均取得了丰硕的理论成效，但也存在着不容忽视的问题，致使文艺美学的理论体系建设不能向学术的纵深掘进。正是基于对先前两种整体性体系建设思路的反思，本课题提出将元问题研究作为新的、第三种路向，期望能够以此给新世纪的文艺美学研究提供新的理论生长点与推动力量。

三、作为体系建构新路向的文艺美学元问题研究

那么，为什么要将元问题研究作为文艺美学体系建构的一种新的理论路向呢？进而言之，应该如何来界定文艺美学的元问题？文艺美学元问题的研究应该包含哪些理论内容？这是需要首先给予回答的几个问题。

首先，关于为什么要开展文艺美学元问题研究。对这一问题的回答是：其根本原因在于元问题是文艺美学体系建构固有的本原之思。在中、外美学和文艺学的历史发展中，那些著名的具有深广历史影响的美学和文艺理论思想体系一般都有一个元问题性质的理论观点和命题，抑或体现这种理论观点和命题的概念、范畴，这个元问题性质的理论观点和命题或概念、范畴既将美学、文艺学问题的探讨提升到一定的形而上高度，同时又成为其他相关理论观点、命题、概念、范畴由之生发的始原，比如古希腊时期柏拉图的"美在理念"说和近代德国哲学家黑格尔的"美是理念的感性显现"说就是如此。在我国，先秦儒家的美学思想中也是存在一个具有元问题性质的美学理论表述的，这个表述即是《论语》"里仁篇"的开篇所讲到的"里仁为美"这一命题。① 从宏观上来看，元问题涉及对文艺美学学科性质的定位，更涉及对文艺属性的认识以及文艺美学的逻辑起点、基本范畴、基本理论内容及其理论关系诸相关问题的设定和理解。因此，元问题作为文艺美学的基础理论研究，属于文艺美学体系建构固有的本原之思，是文艺美学研究所应有和必须有的基础性工作。

元问题研究既是文艺美学体系建构的内在固有要求，同时也是进一步推进中国文艺美学研究的实际需要。中国文艺美学此前发展中的两种宏观性

---

① 参见谭好哲《"里仁为美"：先秦儒家美学的元问题》，《文艺理论研究》2013 年第 3 期。

体系建构思路，均是成效与问题并存的。就问题而言，学科定位的探讨虽然给予文艺美学研究一个合法存在的理论位置，但往往成为某种既定学科理论内容的克隆与翻版，如将一般美学研究中美的本质、美的范畴、美的分类与美的历史形态等等前置上"文艺"或"艺术"二字，直接转化成文艺美的本质、文艺美的范畴、文艺美的分类与文艺美的历史形态等等，貌似建立起了一个新的文艺美学体系，实质上并没有真正对文艺美学自身的特殊理论内容作出具体的、进一步的思考和开掘，从而在理论内容的框架设置和话语表述上都给人似曾相识之感，以致有的学者质疑文艺美学的所思所论都是先前的美学研究或文艺学研究已思已论过的，并没有形成自己特殊、稳定的研究对象和概念术语，不能成为一个新的文艺研究学科。而研究对象的探讨，强调了对文艺的审美属性与审美规律的研究，对这方面的研究缺陷有所改进，但又往往过多地关注文艺美学的逻辑起点问题。而现有关于文艺美学研究的逻辑起点设定，无论是审美本质论、审美活动论还是审美经验论，都往往能从一个方面将文艺美学的研究对象具体化，并较好地整合某些应有的研究内容，但又难免以偏概全，不能更为全面地整合文艺美学的研究内容，甚至在先前的有些理论整合中多有人为、随意之处，并未真正实现有机、彻底的逻辑整合与思想贯通。元问题的研究既与体系定位有关，也与研究对象的设定有关，将能够较好地整合先前两种思路已有的理论成果，同时又能克服其相关不足，在学科定位、研究对象与学科内在而又基础的元始问题及其继生问题的把握与阐发中推动文艺美学研究向纵深处掘进，也在广延上拓展。

其次，如何来界定文艺美学的元问题。总体而言，文艺美学元问题之成立，一是在于它能够显示与一定的哲学观念的内在联系，从而揭示文艺审美得以生成、得以发生的深层根源；二是在于它能够成为文艺美学思想系统中其他相关观念和问题的始原，其他相关观念和问题都由此衍生出来，并可借此而使文艺美学的相关研究内容获得具有内在逻辑关联和理论自洽性的理论架构。基于这两方面的考量，本课题将文艺美学的元问题界定为文艺审美价值的生成。文艺审美价值包含着广义和狭义两个层面的界定。在狭义上，文艺审美价值仅仅是标示文艺的审美特殊性的概念，是与文艺的自律性相关，与文艺的其他社会价值如认识价值、伦理价值、经济价值、交往价值等不同的概念；而在广义上，文艺审美价值是一个以文艺的审美性为基础、融多种社会价值为一体的概念。审美价值问题不是简单的事实描述与归纳即可解决的，必定涉及深层的哲学思考。同时艺术活动作为价值生成的活动包含了不同层面、关系和程度上的理论问题需要加以认识、理解和阐发，所以审美价值的生成问题必定会聚焦和引生出一系列文艺美学问题，能够成为文艺美学体系建构的理论基础和生长源泉。

最后，关于本课题的研究内容。分而言之，主要包括如下四个方面的理论内容：

一是文艺美学元问题研究必要性的探讨。包括文艺美学元问题研究的提出缘由与理论语境，什么是元问题以及如何理解文艺美学的元问题，文艺美学元问题的理论特性等等相关问题。

二是文艺美学元问题与文艺美学体系建构的关系研究，涉及文艺美学元问题与文艺美学主要理论内容——诸如文艺的审美价值、审美性质以及审美意识形态性质等等——的关系，文艺美学元问题与文艺美学体系建构的逻辑关联等问题。

三是文艺美学元问题的逻辑展开也就是文艺审美价值的动态生成，包括文艺创作与文艺审美价值的生成、文艺作品与文艺审美价值的呈现、文艺接受文艺审美价值的再创造、审美教育与文艺审美价值的社会化等。

四是经典性理论文本之元问题的研究。这包括中、外两个方面的文本，由对几个经典性理论文本的分析来彰显元问题研究之于文艺美学研究的普遍性，并从中获得理论启示，以有助于当代文艺美学研究体系建构的理论创新与相关问题研究的深化。

总之，本研究试图以中外文艺美学的发展，尤其是中国当代文艺美学的理论探索为理论语语境，从当代哲学、语言学等各种元理论研究中获得理论借鉴，将元问题的探讨与体系建构的尝试、理论的探讨与经典文本的解读有机地统一起来，力求在美学、文艺学、哲学以及当代解释学的交叉融合中将文艺美学研究推向深入。

第一章　文艺美学元问题的提出

如前所述，中国文艺美学研究在以往的体系化理论建设中，特别地致力于两个方面的工作，这就是文艺美学的学科定位与研究对象的探讨。现今看来，这两个方面的探讨虽然对文艺美学体系建构与存在合法性发挥了重要的推进作用，但也存在不少的问题，需要开辟新的思路，拓展新的内容，以求新的理论观念的突破、新的理论话语的生成以及新的创造境界的达成。

第一节　从学科定位到研究对象的探讨

一、文艺美学的学科定位研究

在社会生活领域一个具体的人际圈内，一个新进入者往往要通过圈内先进入者的引介方能登场，这就是说后进入者总是要与先进入者发生某种关联。学术场域也是如此。在一个学科、理论、学派等等既成惯例的学术场域里，一个新的学人的登场，一种新的理论或学科的出现往往也非从天而降、自我生成，后来者的某种学术占位总是与先到者存在这样那样的因缘关联。所以当文艺美学刚刚兴起之时，它与先前早已存在的美学、文艺学（包括文学理论和艺术学在内）两大学科以及其他一些相关性、附属性学科如艺术哲学、文艺社会学、文艺心理学、门类艺术美学等等的关系自然也就成为一个问题，这个问题被归结为文艺美学的学科归属或学科定位的问题。学科定位关系到文艺美学能否作为一个独立的研究学科而存在，也就是关系其学科存在的合法性问题，所以在较长一段时期内引起学界的热切探讨甚至激烈争论，迄今为止也是每一个关注文艺美学体系性建设的研究者不能绕过的话题。

　　所谓学科归属或学科定位问题，其实就是探讨文艺美学是一种什么性质的学科，在所属学科系统中处于什么位置，杜书瀛先生将它称之为"学科性质的认定"与"学科位置的测定"。① 对此，学界主要形成了三种不同的观点和倾向性认识：一种观点倾向于认为文艺美学是美学的下属分支学科，处于一般美学与部门美学即具体艺术美学的中介环节和位置上，以美学的方法和视角研究文艺的审美特征与美学规律，周来祥、王元骧、陈炎、邢建昌等人为其代表。比如周来祥就认为文艺美学"是美学的一个分支学科，它是整个美学学科辩证发展过程的一个中间环节"，"文艺美学是承美学而发展的，它要以美学的逻辑终点，作为自己的逻辑起点，它要以美学揭示的一般的审美规律，作为自己的基础，去进一步研究艺术的特殊规律"②。因而，文艺美学是作为"美学的中介学科和分支学科"而存在的。③ 另一种观点倾向于认为文艺美学是文艺学的下属分支学科，是对传统文艺学的研究对象——文学和各种艺术的美学研究，是与文艺社会学、文艺心理学、文艺伦理学、文艺文化学等并列的文艺理论研究学科，钱中文、王一川等人为其代表。如前所述，钱中文便认为中国古代文论就是一种文艺美学的形式，或者说是文艺美学的古代形式。他还从"文艺学""文艺理论"（以往通常都是对来自俄文的"文学学""文学理论"的翻译）的正名出发，建议在我们自己的艺术文化学科范畴体系中，把研究各种文学艺术现象的学科的命名，名正言顺地称作"文艺学"，把研究文学的理论称作"文学理论"而不再称为"文艺理论"，也不一定叫读起来十分拗口的"文学学"。这样的话，"文艺美学与文学理论，仍然属于文艺学"。④ 王一川也曾明确指出："文艺美学就是现行文艺学的一个分支学科，而不必硬扯到属于另一个一级学科的美学上去；而无论文艺学还是文艺美学虽然字面上都包含'文学'与'艺术'，实际上却是

---

① 参见杜书瀛《文艺美学诞生在中国》，见曾繁仁、谭好哲主编《学科定位与理论建构——文艺美学论文选》，齐鲁书社 2004 年版，第 18 页。

② 周来祥：《文艺美学》，人民出版社 2003 年版，第 13 页。

③ 参见周来祥《三论文艺美学的对象、范围和学科定位》，《广西师范大学学报》（哲学社会科学版）2004 年第 3 期。

④ 参见钱中文《文艺美学：文艺科学新的增长点》，见曾繁仁、谭好哲主编《学科定位与理论建构——文艺美学论文选》，齐鲁书社 2004 年版，第 93 页。

主要地指文学，也就是文学学和文学美学。如此，文艺美学就是指文学这门艺术的美学研究。"① 再一种观点倾向于文艺美学是文艺学和美学的交叉学科，既与美学相关也与文艺学相关，是在美学和文艺学两大学科的知识背景上发展起来的一个新兴现代文艺研究学科，胡经之、杜书瀛、曾繁仁、姚文放、谭好哲、冯宪光、马龙潜等许多学者都持这一观点。比如大陆学界文艺美学的首要推动者胡经之在最初倡导文艺美学研究时就指出："文艺学和美学的深入发展，促使一门交错于两者之间的新的学科出现了，我们姑且称它为文艺美学。文艺美学是文艺学和美学相结合的产物"，因此之故，"文艺美学属于文艺学，又可归入美学"。② 后来，在回答文艺美学是一门什么样的学科时他又明确指出："这不是传统的艺术哲学，也并非过去所说的文艺理论，而是和美学、文艺学相交叉的边缘学科。"③ 此外，杜书瀛的《文艺美学诞生在中国》，曾繁仁的《中国文艺美学学科的产生及其发展》，姚文放的《文艺美学的合法性问题》，谭好哲的《中国文艺美学的学科生成与理论进展》和《文艺美学的学科交叉性与综合性》，冯宪光的《文艺美学是一门"间性"学科》，马龙潜的《对文艺美学学科定位问题的思考》等等，④ 都从美学、文艺学交叉、融合的角度探讨了文艺美学的历史生成、学科特性与存在合法性等问题。

　　以上这三种不同的观点和倾向虽然有不同的学科取向与理论取舍，但却共同推动了文艺美学学科性质的探讨和学科存在合法性的确立，为文艺美学理论体系的建构注入了学术活力，这是应予充分肯定的。这里，需要进一步指出的是，这三种学科定位在具体理论内容上不是截然分离的，而是互有包容性的。持第三种观点和倾向性的自不必论，就是持前两种观点和倾向的也少见非此即彼之论，将其定位于美学分支学科的不一定排斥它与文艺学的关联，反之亦然。比如王元骧就指出，西方传统美学自上而下的演绎思辨与

---

① 　王一川：《今日文艺美学的限度与开放》，《当代文坛》2006 年第 6 期。

② 　胡经之：《文艺美学及其他》，见文艺美学丛书编辑委员会编《美学向导》，北京大学出版社 1982 年版，第 26、32 页。

③ 　胡经之：《发展文艺美学》，见曾繁仁、谭好哲主编《学科定位与理论建构——文艺美学论文选》，齐鲁书社 2004 年版，第 63 页。

④ 　以上文章均参见曾繁仁、谭好哲主编《学科定位与理论建构——文艺美学论文选》，齐鲁书社 2004 年版。

审美活动特别是艺术活动实际经验之间有距离，"而我国学界提出'文艺美学'这个概念的目的和意义，在我看来就是要求我们把对美的哲学思考与艺术活动实际经验的具体分析结合起来，使哲学美学更能在艺术实践活动中发挥它应有的作用"，"按照这一认识，我认为文艺美学应该是介于美学与艺术理论之间的一门学科，是哲学美学的一个分支和子系统"。① 就这种包容性来看，第三种观点和倾向更为符合文艺美学生成与发展的历史实际与现实需求。对此，曾繁仁、姚文放、谭好哲等人的文章已经作出较为充分的有说服力的论证，不再赘述。

二、文艺美学的研究对象问题

形成自己相对独立的研究对象，也是一门学科走向成熟的一个标志。无须讳言，在文艺美学早期的发展以及学科定位问题的讨论中，有一些学者对此没有作出很好的、令人信服的界定与阐发，以致有的学者由此而质疑文艺美学作为学科存在的合法性。比如董学文、赵宪章等人就认为文艺美学所面临的主要问题就是与先前的美学、文学理论、文艺学研究区别不清，有所重叠，因而就自身来看便存在研究对象的模糊、不确定与概念术语的不稳定、不固定的问题。② 应该说，这种质疑有一定的针对性，但细究起来也不见得理由充分、评骘公正。这是因为，一方面，任何理论研究学科的成熟都有一个历史的过程，研究对象的明晰也有一个过程，不是一蹴而就的；另一方面，就传统的美学、文学理论、艺术学诸相对成熟的学科来说，在相对抽象的意义上看，似乎都有自己相对明确的研究对象，但具体到每一个学科的历史发展来看，参与学科建构的具体学者们之间对研究对象的界定往往相差很远，甚至南辕北辙，这是学科发展的常态，并不就意味着学科发展的不成熟。比如美学研究中将"美本身"及其与美的现象之间的关系作为主要研究对象的柏拉图，与将艺术美作为研究对象的黑格尔就差别甚大，而与追求实证的现代科学主义美学以及注重概念澄清的分析美学相比简直就不可同日而

① 王元骧：《"文艺美学"之我见》，见曾繁仁、谭好哲主编《学科定位与理论建构—— 文艺美学论文选》，齐鲁书社 2004 年版，第 97 页。

② 参见董学文《对文艺美学的质疑》和赵宪章《文艺学和文艺美学面临的问题》，见《文艺美学研究》第一辑，山东大学出版社 2002 年版。

语了，有谁会认为他们对美学研究对象的界定是一致的呢？反过来说，又有谁会因为这种不一致而认为美学不是一个成熟的独立研究学科了呢？

事实上，从王梦鸥开始，中国学者就对文艺美学的研究对象有了大致一致的认识，这就是把文艺看作一种审美现象，把审美特性作为文艺的基本特性，而把具有审美特性的文艺作为自己的研究对象。王梦鸥赞同美国文学理论家韦勒克和沃伦《文学理论》中关于"艺术是一种服务于特定的审美目的下之符号系统或符号的构成物"的观点，认为"倘依此定义来看，则所谓文学也者，不过是服务于特定的'审美目的'下之文字系统或文字的构成物而已"。因此他简要地定义"文学是表现美的文字工作"，将文字、表现、美当作文学的三大要素，并指出三大要素的关系在于"所谓'文字'工作，是为'表现'而设；而'表现'则又为'美'的目的所有"。① 所以，在理论逻辑上，王梦鸥自己的文艺美学观点是沿着美的存在的认识——文学美的性质——文学主客体审美关系的构成原则及构成条件加以系统建构的。在大陆学界的文艺美学初创期，胡经之也明确指出："文艺美学是文艺学和美学相结合的产物，它专门研究文学艺术这种社会现象的审美特性和审美规律。"② 这样一个规定，是大陆文艺美学研究界较为普遍地加以认可的，只是对这一研究对象的具体解释和实际理论展开有所不同而已。比如周来祥认为："文艺美学应包括研究艺术的审美本质，研究艺术发展的美学规律，研究艺术作品、艺术创造、艺术欣赏和批评的美学原理这样几个方面的内容。"③ 杜书瀛也认为文艺美学"是从美学这个视角，专门考察和揭示文艺的审美性质和审美规律的"④。这几位是中国文艺美学界的代表性人物，他们基本上都是认为文艺美学应该以艺术审美活动的完整过程和整体系统为研究对象，以揭示文学艺术的审美本质和审美规律。同时，由于艺术审美问题分为不同层次，自上而下，最抽象的是艺术的审美本质问题，然后是所有艺术审美活动共同的美学规律，再后是具体艺术活动和艺术形式特有的美学规律和审美特点，因而文艺美学对文艺审美问题的研究从理论抽象层次上分也是可以有不同层次

---

① 王梦鸥：《文艺美学》，（台湾）远行出版社1976年版，第131、29页。

② 胡经之：《文艺美学及其他》，《美学向导》，北京大学出版社1982年版，第26页。

③ 周来祥：《文艺美学的对象与范围》，《文史哲》1988年第5期。

④ 杜书瀛主编：《文艺美学原理》"绪论"，社会科学文献出版社1998年版，第14页。

和形态的。胡经之就指出，文学艺术至少有三个不同层次的审美规律：一是文学艺术同一切审美活动共有的普遍审美规律，二是文学艺术区别于其他审美活动而独具的审美规律，三是文学艺术的不同样式、种类、体裁、之间相互区别的更为特殊的个别规律。①

中国学界对文艺美学研究对象的认识和界定并没有止于考察和揭示文艺的审美性质和审美规律这样一个简单抽象的规定，而是进一步具体展开于文艺美学体系构成的逻辑起点和内容框架的设置和规定上。统观现有体系化理论建设的成果，主要有三种不同的展开思路：

第一种思路以周来祥为代表，把艺术的审美本质作为逻辑起点，尔后展开艺术美的各种历史形态和现象形态的研究，如艺术美的历史类型、艺术美的种类形态、艺术美的审美类别，以及艺术活动的系统与环节等。周来祥明确指出："艺术的审美本质是整个文艺美学的逻辑起点，这一起点中所包含的各种矛盾因素的展开，便自然地构成了各种艺术美的历史形态和现象形态。"② 他的《文艺美学》一书大体上就是按照这一理论思路建构起来的。在美学研究历史上，这种思路是哲学美学的传统思路，其理论架构具有本质先行的特点，而其对于艺术本质的界定又往往具有某些形而上学的意味。这种思路的优点是易于搭建贯通性的理论框架并具有一定的逻辑自洽，缺陷是对于艺术审美本质的历史延展性、流动性缺乏理论反省和包容，同时易于将文艺美学变成一般美学研究体系框架与概念范畴的克隆，将一般美学观点的理论抽象置于文艺审美现象的具体分析之上，在一定程度上造成理论抽象与文艺实际的脱节，充其量是将文艺现象的引证和分析作为某种预设理论观点和理论框架的例证和填充物。比如周来祥的《文艺美学》对文艺的审美本质、审美类型和艺术美的历史形态的界定等等，大致上都不过是一般美学对美的本质、美的分类及其历史形态研究的具体化而已，这是此类研究通常备受诟病的一个主要问题。

第二种思路以胡经之和杜书瀛为代表，把文艺的审美活动作为逻辑起点，尔后展开文艺审美活动性质的界定及其活动过程与成果的动态和静态分

---

① 参见胡经之《文艺美学及其他》，《美学向导》，北京大学出版社 1982 年版。
② 周来祥：《文艺美学的对象与范围》，《文史哲》1988 年第 5 期。

析。胡经之指出:"文学艺术是一种审美活动,是审美活动的独特形式。"因而要把文学艺术作为相对独立的活动现象来做"整体"和"系统"的考察。作为一个整体,其审美规律呈现为如前所述的三个层次。作为系统,包括了文艺创造(生产)的美学、文艺作品(产品)的美学和文艺享受(消费)的美学三个方面。"探讨文学艺术的作品、创造和享受,亦即产品、生产和消费这三方面的审美规律,这就是文艺美学的对象和内容。"① 据此认识,胡经之的《文艺美学》第一章先分析审美活动,进而探究审美体验的特点、审美超越之本质、艺术掌握世界的特殊方式、艺术本体之真的奥秘,然后转入艺术美的构成、形态、接受等问题的阐述,最终在"艺术审美教育"的范畴下将艺术审美本体同人的感性之审美生成有机地联结起来。杜书瀛主编的《文艺美学原理》也明确主张"把创作美学、作品美学、接受美学三者有机联系起来,对文学艺术进行全面的、完整的美学透视"②。该著不仅以"审美活动"为逻辑起点,而且在整体构架上则更为直接明了,全书三编的题目分别是"审美——创作""创作——作品"和"作品——接受"。该思路转向对文艺审美活动的动态分析,有意解决前一种思路中理论抽象与文艺实际脱节的问题,但依然存在需要对文艺审美活动的性质进行理论概括与抽象的问题,而在这一方面似乎又与第一种思路的论证方式大同小异,基本上也是从一般美学研究中对审美关系的论证为逻辑起点。胡经之和杜书瀛的著作都是以对审美活动的分析为理论架构的第一章内容,比如杜书瀛就认同周来祥关于一般美学结束的地方正是文艺美学的逻辑起点,文艺美学结束的地方正是部门艺术美学的逻辑起点的观点,明确指出"一般美学结束的地方正是文艺美学的逻辑起点。因为一般美学研究包括文艺在内的人类一切审美活动的性质和一般规律;而文艺美学则在此基础上进一步研究审美活动在文艺中所表现出来的特殊规律"。③ 基于这种认识,《文艺美学原理》首先回顾了一般美学关于审美活动的论述,并且把它作为全书理论的逻辑基础和出发点。如此看来,第二种思路依然带有本质先行、克隆一般美学研究的缺陷。

---

① 胡经之:《文艺美学及其他》,《美学向导》,北京大学出版社 1982 年版,第 40、43 页。
② 杜书瀛主编:《文艺美学原理》"绪论",社会科学文献出版社 1998 年版,第 17 页。
③ 杜书瀛主编:《文艺美学原理》,社会科学文献出版社 1998 年版,第 3 页。

　　第三种思路以曾繁仁所主编的《文艺美学教程》为代表，该著在对审美经验内涵与外延界定的基础上展开文艺的审美范畴、审美活动、存在类别、历史形态与传播影响等等的分析，最后归结为艺术与人的审美化生存。该著认为，之所以要将审美经验作为文艺美学的逻辑起点，首先是因为"我们所从事的一切艺术的审美活动，无论是创作的审美活动，还是欣赏和接受的审美活动，都建立在一个共同的审美事实之上，这就是在所有的审美活动中都会发生的审美经验，而且这种审美经验是任何一个活动主体都能真切地感受到的"。因此，"文艺美学学科的这种极其重视直接审美经验的特点，就使美学研究直接面对作品，从中提炼出美学思想与审美意识，而不再是隔靴搔痒"。① 将审美经验作为文艺美学的逻辑起点的另一个十分重要的原因是同当代哲学与美学的转型密切相关："从19世纪后期开始，特别是20世纪以来，哲学与美学领域发生巨大的变化，即由思辨哲学到人生哲学，由对美的本质主义探讨到具体的审美经验研究的转型。"② 因而，从审美经验出发顺应了现当代美学研究的基本走向。此外，"以文艺的审美经验作为文艺美学学科的研究对象的另一个十分重要的理由是，这一点十分切合中国古代的文艺美学传统……中国没有西方那样的有关美与艺术之本质的思辨性思考，大量的美学遗产都是体悟式的艺术审美经验的阐发"③。应该说，审美经验论的理论研讨思路比较符合于文艺美学学科发生的初衷和中国传统美学的特点与西方现当代美学发展的走势，有助于克服长期以来美学、文艺学研究中过于思辨化的本质主义研究思路的偏差。但是，就现有的研究来说，对审美经验理论内涵的界定还比较初步，对艺术审美经验与人类其他活动经验共同性与特殊性的理论阐发还很不够，而最主要的是在以审美经验来逻辑地生发与贯通文艺美学研究的逻辑框架和概念范畴方面也存在不少需要探讨和解决的问题。这里，一个主要的问题是，"艺术的审美经验就是在审美主客体'相遇'的审美活动中产生的，实际上它也是一种审美活动，是一切审美活动的最基本的形态"④，因而对艺术的审美经验的界定和研讨是脱不开艺术审美活动的

---

① 曾繁仁主编：《文艺美学教程》，高等教育出版社2005年版，第19、6页。
② 曾繁仁主编：《文艺美学教程》，高等教育出版社2005年版，第6页。
③ 曾繁仁主编：《文艺美学教程》，高等教育出版社2005年版，第7页。
④ 曾繁仁主编：《文艺美学教程》，高等教育出版社2005年版，第21页。

界定与探讨的，从逻辑序列上讲似乎应该将审美活动置于审美经验之前。进而言之，在概念外延的包容度上，审美经验的概念也不如审美关系的概念。按照审美经验论的主要代表人物杜夫海纳的观点，审美经验是以感性形式呈现出来的人类意识现象，包括文艺创作的审美经验与文艺欣赏的审美经验，《文艺美学教程》的著者也是如此界定审美经验的外延的。但是，人类的文艺审美活动的研究既包括了以感性形式呈现出来的审美意识活动，也包括了对审美意识活动的理性反思，作为审美意识活动的审美经验是个体性与体验性的，而对审美意识活动的理性反思则总是要超越这种个体性与体验性。所以，审美活动概念比审美经验概念在理论外延上包容度更大，因而更有利于整合文艺美学研究对象和内容中的各种审美现象和理论问题。最后，尤为遗憾的是，由于对文艺审美作为审美事实的强调，作为艺术审美活动论中已经引入的价值论研究视野，没有在审美经验论中得到关注和进一步的发挥，这也是审美经验论的一个不尽人意之处。

总之，从学科定位到研究对象，是中国当代文艺美学研究日渐深化的体现。相比较而言，学科定位是在学科发展的宏观视野上论证文艺美学生成的必然性与现实性，但是有的研究存在受以往既定学科影响而见不出自身研究对象和内容特殊性的问题，导致研究对象的含混模糊和概念范畴不确定；研究对象的探讨对学科定位探讨中存在的问题有所克服，但是逻辑起点设定上的差异又往往导致研究内容上的以偏概全，过于重视和强调某些方面和内容，而相对忽视另一些方面和内容。在先前的研究中，有的论者已经认识到三种逻辑起点设定之间不是相互排斥的关系，各有其理论价值，而且有些内容是有相同性的。但是逻辑起点的设定不同，毕竟会造成研究视野和内容的突出与隐没、彰显与遮蔽问题。事实上，审美本质、审美活动、审美经验及其关涉到的各种艺术审美问题都是文艺美学的研究对象，是系统性的文艺美学研究应该包含的完整研究内容。为此，需要进一步探讨能够将这些不同的理论内容都包含在内的研究思路，在继承先前各种研究的长处并克服其各自缺陷的基础上，以尽可能地在一个新的理论视野与体系框架中对文艺美学各个方面、各个层次上的研究内容加以理论分析和逻辑整合。元问题的探讨，能够承担起文艺美学体系建构的这样一个理论任务。

第二节　元问题研究：文艺美学体系建构的新路向

一、从元科学到元美学、元艺术学

19 世纪中叶前后，伴随着自然科学高歌猛进的发展，科学世界观与西方传统形而上学世界观的对立、自然科学与人文社会科学的关系、科学的社会地位与功能等等问题逐渐浮现于人们的学科理论研究和哲学反思的视野之内。这样一种时代语境，在 19 世纪中后叶刺激了人文社会科学的学科独立与发展，[①] 在 20 世纪初叶之后便催生了科学哲学与科学学的创立与发展。

科学哲学和科学学都是以科学本身为研究对象的新学科和新学问，都建立在"科学也应该研究它自己本身"[②] 这样一种基本的信念之上。由于都以科学本身为研究对象，因而两者之间有一定的交叉，如科学哲学也涉及科学与社会的关系问题，科学学也涉及科学的本体结构问题，但又存在显著的区别，相比于科学学侧重于对相关科学问题进行具有历史学、社会学意义的探讨，[③] 科学哲学一般更侧重于对相关科学问题进行哲学上的逻辑分析与方法论分析，正如国内有学者所指出的，"科学哲学是以科学为对象的一门哲学分支学科，它通过对科学的本质、范围、目的、功能、结构、方法、标准、概念、定律和理论的逻辑分析和方法论分析，去理解科学的意义、科学的方法、科学的结构和演替，以及科学知识与外部世界的关系"[④]。一般认为，科学哲学的产生以 20 世纪 20 年代中期以后逻辑实证主义的形成为标志。

---

① 关于现代人文、社会科学在 19 世纪的发展与学科分化，参见华勒斯坦等著《开放社会科学：重建社会科学报告书》，生活·读书·新知三联书店 1997 年版；关于现代文学科学、艺术科学在 19 世纪 40 年代的孕育与创立，参见谭好哲《作为独立学科的现代文艺学的产生和发展》，《临沂师范学院学报》2006 年第 1 期。

② [英] J. D. 贝尔纳、A. L. 麦凯：《在通向科学学的道路上》，见 J. D. 贝尔纳《科学的社会功能》，陈体芳译，商务印书馆 1982 年版，第 14 页。

③ "科学学，又称'科学的科学'，是一门以科学本身为研究对象的新学科。它探讨科学的社会性质、作用和发展规律，以及科学的体系结构、规划、管理和科学政策等问题。"引见 [英] J. D. 贝尔纳《科学的社会功能》中文版"出版说明"，陈体芳译，商务印书馆 1982 年版，第 1 页。

④ 杜任之、涂纪亮主编：《当代英美哲学》，中国社会科学出版社 1988 年版，第 299 页。

逻辑实证主义将现代科学中的哲学问题作为哲学研究的首要任务，是第一个西方公认的科学哲学，它不把科学哲学作为关于客观世界的知识体系，而是把它作为研究科学的本质及科学研究方法的理论，着重对科学知识的结构、概念、语句进行逻辑的分析，并且认为科学理论与19世纪产生的"元数学"相似，可以被归结为具有公理化构造的定理体系，因而也可以把科学逻辑叫作"元科学"。

作为现代西方科学哲学的主流，逻辑实证主义的"元科学"思想不仅对此后科学哲学的发展形成了广泛的影响，而且对其他知识学科的理论研究产生了广泛的影响，引生了一系列具有"元科学"性质的元理论，如元物理学、元哲学、元伦理学、元语言学、元逻辑学等等。这种影响也直达美学和文艺研究领域。1948年，英国学者约翰·维斯道姆在一篇题为《物与人》(*Things and Persons*) 的短文里最先提出了"元美学"(metaaesthetics) 的概念，认为应该以这样一种美学来对描述审美经验和艺术批评的语言加以分析和陈述。① 就词义而言，"元"(meta) 有"在…之后""带着…一起""介于…之间""超越…"的意思，也有"综合""总体""基础性"的意思。就前一层面的意思来说，该词与某一学科名称相连所构成的复合名词，在学科意义上意味着具有超越性的更高级的理论思维形式和学科形态，如亚里士多德的后继者曾用这一前缀与physic相组合构成了metaphysic (物理学之后——形而上学) 一词，是对超越了经验世界和具体科学的世界本体问题的本原性研究。就后一层面的意思来讲，这种更高一级的理论思维形式以一种反思的理论姿态来审视原来学科的性质、结构及其各种理论问题，对其进行综合的、总体的基础性反思与研讨。由此可见，元美学是在当代美学研究和艺术批评的基础上 (即"之后") 展开的元理论性研究，对一般美学研究来说具有超越性。这种元理论意识也扩展至文学研究领域，如当代荷兰学者提莫休斯·佛牟伦 (Timotheus Vermeulen) 和罗宾·凡·登·埃克 (Robin van den Akker) 就在瑞典期刊《美学与文化》(*Journal of Aesthetics & Culture*) 2010年第2期上发表《元现代主义札记》一文，提出了使文学更具有包容性、柔韧性、生成性的元现代主义概念，强调要在吸收并超越现代主义的热情和后

---

① 参见曹俊峰《元美学导论》，上海人民出版社2001年版，第27页。

现代主义的反讽的基础上，在拒绝无条件地虔信未来或信奉某种绝对真理的同时，重新怀抱希冀和真诚，使元现代主义成为一种新的情感结构或文化艺术风格。①

正是受到西方科学哲学和各种元理论的影响，自 20 世纪八九十年代以后，学术研究中的"元"意识也在中国文学研究和理论批评中逐渐扩散开来。在中外文学研究和批评领域，出现了各种元小说、元叙述、元文学研究论著，如赵毅衡的《元叙述：普遍元意识的几个关键问题》、洪罡的《元小说、现代主义与现代主义小说传统》、蔡咏春的《虚构的诗学：先锋小说的元叙述》、王正中的《元小说与元叙述的定义及功能新探》、谭光辉的《元小说的类型及小说的认知自觉》、陈俊松的《当代美国编史性元小说中的政治介入》等等。在文艺美学研究领域，也陆续出现了一些元美学、元艺术学方面的论著。著作方面有王志敏的《元美学》（辽宁大学出版社 1988 年出版）、李心峰的《元艺术学》（广西师范大学出版社 1997 年出版）、莫其逊的《元美学引论》（广西师范大学出版社 2000 年出版）、曹俊峰的《元美学导论》（上海人民出版社 2001 年出版）等等。论文方面有赵仲牧的《审美评价、美学命题和一种"元美学"（之一）》（《云南社会科学》1988 年第 6 期）和《审美评价、美学命题和一种"元美学"（之二）》（《云南民族大学学报》1988 年第 4 期）、曹俊峰的《元美学——美学的自我审视》（《理论学刊》1996 年第 8 期）、唐桃的《美学的自觉——元美学研究导言》（《曲靖师范学院学报》2004 年第 4 期）、金惠敏的《文学理论"帝国化"与元文学的可能》（《创作与评论》2004 年第 2 期）和《没有文学的文学理论——一种元文学或者文论"帝国化"的前景》（《文艺理论与批评》2004 年第 3 期）、马龙潜和高迎刚的《从"元理论"的角度把握文学理论的科学性问题》（《湖南社会科学》2012 年第 6 期）、尤西林的《中国文学理论元理论百年嬗变》（《文学评论》2013 年第 2 期）等等。论文方面特别引人注意的是张大为，他先后发表了《中国传统文论现代转化的"元理论"问题》（《理论与现代化》2007 年第 4 期）、《"理论"的沦丧——当下中国文论的"元理论"反思》

---

① 参见 ［荷兰］ T. 佛牟伦、R. 埃克《元现代主义札记》，陈后亮译，《国外理论动态》2012 年第 11 期。

（《山花》2007 年第 7 期）、《元理论缺失与真理、价值的双重迷惘》（《理论与创作》2007 年第 6 期）、《当下古代文论现代转换的"元理论"反思》（《社会科学战线》2008 年第 11 期）和《走向理论的深处——关于"元文论"的若干问题》（《文艺评论》2011 年第 5 期）等论文，从元理论视野对中国古今文论研究中的"元文论"问题做了系列性的、较为全面和深入的思考与探讨。

　　仔细研读国内学者的上述有关论著，可以发现，他们基本上都是受到西方的科学学、科学哲学以及各种元理论的影响，并在反思国内外美学、文艺学研究现状的基础上才转向元美学、元艺术学研究的。因此之故，他们都认为元美学是关于美学的理论即美学之学，元艺术学是关于艺术的理论即艺术学之学。但是，在具体的理论展开中，他们则呈现出不同的理论倾向。有的学者较多地受到西方逻辑实证主义哲学思想和分析美学的影响，把元美学的基本理论任务设定为对美学陈述作语义分析和逻辑分析。比如王志敏在其著作的开篇就赞同地引了美国当代美学家李普曼关于美学是讨论艺术问题的，而元美学是讨论如何讨论艺术问题的这一提法，申明自己写作《元美学》一书，"目的就是讨论如何叙述的问题，而且重点是在'如何'二字，而不是在'叙述'二字上面"①。曹俊峰则从"元美学"（metaaesthetics）概念中 meta 一词的语义考察开始，指出该词在希腊语中有"在……之后"或"超越"之义。据此语义考察，他明确地指出："'metaaesthetics'既然是超越美学之上的美学，当然就是一种超美学，它以一般的美学陈述为对象，以更高层次的语言对美学陈述作语义和逻辑分析。这就是本书所说的元美学的基本含义。"② 与这种偏重于对美学陈述作语义和逻辑分析的倾向不同，莫其逊、李心峰则更偏重于对基本美学问题作历史的梳理和理论上的反思。莫其逊自言其理论选择"就是希望通过对美学的学科性质、美学自身的历史、美学研究对象和方法论、审美现象及美的本质、美的形态及美学理论形态、中国美学研究的现状与希望等一系列具有重大意义的理论问题的反思性研究，建构起一个关于美学的反思研究的理论框架，为美学在新的现实条件下的进

---

① 王志敏：《元美学》"写在前面"，辽宁大学出版社 1988 年版，第 2 页。
② 曹俊峰：《元美学导论》，上海人民出版社 2001 年版，第 27 页。

一步深入发展和科学化提供一种全新的理论阐释与参照"①。李心峰也指出，"艺术学，可以说是人们对艺术世界的系统的理论探讨"，而"元艺术学，则是要对艺术学这门学问本身进行更为系统、更富理论色彩的反思"。② 具体来说，"元艺术学就是艺术学学，即关于艺术学本身的反思研究。这是一门高度抽象的、带有元科学性质的学科，"其研究对象，乃是艺术学自身的历史、对象、方法论、根本道路、构架方式、主要构成要素等一系列元理论性质的基本问题"。"正像元伦理学不对具体道德行为下规范的判断而只探索道德本身的性质那样，元艺术学也不准备对具体艺术行为评头论足，而只探讨一定的艺术学说、艺术观念、概念的性质和意义等等。"③ 基于这种理解，进入其《元艺术学》理论构架的依次为如下一些理论问题："艺术学的诞生、发展及现状"，"艺术世界：艺术学的对象"，"通律论：艺术学的根本道路"，"几种常见的艺术学构架模式"，"艺术本质论——艺术学的核心领域"，"艺术类型学的理论意义及基本内容"，"民族艺术学的构想及理论意义"，"比较艺术学概说"，"描述、解释与规范：元批评学的构想"，"艺术史哲学的基本问题"。可见，李心峰也是以重要艺术理论问题结构自己的理论研究框架的。其实，持前一种倾向的学者也并不排斥和忽略对基本美学理论问题的研究。王志敏就指出："对元美学来说，必须找到并深入探讨各种美学理论的出发点，但它也并不回避一般美学的基本问题，恰恰相反，它正是要从这些问题出发。"④

二、从元美学、元艺术学到文艺美学元问题

从问题出发，在对基本美学、文艺学问题的理论反思中建构美学、文艺学理论体系，的确是一条值得肯定的研究思路。因此，文艺美学研究要从国内此前的元美学和元艺术学的研究汲取理论智慧，一方面应将对国外各种元理论的学习借鉴和对自身美学、文艺学研究的历史与现状的把握、反思有机统一起来，另一方面要进而将文艺美学理论陈述的语义分析和逻辑分析与

---

① 臭其逊：《元美学引论》，广西师范大学出版社 2000 年版，第 4 页。
② 李心峰：《元艺术学》"前言"，广西师范大学出版社 1997 年版，第 2 页。
③ 李心峰：《元艺术学》，广西师范大学出版社 1997 年版，第 2、3 页。
④ 王志敏：《元美学》"写在前面"，辽宁大学出版社 1988 年版，第 1 页。

基本理论问题的把握、反思有机统一起来。比较而言，把握、反思理论问题是更为重要的，即使是要对理论陈述作语义分析和逻辑分析，也应首先分辨一下哪些东西是值得我们去进行分析的，抓不住问题、对问题不分轻重而进行的语义和逻辑分析有将文艺美学研究导向琐碎甚至走向语言游戏的危险。因此之故，元美学、元艺术学的研究应该进一步深入到美学、艺术学元问题的研究，这是理论本身发展的内在自然诉求。

可喜的是，新世纪以来的美学、文艺学研究中，已有学者在这一方面迈出了先行的步伐，作出了先导性的探索，山东师范大学文学院的夏之放是其中具有代表性的一位。2001 年，夏之放申报的国家社会科学基金项目《文学理论元问题的比较与整合》获得立项，2003 年 7 月他在《山东师范大学学报》（2003 年第 4 期）上发表了 2 万余字的论文《文学的情意本体论纲要——文学理论元问题研究》，2005 年他与孙书文主编出版了《文艺学元问题的多维审视》（齐鲁书社），2007 年他在人民出版社出版了其国家社科基金项目的结项成果，书名定为《论块垒——文学理论元问题研究》。此外，程相占 2002 年在《苏州大学学报》（2002 年第 1 期）发表了《陆机〈文赋〉与文艺学的元问题》一文，同年在其专著《文心三角文艺美学——中国古代文心论的现代转化》（山东大学出版社 2002 年版）的第一章里首次提出并专门论述了"文艺美学的元问题"这一理论问题；马立新出版了《美学元问题新解》（吉林文史出版社 2009 年版）；孙丽君发表了《哲学诠释学美学的元问题》（《理论学刊》2010 年第 2 期）；谭好哲发表了《里仁为美：先秦儒家美学的元问题》（《文艺理论研究》2013 年第 3 期）；如此等等。这些论著虽然还是从宏观方面立论，着眼于文艺美学的体系性建构，但已经不再通过聚焦学科定位或对象界定来从与其他相关学科的比较角度解决文艺美学的宏观理论构架，而是退回并深入到文艺美学自身理论系统的内部追寻并阐发其始元性、核心性问题，以此展开理论体系的建构与理论内容的生发与研讨。

就现有的研究成果来说，关于文艺美学元问题的思考实质上包含了两个方面的问题：一，应该如何理解文艺美学元问题？二，究竟什么是文艺美学元问题？关于第一个方面，程相占指出："一个学科都应该具有自己的研究对象，而研究对象隐含着该学科最基本、最核心的问题，该学科的其他问题都应该围绕着这一问题而产生。我们把这一问题称为该学科的'元问题'。"① 夏之放也认为："所谓文学理论元问题，是指某种文学理论体系中最基本、最首要的核心问题，一般表现为某个最基本的核心范畴及其与相关范畴之间的内在逻辑关系；这种逻辑关系的展开，则呈现为一整套范畴及理论体系，足以涵盖和说明一定范围的文学现象。"② 由这两位学者的论述可见，一门学科的元问题有两个基本的规定性：其一，它必须是这一学科最基本、最首要的核心问题，这是就其理论问题在整个学科体系中的重要性而言的；其二，它必须能够逻辑化地展开为一整套范畴及理论体系，这是就其隐含着的理论生成能力或潜力而言的。不具备这两个规定性的问题则不能称之为元问题，文艺美学元问题的规定也是如此。这样来认识文艺美学的元问题是符合于"元问题"这一概念的语词含义的。在汉语词汇中，"元"与"一""始""本""原""初"等概念在基本含义上是相通的。汉代许慎《说文解字》对这几个字的解释是："元，始也，从一从兀"；"一，惟初太始，道立于一，造分天地，化成万物"；"本，木下曰本，从木，一在其下"；"原，水泉本也"；"始，女之初也"；"初，始也，从刀从衣，裁衣之始也"。概括起来看，"元"的基本含义有二：一为初始。《春秋》称"一年"为"元年"，所以董仲舒在《春秋繁露》里解释说："《春秋》何贵乎元而言之？元者，始也，言本正也。"（《王道》），又说："谓一元者，大始也。"（《玉英》）二为本原。《春秋繁露》里说："惟圣人能属万物于一，而系之元也……是以《春秋》变一谓之元，元犹原也，其义以随天地终始也。……故元者为万物之本，而人之元在焉，安在呼？乃在乎天地之前。"（《玉英》）基于《春秋繁露》里的以上言论，张岱年先生把董仲舒对"元"的解释概括为"'元'是'万物之本'，是天地的原始"③。

在西方理论话语中，与"元"字含义基本相同的词是希腊文中的"arche"，英文译为"beginning"，中文译为"原"或"本原"。亚里士多德在专门解释哲学词汇的《形而上学》第五卷里将这个词列为第一条，先考察

① 程相占：《文心三角文艺美学——中国古代文心论的现代转化》，山东大学出版社2002年版，第80页。
② 夏之放、孙书文主编：《文艺学元问题的多维审视》"前言"，齐鲁书社2005年版，第2页。
③ 张岱年：《中国古典哲学概念范畴要论》，中国社会科学出版社1989年版，第57页。

了"原"的六种命意：（一）"原始"，事物之从所发始；（二）"原始"，是事物之从所开头；（三）"原本"，是事物内在的基本部分；（四）"原由"，是事物最初的生成及所从动变的来源；（五）"原意"，是事物动变的缘由，动变的事物因他的意旨从而发生动变；（六）"原理"，是事物所由明示其初义的。在这些考察基础上，亚里士多德指出："这样，所谓'原'就是事物的所由成，或所从来，或所由以说明的第一点；这些，有的是内含于事物之中，亦有的在于事物之外；所以'原'是一事物的本性，如此也是一事物之元素，以及思想与意旨，与怎是和极因——因为善与美正是许多事物所由以认识并由以动变的本原。"① 由亚里士多德的考察和概括可见，他基本上也是在初始和本原两个基本义项上把握"原"的含义的。

我们知道，由于"元"具有初始和本原的意义，因而关于"元"的认识在中国古典哲学中属于本根论或本体论范畴。而在西方，关于"本原"的追思和分析同样也归属于本体论范畴。俞宣孟在其《本体论研究》中，就是将亚里士多德的本原观放在古希腊本体论哲学思想的演进中加以论说的，这表明了这一问题的重要性。哲学是一门研究本原性问题的学问，而世界和事物的初始与本原正是哲学研究的元问题，以此类推，元问题研究也应该是任意一门学术研究所致力追求的。所以，强调文艺美学元问题的研究，就是希冀文艺美学研究能够抓住并能够深入突进到那些初始性、本原性的理论问题上来。这是文艺美学元问题研究首先需要明白的一点。明白了这一点之后，还有一点也是应该弄清楚的，这就是前面所讲的元科学、元美学、元艺术学之"元"与文艺美学元问题之"元"有着不同的理论含义。如前所述，"元美学"在语词上来自 meta 一词，其在希腊语中有"在……之后"或"超越"之义，而且受逻辑实证主义的元科学思想和分析美学影响甚深，在西方主流学界是侧重于对美学命题和美学陈述作语义澄清和逻辑分析，只是在中国学界才有学者将其转向对美学和艺术问题的理论反思，而文艺美学元问题的提出就是从文艺美学问题的体系性组织与建构着眼的，没有与逻辑实证主义和分析美学的直接语境关联，尽管元问题的分析和阐发也不可避免地要做一些语义和逻辑上的澄清与分析，但这只是理清和阐发问题的致思手段，而非

---

① ［古希腊］亚里士多德：《形而上学》，吴寿彭译，商务印书馆 1981 年版，第 84 页。

目的。

　　就先前的研究而言，大致来说，关于文艺美学元问题的思考，国内学界在应该如何理解文艺美学元问题上并无大的分歧。然而，在第二个方面的问题上，也就是在究竟什么是文艺美学元问题的判定上，则并无一致的公认意见。程相占从其对于中国古典文艺美学思想的研究中得出了自己的结论，认为文艺美学的独特研究对象就是作为审美经验的审美"心象"，而蕴含于审美"心象"之中的"文心三角"就是文艺美学的元问题。所谓"文心三角"指的是文艺审美活动中三个基本要素之间的关系构成，来自《周易·系辞》的"意、象、言"三者关系论，陆机《文赋》"序"中表述为"意、物、文"三者之间的关系，刘勰《文心雕龙》则进而探讨了"情、物、辞"三者之间的关系，从当代文艺美学的理论视野来看就是"情、象、言"三者之关系。① 夏之放最初在《文学的情意本体论纲要——文学理论元问题研究》一文中，从什么是文学的思考中提出文学以人的情意为本体，因而将文学的情意本体论作为文学理论元问题。在其后的进一步思考中，则修正为以"块垒"作为文学理论元问题。所谓"块垒"就是"导致作家艺术家产生最初的审美意象的意向性结构，即那种难以说得清楚的、'剪不断、理还乱'的人生感悟状态"，"块垒不仅是引发文学创作的源发状态，而且贯穿于文学创作、文学接受乃至鉴赏批评等文学活动的各个环节，它理应作为文学理论的元问题而得到重视"。② 程相占与夏之放关于文艺美学元问题的设定，有共同之处，也有明显差异。共同处在于他们认为文艺美学元问题与文艺活动中的审美意象或曰心象有关，差异在于前者侧重于分析审美心象中蕴含着的艺术活动的三种基本元素及其关系构成，后者则侧重于分析作为艺术活动实际起点并贯通整个活动过程的情意状态。这两种理论判定和体系展开，各有其理论价值和意义，都能够给予后来的研究者以启示和借鉴，而最主要的一个启示就是可以而且应该将元问题的研究作为文艺美学体系建构的一个新的努力方向，这是文艺美学走向理论成熟所必须做的理论工作。

---

① 参见程相占《陆机〈文赋〉与文艺学的元问题》，《苏州大学学报》2002 年第 1 期；《文心三角文艺美学——中国古代文心论的现代转化》，山东大学出版社 2002 年版。

② 参见夏之放《论块垒——文学理论元问题研究》，人民出版社 2007 年版，第 64、340 页。

第三节　文艺美学元问题的理论特性

一、元问题研究的复杂性和多样性

如前所述，文艺美学元问题的思考实质上包含了应该如何理解文艺美学元问题和究竟什么是文艺美学元问题两个方面，而这两个方面又是有其内在的学理贯通的，对前一方面的理解会影响到对后一方面的判定，而对后一方面的判定又必定会以对前一方面的理解为前提。所以在展开对于后一方面的理论思考之前，首先需要就应该如何理解的问题做一个理论上的探讨。从前面的引述和分析中，我们看到学界基本上都是根据"元"字的汉语意涵从初始和本原两方面理解理论体系的元问题的，就此而言，学界似乎没有大的分歧。然而应该指出的是，真正从学理层面上对元问题与理论建构的一般关系进行理论探讨的还不多见，尚有一些问题值得深加思考和讨论。比如说，文艺美学元问题只能有一个还是可以有多个？如果只有一个，那就只能在不同的理论判定中做非此即彼的选择。如果说可以有多个的话，那么其学理根据何在？进而究之，从理论生成的角度来看，一个理论系统的元问题究竟是研究主体对于研究对象的对象性客观认知，还是研究主体对于研究对象的投射性主观规定，抑或是研究对象与研究主体之间客观认知与主观规定的统一？这样一些问题，需要作出理论回答。

从学术发展史实来看，在哲学上历来存在对本原的不同探讨，或者说存在着不同的本原观，有客观论的也有主观论的，有一元论的也有二元论、多元论的。之所以形成这样一种复杂多样的状况，首先与"元"或"原"的基本意涵"初始"和"本原"在认识活动中的不同思维定向有关。如前所述，在亚里士多德的解释中，"原"作为元始、起始、开端包含着"第一"的意义。那何谓"第一"呢？亚里士多德认为，"第一"有三个意义：一是定义上的在先，二是认识次序上的在先，三是时间上的在先。① 这里，所谓定义上的和认识次序上的是从认识主体的视角来看的，而时间上的则是从认

---

① 参见［古希腊］亚里士多德《形而上学》，吴寿彭译，商务印书馆 1981 年版，第 125—126 页。

识客体的角度着眼的，不同的视角形成不同的思维定向，从而对"原"的问题形成有差异性的界定和审视。前面已经引述过，亚里士多德说"所谓'原'就是事物的所由成，或所从来，或所由以说明的第一点；这些，有的是内含于事物之中，亦有的在于事物之外；所以'原'是一事物的本性，如此也是一事物之元素，以及思想与意旨，与怎是和极因——因为善与美正是许多事物所由以认识并由以动变的本原"，俞宣孟在对亚里士多德的这段话加以解释时明确指出："亚里士多德的这个概括说明，本原作为起点是共同的，但是具体来说，它既可作为事物是其所是的起点，又可作为思想（认识活动）的起点；既可指事物内部的起点，又可作为事物外部的起点，这就有很大的差别。于是追求这种不同本原的各种哲学，在旨趣上也就有了很大的差别。"① 由此可见，"（本）原"是可以在不同的思维定向中、从不同的角度加以理解的。正因为哲学上对本原问题的审视和观点是多元多样的，所以中外各种文艺美学理论对元问题的认识和设定也是多种多样的，并不存在对文艺美学元问题的唯一认定和阐释。这也就是说，由本原而引申的文艺美学元问题的认识，可以由于研究主体的不同、认识角度和视野等等的不同，而有不同的认识和设定，不应该由某人的一己之见而将文艺美学元问题唯一化、固定化。

二、文艺美学元问题是认知性与建构性的统一

前面已经指出，文艺美学元问题的认识和思考是从文艺美学学科体系建设的总体格局角度着眼的。从学科体系建设的角度来看，一个理论问题的设定，既可以是对某一事物与人类活动领域中的某种实在性现象、特性和规律的客观性理论认知，也可以是研究主体从某种外在于对象的主体心理结构、思想观念、价值理想等等出发所作出的一种主观规定。这两种不同的问题设定大致上对应于当代人文社会科学的两种不同的理论思维取向，即"实在论"的取向与"建构论"的取向。英国学者吉尔德·德兰逊将建构论—实在论争辩视为当代人文社会科学理论争辩的核心。他指出："建构论认为科学并不独立于其研究的对象，而是建构了其研究对象。……实在论则相当强

---

① 俞宣孟：《本体论研究》，上海人民出版社 1999 年版，第 324—325 页。

调现实的外在性和科学作为一种知识存在的客观性。"① 一般来说，人文社会科学研究中的"实在论"把科学研究视为对外在于科学活动的研究对象的纯粹认知性活动，其信奉者深受现代自然科学理论和方法的影响，以能够观察和检验的事物为基础，在研究方法上强调经验事实的实证性，注重经验归纳和因果关系的解释与推测，不对研究对象做价值判断。与此相反，"建构论者认定社会现实并不外在于科学，而是被科学部分地建构的。在建构论看来，主体是一个积极的行动者，而不是坚持价值中立的实证主义和诠释学里有关主观性的消极看法"② 当代"建构论"的理论研究又包含了科学是自我指示的，现实是由科学认知体系建构的，到在民主议程可能会影响科学知识的走向等等不同的理论形式。由此可见，"实在论"与"建构论"是当代人文社会科学研究中两种迥然不同的取向。那么。在这样一种理论语境之下，文艺美学元问题的研究又应该具有什么样的理论取向呢？

从辩证的观点来看，文艺美学元问题的研究既不纯粹是实在论的，也不纯粹是建构论的，而应该是实在论与建构论的统一，是客观的理论认知与主观的理论规定的统一。文艺美学是对人类文艺审美活动的科学研究，而文艺审美活动是实际发生于人类生活中的活动，有其客观存在的实在性，所以文艺美学研究包括其元问题的研究必然有其客观认知性的因素。这包含着对文艺审美活动感性现象的认知：对创作者和创作现象的认知，对接受者与接受现象的认知，对文艺文本和作品的认知等等；也包含着对文艺审美活动理性规律的认知：对文艺活动本质属性的认知，社会功能的认知，发展规律的认知等等。如果完全不包含这样一些理论内容，文艺美学研究的"科学性"就难以彰显，其对现实文艺审美存在实际的掌握能力及其应有的解释能力就会大打折扣、令人生疑，而理论不能掌握对象也就难以令读者信服。但是，文艺美学研究不能仅仅定位和固着于认知，为认知而认知，成为纯知识论的思维形式和理论形态。之所以不能这样，是因为文艺审美活动作为人类生存和历史发展的伴生现象，与人类的生存处境和命运，与人类的现实欲求和理

---

① [英] 吉尔德·德兰逊：《社会科学——超越建构论和实在论》"引言：危机还是过渡?"，张茂元译，吉林人民出版社 2005 年版，第 9—10 页。

② [英] 吉尔德·德兰逊：《社会科学——超越建构论和实在论》，张茂元译，吉林人民出版社 2005 年版，第 123 页。

想，并进而与人类真、善、美的终极价值追求密切相通，因而文艺美学研究应该也必然通达人类生存的真理与价值。这里所谓真理，不是对客观对象符合与否的理论认知，而是海德格尔存在论意义上的真理观，也就是文艺活动在其丰富、全面的历史联系与展开中人生、人性之无蔽的呈现和敞亮，是对这种呈现和敞亮的理论反思。而在这种真理性的理论反思中，价值追求是其必然含有的思想维度。所以，对于能够通达人类生存的真理与价值的文艺美学研究来说，在对于文艺活动的客观认知之外，由思维主体和人类主体的生存论限定所必然内生的主体性、主观性追求也是其应有的理论特性。如此一来，在文艺美学研究中，其理论反思和思想内容的建构必然包含着人生和社会价值系统的主体选择和认同、文艺性质和作用的主观认识和规定、审美理想和文艺发展理想的主体规范与追求，如此等等，其建构论的理论追求和理论成分也是不可或缺的。

新时期以来，中国文艺美学研究取得了长足的进步，但从理论思维和学科形态的不同取向上来看，存在着实在论与建构论两种不同的倾向，在许多的研究中，未能将客观性理论认知与主体性自主建构有机地统一起来。20世纪80年代中期之后，受各种历史、文化条件变迁的影响，包括受学术研究方法论热衷的注重科学主义方法尤其是自然科学方法的影响，追求科学性成为学界的主导性潮流，致使文艺美学研究逐渐导向知识论的发展轨道。与此相伴的，则是意识形态的退场，人文性的失落，价值观的消弭。这种状况，首先是在90年代初期由一场关于人文精神危机的大讨论形成一个波及整个文化界的思想和舆论反弹，此后便在诸多学科领域包括美学、文艺学学科内，引发了关于学术研究中科学性与价值关系问题的反思，不少学者如畅广元、杨守森、谭好哲等人都曾撰文，申论和阐发文艺理论和美学研究中科学追求与价值取向的统一问题，对当时学界在"科学性"旗帜下一味追求客观认知忽视价值取向的唯知识论倾向提出批评，或是对文艺学建设中的价值取向问题加以探讨与反思。① 比如畅广元就指出，文艺学人文价值的总体指

---

① 参见杨守森《试论我国文艺学研究的价值取向》(《文史哲》1995年第5期)，畅广元《论文艺学的人文价值》，《陕西师范大学学报》(1996年第1期)，谭好哲《现代境况与文艺学研究的价值取向》(《山东大学学报》1995年第2期)、《寻求科学性与价值性的统一——文艺学建设的理论思考》(《齐鲁学刊》1996年第1期)。

向，是文艺学家的人格（包括学术人格）的审美化。这是文艺学的学科定位、文艺学原理的"真"和文艺学发展的机制所客观呈现出的学科属性。明乎此，我们从文艺学的研究对象上，便可以做到"正反互补，择优立论"；从研究方法上，便可以做到"方法多元，万变有宗"；从理论构想上，便可以做到"百家争鸣，明义是归"。文艺学的理论体系就会呈现出以人为本，以文为用，文理与人道相通的学科特色。① 近年来，有的学者进一步从元理论研究的角度将这种反思扩展至百年来整个中国现代性文艺理论和美学的思想场域。比如，尤西林就明确指出，元理论是现代学术的前提性理论，也是反思中国现代文学理论的首要环节。中国文学理论现代性演进受制于科学主义、意识形态与人文科学三种元理论。科学主义模式奠定了文学理论的知识学结构，其价值判断的缺失导致专制型意识形态对文学理论的政治化塑造。中国现代化转型使人文科学取代了专制型意识形态的元理论地位，文学理论开始成为现代学术的人文学科。马克思人文主义理想的终极价值在超越科学主义的非价值立场同时超越专制意识形态价值规范，成为凝聚文学理论并抵御价值虚无主义的核心，也成为引导提升文学经验的基点。② 此外，张大为等学者也从元理论的角度对文艺美学研究中造成真理与价值双重迷惘的客观认识论倾向提出批评，试图以元理论研究来矫正和超越以往唯认识论的文论研究格局。③

　　应该说，对唯认识论的纯客观理论认知进行元理论意义上的反思与超越是有其现实指向性和必要性的，但是文艺美学研究也不能从一个极端走向另一个极端，完全无视客观认知。辩证地看亚里士多德关于"本原"问题的前述看法，"本原"的认知即元问题的设定可以是主观认识上的，但没有"本原"问题的客观存在为基础、前提，主观设定就会成为空中楼阁，主观认识便有可能流入随意任性的主观想象和文字游戏。就此而言，曹俊峰关于元美学研究中的体系建构完全是人为设定的观点是值得商榷的。曹俊峰认

① 参见畅广元《论文艺学的人文价值》，《陕西师范大学学报》1996 年第 1 期。
② 参见尤西林《中国文学理论元理论百年嬗变》，《文学评论》2013 年第 2 期。
③ 参见张大为《"理论"的沦丧——当下中国文论的"元理论"反思》（《山花》2007 年第 7 期）、《元理论缺失与真理、价值的双重迷惘》（《理论与创作》2007 年第 6 期）、《当下古代文论现代转换的"元理论"反思》（《社会科学战线》2008 年第 11 期）等论文。

为，做元美学研究首先要搭建起一个基本框架，也就是构造出一个体系。所谓体系是一个包含着互相关联的不同组成部分，并为一个总的目标服务的理论系统。这个看法是对的，也是许多研究者包括本书作者所追求的。但是，曹俊峰接下来指出："理论体系不是客观现实事物之间的联系的反映，它是为认识和表述的方便而人为地创造出来的系统工具，它把统一的事物切割为各个部分或把单个事物区分为各个方面，然后逐一加以研究和描述，这是任何学科和理论都不可缺少的。我们所建构的元美学体系框架也不是客观事物之间实际关系的反映，它只是我们拟定的一种分析美学陈述的方式和秩序，只是规定了我们从哪里入手在哪里结束，要涉及哪些内容，回答哪些问题。构造体系的原则是方便和习惯，只要能使我们一步一步地深入到理论的核心，完成预定的任务就是有效的体系，各部分内容的先后次序并没有先天的确定性和必然性。"[1] 前面已经指出，曹俊峰的元美学观念是在逻辑实证主义和分析哲学、分析美学的影响下形成的，由此而论，他的这一段话有其自身的理论逻辑，不难理解。既然元美学是对美学语句或命题作语义分析和逻辑分析，它所构成的体系框架只是一种分析美学陈述的方式和秩序，所以从哪里开始到哪里结束都可以完全是人为的设定，与客观事物之间可以没有实际的联系。但是，如果一种文艺美学研究完全不反映客观现实事物之间的联系，不揭示文艺审美现象中始元性、第一性的美学问题，这样的语义分析和逻辑分析便难免让人质疑其科学性与目的性何在，其理论体系的建构终会让人觉得与文艺审美活动之间有所割裂，从而失去文艺美学研究与文艺审美活动之间鲜活的联系以及文艺美学研究追思文艺审美活动深层次问题的那种"形而上"理论意味。20世纪在英美等国兴起的分析美学之所以不能在世界范围内产生更大的影响，自20世纪末叶以来甚至备受冲击，难以为继，恐怕原因也主要就在这里。

在如何对待人文社会科学元理论研究中的客观认知与主观设定的关系问题上，马克思的经典著作《资本论》为我们树立了一个可资借鉴的理论典范。《资本论》是一部运用辩证唯物主义和历史唯物主义的世界观和方法论研究资本主义的生产方式以揭示其经济运动规律的科学著作。在这部著作

---

① 曹俊峰：《元美学导论》，上海人民出版社2001年版，第33—34页。

中，马克思不是像古典政治经济学家如李嘉图那样从单个的孤立的猎人和渔夫作为生产者开始研究资本主义的生产活动，而是运用从抽象到具体的科学研究方法，以抽象的商品概念为全著的逻辑起点，以商品的使用价值和价值二因素的内在矛盾为元问题而展开对于资本主义生产方式及其经济运动规律的分析与揭示。以商品概念为逻辑起点与以单个的孤立的猎人和渔夫作为生产者开始是完全不同的元问题设定，显示出马克思不同于古典政治经济学的主观理论认知。但是，这种主观理论认知又不是任意的，而是有其客观规定性的。正如马克思所指出的，"对资产阶级社会说来，劳动产品的商品形式，或者商品的价值形式，就是经济的细胞形式"[①]。他又指出："资本主义生产方式占统治地位的社会财富，表现为'庞大的商品堆积'，单个的商品表现为这种财富的元素形式。因此，我们的研究就从分析商品开始。"[②] 马克思对资本主义生产方式元问题的设定及其对于《资本论》的理论架构，对其他人文社会科学的理论研究，包括文艺美学研究在内，都有其重要的方法论上的启示和借鉴意义。

基于上述的分析和《资本论》的启示，我们主张在文艺美学元问题的研究中，应该将对于文艺审美活动的客观性理论认知与主观性理论设定、文艺审美活动初始性元问题的探讨与这种探讨话语的语义逻辑分析有机地统一起来，既从这种客观性的理论认知中、在元问题的把握中体现出研究主体的目的性与审美价值诉求，以及语义逻辑层面上的理论自觉，反之，也能从研究主体的目的性与审美价值诉求，以及语义逻辑层面上的理论自觉中，从主观性的话语体系建构中揭示出客观文艺审美活动的在场性存在，凸显文艺审美活动的规律性、本源性问题以及此类问题在文艺美学体系建构中的始元性地位和理论生成价值。

---

① 马克思：《资本论》"第一版序言"，《马克思恩格斯文集》第 5 卷，人民出版社 2009 年版，第 8 页。

② 马克思：《资本论》，《马克思恩格斯文集》第 5 卷，人民出版社 2009 年版，第 47 页。

第二章　文艺审美价值的生成
是文艺美学的元问题

将审美价值的生成作为文艺美学体系建构的元问题，就其理论观念的内在逻辑关联和展开来看，至少包含着这样三个方面的理论内容：一是对于审美价值概念自身的理论辨析，主要包括对于价值、审美价值以及文艺与价值、审美价值的关系等等问题的论析；二是文艺审美价值的提法本身已经隐含着对于文艺审美性质的理论确认，因而需要对文艺与审美、文艺的审美性质与其观念意识形态性质的关系等问题加以探讨；三是文艺审美价值生成的层次系统、逻辑展开及其社会呈现或社会化问题。这里，我们首先就第一个方面的问题加以分析和探讨。

第一节　价值、审美价值与审美价值的生成

文艺活动是生产价值、体现价值、存在价值、追求价值的活动，这一点在中外文论史上是没有争议的，而问题在于，其价值由何而来，它又是一种什么样的价值，这就有了不同的认识、看法和理论表述。

一、"价值"概念与价值哲学的兴起

"价值"本是经济学上一个特定的范畴，在一般意义上泛指物质或现象对人和社会的用途、作用或意义。自人类从动物界独立出来起，人与自然、人与社会、人与自身逐渐形成了诸种对象性的主客体关系，人对自然、社会、自身进行评价，价值便开始出现。哲学上的价值论，是西方 19 世纪末 20 世纪初形成的一种哲学理论，是对价值的本质界定、构成、特点等进行

研究的理论学说。文艺价值论，则是在价值论视野下不同于认识论、存在论关照所形成的一种文艺研究理论。

对价值论的重视，是哲学发展的世界性潮流，是哲学发展的必然。有了"人"便有了价值的问题，"价值问题是伴随着人类的诞生、发展而诞生、发展起来的"，"因为存在着一个无可辩驳的事实，即：在人类从动物中分化出来而诞生之前，自然界本身虽是存在的，却无所谓美丑、善恶。这些流动不居的价值观念，是伴随着人类的诞生及人类社会的发展而诞生、发展起来的。人类学的大量研究成果雄辩地证明了：只有人类真正从动物中分化出来之后，才开始有了价值的概念及其规范"[①]。这个与"人"一起诞生、发展的问题，在哲学中占据重要的位置。被称为"价值学创始人"的德国哲学家鲁道夫·赫尔曼·洛采，在19世纪后期把此前广泛流行于经济学中的价值观念引入哲学，并把它置于哲学中的最高地位。在洛采看来，世界由三个部分组成：一是现实的事物，即事实的领域；二是体现宇宙普遍规律的真的王国，即普遍规律的领域；三是对善、美和神圣思想作价值判断的世界，即价值规律。而在这三个领域中，价值规律居于最高的地位，确定事实的真实性、概念的真理性，第一和第二世界的意义都要由价值来做最终的判定，价值是目的，而其他一切只不过是手段。因此洛采把自己的哲学观名之为"目的论唯心主义"。洛采是德国古典哲学的继承人，是新康德主义者，他之所以把价值的理论提高到哲学的核心地位，是要将人的尊严在自然主义和还原主义等的极力攻击、非议下解救出来，强调人是按照一定的价值观念或目的进行活动的，反对贬低人的尊严和作用。后来，西方的许多价值流派都因袭、沿用或部分地采纳了他的原则，100多年来，他的影响始终存在着。

虽然价值论在19世纪下半叶才初步确立，但价值论的思想古已有之；价值论哲学诞生于西方，但价值论方面的思想、论述中西皆有。在《后汉书》中，已出现了"价值"这一词汇，在列传第三十七班勇传中，就有"北虏遂遣责诸国，备其逋租，高其价直，严以期会"的记载。这里，价直即价值。在此之前，价值的观念早已存在。西方价值论的观念源远流长："从柏

---

① 敏泽、党圣元：《文学价值论》，社会科学文献出版社1997年版，第3页。

拉图起，哲学家们就一直在善、目的、正当、义务、美德、道德判断、审美判断、美、真理和合法性的标题下，探讨各种各样的问题。到了十九世纪，下述看法才产生出来（或再生出来，因为从根本上说它发端于柏拉图），即：既然这些问题都与价值或应当，而不是与事实或事实的现在、过去、将来的状况有关，那么，所有这些问题都归属于一个家族。人们相信，如果把这些问题看作是囊括了经济学、伦理学、美学、法学、教育学、甚至逻辑学和认识论的一般价值和评价理论的组成部分的话，这些问题就不仅可以归列到价值和评价这样的总标题下，而且能够得到更好的处理并找到更加系统的解决办法。"[①] 就整个人类社会的发展进程而言，生产力不断发展，科学技术持续进步，人类的创造能力不断增长，人的主体性、能动性日益显著，人们创造的价值更多，人类自身的价值也不断提高，价值问题就越来越成为时代的重要问题。

在价值论哲学发展中，康德对实践理性的研究"为人们从一个新的角度观察世界，特别是观察世界与人自身的联系在主体精神领域中发现了一个新天地。现代价值哲学正是借助康德的发现建立起一种新的哲学观念的"[②]。此后新康德主义重要人物、著名哲学家文德尔班和李凯尔特等都以康德的学说为起点，建立起自己的价值哲学，认为价值问题应在哲学研究中居于重要位置。文德尔班指出，德国哲学经历由康德到尼采的发展之后，便进入到价值哲学的发展阶段。尼采的超人哲学主张一切价值都是相对的。自此以后，"哲学只有作为普遍有效的价值的科学才能继续存在。哲学不能再跻身于特殊科学的活动中……哲学有自己的领域，有自己关于永恒的、本身有效的那些价值问题，那些价值是一切文化职能和一切特殊生活价值的组织原则"[③]。文德尔班甚至认为，在洛采果断地提高了价值观在哲学研究中的地位之后，价值学已经成为哲学中的一门新基础科学。文德尔班的学生，另一位新康德主义的代表人物李凯尔特继承了文德尔班的观点，也赞同社会历史科学应成为一种价值科学。价值哲学的出现在人类哲学发展史上具有极为重要的意

---

① ［美］R. B. 培里等：《价值和评价——现代英美价值论集粹》，刘继编选，中国人民大学出版社1989年版，第2页。

② 李春青：《文学价值学引论》，云南人民出版社1994年版，第2页。

③ ［德］文德尔班：《哲学史教程》下卷，罗达仁译，商务印书馆1997年版，第927页。

义，它标志着人们的意识和自我意识在哲学高度上达于统一，价值作为人与客观对象的某种关系的表征而成为哲学沉思的主要对象，这本身就意味着人类思维已经将主体与客体作为一个有机整体来认识了。西方价值学的兴盛，正是基于价值关系在人类生活中的重要地位。经过长期的积累，价值论成为一门专门的学问。同时，价值论的兴起也与19世纪以来西方的社会思潮有关。科技的高度发展，物化自然的关系的发展，极大地挤占人的精神空间，导致人的精神的空前失落，人由目的而成为手段，由此产生了严重的精神危机，对人的价值的热切呼唤，催生了价值哲学。

二、西方现当代美学研究中审美价值论的崛起

19世纪末20世纪初期以来，受价值哲学勃起的影响，现当代美学研究开始将价值问题引入文艺研究之中，艺术与"审美经验"的关系问题，进一步说也就是艺术的审美价值问题成为美学研究和艺术理论研究中的一个核心性理论问题。

在西方学界，较早运用价值理论研究美学和艺术问题的是美国自然主义哲学家、美学家乔治·桑塔耶纳。他认为美学是一种价值学说，它和伦理学一样，都是研究人类以感情为基础的判断活动的。他从主观论的角度来看待价值，认为价值发乎我们情不自禁的直接性或莫名其妙性的反应，也发乎我们本性中难以理喻的成分。他认为，美是一种价值。因而，对美这种价值的判断就更是一种不依赖于任何理性观念的直接的感受活动了。他认为："在想象、瞬息的直觉和赋有形式的知觉中所固有的价值，叫做审美价值。它们主要在自然界和各种生物中被发现，但也常常在人所创作的作品、语言所唤起的形象及声音的领域中被发现。"① 根据桑塔耶纳的论述，美是一种价值，但这种价值不是由于事物本身的属性，而是由于人的主观感情的投射。他说："美是一种感情因素，是我们的一种快感，不过我们却把它当作事物的属性。"又说："美是一种价值，也就是说，它不是对一件事实或一种关系的知觉；它是一种感情，是我们的意志力和欣赏力的一种感动。"因此，他

---

① ［美］乔治·桑塔耶纳：《艺术中的理性》，转引自蒋孔阳主编《二十世纪西方美学名著选》（上），复旦大学出版社1987年版，第266页。

的结论就是："美是在快感的客观化中形成的，美是客观化了的快感。"① 基于这样一些看法，桑塔耶纳甚至提出"美学是研究'价值感觉'的学说"②。

　　桑塔耶纳之外，美国实在论哲学家萨缪尔·亚历山大和德国现象学哲学家莫里茨·盖格尔也为审美价值论发展史上较早时期的代表性人物。萨缪尔·亚历山大认为："当我们追问何谓价值的时候，我们就不禁会承认，可以给价值以一定的解释……一个是价值在本质上是相对于人的，从而在这种意义上是人的创造，善和美并不属于事物，而属于它们与人的关系；另一个是虽然价值是相对于人的，但它们可以在事物的本性中发现，而且不是任意的。最后一个解释是，有价值的东西就是令我们满意的东西。"③ 正是从这样的价值观念出发，他又明确指出："美之为美总是因为心灵的介入。我把自己限定在艺术之美上，这里至少有一件事我已明白于心，即在此种对象中，精神和物质是融为一体的。对象体现了艺术家的思想或想象，而被塑造的对象只有在被他欣赏时才具有美学意义，当然对观赏者的欣赏来说也是如此，虽然这是较次要的，但观赏者在某种程度上也被教导要用审美的眼光去看。"④ 萨缪尔·亚历山大关于艺术审美价值的看法明显受到黑格尔艺术美源于人类精神灌注思想的影响，有其值得注意的唯心主义倾向，但他认为艺术的审美价值也要依赖于主体的精神创造，存在于艺术活动的主客体关系之中，这个基本的看法是应该予以肯定的。

　　萨缪尔·亚历山大关于艺术与审美价值关系的思考还不是系统化的，而较早对此进行系统化思考的是莫里茨·盖格尔。在《艺术的意味》一书中，他不仅运用现象学的理论观点批判了以往美学研究中用认识模式类比审美模式的弊病，并批判了把审美客体心理化的心理学美学，确立了以研究价值关系、进行价值论证为基本特征的现象学美学研究方法，而且运用现象学美学的方法对审美效果、审美快乐、审美享受、审美态度、审美判断、审美

---

① ［美］乔治·桑塔耶那：《美感》，缪灵珠译，中国社会科学出版社 1982 年版，第 32、33、35 页。

② ［美］乔治·桑塔耶那：《美感》，缪灵珠译，中国社会科学出版社 1982 年版，第 11 页。

③ ［美］萨缪尔·亚历山大：《艺术、价值与自然》，韩东辉、张振明译，华夏出版社 2000 年版，第 65—66 页。

④ ［美］萨缪尔·亚历山大：《艺术、价值与自然》，韩东辉、张振明译，华夏出版社 2000 年版，42—43 页。

价值与人类存在的关系、艺术的价值以及艺术的意味等一系列文艺美学问题做了较为全面和具体的研究，成为现象学美学的一部奠基性文艺美学理论研究著作。① 与萨缪尔·亚历山大大致一样，莫里茨·盖格尔也是从主客体关系角度界定价值包括审美价值的，但盖格尔不是从主体的创造角度看待这种关系，而是从客体对于主体的意义角度看待这种关系，他认为："与各种价值有关的至关重要的问题在于，只有当人们使用意味（significance）这个范畴的时候，他们才能够公正地对待所有各种价值。只有一个事物对于主体来说具有意味，它才是有价值的。也许作为不同的价值类型，金钱的价值、收藏夹所收集的东西的价值，以及一幅绘画具有的价值是大不相同的，但是，正是它们对于一个主体（或者对于一些主体）来说所具有的意味，体现了它们作为不同的价值所具有的特征。"② 又说："每一种价值之所以是价值，是因为它对于一个主体、对于一个主体集团、对于'主观性本身'来说具有意味。这个定义描述的框架适用于大多数各种各样的价值：适用于经济价值、社会价值、收藏家所收集的东西的价值、伦理价值、审美价值，等等。一种价值理论必须表明这些价值之中的每一种价值在对于主体所具有的意味中的地位。"③ 正如杜书瀛先生所指出的，莫里茨·盖格尔说价值是事物的一种特性并不恰切，但认为价值存在于主客体关系之中的观点却很值得肯定和借鉴。④ 除了对于价值的定义值得借鉴之外，莫里茨·盖格尔的现象学美学对审美价值及其与艺术价值关系的论证也有四点值得特别注意之处：一是他明确提出美学应该是关于审美价值的科学。他指出："对于作为一种独立自足的特殊科学的美学来说，任何一个人都不会对下面这个把它的领域和其他科学的领域区别开来的特征有什么怀疑：这种特征就是审美价值的特征"⑤。作为这样一门特殊科学的美学，哲学美学处在"与审美价值和各种价值原理有关的位置上。它对审美价值进行研究"⑥。二是他明确地把审美价值理解为艺

① 参见霍桂恒《方法比结论更重要》，载 [德] 莫里茨·盖格尔《艺术的意味》，艾彦译，华夏出
　　版社 1999 年版，第 5—6 页。
② [德] 莫里茨·盖格尔：《艺术的意味》，艾彦译，华夏出版社 1999 年版，第 215 页。
③ [德] 莫里茨·盖格尔：《艺术的意味》，艾彦译，华夏出版社 1999 年版，第 224—225 页。
④ 参见杜书瀛《价值美学》，中国社会科学出版社 2008 年版，第 58 页。
⑤ [德] 莫里茨·盖格尔：《艺术的意味》，艾彦译，华夏出版社 1999 年版，第 5 页。
⑥ [德] 莫里茨·盖格尔：《艺术的意味》，艾彦译，华夏出版社 1999 年版，第 18 页。

术价值，并且把它作为美学科学的基本研究任务。关于审美价值的特征，他写道："（在这里以及在以下的论述中，'审美'价值也应当毫无保留地被理解成为'艺术'价值）。每一个可以贴上审美价值标签的事物——每一个可以被当作美的或者丑的、本原的或者琐屑的、崇高的或者普通的、雅致的或者粗俗的、高贵的或者卑贱的等等东西来评价的事物，诸如诗歌，音乐作品，绘画和各种装饰，人类和各种风景，各种建筑，各种花园设计方案，舞蹈——都属于作为一种特殊科学的美学的领域。"① 三是他对事实论美学与价值论美学做了区分。盖格尔认为，从宽泛的意义上讲，美学研究面临的难题有两种类型，一种是事实性的，一种是价值性的，由此便有了两种不同的美学：一种是事实论美学，一是价值论美学。事实论把美学看作是一门"解释和描述"审美事实的科学，传统美学对艺术是什么的界定以及由此衍生出来的心理学美学、社会学美学、历史美学、进化论美学等等，都是这一类美学。事实论美学虽然对美学的发展起了推动作用，不应否定其作用，但却解决不了艺术作品的价值评价问题，解决不了哪些作品有审美价值哪些作品没有审美价值的问题，解决不了艺术审美价值的普遍性与相对性等等问题，这就需要价值论美学的出场。与事实论美学相比，"通过比较审美价值与其他各种价值，价值论美学发现了审美价值的本质；它研究存在于艺术的审美价值和自然的审美价值之间的那些区别。它研究一般艺术的审美价值，也研究个别艺术所具有的特殊审美价值。它在艺术作品中找到了审美价值所具有的那些条件。它本身只关注对个别艺术——绘画、诗歌，等等——的结构，这些个别艺术由于这种结构就有资格作为审美价值的承担者而存在。因此，它变成了一般的艺术理论，变成了一种有关艺术及其价值的理论"②。由此可见，价值论美学不像事实论美学那样试图去描述和解释艺术家的创造、艺术接受者的体验以及其他一些具体存在的事实性问题，但也不是对事实性的艺术审美活动毫无帮助。对价值论美学来而言，"美学既不能代替艺术家那里的创造力量，也不能代替艺术评论家那里的艺术理解，或者代替享受艺术的人那直接的艺术体验。美学是知识；美学是对有关审美价值的那些法则所进

---

① ［德］莫里茨·盖格尔：《艺术的意味》，艾彦译，华夏出版社1999年版，第5页。
② ［德］莫里茨·盖格尔：《艺术的意味》，艾彦译，华夏出版社1999年版，第31—32页。

行的分析，仅此而已。作为这样一种价值论美学——只要它不超越它那合适的界限，它就可以帮助艺术家自己制订出他进行艺术创作所要遵循的那些法则，并且帮助体验艺术的人自己确立他进行艺术体验所依据的背景"①。

在西方现当代美学史上，坚持将审美价值作为艺术的基本价值并对其作出系统性理论阐发的大有人在。比如阿奇 J. 巴默在《美学能否成为一门普遍的科学》（1972）一文中就认为：美学要成为一门科学，首先有赖于对什么是美，什么是美的经验，什么是审美价值等问题的解答，而艺术正是为产生审美经验的目的而组成。② 美国著名美学家 M. C. 比尔兹利也持同样的看法，认为美学研究作为一个研究领域是由一些异质的问题所组成的，而这些问题只有当我们对艺术作品中的一些实质性问题作严肃思考之时才会出现。③ 为此，他提出了"艺术的审美定义"，认为艺术作为一项人类活动的价值就在于提供审美兴趣，审美经验是评判艺术价值的基础，因而应该将对艺术价值的这种限定作为艺术定义的一部分。④ 此外，20 世纪 50 年代以后，在苏联美学界更是形成了一个文艺研究的审美学派，其代表性美学家布罗夫的《艺术的审美实质》，斯托洛维奇的《现实中和艺术中的审美》《审美价值的本质》《艺术活动的功能》等著作，都是中国学界所熟知的。在艺术审美价值问题的研究中，这些学者的有关思想观点和论证思路，都是值得我们认真加以借鉴和汲取的。

三、马克思主义视域中的文艺审美价值问题

在马克思主义的思想领域中，存在着关于价值问题的理论解说，为当代审美价值理论研究确立了科学的理论基础。

按照马克思的劳动价值论学说，人类社会生存领域里的许多自然物与人工创造物品都是具有使用价值的，即对人而言的有用性，但并非都具有价值，只有后者即人类劳动的创造物才具有价值。马克思指出，如果把商品体

---

① [德] 莫里茨·盖格尔：《艺术的意味》，艾彦译，华夏出版社 1999 年版，第 49 页。

② 参见朱狄《当代西方艺术哲学》，人民出版社 1994 年版，第 3 页。

③ [美] M. C. 比尔兹利：《美学：批评哲学中的一些问题》，纽约 1958 年版，参见朱狄《当代西方艺术哲学》，人民出版社 1994 年版，第 3 页。

④ 参见 [美] 诺埃尔·卡罗尔著《超越美学》"译后记"，李媛媛译，商务印书馆 2006 年版。

的使用价值撇开，那么它就剩下劳动产品这个属性；如果再把劳动产品的使用价值抽去，把那些使劳动产品成为使用价值的物体的组成部分和形式抽去，那么体现在劳动产品中的各种劳动的有用性质也消失了，因而这些劳动的各种具体形式也消失了，劳动产品剩下来的东西就只是无差别的相同的抽象人类劳动了。马克思形象地指出，这时，"它们剩下的只是同一的幽灵般的对象性，只是无差别的人类劳动的单纯凝结，即不管以哪种形式进行的人类劳动力耗费的单纯凝结。这些物现在只是表示，在它们的生产上耗费了人类劳动力，积累了人类劳动。这些物，作为它们共有的这个社会实体的结晶，就是价值——商品价值……可见，使用价值或财物具有价值，只是因为有抽象人类劳动对象化或物化在里面"①。总之，"商品具有价值，因为它是社会劳动的结晶。商品的价值的大小或它的相对价值，取决于它所含的社会实体量的大小，也就是说，取决于生产它所必需的相对劳动量"②。在这里，马克思通过对于商品的价值属性的分析，揭示了价值生成的根源——人类的劳动创造。我们知道，依据历史唯物主义理论，生产劳动是人类历史存在的基础，也是人类一切精神活动的基础，而且后者还要受前者的支配和制约。早在《1844年经济学哲学手稿》里，马克思就曾经指出，生产活动是人类社会化生命活动感性的物质的基础，社会经济的运动——生产和消费——是人的实现或人的现实，因此，"宗教、家庭、国家、法、道德、科学、艺术等等，都不过是生产的一些特殊的方式，并且受生产的普遍规律的支配"③。此后，马克思恩格斯还先后在《德意志意识形态》《政治经济学批判·导言》《巴枯宁〈国家制度和无政府状态〉一书摘要》等论著里提出了"精神生产""艺术劳动""艺术生产""精神方面的生产力"等等相关概念和提法。由此可以说，如果一般劳动产品的价值是由凝结于其中的人类抽象劳动形成的，那么艺术活动作为社会生产的一类特殊方式，也就是人类持续进行的一种精神劳动，其产品——文艺作品中也凝结着人类劳动力的耗费，因此也是具有价值的。简言之，文艺是有价值的，而且这种价值是由文艺活动中耗费

---

① 马克思：《资本论》，《马克思恩格斯文集》第5卷，人民出版社2009年版，第51页。

② 马克思：《工资、价格和利润》，《马克思恩格斯文集》第3卷，人民出版社2009年版，第47页。

③ 马克思：《1844年经济学哲学手稿》，《马克思恩格斯文集》第1卷，人民出版社2009年版，第186页。

的人类抽象的精神劳动力所凝结成的。这也就是说，文艺价值是人类精神创造活动的产物。

那么，文艺活动中的价值是一种什么价值呢？这依然可以从马克思那里获得理论上的说明。还是在《1844 年经济学哲学手稿》里，马克思认为，在文艺活动中耗费的人类劳动体现着人类劳动的一个共同的特点，这就是人类在自己的劳动中创造着自己的对象性世界。在这个对象性世界的创造中，一方面实现着对象的人化即对象被人所改造，成为为人而存在的对象，另一方面实现着人的本质力量的对象化，也就是人在对象的改造中打下人的本质的烙印。对对象的改造以对客观世界必然性的认识和把握为基础，而人的本质力量的对象化或人的对象化则体现了主体的需要和目的性。正是在这种必然性与目的性相结合的对象世界创造中，人类有意识有目的、全面而自由的生产活动与动物本能性、片面性的生产之间便具有了根本性的区别："动物只是按照它所属的那个种的尺度和需要来构造，而人却懂得按照任何一个种的尺度来进行生产，并且懂得处处都把固有的尺度运用于对象；因此，人也按照美的规律来构造。"① 正因为人也按照美的规律来建造对象，所以人与他的活动对象之间的关系就不是单纯的对于对象的理论认识关系，也不是单纯的以对象满足自身生存需要的功利实践关系，而同时建构起了与对象之间的精神性交往与享受的关系，也就是审美的关系。在这种审美关系中，人一方面通过实践活动将主体的本质力量对象化、现实化、客观化，为自己创造出了具有审美性质的丰富多样的感知与观照的对象世界，另一方面同时也改造着自身的自然性，使自己在向人性高度提升的同时发展着自身的审美感受和理解能力。也就是说，一方面，随着人的本质力量在客观对象方面无比丰富的展开，人创造了美的世界，正如马克思所说的那样是人的"劳动生产了美"②；另一方面，劳动成果的内化、主体化，也使人成为懂得美、能够欣赏美的存在，正如马克思所指出的，"只是由于人的本质客观地展开的丰富性，主体的、人的感性的丰富性，如有音乐感的耳朵、能感受形式美的眼睛，总

---

① 　马克思：《1844 年经济学哲学手稿》，《马克思恩格斯文集》第 1 卷，人民出版社 2009 年版，第 163 页。

② 　马克思：《1844 年经济学哲学手稿》，《马克思恩格斯文集》第 1 卷，人民出版社 2009 年版，第 158—159 页。

之，那些能成为人的享受的感觉，即确证自己是人的本质力量的感觉，才一部分发展起来，一部分产生出来"①。根据马克思的这些观点和论断，我们可以说"按照美的规律来构造"是人类一切生产活动的特点，也可以说人类一切活动中都带有审美的因素，这是人与现实审美关系构成的实践根源。随着人类活动在社会分工中的不断定向化、专门化，人类追求的三种基本的和终极性的价值真、善、美，在不同的人类活动中得到集中和典型的体现，科学认识活动求真，道德实践活动求善，按照美的规律来构造这一特点则在文艺活动中获得了更为集中和典型的体现或呈现，文艺活动及其成果即文艺产品作为人类审美关系的凝结物必然包含着审美价值的因素在内。所以，概括起来说，文艺活动及其创造成果里是凝结着人类价值的，而且这种价值又是与美或审美相关的，具体而言，艺术活动中体现的价值就是一种审美价值。

应该指出，马克思的劳动价值论学说，是在其对于资本主义时代商品经济生产的研究中得出来的，但其对于商品"价值"问题的思考绝不限于经济学领域，而是具有更为概括和抽象的哲学意义。20世纪80年代以来，价值哲学在中国哲学界获得了越来越多的重视，但在哲学意义上如何界定"价值"概念，国内学界却存有分歧，概括言之，主要有两种认识：一种是属性说，认为价值是客体对主体的有用性，存在于客体之中，是客体的固有属性。如有的学者认为："哲学意义上的价值概念，反映的是事物满足人的需要的客观属性"②。也有学者认为："哲学的价值范畴……换言之，一个事物的价值，是指它能满足人们（主体）的一定的需要这种性质"③。一种是关系说，认为价值是关系范畴，是在主客体关系构成中物的对人有用的属性与人的需要相互作用的产物。关系说以及某些属性说大多都以马克思在《评阿·瓦格纳的"政治经济学教科书"》中的一句话为依据，即"'价值'这个普遍的概念是从人们对待满足他们需要的外界物的关系中产生的"④。在学

① 马克思：《1844年经济学哲学手稿》，《马克思恩格斯文集》第1卷，人民出版社2009年版，第191页。
② 李连科、刘奔：《从真理的价值属性看部分社会科学真理的阶级性》，《社会科学辑刊》1984年第4期。
③ 李砚田：《论价值范畴在认识论中的地位》，《江汉论坛》1986年第3期。
④ 《马克思恩格斯全集》第19卷，人民出版社1963年版，第406页。

界，有的学者认为瓦格纳从"人的自然愿望"出发把使用价值概念推论到"价值的普遍概念"，是马克思所反对的，所以实际上这句话是马克思讽刺瓦格纳的话，表达的其实不是马克思自己的观点，而是马克思所反对的瓦格纳的观点。[①] 与之相反，李连科在其《哲学价值论》一书第二部分的最后一小节"对马克思著作中一段引文的理解"里，专门对这种否证意见作了反驳和澄清。他指出，瓦格纳从抽象的"人"这个范畴和抽象的"自然愿望"出发，结果颠倒或混淆了主观与客观、理论和实践的关系，得出"外界物被赋予价值"等等结论，是从抽象概念推出一切的唯心主义路线；而马克思从具有社会性质的人类社会生产出发研究价值问题，其价值范畴是从客观存在的具体事物出发所做的科学抽象，坚持了从物到感觉到思维的唯物主义路线，这二者之间当然是不同的。在马克思的观点中，"价值"概念是从实践关系中产生出来的，所以"'价值'这个普遍的概念是从人们对待满足他们需要的外界物的关系中产生的"这句话却并非是从瓦格纳的观点推论出来中，而是从马克思的理解中推论出来的，是马克思的观点。[②] 目前来看，以实践活动为基础的主客体关系来理解价值概念，已经成为中国学界的主导性认识。比如在高校思想政治理论课教材编写领导小组领导下组织编写的马克思主义理论研究和建设工程重点建材《马克思主义基本原理概论》就这样来界定价值："哲学上的'价值'是揭示外部客观世界对于满足人的需要的意义关系的范畴，是指具有特定属性的客体对于主体需要的意义。哲学上的价值概念具有最大的普遍性，是对各种特殊的价值现象的本质概括。如经济领域中某项活动是否具有效益；政治生活中某种政权组织形式是否体现了人民群众的意志，能否受到民众的支持；精神生活中某种信仰或信念是否能给人以精神支撑和精神引领；艺术领域中某件艺术作品是否能给人带来美的感受等，都是主体和客体之间价值关系的丰富多彩的表现形式。哲学的价值概念扬弃了上述各种价值关系中纷繁复杂的特殊内容和形式，概括了其中共同的、普遍的、本质的内容，即概括了其中所包含的外部客观世界的事物（客体）对于人（主体）的需要满足与否（意义）的关系。当客体能够满足主体需要时，

---

① 郝晓光：《对所谓马克思主义普遍价值概念定义的否证》，《江汉论坛》1986 年第 12 期。

② 参见李连科《哲学价值论》，中国人民大学出版社 1991 年版，第 57—61 页。

客体对于主体就有价值，满足主体需要的程度越高价值就越大。"① 在这个界定的基础上，该著概括和分析了价值的四个特性，即价值具有客观性、主体性、社会历史性、多维性，并对价值评价、价值观、价值与真理的关系等问题做了分析论述。②

正如《马克思主义基本原理概论》的编写者所认识到的那样，文艺作品能给人带来美的感受是文艺领域或文艺活动中价值构成的特殊表现。既然价值概念是揭示外部客观世界对于满足人的需要的意义关系的范畴，是指具有特定属性的客体对于主体需要的意义，那么文艺领域或文艺活动中的审美价值也必然是文艺活动中主客体关系的产物，是具有特定属性的文艺活动对象与具有需要的文艺活动主体相互作用的结果。这也就是说文艺审美价值有其客观的基础，但并非完全属于文艺对象或文艺作品的实体性、事实性存在，而是具有一定审美属性的对象满足主体需要的关系性存在、意义性存在。这就是我们对于文艺审美价值的基本认识。正是基于这种认识，所以我们对文艺美学元问题的研究不侧重于界定文艺的"审美属性"（或审美特征），而是文艺的"审美价值"。细究起来，这两个概念是有所不同的。"审美属性"（或审美特征）的认识往往指向作为客体的文艺对象固有特性的界定，从而对这一概念作客观的、实体性的理解，而"审美价值"是文艺活动中主客体关系的产物，既与对象的客观特性有关，又与主体的特性（主体的需要、感知、态度、理解等等）有关，属于关系性范畴。文艺活动，从创作到作品再到接受，始终存在着主客体关系的构成问题，对象的审美属性或特征是在这种关系中被主体所发现、所创造、所赋予的，而又在这种关系中经由主体的掌握、享受和认知而生成为审美价值。

四、文艺审美价值是生成性的

这里，需要指出的是，我们将文艺审美价值视为文艺主客体审美关系的产物，同时也就意味着文艺审美价值是生成性的，是在文艺主客体因素相互作用的过程中形成的。说文艺审美价值是生成性的，就意味着它不是某种

① 本书编写组：《马克思主义基本原理概论》，高等教育出版社 2007 年版，第 82 页。
② 参见本书编写组《马克思主义基本原理概论》，高等教育出版社 2007 年版，第 82—88 页。

固有的东西，不是存在于文艺活动的某一个因素甚至某一个环节中的东西，生成就意味着它是多种因素在动态的活动过程中的创造性凝结与升华。李春青在《文学价值学引论》中指出，马克思关于以实践为中介的主客体关系模式的思想是研究一切价值问题的理论前提，对文学价值学的研究具有方法论的意义。"在这种认识的指导下，我们在研究文学价值问题时，就必须将其看作文学活动主客体关系的产生，将文学价值的发生、存在、实现看作一个过程，而不是孤立地在文学文本中寻找价值和意义。文学价值只有在文学活动的过程中才具有存在的现实性。过程意味着主客体相互关系的展开，离开了这种关系，文学价值便无从谈起。"[1] 文学价值论的研究是如此，文艺审美价值问题的研究也是如此。文艺美学元问题的研究不止于对文艺活动审美价值的认识，而是以文艺活动整体系统的构成和联系为前提，在文艺活动主客体关系的动态进程中呈现与阐发文艺审美价值的生成。就此而言，本课题比较认同文艺审美活动论按照文艺活动的动态展开过程和相应环节来架构文艺美学理论系统的思路，比如审美活动论的代表胡经之的《文艺美学》和杜书瀛主编的《文艺美学原理》都是如此。

事实上，在此前的研究中，以审美本质论和审美经验论为逻辑起点所构建起来的文艺美学理论系统，也都是包含了文艺审美活动系统的内容的。比如周来祥的《文艺美学》是以审美本质论为逻辑起点的，曾繁仁主编的《文艺美学教程》是以审美经验论为逻辑起点的，但在二者的总体框架内容中都包括了文艺活动的系统展开（创作——作品——接受）与历史展开（分类形态、发展形态、传播形态、审美价值的社会化——艺术审美教育等等）。其实，这也没有什么意外，文艺审美本质是从人类文艺活动的实际经验中抽象、概括出来的，文艺活动的系统展开与历史展开是文艺审美本质得以抽象、概括的现实基础，文艺审美本质论不可能脱离开文艺活动的实际而产生。至于说审美经验论，更不可能脱离开文艺活动加以认知和阐发，因为审美经验是构成文艺活动的细胞，而脱离开整体的文艺活动系统，这些细胞也难以存在与生长，文艺活动与文艺审美经验之间实际上是密合无间、不相分离的，具体的细部的审美经验是在总体的完整的文艺审美活动系统中存在并

---

① 李春青：《文学价值学引论》，云南人民出版社 1994 年版，第 23—24 页。

呈现自身的。对此，《文艺美学教程》的著者已经指出：文艺美学系统建构中的三种逻辑起点论都各有其存在价值，而且相互之间不是非此即彼的关系。"正如从艺术的审美本质出发的体系建构中必然包含着具体的'事实归纳'一样，从艺术的审美经验出发的体系建构中也必然包含着抽象的'逻辑演绎'。至于同从艺术的审美活动出发的体系建构相比，从艺术的审美经验出发的体系建构更不会与之构成相互排斥的关系，两种体系建构本来就是走在同一思路上，只不过从艺术的审美经验出发的体系建构试图寻求一种更原初、更直接、更基本的审美事实，因而走得更远一些罢了。而且艺术的审美经验就是在审美主客体'相遇'的审美活动中产生的，实际上它也是一种审美活动，是一切审美活动的最基本的形态。"[1] 由此来看，将文艺美学的元问题规定为文艺审美价值的生成，既能够彰显文艺审美活动的整体系统构成，又能够在此基础上很好地吸收此前各种体系建构的理论长处，系统地整合文艺审美活动中各种层次与环节上的相关理论问题，既具有问题的始源性与基础性，又具有理论的整合性与生长性。

第二节 文艺价值的独特性与多样性

在价值哲学兴起的理论语境之下，20 世纪 80 年代后期以来，伴随着对长期占据中国文艺理论主导地位的反映论或认识论文艺观的反思，文艺价值论也奇峰异出，成为文艺理论研究的一个重要问题和研究领域。

一、中国当代文论界对文艺价值论的研究

在中国当代文艺理论界，黄海澄较早涉足文艺价值论研究，他对文艺反映论的反思很有针对性，对文艺价值论哲学基础的论述也极具建设性。他在《艺术价值论》一书中旗帜鲜明地提出："把文学艺术当作对客观现实的一种认识形式，把整个艺术现象放在认识论的哲学来理解，是矛盾百出的"。"要想把大成殿、紫光阁、凡尔赛宫说成是对于现实生活的一种认识形式、形象的真理，从中去寻找关于人类社会生活的本质、规律的现成答案，无异

---

① 曾繁仁主编：《文艺美学教程》，高等教育出版社 2006 年版，第 21 页。

于缘木求鱼，向火索冰，所遇到的困难恐怕是无法克服的"。他对在当时中国文论界具有重要影响的蔡仪主编《文学概论》中的相关观点提出质疑。蔡仪认为，孟郊的《织妇辞》、张籍的《野老歌》、关汉卿的《窦娥冤》和梁斌的《红旗谱》这些作品的根本意义在于"告诉我们这个真理：在阶级社会中，任何时候都存在着阶级对阶级的剥削、压迫，阶级对阶级的斗争"，在于印证《共产党宣言》中所说"到目前为止的一切社会的历史都是阶级斗争的历史"，它们和《共产党宣言》所说的都是同一件事情，都"正确地反映了阶级社会的普遍规律"；它们的区别仅仅在于"对社会生活反映方式"的不同："科学的反映是抽象的，形成概念和理论，而文学的反映则是具体的，形成形象及形象体系"。黄海澄认为，若是如此，那么，"用《共产党宣言》中的表述方式该是何等简洁，何等明了，何等痛快！又何劳这些文学家们用如此繁复、累赘、不简明的形式向人申说一个如此简明的道理？岂不是自找麻烦！告诉人们一个认识成果，一个真理，讲一遍也就够了，没有必要反复啰嗦。而这些文学家却变换花样，把一条真理反复申说千余年，这又何必呢？在认识论的框子里，谁能把这些矛盾消除并令人信服？恐怕谁也做不到。"① 由此他提出："把文学艺术仅仅作为认识世界的一种特殊形式的观点站不住脚，把文艺理论置于哲学认识论的基础之上，可以说是找错了家门，安错了基座。要摆脱这种困境，我认为必须转向辩证唯物主义的价值论，因为在我看来，艺术从根本上来说不属于认知—真理系统，而属于价值—感情系统。"② 他认为南帆《文学与情感认识论》中所提出的"情感认识论"的提法在文学上也不能成立。黄海澄的论证极具思辨性，对当时中国哲学界对价值论的认识进行了辨析，由此深入到文学价值论的哲学基础的研究。他指出："人与世界的关系并不只限于认识和被认识的关系，还有一种更根本的关系，即价值关系。我们人类生活在世界上，时时处处都离不开价值物，离不开对价值的追求和创造。我们的各种需要，无论是物质的还是精神的、个体的还是群体的，都要靠相应的价值物来满足。"③ 就艺术价值来说，它不属于认知—真理系统，而是价值—感情系统；认知作用是"眼睛""罗盘""望

① 黄海澄：《艺术价值论》，人民文学出版社 1993 年版，第 23—24 页
② 黄海澄：《艺术价值论》，人民文学出版社 1993 年版，第 24 页。
③ 黄海澄：《艺术价值论》，人民文学出版社 1993 年版，第 31 页。

远镜""电子导航装置"，是方向性的，但不是"动力源"。此外，程麻的
《文学价值论》也是同类著作中出版较早的一部，在学界较有影响。他认为，
文学价值论是"马克思主义学说里应有之义"："辩证唯物主义是立足于主体
并能动地认识和改造世界的哲学，同样，历史唯物论也是着眼于人并为了人
的自由发展的学说。发掘马克思主义关于价值问题的观点与论述，有利于改
变那种对马克思主义文学观念的浮浅和教条的理解，汲取当代文化意识，焕
发其内在生机与活力。"①

　　中国当代文艺理论的传统观点大致认为文艺具有认识、教育与娱乐
（或审美）三种价值，而且基本上是三元并列。朱立元不同意这种说法，认
为"这种看法既未注意文学价值的特殊性（突出文学的审美价值的中心地
位），又把文学的多方面价值简单化了"，他提出"文学的价值是读者与作品
之间的一种审美需求与满足需求的关系，是作品对读者的有用性与意义，即
一种主客体间的审美效应关系。文学价值就是这样一个以审美价值为中心的
多元价值系统"，是一个"负载着以艺术（审美）为中心的多元价值的复合
系统"。在他看来，文学价值包括审美价值、消遣娱乐价值、认知价值、道
德价值、思想价值、宗教价值、心理平衡价值、社会干预价值、交流价值、
经济价值在内的十种文学价值②。朱立元的这种看法突出了文学价值的特殊
性，又将文学价值视为一个以审美价值为中心的复合性多元价值系统，较为
符合文学的实际，对文艺美学元问题的研究很有启发意义。

　　上述相关研究和观点之外，文艺理论界在后续的相关研究中，对文艺
价值的多元性、文学价值的实现路径问题，给予了较多的关注。比如，李春
青就对这一问题进行了细致的考察。文学的意义与价值源于文本、文本创作
出来便先验地存在着，还是被接受者所赋予的？一种意见认为，文学作品一
经产生，它就是一个客观存在物，它的意义与价值是恒定不变的，因此，文
学研究就应是"注经式"地将作品中的微言大义揭示出来。西方精神分析学
派的文学批评、神话—原型批评，以及各种形式主义文学批评、"红学"研
究中的"索隐派"等等，大抵持这种见解。另一种意见则刚好相反，认为

---

① 程麻：《文学价值论》"前言"，人民文学出版社 1991 年版，第 8 页。
② 朱立元：《论文学的多元价值系统》，《益阳师专学报》1989 年第 2 期。

作品本身并没有固定不变的意义与价值，接受者不同，作品就呈现不同面貌。换言之，是接受者赋予作品意义和价值。李春青认为："用马克思的价值观点来衡量，上述两种见解都具有明显的片面性。前者的错误在于离开了主客体关系来谈价值问题，将价值属性与物的自然属性混为一谈了。后者的失误则是否定了文学价值的客观规定性，从而陷入相对主义。"他认为，辩证地来看，"文学价值既有客观规定性，也有相对性"。一方面，文学价值具有客观规定性，但是，"文学价值的客观规定性并不意味着文学价值可以离开文学活动主客体关系而独立存在，它只是表明了文学活动主客体关系本身不以人的意志为转移的特点。无论是创作主体，还是接受主体，他们与文学作品所建立的特定联系并不是随意的，而是由个人的和社会历史的复杂因素所决定的，因而具有某种必然性。无视这种必然性，我们就难以解释一部作品对一定范围的读者何以会发生大致相同的效果。只有将这种效果的普遍性理解为这些读者与作品关系的相近性的反映，才能进一步弄清相对于这些读者，作品何以会显现出特定的价值和意义"。另一方面，"作品的价值的确又常常表现出多样性，文本的符号系统对任何接受者来说都是一样的，但具有不同文化背景、接受能力、审美倾向的接受者对这符号系统的'解读'却呈现出差异性，于是文学价值又具有了相对性。这种相对性常常被人们当作否定文学价值客观规定性的理由，而实际上，文学价值的相对性与客观规定性是完全一致的。它们一方面表现了文学活动主客体关系的客观性，一方面又反映了这种关系的多样性"。① 依据这种辩证看法，他进而认为文学价值以现实价值和价值潜能两种形式存在。在不同的文本与读者关系中，一个文本所呈现的文学现实价值会截然不同；那些未呈现的价值则以价值潜能的形式存在。由此而言，一部作品创作出来，其"价值潜能"便已存在，能否将其转化为现实价值，就要看文本与接受者的具体关系。李春青对于文艺价值独特性与多样性关系的理解，特别是从文艺主客体关系角度理解文艺价值的生成，都是比较切合文艺实际的。

---

① 李春青：《文学价值学引论》，云南人民出版社 1994 年版，第 25 页。

二、审美价值是文艺的基本价值

文艺的价值内涵无论多么复杂，审美价值是文艺作品的基本价值。没有了审美价值的依托，文艺的其他价值也就无从谈起了。那么，何谓审美？何谓审美价值？文艺的审美价值体现在哪些方面，又有哪些特别之处？

我们不妨先来看看美学家朱光潜先生在《谈美》中曾举过的一个例子：假如你是一位木商，我是一位植物学家，另外一位朋友是画家，三人同时来看一棵古松，我们三人可以同时都"知觉"到这一棵树，可是三人所"知觉"到的却是三种不同的东西。你脱离不了你的木商的心习，你所知觉到的只是一棵做某事用值几多钱的木料。我也脱离不了我的植物学家的心习，我所知觉到的只是一棵叶为针状、果为球状、四季常青的显花植物。我们的朋友，画家，什么事都不管，只管审美，他所知觉到的只是一棵苍翠劲拔的古树……他只在聚精会神地观赏它的苍翠颜色，它的盘屈如龙蛇的线纹以及它的那股昂然高举、不受屈挠的气概。[①] 显然，朱光潜所说的那位画家面对古松时的态度就是审美的态度。他所看到的"昂然高举、不受屈挠的气概"，就是古松的审美象征意义。由此可见，审美价值，既不同于实用功利价值，也不同于科学知识价值，而是事物的形象给予人的一种情感愉悦、精神感染、生命激励与心灵净化价值。这样一种审美价值，既体现于人对大千世界的花草树木、山川河流、人生世相的关照之中，更突出、集中地体现在对文学、音乐、绘画、戏剧、影视之类艺术作品的观赏之中。

文艺不似宗教、哲学般对世界和人生进行抽象的思考与认识，而是将思考与认识用具体、生动的文学形象表现出来。无论哪一派别的宗教或哲学，都有其基本的逻辑起点，比如"理念""彼岸"之类。这些理性的逻辑起点，以及相关的教义、论述，往往是抽象的，难以为大众所接受，因而古往今来才出现了众多的宗教故事和哲理寓言。这些具有形象性，亦能给人情感感染的宗教故事和哲理寓言，虽近似文学，具有一定的审美因素和审美价值，但与纯文学是有根本区别的，骨子里仍是功利性的，试图利用文学的独特感染力去帮助宗教教义、哲学理念的宣扬与推介。与之不同的是，纯文艺

---

① 参见《朱光潜美学文集》第 1 卷，上海文艺出版社 1982 年版，第 448—449 页。

的审美价值是与主观性、情感性、形象性密切相关的一种情感感染与精神激励价值。

不同文艺类型运用各自不同的创作手段，在审美价值的体现上也各有特点。例如，与音乐、绘画等其他艺术门类相比，作为语言的艺术，文学的审美价值，自然又有其特殊性，其价值是蕴含在由抽象的语言文字符号塑造的艺术形象之中的。正是缘其语言符号性，文学的审美价值，有着独特的呈现方式。具体来看，文学与音乐不同，它不是仅靠直接刺激人们的听觉给人以美感；亦与绘画不同，不是通过直观性的画面给人美感，而是要通过对文字符号的理解，借助于想象的帮助，读者才能得到审美体验。由于抽象的文字符号在表情达意上既有确定性，又有非确定性，加之读者自身生活阅历、知识背景，以及理解能力与想象能力的差异，不同读者，即使面对同一作品，把握到的形象，得到的审美感受，既有相通性，又会存在差异性。所谓"一千个读者就有一千个哈姆雷特"，体现的正是文学审美活动的特点。这句话可分两层意思理解，即"哈姆雷特各不相同"，但"哈姆雷特总是哈姆雷特"。在不同读者那儿，哈姆雷特之所以各不相同，是与文字符号表情达意的不确定性及读者的自身条件相关的；在不同读者那儿，哈姆雷特毕竟还是哈姆雷特，而不会被误读为贾宝玉或于连，这便与文字符号表情达意的确定性相关。由此可知，与其他艺术门类，尤其是与视觉性的造型艺术相比，文学审美，呈现出封闭性与开放性相统一的特点。正是其封闭性，保证了文学审美价值的统一尺度；正是其开放性，会使文学作品形成无限的审美想象空间，释放出不同于其他艺术形态的特殊的美，体现出特殊的审美价值。就此而言，文学的审美价值的实现是以激活人们的想象力为起点的。

与人类其他活动相比，文艺活动的目的在于形成某种审美价值。因此在艺术的诸种价值中，审美价值具有独特重要的地位。对此，英加登在《对文学的艺术作品的认识》一书中进行了深入的论证。英加登反对将作品的审美价值和艺术价值混淆起来的通常做法，认为二者都是超验的，又是有所不同的。艺术价值是可以在以艺术作品本身为认识对象的前审美阅读和反思性阅读中分析出来的东西，包括两个方面，一是基于艺术技巧效能的价值，如文学语言上运用的明晰与含混之类，二是一部艺术作品独特的性质和成分所具有的功能。审美价值的实现则有赖于具体的审美经验，是在读者阅读中将艺术作品具体化为审美对象并转化为审美体验的过程中实现出来的东西，其审美上有价值的属性也包括两种类型，一是诸如"深刻"或"平庸"之类"无条件的审美价值属性"，二是在某种条件下与其他审美上有价值的特性相结合所产生的审美价值，即所谓"有条件的审美价值属性"。虽然有这种区别，但艺术价值与审美价值却不是相互分离的东西，审美价值正是艺术价值所欲实现的目的和功能。英加登指出："艺术价值属于艺术作品，它包含着一种同它有质的区别的价值，即审美价值现实化必要的但非充足的条件。审美价值出现在艺术作品的具体化中。艺术价值是一种手段、一种工具的价值，如果条件许可的话，它有能力使审美价值呈现出来。"① 正是在艺术价值所提供的必要条件与观赏者的审美具体化中，作为艺术价值中的"绝对价值"的审美价值才产生出来。在论述科学著作与文学的艺术作品的区别时，英加登也明确指出："文学的艺术作品不是为了增进科学知识，而是在它的具体化中体现某种非常特殊的价值，我们通常称之为'审美价值'。它使这些价值呈现出来，使我们可以观照它们并对它们进行审美体验，这个过程本身就有某种价值。如果在某个特殊事例中，文学的艺术作品由于某种原因没有体现这些价值，那么它即使能够提供这种或那种知识也是无济于事的。作品失败了而且只是看起来像美文学作品。我们所说的也适用于那些没有呈现出审美价值，但却表现了重要的哲学或心理学洞识的作品；它们仍然不是艺术作品。相反，把文学的艺术作品当作仿佛是隐蔽的哲学体系也是错误的。即使有时候文学的艺术作品发挥着其他社会功能或者被用来发挥这种功能，这也没有给它们之为艺术作品的特征增加任何东西，如果它们在具体化中没有体现审美价值，这些社会功能也不能使它们成为艺术品。"② 英加登还明确地将"审美价值"视为文艺的"基本功能""主要功能"，他说："文学的艺术作品真正的基本功能在于使对作品持正确态度的读者能够构成一个审美对象，它属于作品所容许的若干审美对象之一，并且能够产生一种同作品相适应的审美价值。如果作品要实现它的最高目的，那么它的各要素和特性的功

① [波] 罗曼·英加登：《对文学的艺术作品的认识》，陈燕谷、晓未译，中国文联出版公司1988年版，第303—304页。

② [波] 罗曼·英加登：《对文学的艺术作品的认识》，陈燕谷、晓未译，中国文联出版公司1988年版，154—155页。

能都要从属于这个主要功能。在任何情况下，它们都从属于这个主要功能的实现，并且以积极或消极的方式确定它所采取的方式。""如果它不发挥它真正的主要功能，那么它就不能完成它的确定的任务，从而作为艺术作品它是有缺陷的，即使它仍然属于'文学'。它只能自以为是一部艺术作品，但本质上已经不是了，至少它只是一部'坏'的艺术作品。"① 由此可见，英加登是从艺术本质的角度来看待文艺的审美价值，并把它作为文艺的主要功能来加以论证的。

　　一般而言，在西方现代美学中，审美是排斥功利的，甚至可以说，非功利性恰恰是西方现代美学的最重要特征之一，现代西方美学中审美主义的根基就是建立在这个追求审美纯粹（自律）性、因而具有强烈排斥性的概念之上的，而这种排斥性主要是针对现实的功利性目的而言的。"利害性"和"无利害性"原是 18 世纪英国的一对伦理学概念，它们的意义是"实践性"的。英国哲学家夏夫兹博里在描述具有美德的人作为一个旁观者"观察和静观"自己举止和美德的美时，采用了"无利害性"概念，它是指一种不涉及实践和伦理考虑、只关注事物的美的注意和知觉方式，这种方式后来被发展为"审美知觉方式"，作为美学概念的"无利害性"由此诞生②。此后，康德、尼采、克罗齐等几位西方现代美学家都有关于审美无利害性的经典性论述。法国的戈蒂耶曾言："一般来说，一件东西一旦变得有用，就不再是美的了；一旦进入实际生活，诗歌就变成了散文，自由就变成了奴役。所有艺术都是如此。艺术，是自由，是奢侈，是繁荣，是灵魂在欢乐中的充分发展。绘画、雕塑、音乐，都决不为任何目的服务。精雕细镂，奇形怪状的各种首饰，都纯粹是无用的废物，可谁又肯将其舍弃呢？"③ 克罗齐也曾讲过："把艺术降低为简单的、愉快的幻象，感官的陶醉，就等于把产生这种幻象和陶醉及其他的实践活动置于道德目的之下。这样，艺术就没有了自身的尊

---

① ［波］罗曼·英加登：《对文学的艺术作品的认识》，陈燕谷、晓未译，中国文联出版公司 1988
　　年版，85—86 页。

② ［美］杰罗姆·斯托尔尼兹：《"审美无利害性"的起源》，见中国社会科学院哲学研究所美学研
　　究室编《美学译文》（3），中国社会科学出版社 1984 年版，第 23 页

③ ［法］戈蒂耶：《〈阿贝杜斯〉序言》，见赵澧等主编《唯美主义》，中国人民大学出版社 1988 年
　　版，第 16—17 页。

严，被迫采取反映他物的或可怜的身份。道德的和教育的理论是建立在享乐主义之上的。对纯粹的享乐主义者来讲，艺术家可比为宫妃，对道德论者来讲，艺术可比为教育者。"① 可见，对于艺术审美价值，人们主要是把它放在与其他价值尤其是功利性价值的比较中加以论述的，这有助于加深对审美价值的理解。

三、文艺的文化价值与市场价值

"无利害性"是现代西方审美范畴的最基本规定，这个概念的否定性的话语形式，使其具有了排他性，后来甚至发展成为区分审美与非审美的一个基本尺度，并被审美主义者进一步用作区分艺术与非艺术的标准。这一观念，在中外文论史上也不乏不同甚至反对的声音。如西方文论史上，古罗马时期的贺拉斯主张"寓教于乐"，突出文艺在教化方面的价值。现代马克思主义文艺理论家葛兰西则突出强调文艺的文化价值，他认为："在任何情况下，即便是商业文学，在文化史上也不应该被忽视：正是在这个意义上说，它甚至具有极大的价值，因为一部商业性小说的成就，表明了（有时是唯一的标志）'时代哲学'是怎样的哲学，即在'沉默的'群众中间什么样的感情和世界观现在占据主导地位。"② 甚至在尼采看来，"一切艺术都有滋补强身之效，增强体力，激发快乐（也就是力感），激发一切更敏感的醉意记忆"③。在中国古代文论的发展中，文艺无功利的审美价值思想并不占优势，教化论占据着重要位置。如孔子认为《诗》能"兴""观""群""怨"，他评价《韶》"尽美矣，又尽善矣"（《论语·八佾》）；荀子主张"乐行而志清"，"美善相乐"（《荀子·乐论篇》）。在中国近现代文艺发展史上，甚至形成了"审美功利主义"传统。王国维讲审美和艺术的"无用之用"胜于"有用之用"。④ 朱光潜将"审美无利害"翻译成"无所为而为的玩索"或"无所

---

① ［意］克罗齐：《作为表现的科学和一般语言学的美学的历史》，王天清译，中国社会科学出版社 1984 年版，第 6 页。

② ［意］葛兰西：《葛兰西论文学》，吕同六译，人民文学出版社 1983 年版，第 35—36 页。

③ ［德］尼采：《权力意志》，张念东、凌素心译，海南国际新闻出版中心 1996 年版，第 306—307 页。

④ 王国维：《孔子之美育主义》，《王国维文集》第 3 卷，中国文史出版社 1997 年版，第 158 页。

为而为的观赏"。蔡元培、鲁迅、丰子恺等人也接受了相应的观点。文艺具有多元的价值，如亚里士多德在论音乐时所提出的："音乐应该学习，并不只是为着某一个目的，而是同时为着几个目的，那就是（1）教育，（2）净化……（3）精神享受，也就是紧张劳动后的安静和休息。"① 他又说："各种和谐的乐调虽然各有用处，但是特殊的目的，宜用特殊的乐调。要达到教育的目的，就应选用伦理的乐调；但是在集会中听旁人演奏时，我们就宜听行动的乐调和激昂的乐调。"② 由这些不同的观点可见，文艺价值实际上是个非常复杂的系统，包含着多种多样的价值在内。概括起来看，传统上所谓认识价值、教育价值等都可归入文化价值体系之中。而在当代社会，随着经济与文化的发展，文艺的商品价值越来越得到突显。

首先，文艺作品是艺术家思想、情感、知识的综合体现，从根本上来说，更是诗人、作家的文化创造，是人类精神文明的宝贵结晶。因而，除了审美价值之外，文艺还能给人以多方面的文化影响。在文艺作品中，这样的文化价值，主要表现在以下几个方面。

其一，认识世界人生。早在两千多年以前，孔子就明确提到，诗既可以"兴观群怨"，亦能"迩之事父，远之事君"，还可以"多识于鸟兽草木之名"（《论语·阳货》）。孔子这里所说的"观"以及"多识于鸟兽草木之名"事实上就是谈到了文艺的认识价值，它指的是文艺作品具有能够使人增长见识、了解外在世界、认知自我的价值。与科学帮助人类认识自然世界的客观规律不同，文艺的认识价值更多地体现在认识人类社会生活方面。

由于生活的时间、空间以及职业、经历等诸多方面的原因，人们对社会生活的了解总是存在着一定的局限性，而文艺则为我们提供了打破这一局限的最好方式。与科学认识不同，文艺的认识是一种审美认识、一种诗意的主观认识。文艺中的认识不以客观物质世界的本质属性为重心，而是以人为中心，尤其注重探究人类的情感世界和社会生活的奥秘。因此，文艺对于认识形形色色的人生，探寻人的内心深处的情愫，认识复杂的人性，丰富读

---

① ［古希腊］亚里士多德：《政治学》，见伍蠡甫编《西方文论选》上卷，上海译文出版社 1979 年版，第 95—96 页。

② ［古希腊］亚里士多德：《政治学》，见伍蠡甫编《西方文论选》上卷，上海译文出版社 1979 年版，第 96 页。

者的人生阅历等方面就发挥着重要的作用。比如《聊斋志异》对于人性的挖掘，让人们真切地感觉到那些道貌岸然的伪君子真不如花妖狐仙来得可爱。而网络小说《后宫·甄嬛传》则能够让今天的读者们深切地认识到古代封建制度下后宫华丽的情爱背后冷酷残忍的皇权本质。放眼世界，无论是古希腊的史诗、悲剧、文艺复兴时期莎士比亚等文豪的作品还是现代主义、后现代主义的代表性作家作品，无一不是"字里行间所燃烧着的电一般的生命……他们以无所不包、无所不入的精神，度量着人性的范围，探测人性的秘奥"①。它们都是文艺试图认知人类自我的种种努力的记载，更是文艺认识价值的重要显现。

　　人是世界上最难懂的动物，人类社会自然也是世界上最复杂的社会形态。人类的社会生活涉及方方面面，从物质到精神、从历史到未来，很难有哪一门学科能够独立承担起认识人类世界的功能。文艺在这一点反倒具有自己的特殊优势。文艺之中包含着政治、经济、社会、科技、历史、文化等众多因素，更主要的是，文艺是文艺家对整个人类社会的整体性体悟和思考。正是基于这一原因，文艺能够以自己独有的方式去认识整个人类世界。恩格斯曾经这样评价过巴尔扎克："他用编年史的方式几乎逐年地把上升的资产阶级在1816—1848年这一时期对贵族社会日甚一日的冲击描写出来……围绕着这幅中心图画，他汇编了一部完整的法国社会的历史，我从这里，甚至在经济细节方面（诸如革命以后动产和不动产的重新分配）所学到的东西，也要比从当时所有职业的历史学家、经济学家和统计学家那里学到的全部东西还要多。"②恩格斯这儿所说的，即是巴尔扎克小说所具有的社会历史认识价值。

　　不借用概念，不经由理性的逻辑推演，文艺为何具有这种独特的认识价值？从主观方面来说，无论是诗歌、小说、散文抑或其他文艺体裁，也不论是偏于再现的叙事性作品还是倾向表现的抒情性作品，它们都是文艺家对世界、人生的真切感受与深沉体验，是文艺家人生智慧的艺术化体现；从客观方面来说，文艺以艺术化的形式记录了艺术家的情感历程和社会生活的方

---

① 　[英]雪莱：《诗辩》，见伍蠡甫编《西方文论选》下卷，上海译文出版社1979年版，第56页。

② 　恩格斯：《致玛格丽特·哈克奈斯》，《马克思恩格斯文集》第10卷，人民出版社2009年版，第570—571页。

方面面，因此就成为人类个体、时代、民族情感和社会生活、历史事件的特殊见证者。前者为文艺的认识价值提供了主观意愿，后者则提供了客观可能性。不过，正如前文所述，文艺作为一种艺术，它对于世界、人生的认识与科学世界中的认识存在着重要的区别。文艺的认识是以形象为载体的主观性认识，这决定了文艺认识的感性与诗意性。如果说单个作家、单篇作品的认识是主观、偶然的话，那么众多作家作品中的认识价值就显示出一种深刻的必然性，尤其是在建构属于人的目的和意义的世界方面，具有科学认识所不具备的独到优势。也正因如此，文艺的认识价值重在体验，让人在身临其境中逐渐体验和领略人生，而非重在结论。

其二，提升人的精神境界。一般认为，道德教人向善，具有鲜明的教育价值。至于文艺，虽然"没有一个十六岁以上的人会仅仅为了诗歌所讲的意思去读诗"[1]，但其中确实存在着独特的教育价值，通过阅读优秀的文学作品，可以纯化人的心灵，善化人的心性，提升人的精神境界。法国启蒙运动时期的著名思想家狄德罗在《论戏剧诗》中讲过："只有在戏院的池座里，好人和坏人的眼泪才融汇在一起。在这里，坏人会对自己可能犯过的恶行感到不安，会对自己曾给别人造成的痛苦产生同情，会对一个正是具有他那种品性的人表示气愤。当我们有所感的时候，不管我们愿意不愿意，这个感触总是会铭刻在我们心头的；那个坏人走出了包厢，已经比较不那么倾向于作恶了，这比被一个严厉而生硬的说教者痛斥一顿要有效得多。"[2] 狄德罗这儿指出的，便正是文学艺术作品提升人的精神境界的价值。

从中外文艺理论史来看，对于文艺的这样一种文化价值，许多文艺家和学者早就有着充分的认识。"寓教于乐"是西方很早就形成的一种被普遍接受的艺术价值论和功能论。在古希腊时代，就连敌视庸俗的模仿诗人因而扬言要把它们驱逐出"理想国"的柏拉图，也注意到那些出之于"迷狂"诗人的作品对培养儿童和青年有益，能使他们从小就在春风化雨般的潜移默化

---

[1] [美]雷·韦勒克、奥·沃伦：《文学理论》，刘象愚、邢培明、陈圣生等译，生活·读书·新知三联书店 1984 年版，第 113 页。

[2] [法]狄德罗：《论戏剧诗》，见伍蠡甫、胡经之主编《西方文艺理论名著选编》上卷，北京大学出版社 1985 年版，第 230 页。

下"不知不觉地受到熏陶，从童年起就与美好的理智融合为一"①，并将这类作品视为可以服务于他的理想国的政治工具。对于文艺的这类价值，柏拉图的弟子亚里士多德有着更明确的论述。他在《诗学》第 6 章中谈到了悲剧的"卡塔西斯"，无论我们将其译为"陶冶"还是"净化"，指的其实都是那些具有崇高内容的悲剧作品对人类情怀的影响作用。

在我国古代的《尚书·尧典》中，也早就有"夔！命汝典乐，教胄子，直而温，宽而栗，刚而无虐，简而无傲"的记载，这也是中国古代文论中对于文艺教育价值高度认可的力证。虽然这里表面说的是"典乐"，但在那个艺术尚未细致分化的年代，这其实是对包括所有文艺在内的艺术作品的教育价值的颂扬。孔子就曾用"乐"来教育他的学生。他指责郑声"淫"，批评《武》"未尽善"，高度赞扬"尽善尽美"的《韶》。在中国古代文论中，文以载道、明理一直属于主流认知。朱光潜说过："在中国方面，从周秦一直到现代西方文艺思潮的输入，文艺都被认为道德的附庸。这种思想是国民性的表现。中国民族向来偏重实用，他们不欢喜把文艺和实用分开，也犹如他们不欢喜离开人事实用而去讲求玄理。"②也正是在这一维度上，教育工作者才更愿意让孩子们去阅读那些对他们的成长"有意义"的书和作品。

文艺作品之所以具有上述独特的教育价值，是因为文艺在对生活的反映中不可避免地渗透着作家主体强烈的思想和情感倾向。如前所述，哪怕是再冷静的作家、采用的是如何客观的视角，他的理想信念和思想情操也会以文艺特有的审美评价方式渗透在作品的描绘当中，尤其是他所塑造的理想人物身上。因此，当读者在阅读这些作品时就不可能不受到其中蕴含着的思想感情的影响。从这个角度而言，优秀的文艺作品确实具有能使人向善的教育价值，但跟道德的教育不一样的是，这是一种通过潜移默化的"感化"而实现的教育价值。感化的教育似润物细雨般悄无声息地发生作用，它基于作家与读者、文本与读者之间的情感共鸣而得以实现，是读者对于文本所蕴含的审美价值尤其是道德指向的认可与潜意识追随。可以说，文艺的教育价值寓于形象之中，实现于动之以情的感染之上。正如雪莱所说的那样："只要你

---

① ［古希腊］柏拉图：《柏拉图全集》第 2 卷，王晓朝译，人民出版社 2003 年版，第 368 页。

② 朱光潜：《文艺心理学》，《朱光潜全集》第 1 卷，安徽教育出版社 1987 年版，第 294 页。

曾一度欣赏过他们，他们便永远留在你心中！"①

其三，推动历史进步。文学艺术的重要文化价值还表现在它具有不可估量的促进现实变革，推动历史前行的力量。文艺作品所追求的真善美，能够激起读者对现实的不满，对更为理想的社会生活局面的追求。鲁迅先生之所以弃医从文，就正是因为看到了文艺对于改变人的精神世界的巨大作用。在鲁迅先生看来，一个人，无论身体如何健全，一旦精神麻木，其人生就没有了意义，社会就没有了希望。因此，鲁迅才创作了《阿Q正传》《狂人日记》《药》等一篇篇直刺当时半封建半殖民地的愚民灵魂深处的檄文，在中国社会的现代化转型过程中，发挥了重大作用。对于文艺的拯救灵魂之功效，论述最充分的当属德国的法兰克福学派。其代表人物马尔库塞明确说道："艺术不能改变世界，但是，它能够致力于变革男人和女人的意识和冲动，而这些男人和女人是能够改变世界的。"② 正是基于这种思想，所以法兰克福学派的思想家们才格外地重视用文艺、艺术去拯救思想麻痹的人们，以至于人们把他们的观点称之为"审美乌托邦"。如果只是想仅仅依靠文艺就改变世界，当然是一种徒劳。但如果充分利用文艺对于人类精神世界的警醒作用，那么就很有可能进而激发起人们改造社会、推动历史进步的可能性。也正因为看到了这一点，王国维先生才发出了"生百政治家，不如生一大文学家"③ 的感慨。

关于文艺作为现实的"镜子"，能够对人类社会起到警醒与引领的功能，梁启超在《论小说与群治之关系》一文中有过精彩的论述："人之读一小说也，不知不觉之间，而眼识之为迷漾，而脑筋为之摇飏，而神经为之营注；今日变一二焉，明日变一二焉，刹那刹那，相断相续，久之而此小说之境界，遂入其灵台而据之，成为一特别之原质之种子。"④ 正因为小说的独特魅力，所以让人为之"迷漾""摇飏""营注"，以致在不知不觉之中，人们

---

① [英]雪莱：《为诗辩护》，见刘若端编《19世纪英国诗人论诗》，江苏人民出版社2007年版，第8页。

② [美]马尔库塞：《审美之维》，李小兵译，广西师范大学出版社2001年版，第212页。

③ 王国维：《王国维学术经典集》上，江西人民出版社1997年版，第112页。

④ 童庆炳、马新国主编：《文学理论学习参考资料新编》中册，北京师范大学出版社2005年版，第1921页。

就会按照作品中的模样试图改造现实世界了。据此，文艺能够使人摆脱麻木与沉睡，文艺还能够作为不圆满之现实的"镜子"，揭示不足、提供参照，从而以自己特有的方式推动历史的进步。

　　由以上所述可以看出，文艺的文化价值具有帮助读者认识世界与人生，提升其精神境界，并以特殊的方式推动历史进步的功能，因而历来备受文艺家和学者的重视和推崇。文化价值之外，随着社会的发展，文艺的商品价值也越来越受到重视。作为人类精神活动结晶的文艺作品，从本质上来说，体现的是难以用金钱衡量的审美价值与文化价值，但因载有文艺作品的图书、报刊以及其他文艺作品，可以定价出售，可以进入市场流通，这就决定了文艺作品亦拥有商品属性。且随着市场经济的发展，其商品属性越来越突出，商品价值也越来越被看重。但是，文艺作品毕竟又不同于一般商品，而有其与一般商品不同的特殊性：

　　首先，一般商品的价值是以价格为标志的，其价格通常主要是根据原材料与生产成本及利润确定的。而在文艺作品的生成过程中，其审美价值生成的成本是难以量化测算的，其价值当然也就无法直接体现于价格。如一本时下走红的畅销书，其价格可能高于《红楼梦》，但其真正的文学价值，则恐与《红楼梦》有天壤之别。同理，每年见之于稿费收入排行榜前列的作家，并不意味着其作品的价值一定高于其他作家。由此可见，市场价值决非一位作家创作成就的标志。

　　其次，印制成读物的文艺作品虽有一定商品价值，但精神价值仍是本质性的。相对于物质性商品而言，消费者购买文艺商品，也都与生活的实际需要无关，也无法像一般商品那样，从中得以直接的物质性享受与满足，而往往是在物质生活得以保障或比较优裕的前提下，希望从中得到更高层次的精神满足。这也就是为什么文艺消费指数，在发达国家、发达地区要远远高于贫困国家和贫困地区。

　　文艺商品的特殊性还表现在其价值的长久性。物质消费品都会有一定的使用期限，如一座房屋至一定期限可能倒塌，一辆汽车届时即将报废，文艺商品则截然不同。我们的"唐诗""宋词"，虽已有上千年历史，价值毫无减损，仍为当代人喜爱；尽管福楼拜、莫泊桑等人早已作古，他们的作品却被翻译成各国文字，在世界各地的书店销售至今，为出版商、销售商带来源源不断的财富。

　　文艺发展与文艺商品价值有着辩证关系。就文艺的特殊价值属性而言，过分看重其商品价值，不利于文学艺术真正兴盛发展，会诱使作家因注重市场效应而不顾文艺原有的使命与特征。作为人类的文化创造，文艺应该肩负的还应是净化人心、提升人性等重大责任，商品价值不应成为其追逐的目标。另一方面，文艺的商品价值与相应的市场机制，能够使作家们更关注当代读者的精神世界与阅读兴趣，也会在一定程度上促进文艺的发展。长期以来，作家们往往只是根据自己的艺术追求进行文艺创作，不太关注读者的精神需求，而且越是大作家、有成就的作家就越是如此。必须承认，作家们保持自己的创作个性而不去随意地迎合读者原本不是一件坏事，这对于保持文艺创作的独立性和相应的美学品格是有着积极意义甚至是必要的，但保持文学艺术的独立性与关注读者的精神世界和阅读习惯之间并不冲突，它们之间可以而且应该形成辩证统一的和谐关系。作家如果能将自己的审美理想、艺术追求与时代的脉搏、读者的阅读期待统一起来，不仅有助于创作出成功的文艺作品，而且也会取得更好的市场效益，从而实现精神与物质的双赢。

　　文艺的商品价值和其他价值之间的关系如何？是当代文坛应进一步思考的问题。在我国的传统语境当中，文人耻于谈钱，认为文章沾染上铜臭是一件有悖于"圣人之道"的事情。作为人类最主要的精神产品类型之一，文艺自然应与物质利益保持距离，也只有这样，才能保持文艺自身的特殊品格。但这并不意味着文艺应该回避市场，而是应勇敢地接受市场的挑战。可以相信，随着社会文化的发展，人们审美水平的提高，真正优秀的文艺作品，终会得到读者的青睐，也必会在市场竞争中占据优势。

　　通过以上对文艺的审美价值、文化价值、商品价值的分析可知，文艺决非仅仅是一个纯粹审美的问题。除本质性的审美价值之外，其他方面的价值也值得高度重视。

第三节　文艺审美价值的复合性

　　从前述关于文艺价值的论述中我们可以看到，人们对于文艺价值的种种理解都是就其对人所具有的某种效应或功能而言的。不过在许多情况下，人们往往持单一价值观，由此便造成了不同价值论之间的冲突与争论。与单一价值观相反，另外一种努力是从多种价值相综合的角度来认识文艺的价值和功能，以此来消除单一价值观引发的冲突与争论。综合论首先承认文艺价值的多样些，但又认为文艺的多样价值并非并列存在的，而是以审美价值为基础和核心的，是在这一基础之上多种文艺价值有机综合、交融而成的复合性结构系统，而且从广义上看审美价值本身便具有价值复合性的特点。这样一种以审美价值为基础与核心的艺术价值综合论符合艺术价值构成的实际，是艺术价值研究中应该予以肯定的努力方向。

一、文艺价值系统的多元复合结构

在文艺价值的研究中，我们首先应该承认，文艺价值不是单一的，而是多元的。

文艺价值的多元性首先与文艺存在的多样性有关。事实上，文艺从不仅仅是文艺。不论在中国还是西方历史上，文艺与文化原本就是同义语的。《论语》就把文学归入孔门四科（德行、言语、政事、文学）当中，这儿的"文学"即泛指作为文化形态的一切文章。至今，在我们的古代文学史上，诸如《左转》《史记》《国语》《尚书》等文化著述，仍被视为先秦时代的文学作品。西方同样如此，诸如哲学、历史、演讲术、辩论术等，都曾归属于文学范畴。同时，"文艺"的概念在中外古代社会时期，都是很宽泛的。我国先秦时代"六艺"的概念中就包括了今天根本不称其为艺术的活动在内，而西方古代的艺术概念就是"有技艺的生产"之意，同样包括了大量当今时代已不在艺术之列的活动。

当今，文艺虽已具有了独立地位，其中丰富的文化价值，仍是文艺存在的重要生命根基。文艺作品，当然不应成为表达某种文化观念的工具，但如果缺少文化内涵，其文艺价值也就大受影响了。试想，《离骚》《红楼梦》、莎士比亚的《哈姆雷特》、司汤达的《红与黑》、托尔斯泰的《战争与和平》等等，如果不是蕴含着丰富深厚的文化价值，会成为伟大的世界名著吗？当代文坛中的许多作品如《白鹿原》《秦腔》《檀香刑》等也都因其蕴含的丰厚文化内容而给作品添色颇多。也许正因如此，古罗马诗人贺拉斯曾在《诗艺》中强调："一首诗仅仅具有美是不够的，还必须有魅力，必须能按作者愿望左右读者的心灵。"① 美国当代学者阿瑟·C.丹托也认为："在某种程度上，艺术中的真可能比美更重要。它之所以更重要，是因为意义重要。"② 贺拉斯所强调的能够"左右读者心灵"的"魅力"，丹托所说的"艺术中的真"所显示的"意义"，即乃文化价值。

值得进一步探讨的是，在我国，由于长期盛行的"工具论""内容决定形式"之类主张严重危害了文艺的发展，新时期以来，文艺的审美价值受到了前所未有的重视，这对于深化我们的文艺观念，促进文艺创作艺术水平的提高，自是有重大意义的，但也已导致了某些方面的偏颇。如不少诗人、作家，不怎么关心社会现实了，鄙弃"宏大叙事"了，不怎么顾及文艺作品的"思想价值"了，不顾及"文化品位"了，要"躲避崇高"了。这样从一个极端走向另一个极端，显然也是不利于中国当代文艺兴盛发展的。

此外，文艺的娱乐价值也理应得到高度重视。虽然娱乐不可能是艺术的唯一目的，但缺少了娱乐性，艺术的目的就很难实现。文艺所具有的娱乐价值被视为是一种"理性的兴奋"，它虽然也是一种快感，但却不是个人实际功利欲望的满足。文艺的娱乐价值是基于作品的审美价值的基础之上的，它在人们心中唤起的不是低级、本能、自私的情绪，而是一种高级的、社会化的、理性化了的愉悦。文艺之所以具有娱乐价值，是因为文艺与其他艺术门类一样，在其结构中蕴含着游戏的因子。在西方美学史上，柏拉图最早开始思考文艺与游戏之间的关联，而康德、席勒、格罗塞等学者则把这一命题给扩大、深化了。文艺与游戏一样，都是在现实世界之外想象一个世界，朱光潜先生把这种想象称之为"佯信"。在亦真亦假的文艺世界，人们能享受到巨大的阅读快感。而这种快感并非只是可有可无的心灵慰藉，在亚里士多德的眼中，它涉及人类何以填充自己"闲暇时间"的社会问题。也正是基于这一维度，文艺亦被视为"有意思的"艺术：在文艺中，"因作家、艺术家

① ［古罗马］贺拉斯：《诗艺》，杨周翰译，人民文学出版社 1962 年版，第 142 页。

② ［美］阿瑟·C.丹托：《美的滥用：美学与艺术的概念》"中文版序"，王春辰译，江苏人民出版社 2007 年版，第 8 页。

在声音、色彩、造型等方面的新奇创造，而使之能够更为有效地刺激我们麻木与日常生活中的感官，更强有力地激发人们的生活活力"①。由此，也就不难理解为何在工作繁重的状态下，人们仍然不愿意放弃对文艺作品的阅读了。

二、审美价值在文艺价值中的基础与核心地位

在苏联的文艺美学研究中，有的论者承认艺术的审美价值，但只把它作为与文艺的功利价值、道德价值、宗教价值、政治价值以及经济价值并列的成分来看待。斯托洛维奇不同意这样并列，他坚持认为，具有文艺价值的文艺作品在本质上是审美的，文艺价值是审美价值的变体或特殊形式，在艺术活动中，"审美价值本身把各种社会—人的关系包括在它的内容中，因此对世界的审美关系不仅不排除道德关系、政治关系等，而且还以特殊的方式折射这些关系，所有这些关系也有它们的审美方面。它们在具体可感的表现中可以作为美或丑、崇高或卑下、悲或喜。正因为如此，这些关系能够进入艺术的内容中。而另一方面，处在艺术内容中的各种社会关系显示出它们的审美方面，并能够根据审美规律影响人们的意识"②。苏联审美学派的另一位代表人物万斯洛夫也认为艺术与美是分不开的，撇开美的问题，艺术的特征是不可能揭示出来的。因此，艺术的审美属性和审美功能在艺术的属性与功能中具有基础性的地位。他说："艺术在艺术形象中揭示生活现象的审美属性（包括生活的美）并培养人们的审美感，艺术的这种能力人们通常称为审美功能。艺术的认识功能和思想教育功能与它的审美功能是不能分割的。不仅如此，艺术对社会发挥认识功能和思想教育功能，正是视它对社会发挥审美功能的程度而定。"③ 由此可见，审美价值在艺术中不是与其他价值并列的东西，而是有其基础性与核心性地位的。这种看法有其理论逻辑的合理性，因为人类活动的基本特点是按照美的规律来建构，而艺术活动又是人对现实的审美关系的产物，所以在艺术活动中审美价值必然处于基础与核心的位置。

---

① 杨守森：《文学艺术与人类生活》，《山东社会科学》2012 年第 10 期。

② ［苏］斯托洛维奇：《审美价值的本质》，凌继尧译，中国社会科学出版社 1984 年版，第 166 页。

③ ［苏］万斯洛夫：《美的问题》，杨成寅译，上海译文出版社 1986 年版，217—218 页。

　　价值定向活动包容在人对世界的认识和改造的方方面面，因此在现实中和艺术反映中的价值关系、价值类型必然是多样性的，各种价值都有自己独立的意义，不能彼此取代。但在艺术活动中，各种价值成分却是相辅相成的，共同构成了文艺价值的整体。克罗齐这样说过："无论对诗人还是对演说家来讲，他们都有着娱乐、运动、教益这三重目的。这三种分法在任何情况下，都是很先验的，因为很清楚，在这里，娱乐只是手段，教益只是运动的简单部分：向善的运动，在其他的善中，也包括向教育之善的运动。所以，演说家和诗人（在以隐喻的有意义的纯真性记取他们任务的根本是娱乐时）都应借助形式的引诱力。"① 文艺的价值往往是相互交融的，正如恩格斯在论述德国民间故事书的时候提到的，文艺可以使一个作完艰苦的日间劳动后的农夫"消遣解闷，振奋精神，得到慰藉，使他忘却劳累"，同时"还有一个使命，这就是同圣经一样使农民有明确的道德感，使他意识到自己的力量、自己的权利和自己的自由，激发他的勇气并唤起他对祖国的热爱"。② 文艺的文化价值可谓文艺作品的灵魂，文艺商品价值是值得重视的客观存在，但这些价值应是以审美价值为基础的。对于文艺而言，一切价值的实现都依赖于它是否是文艺，而且是真正有魅力的文艺。如若不然，仅仅是把文艺当成实现某一文化价值的工具，忽视对审美属性的追求，也就谈不上文艺价值了。譬如在我国现当代某些时段的文艺史上，与片面强调文艺是"革命斗争""阶级斗争"的工具相关，许多作品成了马克思曾经批评的"时代精神的单纯的传声筒"③，而丧失了文艺作品应有的美感。这类作品难以得到读者的喜爱，其"工具"目的，自然也是难以实现的。

　　文艺的审美价值是认识价值的基础。文艺包含了丰富的认识价值，不仅可以让观赏者从中了解自然，就像孔子说的"多识于鸟兽草木之名"（《论

---

① ［意］克罗齐：《作为表现的科学和一般语言学的美学的历史》，王天清译，中国社会科学出版社1984年版，第7—8页。
② 恩格斯：《德国民间故事书》，《马克思恩格斯论文艺》第4卷，中国社会科学出版社1985年版，第339页。
③ 马克思：《致斐迪南·拉萨尔》，《马克思恩格斯文集》第10卷，人民出版社2009年版，第110页。

语·阳货》），更重要的是可以从中了解社会和人生。优秀的文艺作品，常常
具有生活的百科全书的价值。文学包含有很多的科学知识，罗兰·巴特在法
兰西学院文学符号学讲座就职讲演时提到，在像《鲁滨逊飘流记》这样的
小说里包含了以下各种知识：历史、地理、社会（殖民地）、技术、植物学、
人类学（鲁滨逊从自然向文化过渡）。文艺帮助读者认识社会真理，"现代英
国的一批杰出的小说家，他们在自己卓越的、描写生动的书籍中向世界揭示
的政治和社会真理，比一切职业政客、政论家和道德家加在一起所揭示的还
要多"①。文艺拓展了人类认知的空间，甚至于"对我们来说，热爱美的事物
是具有知识和聪明的前提"②。更重要的是，文艺为人类提供了一种特殊的认
知方式，如罗兰·巴特所说：

> 不管文学宣称自己属于何种流派，它断然绝对地是现实主义的，
> 它就是现实，即现实的闪现。但是由于本身这种真正百科全书式的特
> 点，文学使这些知识发生了变化，它既未专注于某一门知识，又未使
> 其偶像化；它赋予知识以间接的地位，而这种间接性正是文学珍贵性的
> 所在。一方面，它可使人们确定可能的知识范围（未被怀疑的，未完
> 成的）：文学是在科学的间隙中存在的，它总是不是在科学之前就是在
> 科学之后，非常像是波维纳的石头，它以白日的储积用作晚间的照明，
> 并以这间接的光亮来为次日新的一天来照明。科学是概略性的，生命
> 却是精微的，对我们来说文学的重要性正在于调整两者之间的这种差
> 距。另一方面，文学所聚集的知识既不全面又非确定不变，它不说它
> 知道什么，而是说它听说过什么，或者说它知道些有关的什么，即它
> 知道许多有关人的一切。它关于人所知道的东西也就是我们可以称之
> 为语言的巨大混囤的东西，人对这片混囤施以作用，这片混囤又对人
> 施以作用。文学可以复制出各种各样的社会方言，但由于它颇为这种
> 多样性的分裂所苦，就幻想和企图发展一种可以作为其零度的语言限

---

① 马克思：《英国资产阶级》，《马克思恩格斯论艺术》第 2 卷，中国社会科学出版社 1983 年版，
第 296 页。

② ［英］王尔德：《英国的文艺复兴》，见赵澧等主编《唯美主义》，中国人民大学出版社 1988 年
版，第 100—101 页。

制。由于文学要使语言自行表演，而不只是利用语言，它就使知识编入了具有无穷自反性的齿轮机制之中。通过写作，知识不断地反映着知识，所根据的话语不再是认识性的，而是戏剧性的了①。

在中国文艺美学界，王朝闻对文艺审美价值与认识价值之间的辩证关系的论述也极其具有借鉴意义，他提出"认识文艺所再现的生活，与认识普通实际生活，两者之间存有一种相互作用的辩证关系：如果对实际生活拥有比较深刻的认识，面对艺术所反映的生活，就能够敏锐地感觉它和理解它；认识艺术里的生活的能力有所提高，它也一定反作用于对普遍生活认识的敏感"②。

文艺的审美价值是其教化价值的基础。"随风潜入夜，润物细无声"，文艺具有强大的教化作用。鲁迅在《摩罗诗力说》中曾言："涵养人之神思，即文章之职与用也。"③ 从一个层面上讲，文艺以审美的方式发挥教化的价值。文艺的审美价值越大，其教化之职发挥得越充分。鲁迅对美国的辛克来儿所说"一切文艺是宣传"进行了辨析。一方面，"一切文艺，是宣传，只要你一给人看。即使个人主义的作品，一写出，就有宣传的可能，除非你不作文，不开口"；但另一方面，"一切文艺固是宣传，而一切宣传却并非全是文艺，这正如一切花皆有色（我将白也算作色），而凡颜色未必都是花一样。革命之所以于口号，标语，布告，电报，教科书……之外，要用文艺者，就因为它是文艺"。④ 文艺作品的形象性、情感性特征为教化提供了强大的动力。柏拉图认为音乐教育比其他教育都重要得多，并对音乐教育的价值加以论述："头一层，节奏与乐调有最强烈的力量浸入人心灵的最深处，如果教育的方式适合，它们就会拿美来浸润心灵，使它也就因而美化；如果没有这种适合的教育，心灵也就因而丑化。其次，受过这种良好的音乐教育的人可以很敏捷地看出一切艺术作品和自然界事物的丑陋，很正确地加以厌恶；但是一看到美的东西，他就会赞赏它们，很快乐地把它们吸收到心灵里，作为

① ［法］罗兰·巴尔特:《符号学原理》，李幼蒸译，生活·读书·新知三联书店1988年版，第7—8页。
② 王朝闻:《寓教育于娱乐》，《文学评论》，1979年第3期。
③ 鲁迅:《摩罗诗力说》，《鲁迅全集》第1卷，人民文学出版社2005年版，第74页。
④ 鲁迅:《文艺与革命》，《鲁迅全集》第4卷，人民文学出版社2005年版，第84、85页。

滋养，因此自己性格也变成高尚优美。"① 锡德尼认为典型形象对读者心灵有着强大的教育作用，文艺家创造了像第阿见尼斯那样忠实于爱情的人，像庇拉德那样始终不渝的朋友，像罗芝那样勇敢的人等等，"凡是哲学家说应该做的事，诗人就假定某一个人做了这事，给这过程画了一幅完美的图画来，因而把一般概念和个别范例结合到一起。我说一幅完美的图画，因为诗人给人心的各种能力提供一个具体形象，因而哲学家为着说明这形象的内容，却只提供了冗长的描写，这种描写决比不上形象那样能打动、深入并且占领读者的洞察力……"②。从另一个层面来讲，文艺的审美价值与伦理教化价值是一体的，王国维认为《红楼梦》的美学价值与伦理学上的价值相通："昔雅里大德勒于《诗论》中谓悲剧者，所以感发人之情绪而高上之，殊如恐惧与悲悯之二者，为悲剧中固有之物，由此感发，而人之精神于焉洗涤。故其目的，伦理学上之目的也。叔本华置诗歌于美术之顶点，又置悲剧于诗歌之顶点；而于悲剧之中，又特重第三种，以其示人生之真相，又示解脱之不可已故。故美学上最终之目的，与伦理学上最终之目的合。由是，《红楼梦》之美学上之价值，亦与其伦理学上之价值相联络也。"③

同样，文艺的审美价值是其市场价值的基础。美国著名战略学家约瑟夫·奈在《软实力》一书中提出，文学艺术的审美价值与商业价值大体上是互相统一的。事实上，从长期历史发展来看，文艺作品的审美价值愈高，其市场价值愈高。一部遵循"美的规律"和恪守创作法度的文学艺术作品，由于其思想精深、艺术精湛、制作精良会受到许多人的青睐与欢迎，相反一部主题低俗、内容贫乏、粗制滥造的作品，自然也会失去观赏者和文化消费市场。当然，在一个相对较短的历史阶段，有时会出现文艺的审美价值与市场价值相悖的情况，则与市场价值基于种种特殊的原因在一定时期内得到格外的突显相关，正如物质商品有时也会出现价格与价值相悖离的情况一样。

---

① [古希腊] 柏拉图：《理想国》，《文艺对话集》，朱光潜译，人民文学出版社 1963 年版，第 62—63 页。

② [英] 锡德尼：《诗的辩护》，朱光潜译，见北京大学哲学系美学教研室编《西方美学家论美和美感》，商务印书馆 1990 年版，第 72 页。

③ 王国维：《红楼梦评论》第 3 章，《王国维文集》第 1 卷，中国文史出版社 1997 年版，第 13—14 页。

三、文艺审美价值的复合性

在苏联和中国，主流文艺理论界对文艺的价值和功能的理解有一个变化发展的过程。正如斯托洛维奇所指出的，在苏联文艺学界，20 世纪 20 年代优先从社会组织方面解释艺术的观点占据统治地位；30—40 年代主要强调的是艺术的反映本质和认识意义，与此同时也产生了把反映认识方面与社会教育方面相结合的意图；50 年代审美学派崛起之后，在文艺的认识价值和教育价值之外，又补充了一个新的方面，即文艺的审美价值和功能方面。① 中国大致也是如此。曾经在苏联和中国文艺学教科书中盛行的文艺三种价值和功能说——即文艺具有认识作用、教育作用和审美作用，就是由此而来的。但是，由于单一价值论思维定式的影响，"以艺术的审美方面和审美功能补充认识方面和教育方面、认识功能和教育功能的那些作者，实质上把审美同认识和教育相对立，把审美归结为产生快感、享受的东西。实际上，如果审美是对认识和教育的补充，那么，审美本身就既没有认识，又没有教育！"② 这也就是说，如果是以审美来"补充"文艺的认识和教育作用的话，其实还没有实现文艺价值和功能的真正综合，而且审美论者往往忽略了文艺的认识价值和教育价值。所以，对审美论的批评，大多也就是指责它将审美置于认识和教育之外。

然而，正如苏联审美学派的学者们自我辩护的那样，肯定文艺的审美本质并不就意味着一定会排斥文艺的认识和教育价值与功能。斯托洛维奇指出："艺术审美本质的拥护者们不是这样考虑的。虽然他们有时候按照不同的方式理解审美关系的某些问题，但是，对'审美'概念作综合解释的意图把他们联合起来，这种综合解释认为'审美'概念中恰恰融会了艺术的认识因素和教育因素。"他认为审美学派是在广义上理解"审美"概念的，可以争议这种广义上的理解是否正确，但无论如何审美学派的审美价值论不是单功能主义的。"他们都不是把艺术的审美本质看作为艺术创作的单维特征和唯一功能，而恰恰是看作为综合、联合艺术创作的所有其他方面和所有其他

---

① 参见［爱沙尼亚］斯托洛维奇《艺术活动的功能》，凌继尧译，学林出版社 2008 年版，第 5 页。
② ［爱沙尼亚］斯托洛维奇：《艺术活动的功能》，凌继尧译，学林出版社 2008 年版，第 5—6 页。

功能的一种因素。可以说，这是对待艺术的综合方法的尝试之一，在这种方法中，艺术诸方面的多样性形成审美的统一性。"① 那么，艺术为什么会形成这样一个具有价值多样性的审美统一体呢？这首先源于审美价值本身的综合本质。审美因素存在于社会——人的关系的方方面面，并且与其他因素相互交织，斯托洛维奇甚至认为审美价值分布于各种社会价值相互渗透的中心。他说："审美因素可以存在于一切基本的人类活动中，相应地，审美价值在同其他各种价值的相互作用中，可以形成综合的价值形成物：审美——功利的（建筑、实用艺术、艺术设计）、审美——道德的（古希腊人称之为卡洛卡加吉雅）、审美——社会的、审美——认识的。"② 其次则是由于艺术性的内在要求所使然。艺术中可以有许多的价值和意义，"但是如果这些意义不交融在艺术的审美冶炉中，如果它们同艺术的审美意义折衷地共存并处而不有机地纳入其中，那么作品可能是不坏的直观教具，或者是有用的物品，但是永远不能上升到真正艺术的高度。审美和非审美的辩证法——对于艺术是外部的而不是内部的矛盾。艺术价值把审美与非审美交融在一起，因而是审美价值的特殊形式。"③

　　审美价值并不是如有些理论家所认为的那样"纯而又纯"，本身也带有复合性。现代价值论伴随着现代科学产生，因而将事实与价值截然区分开来。但在柏拉图看来，善、真与美之间并不存在不一致。审美与价值，都是关系性概念，是表示客体与接受者之间的关系。美学，在其创立者鲍姆嘉滕那里，最初的含义便是"用感官去感知"，朱光潜认为将之翻译为"感觉学"更为合理，与"美学"相对应的"感性学"的说法得到诸多学者的认可。康德未沿袭鲍姆嘉滕的命名，而提出"判断力"，对连接"认识活动"和"实践活动"纽带的人类的"情感活动"进行更为深入的分析，将之作为"感性世界"与"超感性世界"这两个领域之间的中介，使人从"必然"走向"自由"成为可能。马克思则在《1844年经济学哲学手稿》中提出，人的一切活动都带有审美因素，"人也按照美的规律来构造"。由这些论述和观点可以

---

① ［爱沙尼亚］斯托洛维奇：《艺术活动的功能》，凌继尧译，学林出版社2008年版，第6页。

② ［爱沙尼亚］斯托洛维奇：《艺术活动的功能》，凌继尧译，学林出版社2008年版，第31页。

③ ［苏］列·斯托洛维奇：《审美价值的本质》，凌继尧译，中国社会科学出版社1984年版，第167页。

看出，美、审美都是内涵丰富的概念，而且都是在人类的不同价值关联中存在的概念。正是由于审美因素和审美价值与人类活动中的其他因素和价值存在着紧密的交织，并不完全分离，所以审美价值便具有了价值蕴含上的多样性与复合性，正如布罗夫所指出的："承认艺术的实质是审美的实质这一事实，并不意味着我们因此就会使艺术失去它的认识性质、利害关系以及真和善的标准，这是因为审美按其性质来说，本身就包含着所有这一切东西。"①

　　推动审美价值实现的诸种因素，如形象、情感、快感都与其他价值息息相关，甚至是以其他价值的实现为基础。比如，文艺运用形象思维，而不是逻辑论证，因为文艺要达到"说服"的目的，"它的形象必须具备生活本身那样的丰富性与生动性，也就是具备可供读者直接认识的对象性。正因为形象是经过作者的认识而区别于普通实际生活的，形象对读者的认识活动来说，它作为认识对象不同于普通实际生活，所以它对读者的认识活动是一种启发。但是正因为它没有丧失相当于普通实际生活的丰富性和生动性，作为认识活动的启发，它对读者来说才拥有较之非文艺的其他教材所不企及的特殊力量"②。再如，文艺带来的审美快感也具有丰富内涵，"给予创造者和使用者以快感，这是装饰艺术最基本的规则，一旦我们拥有能带来快感的艺术品，随之而来的好处是再怎么估计也不过的"③。这种快感不同于一般的生理快感。"文学给人的快感，并非从一系列可能使人快意的事物中随意选择出来的一种，而是一种'高级的快感'，是从一种高级活动、即无所希求的冥思默想中取得的快感。而文学的有用性严肃性和教育意义——则是令人愉悦的严肃性，而不是那种必须履行职责或必须记取教训的严肃性；我们也可以把那种给人快感的严肃性称为审美严肃性（aesthetic seriousness），即知觉的严肃性（seriousness of perception）。"④ 再如，文以情深动人，要有打动人心的力量，"正像人们借以传达思想和经验的语言是使人们结为一体的手段，

---

① [苏] 阿·布罗夫：《艺术的审美实质》，高叔眉、冯申译，上海译文出版社1985年版，第11—12页。

② 王朝闻：《寓教育于娱乐》，《文学评论》1979年第3期。

③ [英] 王尔德：《英国的文艺复兴》，见赵澧等主编《唯美主义》，中国人民大学出版社1988年版，第100—101页。

④ [美] 雷·韦勒克、奥·沃伦：《文学理论》，刘象愚、邢培明、陈圣生、李哲明译，三联书店1984年版，第20—21页。

艺术的作用也正是这样。不过艺术这种交际手段和语言有所不同：人们用语言互相传达思想，而人们用艺术互相传达感情"[1]。其动人的内容，源于对世态人情的"认识"之深。明代臧懋循《元曲选序二》说："曲有名家，有行家：名家者，出入乐府，文彩烂然，在淹通闳博之士，皆优为之。行家者，随所粧演，无不摹拟曲尽宛若身当其处，而几忘其事之乌有；能使人快者掀髯，愤者扼腕，悲者掩泣，羡者色飞。是惟伏孟之冠，然后可与于此。故称曲上乘首曰当行。"[2] 使人"快""愤""悲""羡"者，与其对丰富社会生活内容的揭示有关，与文艺的认识价值直接相连。

梁实秋在论文学的"严重性"时曾说："我们读伟大的文学，也该存着同等程度的虔诚，因为我们将要在文学里认识人生，领悟人生……文学作品的内容是人性的描写，最根本最深刻的情感在文学里表现出来，我们的整个的心要钻进作品里面去，才能尝到这作品的美妙，哪里还有工夫顾得到这一句写得俏皮，那一个字用得生动！"[3] 所以，从广义的审美价值来说，文艺价值在于表现社会人生的深广与深沉的意味。

20 世纪 80 年代以来，中国文艺理论和批评界有人将审美价值视作文艺价值的第一要义，将之作为"纯文学""纯艺术"的核心观念，在张扬文艺独立性，使其摆脱政治性、市场化的束缚的同时，也带来了不少负面影响。这种观念极度张扬文艺的形式，将陌生化、各种眼花缭乱的技巧、各色花哨的创作实验作为文艺的力量之源，割裂了文艺与外部世界的联系，丧失了参与社会的主动与热情，创作的作品也成了不接地气、没有温度的作品。这种观念张扬"人"的独立性，过分强调人的个体性的存在，对身体给予高度关注，把"情"和"性"作为审美的标志，削弱了文学的社会责任感。古今中外的许多伟大作品证明，只有注重以审美价值为核心的文艺的多元价值，或者说重视广义上的审美价值的复合性，才能创造出文艺精品。

---

[1]　[俄] 列夫·托尔斯泰：《艺术论》，丰陈宝译，人民文学出版社 1958 年版，第 45—46 页。

[2]　（明）臧懋循：《元曲选序二》，见郭绍虞主编《中国历代文论选》第 3 册，上海古籍出版社 1980 年版，第 167 页。

[3]　梁实秋：《文学的严重性》，见徐静波编《梁实秋批评文集》，珠海出版社 1998 年版，第 150 页。

第三章　文艺美学元问题与文艺本性研究

如前所述，将审美价值的生成作为文艺美学的元问题，实质上也就包含了对于文艺的审美性质的理论认同。文艺活动作为人类感知、意志、情感与思想特殊精神定向的产物，与人类其他活动相比，其"按照美的规律来构造"的特点更为鲜明更为突出，当人们进入到文艺活动中的时候，总是伴随着一定的审美感受、审美反应。所以，自古至今，传统的观点一直是把文艺活动作为一种特殊的审美经验类型来看待的。正如有国内学者所指出的："由于审美经验总是和艺术作品联系在一起，传统美学的普遍看法是将审美经验当成艺术的特征和评判艺术价值的标准，这种看法很多年来一直占据着统治地位，即使在当代，它仍然影响着很多非常杰出的艺术哲学家。"① 尽管这种传统观点在现当代美学和文艺理论研究中受到一些理论家的质疑和排斥，但并未能够从根本上否定它。在我国新时期以来的文艺理论和美学发展中，文艺具有审美性质的观点也得到了较为普遍的理论认同。不过，在我国文艺理论和美学界，除个别论者之外，大部分学者并不是孤立地来看文艺的审美性质，而是将它作为文艺的特殊性质，并在与其他性质的结合中对其加以论析，其中最有代表性的当属审美意识形态论的文艺本性观。

第一节　文艺的审美性质

文艺与审美的关系问题，无论在中国还是西方，都很早就提出来了，

---

① ［美］诺埃尔·卡罗尔：《超越美学》中译本"译后记"，李媛媛译，高建平校，商务印书馆2006年版，第716页。

而且一直延续到当代文艺美学的研究之中，成为当代美学研究和文艺美学理论建构不能不面对的一个重要问题。

一、中外古代艺术和美学中对于艺术美的追求

中华民族是一个有着悠久的文学艺术历史的国度，而且很早就开始了对于文艺问题的品评与思考。在先秦时代，不仅已经形成了"艺"的一些基本活动类型与"中和之美"的观念，而且儒家美学的奠基人孔子还开始将"尽美尽善"作为文艺鉴赏和批评的最高标准，《论语》"八佾"篇里记载："子谓《韶》尽美矣，又尽善也。谓《武》尽美矣，未尽善也。"在先秦其他典籍里，还包含了许多有关文艺审美问题的言论。在此后几千年的文艺发展中，特别是古代儒家美学传统中，美善统一向来都是文艺家们共同追求的艺术价值和境界。这种传统至今仍然影响着当代国人的文艺审美趣味与取向以及学人对于文艺价值的思考与取舍。

在西方，艺术与美的关系也很早就被建立起来。古希腊时期的基本文艺观点是模仿论，也就是比较强调文艺的求真作用、认识作用，但是美的追求也蕴含其中。古希腊人的艺术观念表现在 Techne（通常译为"艺术"）这一概念中，它意味着有技艺的生产，是凭借着技艺进行的生产性精神活动，由于靠记忆，所以便需要具备某些专门的知识。艺术家就是靠着他所掌握的某些专门的知识，在技艺性的精神创造活动中来模仿外在的现实。然而，这样的技艺性模仿现实的活动与审美、与对美的追求并不是全然不同的活动。正如波兰著名美学史家塔塔科维兹所指出的："就希腊人而言，后来被人们称之为优美艺术的艺术并未构成一个单独的种类。他们没有把艺术分为优美艺术和工艺。他们认为所有艺术都能被称之为'优美艺术'。他们想当然地认为所有艺术中的名匠都能达到审美的境界，并且都能成为一位大师。"①

古希腊人"想当然地认为"的这样一种观念，在当时的思想家那里都获得了相应的理论表述。在毕达哥拉斯学派和赫拉克利特那里，美在于和谐，和谐起于差异的对立、对立的统一，而艺术之美也是按照这样的原则形

---

① ［波］沃拉德斯拉维·塔塔科维兹：《古代美学》，杨力等译，中国社会科学出版社1990年版，第40页。

成的。毕达哥拉斯学派认为："音乐是对立因素的和谐的统一，把杂多导致统一，把不协调导致协调。"① 赫拉克利特也认为："互相排斥的东西结合在一起，不同的音调造成最美的和谐；一切都是斗争所产生的。"他又说："自然是由联合对立物造成最初的和谐，而不是由联合同类的东西。艺术也是这样造成和谐的，显然是由于模仿自然。绘画在画面上混合着白色和黑色、黄色和红色的部分，从而造成与原物相似的形相。音乐混合不同音调的高音和低音、长音和短音，从而造成一个和谐的曲调。书法混合元音和辅音，从而构成整个这种艺术。"② 在他们之后，柏拉图也从真善美相统一的角度，抨击那些在创作中一味模仿罪恶、放荡、卑鄙和淫秽的模仿艺术，要求诗人和艺术家在作品里描写和表现善的东西和美的东西的影像，以自然和人性中的优美方面来滋养青少年的心灵，使它们"天天耳濡目染于优美的作品，像从一种清幽境界呼吸一阵清风，来呼吸他们的好影响，使他们不知不觉地从小就培养起对于美的爱好，并且培养起融美于心灵的习惯"③。基于这种要求，他明确提出"真正的爱只是用有节制的音乐的精神去爱凡是美的和有秩序的"，因此音乐教育的讨论，其他艺术教育的讨论也是如此，应该恰好结束在理应结束的地方，这就是"音乐应该归宿到对于美的爱"。④ 作为学生，亚里士多德虽然并不同意柏拉图对艺术与真理隔着三层的价值判断以及他对模仿艺术家的激烈抨击而肯定了艺术的模仿价值，但却依然坚持了艺术与美相联系的看法，认为艺术的模仿中包含着对美的更为集中的表现。在《诗学》里谈到"美的事物"之所以为美时，他指出"美要倚靠体积与安排"，也就是美的东西的大小要合适，各部分之间的结构安排要合于比例，从而具有显示于人的感知的"整一性"。⑤ 在《政治学》里，他又指出："美与不美，艺术作品与现实事物，分别就在于美的东西和艺术作品里，原来零散的因素结合成为统一体。"⑥ 可见，在亚里士多德那里，艺术的构成原则与美的构成原则是

---

① 北京大学哲学系美学教研室编：《西方美学家论美和美感》，商务印书馆 1980 年版，第 14 页。
② 北京大学哲学系美学教研室编：《西方美学家论美和美感》，商务印书馆 1980 年版，第 15 页。
③ [古希腊] 柏拉图：《文艺对话集》，朱光潜译，人民文学出版社 1963 年版，第 62 页。
④ [古希腊] 柏拉图：《文艺对话集》，朱光潜译，人民文学出版社 1963 年版，第 65 页。
⑤ [古希腊] 亚里士多德：《诗学》，罗念生译，人民文学出版社 1962 年版，第 25—26 页。
⑥ 北京大学哲学系美学教研室编：《西方美学家论美和美感》，商务印书馆 1980 年版，第 39 页。

一致的，或者说艺术就是按照美的原则构成的。正因如此，所以亚里士多德认为，文学和艺术的模仿不仅比现实和历史更具有普遍性、更理想化，而且也更美。他说："像宙克西斯所画的人物或许是不可能有的，但是这样画更好，因为画家所画的人物应比原来的人更美"。他还认为，在这一方面诗人应该向画家学习，因为"他们画出一个人的特殊面貌，求其相似而又比原来的人更美"。①

总体上来看，正如在我国的先秦时代，美善统一的标准是以善为基础的，而且常常把美理解为善或者说以善为美，在希腊人的古典美学时期通常也是在伦理的意义上而不是现代美学的意义上谈论它，所以古希腊人在谈论艺术时，看到的主要还不是艺术和美的联系，而是艺术和伦理之善、和真实、和功利之间的联系。但是，应该指出的是，孔子关于《武》乐《韶》乐的音乐评论表明，在我国先秦时代已经有了美、善并用时的相对概念区分，古希腊人也是如此。比如亚里士多德在谈论艺术应该比现实更美、诗人要向画家学习时是这样说的："既然悲剧是对于比一般人好的人的摹仿，诗人就应该向优秀的肖像画家学习；他们画出一个人的特殊面貌，求其相似而又比原来的人更美；诗人摹仿易怒的或不易怒的或具有诸如此类气质的人（就他们的'性格'而论），也必须求其相似而又善良"②。在这里，美和善也是在并列对举、有所区分而不是相等同的意义上加以使用的。所以，正如塔塔科维兹所指出的，美学问题在西方古代社会的发展中也是在逐渐发生演变的，其中之一便是"从艺术必须符合道德法则和真实逐渐演变出相反的观点，即强调艺术与美的自主性。这种观点的古典时期代表在诗歌领域中有阿里斯多芬，音乐中有达曼，哲学中有柏拉图。这一新的观点最先为亚里士多德提出，后来又为希腊化时期的美学家所强调"。"只是经过了希腊文化向希腊化文化的转变之后，古典美学的标准才开始为一些更接近我们自己的美学的新美学标准所取代。正是在那个时候，艺术中的创造力观点得到了绝对的重视，艺术和美之间的联系开始被理解。在这个时期还有另外的一些变化，如艺术理论中的思维向想象的转移，经验向概念的转移，艺术规律向艺术家的

① 〔古希腊〕亚里士多德：《诗学》，罗念生译，人民文学出版社 1962 年版，第 101、50 页。
② 〔古希腊〕亚里士多德：《诗学》，罗念生译，人民文学出版社 1962 年版，第 50 页。

个人能力的转移。"① 比如关于诗和美的关系，塔塔科维兹指出："尽管在希腊化时期诗的真实和道德的善比起古典时期来要较少被强调，但美的作用增加了。无论如何，对愉悦和愉悦的事物给予了更多的关注。"② 关于绘画、雕塑等造型艺术，提利的玛克希莫斯在《演说》中说："画家从所有人体的每一细部中搜集美，他艺术地把许多形体集中为一个形体，用这种方法，他创造出健康的、适当的、内部和谐的美的形体。你永远也不会在现实中找到一个与雕像相同的人体，因为艺术的目的是寻求最高的美。"③ 关于建筑，维特拉维斯在《建筑十书》里写道："在建筑时应当考虑到强度、功用、美……当作品的外观既优雅又令人愉悦，各构成部分被正确地计算而达到对称时，我们就获得了美。"④ 此外，琉善不仅写下了《华堂颂》《画像谈》《画像辩》《论舞蹈》等谈论各种艺术之美的篇章，而且明确地将赞美美作为艺术的目的，在《查瑞德玛斯》中，他写道："几乎在人类所有的事情中，美都是某种类似普遍模式的东西……为什么我要谈到以美为目的的事情？因为我们当然要竭尽全力创造出尽可能美的必需品。""几乎任何一个想研究艺术的人都会得出结论说，他们都注视着美，并不惜任何代价获得它。"⑤ 由这些引述可见，把追求美作为艺术的目的，是希腊化时期比较普遍的看法。

二、西方文艺复兴以后"美的艺术"观念的发生与发展

如果说在古代时期，艺术与美的关联还是在艺术与现实的模仿关系、美与善的纠缠中加以论述的，也就说只是艺术模仿功能的一个附属性的方面、是善的延伸的话，那么近代以后艺术与美的关系问题就上升到艺术论的

---

① ［波］沃拉德斯拉维·塔塔科维兹：《古代美学》，杨力等译，中国社会科学出版社1990年版，第432、218页。

② ［波］沃拉德斯拉维·塔塔科维兹：《古代美学》，杨力等译，中国社会科学出版社1990年版，第313页。

③ 转引自［波］沃拉德斯拉维·塔塔科维兹《古代美学》，杨力等译，中国社会科学出版社1990年版，第391—392页。

④ 转引自［波］沃拉德斯拉维·塔塔科维兹《古代美学》，杨力等译，中国社会科学出版社1990年版，第364页。

⑤ 转引自［波］沃拉德斯拉维·塔塔科维兹《古代美学》，杨力等译，中国社会科学出版社1990年版，第394页。

主要方面了。如前所述，在西方的古代时期，艺术概念仅仅意味着技巧性的遵循规则的生产，直至整个中世纪，也没有其他的含义。进入文艺复兴时期以后，美或审美便逐渐成为标志艺术之为艺术的一个关键性概念。同时，这一时期，对美的理解不再像古希腊时期那样与道德上的善不可分离，也不再像中世纪那样具有浓烈的神学性质和形而上学意味。"与这些观念完全不同，文艺复兴时代的美的概念开始具有现代意义，它首先被用来指艺术中所存在的那种和谐。"[①] 据考证，在 16 世纪间，弗朗西斯科·达·赫兰达在论及视觉艺术时，最早提出"美的艺术"或"美术"概念，但他当时用的是葡萄牙文"boas artes"，未能引起注意。此后，法兰西学院的夏尔·佩罗在 1690 年出版的《美术陈列室》中也用了"美的艺术"（beaux arts）的概念。最重要的变化发生于 1747 年，这一年查里斯·巴托在其《论美的艺术及其共性原理》一著中使用了这一概念，并明确地将绘画、雕刻、音乐、诗歌与舞蹈归入"美的艺术"范围，还加上两种相关的艺术——建筑与雄辩。西方美学史家极为重视巴托对"美的艺术"（beaux arts）概念的使用及对其指涉范围的确定，认为"这乃是一项意义重大的改变"，"乃是一个具有清楚之界限的名辞"，"'美术'一词深入十八世纪学者们的谈论之中，并且在下一个世纪也保持着相同的情形"。[②] 国内也有学者指出，巴托的这部著作"在前辈学者的基础上更明确地确立了'美的艺术'概念的权威性，并把它系统化"，它标志着"西方现代艺术体系的建立"，也"标志着古代的艺术概念终于让位于现代的概念"。[③] 从此以后，不仅"美的艺术""美术"（即现代意义上的艺术）从古代广义的艺术活动和门类中独立出来，与此同时，美与艺术的内在关系问题，也就是文艺的审美本质和审美价值问题也被越来越多的研究者所重视与认同。伴随着审美理论在哲学美学研究中的流行，发展到 18 世纪末 19 世纪初的德国古典美学那儿，美学由传统上偏重于对美和美感问题的形而上研究逐渐艺术哲学化，甚至与艺术哲学等同起来。特别是在谢林与黑格尔那里，艺术成为美的专属领域，"美的艺术"成为美学的

---

① 朱狄：《当代西方艺术哲学》人民出版社 1994 年版，第 21 页。

② Wtadystaw Tatarkiewicz：《西洋六大美学理念史》，刘文潭译，（台湾）联经出版事业公司 1989 年版，第 14 页。

③ 朱狄：《当代西方艺术哲学》人民出版社 1994 年版，第 33、32 页。

唯一研究对象，与此同时，美学成为单纯的艺术哲学，即"美的艺术"的哲学。

　　美学研究对象的上述变化，在 20 世纪以来的现当代美学中得到了进一步的强化，美学界将美学的这种演化趋向称为"美学的艺术哲学化"。玛丽·玛瑟西尔在《美的复归》一文中指出："现代美学已逐渐被等同于艺术哲学或艺术批评的理论……许多熟悉的美学问题现在都已证明它们涉及的是和艺术作品的解释和价值相关的'关联性问题'"①。可以说，自 19 世纪以来，伴随着美学研究中"审美态度"说和"审美经验"理论的孳生与发展，文艺作品越来越被作为审美经验的研究对象加以对待，文艺的审美本质、审美价值也在不同时期得到了主流学界理论上的承认。比如，阿奇 J. 巴默在《美学能否成为一门普遍的科学》一文里就认为艺术正是为产生美的经验的目的而组成的。② 此外，美学理论和美学史家比尔兹利也认为："艺术的概念和审美的概念是紧密相连的，作为一种社会事业的艺术是依赖于审美目的被理解的。……因此，对艺术作品的判断要依赖于审美上的成就。"③ 这样一些观点在西方现当代美学中是比较具有代表性的。虽然 20 世纪初期兴起的西方先锋派艺术试图在他们的创作中颠覆西方传统艺术观念对艺术美及其创造性的张扬，一些现代美学理论也对艺术的审美特性和审美价值提出质疑和挑战，有的理论家和批评家甚至用"艺术消亡"一类的提法和主张强化现代艺术与传统艺术的对立，但是另外的一些美学家却并不为之所动，他们不仅依然坚持传统的观点和看法，甚至认为先锋派作品并不缺乏审美价值，而是具有一种新的类型的审美价值，先锋派艺术实际上是扩大和丰富了审美价值的范围并发展了它的接受者的审美敏感性。④ 在美学研究中，20 世纪以来在西方美学界还发生了关于艺术可否定义的争论，反对给艺术下定义的美学家认为艺术并不存在共同的本质包括审美本质，艺术的审美价值也不是唯一的，所以不能据此而给艺术下定义。与之相反，美学界的主流则坚持艺术存在着

----

① 转引自朱狄《当代西方艺术哲学》，人民出版社 1994 年版，第 3 页。
② 参见朱狄《当代西方艺术哲学》，人民出版社 1994 年版，第 3 页。
③ ［美］M. C. 比尔兹利：《对审美价值的辩护》，转引自朱狄《当代西方艺术哲学》，人民出版社 1994 年版，第 389 页。
④ 参见朱狄《当代西方艺术哲学》，人民出版社 1994 年版，第 75 页。

共同的本质和主导性的价值，而且"在坚持艺术可以下定义的美学家中，仍然有不少美学家坚持用审美本质来对艺术作出规定。认为艺术的目的就在于去创造出具有审美价值的客体，并反对任何一种反本质论的观点"①。由此可见，艺术与美相联系，具有审美本质和审美价值的观点，在现当代许多美学家那里是根深蒂固的。

三、苏联和中国当代美学界对文艺审美性质的理论探索

如前所述，将审美价值的生成作为文艺美学的元问题，在马克思主义美学的思想系统中有其学理根据。马克思不仅提出了"人也按照美的规律来构造"的基本认识和"劳动生产了美"的论断，而且还提出了"艺术对象创造出懂得艺术和具有审美能力的大众"②的论断。可见，在马克思那里，艺术的创造是审美价值的生产活动，而艺术的接受或欣赏则是审美价值的再生产活动，它创造了具有审美能力、能够欣赏美的大众，因而从总体上来说，艺术活动是一种审美价值的生产与再生产活动，艺术活动中的主客体关系就是一种审美关系，审美是艺术固有的性质。然而，在马克思主义文艺理论的发展中，马克思的这样一种美学思想并没有得到直接的理论传承，在苏联和中国当代的美学研究中，对文艺的审美本质和审美价值问题的理论确认经历了一个艰难探索的曲折过程，而且在这一过程中还不断伴随着理论认识上的歧见与纷争。

自 19 末至 20 世纪上半叶的很长一段时期内，基于对资产阶级颓废的"形式主义""唯美主义"文艺思想的批判态度，文艺与审美之间的内在联系并没有获得主流马克思主义文论界的关注和认同。在庸俗社会学盛行的时期，艺术的审美价值甚至成为被排斥的东西。斯托洛维奇曾经这样写道："庸俗社会学在其极端表现中不仅轻视审美价值问题，而且企图把它彻底根除。譬如，在 H. 耶祖依托夫的论文《美的终结》中就直接断言：'而我们无产阶级的现代生活，我们标准的马克思主义美学既否认美的客观标准，又否

---

① 朱狄：《当代西方艺术哲学》，人民出版社 1994 年版，第 83 页。
② 马克思：《1857—1858 年经济学手稿摘选》，《马克思恩格斯文集》第 8 卷，人民出版社 2009 年版，第 16 页。

认美的主观标准，因为它……反对整个美。'"① 这种观点在当时是非常具有代表性的。苏联文艺学家和美学家格·尼·波斯彼洛夫在对苏联文艺学的发展进行反思时，曾将"十月革命"后苏联文艺学的理论进程分为前 20 年、30 年代中后期到 50 年代初期、50 年代中期以后三个不同阶段。在"十月革命"后的前 20 年间，苏联文艺学界的理论家们把注意力集中在意识形态宣传的任务和由此而来的同方法论上的敌对理论展开论争的任务上，强调的是"艺术内容的意识形态方面"，而且把意识形态抽象地"理解为用理论形式固定下来的社会观点的总和"。"在这种理解下，艺术作品内容的主要的和决定性的方面，便被认为是它的思想倾向性。但在这种情况下，人们把思想倾向性同它与艺术家所反映的生活特点的具体联系割裂开来看，这样，就忽略了所反映的现实本身的规律性对于作品的思想倾向性的影响"②，从而助长了"庸俗社会学"观点的发展。30 年代后半期开始，这种片面性被克服了，但又走向另一个极端，开始把反映在艺术家社会意识中的生活的一般规律性提到首位，评定作品社会价值的标准不再是思想倾向性，而是作为忠实反映生活的原则的现实主义了。这一阶段，理论家们特别强调艺术与科学在认识客观现实方面具有共同的任务与对象，但只限于说明艺术与科学内容的共同属性而不愿去看他们内容上各自所特有的东西，同时，他们仅仅从形式的范围，从艺术和科学借以认识现实的"方式"中去寻找科学与艺术的区别，并把这种区别定位于"形象性"方面。概括而言，苏联文艺学界在这一时期对文艺本质的认识可以称为"形象反映说"或"形象认识说"，从对社会生活的反映或认识方面来理解文艺的意识形态属性，从"形象性"方面来理解文艺的特征或特殊性属性，是理论界的共识性见解。比如，苏联著名文艺学家季摩菲耶夫在其 1948 年出版的《文学理论》（中译本译为《文学原理》）中就明确指出："形象是艺术底反映生活的特殊形式。……清楚地说明形象的反映生活的基本性质是完全必要的。这是文学原理的核心，它解答文学最基本的问题，即文学作品的要素是什么。我们如何回答这问题，便决定我们研究文学科学所引起的其余问题的理解。因此我们必须集中注意在这个定义

---

① ［苏］列·斯托洛维奇：《审美价值的本质》，凌继尧译，中国社会科学出版社 1984 年版，第 8 页。

② ［苏］格·尼·波斯彼洛夫：《论美和艺术》，刘宾雁译，上海译文出版社 1981 年版，第 11 页。

上，必须找出一定的公式来包括文学的基本性质。"① 再比如女作家格·尼古拉耶娃在 1953 年发表的一篇文章中也写道："艺术和文学的特征的定义：'用形象来思维'，是大家公认的。""'形象'和'形象思维'是艺术特征的定义的中心。这个真理是这样地不容争辩，以致斗争不是在以其他任何范畴顶替'形象'这方面进行的，而主要是在错误地解释'形象'和'形象思维'的概念这方面进行的。"②

"形象认识说"虽然在文艺性质的理解上比前一阶段有所进步，但也存在一些共同的缺陷，比如相对忽视文艺的思想倾向性，否认艺术内容上的特殊性，此外还有一个重要的错误，这就是对于艺术的审美价值和意义的忽视。为此，波斯彼洛夫批评苏联文艺学界没有继承德国古典美学和俄国革命民主主义美学的传统，既研究艺术形象的特性问题，还研究艺术中美的问题并进而研究一般的美的问题，反而很少从事美学本身问题的研究，因而不仅未能在唤起社会对于生活的审美认识方面、艺术的审美意义问题以及人民群众中的审美教育问题的兴趣方面发挥促进作用，甚至反而使得人们不再关心这些问题了。这个缺陷在第一阶段当然也是存在的。所以，波斯彼洛夫批评说："他们忘记了，具有特殊形象性的艺术，是社会意识中唯一的领域，对于它，除了别的评价标准之外，还必须运用审美的评价标准。因此，我们的理论家在他们活动的两个时期都很少从事美学问题本身的研究，从而破坏了悠久的传统，而他们似乎是应该继承这个传统的。"③ 可以说，正是在反思这样一些理论缺陷的基础上，50 年代中期以后，苏联文艺学对于文艺本性的认识进入到了第三个阶段："同基本上无视艺术的审美方面的那种从抽象的意识形态意义方面和抽象的认识意义方面理解艺术性质的观点相对立，出现了另一种艺术观，它认为艺术的主要意义在其审美方面。这样，在我国一般艺术科学中便出现了一个与从前的各种流派相对立的新的流派。"④ 波斯彼洛夫把这一新的流派称为"审美学派"。审美学派在当时的苏联学界是一个人

---

① ［苏］季摩菲耶夫：《文学原理》，查良铮译，平明出版社 1955 年版，第 18—19 页。
② ［苏］格·尼古拉耶娃：《论艺术文学的特征（作家的意见）》，见《苏联文学艺术论文集》，学习杂志社 1954 年版，第 145 页。
③ ［苏］格·尼·波斯彼洛夫：《论美和艺术》，刘宾雁译，上海译文出版社 1981 年版，第 14 页。
④ ［苏］格·尼·波斯彼洛夫：《论美和艺术》，刘宾雁译，上海译文出版社 1981 年版，第 17 页。

多势众、喜笑颜开的"革新派",主要代表人物有斯托洛维奇、鲍列夫、万斯洛夫、塔萨洛夫、巴日托诺夫、戈尔登特利赫特、布罗夫等人,他们并未从根本上否认文艺的意识形态性质,而主要针对的是"形象认识说",用"审美"取代"形象"来重新规定艺术的特质。在这其中,布罗夫的《艺术的审美实质》和斯托洛维奇的《现实中和艺术中的审美》,是两部具有代表性的论著。

在 1956 年出版的《艺术的审美实质》一书中,布罗夫指出,马克思列宁主义确定艺术是一种特殊的社会意识形态,因此美学科学不仅要揭示艺术与其他社会意识形态在性质和职能上具有的共性及其发生、发展的一般客观规律,而且还必须阐明其特殊的规律性,这意味着主要指出艺术的特点,指出哪些是艺术区别于其他一切意识形态的特征,这些特征规定了艺术的质的特殊性,从而规定了艺术在与其他意识形态并列时的相对独立性。对此,布罗夫写道:"一般来讲,艺术的这一特征究竟具有怎样的性质呢?当然,这就是审美的特征。艺术的一切特殊方面和规律性,就是审美的方面和规律性。因此,艺术的质的规定性,它的实质,也就是审美的规定性和实质。"① 布罗夫认为形象认识说把艺术看作是同一个科学内容和哲学内容的表现,只是从形式方面来理解形象,没有从特殊的内容寻找艺术的特殊性,不能真正揭示艺术的特征。艺术的特殊性首先在于其内容的特殊性,进而言之是在于其反映对象的特殊性。艺术的特殊对象就是作为生动的整体的社会的人,以及他的各种各样的人的特性和关系。而作为崇高的、完美的生活体现者的人,是绝对的审美对象。他指出:"绝对的审美对象和艺术的特殊对象是一个东西。这就是说,艺术和审美具有同样的客观基础,即具有同样的内容的特征。因此,不仅艺术的形式,而且艺术的全部实质,都应该肯定是审美的。艺术无论在形式方面,还是在内容方面,都是按照审美规律进行创作的最集中、最高度的表现。"② 作为对布罗夫观点的呼应,斯托洛维奇在其1959年出版的《现实中和艺术中的审美》一著里支持布罗夫肯定艺术的本质是审美这一观点,并且也认为艺术的形象性特征来源于艺术的特殊内容和反映对

---

① [苏] 阿·布罗夫:《艺术的审美实质》,高叔眉、冯申译,上海译文出版社 1985 年版,第 9 页。
② [苏] 阿·布罗夫:《艺术的审美实质》,高叔眉、冯申译,上海译文出版社 1985 年版,第 218—219 页。

象的看法，但是他不同意仅仅将人作为艺术的特殊对象，而是将现实的审美属性作为艺术的特殊对象。他指出："艺术作为一种独特的社会意识形式，其目的是培育人对世界的思想—情感的、审美的关系。从而，艺术主要地反映使它有可能实现自己特殊的社会改造功用的那些属性。现实的审美属性就是这样的属性，因此，它们就是艺术认识的独特对象。"① 他还认为，艺术形象之所以具有审美意义，归根到底还是在于它是对特殊对象——现实审美属性——的反映的结果，艺术内容的审美—艺术性也就决定了表现这种内容的艺术形象形式的必然性。"艺术形式是表现艺术内容的唯一手段。抽象概念作为对现实的科学认识的形式，不能够表现审美—艺术内容；只有通过形象的具体可感的形式，才能够表达对现实的思想—情感关系，因为世界的审美属性本身具有具体可感性。在以具体可感的、独特的形式表现社会的、人的内容时，艺术形象就具有审美属性。"② 《现实中和艺术中的审美》是审美学派的一部代表性著作，波斯彼洛夫称这部著作使审美学派的基本论点得到最彻底的系统化。

　　不过，在其后的美学研究中，斯托洛维奇没有简单重复《现实中和艺术中的审美》的基本观点和思想理路，而是将对于艺术审美意义的理解进一步推进到艺术审美价值的系统思考上来。在 1972 年出版的《审美价值的本质》里，他批评布罗夫的文章《论艺术概括的认识论本质》和著作《艺术的审美实质》对艺术的对象和特征问题的解决一贯地利用认识论来分析问题，"它的作者虽然把艺术的实质叫作审美实质，然而没有超越认识论一步。因为他甚至把美同真相提并论，这样，就把美看作为认识论的范畴"。与此相对应，斯托洛维奇认为，需要再向前跨越一步，"不是通过拒绝任何一种认识论，而是通过认识审美关系的价值本质，才有可能解决艺术的对象和特征的问题"。③ 为什么必须认识审美关系的价值本质呢？他这样写道："人的审

---

① ［苏］斯托洛维奇：《现实中和艺术中的审美》，凌继尧、金亚娜译，生活·读书·新知三联书店 1985 年版，第 198 页。

② ［苏］斯托洛维奇：《现实中和艺术中的审美》，凌继尧、金亚娜译，生活·读书·新知三联书店 1985 年版，第 214 页。

③ ［苏］列·斯托洛维奇：《审美价值的本质》，凌继尧译，中国社会科学出版社 1984 年版，第 16 页。

美关系历来是价值关系，没有价值论的态度，要认识它原则上是不可能的。审美关系的客体本身具有价值性。审美价值和反映它们的范畴，首先是美，不能不归于美学的对象。各种等级的审美意识的价值倾向性是无可争议的。审美感知和审美体验在本质上是评价的。审美趣味和审美理想是审美评价的主观标准。另一方面，趣味和理想说明人个性的价值性质。艺术为审美关系主客观方面的综合，既反映现实的价值，同时——用车尔尼雪夫斯基的话来说——又得出自己对生活现象的'评判'，即对它们进行审美评价。而艺术作品本身是价值的特殊形式——艺术价值。"① 这段话，可以说是概括地表达了斯托洛维奇对艺术审美价值的总体看法，《审美价值的本质》一著便是对这一总体看法的逻辑展开。该著以外，斯托洛维奇还在几部新著中对艺术审美价值问题做了进一步的拓展性研究。1985 年出版了《艺术活动的功能》，把审美价值的社会文化概念运用于艺术家和艺术作品的接受者和体验者的活动功能中，特别是阐明了艺术审美价值的综合性。1994 年出版了《美、善、真：审美价值学史概论》，以理论史的材料论证自己关于价值、特别是审美价值的社会文化概念。应该说，斯托洛维奇对艺术审美价值的研究将对艺术审美问题的研究提高到了一个新的阶段。正如苏联美学界有人所指出的，在 20 世纪 70 年代，"审美价值问题是作为一个相当新的问题出现的，自从斯托洛维奇的专著问世后，美学家们在自己的著作中广泛使用'审美价值'这个术语"②。

　　这里，需要注意的一个问题是，斯托洛维奇之所以认为艺术美学问题的研究应该进入到审美价值的研究这一层面，也与他对苏联此前艺术理论研究的反思有关。在《审美价值的本质》和《艺术活动的功能》中，他也把苏联艺术理论研究的历史分为 20 世纪 20 年代、30—40 年代和 50 年代以后三个时期。他指出："在二十年代，一些艺术理论家力图只从社会学观点看待艺术创作，轻视作品的艺术价值以及对它们的审美评价。"③ 在接下来的一个

---

① ［苏］列·斯托洛维奇：《审美价值的本质》，凌继尧译，中国社会科学出版社 1984 年版，第 20—21 页。

② ［苏］斯托洛维奇：《现实中和艺术中的审美》"前言"，凌继尧、金亚娜译，生活·读书·新知三联书店 1985 年版，第 4 页。

③ ［苏］列·斯托洛维奇：《审美价值的本质》，凌继尧译，中国社会科学出版社 1984 年版，第 7 页。

阶段中，确立了对艺术创作的认识论态度，强调艺术的反映本质，这有助于克服美学中的庸俗社会学观念。但是，"美学中认识论态度的绝对化（特别是如果把反映解释为镜子式的再现，使它同创作过程相对立的话），形成形而上学的另一极端。这种庸俗的认识论同庸俗的社会学观点一样，对于研究审美价值和艺术价值是没有成效的"①。只是到了第三个阶段以后，艺术的审美实质才随着审美学派的兴起而得到广泛的认同。不过，在斯托洛维奇看来，在这一阶段，有的研究者只是以审美价值来"补充"文艺的教育价值和认识价值，并没有将审美视为文艺价值的基础与核心，至于布罗夫的研究，也仍然囿于认识论，没有进入到价值论的理论视域，而只有进入到价值论的理论视域，才可能真正解决文艺的对象和特殊性问题。

应该说，波斯彼洛夫与斯托洛维奇，特别是后者对苏联文艺本性研究历程的上述理论描述，大致上也适用于中国文艺理论和美学界，只是从时间上看，在原苏联所经历的几个阶段，在中国都稍微有些延后。自"五四"新文化运动时期马克思主义连同马克思主义文艺理论传入中国以来，在20世纪20—30年代是意识形态文艺观占据主导位置的时期，40—70年代是文艺反映论主导并与意识形态论合流的时期，80年代以后审美论方始崛起于文坛。以王元骧为代表的审美反映论，以童庆炳和钱中文为代表的审美意识形态论，以及以胡经之、周来祥、杜书瀛、曾繁仁等人为代表的文艺美学研究，都为新时期以来审美论的崛起发挥了重要推动作用。特别令人瞩目的一个状况是，文艺审美论在20世纪80年代中国学界的发生，最初也是为了纠正以往形象反映论、形象特征说的不足，但很快一些学者就认识到，只是在反映论、认识论的思维模式下谈审美问题，许多问题依然谈不清楚，依然存在理论上的困境，而对此困境的一个重要突破方向，便是审美价值论的发生和理论探索。在前一章里，我们已经引述过黄海澄、敏泽、党圣元、程麻、李春青等人的相关论著，特别是朱立元，他明确提出文学价值是一个"以审美价值为中心的多元价值系统"，是一个"负载着以艺术（审美）为中心的多元价值的复合系统"。20世纪90年代以来，不少论者已经不是泛泛地

① ［苏］列·斯托洛维奇：《审美价值的本质》，凌继尧译，中国社会科学出版社1984年版，第9页。

用"审美"概念来标识文艺的特殊本质，而是明确地从"审美价值"角度来谈论问题了。比如，杨曾宪在其《审美价值系统》一著中就认为"从文化形态角度讲，艺术则是具有审美价值的文化符号"①，他还提出艺术中具有艺术本体美和艺术表现美双重审美价值，只有二者兼备才能使艺术获得全面审美价值。"换言之，就是在真正的艺术中，作为构成艺术作品本体的多种形态、多层形式、繁复内容所具有的审美价值因素，本身都是文化创造物，都应当同时具有文化审美价值；只有艺术文化创造和表现本身是具有创造性的，具有审美价值的，才能使艺术文化所创造的艺术品本体具有全面审美价值。"②此外，杜书瀛在其《价值美学》中把文艺创作列为"主导性的审美价值生产活动"，以与"从属性的生产性审美活动"相对，并对艺术审美价值生产的类型、媒介、审美消费等作了较为全面的研讨和阐述③；李咏吟在其《价值论美学》和《审美价值体验综论》里，将文艺实践作为审美价值创造与体验的重要形式④；张世英在其《美在自由》里将超越有限性的程度作为决定艺术审美价值高低的尺度⑤。尤其值得一提的是，作为审美反映论的代表，王元骧在近20多年来的文艺研究中在哲学基础上逐渐从认识论走向实践论，在对文艺性质的认识上逐渐从审美反映论走向审美超越论。他认为文学艺术定义不只是"实体性的"，同时也应是"功能性的"，这样，对文学艺术的思考就应该把认识与实践联系为一体。他说："文学不同于科学，它反映的不是'实是'而是'应是'，不是事实意识而是价值意识。价值意识是一种实践的意识，所以在文学理论中，我是从价值论的观点认为文学就其性质来说是实践的，它不仅给人以知识，而更是作用于人的行为。我觉得我国的马克思主义文学理论长期以来受认识论观点的限制而未能顾及文学的实践本性"⑥。为此，他提出，认识论文艺观在很大程度上制约了我们对文艺性质的全面认识和对文艺功能的准确理解，"要使得我们的文艺理论研究有所推进，

---

① 杨曾宪：《审美价值系统》，人民文学出版社 1998 年版，第 210 页。

② 杨曾宪：《审美价值系统》，人民文学出版社 1998 年版，第 213 页。

③ 参见杜书瀛《价值美学》，中国社会科学出版社 2008 年版。

④ 参见李咏吟《价值论美学》，浙江大学出版社 2008 年版；和《审美价值体验综论》，中国社会科学出版社 2009 年版。

⑤ 参见张世英《美在自由》，人民出版社 2012 年版。

⑥ 王元骧：《论美与人的生存》，浙江大学出版社 2010 年版，第 340 页。

很有必要突破认识论文艺观的这一思想局限，吸取自浪漫主义以来的人生论文艺观——实际上也就是一种价值论、实践论的文艺观的合理因素来加以丰富和充实，否则就难以完全说明文艺问题"①。以上这些学者的论著，从不同方面和层次推进了文艺审美价值论的研究，在一定程度上代表了中国当代学人对文艺价值问题新的思考与探索，从而为当代文艺美学元问题的系统建构提供了很有价值的理论参照。

第二节　文艺的社会意识形态性质

在我国新时期以来对文艺审美性质的理论认同中，有一种比较极端的观点是将审美作为文艺的唯一特性，并以此来否定和排斥文艺的其他社会属性，而学界主流的观点是把审美作为文艺社会本质的特殊表现形式，在审美与其他社会属性的综合中界定文艺的社会本质，20世纪80年代中期之后兴起的审美反映论、审美意识形态论便是其中具有代表性的理论主张。就这种主流看法而言，文艺具有审美性质，又具有其他的社会意识形态性质，它们之间不是相互排斥的关系，而是在审美价值基础上，审美属性与其他社会属性、审美价值（狭义）与其他社会价值的有机融合与统一。

但是，在进入新世纪之后，一直被作为新时期重要理论成就的"审美意识形态论"却又遭到质疑与批评，并引发了一场以董学文等人为一方、以钱中文和童庆炳等人为另一方的学术论战。这场论战，延续十多年之久，至今仍未完全停息，致使我们不得不重新思考文艺与意识形态、文艺与审美以及审美与意识形态之间的种种关系。

一、文艺与意识形态关系问题是一个真而难的元理论问题

在我国新时期文艺本性问题的研究中，由于受到新引进的西方各种现代文艺理论学说的影响，再加上文艺自律意识的增强、审美论的崛起以及对于先前占统治地位的马克思主义文艺理论主导观念的反思，20世纪70年代末至90年代初曾经先后发生过文艺是不是上层建筑、是不是意识形态的论

---

① 王元骧：《审美超越与艺术精神》，浙江大学出版社2006年版，第323页。

争①。新近十多年来围绕"审美意识形态论"的论争，再一次将文艺与意识
形态的关系问题提到学界面前。不过，这次学术争鸣，不再限于文艺是否包
含了一些非意识形态因素、用意识形态来涵盖文艺是否全面，而直接争论起
文艺究竟是不是意识形态、审美意识形态的命题是否成立等问题。可以说，
这次争鸣既是上一次讨论的延续与深化，又是文艺理论界在新世纪之初借一
个重大理论问题的研讨推动中国文艺理论研究跨入新境界、达到新水平的一
个极有意义的举动。

　　在马克思主义文艺理论研究中，文艺与意识形态的关系是一个极其重
要的原则性理论问题。这一问题，既是由历史唯物主义理论派生出来的，但
同时也是历史唯物主义理论构成的一个重要方面，是一个能够彰显与揭示历
史唯物主义理论性质与科学性的问题，所以历来不仅备受马克思主义文艺理
论家们所重视，也被非马克思主义的文艺研究者所重视。要在这样一个问题
上取得突破，不啻是一场极其艰难的理论攻坚战，无疑需要付出许多艰苦的
努力。陆贵山先生曾经指出，文艺与意识形态的关系问题是一个真问题，一
个元问题，也是一个难问题②。这个概括十分确切。

　　意识形态问题与马克思主义文学理论，甚至与整个的马克思主义都是
密不可分的。意识形态理论是科学的历史唯物主义理论的一个重要构成内
容，这一点任何人都无异议，而一般来说，文艺的社会意识形态性质也是马
克思主义理论家历来都予以承认的。比如当代英国新左派马克思主义文艺理
论家特雷·伊格尔顿就明确指出："从某种意义上说，大可不必把'文学和
意识形态'作为两个可以被互相联系起来的独立现象来谈论。文学，就我们
所继承的这一词的含义来说，就是一种意识形态。"③ 非马克思主义文学理论
家佛克马和易布思也在他们合著的《二十世纪文学理论》中说："显然，马
克思主义批评家认为文学根本上是一种意识形态，必须从历史唯物主义的角

①　参见谭好哲《文艺与意识形态》，山东大学出版社 1997 年版，第 68—90 页；另参见马玉田、
　　张建业主编《十年文艺理论论争言论摘编》之"四、关于文艺的上层建筑性质"，北京出版
　　社 1991 年版；朱立元主编《新时期以来文学理论和批评发展概况的调查报告》第二部分之二
　　（五）"审美意识形态理论"，春风文艺出版社 2006 年版。
②　参见谭好哲《文艺与意识形态》，陆贵山"序"，山东大学出版社 1997 年版。
③　[英] 特雷·伊格尔顿：《二十世纪西方文学理论》，伍晓明译，陕西师范大学出版社 1987 年版，
　　第 25 页。

度来加以研究。"① 不仅仅是在文学领域，实际上，在西方学术界和在中国当下的学术界，当人们谈到意识形态时，往往都是与整个马克思主义画等号的，这是一个无须回避的客观事实。因此，要讲马克思文艺理论，中国学术界就必须面对这样一种理论传统和现实，就不能回避对于文艺与意识形态关系问题的思考，所以说它是一个真问题。

这不仅是一个真问题，同时也是一个元问题。在中国几十年的文艺理论发展过程当中，一直是把意识形态性作为文艺的本质属性来理解，只是做一些不大的修正、调整，加一些限定词修饰一下而已。无论说文艺是用形象反映社会生活的特殊的意识形态，说文艺是审美的意识形态，还是什么其他的意识形态，人们的确从来都是将意识形态性当作文艺本质理解的一个最基本的部分来看待。当然，这其中可能有的人认为意识形态性是唯一的，也有人不认为它是唯一的。但即使是那些非唯一论者，一般也很少有人否定意识形态性是文艺最为重要的本性。由于文艺在本质上属于社会意识形态，而本质的东西又必然会在现象形态上表现出来，因之意识形态问题也就成为文艺活动的基元性问题，并顺理成章地成为文艺理论体系建构的基元性问题，文艺理论研究中的其他一系列问题都是由此基元性问题派生和演化出来的。基元性问题解决不了或者解决不好，其他相关文艺问题的研究就失去了理论前提，整体理论体系大厦的建构也就缺少了基础支撑。

那么，应该如何来解决这个既真又元同时很难定于一解的理论问题呢？回到马克思、回到马克思主义的经典文本，是一种可行的理论尝试。我们思考问题，要从理论原点出发。回到马克思主义的经典文本，也就是回到理论原点。究竟应该如何理解文艺与意识形态的关系，应首先从马克思那里得到理论支持。在《〈政治经济学批判〉序言》里，马克思在表述其历史唯物主义理论观点时写道："人们在自己生活的社会生产中发生一定的、必然的、不以他们的意志为转移的关系，即同他们的物质生产力的一定发展阶段相适应的生产关系。这些生产关系的总和构成社会的经济结构，即有法律的和政治的上层建筑竖立其上并有一定的社会意识形式与之相适应的现实基础……

---

① 　[荷兰] 佛克马、易布思：《二十世纪文学理论》，林书武等译，生活·读书·新知三联书店，1988 年版，第 92 页。

随着经济基础的变更，全部庞大的上层建筑也或慢或快地发生变革。在考察这些变革时，必须时刻把下面两者区别开来：一种是生产的经济条件方面所发生的物质的、可以用自然科学的精确性指明的变革，一种是人们借以意识到这个冲突并力求把它克服的那些法律的、政治的、宗教的、艺术的或哲学的，简言之，意识形态的形式。"① 在这里，马克思明确指出了艺术是"意识形态的形式"。艺术具有意识形态性质，这是马克思主义的历史唯物主义理论明确地宣示了的艺术观点，是马克思主义对于艺术性质的一个最为基本的认识和理解。

　　可以看出，在马克思的上述论断中，文艺在其社会意识的定位中涉及两个基本概念：一是"社会意识形式"，二是"意识形态的形式"。文艺属于二者之中的哪一种，文艺理论界存在争论。相对来说，社会意识形式是一个较为宽泛一点的概念，而意识形态的界定要狭窄一点。人类以物质活动为基础的社会生活过程在其精神生活中反映出来，形成从低级到高级的各种社会意识，社会意识形式就是对于各种社会意识现象的总概括。而意识形态则是与一定社会的经济和政治直接或间接相联系的观念系统，特别是指与一定的价值观念系统、一定的权力架构相关联的观念系统。社会意识形式在外延上要大于意识形态，既包括了属于意识形态的部分，也包括了不属于意识形态的社会意识内容和成分。马克思说，在社会的经济结构之上竖立着法律的和政治的上层建筑，这些法律的和政治的上层建筑显然是指社会政治制度方面，社会政治制度之外还有一些与经济结构相适应的社会意识形式。社会意识形式肯定指的是思想观念方面，对这些思想观念，马克思用了一个限制词"一定的"，是"一定的社会意识形式"，并不是所有的社会意识形式，应注意这个限定。这个"一定的社会意识形式"，就是下面马克思进一步界定的那些包括法律、政治、宗教、艺术和哲学等等在内的"意识形态的形式"。"一定的社会意识形式"才是"意识形态的形式"，因为有些社会意识形式他不和特定的社会经济结构以及上层建筑相联系，价值属性不强，因而不能算是"意识形态的形式"，不能说所有的社会意识形式都是意识形态。由此，可以作出如下辩证论断：文艺在广义上说属于"社会意识形式"，但又与其

---

① 《马克思恩格斯文集》第 2 卷，人民出版社 2009 年版，第 591—592 页。

他"社会意识形式"不同，是"一定的社会意识形式"，也就是"意识形态的形式"。

二、意识形态概念和文艺意识形态不都是否定性的

在文艺与意识形关系问题的讨论中，有的同志认为马克思早期所使用的意识形态概念是否定性的，指的是统治阶级的统治思想，是虚假意识、支配意识的代名词，马克思自己后来以及马克思之后的许多人对这个概念的使用都背离了马克思最初使用这个概念时的原义。这种看法是对马克思和马克思主义意识形态理论的片面理解，有待商榷。

就意识形态概念的理论发展史而言，在法国思想家特拉西最初创造和使用这个名词时，所表示的只是观念学的意思，并无贬义，只是从拿破仑起才赋予这个词以贬义。马克思在早期以及恩格斯直到晚年，的确都经常在否定意义上使用这一概念，但马克思恩格斯在其他一些地方却又是在中性化的意义上使用它的，比如在《〈政治经济学批判〉序言》里马克思就是把意识形态作为一个中性的描述性社会科学概念，用以概括整体的社会结构中存在于上层建筑中的某些社会意识形式。可见，在经典马克思主义创始人那里，意识形态概念有着双重的含义和两种用法，要承认它的不同含义，不能用一种用法否定另一种用法。同时还要知道，马克思学说的继承者和研究者们，比如在列宁那里，意识形态概念也不是纯粹否定意义上的虚假意识，不仅演进成为一个中性化的描述性，而且还有所谓"科学的意识形态""社会主义意识形态"等等提法[1]。对此，西方学者拉雷指出："对于列宁说来，意识形态成了关系到不同阶级的利益的政治意识，他特别把探讨的重点放在资产阶级的意识形态和社会主义意识形态的对立上。因此，在列宁那里，意识形态涵义的变化过程达到了顶点。意识形态不再是取消冲突的必然的扭曲，而是成了一个涉及阶级（包括无产阶级）的政治意识的中性的概念。"[2] 国内学者俞吾金还对列宁之所以这样使用意识形态概念的历史必然性作了分析，他指出："因为马克思主义已成长为当时的社会意识中的一股巨大的精神力量，

---

① 参见谭好哲《文艺与意识形态》，山东大学出版社 1997 年版，第 61—62 页。

② 转引自俞吾金《意识形态论》，上海人民出版社 1993 年版，第 205 页。

笼统地批评意识形态的虚假性，实际上也就否定了马克思主义的科学性。另外，在马克思主义的内部也充满了正确路线和修正主义路线的斗争，一些修正主义的理论派别常常打着马克思主义的旗号出现，不像马克思和恩格斯的时代那样阵营分明，容易识别。所以，把意识形态作为描述性概念，深刻认识资产阶级意识形态和无产阶级意识形态之间的对立，努力用无产阶级的意识形态，即真正的马克思主义来指导无产阶级的革命斗争，就成了列宁时代的马克思主义者的重要使命。事实上，列宁的意识形态概念不仅为斯大林和毛泽东所继承，也为现、当代不少西方学者所继承。"[1]

由意识形态概念的上述演进来看，仅仅抓住虚假意识的含义来理解意识形态，不符合马克思主义经典作家使用它的实际状况，以此来阐发文艺与意识形态的关系，有片面性，没有理论说服力。实际上，倒是西方马克思主义的一些理论家喜欢将意识形态与虚假意识画等号，从而认为一切意识形态的文艺都是"坏"的文艺，而"好"的文艺只是那些超越意识形态的文艺，那些表达了审美乌托邦幻想的文艺。这样的理论观点已被证明不是马克思主义的，而且他们以审美乌托邦对异化现实的抵抗以及对意识形态文化现实的批判也被实践证明是缺乏效力的。

第三节　文艺是审美的意识形态

当前关于文艺与意识形态关系问题的讨论，更多的是聚焦在文艺是审美意识形态这个命题上。这个命题自 20 世纪 80 年代中期提出以来，得到了文艺理论界不少人的认同，甚至被认为是新时期以来中国文艺理论批评的重要成果之一。就目前学界对于文艺是审美的意识形态这一命题的质疑和批评来看，大致上有两种不同的理论指向，有的是指向审美意识形态这个提法的后半部分，认为文艺并非意识形态，所以这个命题在根本点上就不能成立；有的是指向它的前半部分，认为审美意识形态的提法着重点是落在审美上，用审美将意识形态溶化了，光剩下审美了，从而一方面将文艺的审美特性泛化了，遮蔽了文艺的其他属性，一方面又将文艺的意识形态性这一根本社会

---

[1]　俞吾金：《意识形态论》，上海人民出版社 1993 年版，第 208 页。

属性模糊了，甚至消解掉了。关于前一种批评，上述的分析已经作出了回应，这里还应就后一种批评指向加以辨析。

一、"审美意识形态论"的命题初衷

从学术史的角度来看，"审美意识形态"的提法来自俄国马克思主义文艺批评的先驱人物沃罗夫斯基。在俄国"十月革命"前后，沃罗夫斯基在文艺批评领域是与普列汉诺夫和卢那察尔斯基平级的人物。在 1910 年发表的《马克西姆·高尔基》一文里，沃罗夫斯基指出，19 世纪末 20 世纪初，随着深刻的社会与经济的变化，革命知识分子与工人阶级的命运结合起来，无产阶级运动所特有的意识形态在俄国也开始形成起来了。"但是，如果说政治的意识形态已经具有了完全符合工人运动的意义、方向和任务的明确的形式（马克思主义），那么，对于审美的意识形态就还不能这样说。人类创作的这个领域，其实质是对生活作出诗意的反映，因此它对现实的反映往往最不准确，反映得也最不及时的。具有一定阶级特征的艺术创作，只有在这个阶级本身已经显著地成长起来，并意识到自己的独立性的时候，才会产生出来。在运动初期，这个未来的战斗阶级的最早的一批骨干才开始在成长，思想还不明晰，还很模糊而混乱的时候，审美的意识形态的内容只能是一些朦胧而欢欣的预感和期望，它意识到已经积蓄了非常充沛的力量，并且渴望给这些力量以用武之地。"而在当时的俄国，"这种审美的意识形态还没有牢固的现实的社会基础，它本身还和现实主义格格不入。由于它是从对未来正在日渐迫近的这种预感出发，所以它染上了一些幻想的成分，它是浪漫主义的。"① 在这里，沃罗夫斯基首次在马克思主义文艺理论和批评史上使用了"审美的意识形态"的提法，而且是在与"政治的意识形态"相对举的意义上使用的。就沃罗夫斯基这段话的本意来说，他是在讲俄国当时的背景下文学创作作为"审美的意识形态"的不成熟，但其中也以"诗意的反映""幻想""现实主义""浪漫主义"等词语对文学作为"审美的意识形态"的特征作了描述，在这段引文之后的进一步解释和论述中，它还使用了"美学形象""情感""想象""手法""形式""色彩""明暗""透视"等大量通常用

---

① ［苏］沃罗夫斯基：《论文学》，人民文学出版社 1981 年版，第 271 页。

来分析文艺作品的语词来分析当时作为"审美的意识形态"的文学创作情况。可见,"审美的意识形态"一语就是沃罗夫斯基对文学的意识形态本质和审美特殊性的界定。沃罗夫斯基将"审美的意识形态"与"政治的意识形态"对举使用,正说明在早期的马克思主义文艺理论和批评家那里,没有因为文学不是抽象的意识形态而否定它属于意识形态,同时也没有因为它属于意识形态而就忽视了其审美特殊性。

其实,从 20 世纪 50 年代苏联的审美学派到 80 年代中国理论界,提出文艺是审美的意识形态这一命题,其初衷都是为了通过对于文艺特殊属性的强调,将文艺与其他社会意识形态区别开来,以丰富和深化对文艺本性的认识。意识形态性是文艺与其他一些社会意识形式共同具有的普遍性社会本质,而审美则是文艺活动所具有的特殊属性。应该说,像这样将普遍性与特殊性结合起来对文艺的社会性质加以概括的方法在思路上是没有什么错误的,这也正是人们认识其他事物本性通常所采用的方法。过去人们称文艺是用形象反映社会生活的意识形态,遵循的实际上是同一种认识思路。当前学术界之所以有一些学者不满意于这个审美意识形态的界定,除去不同的研究者对于文艺的社会性质存在理解上的差异之外,的确也与这一命题的某些阐发者的具体表述和理论论证存在着这样或那样的问题有一定的关系,比如有的阐发给人以审美 + 意识形态的印象,主次不分;有的阐发过于突出了"审美"二字中的"美"字,以至于遮蔽了文艺的其他社会属性和功能;有的阐发对审美的解析过于泛化,导致以审美代替了一切,如此等等。因此,对于这一理论命题的某些具体的阐发所提出的质疑和批评,有不少是有一定道理的。尽管如此,就目前理论界的相关研讨来看,种种的质疑和批评还不足以完全颠覆这一命题。

文艺是审美的意识形态的提法是 20 世纪 80 年代中期以来中国学者对于苏联和中国学界关于文艺本性的意识形态论与审美本性说的一种创造性的理论综合,有其历史的功绩。迄至今日,这一命题在揭示文艺的社会本性方面还是具有较大的概括性,也比较具有理论上的说服力。当然这并不是说,对这一命题的理论阐发已经完善了,不需要再加以继续研讨了。问题不在于这究竟是不是个伪命题,是不是要把它加以抛弃,而在于如何阐释它,如何赋予这一理论命题更加科学的内涵。这其中最重要的一项工作,就是对审美以及审美与意识形态的关系作出合理的界定与论证。

二、艺术审美关系中的艺术美与艺术审美

由于受中文语言习惯和释义方式的影响和局限，中国理论界对于美学的理解，以及对于审美活动的理解，往往脱不开"美"字的缠绕，简单地将美学视为与美有关的学问，将审美视为主体对于美的对象的观照和审视，新时期以来的美学研究其实早已纠正了这种认识上的错误。今天，在讨论文艺是审美的意识形态这一命题时，应该特别强调恢复审美一词所原本具有的感性学含义，不能将审美仅仅局限于跟真和善相区别的美上，过多地在美字上做文章，容易造成释义上的问题，容易遮蔽文艺所具有的其他属性和价值，从而不能真正将审美意识形态这个概念讲清楚。

就艺术审美关系的理论逻辑而言，艺术"审美"问题的确是与艺术"美"的问题相关联的，要想真正理清艺术"审美"的含义，必先对于什么是艺术"美"有所厘定。这就是说，在对于文艺的理论认识上，首先应该对"艺术美"与"艺术审美"这两个概念加以辩证理解。一般而言，在文艺活动中谈论"美"，就是在谈论文艺作品的美。它可以在三种意义上来理解：一是就文艺的基本性质而言，说它是美的，黑格尔在《美学》中所使用的"艺术美"概念亦即"美的艺术"，就是在这个意义上使用的；二是就单个的文艺作品而言，说它是一个美的作品；三是指文艺作品之中的美，指文艺作品中反映内容的美或表现形式的美。这三种理解都突出了文艺活动的基本价值是追求美。韦勒克、沃伦在他们的《文学理论》教材里探讨文学的本质时指出："看来最好只把那些美感作用占主导地位的作品视为文学，同时也承认那些不以审美为目标的作品，如科学论文、哲学论文、政治性小册子、布道文等也可以具有诸如风格和章法等美学因素。"[①] 在这里，韦勒克和沃伦是把文艺作品视为服务于审美目的的创造物，具有审美因素和美感作用。如前所述，王梦鸥在写作《文艺美学》时，十分看重该著里的这个观点，并据此定义"文学是表现美的文字工作"，将文字、表现、美当作文学的三大要

---

① [美]雷·韦勒克、奥·沃伦：《文学理论》，刘象愚、邢培明、陈圣生、李哲明译，生活·读书·新知三联书店 1984 年版，第 13 页。

素，并指出三大要素的关系在于"所谓'文字'工作，是为'表现'而设；而'表现'则又为'美'的目的所有"。① 如果这样来看文艺与美的关系的话，关于艺术美的上述三种理解在理论上都是可以讲得通的，通常情况下把它们称为审美的对象也不会有多少异议。

但是，在上述第三种情况下，会发生一定的理论认识上的分歧或冲突。这是因为，作为反映对象而存在于文艺作品中的社会内容不都是美的，其中有美丽也有丑陋、有崇高也有卑下、有悲剧也有滑稽、有真善也有假恶；同时，就表现形式而言有些作品并没有达到美的程度，而在某些现代先锋派艺术那里，还常常用怪诞不经的题材和表现形式来颠覆艺术是美的传统观念。这就是西方当代文艺理论中有的理论家反对将艺术与美直接相连，反对以审美价值作为艺术的基本价值的原因所在。比如英国艺术理论家里德就认为，以为艺术就是美的，不美的就不是艺术的区分会妨碍对艺术的鉴赏。"在艺术非美的情况下，这种把美与艺术混同一谈的假说往往在无意之中会起一种妨碍正常审美活动的作用。事实上，艺术并不一定等于美"。无论从历史角度还是社会学角度来看，"我们都将会发现艺术无论在过去还是现在，常常是一件不美的东西。"② 那么，在里德所指出的这样一种情况下，我们还可以在一般意义上谈论艺术美吗？不美的艺术还能够具有审美价值、作为"审美"的对象而存在吗？对此，斯托洛维奇作出了比较好的理论回答和分析。他说："艺术是否属于审美价值，对这个问题的回答在许多方面取决于对'审美'范畴的理解。如果把审美仅仅归结为美，那么，不言而喻，艺术不能被纳入这种'审美'，因为它不仅仅包括美。但要知道，不能把审美关系只归结为一种美！审美关系包括审美属性的所有光谱，包括审美价值和审美反价值之间的相互关系的全部多样性。因此，丑、卑下、悲和喜在艺术中的反映，不能成为把审美和艺术对立起来的理由。"③ 在这段话中，斯托洛维奇明确地指出了两点：其一，"审美"范畴不意味着仅仅只是对"美"的观审，也包括了对艺术中那些具有"审美反价值"因素的观审；其二，具有

---

① 王梦鸥：《文艺美学》，（台湾）远行出版社1976年版，第29页。

② [英] H. 里德：《艺术的真谛》，王柯平译，辽宁人民出版社1987年版，第4页。

③ [爱沙尼亚] 斯托洛维奇：《艺术活动的功能》，凌继尧译，学林出版社2008年版，第23—24页。

"审美反价值"的因素是可以在与审美价值因素的对立中纳入到艺术审美关系之中，从而具有艺术审美价值的。此外，斯托洛维奇还指出，在被人们纳入到"艺术"领域的作品中间，可以见到没有审美价值的作品——没有才能的或者潦草塞责的作品以及多少有些巧妙的艺术仿制品、艺术代用品等。但是，这些作品其实也没有艺术价值，是一些无价值含义的"缺乏艺术性的艺术作品"，"而作为艺术价值的作品，在其本质上不可能不是审美现象，因为艺术价值是审美价值的变体"①。在苏联美学界，齐斯也对艺术中反映对象自身的丑恶与艺术美的关系问题有过与斯托洛维奇大致相近的论述，他说："艺术是美的一个特殊领域。在生活中，我们既可以找到美的现象又可以找到丑的现象，在艺术中一切都是美的，艺术和丑是不相容的。这当然并不意味着艺术仅仅再现客观世界美的现象，在艺术中我们可以发现美的和丑的现象、悲剧性的和喜剧性的、崇高的和卑劣的——总而言之，可以发现无限多样的整个生活的反映。艺术中的形象总是美的，而它的原型却可能令人厌恶。"②

　　既然"艺术美"有其不同层面上的含义，因此对"艺术审美"也不能单纯从汉语的造词习惯去理解，仅仅将它理解为对美的观审。结合汉语的造词习惯和"审美"一词在西语中本有的感性学的含义，大致上也可以在三个层次上理解艺术"审美"：一是按照汉语用词习惯，在狭义上将"艺术审美"看作对艺术"美"的观审；二是以审美享受为目的，以审美的态度观赏艺术，并对其审美价值作出评判；三是在感性学的含义上，将艺术活动作为感性化的活动，将艺术作品作为感性的对象来理解。感性学意义上的审美概念，首先包含着前两个层次上的审美含义在内，因此包含着狭义上所讲的美的因素和内容。这一点，从汉语"美感"语词的英语对应词中便可有所体认。美感在英语中有两种常见的语词表达：一是"the sense of beauty"，一是"the aesthetic of feeling"。前一种表达明显地与美（beauty）直接相关，而后一种表达直译就是审美快感的意思，这里的审美就是指那种感性状态的情感，也就是一种起伏波动、难以用概念抽象直言的情感状态。这后一种意义

---

① ［爱沙尼亚］斯托洛维奇：《艺术活动的功能》，凌继尧译，学林出版社 2008 年版，第 24 页。
② ［苏］A. 齐斯：《马克思主义美学基础》，彭吉象译，中国文联出版公司 1985 年版，第 221 页。

上的美感，可能与狭义的美、与作为审美对象的美相关，也可能不直接相关，但却一定与审美价值的追求相关。所以说，艺术审美的概念一定是包含着上述审美概念的头两层含义在内的，这一点必须肯定。但是，还要看到，由于有第三层含义，所以又不能仅从狭义的审美价值来看艺术审美。

　　基于上述的辨析，可以这样辩证地来看艺术审美关系中美与审美的关系：一方面，审美本来具有感性的含义，但西方的一些学者，尤其是中国的许多学者后来从美的关照的角度来理解它，也不能说就完全没有一点道理，因为艺术活动和艺术作品的确是与美有关系的；另一方面，反过来说，现在我们提出要把审美恢复到其原初意义即感性的意义上，也并不是要在艺术的理解中完全抛弃美的属性，而是要求在确认艺术的感性特征的基础上对艺术审美作更具价值包容性的理解，不仅仅局限于狭义的审美性质和审美价值方面。所以，对于审美概念，是可以从不同层面作出不同的理解的，在艺术审美价值的研究中，不应该以其某一个层面的含义来否定其他方面的含义。与此同时，在艺术价值问题的研讨和争鸣中，一定要弄清他人是在什么语境关联、什么意义和层面上使用艺术美、艺术审美这类概念的，不应用自己所固执着的某种理解来对之妄加褒贬。总之，要充分意识到审美概念语词含义上的多样性以及由此带来的使用过程中的游移性。

三、艺术审美与意识形态的关系

　　基于以上的理论分析，可以说审美概念主要是对艺术的感性特征的确认。而就审美作为艺术的基本价值追求而言，审美概念则有其复合性的价值蕴含，因而艺术的审美价值也可以作广义的理解。在《文艺与意识形态》一书中论及文艺是审美的意识形态这一命题时，著者曾针对文艺本质认识中的形式表现说和情感体验说指出，审美既关乎形式，又关乎情感，具有涵括着一定的认识内容和思想倾向的感性观照的形式是艺术的特征所在，而这种感性观照的形式又是与主体的情感体验分不开的。又指出，如果说人类的心灵结构是由知、情、意三种机能组成的话，那么并不像康德所强行分割的那样，科学认识只关乎知，道德实践只关乎意，艺术审美只关乎情，事实上艺术作为审美的意识形态，正是认识功能、实践功能和审美功能的有机统一，主体的知、情、意都流注于艺术活动，凝聚于艺术的感性形式之中。这其中，审美正是连接文艺的认识功能与实践功能的一个必要中介，也是赋予认识与实践以艺术性的必要因素。艺术对现实的认识是审美的认识，而艺术凭借其思想情感上的评判力作用于现实的实践功能也只能是一种审美的实践。因此，当我们谈论艺术的认识功能和实践功能的时候，不应该忽略或忘记了艺术的审美性质和审美功能；反之，当我们谈论艺术的审美性质和审美功能时，也绝不能将它抽象化、绝对化，与文艺的认识的和实践的功能脱离开来。只有从审美、认识、实践以及艺术技巧的高度完美等多种因素的组合关系中，才能正确地理解艺术的审美意识形态性质，辩证地把握艺术的意识形态性与审美特性的内在联系和关系①。这样来理解文艺的审美意识形态性质，不会陷于审美＋意识形态的机械理解，也不会用狭义的美或审美价值取代文艺的其他属性和价值，或进而用审美消解了文艺的社会意识形态普遍性。说文艺是审美的意识形态，不过就是强调了文艺作为意识形态的感性特征，以便于将文艺意识形态与恩格斯所提出的那些理论形式的纯粹抽象的意识形态区别开来。

在如何正确地理解和把握审美与意识形态的关系方面，阿尔都塞和巴赫金的有关思想值得加以注意。阿尔都塞认为，意识形态是一种具有自己的逻辑和严格性的表象（意象、神话、观念或概念）体系，它在给定的社会中历史地存在并起作用。意识形态涉及个体与其实际生存状况之间的体验的和想象的关系，人是生活于意识形态之中的。巴赫金也多次谈到意识形态环境这个概念，认为人是生活在意识形态环境之中的，人们的文化创造活动也是在意识形态环境中展开的，这一点与阿尔都塞的看法有一致性。就艺术与意识形态的关系而言，一方面意识形态是艺术创造的母体，另一方面艺术又是从母体中生长出来的一种新的东西，他和母体有一种复杂的关联。基于这种认识，阿尔都塞指出，艺术与意识形态之间具有一种天然的联系，一般的或平庸的艺术往往满足于做意识形态的镜子，而优秀的艺术也难以摆脱开它与意识形态的特殊关系。真正优秀的艺术一方面暗示着意识形态，一方面能够从它由之产生的意识形态向后退一步，在内部挪开一点距离，并通过这种内部距离使人觉察到人们所保持的那种意识形态，从而达到批判意识形态的作

---

① 参见谭好哲《文艺与意识形态》，山东大学出版社 1997 年版，第 120—122 页。

用和目的。优秀的艺术不直接反映他赖以生长其间的意识形态,却又能让人们觉察到隐匿于艺术背后的意识形态。那么,优秀的艺术为什么会具有这样一种揭示和批判意识形态的功能呢?阿尔都塞认为,这有赖于艺术的特性,其特性就在于它不是像科学研究那样给我们严格意义上的认识,而是"'使我们看到','使我们觉察到,''使我们感觉到'某种暗指现实的东西",而所谓暗指现实的东西就是意识形态。"艺术使我们看到的,因此也就是以'看到'、'觉察到'和'感觉到'的形式(不是以认识的形式)所给予我们的,乃是它从中诞生出来、沉浸在其中、作为艺术与之分离开来并且暗指着的那种意识形态。"① 由此可见,文学艺术是通过它那感性化的存在形式彰显其与意识形态的内在关联的。

　　阿尔都塞的论述给我们一个启示,就是对于文艺性质的把握,首先要回到其特殊的感性化的存在形式上来,由此出发来思考文艺与意识形态的关系。而把文艺称之为审美的意识形态,从现代美学和文论的语境上来看,也正体现了与阿尔都塞同样的思路。美学在其本原意义上就是感性学的意思,而审美一词的基本含义即是对于人类某种特殊类型的感性活动及其形态的揭示,就此而言,说文艺是审美的意识形态也就是说文艺是以感性形态显示出来的意识形态。不过,在充分意识到并理解审美意识形态的感性形式、感性特征的同时,也不要忘记了文艺毕竟是从意识形态的现实中生长出来的东西,它诉诸感性却并不止于感性,而又能让人们"看到""觉察到""感觉到"某种暗指现实的东西,也就是隐匿于艺术背后的意识形态。因此,从理论和实践两个方面来看,艺术又必然具有它作为意识形态的某些功能,隐含着与其他意识形态共有的某种认识的、功利的、道德的、政治的或宗教的价值诉求,从而在具体的文艺作品中相应形成种种综合性价值形成物,比如审美—认识的、审美—道德的、审美—政治的、审美—宗教的,如此等等。只看到艺术审美意识形态的感性特征方面,而忽略这种感性特征中的价值蕴含,特别是忘掉了它的普遍性的意识形态本质,不仅是片面的,而且是极其错误的理论认识。

---

① [法]路·阿尔都塞:《一封论艺术的信——答安德烈·达斯普尔》,见陆梅林选编《西方马克思主义美学文选》,漓江出版社 1988 年版,第 520—521 页。

第四章 文艺创作与文艺审美价值的生成

如前所述，审美价值既不是孤立的物理事实，也不是单纯的心理体验，而是源自物理事实和心理体验之间的一种对应及互动关系，是审美客体在审美主体知觉活动中形成并呈现出来的经验整体。在文艺创作过程中，创作主体从自己的审美心理出发，在以审美的态度观照对象世界促使其走向审美化的同时，也使自身逐渐进入审美化的对象世界并与之融为一体。在主客体相互感应的过程中，主体的审美能力和对象的审美性质双向互动，共同构造出了新的审美意义并使其物化为可供传达的艺术形象。所以，作为一种心物交感的审美活动，文艺创作的过程就是艺术审美价值初始生成的过程。

第一节 审美心理：文艺审美价值生成的基本前提

从根本上说，艺术是人与现实审美关系的最高形式，在艺术创作活动中，创作主体所面对的并不是实体世界，而是一种意义化和价值化的审美现象，这种意义和价值是主体赋予它的，所以，审美对象并不是单纯的客体，而是已经成为获得主观意味且影响主体的一种存在，是自我的化身，是另一个主体。正如杜夫海纳所说："我们称呼审美对象的世界就用它的作者的名字，我们用巴赫、梵·高或季劳都（Giraudoux）的世界来表示他们的作品所表现的东西，而这一点本身就表明了对象与主观性的一种更深刻的联系。如果对象能够表现，如果对象本身带有一个与它所处的客观世界不同的自己的世界，那就应该说，它表现了一个自为（un pour-soi）的效能，它是一个准主体。"①"准主体"是创作主体全面调动自身的审美心理体验才产生的高级审美现象，所以，在探讨"准主体"的形成过程时，首先需要了解的就是创作主体的审美心理状态。经过仔细考察，我们认为，创作主体的审美心理状态至少具有整体性、直觉性和创造性这三个基本特征。

一、审美心理的整体性

在艺术活动中，审美主体的心理活动是非常微妙的，无法借助具体明晰的概念来表达和穷尽，正如苏珊·朗格所说，艺术经验是一种"内心生活"，"是指一个人对其自身历史发展的内心写照，是他对世界生活形式的内在感受。这一类经验通常只能被我们模糊地意识到，因为它的组成成分大部分都是不可名状的。不管我们的感受是多么强烈，我们也很难对一种不可名状的事物赋予一定的形式"②。所以，对创作主体的心理结构进行条分缕析的层次剖析显然不利于把握问题的精髓和实质。"在审美体验中人的所有基本的精神能力——感觉、情感、意志、理智和想象——都在有机的交织中行动起来。"③ 各种心理因素没有主次之分，没有先后之别。可以说，整体性是审美心理最重要的属性之一。在审美过程中，主体的感觉、情感、意志、理智和想象等多种心理功能综合成为一个完整有机的动力结构，这个动力结构的具体组成只能被模糊地意识到，永远不可能被精确地拆解和清晰地表述。审美心理的整体性特征历来是现代美学和心理学所关注的重要问题，近几十年来，阿恩海姆代表的格式塔学派又从多学科多层次的角度对其进行了深入有效的探索，将审美心理结构的整体性研究推向了新的高度。

"格式塔"是德文"Gestalt"的音译，中文可以意译为"完形"，其基本含义是整体先于部分且大于部分之和，正如韦特海默所说："格式塔理论就是这样一种信念，即存在着整体，整体的行为不取决于它的个别元素的行

---

① ［法］米盖尔·杜夫海纳：《美学与哲学》，孙非译，中国社会科学出版社 1985 年版，第 57 页。
② ［美］苏珊·朗格：《艺术问题》，滕守尧、朱疆源译，中国社会科学出版社 1983 年版，第 7 页。
③ ［苏］列·斯托洛维奇：《审美价值的本质》，凌继尧译，中国社会科学出版社 1984 年版，第 199 页。

为，倒是部分的过程取决于整体的内在性质。"① 格式塔心理学以强调知觉经验的整体性著称，主张从整体的动力结构出发研究心理现象，坚持认为"知觉是一个整体，是一个格式塔，任何分析和还原都会破坏这种整体性"。"从元素开始，意味着从错误开始；因为这些元素是反省和抽象的产物，是从它们用来解释的直接经验辗转推演出来的。格式塔心理学尝试返回朴素的知觉，返回到直接经验……它坚持认为，它发现的不是元素的集合，而是统一的整体；不是感觉的群集，而是树木、天空、云彩。对于这种主张，任何人只要张开眼睛，以日常生活的方式看看这个世界就可以得到验证。"② 格式塔心理学对意识经验整体性的强调决定了它在阐释综合性和非肢解性的审美现象方面具有显而易见的优势，所以，其基本理论观点不仅对西方心理学界产生了深远的影响，而且也迅速波及到文学艺术领域。对此，阿恩海姆曾做如是说："从这一理论的首次开创到本世纪上半叶的整个发展过程中，它都与艺术息息相关……这些理论所遵循的最重要的指导原则，向来都使广大的艺术工作者们听起来感到十分顺耳。"③

　　作为心理学美学的集大成者，阿恩海姆将格式塔原理推广到艺术活动研究上，作出了突出的贡献。他不仅注意到了审美心理自身内部构成方面的整体性特征，而且强调指出，审美心理在接纳和处理审美信息时也表现出了鲜明的整体性特质。在具体研究中，他特别致力于从感性知觉的整体性特征和完形机能出发，借用物理学中"力"的概念来说明审美心理的形成原理。"力"是阿恩海姆美学思想的核心概念，在他看来，外界物理事实会呈现出一种物理性质的力，内在心理事实会呈现出一种心理性质的力，这两种原本异质的力如果具有同样的形式结构，就可以在人的大脑中引起同样的电脉冲运动，按照这种观念，审美主体之所以能够受到外部环境触动并获得审美经验，主要亦是基于客体物理性的结构力场和审美活动中的心理结构力场之间

---

①　[美] T. H. 黎黑：《心理学史——心理学思想的主要趋势》，刘恩久、宋月丽、骆大森等译，陈泽川、沈德灿校，上海译文出版社 1990 年版，第 272—273 页。

②　[美] 杜·舒尔兹、西德尼·埃伦·舒尔兹：《现代心理学史》，叶浩生译，江苏教育出版社 2005 年版，第 308—309 页。

③　[美] 鲁道夫·阿恩海姆：《艺术与视知觉》，滕守尧、朱疆源译，中国社会科学出版社 1984 年版，第 4 页。

的异质同构关系，也就是说，当物理事实在人的视域中出现的时候，物理性质的力就会在人的大脑皮层激起轻重不同的刺激，而刺激的轻重程度则取决于人的知觉活动系统中是否存在着一种与物理性质的力异质却同形同构的力的式样，一旦二者间出现同构关系，外部物理事实就不再是供人认识的纯客观事物，而是会带动着主体无限膨胀，进入到一种激动不安的参与状态，这种主体膨胀和参与状态就是审美活动得以实现的基本前提。事物形象越是符合主体审美心理的形式结构，它对于主体的影响就越大，主体从中所体验到的审美快感就越强烈，也就越发能够容易而深刻地和这种形象互相感应，融为一体。在《艺术与视知觉》一书中，阿恩海姆举了不少例子对此加以说明："一棵垂柳之所以看上去是悲哀的，并不是因为它看上去像是一个悲哀的人，而是因为垂柳枝条的形状、方向和柔软性本身就传递了一种被动下垂的表现性；那种将垂柳的结构与一个悲哀的人或悲哀的心理结构所进行的比较，却是在知觉到垂柳的表现性之后才进行的事情。一根神庙中的立柱，之所以看上去挺拔向上，似乎是承担着屋顶的压力，并不在于观看者设身处地地站在了立柱的位置上，而是因为那精心设计出来的立柱的位置、比例和形状中就已经包含了这种表现性。只有在这样的条件下，我们才有可能与立柱发生共鸣（如果我们期望这样做的话）。"① 无论是垂柳还是立柱，它们在主体那里激起的审美感觉都不是主体移情作用的产物，而是其自身形式结构固有表现性的必然结果，人在知觉到这种表现性之后才能够将其与自己的心理感受联系起来，如果心理感受与这种表现性具有相同的结构性质，二者之间就会产生深切的共鸣。如此，在对客观物理场和对主观心理场同形对应关系的说明中，阿恩海姆从根本上克服了传统审美心理学将外在刺激和内在反应分裂开来的弊端，他所注重的不是主体因素或客体因素在审美和艺术创作活动中的独立功能，而是诸种因素在力的交互作用过程中不可分离的整体效应。就这一意义而言，阿恩海姆所代表的格式塔心理学为我们观察和把握创作主体的整体性心理特征提供了新的方法和模式，可以说是在文艺心理学方面的重大拓展，很值得我们深入思考。

---

① ［美］鲁道夫·阿恩海姆：《艺术与视知觉》，滕守尧、朱疆源译，中国社会科学出版社 1984 年版，第 624 页。

二、审美心理的直觉性

整体性特征决定了审美过程的不可分析性，处于审美体验中的生命主体不是通过概念和逻辑来认识对象，而是在具体的、生动的、独特的和直接的感受中与对象的内在本质自然而然地融为一体，这种具体、生动、独特和直接的感受在很大程度上就表现为直觉，如此，直觉性就成了审美主体的另一个重要的心理特征："诗性直觉是诗人寻常的精神状态"①。"诗的'见'必为'直觉'（intuition）。""诗的境界是用'直觉'见出来的，它是'直觉的知'的内容而不是'名理的知'的内容。……让它（诗中情境——引者注）笼罩住你的意识全部，使你聚精会神地观赏它，玩味它，以至于把它以外的一切事物都暂时忘去。"② 就其本质而言，直觉是一种特殊的心理现象，其内涵是无须任何分析推理，仅凭直观感觉就可以直接把握对象的整体形象和内在本质，正如柏格森所说："所谓直觉就是指那种心智的体验，它使我们置身于对象的内部，以便与对象中那个独一无二、不可言传的东西相契合。"③ 阿恩海姆在《艺术心理学新论》一书中也提出了相似的看法："柏拉图认为，直觉是人类智慧的最高层次，因为它达到了对先验本质的直接把握，而我们经验中一切事物之呈现正是由于这些先验本质。在本世纪里，胡塞尔（Edmund Husserl）学派的现象学家们又声称，本质直观（Wesensschau）是通向真理的可靠之路。"④ 简单来说，创作主体的直觉性心理主要表现为主体通过感性直观直接把握客体的审美特征，生活中具有审美价值的对象都可以成为艺术直觉的对象。直觉对于艺术创作的重要性不言而喻——倘若没有直觉，艺术创作就失去了一种审美的观照和体验对象世界的特殊方式，而凝神静观和蓦然顿悟则是这一特殊方式的两个基本特征。

首先，直觉一词源自拉丁文 intueri，原意就有凝神静照的意思。用叔本

---

① ［法］雅克·马利坦：《艺术与诗中的创造性直觉》，刘有元等译，生活·读书·新知三联书店1991年版，第109页。

② 朱光潜：《诗论》，见《朱光潜全集》第3卷，安徽教育出版社1987年版，第51—52页。

③ ［法］亨利·柏格森：《形而上学引论》，见洪谦《西方现代资产阶级哲学论著选辑》，商务印书馆1982年版，第137页。

④ ［美］鲁道夫·阿恩海姆：《艺术心理学新论》，郭小平等译，商务印书馆1994年版，第16—17页。

华的话来说，直觉体验就是"纯粹的观审，是在直观中浸沉，是在客体中自失，是一切个体性的忘怀，是遵循根据律的和只把握关系的那种认识方式之取消"①。在艺术活动中，"纯粹的观审"状态意味着排除外物的纷扰和功利的诱惑，忘却逻辑推理的一切规则，使心灵呈现出一种虚灵空明的境界，这种境界与英加登所谈到的"预备审美情绪"颇有相似之处；"预备审美情绪（在一个人的经验系列中）的出现，首先中断了关于周围物质世界的事物中的'正常的'经验和活动。在此之前吸引着我们、对我们十分重要的东西突然失去其重要性，变得无足轻重。""与这种中断同时发生的还有对有关现实世界的事物的实际经验的压制乃至完全消除。我们对世界的意识范围明显地缩小。……在强烈的审美经验后期，还可能产生一种对现实世界的假遗忘状态"②。只有在"对现实世界的假遗忘状态"中，主体才能够全力专注于审美对象并展开长久沉思，"用志不分，乃凝于神"③。而这种专注和沉思则主要围绕着内外两个层面展开：其一，主体专注于需要观照的外物，沉思于它的每一个细节，使其由异己的混乱的东西变成了一种可以被主体把握的审美对象。其二，主体专注于由外物激发出来的审美情感，在审对象之美的同时也完成了自身审美的过程。当对外物的审美和对自身的审美相互交融，相互转化，令人难以分辨地统合在一起时，主体和客体的界限就消融了，艺术家已经将自己幻化成了被直觉和被体验的对象，完全忘记了自己的独立存在，彻底走向物我同一的境界。美学家朱光潜和作家乔治·桑的言论都曾经为此提供过绝佳的注脚："物我两忘的结果是物我同一。观赏者在兴高采烈之际，无暇区别物我，于是我的生命和物的生命往复交流，在无意之中我以我的性格灌输到物，同时也把物的姿态吸收于我。比如观赏一棵古松，玩味到聚精会神的时候，我们常不知不觉地把自己心中的清风亮节的气概移注到松，同时又把松的苍劲的姿态吸收于我，于是古松俨然变成一个人，人也俨然变成一棵古松。总而言之，在美感经验中，我和物的界限完全消灭，我没入大自然，大自然也没入我，我和自然打成一气，在一块生展，在一块

---

① 〔德〕叔本华：《作为意志和表象的世界》，石冲白译，杨一之校，商务印书馆1982年版，第274页。

② 〔美〕李普曼编：《当代美学》，邓鹏译，光明日报出版社1986年版，第291页。

③ 庄子：《达生》，见曹础基《庄子浅注》，中华书局2000年版，第270页。

震颤。"①"我有时逃开自我，俨然变成一棵植物，我觉得自己是草，是飞鸟，是树顶，是云，是流水，是天地相接的一条水平线，觉得自己是这种颜色或是那种形体，瞬息万变，来去无碍。我时而走，时而飞，时而潜，时而吸露。我向着太阳开花，或栖在叶背安眠。天鹅飞举时我也飞举，蜥蜴跳跃时我也跳跃，萤火和星光闪耀时我也闪耀。总而言之，我所栖息的天地仿佛全是由我自己伸张出来的。"②

　　其次，在艺术创作中，主体心灵的蓦然顿悟是直觉过程的高峰体验和直觉性心理特征的集中表现，诗人瓦莱里曾对这一心理反应的突发性做过生动的描述："有那么一种场合，从事写作的人会经验到一种思想的突然闪现，因为这种智慧生活决不是被动的，实际是由一些断片组成，在某种程度上是由一些非常短暂的，但又使人感到富有种种可能性的成分组成。这些成分并没有使心智豁然开朗，但却向它启示，存在着一些全新的形式，只要经过一番努力，必然能为心智所掌握。当心智产生某种感觉时，有时我也经验过这种瞬间；这是一种思想的闪光，没有亮到使人炫目。这种闪光的到来，引起我们的注意，它并没有照亮前途，但却指明了方向。总之，它本身是一个谜，它提供了某种保证：等一会儿就会出现。于是你说：'我知道了，明天我会知道得更多。'这有一种活动，一种特殊的敏感；你会马上进入暗室中去，并且会看到那个画面浮现。"③蓦然顿悟的审美感受给创作带来了无限的可能性，在刹那的灵光闪现中，艺术家的审美愉悦感和创作内驱力被全面唤醒，艺术创作也因此进入到了一个全新的阶段。蓦然顿悟的巨大效用赢得了古往今来无数艺术家的崇拜和渴望，有论者甚至将其神秘化。其实，顿悟并非来自某种超自然的神力，而是出自作家心理积淀、独特眼光和非凡观察力的凝合，其产生和发展都有赖于主体的不懈努力。我国宋代学者陆桴亭在这一问题上的议论可谓是极为精当："人性中皆有悟，必工夫不断，悟头始出。如石中皆有火，必敲击不已，火光始现。然得火不难，得火之后，须承之以

① 朱光潜：《文艺心理学》，见《朱光潜全集》第1卷，安徽教育出版社1987年版，第214页。
② [法]乔治·桑：《印象与回忆》，转引自朱光潜《文艺心理学》，安徽教育出版社1987年版，第239页。
③ 转引自[美]克雷奇、克拉奇菲尔德、利维森等著《心理学纲要》（上册），周先庚、林传鼎、张述祖等译，文化教育出版社1980年版，第194—195页。

艾，继之以油，然后火可不灭。故悟亦必继之以躬行力学。"①

三、审美心理的开放性

与直觉性相联系的，是审美心理状态的开放性特征。对于艺术创作主体而言，审美心理体验亦是其重新创造自我的过程，而开放性则是保证这一过程得以实现的前提和基础。在对创作主体审美心理状态的开放性特征进行探讨时，我们可以将皮亚杰的相关理论作为参照。

皮亚杰是日内瓦学派的创始人，他曾经综合运用哲学、生物学、逻辑学、心理学等诸多领域的知识，在深入研究儿童认知发展的基础上，创立了一种跨学科的"发生认识论"。主体与客体的关系问题是"发生认识论"关注的核心，具体而言，皮亚杰认为推动认识格局和心理结构不断发展的根本动力即是主体和客体之间的相互作用："认识既不是起因于一个有自我意识的主体，也不是起因于业已形成的（从主体的角度来看）、会把自己烙印在主体之上的客体；认识起因于主客体之间的相互作用，这种作用发生在主体和客体之间的中途，因而同时既包含着主体又包含着客体"②。而同化和顺应这两个彼此对立又相伴相生的基本过程即是主客体相互作用的集中体现。在《儿童心理学》一书中，皮亚杰给"同化"下了一个这样的定义："刺激输入的过滤或改变叫作同化。"其基本特征是将"刺激"和"反应""设想为一种双向关系……即是说，刺激的输入是通过一个结构的过滤，这个结构是由动作图式（在达到较高水平时，即指思维的运算）所组成"。③后来，在《皮亚杰的理论》中，他又对"同化"概念做了更为详细的说明："从生物学的观点来看，同化就是把外界元素整合于一个机体的正在形成中或已完全形成的结构内。……可用下式表示：$(T+I) \rightarrow AT+E$，这里 T 是一种结构，I 是被整合的物质或能量，E 是被排除的物质或能量，A 是大于 1 的系数，它意味着这种结构的强化是借物质的增加或运算效率的增加的形式表达

---

① 转引自钱钟书《谈艺录》，生活·读书·新知三联书店 2001 年版，第 235 页。

② [瑞士] J. 皮亚杰：《发生认识论原理》，王宪钿等译，商务印书馆 1981 年版，第 21 页。

③ [瑞士] J. 皮亚杰、B. 英海尔德：《儿童心理学》，吴福元译，商务印书馆 1980 年版，第 7 页。

的。"① 可见，"同化"的过程实际上就是主体从已有的心理图式出发，去选择、过滤、吸收外界信息并将其归纳整合到自己原有认知结构内部，使心理图式的数量和内容不断丰富的过程，其中所体现的是主体改造客体的主动性。与之相对，"顺应"过程所体现的是主体调整自身适应客体的受动性："内部图式的改变，以适应现实，叫作顺应。"② 一般来说，当主体遭遇一种新的刺激时，他首先会依赖自身的心理图式去同化它，如果获得成功，就会达到认知状态上的短暂平衡，如果这种刺激超过了现有图式的同化能力使主体认知遭受失衡，主体就会积极修改和重建现有图式，以求顺利吸收新的信息，维护认知状态的平衡。如果说"同化才是引起反应的根源"③，那么"顺应"就是使这种反应落到实处的根本保证。二者相辅相成，互为因果，"没有顺化（即顺应——引者注）就没有同化。但是我们必须强调，没有同化，同时也就没有顺化。"④ "同化与顺应是不可分割的，而且，正是由于交互作用，我们才说每个同化都伴随着顺应。"⑤ 具体来说，"同化性的格式或结构受到它所同化的元素的影响而发生改变称之为顺化（或顺应）"⑥。在认识过程中，同化和顺应往往是同步进行的，主体作用于客体的过程亦是客体作用于主体的过程："认识的最初机能是'同化'，所谓同化，我是指主客体之间的相互作用。这种相互作用的性质是，它包含对客体特性的最大顺应，同时也包含最大限度地整合到先行结构中去（不管这些结构是怎样建构起来的）。"⑦ "认识不完全决定于认知者或所知的物体，而决定于认知者和物体之

---

① ［瑞士］J. 皮亚杰：《皮亚杰的理论》，见左任侠、李其维主编《皮亚杰发生认识论文选》，华东师范大学出版社1991年版，第8页。

② ［瑞士］J. 皮亚杰、B. 英海尔德：《儿童心理学》，吴福元译，商务印书馆1980年版，第7页。

③ ［瑞士］J. 皮亚杰：《发生认识论原理》，王宪钿等译，商务印书馆1981年版，第61页。

④ ［瑞士］J. 皮亚杰：《皮亚杰的理论》，见左任侠、李其维主编《皮亚杰发生认识论文选》，华东师范大学出版社1991年版，第10页。

⑤ ［瑞士］J. 皮亚杰：《生物学与认识》，尚新建等译，生活·读书·新知三联书店1989年版，第167页。

⑥ ［瑞士］J. 皮亚杰：《皮亚杰的理论》，见左任侠、李其维主编《皮亚杰发生认识论文选》，华东师范大学出版社1991年版，第9页。

⑦ ［瑞士］J. 皮亚杰：《生物学与认识》，尚新建等译，生活·读书·新知三联书店1989年版，第54页。

间（有机体和环境之间）的交流或相互影响。根本的关系不是一种简单的联想，而是同化和顺应；认知者将物体同化到他的动作（或他的运算）的结构之中，同时调节这些结构（通过分化它们），以顺应他在现实中所遇到的未预见的方面。"①

　　根据皮亚杰的理论，同化和顺应同步进行是保证心理格局维持平衡状态的关键。但是，事实上，在不同的心理活动中，同化和顺应所起的作用往往不尽相同。如果说"同化"主要体现为对已有认知图式的遵循和适应，那么"顺应"则主要体现为对自我心理格局的突破和重建。在功利性的理智思考占据上风的一般性认识活动中，"同化"往往控制着"顺应"，也就是说，在接触对象的时候，原有的认知格局往往会起到决定性的作用，外来刺激和外界信息将会在认知格局的选择、过滤和收编作用下，转化成主体认知图式的有机组成部分，而认知格局的调整则是滞后和有限的，对于那些与原有认知格局根本冲突的外界信息，主体会采取排斥甚至忽视态度。与之形成鲜明对比的是，在排除功利思考的直觉性感受占据上风的审美心理体验中，"顺应"常常会压倒"同化"。如前所述，直觉意味着一种虚静空明的纯粹观审状态，这种状态决定了主体开放性的感受风格，使主体暂时忘却了功利的打算和原有认知图式的制约，"以一种无利害关系的（即没有隐藏在背后的目的）和同情的注意力去对任何一种对象"进行静观，"这种静观仅仅由于对象本身的缘故而不涉及其他"。② 在敞开怀抱接受对象的审美过程中，主体往往会不自觉地战胜自身的认知惰性，突破和重建固有的心理格局。尽管这种战胜、重建和突破靠的都是审美知觉的瞬间激活，带有很大的随机性和偶然性，很少会对作家在日常生活中所持的认知模式产生稳定而长久的影响，但是，至少对于处在创作状态中的主体而言，这种战胜、重建和突破是非常必要且可能实现的，从中可见开放性这一审美心理特征的巨大作用。英国诗人艾略特、法国作家莫利亚克的言论将会有助于深化我们对这一问题的认

---

① ［瑞士］J. 皮亚杰：《一种发展的理论》，卢濬译，见《皮亚杰教育论著选》，人民教育出版社1990年版，第2页。
② ［美］杰罗姆·斯托尔尼兹：《艺术批评的美学和哲学》，转引自朱狄《当代西方美学》，人民出版社1984年版，第270—271页。

识:"诗人,任何艺术的艺术家,谁也不能单独的具有他完全的意义。"[1] "诗人所从未经验过的感情与他所熟悉的同样可供他使用。……诗是许多经验的集中,集中后所发生的新东西。"[2] 莫里亚克说:"只有到了不再热衷自己时,我们才开始成为作家。"[3]

要之,在以整体性、直觉性和开放性为基本特征的审美心理状态中,创作主体开始了对外在世界的审美体验并将其纳入到文艺审美世界之中,可以说,在文艺创作中,"准主体"的审美价值就是在这种审美体验的驱动下生成的。所以,审美心理状态作为审美价值生成的基本前提,理应引起我们的重视。但是,具备了基本前提并不意味着艺术审美价值最终就一定能够落到实处,如果没有创作动机、艺术构思和符号传达的有力支持,艺术审美价值仍然只能是镜花水月,绝无真正生成的机会。

第二节　创作动机:文艺审美价值生成的实际起点

文艺创作作为文艺家审美情思的对象化过程,有一个实际的起点,这就是创作动机的形成。一般来说,一件文艺作品的创作动机就是一种想写想画,想抓住对象表达感受的强烈愿望。这种强烈的创作愿望像一股燃烧着的火焰,使作家的心境由平静而趋紧张,由平衡而趋失衡,陷入热烈的兴奋或痛苦的不安之中。作为文艺家,他没有别的办法和选择,只能以创作的冲动和活动来宣泄兴奋或痛苦,从而消除紧张,恢复心理平衡。不过,正如临产的阵痛的来临不是没有根由的一样,难以遏制的创作愿望也并非凭空而至。普通心理学已经证明,从活动主体的内在结构上看,存在着需要→愿望→动机这样一条心理链。人们从事任何一种活动,总是由于他有从事这一活动的愿望,而愿望不过是人对他的需要的一种体验形式,需要取了愿望的体验形

---

[1]　[英] 托·斯·艾略特:《传统与个人才能》,卞之琳译,见戴维·洛奇编《二十世纪文学评论》上册,上海译文出版社1987年版,第130页。

[2]　[英] 托·斯·艾略特:《传统与个人才能》,卞之琳译,见戴维·洛奇编《二十世纪文学评论》上册,上海译文出版社1987年版,第138页。

[3]　[法] 弗朗索瓦·莫里亚克:《小说家及其笔下的人物》,见崔道怡等编《"冰山"理论:对话与潜对话——外国名作家论现代小说艺术》(下册),工人出版社1987年版,第438页。

式并指向一定的活动目标就构成为活动动机。因此，主体自身的需要是动机及动机性行为的内在机制或心理根源，动机只是这种内在机制的具体表现，创作动机自然也不例外。

但是，对于创作动机的认识来说，仅仅停留于上述结论显然远远不够。因为上述结论只说明了创作动机与其他动机发生机制上的共性，或者说只笼统地说明了创作动机的内在根源，却没有揭示出创作动机内在根源的具体性质，因而也就没有对创作动机的独特心理实质作出说明。这里，拟从心理学、美学和文艺学的结合上，就此做一初步的探讨。

一、人类的需要与活动动机

人类的需要及其建立于需要基础上的活动动机是多种多样的。通常心理学家将需要区分为自然生理需要和社会心理需要两大类，与此相应则有了生理性动机和社会性动机的二分法。一般说，生理需要的满足有三个显著特性：一是物质追求特性，任何为满足生理需要所进行的活动都指向或追求某种实在的物质的东西；二是避苦趋乐特性，人们追求生理需要的满足总是以避免或消除痛苦而趋向或得到快乐为鹄的，总是期望以最小的体力消耗获得最大的物质享受；三是毁灭对象特性，即在满足生理需要的活动中，人只是按照自己的个别冲动和兴趣去对待本身也是个别的对象，用它们来维持自己，利用它们，牺牲它们来满足自己。然而创作需要的满足却不具有这些特性。首先，创作需要所引发的活动主要不是为了获得某种物质性的东西，而是为了创造并向人们提供精神性的观赏对象，所追求的不是使用价值，而是审美价值。其次，创作活动虽然也有快乐和幸福，但又常常伴之以物质享受的丧失和精神上的创痛，而文艺家本人又甘愿忍受这种损失与痛楚。再次，创作活动并不干预感知对象的自由独立性，不以毁灭对象为特征。齐白石画虾、黄胄画驴、塞尚画水果，都不是为了吃掉它们。艺术创造是在想象的天地中进行的，主体与真实的创作对象处于一种无利害非功利的自由关系之中，而且人们也总是希望艺术创作的成果，如白石老人的虾、悲鸿大师的马永远留存于世，永远"活"在人们的审美观赏活动中。

基于上述对比，可以说尽管生理需要对人类的生存与发展有着不容置辩的意义，尽管从历史发展的角度看，人类的科学、艺术、政治等等活动只有在生理需要相对满足的基础上才能产生，但生理需要本身并不能直接产生科学和艺术一类活动，也就是说生理需要不是文艺创作动机的心理根源。

实际上，与生理需要的先天性、自然性不同，无论就整个种族还是就单个人而言，艺术活动的需要都是后天的，是在一定社会关系基础上产生的。概而言之，创作需要以及由之决定的创作动机的社会性主要表现在两个方面。其一，各种创作需要和动机总是在特定时代的社会生活中形成的。个人是在社会中生活并接受教育的，在逐渐掌握社会行为规范的过程中，形成了关于义务、行为理想等等的观念，并根据社会需要逐渐形成自我需要。当社会要求和个性的发展倾向相互撞击时就会产生个体的主观需要，并在此基础上形成相应的动机。因而在艺术创作的需要和动机中，便不仅打上了艺术家的人格、教养、趣味和习惯的烙印，也不可避免地要打上他所处时代的经济、政治和文化生活的烙印。其二，创作需要的满足，其指向性不仅仅指向自我，更主要的是指向社会。创作活动是由个人进行的，但却不纯是个人的事业。创作活动本身就包含了对一定的社会现实存在和接受群体的承认、假设和依赖，纯粹为孤独的自我写作的作家是不存在的。作为时代之子，艺术家的创作动机不能不包含了对社会生活的客观要求的呼应，对各种社会群体的审美趣味和审美要求的应对，而且凡有社会责任感的作家，从来都不回避作出这种应对或反应。所以，尽管创作活动要以作家的内在需要为基础，但这种内在需要并不等同于生理需要，而是一种社会性需要，因之创作动机也不是生理性动机而是社会性动机。

然而，在文艺研究中却不乏以饮食男女之类生理需要解释创作动机的理论观点。最为著名的当属精神分析美学。弗洛伊德及其追随者认为，文艺创作的动机和活动只是深藏于无意识底层的利比多性力的升华。显然，这种观点将人类最高级的精神生活，把具有高度社会意义的创作活动本能化、生物化了。马克思说过："吃、喝、生殖等等，固然也是真正的人的机能。但是，如果加以抽象，使这些机能脱离人的其他活动领域并成为最后的和唯一的终极目的，那它们就是动物的机能。"[①] 精神分析美学之于文艺创作动机

---

① 马克思：《1844年经济学哲学手稿》，《马克思恩格斯文集》第1卷，人民出版社2009年版，第160页。

不正是做了这样的抽象吗？人毕竟不同于动物，而且也不能把真正的文艺家和利欲熏心的凡夫庸子混为一谈。这里，有必要对两种情形加以辩正。一是应将性欲和爱情区别开来。在文艺史上，真挚的爱情曾催绽出无数朵艺术之花。但丁说过："心灵是为了爱而创造"，"当爱情激动我的时候，我按照它从内心发出的命令，写成诗句。"他用散文串联起来的抒情诗集《新生》就是为歌颂他挚爱着的女子俾德丽采而写成的。歌德也曾怀着对莉莉·舍恩曼的爱而创作出《莉莉的花园》。至于那无数被人们传诵着的动人情诗就更不消说了。不过在这里爱情之花正是开放在人际交往的社会环境中，开放在人与人之间思想感情相互沟通的土壤上，也就是说文艺创作的爱情驱力是一种高度社会化的创作动机，与单纯的性欲满足是不能同日而语的。二是应正确理解为生存需要写作的情形。无论是东方还是西方，著书都为稻粱谋的情形确实都存在着。然而挣取金钱以养家糊口的需要从来都不是真正的艺术家进行创作的主要动力或唯一动力。对此，法国作曲家圣·桑以自己的切身体验做了精辟的论说："音乐不是生理满足的工具，音乐是人的精神的最精致的产物之一。人在其智慧的深处具有一种独特的隐秘的感觉，即美的感觉，借助于它，人能领悟艺术，而音乐就是能迫使这种感觉振动的手段之一。"① 由此，我们便不难理解为什么陀思妥耶夫斯基把为着订货、按照尺寸为报刊写作称为"恶魔般的折磨"，却将"沉湎于兴奋的希望和幻想以及对创作的热爱之中"看成自己生命中的幸福时光。所以，作家当然必须挣钱才能生活，才能写作，但真正的艺术家决不会仅为了挣钱，为了满足自己的生理需要和低级层次的心理需要去生活，去写作，真正的艺术创作建立在人们高级的精神追求心理之上。

二、文艺创作需要是自我创造的需要

由于人的社会关系、社会规定、社会活动的多样性，人的社会性需要也是多种多样的，创作需要究竟属于哪一种呢？是应该像亚里士多德那样把创作动机与人们的求知需要相联系，还是应像列夫·托尔斯泰那样与人们相互交际的需要亦即情感传达的需要相联系？是同意古典主义者的观点，认为

---

① 转引自何乾三选编《西方哲学家文学家音乐家论音乐》，人民音乐出版社 1983 年版，第 151 页。

创作动机根源于人们对理性的追求，还是赞成浪漫主义者的主张，把创作动机归之于个人情感与想象的骚动？或者是应步达·芬奇和莎士比亚的后尘，把创作行为还原为作家想给人生和世界照照镜子的愿望？应该说，这诸多看法各自都说出了某种创作或创作的某一方面的真理。因为创作行为是从艺术家的五脏六腑孕育出来的，他的全部人类情感、各种社会性需要都在其中颤动着，翻腾着。艺术家内心的各种社会性需要都可能升华为创作愿望和动机，而且在很多情况下，创作动机也和其他活动动机一样，往往是由多种需要为内在心理根源的。然而，上述诸说各自偏执一端，或偏于社会，或偏于主体，或注重理性，或注重感性，或侧重功用，或侧重认知，都还没有深入到艺术本体论的层次，因而也就没能达到概括的普遍性。从艺术本体论的角度看，与其他社会性活动的内心需要相比较，各种各样具体的文艺创作需要有一个共同或普遍的特征，这就是强烈的创造性自我实现意念或倾向。

　　美国心理学家马斯洛将艺术创作需要确定为"自我实现的需要"，自我实现也就是自我创造。在马斯洛的需要层级论中，自我实现是人的最高需要，也是人的能动性、创造性的内在根据，而文艺创作即为自我实现需要的满足方式之一。一位音乐家必须创作乐曲，一位艺术家必须作画，一位诗人必须写作，不然他就安静不下来。人必须尽其所能，这一需要被称之为"自我实现"。将艺术创作和自我实现需要联系起来，无疑窥视到了文艺的人学特性。然而马斯洛的观点还存在着明显的缺陷。他不是从以社会实践为中介的主客体关系的历史发展和个性发展中揭示自我实现需要的产生，而是溯源于个人的潜能，将自我实现需要规定为促使个人的潜在能力得以实现的倾向，这仍未完全摆脱本能论的窠臼，不能深刻地揭示出文艺创作的社会性质和本体论实质。

　　相比之下，黑格尔从美学角度对自我创造需要的阐述比马斯洛深刻得多。在《美学》全书绪论中，黑格尔也提出了"是什么需要使得人要创造艺术作品"这一问题，回答是："就它的形式方面来说，艺术的普遍而绝对的需要是由于人是一种能思考的意识，这就是说，他由自己而且为自己造成他自己是什么，和一切是什么。"作为一种有心灵的存在物，即能够观照自己、认识自己、思考自己的存在物，人以认识活动和实践活动两种形式获得这种对自己的意识。他认为"这种需要贯串在各种各样的现象里，一直到艺术作品里的那种样式的在外在事物中进行自我创造（或创造自己）"。而由于艺术创作的这种普遍需要是理性的需要也是心灵自由的需要，所以"人的自由理性，它就是艺术以及一切行为和知识的根本和必然的起源"。[①] 在马克思的早期著作《1844 年经济学哲学手稿》中，可以发现与黑格尔十分相近的观点。马克思指出，正是凭借意识性和自由性即自由自觉性，人能够在认识活动和实践活动中确证自己的类本质，能够在现实的实践中，并且在他所创造的世界中直观自身。这里，所谓"现实实践"和"创造的世界"当然应该包括文艺实践和文艺作品在内。由此可见，文艺创作实是出自人的高级的自我创造需要或自我实现需要，它以人的自我意识能力和自由理性精神为基础，其实质或主要之点就在于要通过创作活动确立人作为现实的自由存在物与客观世界的一定关系，并借助这种关系达到对自我本质的认识或确证。具体说，创作需要是这样一种需要，它驱使活动主体在艺术活动中，也就是在对声音、颜色、文字等等的操作中以独特方式求解"我是谁"和"我究竟怎样"之类的司芬克斯之谜。萨特声称"艺术创作的主要动机之一当然在于我们需要感到自己对于世界而言是本质性的"[②]，实为言简意赅之论。

　　这里，所谓自我认识或自我确证，当然不是理智的科学意义上的认识，如内省心理学对个人内心经验的自省。也不是一般文艺学著作中所说的反映或再现生活意义上的认识。艺术创作活动的自我认识首先是寓于自我创造之中的认识。在艺术创造活动中，艺术家确立了自己作为人的个性存在和生存价值，他承受生活的重负并对生活作出自己充满激情和血泪的反应，从而在这个纷纷扰扰的世界上为自己因追求人生真谛而躁动不安的灵魂找到一块栖息之地，自我意识就在这种创造之中充分展示出来。其次，艺术创造的认识主要是对主体自身的认识。如果说一定的创作需要是在主客观条件的相互作用中产生的，那么一般说创作需要的释放也是指向主观世界与客观世界两个方面，即要在对主客观世界的认识中完成满足自己的创造活动。这样，艺术意识就必然包括了对象意识和自我意识两个方面。但是从根本上讲，认识客体乃是为了更好地认识主体——人。因此，文艺在本质上是人类渴望认识自

---

① ［德］黑格尔：《美学》第 1 卷，朱光潜译，商务印书馆 1979 年版，第 38—40 页。
② ［法］萨特：《为什么写作？》，施康强译，见柳鸣九编选《萨特研究》，中国社会科学出版社 1981 年版，第 3 页。

己的生命冲动所追求的独特精神境界，与人类其他各种物质和精神的活动相比，艺术活动更能展示永恒的人生奥秘，使人们认识自己和人生的神秘性与丰富性。这就是为什么艺术思维心理更偏重于同化现实而不是顺应现实的原因所在，也是为什么对艺术本性的探究总是不知不觉地回复到"文学是人学"那个老提法和"认识你自己"那句更为古老的格言的心理根源。

文艺创作活动所认识或确证的"自我"具有双重性，从心理形式上讲，是有意识的自我，也是无意识的自我；就意识内容而言，是作为个性存在的自我，也是作为群体代表的自我。创作需要发生于单个人心中，其中自然积淀了作家个人的生活际遇、体验和兴趣，他的情感、思想和意志，因此创作活动的自我认识必然首先是对个性自我的认识，对个人的生命存在的感受、体验、反省和创造性感性复现。然而，文艺家作为个体存在又是社会群体的一分子，他在生活中的地位是与一定的集团、阶级、民族乃至整个人类的存在紧密相连的，他的个人经验中，他的深层意识里必然积淀了整个人类文明的因子和历史文化的群体精神，因而在艺术活动的个体生命感受中必然跳动着类群体的脉搏，喷吐着类群体的气息，也就是说作家在自我创造中的自我认识绝不会限于个人，而必然借助于自我、个人的视听和感受伸向社会、群体，伸向"小我"背后的"大我"。正是意识到这一点，高尔基才在强调文艺家在创作中应该"找到自己，找到自己对生活、对人们、对既定事实的主观态度"① 的同时，又告诫作家们"不要把自己集中在自己身上，而要把全世界集中在自己身上。诗人是世界的回声，而不仅仅是自己灵魂的保姆"②。

三、文艺创造需要是一种审美需要

人类的创造形式或种类多种多样，想出新方法，建立新理论，作出新成绩，造出新物件都是创造。因而创造性自我实现需要按其满足方式来说包含着多种选择，不限于艺术活动。这样，就有必要再进一步设问：究竟是什么特性使得作家的创造需要单单倾心于文艺女神？换言之，文艺创作需要与其他创造需要相比又有什么固有的本质或自身的规定呢？对此，最为简要的

---

① 《外国作家谈创作经验》（下），山东人民出版社 1980 年版，第 585 页。

② 转引自［苏］米·赫拉普钦科《作家的创作个性和文学的发展》，满涛、岳麟、杨骅译，上海译文出版社 1982 年版，第 475 页。

回答是：文艺创造需要是一种以审美需要或审美情感为主要驱动力的创造性需要。苏联传记作者阿尼克斯特在《莎士比亚传》里写道："创造性才智和普通才智（哪怕是出众的普通才智）不同，它不仅领略美，而且美会激发它产生创作冲动。这种才智是莎士比亚固有的。"岂止莎士比亚，这也是一切真正的艺术家所固有的，如列夫·托尔斯泰就曾对人说过："我是一个艺术家，我的一生都在寻找美。如果您能向我展示了美，那我要跪下来祈求您赐给我这最大的幸福。"① 由此可见，文艺家的创造需要是与对美的渴望、迷恋和追求不可分割的，正是强烈的审美情感激发起了他们的创造热情和才能。

文艺创作需要之所以以审美需要为主要策动力，从根本上讲是由艺术的本性和艺术创作对现实生活的关系所决定的。马克思在谈到人与动物的区别时指出，自由自觉性使人能够超越动物的本能活动形式，使人不仅"懂得按照任何一个种的尺度来进行生产，并且懂得处处都把固有的尺度运用于对象；因此，人也按照美的规律来构造"②。这里，按照固有的尺度进行生产，是人所独具的特点，就是指按照人的多种多样的内在需要和目的进行生产。而从马克思的原意看，"按照美的规律来构造"的需要正是人类多种多样的内在需要之一。另外，从人类各种活动形式的主要特点来看，"按照美的规律来构造"的需要只是在文艺创作中才得到典型而充分的表现和满足。文学艺术作为在人类长期历史发展中产生的一种掌握现实的特殊精神方式，作为社会意识形态之一，是在审美的需要以及审美的规范和形式中被创造出来并发挥其社会意识形态作用的，审美是其基本特点和基本目的。因此，文艺创作便不同于以满足人们的求知需要为主的科学研究，也不同于以满足人们对于人生的信仰需要为目的的宗教活动，当然更不同于人们的物质性创造活动。物质性创造活动如建筑一幢新楼房，制造一台新机器，可能也包含了某些审美因素，但创造活动的首要目的是满足人们的功利需要或物质需求，审美需要不占主导地位。而在艺术创造活动中，可能也包含了某些其他需要，但首要目的是为人们提供精神享受，占主导地位的是审美需要。就文艺家个人而言，作为在一定社会时代环境中生活并受到制约的个人，作为具有多种

① 《外国作家谈创作经验》（下），山东人民出版社 1980 年版，第 462 页。
② 马克思：《1844 年经济学哲学手稿》，《马克思恩格斯文集》第 1 卷，人民出版社 2009 年版，第 163 页。

社会规定性的活生生的个性存在，他当然有着多方面的欲求，因而其创作动机当然也就可能与多方面的需要相关联，如政治、道德、宗教、认知等的需要。然而只有在其他需要和审美需要相结合，并且在以审美情感为主要驱策力的情况下产生的活动动机，才是符合文艺本性的创作动机。唯其如此，文艺创作才能被称为审美创造，对文艺作品的接受才能被称为审美鉴赏或审美观照。

　　无论从历史角度还是从个体角度看，审美创造的需要都是一种超越：对人类生活直接功利性的超越，从而也就是对人自己的现实生存范围和领域的超越。超越就是对生活境界的开拓，对平凡人生的升华，也就是主体自由的实现。这种超越，使艺术家远远摆脱了生理需要和个人私欲的束缚，能够经受住满足这些需要和私欲的种种诱因目标的诱惑，而沉湎于自己海市蜃楼般的感觉与幻想、假设与体验中。巴尔扎克曾在这个意义上将利禄之辈与真正的文艺家作过比较，他说利禄之辈或是为了爬上高位而在起床之后心中念念不忘攀龙附凤，趋炎附势，为个人蝇头小利去向上司献媚邀宠，或是像商人之流满脑袋里贪得无厌的就是财富金钱，而艺术家却愿意停留在"思想探索过程中所经历的那种美妙境界"，"孜孜不倦地为他们内心所追求的目标静思默想"，这是一种"忘我的喜悦"，"在这些苦思苦索废寝忘餐的时刻里，任何人世间的牵挂，任何出于金钱的考虑都不在他们心上了；他们忘掉了一切"。① 伟大作家的创作实践无不印证了这种对比。当然，审美创造需要不仅是对低级的生理需要，对一般私欲的超越，也是对其他各种与文艺创作无助的需要的超越。假若一个人老想着在官场生活中出人头地，或者为从事各种实际活动的热情所驱使，又怎么会投身并安心于文艺创作呢？

　　心理学家阿德勒认为，由需要引起驱动力，由阻碍引起约束力，约束力的介入，会使心理行为的动力场增加更多的复杂性，从而引起更多的交互错综的变化。对艺术家来说，阻碍或约束力不仅来自外界，更多的是来自内心，来自内心的非创作需要。歌德在他的诗剧《浮士德》中，曾借浮士德的咏叹剖析了人类精神生活中两种相反倾向："有两种精神居住在我们心胸，

---

① 转引自北京师范大学中文系文艺理论教研室编《文学理论学习参考资料》（下），春风文艺出版社 1982 年第 1 版，第 336—337 页。

一个要想同另一个分离！一个沉溺在迷离的爱欲之中，执拗地固执着这个尘世；另一个猛烈地要离去凡尘，向那崇高的灵的境界飞驰。"在艺术家内心也有这类两种精神的冲突，其中就包括创作需要和非创作需要的冲突。对于艺术家，那灵的境界就是精神创造、审美创造的境界。真正的艺术家总是审美创造的需要占了上风，如诗人济慈所断言："对一位大诗人来说，美感是压倒其他一切的考虑的，或进一步说，取消一切的考虑。"① 可以说，正是由于对生理本能和其他人生需要的超越，神与物游、身与物化、主客相通、物我两忘的审美境界才诞生于作家的生存空间，鼓动着蓬勃的生命意识的审美情感才得以滋生并能够留驻于作家心胸，从而为艺术自由的实现也就是创作冲动的萌动和创作活动的展开准备好必要的主观心理条件。中国古典美学的"涤除玄览"说和"澄怀味象"说，以及西方美学的审美无利害关系说和审美距离说等，都从不同角度揭示了审美创造情感纯净无私的特点。利名心急，不能扫尽俗肠，文艺家就不能升华到审美境界，从而也就不能创造出流溢着自由生命意识的艺术作品来。

总之，文艺创作需要是一种以审美情感为主要驱动力的社会性自我创造或自我实现需要。由此便决定了文艺创作动机既不会是低级的生理性动机，也不会是与那些导致日常社会实践活动的普通动机毫无差别的动机，而只能是一种引发特殊类型的社会活动的动机，一种社会性的审美创造动机。这就是创作动机在内在机制和心理实质上的特殊性所在。

创作动机心理实质上的上述特性，是使得艺术家面对与他人共同的生活境遇能够萌生创作意念并进而形成创作动机而不是产生其他意念和动机的心理根源。具有审美创造需要的人，就像填满了干柴的炉膛，一旦被具体的刺激感受关系激起的火星所点燃，就会在内心升腾起熊熊的创作火焰，勃发起强烈的创作冲动。同时，心理实质上的特殊性也是文艺家得以形成自然而恒常的创作心境和创作定势，从而产生持续不断的创作冲动的根源所在。因为审美创造需要是一种生长性需要，具有稳定和发展的性质。当艺术家沉浸在创作活动中时，由于审美创造需要的满足，由于传达自己的审美体验和评价以增进社会的自由与进步这一使命意识的产生，便会激起极大的幸福感，

① 转引自伍蠡甫主编《西方文论选》下卷，上海译文出版社 1979 年版，第 62 页。

以至于心醉神迷，不惜将整个人从头到脚都被创作吞噬进去。而由于文艺创作是这样一种充满幸福的情感体验与创造活动，所以一旦创作活动结束之后，作者则会因对审美体验的留恋而产生无限怅惘和若有所失之感，这种怅惘和若有所失之感又会成为一股推动作家跃入新的创造境界的强大内驱力。这就是为什么一般动机尤其是生理动机的实现带来的常常是心理张力的缩减或紧张的消失，而创作动机的实现则往往带来心理张力的增强或紧张的持续与加剧的缘故。所以，正是这种创作过程中的审美体验和体验过后的缺失感，造成了作家审美需要和创造热情的稳定性与持久性，使他们即使面临困苦甚至身陷缧绁，也难以遏制不断涌起的创作激情。这时，文艺创作对他们来说就成为不可置换的生命形式，成为持续不断的生命冲动的表征符号。

第三节　艺术构思：文艺审美价值生成的中介环节

苏珊·朗格曾经说过，"在艺术中，每一种事物都是创造的，它们永远不是从现实中搬来的"[1]。按照马克思主义实践观，创造性的劳动是人特有的一种自由自觉的有意识的生活活动，而构思则是使这种创造性落到实处的重要阶段："蜜蜂建筑蜂房的本领使人间的许多建筑师感到惭愧。但是，最蹩脚的建筑师从一开始就比最灵巧的蜜蜂高明的地方，是他在用蜂蜡建筑蜂房以前，已经在自己的头脑中把它建成了。劳动过程结束时得到的结果，在这个过程开始时就已经在劳动者的表象中存在着，即已经观念地存在着。"[2] 如果把文艺创作视为一种高层次的创造性劳动，那么艺术构思本身就意味着创作主体审美心理的自由自觉的有意识的活动方式，它不仅是决定作品未来面目的关键因素，而且是艺术审美值得以生成的重要中介环节，理应引起我们的充分重视。

所谓的艺术构思，指的是创作主体从自身的审美心理出发，在充分感受审美对象的基础上，针对作品的整体形式所进行的定向性思维活动，即文艺创作的打腹稿阶段。可以说，作为从客观生活到艺术作品的重要中介环

---

① [美] 苏珊·朗格：《艺术问题》，滕守尧、朱疆源译，中国社会科学出版社1983年版，第79页。
② 马克思：《资本论》，《马克思恩格斯文集》第5卷，人民出版社2009年版，第208页。

节，艺术构思亦是审美心理和审美对象之间相互感应及互动关系的一种体现，只有借助艺术构思，艺术创作这一审美价值生成过程才能够得到真正的展开，创作主体审美心理的诸多特征才能够得到充分的呈现。因此，对艺术构思的基本流程和特征进行深入探析，将会有助于我们破解艺术审美价值生成的奥秘和肌理。

一、艺术构思的基本流程

具体而言，艺术构思的基本流程至少包括三个主要环节：外部触动→艺术想象→形式设定。

（一）外部触动

没有来自于外部的刺激和触动，创作主体的艺术构思是很难凭空发生的。正如陆机在《文赋》中所描述的那样："伫中区以玄览，颐情志于典坟。遵四时以叹逝，瞻万物而思纷。悲落叶于劲秋，喜柔条于芳春。心懔懔以怀霜，志渺渺而临云；咏世德之骏烈，诵先人之清芬。游文章之林府，嘉丽藻之彬彬。慨投篇而援笔，聊宣之乎斯文。"[①] 文思兴起，主要是基于两种外部触动，一为"玄览"感物，一为"典坟"之学，前者促使创作主体由物生情，因情感物，在审美情感的冲动中产生构思愿望，如屠格涅夫从偶尔见到的火砾场景色中得到构思短篇小说《阿霞》的契机："我路过莱茵河畔的某个小城市。晚上，因为无事可做，我想去划船。这是一个非常美妙的夜晚。我躺在小船里，什么也不想，呼吸着温暖的空气，浏览周围的景色。我们从一个不大的火砾场边经过；火砾场的一旁有座两层楼的小屋。一个老太婆从下层屋的窗子里朝外张望，上层楼的窗子里探出来一个标致的姑娘的头颅。这时我忽然被某种特别的情绪控制住了。我开始思索，我想着，这个姑娘是谁，她是怎样一个人，她为什么在这个小屋里，她跟老太婆是什么关系——就这样，我在小船里就立即构思好了短篇小说的整个情节。"[②] 后者则帮助创作主体从他人的文思中汲取灵感，催化构思，如托尔斯泰在阅读普希金的小说《宾客驱车齐集别墅》过程中得到构思《安娜·卡列尼娜》的灵感："读

---

① ［晋］陆机：《文赋》，见郭绍虞主编《中国历代文论选》第 1 册，上海古籍出版社 1979 年版，第 170 页。

② 段宝林编：《西方古典作家谈文艺创作》，春风文艺出版社 1980 年版，第 444—445 页。

完，不由自主，出人意外，我搞不清所为何来、意欲何往，竟陡然间想出了许多人物和情节，于是乎继续读下去。接着，自然而然，我改变了计划，一下子文思急转直下，欣欣然万象更新，一部小说便脱颖而出了。"①

　　需要特别指出的是，作为构思之始的外部刺激实质上已经不再是客观存在的物，而是艺术家与外部事物相互感应所产生的一种审美体验，所以，无论是"玄览"感物还是"典坟"之学，只有在具有独特审美感受的创作主体那里，才能够成为激发艺术构思的契机，正如丹纳在《艺术哲学》中所说的，"艺术家在事物前面必须有独特的感觉：事物的特征给他一个刺激，使他得到一个强烈的特殊的印象。换句话说，一个生而有才的人的感受力，至少是某一类的感受力，必然又迅速又细致。他凭着清醒而可靠的感觉，自然而然能辨别和抓住种种细微的层次和关系：倘是一组声音，他能辨出气息是哀怨还是雄壮；倘是一个姿态，他能辨出是英俊还是萎靡；倘是两种互相补充或连接的色调，他能辨出是华丽还是朴素；他靠了这个能力深入事物的内心，显得比别人敏锐。而这个鲜明的，为个人所独有的感觉并不是静止的；影响所及，全部的思想机能和神经机能都受到震动。"② 同样的事物，在一般人那里也许不会引起任何特别的注意，但是对于敏感的艺术家而言却是无可替代的外部刺激，"构思的产生，和闪电的产生一样，有时需要轻微的刺激。谁知道一次邂逅、一句记在心中的话、梦、远方传来的声音、一滴水珠里的阳光或者船头的一声汽笛不就是这种刺激。我们周围世界的一切和我们自身的一切都可以成为刺激"③。外部刺激意味着外物给主体造成了深刻的审美印象，对于创作主体的审美心理而言，这种审美印象具有无可替代的鲜明性和直接性，在体会到外部刺激的瞬间，艺术家心中积聚的审美情感喷薄而出，他往昔所积累的众多素材也会因此而产生重大的意义，可以说，艺术家创造和构思的火花就是在这一刹那被点燃的。但是，瞬间的刺激即使再强烈也不会对艺术构思产生持久的作用，如果没有艺术想象的及时参与和有力支持，外部刺激瞬间激发出来的审美情感就会迅速减弱甚至消失殆尽，艺术构思就可能陷入虎头蛇尾，有始无终的局面。

---

① 《列夫·托尔斯泰论创作》，戴启篁译，漓江出版社 1982 年版，第 164 页。

② ［法］丹纳：《艺术哲学》，傅雷译，人民文学出版社 1963 年版，第 27 页。

③ ［苏］康·巴乌斯托夫斯基：《金蔷薇》，李时译，上海译文出版社 1980 年版，第 39 页。

（二）艺术想象

想象是人类超越现实束缚获得自由意识的重要方式，正如萨特所说，"想象并不是意识的一种偶然性的和附带具有的能力，它是意识的整体，因为它使意识的自由得到了实现；意识在世界中的每一种具体的和现实的境况则是孕育着想象的，在这个意义上，它也就总是表现为要从现实的东西中得到超脱。……所以，它在每时每刻也总是具有着造就出非现实的东西的具体的可能性。……非现实的东西是在世界之外由一种停留在世界之中的意识创造出来的"①。对于艺术构思而言，想象具有至关重要的作用，它可以打破人固有的思维惯性和自然惰性，使创作主体摆脱时间的羁绊和空间的限制与阻隔，恢复整体感受，在历史和现实之间自由地驰骋，将所有埋藏在心灵深处的模糊情感和零散记忆归拢聚合到审美视野之中为自己所用，正所谓"寂然凝虑，思接千载；悄焉动容，视通万里"②，或者说是"精骛八极，心游万仞……观古今于须臾，抚四海于一瞬。……笼天地于形内，挫万物于笔端"③。

在纷至沓来的艺术想象中，主体所获得的外部刺激与积压在记忆仓库里的种种具体的生活表象不断地碰撞、交合，逐渐从粗浅的、混沌的瞬间印象升华为有序深刻的内在审美体验，成为富有审美价值的心灵感受物。例如，唐代梨园艺人李凭弹奏箜篌的高超技艺使诗人李贺深受触动，大为叹赏，在《李凭箜篌引》一诗的构思中，诗人借助自由瑰丽的想象，将箜篌声带给自己的瞬间感动凝定为新颖奇特的艺术体验："吴丝蜀桐张高秋，空山凝云颓不流。江娥啼竹素女愁，李凭中国弹箜篌。昆山玉碎凤凰叫，芙蓉泣露香兰笑。十二门前融冷光，二十三丝动紫皇。女娲炼石补天处，石破天惊逗秋雨。梦入神山教神妪，老鱼跳波瘦蛟舞。吴质不眠倚桂树，露脚斜飞湿寒兔。"李凭动人心弦的箜篌声如泣如诉，好像是湘水女神在悲泣，又好像是秋霜女神在叹息，乐声上达云天，连山上流动的浮云也为之停滞，仿佛已

---

① ［法］让－保罗·萨特：《想象心理学》，褚朔维译，光明日报出版社 1988 年版，第 281 页。

② ［南朝］刘勰：《文心雕龙·神思》，见郭绍虞主编《中国历代文论选》第 1 册，上海古籍出版社 1979 年版，第 233 页。

③ ［晋］陆机：《文赋》，见郭绍虞主编《中国历代文论选》第 1 册，上海古籍出版社 1979 年版，第 170—171 页。

经被它感动，在默默地俯首谛听。相传昆山美玉，质地坚硬，箜篌众弦齐鸣之声就好像是昆山玉碎一般清脆悦耳，相传凤凰鸣叫，响遏行云，箜篌一弦独响之音就好像是凤凰歌唱一般高亢婉转，乐声悲抑时令芙蓉泣露，乐声欢快时令香兰含笑。箜篌声消融了整个长安城的冷气寒光，人间和天上的帝王都会为这美妙的乐音感动。箜篌声直上九霄，震裂了女娲娘娘用五色石补过的天壁，以至石破天惊，秋雨大作。箜篌声传到神山，连传说中最善弹奏箜篌的成夫人也为之倾倒，诚心实意地拜李凭为师。箜篌声潜入水底，素来羸弱乏力的老鱼瘦蛟也兴奋得腾跃起舞。箜篌声飘进月宫，吴刚和玉兔沉醉其中，陶然忘我：前者忘记睡眠，倚着桂树久久地谛听，后者忘记寒冷，任凭深夜的露水浸湿皮毛。万里长空，倏忽来去，天上人间，纵横驰骋，缤纷的想象引导着诗人弥合了现实与梦幻之间的鸿沟，超越了有限与无限二者的对立，在出人意表的时空交错中将瞬间的美感触动延展为神妙瑰丽、极富审美价值的艺术境界。又如，老舍曾经这样谈到自己构思小说《骆驼祥子》的经过："记得是在一九三六年春天吧，'山大'一位朋友跟我闲谈，随便的谈到他在北平时曾用过一个车夫。这个车夫自己买了车，又卖掉，如此三起三落，到末了还是受穷。听了这几句简单的叙述，我当时就说：'这颇可以写一篇小说。'紧跟着，朋友又说：有一个车夫被军队抓了去，哪知道，转祸为福，他乘着军队转移之际，偷偷的牵回三匹骆驼回来。"① 两个车夫的故事给老舍造成了强烈的触动，形成了其艺术构思的起点，从整个春天到夏天，他一直都在想着怎样才能够把这两件简单的事情扩大，使之形成一部完整的长篇小说："我先细想车夫有多少种，好给他一个确定的地位。把他的地位定了，我便可以把其余的各种车夫顺手儿叙述出来；以他为主，以他们为宾，既有中心人物，又有他的社会环境，他就可以活起来了。"然后"又去想，祥子应该租赁哪一车主的车，和拉过什么样的人。这样，我便把他的车夫社会扩大了，而把比他的地位高的人也能介绍进来。"继而再想车夫的遭遇："刮风大，车夫怎样？下雨天，车夫怎样？假若我能把这些细琐的遭遇写出来，我的主角便必定能成为一个最真确的人，不但吃的苦，喝的苦，连

---

① 老舍：《我怎样写〈骆驼祥子〉》，见胡絜青编《老舍论创作》，上海文艺出版社1980年版，第44页。

一阵风，一场雨，也给他的神经以无情的苦刑。""由这里，我又想到，一个车夫也应当和别人一样的有那些吃喝而外的问题。他也必定有志愿，有性欲，有家庭和儿女。对这些问题，他怎样解决呢？他是否能解决呢？这样一想，我所听到的简单的故事马上变成了一个社会么大。我所要观察的不仅是车夫的一点点的浮在衣冠上的、表现在言语和姿态上的那些小事情了，而是要由车夫的内心状态观察到地狱究竟是什么样子。"① 由此可见，艺术想象是老舍构思小说《骆驼祥子》的核心环节，在围绕着车夫进行的种种想象中，他调动自己童年时生活在城市底层社会的种种记忆表象，不断对瞬间获得的外部刺激进行修正和扩充，使之生发为积聚着丰富审美价值的心灵感受物和创作素材。

（三）形式设定

黑格尔曾经说过："在艺术里，感性的东西是经过心灵化了，而心灵的东西也借感性化而显现出来了。"② 如果说感受外部刺激和展开艺术想象的过程是将感性的东西心灵化的有效手段，那么，寻找和设定形式就是使心灵的东西获得感性化呈现的必经之路。对此，德国美学家玛克斯·德索曾作如是说："我们心中的某种事情仿佛直到我们将它从意识的桎梏中解放出来并给它一种固定的形式时，才算完成。"③ 在艺术构思过程中，艺术家胜过普通人的地方主要在于，他们更能够将"心中的某种事情"形式化，而不是只停留在零散的感觉和虚空的幻想之中。正如阿恩海姆所说的那样："艺术家与普通人相比，其真正的优越性就在于：他不仅能够得到丰富的经验，而且有能力通过某种特定的媒介去捕捉和体现这些经验的本质和意义，从而把它们变成一种可触知的东西。非艺术家则不然，他在自己敏锐的智慧结出的果实面前不知所措，不能把它们凝结在一个完美的形式之中。他虽然能够清晰或模糊地表达自己的思想，但不能把自己的经验表达出来。一个人真正成为艺术家的那个时刻，也就是他能够为他亲身体验到的无形体的结构找到形状的

---

① 老舍：《我怎样写〈骆驼祥子〉》，见胡絜青编《老舍论创作》，上海文艺出版社1980年版，第44—45页。

② [德] 黑格尔：《美学》第1卷，朱光潜译，商务印书馆1979年版，第49页。

③ [德] 玛克斯·德索：《美学与艺术理论》，兰金仁译，中国社会科学出版社1987年版，第176页。

时候。"①

就文艺创作的总体过程而言，能否为"无形体的结构找到形状"不仅是艺术构思是否成功的根本标志，而且是决定文学创作能否产生审美效应、文学作品能否体现出审美价值的关键环节。因为，只有当审美体验和审美想象借助具体可感的形式走向明朗化的时候，它们才有可能超越纯粹的自我意识层面，成为可供传递的审美信息。仍以小说《骆驼祥子》的艺术构思为例，中国现代文学史上的车夫形象不在少数（如鲁迅《一件小事》中乐于助人的车夫，郁达夫《薄奠》中诚实守信的车夫），而老舍所构思的祥子之所以能够在其中独树一帜，与他为祥子设定的骆驼绰号大有关系，骆驼不仅对情节的开展起到了穿针引线的作用，而且正好对应着祥子沉默寡言、坚忍顽强、吃苦耐劳的性格特征和难以自主、多灾多难的人生遭际。如果说老舍围绕着车夫所进行的种种艺术想象已经有效地将朋友口中的车夫内化成了自己的心灵感受物，那么骆驼祥子的绰号则赋予了这一心灵感受物具体可感的形式，使之释放出了巨大的艺术能量和审美震撼力。又如，冯骥才的小说《高女人和她的矮丈夫》着力表现一对身高悬殊的夫妻之间的刻骨深情，而反复出现的"打伞"镜头则是作家构思时所找到的凝结艺术想象的完美形式："尤其是下雨天气，他俩出门，总是那高女人打伞。如果有什么东西掉在地上，矮男人去拾便是最方便了。大楼里一些闲得没事儿的婆娘们，看到这可笑的情景，就在一旁指指划划。难禁的笑声，憋在喉咙里咕咕作响。""高女人的孩子呱呱坠地了。每逢大太阳或下雨天气，两口子出门，高女人抱着孩子，打伞的事就落到矮男人身上。人们看他迈着滚圆的小腿、半举着伞儿、紧紧跟在后面滑稽的样子……"后来，高女人不幸去世了，"逢到下雨天气，矮男人打伞去上班时，可能由于习惯，仍旧半举着伞。这时，人们有种奇妙的感觉，觉得那伞下好像有长长一块空间，空空的，世界上任什么东西也填补不上。"在这里，伞成了情感化和审美化的存在，它见证着人世间最真挚最美好的爱情，给读者留下了幽深绵长的审美空间。再如，朱自清的散文《背影》所表现的本是人生中比较常见的父子深情，文学史上以此为题材

---

① ［美］鲁道夫·阿恩海姆：《艺术与视知觉》，滕守尧、朱疆源译，中国社会科学出版社1984年版，第228页。

的创作并不算少，《背影》之所以能够成为其中的珍品和经典，体现出历久不衰的艺术魅力，主要奥秘在于作者为父子深情所找到的形式载体——父亲"那肥胖的、青布棉袍黑布马褂的背影"。正如余秋雨所说："朱自清就以朴素的笔调描写了他当时看到的一幅图景……这就是一个非常出色的情感的直觉造型。父亲对朱自清的情感，朱自清对父亲的情感，都浓缩于这个造型之中，"①当二十岁的儿子即将远行之际，他曾经流着眼泪目送这个背影蹒跚地越过铁道，费力地爬上月台去为自己购买橘子；当二十八岁的儿子在他乡读到老父感伤的来信时，不由得悲从中来，在晶莹的泪光中再次看到这个一直珍藏在自己心底的背影。特写般的背影既体现了父亲浓浓的爱子之情，又体现出了儿子心中日渐深挚的感激、眷恋、自咎和思念等复杂情绪，不啻为整篇文章的情感焦点，迸射出炽烈的穿透人心的光芒。可以说，经由作者巧妙的艺术构思，父亲的背影已经远远超越了生活中的父亲形象，成了拥有巨大情感容量和审美价值的亲情象征体，足以在读者心中激起强烈的审美效应："读这篇散文的读者，往往会不记得文章中的直接抒情言词，也分析不出据说其中包含的许多'跌宕'笔致，但总会牢牢记住这个蹒跚、肥胖、吃力的背影。在许多场合，不管自己经历还是看到别人的父子间的情感联结，也会想起这个背影。这个背影，颇像苏珊·朗格所说的生命关系间的'投影'了。因此，这个背影便成了这篇散文的主要形式构件，或者说是这篇散文中的一个'有意味的形式'。"②

　　以上我们对艺术构思的三个主要环节进行了分析，值得注意的是，在现实的艺术构思活动中，这三个环节并不是彼此孤立各自为政的，而是相互交融难解难分的：外部刺激既是艺术想象发生的前提，又是艺术想象参与的结果，如果没有外部刺激的触动，艺术想象就无从发生，反过来说，如果没有艺术想象的参与，外部刺激也无法真正成为艺术构思流程的一部分；外部刺激所触发的艺术想象本身就伴随着对艺术幻象的寻求和构造，而艺术构思最终设定的形式即是这种艺术幻象的最佳呈现方式。在三者的交融与互动过程中，创作主体的审美心理和外在的审美对象不断地相互遇合、相互感应、

---

① 余秋雨：《艺术创造工程》，上海文艺出版社 1987 年版，第 196 页。

② 余秋雨：《艺术创造工程》，上海文艺出版社 1987 年版，第 196 页。

相互协调，这种遇合、感应和协调本身就是艺术审美价值得以生成的必要途径。

二、艺术构思的基本特征

经过仔细考察，我们认为，艺术构思主要有三个相互联系的基本特征：独创性、整体性、形象性。作为艺术审美价值的重要生成阶段，艺术构思活动的基本特征将会直接影响和决定着艺术审美价值的具体生成方式。

（一）独创性

就其本质而言，艺术构思是一种高度个体化的精神活动，独创性是其首要特征。各具特色的构思方式，使文学创作呈现出千姿万态的个性和风貌。即使面对的是大众司空见惯的题材，优秀的艺术家也会用新的眼光去透视那些惯常的事物和观念，既不会重复他人，也不会重复自己，正如罗丹所说："大家望着的东西，大师是用了自己的眼睛去看的。常人以为习见的东西，大师能窥见它的美来。""拙劣的艺者，常戴着别人的眼镜。"[①] 歌德也指出："独创性的一个最好的标志就在于选择题材之后，能把它加以充分的发挥，从而使得大家承认压根儿想不到会在这个题材里发现那么多的东西。"[②]

构思的独创性既是优秀艺术家的基本能力，又是艺术审美价值得以生成的重要因素。只有经由独特的艺术构思，司空见惯的事物才能真正焕发出艺术的美感，成为艺术审美价值的载体。譬如，庞德曾经在《高狄埃 – 布热泽斯卡：回忆录》中讲到自己构思 *In A Station*（《在地铁车站》）一诗的经过："三年前在巴黎时我在协和广场下了地铁，突然看见一张漂亮的面孔，接着又看见两张，然后，然后是一张孩子的漂亮的脸蛋，接着又看见了一个美貌的女子，我挖空心思费了一整天时间去寻找字眼来形容它对我的含义，但找不着我认为配得上的或同当时突然降临的情绪一样可爱的词。那天晚上，我沿着雷诺瓦大街返回住处时仍然在寻找，突然，我找到了它。我找到的不是一个词，而是一个对等物……不是语言而是用小小的色点表现的……这就

---

① ［法］罗丹口述，葛赛尔记：《罗丹艺术论》，傅雷译，中国社会科学出版社 2001 年版，第 19 页。

② 《歌德的格言和感想集》，程代熙、张惠民译，中国社会科学出版社 1982 年版，第 76 页。

是说我在巴黎的经验应该用颜料表达。"① 诗曰：The apparition of these faces in the crowd//Petals on a wet，black bough.（"人群中这些面孔幽灵一般显现；湿漉漉的黑色枝条上的许多花瓣。"）应该说，在地铁车站见到几个美丽面孔并不是什么稀奇的事情，这一现象本身也谈不上什么艺术审美价值，但是，庞德独特的艺术构思却使得这一现象充满了美感。其具体做法是，将现实见到的景象——人群中闪过的那些令人眼前一亮的可爱面孔，和心中想到的景物——雨中黑色树枝上飘零欲坠的鲜艳花瓣并列呈现于读者面前，去除了显示二者关系的连接性词语，只令眼前之物和心中之景凭着物象自身所焕发出来的意趣相互暗示，相互渗透，相互补充，迸发出巨大的心理能量，直抵日常目光无法穿透的情感深处：杂乱喧嚣的地铁车站仿佛是繁忙冷漠的都市生活的一个缩影，令人感到压抑烦闷，而人群中不时闪过的可爱面庞则仿佛"湿漉漉黑色枝条上的许多花瓣"，是这灰暗背景中的唯一亮色，它们一闪而过，稍纵即逝，在给人带来喜悦的同时，又将长久的失落伫留在人的心头：美的鲜艳娇嫩注定了它的脆弱和易逝。正所谓"爱之弥深，痛之愈切"，惊喜期待和凄然伤感纠结在一起，生命中的甘甜和苦涩，明亮与疼痛纠结在一起，诗人在将热烈鲜活的美呈现在我们面前的同时，又令我们清醒地意识到了美的短暂和虚幻。独创性对于艺术构思的重要性由此可见一般：正是在诗人独特的艺术想象和形式设定中，"人群中这些面孔幽灵一般显现"这一日常景象才会成为极具审美价值和艺术感染力的意象，才能带给我们巨大的震撼和感动。

（二）整体性

以上我们对艺术构思的独创性特征进行了分析，需要指出的是，在艺术构思的过程中，独创性主要针对的并不是作品的细节安排或片段设计，而是作品的整体设想。作为一个不可分割的整体，艺术作品赋予人的美感不会停滞在某种孤立的细节体验上，而是表现为一个完整的美的印象。所以，整体性不仅是艺术构思不可忽视的基本特征，而且是创作过程中艺术审美价值得以顺利生成的一个根本保证。在构思中，所有的细节和片段都必须从作品

---

① Ezra Pound, *Gaudier-Brzeaka*, *A Memoir* (Bodley Head, 1916), pp. 86-87. 转引自彭予《二十世纪美国诗歌——从庞德到罗伯特·布莱》，河南大学出版社 1995 年版，第 16 页。

的整体设计中获得审美价值和艺术魅力，反过来说，任何与作品整体相悖的细节和片段，即使被打磨得再新颖再独特，也无助于艺术审美价值的生成，所谓"有句无篇"指的就是这种情况。

艺术构思的整体性首先取决于艺术家整体把握现实的能力，俄国著名心理学家巴甫洛夫曾经这样写道："生活明显地指出两种范畴的人——艺术家和思想家。他们之间有明显的区别。一些人是各种类型的艺术家，作家、音乐家、美术家等等，他们能从整体上全面地、完满地把握现实，毫无割裂、毫无分离地把握生动的现实。另一些人是思想家，他们恰恰是把现实分割开来，而且仿佛以此消除现实，把现实造成某种暂时的骨骼，而后只是慢慢地重新把现实的零碎部分集拢起来，努力用这种方法使它们变活起来，然而他们又总是办不到。"[①] 与思想家将现实割裂开来逐一展开分析的做法不同，艺术家更能够对现实进行整体把握。在我们看来，这种把握的整体性在神而不在貌，也就是说，艺术家所拥有的不是描摹和复制整体物理事件的能力，而是把握和探索整体生命现实的能力。借用柏格森的理论，整体生命现实主要表现为意识活动的绵延，所谓绵延，即是"在我自身之内正发生着一个对于意识状态加以组织并使之互相渗透的过程"[②]，在这个过程中，意识状态不知不觉地使自己逐渐成长为一个整体，并通过这个整体把过去跟现在联在一起。绵延拒绝了物理时空对生命的束缚和割裂，代表着一种超越科学概念和物质世界的完整生命现实。对于艺术家而言，他们探索整体现实的能力是和感受内在绵延的能力联系在一起的，所以，艺术构思往往更注重内在意识和心理感受的整体性。有时候，创作主体甚至不惜打破物理时空的延续性，其目的是捍卫自我意识的绵延，使"当前的感觉与重新涌现的记忆组成一对，这个组合与时间的关系，犹如立体镜与空间的关系，它使人们产生时间也有立体感的错觉。在这一瞬间，时间被找回来了，同时它也被战胜了，因为属于过去的整整一块时间已变成属于现在的了"[③]。例如，台湾知名作家苏伟贞在构思短篇小说《日历日历挂在墙壁》时，为了体现女性恒久的生命记忆和心灵体验，就有意打破了人们惯常的物理时空感受，将老太太写日记

[①]　[苏] A. 科瓦廖夫：《文学创作心理学》，程正民译，福建人民出版社 1983 年版，第 28 页。

[②]　[法] 柏格森：《时间与自由意志》，吴士栋译，商务印书馆 1958 年版，第 80 页。

[③]　[法] 安德烈·莫罗亚：《追忆逝水年华·序》，施康强译，译林出版社 2001 年版，第 10 页。

的经历和沈从文小说《边城》中关于翠翠的叙述及西蒙·波娃《越洋情书》里倾诉衷肠的片断拼贴在一起，在一个说不清坐标的时空里，沈从文《边城》里小女孩翠翠内心永远守着爷爷和渡船；西蒙·波娃长达十七年坚持和美国秘密情人纳尔逊·艾格林通信；老太太则在日记中尽情抒写她想象中的生活。翠翠的情思，西蒙的心声，老太太的向往，纠结在一起，历史成了非历史，时间则变成了消除过去和现在种种区别的连续的统一体。翠翠的渡船，西蒙的情书，老太太的日记，剪裁过的片断在读者眼睛里消失又出现，交替回环的场景带来的是一种凄怆的天长地久。没有结局的守候，执着地将企盼煎熬成一道道伤痕，字里行间涌动的不是故事，而是女性生命长河里循环反复的记忆，记录的是女人宿命般的灵魂创痛。

其次，艺术构思的整体性与主导动机的设定有关。主导动机原本是瓦格纳整体音乐理论和乐剧思想的核心范畴之一，指的是乐曲中反复出现的音乐主题，它具有强大的生命力和辐射力，能够将乐曲的各个部分黏合贯穿成为有机的整体。我们在这里将其普泛化，认为不仅是音乐构思，包括文学在内的所有艺术在构思阶段都需要设定主导动机以保证其整体性。对于文艺创作而言，适宜的主导动机可以成功地组合和统摄创作材料，使原本零散的素材也能呈现出浑融贯通的气韵。例如，现代著名作家萧红在构思小说《呼兰河传》的情节时，设计了七个彼此独立的叙事片段：呼兰河的自然风貌、呼兰河的风俗习惯和文化盛举、自己幼年时和祖父生活的故事、院中赤贫者的日常生活、小团圆媳妇之死、有二伯的遭际、冯歪嘴子的人生。这七个片段讲述的不是一个完整的故事，其间既没有贯穿始终的人物形象，也缺乏严密的逻辑联系，但是，我们阅读这篇小说时，却丝毫没有零碎散乱之感，其奥秘即在于作者构思全文的主导动机：开掘和批判病态的国民灵魂。众所周知，作为鲁迅精神的继承者，萧红素来执着于对国民灵魂的改造，即使在救亡压倒启蒙成为文学界关注焦点的时代里，萧红仍然坚持自己的主张："中国人的灵魂在全世（界）中说起来就是病态的灵魂"①，"作家不是属于某个阶级的，作家是属于人类的。现在或者过去，作家的写作的出发点是对着人

---

① 此句为 1936 年 12 月 15 日萧红致萧军的信中语，见《萧红全集》（下卷），哈尔滨出版社 1991 年版，第 1298 页。

类的愚昧！"① 她在《呼兰河传》中所构思的七个场景虽然各自独立，但都从不同角度揭示了小城众生千年如一日的麻木生活和愚昧野蛮的心理状态，正如有论者所指出的，在《呼兰河传》中，"讽刺的锋芒一直指向这样的整体：一种集体的愚昧、群众的野蛮；它在那样一个地方，不是个别的、孤立的存在，而是一代代人所承继着的生活样式。因此，呼兰河，既是地理意义上的地方，也是中国人生活现实象征形象。"② 可以说，正是由于这种主导动机的作用，七个可以各自独立成篇的事件才得以在作者的构思中被从头到尾贯通成为一个有机的整体。

（三）形象性

在艺术构思中，独创性和整体性等特征最终都会落实和体现在创作主体对艺术形象的构想上，因为，艺术的目的就是展示形象，形象是艺术审美价值的重要载体。较之科学分析和概念判断，艺术构思始终与具体、直观、可感的形象结合在一起，形象性是艺术构思的另一个基本特征。俄国理论家别林斯基对"艺术的概念"展开论述时，曾经着重强调过艺术思维的这一特征："艺术是对于真理的直感的观察，或者说是用形象来思维。"③ 后来，在《一八四七年俄国文学之一瞥》中，别林斯基更加明确地指出："人们看到，艺术同科学并不是同一件事，但是他们没有看到，它们的区别完全不在内容，而只在于表现这一特定内容的方法。哲学用三段论法讲话，诗人则是用形象和图景……"④ 别林斯基并不反对在艺术中传达和表现观念，但是他坚持认为，创作主体的构思活动是一个用形象来进行思考的特殊过程："呈现于诗人心中的是形象，不是概念，他在形象背后看不见概念，而当作品完成时，比起作者自己来，更容易被思想家看见。所以诗人从来不立意发挥某种概念，从来不给自己设定课题：他的形象，不由他作主地发生在他的

---

① 此段为萧红在 1938 年 4 月 29 日下午《七月》杂志社举办的关于"现时文艺活动与《七月》"座谈会上的发言，参见《萧红全集》（下卷），哈尔滨出版社 1991 年版，第 1319 页。
② 艾晓明：《戏剧性讽刺——论萧红小说文体的独特素质》，《中国现代文学研究丛刊》2002 年第 3 期。
③ ［俄］别林斯基：《艺术的概念》，《别林斯基选集》第 3 卷，满涛译，上海译文出版社 1980 年版，第 93 页。
④ ［俄］别林斯基：《一八四七年俄国文学一瞥》（第一篇），《别林斯基选集》第 6 卷，辛未艾译，上海译文出版社 2006 年版，第 597 页。

想象之中，他被它们的光彩所迷惑，力求把它们从理想和可能性的领域移植到现实中来，也就是说，使本来只被他一个人看见的东西变得大家都能看见。"①别林斯基对形象的强调可谓是准确到位地把握住了艺术构思的一个基本特征。例如，当代诗人雷抒雁曾经这样回忆他构思诗歌《小草在歌唱——悼女共产党员张志新烈士》的过程："当年我捧着刊登张志新烈士事迹的报刊时，义愤在我心里燃烧，泪水不断地涌流下来。我不能坐下来，我向朋友去讲述，我和别人去争论，我寻找着发泄内心痛苦的形式。但那时我还没有诗，因为我只有激愤，没有思想，没有形象。当激情冷静之后，代之而起的是思索，也就是在思索的同时，我找到了形象：我总看到一片野草，一摊紫血。看到了草，我也就找到了诗，它来得非常自然。那是一个不眠的夜晚，世界已经进入梦境，只有我和诗醒着。我和小草在对话，她向我讲述着烈士的不平，我痛苦地解剖着自己。我在努力地挖掘'小草'这一形象的内在意义，寻找她内含的力量，从而使之成为一种艺术形象。"②从雷抒雁的回忆中，我们可以看到，"找到了形象……也就找到了诗，"诗人的艺术构思过程显然是和对"小草"形象的寻找和思索同步展开的，诗人的激情不仅借助小草获得了最佳的形式载体和疏泄方式，而且在小草这种形象的固有特征的触动中大大得到了深化。可以说，小草既是诗人审美体验的呈现物，又是诗人审美体验的强化物。又如，铁凝在长篇小说《笨花》中，虚构了"笨花"这个地名，这个地名暗示着作品的主题，实际上是一个寄寓着很深刻审美意义的形象符号。作家本人对此有过非常诗意的阐发，"'笨'和'花'这两个字让我觉得非常奇妙，我认为它们是非常凡俗的，也是最简单的两个字，但是它们组合在一起却意蕴无穷。如果说'花'是带着一种轻盈的想象力的话，那么'笨'则有一种沉重的劳动基础和本分的意思在里面。我以为，在人类的日子里，这一轻一重都是不可或缺的。在'笨'和'花'的组合里面，人们还能看到人类生活连绵不断的延续性，这是一种积极的、顽强不屈的、永恒的连续性，这种连续性本身就是有意味的，这些东西可能比风云史更能打

---

① ［俄］别林斯基：《智慧的痛苦》，《别林斯基选集》第 2 卷，满涛译，上海译文出版社 1979 年版，第 96—97 页。

② 金涛：《雷抒雁：诗歌是历史的情感见证》，《中国艺术报》电子版 2008 年 10 月 10 日，http://www.cflac.org.cn。

动我。"① 正是借助对"笨"和"花"的形象化思考，作家才展开了对整部作品意蕴和情节的艺术构思。

值得注意的是，艺术构思的形象性特征往往会使艺术构思生发出一种强烈的、不为外界因素（包括艺术家的主观意志）所左右的惯性运动力量，这种力量常常使创作主体对人物和事件的构想脱离了原有的意图和计划，向着出人意料的方向发展。巴金曾经谈到，自己进行小说创作时，多次面临这样的局面："有时，我想到了写一件事，但是写到那里，人物不同意，'他'或者'她'做了另外的事情。"② 鲁迅也在《〈阿Q正传〉的成因》中说过，阿Q在有许多人要看的喝彩声中遭遇"大团圆"结局，是作者开头所没有料到的，完全是小说自身的发展趋势导致了阿Q"渐渐向死路上走"。③ 列夫·托尔斯泰的《安娜·卡列尼娜》问世之后，高尔斯华绥等作家大多认为作者似乎要在这一"出乎意料的，故意制造的""结局中否定自己所塑造的人物"④。就连列夫·托尔斯泰的老朋友加·安·鲁萨诺夫也感慨作家"让安娜死在火车轮下，实在是对她太残酷了"。在回应这些意见时，托尔斯泰先引用了普希金对自己作品的阐述："想想看，我那位塔姬雅娜跟我开了个多大的玩笑！她竟然嫁了人！我简直怎么也没有想到她会这样做。"接着才开始介绍自己构思《安娜·卡列尼娜》的情形："关于安娜·卡列尼娜我也可以说同样的话。根本讲来我那些男女主人公有时就常常闹出一些违反我本意的把戏来：他们做了在实际生活中常有的和应该做的事，而不是做了我希望他们做的事。"⑤ 艺术形象一经作者的审美心理和创作构想激活，就具有了一种可以持续展开的自我行动力，这意味着艺术形象可以反过来拓展作者的审美心理和创作构想，使构思的发展成了艺术形象活动的自然延伸。正如阿·托尔斯泰所论述的那样："作家描写某些人物，赋予他们话语、行动、冲突。于是这些人物开始生活。他们开始了独立的生活，以至他们常常拉着

---

① 铁凝：《笨重与轻盈的奇妙世界》，《河北日报》2006年1月6日第11版。
② 巴金：《创作回忆录》，人民文学出版社1982年版，第97页。
③ 鲁迅：《〈阿Q正传〉的成因》，《鲁迅全集》第3卷，人民文学出版社2005年版，第398页。
④ [英] 高尔斯华绥：《〈安娜·卡列尼娜〉序》，见陈焘编选《欧美作家论列夫·托尔斯泰》，中国社会科学出版社1983年版，第184页。
⑤ [苏] 贝奇柯夫：《托尔斯泰评传》，吴均燮译，人民文学出版社1959年版，第344—345页。

自己的塑造者——作家跟着他们走了。'见鬼，按照写作计划应该是这样的，结果却成这样了。'其实这种情况非常好，因为这一来艺术作品就成了真正的艺术作品了。它丰富饱满，充满生命和血液，并且真正引人入胜。当我处在写作高潮的时候，我不知道主人公在五分钟之后会说出什么话来，我只是惊讶地注视着他的发展。"①莫里亚克也说："我们笔下的人物并不服从我们……反之，如果某个主人公成了我们的传声筒，则这是一个非常糟糕的标志。如若他顺从地做了我们期待他做的一切，这多半是证明他丧失了自己的生命，这不过是受我们支配的一个没有灵魂的躯壳而已。""我们笔下的人物的生命力越强，那么他们就越不顺从我们。"②所以，当创作主体的主观意志遭到艺术形象自身生命发展惯性的阻碍和压抑时，优秀的艺术家不是机械地要艺术形象服从自己的最初设想，而是突破和战胜自己的认知惰性，敞开怀抱与艺术形象一起进行灵魂的历险，在历险中，创作主体渐渐与艺术形象合而为一，甚至有意通过暂时忘却自身的存在让艺术形象获得行动的自由和发展的空间，俨然进入了一种"不知何者为我，何者为物"的"无我之境"③。处于"无我"状态中的创作主体可以最大限度地体会到艺术形象中所蕴含的审美精神和生命秩序，从而在灵魂历险中迸发出强大的艺术创造力，催生出"不朽的篇章"。

　　从我们对艺术构思的基本流程和主要特征所进行的分析中，不难看出，艺术构思是艺术审美价值得以生成的重要中介环节：首先，处于艺术构思过程中的创作主体在观照和把握对象世界的同时，也在不断审视和梳理着自身的观念和情感，通过审视和梳理，创作主体那些朦胧易逝的心理流得到了确认和凝定，其对于外在世界的审美体验也随之走出了最初的混沌和迷蒙，向着有序和可表达的方向发展；其次，艺术构思的主要目的即在于创作主体为自己的审美体验寻找适当的形象载体，而这种形象载体一经萌生，其自身的固有特征就会反过来大大触动和深化主体的审美体验。所以，艺术构思既是审美体验的呈现过程，又是审美体验的强化过程，这种呈现和强化对于艺术

① 《阿·托尔斯泰谈文学创作》，邓蜀平译，《外国文学》1983 年第 6 期。

② [法] 弗朗索瓦·莫里亚克：《小说家及其笔下的人物》，见崔道怡等编《"冰山"理论：对话与潜对话——外国名作家论现代小说艺术》（下册），工人出版社 1987 年版，第 448 页。

③ 王国维：《人间词话》，《王国维遗书》第 9 册，上海古籍书店 1983 年版，第 459 页。

审美价值的生成起着极其关键的作用。但是，我们也必须注意到，单靠艺术构思并不足以确保艺术审美价值的最后生成，其原因主要在于，艺术审美价值具有可传达性，然而，艺术构思所孕育的只是蕴含着审美体验的心理形式，这种心理形式本身并不具有可传达性，只有借助社会化的符号系统将这些心理形式转化为可供欣赏的艺术形象，我们才能够从中感受到艺术审美价值的实质性内容。所以，正如黑格尔所说，"按照艺术的概念，这两个方面——心里的构思与作品的完成（或传达）是携手并进的。"① 在艺术创作过程中，符号传达作为艺术构思的延续和深化，将为艺术审美价值的最后生成提供必要的保证。

第四节　符号传达：文艺审美价值生成的必要保证

托尔斯泰曾经对艺术活动做过这样的概括："在自己心里唤起曾经一度体验过的感情，在唤起这种感情之后，用动作、线条、色彩、音响和语言所表达的形象来传达出这种感情，使别人也体验到这同样的感情，这就是艺术活动。艺术是这样的一项人类的活动：一个人用某种外在的符号有意识地把自己体验过的感情传达给别人，而别人为这些感情所传染，也体验到这种感情。"② 由此可见，作为创作主体内部心理流的动力过程，艺术构思所提供的只是内在于主体心灵的图式和雏形，如果不能赋予这些图式和雏形具有传达能力的恰切符号，它们就只能被幽闭在私人心理空间，永远无法成为可感和可理解的审美对象，正如克罗齐所说："没有物质，精神活动就不能摆脱其抽象性，从而变为具体与实际活动。"③ 反之，只有将艺术构思的成果通过物态化的符号形式体现出来，创作主体的心灵活动才能被定型为诉诸欣赏者感官和意识的艺术审美对象。所以，符号传达既是文艺创作的关键工序，也是艺术审美价值得以生成的必要保证。

---

① ［德］黑格尔：《美学》第 1 卷，朱光潜译，商务印书馆 1979 年版，第 363 页。
② ［俄］托尔斯泰：《什么是艺术？》，丰陈宝译，见《托尔斯泰文集》（第 14 卷），人民文学出版社 2000 年版，第 174 页。
③ ［意］克罗齐：《作为表现科学和一般语言学的美学的理论》，田时纲译，中国社会科学出版社 2007 年版，第 18 页。

一、艺术符号

符号传达中的"符号"，特指的是"艺术符号"。

近百年来，随着现代自然科学和分析哲学的不断发展，符号研究已经成为西方美学领域和艺术领域的关注重点。20世纪三十年代，布拉格学派提出了艺术是符号事实的观点，认为艺术作品与外部世界的一切关系，都可以视作符号与意义的关系。较之布拉格学派的艺术符号观，德国哲学家卡西尔更强调艺术符号作为艺术创造专用媒介的特殊性，他在《人论》一书中指出，与动物不同，"人不再生活在一个单纯的物理宇宙之中，而是生活在一个符号宇宙之中。语言、神话、艺术和宗教则是这个符号宇宙的各部分"。"艺术可以被定义为一种符号语言，但这只是给了我们共同的类，而没有给我们种差。在现代美学中，对共同的类的兴趣似乎已经占上风到了这样的程度，以致几乎遮蔽和抹杀了特殊的区别。……然而，在艺术的符号和日常言语及书写的语言学的语词符号之间，却有着确凿无疑的区别。这两种活动不管在特征上还是在目的上都不是一致的：它们并不使用同样的手段，也不趋向同样的目的。不管是语言还是艺术都不是给予我们对事物或行动的单纯摹仿；它们二者都是表现。但是，一种在激发美感的形式媒介中的表现，是大不相同于一种言语的或概念的表现的。一个画家或诗人对一处地形的描述与一个地理学家或地质学家所做的描述几乎没有任何共同之处。"[1] 深入阐释艺术符号的独特内涵是卡西尔的研究目标之一，稍后，这一目标在他的美国女弟子苏珊·朗格那里得到了全面的实现。

继卡西尔之后，苏珊·朗格将艺术符号的特殊性进一步明确化，在她看来，人类迄今所有的符号现象都可以被纳入推论性符号（discursive forms）和表象性符号（presentational forms）这两大系统，语言符号（笔者注：这里的语言指的主要是科学逻辑语言及日常生活语言，不包括诗歌等纯粹的文学语言）是前者的典型代表，艺术符号则是后者的典型代表。尽管这两种符号系统都是对感性经验的抽象构型，都体现出了"能够从具体的

---

[1] ［德］恩斯特·卡西尔：《人论》，甘阳译，上海译文出版社1985年版，第33、213—214页。

事物中得到其抽象形式或结构的能力"①，但是，它们的区别仍然是十分显著的：首先，二者在人类精神的建构过程中发挥着不同的功能和作用。推论性符号侧重于符号的理性功能，即通过构造特定的概念体系来对外在经验世界进行简化和概括："运用语言可以表达出那些不可触摸的和无有形体的东西，亦即被我们称之为观念的东西；还可以表达出我们所知觉的世界中那些隐蔽的、被我们称之为'事实'的东西。正是凭借语言，我们才能够思维、记忆、想象，才能最终表达出由全部丰富的事实组成的整体；也正是有了语言，我们才能描绘事物，再现事物之间的关系，表现各种事物之间相互作用的规律；才能进行沉思、预言和推理（一种较长的符号变换过程）。"② 相形之下，艺术等表象性符号更强调符号的感性功能，即通过自身固有的意味显示"那种能够表现动态的主观经验、生命的模式、感知、情绪、情感的复杂形式"③，这种形式可以"使我们能够真实地把握到生命的运动和情感的产生、起伏和消失的全过程"④。其次，与此相关的是，二者具有不同的构造原则：推论性符号是由遵守约定俗成含义的独立词汇按照固定的语法关系叠加组合而成的，其各个组合部分是可拆分的；表象性符号的构成要素则往往会突破约定俗成的含义，其内部结构也不会遵守固定的语法关系，而且，更重要的是，作为一个富有表现力的有机结构整体，表象性符号是不可分割的，其中的任何一个成分都不能离开这个有机整体而独立存在或是单独地表现某种意味。"在一个富于表现力的符号中，符号的意义弥漫于整个结构之间，因为那种结构的每一链接都是它所传达的思想的链接。而这一意义（更确切地说，是非推理性符号的意义，即有生命力的内含）则是这一符号形式的内容，可以说它与符号形式一起诉诸知觉。"⑤ 正是基于这些根本区别，苏珊·朗格才将艺术符号定位为"一种有点特殊的符号"，即"表现性形式"：

---

① [美] 苏珊·朗格：《艺术问题》，滕守尧、朱疆源译，中国社会科学出版社1983年版，第166页。

② [美] 苏珊·朗格：《艺术问题》，滕守尧、朱疆源译，中国社会科学出版社1983年版，第20页。

③ [美] 苏珊·朗格：《艺术问题》，滕守尧、朱疆源译，中国社会科学出版社1983年版，第168页。

④ [美] 苏珊·朗格：《艺术问题》，滕守尧、朱疆源译，中国社会科学出版社1983年版，第66页。

⑤ [美] 苏珊·朗格：《情感与形式》，刘大基、傅志强、周发祥译，中国社会科学出版社1986年版，第63页。

"艺术符号是一种有点特殊的符号,因为虽然它具有符号的某些功能,但并不具有符号的全部功能,尤其是不能像纯粹的符号那样,去代替另一件事物,也不能与存在于它本身之外的其他事物发生联系。按照符号的一般定义,一件艺术品就不能被称之为符号。"①"所谓艺术符号,也就是表现性形式,它并不完全等同于我们所熟悉的那种符号,因为它并不传达某种超出了它自身的意义,因而我们不能说它包含着某种意义。它所包含的真正的东西是一种意味,因此,仅仅是从一种特殊的和衍化的意义上说来,我们才称它是一种符号。它并不具有一个真正的符号所具有的全部功能,它所能做到的只是将经验加以客观化或形式化,以便供理性知觉或直觉去把握。"②

需要注意的是,苏珊·朗格在《艺术问题》一书中,还特别区别了"艺术中使用的符号"和"艺术符号"这两个概念,认为前者是代表一定的概念,有一定所指的符号,可以承载自身之外的某种可以用语言传达的意义,而后者则更强调形式自身不可意会的表现性特征,属于被放置于特定的艺术语境中,与作者主观情感整合无隙的意象:"艺术中使用的符号是一种暗喻,一种包含着公开的或隐藏的真实意义的形象;而艺术符号却是一种终极的意象———一种非理性的和不可用言语表达的意象,一种诉诸于直接的知觉的意象,一种充满了情感、生命和富有个性的意象,一种诉诸于感受的活的东西。"③苏珊·朗格进行这种区别的目的也许是为了突出艺术符号作为"表现性形式"的整体性和纯粹性,但是,在实际上,对于具体的艺术文本而言,"艺术中使用的符号"和"艺术符号"往往是难解难分的:一方面,任何完整的"终极意象"都是由彼此交织不可分解的"艺术中使用的符号"融会而成的;另一方面,正如苏珊·朗格所分析的那样,"在一件艺术品中,其成分总是和整体形象联系在一起组成一种全新的创造物。虽然我们可以把其中每一个成分在整体中的贡献和作用分析出来,但离开了整体就无法单

---

① [美]苏珊·朗格:《艺术问题》,滕守尧、朱疆源译,中国社会科学出版社 1983 年版,第 127 页。

② [美]苏珊·朗格:《艺术问题》,滕守尧、朱疆源译,中国社会科学出版社 1983 年版,第 134 页。

③ [美]苏珊·朗格:《艺术问题》,滕守尧、朱疆源译,中国社会科学出版社 1983 年版,第 134 页。

独赋予每一个成分以意味。这样一种特征，就是一切有机形式的特有的性质。"[1] 任何一种符号，只要作为艺术要素真正有效地进入了艺术创作机制，它就会超越自身的有限性和独立意义，全面融化在"终极意象"这个艺术符号之中，且因成为该表现形式的有机组成部分而体现出情感、生命和个性，成为"一种诉诸感受的活的东西"。所以，对符号传达这一艺术创作的关键工序进行阐释时，我们既要注意到艺术符号的特殊性，又要将"艺术符号"与"艺术中使用的符号"结合起来进行考察。"符号传达"中的"符号"，在艺术创作中实际上是经历了一个从"艺术中使用的符号"到"艺术符号"的转化过程：当它作为创作主体进行艺术创造的感性媒介物时，我们可以将其视为"艺术中使用的符号"，共享性和传承性是其基本特征；一旦其随着艺术创造的完成而真正成为完整艺术品的有机组成部分，它就会充分表现出"艺术符号"个别性和心灵化的特征。所谓的符号传达，既是以艺术符号传达生命情感的过程，又是对"艺术中使用的符号"进行组织和结构，使之成功升华为"艺术符号"的过程。

二、符号传达

符号传达是创作主体艺术技巧的最高表现。正如苏珊·朗格所说："艺术是一种技艺……它的目的就是为了创造出一种表现性形式"[2]。"艺术家的工作就是创作感情的符号，这种创作需要各种技艺或技巧。一个艺术家不仅要知道尽人皆知的基本技巧——运笔技法、语言技巧、刮削木条、开凿石块、演唱曲调——还要学会自己的目的所需要的技巧，而他的目的就是创造一个具有表现形式的虚幻的对象。但是，技艺、技巧并不是机械的、例行的陈规，并不是科林伍德所说的那种规定好的操作规程；每个艺术家都要发明自己的技巧，与此同时也发展自己的想象。"而选择合宜的符号作为艺术家为了"自己的目的所需要的技巧"，即是"创造一个具有表现形式的虚幻的对象"和"发展自己的想象"的关键所在，符号正确与否直接决定着文艺

---

[1] [美] 苏珊·朗格：《艺术问题》，滕守尧、朱疆源译，中国社会科学出版社1983年版，第129—130页。

[2] [美] 苏珊·朗格：《艺术问题》，滕守尧、朱疆源译，中国社会科学出版社1983年版，第107页。

创作的成败,"要对情感进行处理(Hold an envisagement)而没有或多或少的固定符号是难以做到的,而碰到一种错误的符号,则能取消一种内在的幻想"。① 反之,如果营造了一种适宜的表现符号,艺术家的构思和幻想便会随之外化成为真正意义上的审美对象。所以,艺术创作的最终完成有赖于符号的参与,只有艺术家建构起表达审美体验和艺术构思的符号世界时,艺术创作才宣告结束,正如卡西尔所说:"艺术确实是表现的,但是如果没有构型(formative)它就不可能表现,而这种构型过程是在某种感性媒介物中进行的。"② "艺术家不仅必须感受事物的'内在的意义'和它们的道德生命,他还必须给他的感情以外形。艺术想象的最高最独特的力量表现在这后一种活动中。外形化意味着不只是体现在看得见或摸得着的某种特殊的物质媒介如粘土、青铜、大理石中,而是体现在激发美感的形式中:……在艺术品中,正是这些形式的结构、平衡和秩序感染了我们。"③

对于诗人等文学创作者而言,语言文字就是其赋予"感情以外形"时所使用的基本符号,正如黑格尔所说:"诗人的想象和一切其他艺术家的创作方式的区别既然在于诗人必须把他的意象(腹稿)体现于文字而且用语言传达出去。所以他的任务就在于一开始就要使他心中观念恰好能用语言所提供的手段传达出去。一般说来,只有在观念已实际体现于语文的时候,诗才真正成其为诗。"④ 然而,古往今来的文学创作实践已经证明,赋予"感情以外形"和将构思落到实处并不是容易的事情,刘勰曾经就语言表达和内心意蕴之间的脱节发出过由衷的感慨:"方其搦翰,气倍辞前,暨乎篇成,半折心始。何则?意翻空而易奇,言征实而难巧也。是以意授于思,言授于意,密则无际,疏则千里。"⑤ 就连写作大师巴尔扎克也将符号传达视为文学创作中难度最大的环节:"差不多人人都能构思出一部作品。谁不能叼着一支雪茄,就在公园散步的同时,弄不出七八个悲剧出来呢?谁不会构思出几部最

① [美]苏珊·朗格:《情感与形式》,刘大基、傅志强、周发祥译,中国社会科学出版社 1986 年版,第 449 页。

② [德]恩斯特·卡西尔:《人论》,甘阳译,上海译文出版社 1985 年版,第 180 页。

③ [德]恩斯特·卡西尔:《人论》,甘阳译,上海译文出版社 1985 年版,第 196 页。

④ [德]黑格尔:《美学》第 3 卷下册,朱光潜译,商务印书馆 1981 年版,第 63 页。

⑤ [南朝]刘勰:《文心雕龙·神思》,见郭绍虞主编《中国历代文论选》第 1 册,上海古籍出版社 1979 年版,第 233 页。

精彩的喜剧出来呢？在自己的这个供想象的后院里，谁没有一些最最精彩的题材呢？不过，在这种初步的工作和作品的完成之间却存在着了无止境的劳动和重重的障碍，只有少数有真才实学的人方能克服这些障碍。……构思一部作品是很容易的，但是把它写出来却很难。"[1] 除了个人艺术修养方面的问题，语言文字本身的局限性也是造成这种困难的重要原因。众所周知，创作主体的感受、想象和直觉是十分丰富且极为个性化的，不受时空限制，也没有文法和逻辑的束缚，但语言文字的表达却要受制于约定俗成的语法规则，而且，千百年来，人们为了保证信息渠道的畅通，已经赋予语言很多自动化和程式化的含义，再个性化的心灵体验一旦被形诸语言，也会面临着被类型化和格式化的危险。有论者将这种现象称之为"语言的痛苦症"："语言的痛苦症，这是每个作家的共同体会，一个作家用语言所表达的只是他在构思中所要表达的一部分，想象中的意境是那样出色，而用具体的语言去表达时却难以达到精巧。可以说，感情越丰富的作者，他经历的语言痛苦症就更多。"[2]

为了避免内心体验被类型化和格式化的危险，克服语言的痛苦症，保证心灵体验与符号传达的契合无间，创作主体往往从语言锤炼和意象营造这两个方面入手，对语言文字这种文学艺术中所使用的符号进行挖掘、组织和重构，以求在保持语言基本交流功能的同时，努力激发文学语言表情达意的特殊作用，使之成为个别化和心灵化的艺术符号。

首先，精心锤炼语言。即正视文学表达的难度，仔细揣摩和准确把握每个字和每个词的情调、色彩、冷暖、节奏感，根据特定的语境及所要表达的感情选择最合宜的词语，以保证文学语言的表现力得到最大限度的发挥。正如莫泊桑所说："不论一个作家所要描写的东西是什么，只有一个词可供他使用，用一个动词要使对象生动，一个形容词使对象的性质鲜明。因此就得去寻找，直到找到了这个词，这个动词和形容词，而决不要满足于'差不多'，决不要利用蒙混的手法，即使是高明的蒙混手法"[3]。托尔斯泰也曾

---

① 〔法〕巴尔扎克：《〈古物陈列室〉》《〈钢巴拉〉初版序言》，程代熙译，《古典文艺理论译丛》第10册，人民文学出版社1965年版，第121—122页。

② 骆小所：《艺术语言学》，云南人民出版社1992年版，第136页

③ 段宝林编：《西方古典作家谈文艺创作》，春风文艺出版社1980年版，第613页。

强调说:"无论是在谈话里,也无论是在文学作品里,任何一个思想都可以用各种不同的方法来表达,但是理想的方法却只有一种,也就是这样一种方法:没有比我们用来表达自己思想的这种方法还要更好、更有力、更明了和更美的方法……在艺术作品里,只有在这样的情况下,即既不能加一个字,也不能减一个字,还不能因改动一个字而使作品遭到损坏的情况下,思想才算表达出来了。这就是作家应该努力以求的方法。"① 为了寻求最精确的字、词和表现方法,创作主体往往是殚精竭虑,果戈理曾经对自己的写作状态做过这样的描述:"每一个句子,我都是用思索,用很久的考量得到的。"② 在长久的思索中,创作主体一方面需要充分调动自己丰富的语言储备来完成对文学语言的提炼,正如马雅可夫斯基在诗中所慨叹的那样:"诗歌的写作——/ 如同镭的开采一样。/ 开采一克镭 / 需要终年劳动。/ 你想把 / 一个字安排妥当, / 就需要几千吨 / 语言上的矿藏。"③ 另一方面则要充分注意到自己对描写对象的特殊体悟和意图表达的特定心绪,因为,符号传达并不以声色的华美和语法的严谨作为自己的标准,而是将高度准确地表情达意奉为最高的原则。

在中国现代文学史上,鲁迅、萧红、张爱玲等作家都是锤炼语言表情达意的圣手。张爱玲小说《金锁记》中的主人公曹七巧,一辈子戴着黄金的枷锁,在压抑正常情欲和囚禁自我精神的同时,也丧失了最基本的母性和人性,为了维持对儿女的全面掌控,她不惜冲到前台,以一个"疯子的审慎和机智"去毁坏女儿水到渠成的婚姻,小说从童世舫的视角出发,对晚年曹七巧的出场做了这样的刻画:"冷盘撤了下去,长白突然手按着桌子站了起来。世舫回过头去,只见门口背着光站着一个小身材的老太太,脸看不清楚,穿一件青灰团龙宫织缎袍,双手捧着大红热水袋,身边夹峙着两个高大的女仆。门外日色昏黄,楼梯上铺着湖绿花格子漆布地衣,一级一级上去,通入没有光的所在。世舫直觉地感到那是个疯子——无缘无故的,他只是毛

---

① 此段为托尔斯泰与作家季欣科的谈话,转引自 [苏] 古德济《托尔斯泰》,李珍译,见 [苏] 季莫菲耶夫主编《俄罗斯古典作家论》,人民文学出版社 1958 年版,第 1129 页。
② 段宝林编:《西方古典作家谈文艺创作》,春风文艺出版社 1980 年版,第 413 页。
③ [苏] 马雅可夫斯基:《和财务检查员谈诗》,张铁弦译,见《马雅可夫斯基选集》第 2 卷,人民文学出版社 1959 年版,第 134 页。

骨悚然，长白介绍道：'这就是家母'。"在这段描写中，作家精心择取了青灰、大红、湖绿、昏黄、黑暗（没有光）等标示色彩的词语，在触目的色彩对比中渲染出了一种冷酷中夹杂着不安、压抑中隐含着恐惧的诡异气氛，使人直觉地感到苍凉的梦魇已经存在，而更苍凉更恐怖的梦魇又即将被制造出来。同是这一部小说，在写到年轻时的曹七巧破釜沉舟向小叔子姜季泽示爱时，则采用蝴蝶标本的比喻来形容其形象的鲜艳凄怆："她睁着眼直勾勾朝前望着，耳朵上的实心小金坠子像两只铜钉把她钉在门上——玻璃匣子里蝴蝶的标本，鲜艳而凄怆。"蝴蝶放弃生命只是为了去圆一个美丽的梦，永远留下当年的韶华和灿烂，七巧对为人轻佻心术不正的小叔子怀着热烈又绝望的爱情，敢于抛弃一切，不计后果，只求瞬间的光芒，"直勾勾"的形容词体现了其对命运的不甘和对爱情的执着，而"钉"字这个动词则预示着她在这场爱情游戏中只能是被捉弄的一方，没有任何自主的机会和权力。萧红在《呼兰河传》中，用最明亮最鲜艳的色彩语言来描摹自己记忆中的童年花园："我家有一个大花园，这花园里蜂子、蝴蝶、蜻蜓、蚂蚱，样样都有。蝴蝶有白蝴蝶、黄蝴蝶。这种蝴蝶极小，不太好看。好看的是大红蝴蝶，满身带着金粉。蜻蜓是金的，蚂蚱是绿的，蜂子则嗡嗡地飞着，满身绒毛，落到一朵花上，胖圆圆地就和一个小毛球似的不动了。花园里边明晃晃的，红的红，绿的绿，新鲜漂亮。"显而易见，浑身带着金粉的大红蝴蝶和金色的蜻蜓并不一定符合物理事实，它们都是经过萧红记忆加工的形象，当年，在一个欣喜好奇的孩子眼里，花园里面的每一只昆虫都显得是那样的可爱和神秘，如今，这个孩子已经长大成人，经历过无数的人生磨难，颠沛流离中，她一次次追忆起那个曾经给自己带来无限童年欢乐的大花园，在美好温馨的回忆中，每一只蝴蝶、每一只蜻蜓作为灵魂栖息地的代表形象，都被染上了梦幻般的金色，都在发出动人的召唤。又如，"冯歪嘴子喝酒了，冯歪嘴子睡觉了，冯歪嘴子打梆子了，冯歪嘴子拉胡琴了，冯歪嘴子唱唱本了，冯歪嘴子摇风车了。"短短一句话四十六个字，"冯歪嘴子"一词重复了六遍，"了"这个虚词也跟着重复了六遍，从单纯的信息传递功能来看，这种重复难免累赘之嫌，但是，从表情达意的角度来说，这种不断重复的串式语言却正好符合儿童简单稚拙的表达方式和回忆者对往事念念不忘的唠叨语气。鲁迅撰写小说，素来以行文简洁著称，但是必要的时候也不吝惜重复，在小说

《伤逝》中，这样的重复就屡屡可见，譬如，"如果我能够，我要写下我的悔恨和悲哀"，十六个字的句子中，"我"这个词竟被重复了三次。从一般语法学的角度来说，这种高密度的重复是毫无必要的；但是从美学角度来看，这种重复却形成了一种音乐般的旋律，为作品带来了流动感和力量感，一次次的"我"，仿佛是乐曲起始时的鼓点节奏。源自心灵深处的痛悔之情，通过声波的旋律，震动着读者的心灵。若是删去句中任何一个"我"，旋律上的乐感和情感上的震撼力便会荡然无存，退化成一个普通的陈述复句。又如，"满怀希望的小小的家庭。"单从表意的角度来说，"满怀希望的小家庭"足矣，作者不惜笔墨，使用"小小的"这一叠音词，意在让人感受到这个词的音质和意义：情意绵长，满怀眷恋、追怀和珍惜，蕴结着无比深厚的思念、怀旧之情。

特别需要指出的是，为了更好地表情达意，唤醒读者对所描写对象的情感体验和审美感受，获得更强大的审美效应，使文学语言从具有共享性的"艺术中使用的符号"顺利过渡到代表个别性和情感性的"艺术符号"，很多作家在锤炼文学语言时还不惜违背语法搭配规则，打破形式逻辑制约，以超常的方式将不同系统的词语组合在一起，什克洛夫斯基在《作为手法的艺术》中将这种艺术手法称之为"反常化"："那种被称为艺术的东西的存在，正是为了唤回人对生活的感受，使人感受到事物，使石头更成其为石头。艺术的目的是使你对事物的感觉如同你所见的视像那样，而不是如同你所认知的那样；艺术的手法是事物的'反常化'手法，是复杂化形式的手法，它增加了感受的难度和时延，既然艺术中的领悟过程是以自身为目的的，它就理应延长；艺术是一种体验事物之创造的方式，而被创造物在艺术中已无足轻重。"[①]"反常化"的目的是打破思维定式，让人们感受到艺术本身，使其在感受中体会到艺术所具有的审美价值。具体到文艺创作的符号传达层面，语言的"反常化"是与语言的"自动化"相对的，人们准确规范的日常语言表达方式在经过无数次的"自动化"使用后，已经深入到了人的无意识领域，形成了一种语言的牢笼："当我们说话时自以为自己在控制着语言，实际上

---

① ［苏］维·什克洛夫斯基：《作为手法的艺术》，见什克洛夫斯基等《俄国形式主义文论选》，方珊等译，生活·读书·新知三联书店 1989 年版，第 6 页。

我们被语言控制，不是'我在说话'，而是'话在说我'。说话的主体是他人而不是我。"① 任何独特的审美经验，一旦被代表着抽象性和固定性的自动化语言形式所规范，就会陷入惊人的千篇一律，无法带给读者半点的新鲜感觉。相形之下，"反常化"的语言方式反而会有助于恢复言说者的主体地位，使其在忠实于自己审美经验的同时，也给读者带来新奇的审美感受。

例如，小说《围城》中诸多艺术符号所体现出的特殊审美意味就来自于作者对语言反常化手法的娴熟运用，我们试举两处：（1）"明天早上，辛楣和李梅亭吃几颗疲乏的花生米，灌半壶冷淡的茶，同出门找本地教育机关去了。"充当修饰语的"疲乏"和"冷淡"本来都是形容人类情态的词语，在这里却和"花生米""茶"这些标示物的主干词反常地组合在一起，这种偏离常规的词语搭配方式使"花生米"和"茶"染上了强烈的主观色彩，成了主体思想感情的物化形态，不仅更有利于渲染和表现赵辛楣等人被困中途尝尽世态炎凉心身疲惫不堪的窘状，而且可以给读者带来耳目一新的审美感受。（2）"高松年听他来了，把表情整理一下，脸上堆的尊严厚得可以用刀刮。"精神性的"尊严"本来没有什么形态和厚度可言，作者却偏离常轨，借助"堆"这个动词和"厚得可以用刀刮"这个修饰性短语将其物态化，不动声色地道破了高松年心中怀着难言之隐，却要装作正义的化身，强撑面子、色厉内荏的可笑情态。

较之小说，诗歌中的语言反常化手法更为多见，因为，诗歌比小说更注重感觉经验的独特、新鲜、真实与纯粹，更反感自动化的语言逻辑对个人化体验所造成的侵蚀。譬如，穆仁的诗歌《调皮的笑》："一个调皮的笑，可真耐人咀嚼；许多天过去了，我还未辨清味道。让它像颗冰糖，慢慢溶化在心上；如同丝丝的泉水，悄悄在岩层下流淌。"感受笑容本属于视觉功能，但是，诗人为了忠实于自己在领略笑容时所经受的瞬间灵魂震颤，打破常规逻辑，积极展开想象，把视觉所感觉到的笑容借助味觉和触觉表现出来，从而使诗歌语言的形式与诗人的内心体验紧密融合起来：在诗人的心中，那个"调皮的笑"是甜蜜的，温柔的、滋润人心的，而"慢慢溶化在心上"的

① ［美］弗·杰姆逊：《后现代主义与文化理论》，唐小兵译，陕西师范大学出版社1986年版，第29页。

"冰糖"和"悄悄在岩层下流淌"的"泉水"则恰好能够有力地传达出诗人这一瞬间的美好感觉。

在中国古典诗歌创作中，也有不少为忠实于诗人原初的审美感受而产生的反常化语言搭配，如：杜甫《陪郑广文》中的"绿垂风折笋，红绽雨肥梅"就是如此，现代诗论家叶维廉曾经就"绿垂风折笋"在表达诗人内心真实经验方面的妙处做过这样的分析："不少读者认为这是倒装句法，解读为'风折之笋垂绿'。这样的解读，或这样的书写完全无视于'经验的文法'的运作。在诗人的经验里，情形应该是这样的：诗人在行程中突然看见绿色垂着，在此当儿，还没有弄清楚这是什么东西，警觉后一看，原来是风折的嫩竹子。这是经验过程的先后。'绿—垂—风折笋'是语言的文法紧跟着经验的文法。'风折之笋垂绿'紧跟人通过纯知性、纯理性的逻辑为了主观意欲的方法造出来的语言因袭，但完全违反了实际经验的过程，这样的解读，这样的书写，是经验过后追加的结论，而非经验实际过程的真质。"① 可以说，在符号传达的过程中，作者精心锤炼出的反常化语言往往比普通语言更能够直指主体内心深处的生命感性体验，使读者更深刻地体会到形式本身所具有的力量，而这种力量即是艺术符号独特审美效应的集中体现。正如伊格尔顿所论述的那样："文学话语疏离或异化普通言语；然而，它在这样做的时候，却使我们能够更加充分和深入地占有经验。平时，我们呼吸于空气之中但却意识不到它的存在：像语言一样，它就是我们的活动环境。但是，如果空气突然变浓或受到污染，它就会迫使我们警惕自己的呼吸，结果可能是我们的生命体验的加强。"② 为了追求这种加强生命体验的效果，很多作家宁可经历艰难而反复的言辞历险，也要舍弃那些现成的、经由人类长期共同使用后已经被磨秃和消解掉情感意义的自动化语言，转而寻求那些能够充分表现个人瞬间体验的反常化语言。

其次，注重意象营造。顾名思义，意象就是表意之象，作为主体思想情感的客体化与物态化，审美意象产生于审美感兴的直觉状态，是一种被具体化和明朗化了的瞬间感觉。对于文学创作而言，意象营造既是必要的，又

① 叶维廉：《道家美学与西方文化》，北京大学出版社2002年版，第13页。
② [英]特雷·伊格尔顿：《二十世纪西方文学理论》，伍晓明译，陕西师范大学出版社1987年版，第5页。

是可能的。意象营造的必要性主要来自于语言自身的局限性："可言之理，人人能言之，又安在诗人之言？可征之事，人人能述之，又安在诗人之述之？必有不可言之理，不可述之事，遇之于默会意象之表，而理与事无不灿然于前者也。"① 这不可言之理和不可述之事，是一般语言无法达到的地方，只有在注重直觉感受的文学意象那里，才有望得到全方位的体现。意象营造的可能性主要来自于文学语言的特殊性，正如苏珊·朗格所言："人们把主要的兴趣都集中在语言的通讯作用上了，而诗的语言基本上又不是一种通讯性语言"。诗用语言创造的是"诗的意象"，即"一种纯粹的幻象或一种十足的虚构事物"。② "纯粹幻象"的意义在于："我们并不用它作为我们索求某种有形的、实际的东西的向导，而是当作仅有直观属性与关联的统一整体。它除此而外别无他有，直观性是它整个存在。"③ 朗格认为，正是文学语言的"造型作用"决定了它营造直观性幻象的特殊能力，而文学意象即是直观性幻象的整体呈现方式。所以，艺术符号在文学作品中往往以意象的形式出现，而文学意象的出现亦标志着文学语言从"艺术中使用的符号"到"艺术符号"的成功过渡，它一方面可以最大限度地承载艺术家最为个人化的复杂深切的情感和难以言传的思想，另一方面则可以成功地激发起读者进行审美再创造的热情。所以，众多杰出的文艺家都深谙意象营造之道。例如，作家阿来的小说《尘埃落定》就将旋风般飞上天空后又落下来融入大地的尘埃作为主导意象，这个含蓄而富有暗示性的意象使小说独具魅力：所有的个人追求和社会群体命运都如同尘埃一般起起落落，权力是尘埃，财富是尘埃，情欲是尘埃，尽管人们还在为了粮食而争斗，为了复仇而杀戮，但是，无论胜者负者最终都无法逃脱"尘埃"命运的笼罩。因为，"尘埃"就是历史的形象，历史的每一段发展都好像是尘埃升腾而起，在空中飞扬一番之后，便四下散落，重归大地陷入寂静，寂静中，又会有新的尘埃再次重复徐徐上升

---

① （清）叶燮：《原诗》，见郭绍虞主编《中国历代文论选》第 3 册，上海古籍出版社 1980 年版，第 352 页。

② ［美］苏珊·朗格：《艺术问题》，滕守尧、朱疆源译，中国社会科学出版社 1983 年版，第 142 页。

③ ［美］苏珊·朗格：《情感与形式》，刘大基、傅志强、周发祥译，中国社会科学出版社 1986 年版，第 58 页。

和缓缓下降的过程。这是一种命定的循环，前赴后继，无始无终，空中的尘埃终会落定，地上的尘埃却永远也无法落定。又如，海子的诗歌《抱着白虎走过海洋》："倾向于宏伟的母亲／抱着白虎走过海洋／／陆地上有你的堂屋两间／一只苍狗卧于故乡／／倾向于故乡的母亲／抱着白虎走过海洋／／扶病而出的儿子／开门望见大太阳／／倾向于太阳的母亲／抱着白虎走过海洋／／左边坐的是生命／右边坐的是死亡／／倾向于死亡的母亲／抱着白虎走过海洋"。在这首诗中，诗人将难以遏制的内在激情和敏锐的智性思考全部结结实实地压进了一个意象：母亲抱着白虎走过海洋。这里的母亲，显然不是寻常意义的母亲，而是诗人创造出来的具有表现形式的虚幻的对象，宏伟、故乡、太阳和死亡这四种倾向交织出了生命本身的复杂内涵，而母亲怀中的白虎则仿佛是生命中灾难和创生的咒符，给她的形象笼罩上了一层神秘而悲壮的色彩。抱着白虎的母亲，承载着崇高和苦难，新生和毁灭，希望与绝望等种种对称又对抗的力量，内心燃烧着对炽热生命的渴望和对精神超越的不懈追求，向死而生，义无反顾，勇往直前，成为生命之源和意志之源的聚结点。诗人对生命种种复杂的感受和坚定的生活信念就在这个聚结点上融为一体。再如，在《我爱这土地》一诗中，诗人艾青精心打造了五个意象符号来表达内心积聚的爱国之情："假如我是一只鸟／我也应该用嘶哑的喉咙歌唱／这被暴风雨所打击着的土地／这永远汹涌着我们的悲愤的河流／这无止息地吹刮着的激怒的风／和那来自林间的无比温柔的黎明／然后我死了／连羽毛也腐烂在土地里面／／为什么我的眼里常含泪水／因为我对这土地爱得深沉"。贯穿全诗的是一个比喻式意象：鸟，一只喉咙嘶哑、眼含热泪但是却坚持歌唱的鸟；一只即便死去，也要将血肉羽毛融进土地的鸟。在这里，诗人把自己对祖国的挚爱比做鸟儿对土地的依恋，尽管在那个充满了苦痛与灾难的时代，悲哀已经使他喉咙嘶哑，再也无法发出婉转的欢唱，但他依然要在"嘶哑"的歌声里寄寓其内心的悲酸和对土地执着深沉的爱。接着，诗人排列了一组意象来概括自己歌唱的内容，激情的渗入使这些意象的内涵生动而丰富："土地"是被暴风雨打击着的，"河流"是悲愤的，"风"是激怒的，"黎明"是温柔的。在这组平行排列的意象里，寄托着诗人对祖国现在和未来的全方位感觉：对祖国大地惨遭践踏的悲恸；对人民遭受无尽苦难的愤慨；对全民族坚韧抗战的关注；对光明必将到来的信念。在诗中，作者的歌喉虽然沙哑但却有力，虽然悲哀但却博大，显示出一种向死而生的雄浑力量。在以"鸟"为中心的五个意象的堆叠中，诗人深沉的感情蓄积到了极致，汇聚成一股势不可挡的洪流，倾泻而出，迸发出一个满含激情的结束句，将所要传达的情感和意义深深刻在读者心灵上："为什么我的眼里常含泪水／因为我对这土地爱得深沉"。目睹山河破碎、人民涂炭的现实，诗人对祖国爱得愈深沉，心中的悲怆之情就会愈强烈。可以说，如果没有这五个意象符号的参与，诗作的抒情效果和审美价值都将大打折扣。通过这些例证，我们可以清楚地看到，对于文学创作来说，营造适宜的意象是极其重要的，它不仅可以成功制止无力滞涩的共性传达式语言对喧嚣内心的背叛，而且可以激活读者日渐疲软的审美感受力，从而对文学审美价值的生成与凸显起到强大的推动作用。

　　要之，作为文艺创作的关键环节，符号传达既是创作主体心灵体验和艺术构思的符号化过程，又是艺术符号自我组织和自我建构的过程，这两个过程相辅相成，密不可分：一方面，主体心灵体验和艺术构思符号化进程的发展和深化就直接体现在艺术符号的生成水平上；另一方面，艺术符号的生成则有赖于主体心灵体验和艺术构思在物质性的艺术媒介层次上的全面显现。离开了艺术符号自我组织和自我建构的过程，创作主体心灵体验和艺术构思的符号化过程就无从谈起，反之亦然。所以，符号传达过程始终伴随着艺术家的双重搏战：其一，艺术家要在他所试图表现的对象与借以表现的符号媒介之间进行艰难的搏战；其二，艺术家要在具有共享性的"艺术中使用的符号"和代表个别性的"艺术符号"之间进行艰难的搏战。而文艺作品的顺利诞生和艺术审美价值的最后生成即是这双重搏战所取得的最佳成果。

　　总之，文艺创作的过程就是艺术审美价值生成的过程，审美心理、创作动机、艺术构思，符号传达分别为艺术审美价值的生成提供了基本前提、动力源泉、中介环节和必要保障。需要指出的是，这四个方面并不是彼此独立各自为政的，而是彼此交融相互作用的：首先，作为艺术审美价值生成的基本前提和动力源泉，审美心理和创作动机不仅为文艺创作的开端提供了前提和动力，而且贯穿于文艺创作的全过程，势必会影响乃至决定着艺术构思和符号传达的最终走向；其次，在具体的文学创作过程中，艺术构思与符号传达并不是皆然分开的，在艺术符号的作用下，原有的艺术构思往往能够得到深化或是生成新智，而艺术构思本身也离不开对艺术符号的设想和规划；

再次，就其本质而言，艺术构思和符号传达共同构成了创作主体审美心理和创作动机的精神对象化活动，而这种精神对象化活动一旦展开，也会反过来在相当程度上影响或强化特定的审美心理状态和创作动机，促使其向着更为明朗和有序的方向发展。可以说，正是在这四方面的共同作用下，精彩纷呈的文学艺术世界才得以出现，形形色色的艺术审美价值才得以生成。

第五章　文艺作品与文艺审美价值的呈现

　　既然文艺创作意味着艺术审美价值的生成过程，那么，作为文艺创作成果的文艺作品就自然而然地成了艺术审美价值的载体。尽管文艺作品拥有一个极其丰富复杂的意义价值系统，但是艺术审美价值却是决定其本体存在特征的最关键因素，正如苏联美学家斯托洛维奇所说的那样："艺术价值不是独特的自身闭锁的世界。艺术可以具有许多意义：功利意义（特别是实用艺术、工业品艺术设计和建筑）和科学认识意义、政治意义和伦理意义。但是如果这些意义不交融在艺术的审美冶炉中，如果它们同艺术的审美意义折衷地共存并处而不有机地纳入其中，那么作品可能是不坏的直观教具，或者是有用的物品，但是永远不能上升到真正艺术的高度。"① 审美价值可谓是文学艺术作品的真正生命力所在，从文艺作品的结构层次及组合关系中，我们可以清晰地体会到艺术审美价值的呈现方式。

　　关于文艺作品的结构层次，我们首先可以参照中国古典美学的言、象、意之说。早在《周易·系辞》中，言、象、意的说法就已经出现："子曰：'书不尽言，言不尽意。'然则圣人之意，其不可见乎？子曰：'圣人立象以尽意，设卦以尽情伪，系辞焉以尽其言，便而通之以尽利，鼓之舞之以尽神。'"王弼在《周易略例·明象》篇中又进一步就三者的关系做过更为深入的论述："夫象者，出意者也。言者，明象者也。尽意莫若象，尽象莫若言。言生于象，故可寻言以观象；象生于意，故可寻象以观意。意以象尽，象以言著。故言者所以明象，得象以忘言；象者，所以存意，得意而忘象。犹蹄

---

① ［苏］列·斯托洛维奇：《审美价值的本质》，凌继尧译，中国社会科学出版社1984年版，第167页。

者所以在兔，得兔而忘蹄；筌者所以在鱼，得鱼而忘筌也。"① 从创作的角度来看，"尽意莫若象，尽象莫若言，""象"是"言"的结果，"意"是"象"的追求；从接受的角度来看，"得象以忘言……得意而忘象"，"忘言"是"得象"的前提，"忘象"是"得意"的基础。如果说"尽意莫若象，尽象莫若言，"是对"圣人立象以尽意，设卦以尽情伪"的诠释和对语言表达思想这一功能的肯定，那么"得象以忘言……得意而忘象"则为"书不尽言，言不尽意"之说提供了恰到好处的注脚，在揭示语言的工具性与局限性的同时，为突破有限走向无限，突破具体走向抽象，突破概念走向意味的直觉式思维方式和审美方式打开了通道，此后的韵味说、兴趣说、神韵说、境界说所昭示的即是直觉式思维方式和审美方式在传统诗学中的传承和衍变。在文艺美学领域，这种对"言""象""意"关系的界定和强调，一方面具有相当的合理性与深刻性，可以恰到好处地把握中国传统诗歌的审美特征，另一方面又隐含着某种片面性与危险性，即重意轻言，忽视对语言自身审美价值的探讨和评价。而西方现代美学家英加登和韦勒克在划分文学作品审美结构时对语言审美特性的强调则恰好可以弥补这一缺陷，所以，英加登和韦勒克的作品结构层次说也应成为我们参照的对象。

　　罗曼·英加登是波兰著名的文艺理论家和 20 世纪西方现象学美学的代表人物。在《论文学作品——介于本体论、语言理论和文学哲学之间的研究》一书中，英加登致力于采用现象学的还原方法，对文学作品的存在方式与基本结构进行了深入分析。在他看来，文学作品既不同于作者或读者的心理体验，也不同于纸张油墨等物理事实，而是一种纯粹的意向性客体，这种意向性客体主要包含有四个必不可少的层次："1. 字音和建立在字音基础上的更高级的语音组合层次。2. 不同层次等级的意义单元层次。3. 不同类型的图式观相或系列图式观相的层次。……4. 文学作品中再现客体和它们的命运变化的层次。"② 在四个层次之外，英加登又补充提出了"形而上质"的问题，所谓的"形而上质"，指的是"赋予我们的生命以价值的东西"，③ 尽管

---

① ［魏］王弼：《王弼集校释》（下），楼宇烈校释，中华书局 1980 年版，第 609 页。

② Roman Ingarden, *The Literary Work of Art*, Evanston：Northwestern University Press, 1973, p.30.

③ Roman Ingarden, *The Literary Work of Art*, Evanston：Northwestern University Press, 1973, p.291.

它不可能成为文学艺术作品中的一个单独的层次，但却是使作品获得特殊审美价值的关键因素。韦勒克深受英加登现象学美学思想的影响，亦主张采用现象学的本质直观方法对文学作品的存在方式展开探讨："文学作品既非一个经验的事实，即非任何特定的个人的或任何一组个人的心理状态，也非一个像三角形那样理想的、毫无变化的客体。艺术品可以成为'一个经验的客体'（an object of experience）；我们认为，只有通过个人经验才能接近它，但它又不等同于任何经验。"① 根据韦勒克的观点，"经验的客体"与经验的事实并不是一回事，尽管文学作品必须借助主体心理经验的参与才能获得现实存在，但是，文学作品一旦成型，就再也不能被等同于作者的经验，读者的经验，或是社会集体的经验，而是应该"被看成是一个为某种特别的审美目的服务的完整的符号体系或者符号结构"②。这种符号结构作为一种超越经验的本体性存在，至少涉及以下几个层面的问题：1.声音层面，谐音、节奏和格律；2.意义单元层，它决定文学作品形式上的语言结构、风格与文体的规则，并对之对系统的研讨；3.意象和隐喻，即所有文体风格中可表现诗的最核心的部分；4.存在于象征和象征系统中的诗的特殊"世界"；5.有关形式与技巧的特殊问题；6.文学类型的性质的问题；等等。③

综合韦勒克、英加登和中国古典美学剖析作品层次结构的思路，我们可以把文学作品分为三个由表及里、依次递进的层次：语言文字层、形象境界层、精神意蕴层，这三个层次彼此关联又各有特色，每个层次都具有自身的审美特质，这些审美特质相互配合相互贯通，形成了富有张力效果的审美结构，文艺作品的艺术审美价值就呈现在这种富有张力效果的审美结构之中。

---

① ［美］雷·韦勒克、奥·沃沦：《文学理论》，刘象愚、邢培明、陈圣生、李哲明译，生活·读书·新知三联书店1984年版，第162页。
② ［美］雷·韦勒克、奥·沃沦：《文学理论》，刘象愚、邢培明、陈圣生、李哲明译，生活·读书·新知三联书店1984年版，第147页。
③ ［美］雷·韦勒克、奥·沃沦：《文学理论》，刘象愚、邢培明、陈圣生、李哲明译，生活·读书·新知三联书店1984年版，第165页。

第一节　语言文字的审美价值

文学的第一要素是语言，语言文字是文学作品最直接的存在形态，它和雕刻的"体面"、绘画的"线条、色彩"、音乐的"声音"、舞蹈的"动作"一样，都是经过审美化处理之后的物质材料，是艺术品赖以生成的具有审美意味的符号载体，它们的组织和表现形式构成了艺术作品的审美形式，在审美形式的生成过程中，艺术创造的审美规则也渐渐地得到了确立，这种审美规则可以内化为艺术的组织结构关系，从而在决定艺术存在形式的同时，也制约着我们对艺术的感知、理解和接受的方式。可以说，不同符号载体的审美特性对艺术审美价值的呈现方式起到了决定性的作用，要想深入理解文学作品的审美价值，就必须特别关注语言文字作为艺术符号载体所应具备的审美特质。在本节中，我们拟从声音与意义水乳交融、内指性与互文性并行不悖、模糊性与精确性辩证共存这三个方面来探讨语言文字的审美特质。

一、声音与意义水乳交融

在英加登和韦勒克的作品结构论中，声音和意义同为文学作品的基本层次，英加登认为，"……语言发音的层次是文学作品主要的组成部分，如果这个部分消失了，那么整部文学作品也就不存在了，因为意义整体的存在是语言发音材料必然的要求"[1]。韦勒克亦持有与之相似的看法："每一件文学作品首先是一个声音的系列，从这个声音的系列再生出意义。"[2] 尽管英加登等人有将声音层面和意义层面分开进行论述的倾向，但是，从他对文学接受过程的具体分析中，我们却不难体会到声音和意义的密切关系："和理解语词声音同时发生并且不可分离的是理解语词意义；读者就是在这种经验中构成完整的词的，它尽管是复合的，但仍然构成一个统一体。人们不是首先理解语词声音然后理解语词意义。两种理解同时发生：在理解语词声音时，

---

① Roman Ingarden, *The Literary Work of Art*, Evanston: Northwestern University Press, 1973, p.80.

② ［美］雷·韦勒克、奥·沃沦：《文学理论》，刘象愚、邢培明、陈圣生、李哲明译，生活·读书·新知三联书店 1984 年版，第 166 页。

人们就理解了语词意义同时积极地意指这个意义。"① 事实上，作为音义结合体，文学语言的意义层面和声音层面本来就应该是相互依存，密不可分的。索绪尔在《普通语言学教程》中曾经将声音形象视作语言符号的能指，概念意义视作语言符号的所指，认为"语言符号联结的不是事物和名称，而是概念和音响形象。后者不是物质的声音，纯粹物理的东西，而是这声音的心理印迹，我们的感觉给我们证明的声音表象"②。"语言的实体是只有把能指和所指联结起来才能存在的，如果只保持这些要素中的一个，这一实体就将化为乌有。"③ 正如语言学家齐佩瑢所分析的那样："语言的构成材料是声音，但仅有声音而无表意的作用也不能成为语言，声音有形而可以听见，意义却是无形的，非依附寄托于声音而不能存在，所以说：声音是语言的外形，意义是语言的内容，二者相依为命，不可须臾离也。"④ 但是，在具体的语言使用中，日常语言和科学语言以清楚表达内容为目的，所以往往更强调语言的意义指称功能，对其声音外形上的特点并不是很重视，正如英加登所谈到的："一般情况只是语词声音被飞快地、毫不停顿地意识到；它只是理解语词和句子的一个飞快的过渡。所以人们只是快而粗略地几乎是无意识地听到语词声音。"⑤ 相形之下，文学语言比日常语言和科学语言则更强调语言本身的审美价值，故往往将声音外形与意义内容放在同一层面上加以强调，坚持二者应紧密结合，互为因果：一方面，声音是促使语言产生意义引发审美效应的重要因素，另一方面，意义也会反过来影响甚至决定声音的审美效果，而语言文字的审美特质就体现在声音与意义的水乳交融之中。

首先，声音是促使语言产生意义并引发审美效果的重要因素，正如朱光潜所说，"声音与意义本不能强分，有时意义在声音上见出还比在习惯的

---

① [波] 罗曼·英伽登：《对文学的艺术作品的认识》，陈燕谷、晓未译，中国社会出版社 1988 年版，第 19—20 页。

② [瑞士] 费尔迪南·德·索绪尔：《普通语言学教程》，高名凯译，商务印书馆 1980 年版，第 101 页。

③ [瑞士] 费尔迪南·德·索绪尔：《普通语言学教程》，高名凯译，商务印书馆 1980 年版，第 146 页。

④ 齐佩瑢：《训诂学概论》，中华书局 1984 年版，第 59 页。

⑤ [波] 罗曼·英伽登：《对文学的艺术作品的认识》，陈燕谷、晓未译，中国社会出版社 1988 年版，第 20 页。

联想上见出更微妙，所以有人认为讲究声音是行文的最重要的功夫"①。在中外文学史上，以音响世界传达审美意味的语言文本可谓比比皆是，我们不妨试举几例。如穆木天的《雨丝》："一缕一缕的心思 / 织进了纤纤的条条的雨丝 / 织进了淅淅的朦胧 / 织进了微动微动微动线线的烟丝 // 织进了远远的树梢 / 织进了漠漠冥冥点点零零参差的屋梢 / 织进了一条一条的电弦 / 织进了滤滤的吹来不知哪里的渺渺的音乐 // 织进了烟雾笼着的池塘 / 织进了睡莲丝上一凝一凝的飘零的烟网 / 织进了无限的呆梦水里的空想 / 织进了先年故事不知哪里渺渺茫茫 // 织进了遥不见的山巅 / 织进了风声雨声打在闻那里的林间 / 织进了永久的回旋寂动寂动远远的河湾 / 织进了不知是云是水是空是实永远的天边 // 织进了今日先年都市农村永远雾永远烟 / 织进了无限的朦胧朦胧——心弦——/ 无限的澹淡无限的黄昏永久的点点 / 永久的飘飘永远的影永远的实永远的虚线 // 无限的雨丝 / 无限的心丝 / 朦胧朦胧朦胧朦胧朦胧 / 纤纤的织进在无限朦胧之间 // 一缕一缕的心丝 / 纤纤的 / 织入 / 一条一条的 / 雨丝 / 之中间"。诗人将汉语音响的奇妙功能发挥得淋漓尽致，运用回环往复的叠音效果营造出了细雨如织、如烟似梦的氛围，使我们摆脱了字面意思的纠缠，沉浸在声音带来的幻觉状态之中不可自拔。在这里，语言的概念所指变得并不是那么重要，语音本身就具有了所指的意义，那极富构成性和自足性的音乐旋律本身就昭示着最为生动丰富的艺术形象。又如汪曾祺的小说《受戒》当中的一段叙述："教念经也跟教书一样，师父面前一本经，徒弟面前一本经，师父唱一句，徒弟跟着唱一句。是唱哎。舅舅一边唱，一边还用手在桌上拍板，一板一眼，拍得很响，就跟教唱戏一样，是跟教唱戏一样，完全一样哎。"这段文字通过回环、押韵和"哎"这一语气词的反复运用经营出了一种类似于儿童学唱的摹声效果，具有强烈的声韵感染力，使人如临其境，如闻其声，而其中每一词句的意义也因此而焕发出了童心童趣。再如爱伦坡的诗歌 *The Raven*（《乌鸦》）：

Once upon a midnight dreary，while I pondered，weak and weakry.

Over many a quint and curious volume of forgotten lore.

While I nodded，nearly napping，suddenly there came a tapping，

---

① 朱光潜：《艺文杂谈》，安徽人民出版社 1981 年版，第 80 页。

As of some one rapping，rapping at my chamber door.

"Tis some visitor，" I muttered，"tapping at my chamber door——

Only this，and nothing more."

lore、door、more 发出的低沉长元音，仿佛梦境里哀伤无力的呓语，难以言表，绵绵无绝，找不到出路和方向，烘托出了一种迷茫、孤独而又压抑的氛围。

其次，尽管声本缘于情，语音的确可以在一定程度上传情达意，激活人们的深层审美心理与微妙情绪体验，但需要明确的是，在文学世界中，声音永远无法超越意义而独立存在，二者是水乳交融不可分割的，正如韦勒克所说："声音和格律必须与意义一起作为艺术品整体中的因素来进行研究。"①例如，郭沫若《凤凰涅槃》中的诗章："我们新鲜，/ 我们净朗，/ 我们华美，/ 我们芬芳！/ 一切的一，芬芳。/ 一的一切，芬芳。……翱翔！翱翔！/ 欢唱！欢唱！"这些诗句之所以会体现出活泼、奔放、舒畅、健朗的情调，固然与响亮昂扬的"ang"韵有很大的关系，但更是"新鲜""静朗""芬芳""翱翔""欢唱"这些词语的意义所致，如果将热烈、欢快的美学意味全部归结为"ang"韵的响亮，那么我们就无法解释同为 ang 韵的《雨巷》带给我们的迷离恍惚、哀怨怅惘的审美感受："她静默地走近 / 走近，又投出 / 太息一般的眼光 / 她飘过 / 像梦一般地 / 像梦一般地凄婉迷茫 // 像梦中飘过一枝丁香 / 我身旁飘过这女郎"。可见，字义将会直接影响到作品的声音效果，对语音的体会必须和对字义的观照结合起来进行，而优秀的文学作品亦能够通过声音与意义的完美结合，营造出出人意料的审美效果。我们不妨试举两例，例如白居易《琵琶行》中描写琵琶乐音的诗句："幽咽泉流冰下难"和"银瓶乍破水浆迸"，前者以"幽咽"这一双声词的缠绵低回之音和鸣咽断续之意完美演绎了乐声的悲凉抑郁，后者则以"迸"字收尾，在刚劲铿锵之音和突然爆裂之意的结合中凸显出乐声的高亢激越。又如李清照《声声慢》中的千古绝唱："寻寻觅觅，冷冷清清，凄凄惨惨戚戚。"七组十四个叠字，音调细促清幽，如泣如诉，与"寻觅""冷清""凄惨"等次词透露出来的茫然

---

① ［美］雷·韦勒克、奥·沃伦：《文学理论》，刘象愚、邢培明、陈圣生、李哲明译，生活·读书·新知三联书店 1984 年版，第 185 页。

无助、孤独无依之意相互融合，虽无一字是愁却处处含愁，字里行间弥漫着一种郁积已久又难以疏泄的凄婉悲怆，久久不散，余味无穷。再如张爱玲小说《茉莉香片》当中描写深闺怨女愁情难诉的句子："一点点小事便放在心上辗转，辗转，辗转思想着，在黄昏的窗前，在雨夜，在惨淡的黎明。""辗转"本身即有重复往来之义，而三次连续重复所造成的回旋效果则使得"辗转"的词义具有更为坚实的质量感，使人更为强烈地体会到了那种萦绕心间挥之不去的忧伤怅惘，而后置的三个以"在"为开端的状语所造成的间歇性重复效果又进一步强化了"辗转"的漫长和无望，突出了这种回环往复的无效性，从而使那种怅惘和忧伤更添悲凉沉重。

二、内指性与互文性并行不悖

较之用于日常交流的语言，文学语言的一大特征就是内指性，即指向文本自身，无须外部世界的现实验证，只需符合艺术世界的诗意逻辑。文学语言的这一特征是由文学想象和虚构的基本性质所决定的，正如韦勒克所说："文学的本质最清楚地显现于文学所涉猎的范畴中。文学艺术的中心显然是在抒情诗、史诗和戏剧等传统的文学类型上。它们处理的都是一个虚构的世界、想象的世界。小说、诗歌或戏剧中所陈述的，从字面上说都不是真实的；它们不是逻辑上的命题。"[1] 尽管文艺创作过程与外部生活刺激脱不了干系，但是，文学艺术世界一经形成，就会具备某种内在自足性，与客观生活世界拉开距离，成为一种类似于幻象的创造物，如同学者们所指出的，"这种创造物从科学的立场和从生活实践的立场上看，完全是一种幻觉。这种创造出来的幻象可以令人联想到真实的事件和真实的地方，就像历史性小说或是描写某一地区风貌的小说可以令人回忆起往事一样。然而在大多数情况下，这种创造出来的幻象却是一种不受真实事件、地区、行为和人物的约束的自由创造物"[2]。"作品不受任何语境所环绕、提示、保护和操纵；任何现

---

[1] ［美］雷·韦勒克、奥·沃伦：《文学理论》，刘象愚、邢培明、陈圣生、李哲明译，生活·读书·新知三联书店 1984 年版，第 13 页。

[2] ［美］苏珊·朗格：《艺术问题》，滕守尧、朱疆源译，中国社会科学出版社 1983 年版，第145 页。

实人生都不能告诉我们作品应有的意义。"① 当然，文学世界的虚构性与自由
创造性虽然导致了文学语言与日常语言的分裂，但我们也必须意识到，文学
语言并不是一种完全独立的语言系统，"艺术与非艺术、文学与非文学的语
言用法之间的区别是流动性的，没有绝对的界限"②。那种认定文学语言和日
常语言分属两个截然不同的语言系统的观点并不妥当，文学语言与日常语言
的分裂性主要体现在文学世界对语言的过滤和"形变"作用上，正如巴赫金
所说的那样："它们在自身构成过程中，把在直接言语交际条件下形成的各
种第一类（简单）体裁吸收过来，并加以改造。这些第一类体裁进入复杂体
裁，在那里发生了形变，获得了特殊的性质：同真正的现实和真实的他人表
述失去了直接的关系。例如，日常生活中的对话对白或书信，进入长篇小
说中以后，只是在小说内容的层面上还保留着自己的形式和日常生活的意
义，只能是通过整部长篇小说，才进入到真正的现实中去，即作为文学艺术
现实的事件，而不是日常生活的事件。"③ 再日常再普通的语言在进入文学世
界后，也会失去和现实生活的直接联系，转而依附于文学事件的统辖。例
如，《红楼梦》第十回张太医给秦可卿开的药方，第五十三回乌进孝年终进
献给宁国府的礼单等等，都已经脱离了它们与现实事件的所指关系，其具体
措辞只需符合文学作品艺术世界的内在语境，而不必再去刻意接受医药原理
或历史事实的严格检验。那种用现实生活逻辑去衡量文学语言的做法只能暴
露出对艺术世界自身逻辑的曲解和忽视。例如，唐代大诗人杜牧曾著有《江
南春》一诗："千里莺啼绿映红，水村山廓酒旗风。南朝四百八十寺，多少
楼台烟雨中。""千里"二字的本意是在于表现江南春景的丰富多彩和广阔深
邃，但是明代杨慎却以不符合感官常识为理由，在《升庵诗话》卷八中对
此加以责难："唐诗绝句，今本多误字，试举一二，如杜牧之《江南春》云
'十里莺啼绿映红'，今本误作'千里'，若依俗本，'千里莺啼'，谁人听得？
'千里绿映红'，谁人见得？若作十里，则莺啼绿红之景，村郭楼台，僧寺酒

① ［法］罗兰·巴特：《批评与真实》，温晋仪译，上海人民出版社1999年版，第52—53页。
② ［美］雷·韦勒克、奥·沃伦：《文学理论》，刘象愚、邢培明、陈圣生、李哲明译，生活·读书·新知三联书店1984年版，第13页。
③ ［苏］巴赫金：《言语体裁问题》，晓河译，《巴赫金全集》第4卷，河北教育出版社1998年版，第143页。

旗，皆在其中矣。"又如张继的《枫桥夜泊》："月落乌啼霜满天，江枫渔火
对愁眠。姑苏城外寒山寺，夜半钟声到客船。""夜半钟声"本意在于凸显寒
夜的寂静和孤冷，但是欧阳修却在《六一诗话》中以"三更不是打钟时"为
由，批评此诗"理有不通"。对于杨慎和欧阳修的这些拘泥于生活事实的言
论，我们可以借用明代胡应麟《诗薮》中的观点作为回应："诗流借景立言，
惟在声律之调，兴象之合，区区事实，彼岂暇计？"文学语言是指向文本内
部世界的，与生活现实之间不再是相互验证的关系，甚至还常常会表现出非
现实和反现实的特征，这一特征弱化甚至消解了现实对语言的限定性，使文
学语言在文本内部相对自由地互相作用互相碰撞相互激荡相互阐扬，产生出
丰富的审美意味和独特的审美效果。

需要指出的是，强调文学语言的内指性主要是为了助其超越外部现实
逻辑的限定和束缚，并不是要刻意将文学语言完全拘囿在其所处的具体文本
之中，因为，文学文本并不是封闭自足的："一部作品只能在与其他文本的
联系或对照中获得理解，这些文本提供了一个框架，通过这个框架，作品
得到理解，得到组建。"① 对具体文本的理解都必须要牵涉到这一文本之外的
其他文本，正如罗兰·巴尔特所说："任何本文都是互本文；在一个本文之
中，不同程度地并以各种多少辨认的形式存在着其他本文：例如，先前文化
的本文和周围文化的本文。任何本文都是过去引文（citations）的一个新织
体（a new tissue）。"② 互文本作为文学文本的基本存在形态，直接影响和决定
着文学语言的互文性特征，就其本相而言，文学语言的互文性特征经常表现
为文学语言在不同文本之中的互现关系，也就是说，任何一种文学语言的审
美价值都不是单一文本（这种文学语言当下存在的文本）作用下的产物，而
是它所存在过的所有文本的记忆或遗迹叠加映衬的结果，这些记忆或遗迹相
互牵制，相互作用，形成一个无限开放的意义演变过程。所以，我们在强调
文学语言内指性特征的同时，也必须注意到，在特定的文本内部，任何一种
文学语言都不是一个固定的点，它的每一种具体表达的背后都回响着这一语

---

① ［美］P. D. 却尔：《解释：文学批评的哲学》，吴启之、顾洪洁译，文化艺术出版社 1991 年版，
第 185 页。
② 转引自王一川《语言乌托邦——20 世纪西方语言论美学探索》，云南人民出版社 1994 年版，第
250 页。

言在其他文本中发出过的多重声音，我们只有将其置入这多重声音交织成的语言意义网络之中，才能够更清晰地了解它的流动性、变化性和关联性，从而更深刻地把握其意义和价值。就这一意义而言，互文性取决于文学语言永恒的、与它自身的对话关系，它不是一个简单的概念，而是文学语言深化审美意义凸显审美价值的深层动力。互文性使指向文本自身的语言处于一个开放的境地，在与不同文本的碰撞和交流中生发出繁复深刻的审美意味。在中国文学史上，由于互文效果而衍生出特殊光彩的文学语言数不胜数，专注于"无一字无来处……取古人之陈言入于翰墨，如灵丹一粒，点铁成金"③的古典诗语自不必说，即使现代小说语言中也不乏此例。例如，杨振声的小说《玉君》中，"捣衣""暮鸦""失群的雁"等语言的背后，就叠印着无数的相关文本，这些文本相互碰撞相互阐发，使《玉君》中的"捣衣"和"暮鸦"衍生出丰富醇厚的美学意味。下面我们就来详细谈谈这一问题。小说前半部分写道，主人公林一存爱慕挂念好友杜平夫的恋人玉君，很想在杜平夫走后帮助玉君，但是却无从和她接近，意兴阑珊地回到家中，迎头看见"张妈正与她女儿琴儿在那里捣衣"。接下来就听琴儿讲起玉君常到海边呆立着向远方凝望，思念远去的恋人杜平夫。这令林一存更加担忧心痛。中国古典诗歌中，"捣衣"之言多用来表现征人思妇的怀远之情："谁家今夜扁舟子？何处相思明月楼？……玉户帘中卷不去，捣衣砧上拂还来。"（张若虚《春江花月夜》）"长安一片月，万户捣衣声。秋风吹不尽，总是玉关情。"（李白《子夜吴歌》）"又是重阳近也，几处处、砧杵声催"（秦观《满庭芳·碧水惊秋》）。在小说中，"捣衣"这一凝聚着深厚古典诗学韵致的语言，有助于营造出虚实相生的审美空间，激活读者的想象力，使其充分体会到玉君对杜平夫的深切思念和"我"对玉君的刻骨深情。小说后半部分写道，玉君的恋人杜平夫归来，听信流言，怒斥玉君，使其深受刺激。林一存为玉君痛心，又懊恼自己带累了玉君，只得"垂头站在园子里，耳中只听到树头暮鸦，一处处一声声地哀鸣"。"鸦"亦是中国古典诗歌中的常用词语，如"月落乌啼霜满天，江枫渔火对愁眠。"（张继《枫桥夜泊》）"梁园日暮乱飞鸦，极目萧条三两家。庭树不知人去尽，春来还发旧时花。"（岑参《山房春事》）"孤村落日残

③　黄庭坚：《黄庭坚全集》第2册，刘琳等校，四川大学出版社2001年版，第475页。

霞，轻烟老树寒鸦。"（白朴《天净沙·秋》）"枯藤老树昏鸦，小桥流水人家，古道西风瘦马。夕阳西下，断肠人在天涯。"（马致远《天净沙·秋思》）"老树寒鸦，三行两行，写长空历历，雁落平沙……正是凄凉时候，离人又在天涯。"（郑光祖《蟾宫曲·梦中作》）如此等等。在这诸多古典诗词中，"鸦"多用来表现命运的孤苦、人生的寂寥、难以言说的无助和没落，而小说《玉君》又将这一语词具体化为"哀鸣的暮鸦"，更加深了"鸦"这一言词本身所蕴含的荒凉之意和悲哀之情。暮鸦的声声哀鸣，与林一存心中的难言隐痛相互映衬，读来令人动容。小说结尾处，林一存送玉君赴法留学，自己则孤独地坐在小舟上目送所爱之人离去。写到这里，应该是大动情感的时候，可是作者却节制住汹涌的情感，转而去描写失群孤雁，以含蓄隽永之笔结束了全篇："举目四顾，海阔天空，只远远地望到一个失群的雁，在天边逐着孤云而飞。"在中国古代诗人那里，"失群的雁"（即"孤雁"）也是他们心仪的意象，常见诗句有"草虫鸣何悲，孤雁独南翔。郁郁多悲思，绵绵思故乡。愿飞安得翼，欲济河无梁。向风长叹息，断绝我中肠。"（曹丕《杂诗》）"孤雁不饮啄，飞鸣声念群。谁怜一片影，相失万重云？"（杜甫《孤雁》）以孤雁抒写思念，含蓄而又婉转，海阔天空，路途漫漫，将往何处去找失去的伴侣？林一存无尽的思念、失却的怅惘和对未来的迷茫等种种复杂的情绪都被作者熔铸在"失群孤雁"的语言中加以表现，命运飘忽的悲哀与会合无缘的伤感如余音绕梁，久久不散。

如上所述，文学语言既是内指性的，又是互文性的，如果说内指性为文学语言的独特性提供了保证，使其脱离日常所指的羁绊，呈现出诗意的特征，那么互文性则造就了文学语言的丰富性，使其负载着无限的意味和能量向我们说话。

三、模糊性与精准性共生互动

在这里，模糊性指的是语义内涵的模糊性，精准性指的是表达效果的精准性，二者之间存在着一种共生互动的辩证关系。具体而言，语言文字属于抽象的意义载体，诉诸的是非感官的感受，建构的是非具象的形象，当它成为文学这一艺术门类的专用媒介，作为构成文学艺术形式的基本要素而出现时，其所凸显的审美感知方式既非视觉亦非听觉，无法像线条、色彩、动作和声音等艺术媒质那样通过直接冲击人的视听感官来构建出可供感知的艺术形象，使人获得美的享受以直接实现其审美价值，而只能通过激活人的审美想象来间接实现审美价值，为了给审美想象留下足够的空间，文学语言绝不能局限于语言文字本身的指称意义，而必须倾向于由语言整体结构所暗示出来的情感内涵，较之过于明晰的不留任何余地的语言表达方式，半明半暗的模糊性语言更富于潜在的包孕性和含蓄性，更能激发接受者的审美想象，使之获得内蕴丰富、意味绵长的美学享受。如果说文学语言作为抽象意义载体的基本身份要求的是其表达效果的精准性，那么文学语言激活审美想象的特殊使命则决定了其语义内涵的模糊性，二者同时出现又相辅相成：精准的表达效果只有在模糊语义的营造过程中才能得到实现，而模糊语义的美学价值亦只有在获得精准表达效果的前提下才能够得到确证。

语言的模糊性与精准性的这种相辅相成、共生互动关系在以下几种语言表达方式中得到了集中体现：

其一，省略。即语句未完却戛然而止，给人意犹未尽之感，其目的在于以最简洁的文字包容最丰厚的审美信息，以最不确定的语义实现最精准的表达效果。譬如，《红楼梦》第九十八回《苦绛珠魂归离恨天　病神瑛泪洒相思地》中讲到黛玉尽管毁帕焚稿以示断情，但却始终心念宝玉，以至弥留之际，还直声叫道："宝玉！宝玉！你好……""你好"后面的省略包含着丰富的潜台词，隐藏和交织着各种复杂的情感，既有难以言表的怨恨与自伤，又有刻骨铭心的爱恋与不舍，这里的缄口不言其实已经胜过了千言万语，真正达到了"此时无声胜有声"的境界，而这种境界恰恰体现了语义的模糊性与表达的精准性共生互动的特点，体现出了文学语言丰饶的美学意蕴和强大的审美感染力。又如，鲁迅的小说《故乡》写到，当"我"与闰土见面时，面对我发自内心的喜悦和热情，这位我儿时极其喜爱和钦佩的好友却小心谨慎地递过了一个纸包："冬天没有什么东西了，这一点干青豆倒是自己晒在那里的，请老爷……"话虽然只说了一半，在语义上并未言明，但是唯恐礼轻的局促不安、生活重压下的无奈苦楚、因感到与儿时好友地位悬殊所带来的心理上的拘谨生疏等种种难以表白的情愫都包含其中了，在这种欲说还休所造成的表达效果面前，"请老爷尝尝"或是"请老爷别嫌弃"等任何一种清晰连贯的语义传达方式都有续貂之嫌。

其二，虚指。虚指是创造想象空间的重要手段，在文学作品中，创作主体为准确传达审美情感，往往会以虚化实，对原本具有实在清晰含义的词语进行虚化和模糊化的运用，这些被虚化和模糊化的词语虽然失去了精确的内涵，但是其在整体描摹事物轮廓、深入把握事物本质形态等方面却表现出了更为强大的功能，达到了一种词语的明晰含义所不可企及的更为生动精准的表达效果。如，"七八个星天外，两三点雨山前。"（辛弃疾《西江月》）"千山鸟飞绝，万径人踪灭。"（柳宗元《江雪》）"锦瑟无端五十弦，一弦一柱思华年。"（李商隐《锦瑟》）"霜皮溜雨四十围，黛色参天两千尺。"（杜甫《古柏行》）"池上碧苔三四点，叶底黄鹂一两声。"（晏殊《破阵子》）"人往高处走，水往低处流，你怎么会想去卖针头线脑儿，三个钱的姜两个钱的醋呢？"（老舍《女店员》）这些虚指的数词所体现出的是与自身精确数值相反的模糊含义，而这种模糊含义恰恰是拓展审美想象、获得精准表达效果的关键。

其三，混搭。即打破逻辑性陈述语言的固定搭配规则，削弱了语言符号同外在现实的各种井然有序的联系，将不符合语言常规语法和读者接受惯性的词语混合在一起，使词语自身充分碰撞，相互作用，生发出充满张力的不确定的非常态意义，含而不露又引人遐想，别具一种震撼心灵的力量。如鲁迅在小说《孔乙己》的结尾处写道："大约孔乙己的确死了。"将"大约"和"的确"用在对同一件事情的判断上，既不符合语法规则也不符合现实逻辑，属于典型的语言混搭，其中所体现出的语义显然具有一定的模糊性，但是，这种看似模棱两可的语言却可以达到精准的表达效果："大约"意味着孔乙己的生死无人去关心和过问，"的确"则暗示着贫病而死是孔乙己必然的结局，二词连用，更凸显出孔乙己命运的悲剧性。又如李清照的《如梦令》："昨夜雨疏风骤，浓睡不消残酒。试问卷帘人，却道海棠依旧。'知否？知否？应是绿肥红瘦。'""肥""瘦"本是加诸人或动物身上的形容词，这里却与绿叶红花相互连缀，形成混搭结构，在写景方面，语意固然显得模糊，但是却极其精准地传达出了作者的惜花之意和伤春之情，以及对于年华易逝红颜易老的深深隐忧。

其四，比喻。比喻是"借助于喻体义来描述本体的手法"①，"喻体选得

---

① 宗廷虎等：《修辞新论》，上海教育出版社1988年版，第153页。

贴切，也是最基本的要求。'贴切'，首先要'象'。'象'要求喻体与本体有相似点，没有相似点就很难做到'象'。"① 对相似点的寻求是比喻取得成功的关键，但是，本体往往具有多重属性，它和喻体之间的相似点并不是客观存在的，而是作者在特定的心境中，经由微妙复杂的情感体验和个性化的审美联想发掘出来的。就这一意义而言，相似点本身就具有即时性和不确定性，这种即时性和不确定性势必会决定比喻语义的模糊本质，给读者留下广阔的想象空间，使其在想象中意会到比喻背后所隐藏的流动不拘、变幻莫测的心理感受，比喻获得精准性表达效果的奥秘亦在于此。如贺铸《青玉案》："试问闲愁都几许？一川烟草，满城风絮，梅子黄时雨。"诗句重在写愁情之深广却并不明言，而是以遍野如烟似雾的春草、满城随风卷扬的柳絮和遮天漫地、绵绵无期的黄梅细雨这些季节风物做比，暗示出"闲愁"无所不在、纷乱难辨、无穷无尽的特性和诗人怅惘迷茫、黯然沉痛的愁闷心境，语义尽管模糊，表达效果却极其精准，正像黄庭坚在《寄贺方回》一诗中所称赞的那样："解道江南断肠句，只今唯有贺方回。"又如朱自清在散文《绿》中这样描写梅雨潭的绿色："这平铺着，厚积着的绿，着实可爱。她松松的皱缬着，像少妇拖着的裙幅；她轻轻的摆弄着，像跳动的初恋的处女的心；她滑滑的明亮着，像涂了'明油'一般，有鸡蛋清那样软，那样嫩，令人想着所曾触过的最嫩的皮肤；她又不杂些儿尘滓，宛然一块温润的碧玉，只清洁的一色——但你却看不透她！"在这里，作者舍弃了直接概括梅雨潭外在感性形态的做法，而是用一连串的比喻去激发读者对于视觉画面的想象，"少妇拖着的裙幅"形容水纹柔和的美感，"初恋的处女的心"形容水波悸动的微妙，"鸡蛋清""最嫩的皮肤"以及"温润的碧玉"则形容水质的柔润亮泽，这些比喻式语言含义朦胧，别具一种水中望月、雾里看花的模糊美感，全面唤醒读者新鲜生动的审美感受，使其在想象中真切地体会到梅雨潭之绿的超群绝伦。再如，方方的小说《有爱无爱都铭心刻骨》中有这样一段描写："瑶琴的妈见瑶琴的神色，知道她心里已经并了一条缝儿。因为十年来，只要有人劝瑶琴再找一个男人，瑶琴都会立即板下面孔，堆一脸恨色地骂人。就好像对方来抢她丈夫似的。有过这样几回，没人再敢开口。瑶琴的妈知

---

① 陆稼祥：《辞格的运用》，辽宁人民出版社 1989 年版，第 55 页。

道，一个人的心一旦开了点小缝，就能有清新的风挤进去。可能只是几丝丝，但也足能吹干心里面的霉斑，让霉斑的周围长出绿色来。瑶琴的妈在杨景国死去的这十年里，就今天才长长地舒了一口气。"霉斑虽然属于典型的具有模糊含义的比喻性语言，但是却准确生动地传递出了各种各样的信息：霉斑本身暗示了瑶琴孤寂、自闭、单调、固执的生活方式和情感状态，而瑶琴妈对霉斑的思考既隐含着瑶琴妈眼睁睁看着女儿陷入自我封闭的怪圈却无能为力的焦虑和忧心，又反衬出瑶琴妈目睹女儿转变之后所感受到的如释重负的轻松。语义是模糊的，表达却是精准的，这正是文学语言的魅力所在。

　　以上我们从声音与意义水乳交融、内指性与互文性并行不悖、模糊性与精确性辩证共存这三个方面对文学语言的审美特质进行了探讨，而文学语言总是以构建虚幻的形象世界作为自己的使命，正如韦勒克所论述的那样，在文学作品中，从声音层和意义单位层"这两个层次上产生出了一个由情景、人物和事件构成的'世界'，这个'世界'并不等同于任何单独的语言因素……"① 苏珊·朗格也说："诗人用语言创造了一种幻象，一种纯粹的现象，它是非推论性符号的形式。"② 所以，形象世界的审美特质就成了我们下一步要阐释的问题。

第二节　形象世界的审美价值

　　这里的形象世界，特指文学作品中所呈现的具体可感的形态画面和境界氛围。对于文学艺术而言，形象世界是至关重要的，黑格尔曾经在《美学》第一卷中探讨过这一问题，在他看来，"艺术的内容就是理念，艺术的形式就是诉诸感官的形象。"③ 理念虽然是艺术的内容，但是这种内容必须经由"诉诸感官的形象"才能够得以显现，也就是说，"艺术内容在某种意义上也终于是从感性事物，从自然，取来的；或则说，纵使内容是心灵性的，这种心灵性的东西（例如人与人的关系）也必须借助外在现实中的形象，才

① ［美］R.韦勒克：《批评的诸种概念》，丁泓、余徽译，四川文艺出版社1988年版，第277页。
② ［美］苏珊·朗格：《情感与形式》，刘大基、傅志强、周发祥译，中国社会科学出版社1986年版，第240页。
③ ［德］黑格尔：《美学》第1卷，朱光潜译，商务印书馆2009年版，第87页。

能掌握住，才能表现出来。"① 故而艺术家应该"凭借某一种感性材料，来鼓足干劲，创造形象，并且抓住这种表现和传达的方式作为他的唯一的或最适合的方式"②。普列汉诺夫也曾经发表过类似的看法："艺术既表现人们的感情，也表现人们的思想，但是并非抽象地表现，而是用生动的形象来表现。这就是艺术的最主要的特点。"③ 作为文学艺术的重要内容和主要特征所在，形象世界对于文艺作品审美价值的显现过程具有决定性的意义，所以，形象世界的审美特质也就成了我们迄需面对的重要问题。

一、间接性

艺术形象不是纯粹的客体存在，而是一定艺术媒介材料的组织结构在人的心灵中生成的审美幻象，在文艺作品中，语言文字是基本的艺术媒介材料，文学语言的组织构造与形象世界的建构基本上是同步进行的，故而文学语言的表达特性亦直接影响着形象世界审美特质的生成过程。作为抽象的意义载体，语言文字本身没有具体的可感性，不能直接诉诸人的感官，只能通过激发读者的想象和联想来间接地完成审美表达的任务。与此相应，以语言文字为符号媒介塑造出来的形象世界亦无法直接作用于人的感官，只能借助联想和想象的力量才能够被间接地感受到。间接性的表达方式为读者提供了审美再创造的广阔天地，延展了文学形象的意义表现空间，使之获得了比其他艺术形象更为丰富的审美意蕴。可以说，这种间接性本身即是文学形象世界的重要审美特质。

具体而言，形象世界的间接性审美特质主要表现在以下三个方面：

其一，空缺中的完整。

空缺即是波兰现象学家罗曼·英加登所说的"不定点"，它的产生一方面是由文学语言的自身特性所决定的，另一方面也是创作主体有意经营的结果，正如英加登所说，"不定点的出现不是偶然的、创作失误的结果。相反，在每一部文学的艺术作品中它都是必需的。不可能用有限的语词和句子在作品描绘的各个对象中明确而详尽无遗地建立无限多的确定点。有些确定

① [德] 黑格尔：《美学》第 1 卷，朱光潜译，商务印书馆 2009 年版，第 51—52 页。
② [德] 黑格尔：《美学》第 1 卷，朱光潜译，商务印书馆 2009 年版，第 51 页。
③ [俄] 普列汉诺夫：《没有地址的信》，曹葆华译，人民文学出版社 1962 年版，第 4 页。

点总是必然要消失的。……并非所有的东西都需要直接地确定，许多东西是作为本文明确地确定的东西的结果被间接地揭示出来的。"① 具体到文学形象上，空缺主要体现为文学形象构成要素的缺失，是形象内在系统的断裂和空白之处，从表面上来看，这种断裂和空白似乎会打破形象的连贯性与整体性，导致其流于支离破碎，但事实上，适当的空缺作为形象的隐在部分，是形象各显在部分看不见的接头之处，非但不会使形象破碎，反而有可能使其呈现出更为完整的审美效果。造成这种审美效果的主要原因在于审美知觉的整体性特征。根据格式塔心理学观点，人们的感官知觉所关注和寻求的是整体形象，对整体性的向往使人在面对任何一种残缺的感性形态时都会感受到一种尽快使其恢复完整的内在压力，在这种内在压力的驱使下，空缺所悬置起来的隐在部分会成功地转化成为推动读者发挥想象稗缺补漏的巨大力量，文本的各个显在部分和隐在部分在想象中相互联结相互作用相互影响，共同生发出完整的形象世界。譬如，归有光的《项脊轩志》一文在忆及与发妻魏氏的共同生活时写道，"后五年，吾妻来归。时至轩中，从余问古事，或凭几学书。吾妻归宁，述诸小妹语曰：'闻姊家有阁子，且何谓阁子也？'其后六年，吾妻死，室坏不修。……庭有枇杷树，吾妻死之年所手植也，今已亭亭如盖矣。"细品作者对二人生活所做的描写，我们至少可以发现三处空缺：其一，发妻"从余问古事""学书"时二人的言语动作；其二，发妻"述诸小妹语"时的神情姿态及作者闻言后的反应；其三，"其后六年"间二人的具体相处状况。这三处空缺构成了文本的隐在部分，在读者的想象中与"问事""学书""归宁""室坏不修""庭有枇杷树"等显在部分相得益彰，我们所感受到的二人生活的完整形象，即是隐在部分与显在部分相互融合相互作用的结果。发妻亡故之年，作者心灰意冷，连平素珍视的项脊轩也无心去维修，痛苦之情自不待言，多年之后，目睹发妻亡故之年手植的枇杷树，仍是无限伤感，怀念之情溢于言表。这都足以说明二人的伉俪情深，亲密无间。由此出发，可以围绕着文中的三处空缺展开想象：作者才华横溢，志向远大，妻子爱慕丈夫之才，且与之志趣相投，故而常常前来请教，当"问古

---

① ［波］罗曼·英伽登：《对文学的艺术作品的认识》，陈燕谷、晓未译，中国社会出版社 1988 年版，第 50 页。

事"和"学书"之时，二人肯定是有问有答，有说有笑，琴瑟和谐；当妻子从娘家省亲归来，见到情深意笃的丈夫，肯定是无限欢喜，兴奋得有说不完的话，以至于连与娘家小妹的闺阁絮语也要一一向丈夫道来，可以想见，年轻的妻子在丈夫面前是怎样一副叽叽喳喳、小鸟依人的娇憨神态，而丈夫又是怎样认真地倾听（多年后言犹在耳，足见当时倾听之认真）着妻子絮絮的述说并不时发出会心的微笑；从这些生活琐事的描述中，可以看出，二人的关系不是传统夫妻的相敬如宾，而是发自内心的相互爱慕，他们的情感不是历尽沧桑的相濡以沫，而是如胶似漆、甜蜜温馨的儿女柔情，刻骨的爱慕和柔情决定了他们六年的共同生活必然充满了爱情的幸福与青春的欢乐。这种幸福和欢乐就是在空缺中诞生的昭示二人共同生活的形象世界的整体情状。

其二、朦胧中的清晰。

朦胧指的是事物表象所呈现出来的具体形态的不确定性，清晰指的是事物表象所蕴含的审美特征的鲜明性。在不确定的事物形态中体现出鲜明的审美特征，是形象世界间接性审美特质的又一突出体现。

首先，朦胧是文学形象的基本特征。因为，在文学作品中，形象世界的表象形态是由一定数量的语言符号投射出来的语义所形成的，语言符号的抽象性本身就决定了文学形象具体感性形态的模糊性特征；而且，形象世界的生成与读者的联想和想象有着密切的关系，在某种程度上甚至可以说，形象世界就是读者想象的构造物，为了更大程度地激发读者的想象力，给读者留下更为广阔的审美再创造的空间，有时候，作者在进行描写时，还会有意识地采用模糊且具有暗示性的语言符号，以进一步凸显文学形象具体感性形态的朦胧美。例如，曹植在《洛神赋》中对洛神超逸绝尘的美做了富有暗示性的描绘："其形也，翩若惊鸿，婉若游龙。荣曜秋菊，华茂春松。髣髴兮若轻云之蔽月，飘飘兮若流风之回雪。远而望之，皎若太阳升朝霞；迫而察之，灼若芙蕖出渌波。"新奇的比喻蝉联直贯而下，勾勒出一个光彩照人又空灵飞动的绝世艳影，尽管洛神具体的身形样貌并未因此得到直观性的呈现，仍然处于十分朦胧和模糊的状态，但是这种状态所留下的审美想象的余裕反而会造成一种神秘的启示，从而强化了她虚幻的美丽所带给我们的心灵震撼。

其次，文学形象的朦胧并不是无限制的朦胧，而是以清晰为内核的朦胧。正如沃尔夫林所说："每一种真正的模糊都是缺乏艺术性的。但是，用一个悖论来说，有一种模糊的清晰性。"① 朦胧与清晰之间的关系主要体现在两个方面：其一，以清晰内核限制朦胧形象。正如德国美学家伊瑟尔所强调的，"已写出的本文把某种界限强加于自己的未写出部分的内在含义，以便防止它们变得过于模糊朦胧"②。《红楼梦》中素来为人所称道的黛玉形象描写即是以清晰为内核的朦胧美的典范："两弯似蹙非蹙罥烟眉，一双似喜非喜含情目。态生两靥之愁，娇袭一身之病。泪光点点，娇喘微微，闲静时如娇花照水，行动处似弱柳扶风。心较比干多一窍，病如西子胜三分。"这段形象描写充满了不确定的因素：眉毛是粗是细，眼睛是大是小，愁是何种愁，病是何种病，娇花照水是何种神韵，弱柳扶风又是何种风情，这些都没有明言，只能靠读者结合自己的生活经验和艺术修养展开审美想象，对其进行创造、加以补充。但是，无论读者对黛玉的具体相貌做何等设想，都必须注意到其多病、多愁、多才、多情的柔美气质和诗意品格，也就是说，这种柔美气质和诗意品格即是黛玉朦胧形象中的清晰内核，对黛玉体态样貌的设想都必须建立在对这一清晰内核的把握上。其二，以朦胧形象凸显清晰内核。波兰现象学家罗曼·英加登曾经提到，"在考虑艺术作品时，只有某些人物形象的特性和状态对于作品是重要的和有利的，而其他东西最好处于不确定状态或只是勾勒一个轮廓。人们可以近似地猜测出它们，但它们被有意保持为模糊的，所以不会有干扰影响，这样特别重要的特征才会更为突出。"③ 在文学形象的塑造中，将所有的相关细节都一点一滴地罗列和描绘出来，很可能会使形象世界流于琐屑的记录，丧失自身的独特性与存在价值，相形之下，将某些部分有意模糊化的处理方式反而会使形象世界的本质属性和审美特征更为鲜明。譬如，《红楼梦》对史湘云形象的正面描写主要有三处，分别是："湘云却一把青丝拖于枕畔，被只齐胸，一弯雪白的膀子撂于被外，又带着两个金镯子。宝玉见了，叹道：'睡觉还是不老实！回来风吹

① ［瑞士］H. 沃尔夫林：《艺术风格学》，潘耀昌译，辽宁人民出版社 1987 年版，第 215 页。

② ［德］沃尔夫冈·伊瑟尔：《阅读过程：一个现象学的方法》，肖明译，《当代电影》1988 年第 5 期。

③ ［波］罗曼·英伽登：《对文学的艺术作品的认识》，陈燕谷、晓未译，中国社会科学出版社 1988 年版，第 51 页。

了，又嚷肩窝疼了。'"（第二十一回）"只见他里头穿着一件半新的靠色三镶领袖秋香色盘金五色绣龙窄褙小袖掩衿银鼠短袄，里面短短的一件水红装缎狐肷褶子，腰里紧紧束着一条蝴蝶结子长穗五色宫绦，脚下也穿着麂皮小靴，越显得蜂腰猿臂，鹤势螂形。众人都笑道：'偏她爱打扮成个小子的样儿，原比他打扮成女儿更俏丽些。'"（第四十九回）"果见湘云卧于山石僻处一个石凳子上，业经香梦沉酣，四面芍药花飞了一身，满头脸衣襟上皆是红香散乱，手中的扇子在地下，也半被落花埋了，一群蜂蝶闹穰穰的围着他，又用鲛帕包了一包芍药花瓣枕着。众人见了，又是爱，又是笑，忙上来推唤挽扶。"（第六十二回）尽管这三处描写并没有涉及湘云具体的脸庞样貌，但是我们却可以从中感觉到，湘云生得很美，是不输于宝钗和黛玉的又一个美人，如果说宝钗的美是鲜艳妩媚的雍容之美，黛玉的美是风流婀娜的诗意之美，那么湘云的美就是纯真可爱的娇憨之美。不拘形迹的娇美睡态体现了她的活泼好动，紧身利落的男儿打扮体现了她的飒爽俊朗，醉卧山石的豪放之举则体现了她的天真烂漫、率性洒脱。对湘云五官相貌的模糊化和虚化处理非但不会减少这一形象带给我们的美感，反而更强化和凸显了湘云飞动的神采和独具一格的英豪之气，正如邸瑞平先生所说："一扫萎靡纤弱之态，毫无矫揉造作之情。""想到湘云就如见其笑靥、星眸、诗狂和醉态，仿佛云敛天宽之际，唯余雾月一轮，无须举杯，已自沉醉！"[1]

其三、有限中的无限。

形象世界本身的构成因素是有限的，但是，文学是一种语言艺术，其形象世界不是直接呈现的而是经由读者想象间接形成的，这就消除了其他艺术因物质材料和造型方式所形成的时空限制，扩大了形象世界的意义表现空间，正如叶燮在《原诗》中所阐释的那样，"诗之至处，妙在含蓄无垠，思致微渺，其寄托在可言不可言之间，其指归在可解不可解之会，言在此而意在彼，泯端倪而离形象，绝议论而穷思维，引人于冥漠恍惚之境，所以为至也。"[2]就这一意义而言，直白的思想陈述和一览无余的情感描写是形象塑造的天敌，因为这种做法会限制形象世界的延伸和思想情感的拓展，而完美

① 邸瑞平：《红楼撷英》，华东师范大学出版社1997年版，第92页。
② ［清］叶燮：《原诗》，见郭绍虞主编《中国历代文论选》第3册，上海古籍出版社1980年版，第351页。

的文学形象塑造应该充分发挥间接性这一审美特质的长处，体现出丰富深邃的审美意蕴，以有限的形式暗示无限的思想和情感。文学史上以有限暗示无限的成功形象数不胜数，我们不妨试举两例。如，屠格涅夫在《贵族之家》中，这样描写女主人公莉莎和昔日恋人拉夫列茨基的最后一次见面："当她从一个唱诗班席位走去另一个唱诗班席位的时候，她曾经从紧挨着他的身旁走过；她以一个修女的均匀、急速而恭顺的脚步走了过去——也没有望他一眼，只是一对眼睛朝他身上微微地动了一下睫毛。她只是把自己消瘦的脸庞俯得更低一些——而且，她那缠绕着念珠、紧握着的手的手指，也互相贴得更紧。"这里没有细腻详尽的情感描写，也没有条分缕析的心理挖掘，文中所留下的只是一个内心火热、外表冷静的青春女子的庄严形象，这一饱含张力的形象的背后所隐藏的则是无穷无尽、难以言说的复杂感受和绵密情思。又如，王维的《竹里馆》一诗："独坐幽篁里，弹琴复长啸。深林人不知，明月来相照。"寂静幽深的密林，空明澄净的月色，孑然一身却安恬自得的弹琴长啸之人，共同营造出了清幽绝俗的形象世界，构成这一形象世界的画面形式是有限的，但是其所体现的情感内涵却是无限的：可以是潇洒的闲情，可以是玄冥的禅意，可以是超然物外的悠然自得，也可以是历尽磨难之后的心如止水……无限的情感内涵给人留下了审美感受的广阔天地，显示了文学形象的独特魅力。

以上我们从空缺中的完整、朦胧中的清晰、有限中的无限这三个方面对形象世界的间接性进行了阐释，间接性这一审美特质拉开了文学形象与客观生活之间的距离，使得文学形象可以更加自由灵活、广阔深入地表现生活，传递情感，从而体现出更为丰富的审美意蕴。

二、虚构性

文学是语言事实，不是生活事实，文学语言的表达特性直接决定了文学的虚构性，正如希利斯·米勒所指出的："文学中的句子（比如我引用过的开篇句子，如'凯特·克罗伊，她等着父亲进来'），它们看似陈述句，描绘一种也许是真实的事态。但是，既然这一事态并不存在，至少是除了词语之外无法实现，那这些词语实际上就是施行的。对读者来说，它们让焦急地等待父亲的凯特·克罗伊活了。文学中的每句话，都是一个施行语言链条上的一部分，逐步打开在第一句话后开始的想象域。词语让读者能到达那个想象域。这些词语以不断重复、不断延伸到话语姿势，瞬间发明了同时也发现了（即'揭示了'）那个世界。"① 可以说，虚构就是文学艺术的本体存在方式，韦勒克曾经在《文学理论》中就这一问题展开论述："将一部伟大的、有影响的著作归属于修辞学、哲学或政治论说文中，并不损失这部作品的价值，因为所有这些门类的著作也都可能引起美感分析，也都具有近似或等同于文学作品的风格和章法等问题，只是其中没有文学的核心性质——虚构性。这一概念可以将所有虚构性的作品，甚至是最差的小说、最差的诗和最差的戏剧，都包括在文学范围之内。"② 伊瑟尔也发表过类似的看法："人们一般认为文学本文是虚构性文章，而且的确，虚构这个词本身就意味着，印在纸上的词语并不是用来指称某些在经验世界中给定的现实，而是用来表现没有给定的现实。所以，'虚构'和'现实'总是被人们当作纯粹的对立面区分开来……"③ 纳博科夫则在《文学讲稿》中对文学艺术的虚构本质做了更为明确和通俗的说明："一个孩子从尼安德特峡谷里跑出来大叫'狼来了'，而背后果然紧跟一只大灰狼——这不成其为文学，孩子大叫'狼来了'而背后并没有狼——这才是文学。那个可怜的小家伙因为扯谎次数太多，最后真的被狼吃掉了纯属偶然，而重要的是下面这一点：在丛生的野草中的狼和夸张的故事中的狼之间有一个五光十色的过滤片，一副棱镜，这就是文学的艺术手段。文学是创造，小说是虚构。说某一篇小说是真人真事，这简直侮辱了艺术，也侮辱了真实。"④

与文学的虚构本质相一致，作为文学作品的核心内容，文学形象也不是先验存在的客体，而是主体意识之中的经验，是一些虚构的对象和片段。这些对象和片段组成一个想象的世界，这个想象的世界虽然表现出了实际存在的形貌，但是却没有扎根在现实世界和具体时空之中，并不具备实际存在

---

① ［美］希利斯·米勒：《文学死了吗》，秦立彦译，广西师范大学出版社2007年版，第57 58页。

② ［美］雷·韦勒克、奥·沃伦：《文学理论》，刘象愚、邢培明、陈圣生、李哲明译，生活·读书·新知三联书店1984年版，第15页。

③ ［联邦德国］W.伊泽尔：《审美过程研究——阅读活动：审美响应理论》，霍桂桓、李宝彦译，中国人民大学出版社1988年版，第71页。

④ ［美］弗拉基米尔·纳博科夫：《文学讲稿》，申慧辉等译，上海三联书店2005年版，第4页。

的性质，只有模拟的实在性，没有现实的实在性。也就是说，在文学作品中，形象世界只是意向性创造的虚幻世界，与自主存在的客观事态之间并不存在一一对应的关系，"所以读者刚一入读就立即面临着经验的虚幻秩序"①。这种虚幻秩序非但不是文学形象的缺点，反而是文学形象神秘和独特魅力的主要来源，因为与细节明确一目了然的实存事物相比，源自于想象的虚构性特征决定了文学形象可以突破局部具体的世界和时空，深入到一种日常不可见的存在，正如海德格尔在《诗·语言·思》所论述的那样："真正的形象作为景物让不可见可见，而且这样在它与陌生的物中想象了不可见。因为诗意采用了神秘的尺度，就是，用天空的面容，因此，它用'形象'说话。这正是为何诗意的形象是在最好意义上的想象：不仅是幻想和幻境，而且是构成形象，是采用熟悉的目光中的陌生的、可见的内含物。形象的诗意言说将天空现象的光明与声响，与那陌生的黑暗与沉睡聚集于一。"②

文学形象能够凭借虚构性特征深入到日常不可见的存在，主要指的是：虚构的文学形象往往可以突破日常秩序的坚硬外壳，展现生命情感的真实体验。在现实中，日复一日的日常生活已经形成了高度组织化和机械化的严密秩序，人们的日常表达方式就处于这种严密秩序的统治之下，所谓实事求是的现实陈述往往只能碰触到日常秩序的坚硬外壳，无法揭示生命情感的真谛。相形之下，以虚构性为主要特色的文学形象倒往往更能够突破日常生活秩序的束缚，展现出内心世界的强大力量和生命情感的真实体验。例如，《牡丹亭》这部体现女性青春觉醒的剧作产生于民众精神和肉体都惨遭空前禁锢的明清时代，时人"以家有贞女节妇为尚，愚民遂有搭台死节之事。凡女已字人，不幸而夫死者，父母兄弟皆迫女自尽。先日于众集处，搭高台，悬素帛，临时设祭，扶女上，父母外皆拜台下，俟女缢迄，乃以鼓吹迎尸归殓。女或不愿，家人皆诟詈羞辱之，甚有鞭挞使从者。"③ 在这样的社会现实中，女性孤军奋战为情抗争的行为不仅缺乏成功的可能，而且不具备滋生的

---

① ［美］苏珊·朗格：《情感与形式》，刘大基、傅志强、周发祥译，中国社会科学出版社 1986 年版，第 243 页。

② ［德］海德格尔：《诗·语言·思》，彭富春译，文化艺术出版社 1991 年版，第 197 页。

③ ［清］施鸿保：《闽杂记》，见［清］施鸿保、周亮工撰《闽小纪·闽杂记》，来新夏校点，福建人民出版社 1985 年版，第 106 页。

土壤，为了突破现实束缚，表现人类追求情欲满足和爱情幸福的强大意志，汤显祖借助幻想，塑造了杜丽娘这个因春情萌动而生梦，因无处寻梦而身亡，因不懈追梦而复生的至情女子的形象。"梦其人即病，病即弥连，至手画形容，传于世而后死。死三年矣，复能溟莫中求得其所梦者而生。"① 这本是荒诞的虚构，但是，作者对生命情感的真实体验就体现在这种虚构之中："情不知所起，一往而深。生者可以死，死可以生。生而不可与死，死而不可复生者，皆非情之至也。"② 至情的神圣力量直可以超越生死，更遑论世俗的阻碍。又如，法国诗人里尔克的《豹》一诗托物言志，塑造了一只被囚禁在铁笼之内，从心有不甘到接受现实，从不屈抗争到疲倦无奈的豹子："它的目光被那走不完的铁栏／缠得这般疲倦，什么也不能收留。／它好像只有千条的铁栏杆，／千条的铁栏后便没有宇宙。／／强韧的脚步迈着柔软的步容，／步容在这极小的圈中旋转，／仿佛力之舞围绕着一个中心，在中心一个伟大的意志昏眩。／／只有时眼帘无声地撩起。——／于是有一幅图像侵入，／通过四肢紧张的静寂——／在心中化为乌有"。铁栏后的"它"不是现实中的豹子，而是诗人虚构出来的艺术形象，是诗人灵魂的内在力量所开拓出来的一个世界，它代表了人类所特有的一种生命隐痛：再强悍再深刻的个体如果不能及时冲破命运牢笼的囚禁，也难逃自戕和自灭的结局。

　　需要注意的是，形象的虚构性特征并不能否定形象与现实生活的联系，汤显祖笔下的杜丽娘和里尔克诗中的豹子固然是作家虚构的形象，但是这些看似子虚乌有的形象背后所隐藏的亦是作家对于现实人生的深刻认识和独特理解：正是出于对大肆宣扬节烈戕害正常人性的社会风气的强烈不满，汤显祖才会去热情洋溢地赞美女性青春欲望的觉醒；正是基于对现代人生存现实的深沉思考，里尔克才会去不遗余力地渲染豹子探索自由的努力失败后的疲倦和忧伤。文学作品中的形象世界既是虚幻生活的片段，又是经验历史的浓缩，只不过，经验历史所起的作用并不是显性的，而是潜隐的，就其本质而言，文学作品内部所呈现的仍然是一个虚拟和想象的世界。

---

① ［明］汤显祖：《牡丹亭·作者题词》，人民文学出版社 2005 年版，第 1 页。

② ［明］汤显祖：《牡丹亭·作者题词》，人民文学出版社 2005 年版，第 1 页。

三、全息性

"全息"（hologram）本为摄影术语，源自 1948 年英籍匈牙利人丹尼斯·伽柏（Dennis Gabor）所发明的全息摄影术，较之只记录光波振幅的传统照相术，全息摄影术能够同时记录光波的振幅信息和相位信息，从而使二维空间的相片在视点的移动中呈现出被摄物全部可视信息的立体效应。"全息性"的含义就是由摄影术语"全息"引申出来的，具有全方位相互感应的意思，每一部分既包含着其他部分，又被其他部分所包含，在相互感应和相互包含的过程中，各部分形成了一个有机的整体：一方面，整体的信息是由各个部分所提供的信息汇聚而成的；另一方面，每一个部分中都具有整体的形态，浓缩和体现着整体的全部信息。

我们在这里所强调的"全息性"，是与间接性、虚构性相并列的形象世界的又一审美特质。文学中的形象世界，好似是一个庞大的全息系统，各形象之间相互联系，相互作用，共同组合成了一个全息性的整体形象世界，每一形象的性质并不是由它本身所决定的，而是取决于它与其他形象之间的相互关系。所以，对任何个别形象的把握都不能与对其他形象的认识分离开来，任何一个形象都不可能在孤立于整个形象世界之外的情况下被真正理解。

形象世界的全息性审美特质是经由各形象之间相互依托、相互映衬、相得益彰的有机组合关系实现的，具体而言，各形象之间的有机组合关系主要体现为以下四种形式：

其一，并置组合式。

在并置组合中，各形象完全是平等的，并不是为了凸显强调其中某一个或某几个形象的主要地位，它们之间的关系就好像电影中的"蒙太奇"手法：一个个形象迅速闪过，似断实连，结合成一种新的意义功能场，这个功能场并非是各形象的简单相加，而是一种整体的创造，因为，并列的形象必然会以其内在性质的相似点为逻辑基础，会聚出一个特定的语境，而这种语境一旦生成，又会反过来作用于各形象，使之不再具有自身的独立含义，而是在相互作用相互感染中生发出一种新的意味，这种意味所产生的审美效果在质上将会大大超过各形象自身美学价值相加的总和。

各形象进行并置组合的基础是内在性质的某种相似点，这种相似点打破了各形象之间的界限，使之形成了意义上的纽结关系，共同营造出一个有意味的形式。如，顾城的诗歌《弧线》："鸟儿在疾风中／迅速转向／／少年去捡拾／一枚分币／／葡萄藤因幻想／而延伸的触丝／／海浪因退缩／／而耸起的背脊"。鸟儿的转向、少年的弯腰、葡萄藤的延伸、海浪的退缩这四个形象本无联系，但是它们所具有的共同形体特征——"弧线"却将四者结合成一个意义深远的有机整体，这四个形象中的每一个都是整体中不可缺少的组成部分：一方面为有机整体提供了构成要素和存在理由，另一方面又在有机整体的作用下产生了意义膨胀，获得了大大超过自身形象的审美价值。四种形象共同凝聚出了"弧线"这一有机整体，弧线可以是单纯的形体美感，也可以寄予深远的意义，在寄予意义时，可以是随缘自适的灵活转向，也可以是贪图小利的见风使舵，可以是不辞劳苦的积极进取，也可以是不择手段的攀缘挣扎，而鸟儿在疾风中迅速转向时划出的弧线，少年捡拾分币时身体形成的弧线，延伸的葡萄藤所构成的弧线，退潮的海浪所现出的弧线也因此而具有了丰富的审美价值。

其二，递进叠加式。

在这种形象组合方式中，各形象之间的关系不是平等的，而是递进的，后面的形象以前面的形象为基础，前面的形象为后面的形象提供铺垫。较之并置组合式，递进叠加的形象组合方式往往更能体现出情感的强度。经由形象的递进和叠加，内蕴的情感不断得到加强和深化，最终在最后一个形象中喷涌而出，形成了强大的情感冲击波，震撼着读者的内心世界。为了更清楚地说明并置组合式和递进叠加式这两种形象组合方式所造成的不同审美效果，我们不妨在汉武帝刘彻的《落叶哀蝉曲》和庞德的仿体诗《刘彻》之间做一比较。

《落叶哀蝉曲》原文为："罗袂兮无声／玉墀兮尘生／虚房冷而寂寞／落叶依于重扃／望彼美之女兮／安得感余心之未宁"。

译诗《刘彻》为："The rustling of the silk is discontinued/Dust drifts over the court-yard/There is no sound of foot-fall，and the leaves/Scurry into heaps and lie still/And she the rejoicer of the heart is beneath them/A wet leaf that clings to the threshold." 绸裙的窸瑟再不复闻／灰尘飘落在宫院里／听不到脚步声，

乱叶／飞旋着／静静地堆积／她，我心中的欢乐，睡在下面／一片潮湿的树叶粘在门槛上（赵毅衡译）。

　　尽管原诗和译诗都采用了意象组合的手法，但是二者的组合方式却体现出了大异其趣的诗歌风格。在原诗中，"无声的罗袂""生尘的玉墀""冰冷寂寞的虚房""依于重扃的落叶"这四个意象是并列的关系，没有孰轻孰重之分，全靠其冷寂孤凄的相似点渲染出惆怅落寞的气氛和哀怨忧伤的情绪。而译诗《刘彻》则对原诗的四个意象进行了调整和改造，以前面三个意象作为基础和铺垫，将所有的未尽之意全部结结实实地压进最后那个具有鲜明质感的物象——一片粘在门槛上的潮湿树叶，使全诗如潮起伏、欲诉无处的强烈感情和深远寄托全面浓缩和凸显于其中。较之原诗，译诗递进和叠加的意象组合方式更为集中、凝重、尖锐，更富有心灵内容和刺穿经验本质的能力，那片粘在门槛上的潮湿树叶仿佛是一把敲开灵境的锤子，使全诗的情感内涵猛烈地突入我们的内在生命，带来精神的震撼和灵魂的解放。

　　其三，连贯发展式。

　　这种形象组合方式更强调各形象前后承续的因果关系，将各形象的连缀与情节的推进密切结合在一起：情节的开展过程就是各形象被组合在一起且得到清晰显现的过程，而各形象的组合与展现又直接推动了情节的发展。例如，在库切的小说《耻》中，师生性丑闻的曝光迫使五十二岁的大学教授卢里辞去教职，投奔远在偏僻农场独自谋生的女儿露茜，由此引出了露茜在农场遭遇强暴的屈辱生活，揭示了殖民主义势力消退之后南非白人的尴尬处境。情节的发展线索将卢里和露茜这两个形象贯穿起来，使之形成一种相互依存相互映衬的结构关系：卢里无视年龄身份的界限，强行越界进入女学生梅拉妮的生活，结果是两败俱伤；露茜模糊地意识到了自己的被强暴和被掠夺是殖民主义越界后所必然要付出的历史代价，自己无形中已经成了殖民主义的替罪羊，作为殖民主义者的后裔，为了弥补前人越界所犯下的过失，获得继续在这片土地上生存的资格，她拒绝了父亲报警求助的建议，不惜以农场和尊严为代价，做"前帮工"佩特鲁斯的第三个老婆。二者的生活态度和命运遭际形成了鲜明的对照，昭示出以个人力量跨越和对抗社会秩序所必然要付出的代价，提升了这两个形象所具有的意义，而这两种形象的相互作用又构成了推动情节开展的契机。

其四，中心凝聚式。

中心凝聚式形象组合方式往往以一个形象为核心，其余形象处于从属地位，紧紧围绕着这一核心形象构成有机整体。在这个有机整体中，核心形象不仅具有整合其他形象的能力，而且可以赋予其他形象独特的审美价值，反过来说，其他形象的协同作用也使得核心形象迸发出强大的生命能量，使之更能鲜明生动地传达出特定的现实内容和审美评价。例如，在《儒林外史》"范进中举"一节中，围绕着范进中举后惊喜过度、发疯昏倒这一核心形象，胡屠户、众邻人、张乡绅诸形象交织在一起，共同组合成了一个有机的整体。范进见到喜报之后，"看过一遍，又念一遍，自己把两手拍了一下，笑了一声，道：'噫！好了！我中了！'说着，往后一跤跌倒，牙关紧咬，不省人事。老太太慌了，慌将几口开水灌了过来。他爬将起来，又拍着手大笑：'噫！好了！我中了！'笑着，不由分说，就往门外飞跑，把报录人和邻居都唬了一跳。走出大门不多路，一脚踹在水塘里，挣起来，头发都跌散了，两手黄泥，淋淋漓漓一身的水，众人拉他不住，拍着，笑着，一直走到集上去了。"丈人胡屠户一改平日对范进非打即骂的作风，称之为"天上的文曲星"，虽说在众人的催促下仗着胆子打了范进一巴掌以唤醒其心智，却懊恼不迭，生怕菩萨怪罪，且一再夸说自己的女婿"才学又高，品貌又好"，一路回家时，"见女婿衣裳后襟滚皱了许多，一路低着头，替他扯了十几回"。昔日范进到城里乡试时，妻子老母在家饿了两三天，也不见任何邻人上门相助，如今范进中举，"邻居都来了，挤着看"。"有拿鸡蛋来的，有拿白酒来的，也有背了斗米来的，也有捉两只鸡来的。"范进昏倒在地后，"众邻居一齐上前，替他抹胸口，捶背心；舞了半日……"救人却用一"舞"字，写尽了众邻居唯恐落后的夸张形象；高高在上的张乡绅亲自上门送钱送房，范进再三推辞，张乡绅急了，道："你我年谊世好，就如至亲骨肉一般，若要如此，就是见外了。"胡屠户从严声厉色到一再讨好，众邻居从漠不关心到争相效力，张乡绅从素不相识到上门攀亲，范进中举为这些形象的出现提供了契机，而众人前倨后恭的形象又为范进中举发疯的形象提供了绝妙的注解，如此，以范进中举发疯为圆心，以众人的态度转变为半径，就形成了一个趋炎附势追名逐利的群像整体。范进等每一个人的形象特征都可以在这个群像整体的互动中得到更为鲜明的显现。

在具体的文学形象世界中，形象之间的相互组合方式是多种多样非常复杂的，并不只限于以上四种，本文的目的只是想以这四种组合方式为例，分析形象世界的全息性特征：形象世界是一个各部分相互依存相互作用所形成的整体，整体靠部分的配合展示出立体效应，而部分则借整体的投射获得活力和灵魂，从任何一部分中都可以挖掘到整体的全部审美信息，从整体的审美价值中也可以看到所有部分参与的力量。

以上我们从间接性、虚构性、全息性这三个方面入手，对形象世界的审美特质进行了分析。需要指出的是，使艺术形象神采飞扬焕发出勃勃生机的根本原因并不是形象塑造的技巧，而是在文学作品中回旋激荡的精神意蕴，这种精神意蕴为艺术形象植入了澄澈博大的哲理与诗情，使之诞生出一种震撼人心的力量，如此，艺术作品的精神意蕴就成了我们需要进一步研究的问题。

第三节　文学叙事的审美价值

文学，特别是其中的小说是一种叙事性的文体类型。在某种程度上说，叙事是与文学本体存在相关的问题，叙事水平的高低直接影响到文学的审美构成。在传统文学理论中，只是将文学叙事问题归结到艺术技巧的探讨之中，相对来说对其看得比较轻。而在当代理论中，文学叙事学问题被上升到文学本体论研究的高度，产生了种种具有广泛影响的理论观点和学说。我们应该在广泛吸取这些新的叙事理论成果的基础上，对文学叙事在文艺作品的构成、形象世界的生成以及审美价值呈现中的地位和作用等等，展开深入的研究。在这其中，审美性与文学性、叙事技巧与叙事美学、叙事语法与叙事修辞三个方面的问题尤其值得特别关注与深入研讨。

一、审美性与文学性

当马原在小说中声称"我就是那个叫马原的汉子"的时候，读者一下子从那个近乎真实的世界中清醒过来，"叙事"的突然降临改变了通往文学意义的审美之途。在现实主义文学传统中，内容在认识论上的优先性引导着文学意义及其审美意蕴的生成，形式则以感性显现的姿态小心翼翼地配合内容的表演。20世纪形式主义文论转向包括叙事理论的出现使人们对文学中的一些基本问题进行重新定位：真实与虚构、内容与形式、作者与作品等等，于是"讲什么"不再重要——正如圣经上所说：太阳之下并无新事，"怎么讲"才关乎作家的创造性和作品的艺术性。

即便是在现实主义文学创作中，人们也无法回避"怎么讲"的问题，文学要处理人与世界的关系，必然要经历一个"赋形"的过程。正如席勒所言：事物的实在是事物的作品，事物的显现是人的作品，"不论我们对历史追溯到多么遥远，在摆脱了动物状态奴役的一切民族中，这种现象都是一样的：即对外观的喜悦，对装饰和游戏的爱好。"[1] 形式创造既是一种审美冲动，也是至关重要的生命冲动，是人性对动物性的超越，也是从人的基本需求向高级需求的提升。于是在传统形而上学体系中，一方面是形式作为思想内容的辅佐而服务于某种文学意图，另一方面形式也同时不断地尝试突破内容的束缚而获得自由，这后一方面的努力在20世纪文艺领域终得以实现，俄国形式主义、英美新批评、结构主义、后结构主义无不是将文学的外部研究转向内部研究，从对内容的偏重转向对形式自律性的考察。对文学叙事及其审美维度的探究必然离不开文论发展的这一语境。

对于一般的文学研究者来说，形式问题的分析会和特定的审美取向相联系，但是当谈到叙事的时候，无论是对叙事技巧的揭示还是对叙事语法的描述，都让人觉得文学世界与审美世界的传统关系不复存在了，这也是人们对结构主义和叙事学所诟病之处，当文学不再是美的，或者不只是美的，还会是什么？为此，我们首先要检查一下形式文论语境下，"审美性"发生了什么变化。

在"陌生化"这一形式主义文论的关键词中，我们无论如何是能够感受到一种审美意味的：陌生化通过文学形式上的改造拯救了逐渐陷入认知的事物，以审美偏离所带来的愉悦终止审美疲劳所造成的对世界的冷漠。我们在陌生化中所见到的那种力量，是对感性的引发，是对事物本身及对审美感受过程的密切注视。以下是什克洛夫斯基那段关于"陌生化"的经典阐释："正是为了恢复对生活的体验，感觉到事物的存在，为了使石头成其

---

① 　[德] 席勒：《美育书简》，徐恒醇译，中国文联出版公司1984年版，第133页。

为石头，才存在所谓的艺术。艺术的目的是为了把事物提供为一种可观可见之物，而不是可认可知之物。艺术的手法是将事物'奇异化'（即陌生化——引者注）的手法，是把形式艰深化，从而增加感受的难度和时间的手法，因为在艺术中感受过程本身就是目的，应该使之延长。艺术是对事物的制作进行体验的一种方式，而已制成之物在艺术之中并不重要。"① 从这段话中可以看到，陌生化的手法使事物从现实性、认知性走向艺术性、审美性。雅各布森认为，审美功能是文学的主导功能，因为文学具有多种语言功能，而审美功能与其他功能之间的关系是主从关系："在语言信息中，如果美学功能是主导成分，那么这种信息当然可以采用表现的语言的多种方法；但那样一来，这些部分就从属于作品的决定性功能，也就是说，它们依主导成分而变更。"② 穆卡洛夫斯基也认为："在艺术领域之内，审美评价必须处于作品中所包含的价值等级的最高级。"③

　　但是我们并不能就此认为俄国形式主义始终将"审美性"作为文学研究的关键，毋宁说，对审美功能的关注只能看作是形式主义文论的出发点，在批评实践中，他们更多地谈及"文学性"而非"审美性"，原因在于他们不关注这种"审美性"是怎样，而是要进入其背后去研究意义的生成机制，这些机制当然会导致审美意蕴的产生，但它是"前审美性"的。雅各布森对此看得非常清楚，他指出："随着形式主义的发展，把一部诗作看作是一个结构系统，看作是一套艺术手法的有规则有秩序的等级系统的精确概念产生了。"④ 于是，科学主义迅速取代了审美主义，各种修辞技巧、艺术成分的变形、转换成了形式主义研究的中心问题。

　　这是形式主义文论研究的第一重危机："审美性"被"文学性"所取代，而文学性又被限定为语言技巧层面的运用。随之而来的第二重危机是文学活动被视为文本内部的语言游戏，即便这种研究有审美的考虑，也是将情感

---

① [苏] 维·什克洛夫斯基：《散文理论》，刘宗次译，百花洲文艺出版社 1994 年版，第 10 页。

② [俄] 罗曼·雅各布森：《主导》，任生名译，见赵毅衡编选《符号学文学论文集》，百花文艺出版社 2004 年版，第 11 页。

③ [捷] 扬·穆卡洛夫斯基：《标准语言与诗歌语言》，竺稼译，见赵毅衡编选《符号学文学论文集》，百花文艺出版社 2004 年版，第 24 页。

④ [俄] 罗曼·雅各布森：《主导》，任生名译，见赵毅衡编选《符号学文学论文集》，百花文艺出版社 2004 年版，第 12 页。

性、社会性等因素排除在外。无论是托洛茨基言辞激烈地指责形式主义把词语作为上帝的赐物加以盲目崇拜，从而剥离文学的社会语境将之孤立起来；还是巴赫金从语言的意识形态性角度提醒形式主义者们，如果将形式同贯穿于其中的社会联系分割开来，那么形式本来也将荡然无存——都揭示了这种内部研究的有限性：故步自封必将陷入"语言的牢笼"。由于种种原因，俄国形式主义者们后来也开始反思，如雅各布森在回忆中认为当初包括穆卡洛夫斯基、什克洛夫斯基以及他自己，都并不想建构一个封闭的艺术王国，艺术作为社会结构中的一个部件与其他部件密切关联，"我们所强调的不是艺术的分离主义，而是审美功能的自主性"①。但正是对这种自主性的强调使他们的研究最终走上了一个极端，在客观上导致了艺术的分离主义。

　　同样的，英美新批评的"细读法"也是执着于文本得以组织的技法和修辞，这是文学语言区别于日常语言和科学语言、文学性区别于非文学性的关键所在。新批评和俄国形式主义都试图重建一个世界，这个世界和现实的世界、科学的世界等是完全不同的，正如前述什克洛夫斯基所言，这个世界"正是为了恢复对生活的体验，感觉到事物的存在"，兰色姆也认为"诗歌旨在恢复我们通过自己的感觉和记忆淡淡地了解的那个复杂难制的世界"②，这表明他们一方面要维护文学的自律性和本体性，另一方面又强调文学的使命，希望通过文学来唤醒沉睡的世界。但这毕竟只是一个文学的世界，而且是文学的"形式"世界，它以割断文学的社会性为代价构建起一个纯粹"审美性"的世界，正因为这种分离，使文学活动被孤立，从而其强调的文学性或审美性就成为片面的了。就像维姆萨特和比尔兹利那有名的"意图谬误"和"感觉谬误"理论中所表明的，为了达到真正的本体批评，作者和读者必须从文学批评中被去除，于是文本就被架空了，文学活动也成为静态的，最终文学成为与个人性和社会性无关的"语言乌托邦"。

　　在形式主义文论中，审美性就是这样从两个方面被缩小了（下面我们将会看到，叙事学理论中同样如此）：一是将审美性等同于文学性，又将文

----

① ［英］托尼·本奈特：《形式主义与马克思主义文学批评》，张来民译，《黄淮学刊》1992年第2期。

② ［美］约翰·克娄·兰色姆：《征求本体论批评家》，张廷琛译，见赵毅衡编选《新批评文集》，百花文艺出版社2001年版，第82页。

学性定位于形式技巧和修辞手法层面；二是为了维持文学的本体性而排除了社会性，从而使得审美性脱离了情感性。在这样一种背景之下谈论叙事的审美维度时，我们需要作出抉择：是应当继续坚持文学的审美自律性，还是应当冲破形式文论的局限重新对待审美问题？无论是从叙事理论本身的发展状况，还是从文学活动的完整过程来看，毫无疑问当是后者。不过这并不意味着探讨叙事的审美问题就可以避开形式技巧，而是应注意到叙事本身的张力。一方面叙事毕竟是关于"怎么讲"的问题，形式本身的审美意味是不可忽视的；另一方面叙事活动不能脱离语境，更不能脱离文学活动，其审美意味要通过具体的修辞"表演"才能成为"活生生的"，这也是文学的生命所在。

二、叙事技巧与叙事美学

研究叙事问题，首先就要分析作品中作者与叙事者的关系，叙事者与作品中人物的关系，作品的人物构成、叙事视角、叙事方式和结构等等，我们将其统称为叙事技巧。从俄国形式主义到法国结构主义、从经典叙事学到后经典叙事学，无不对技巧问题作过深入细致的剖析。叙事技巧的必要性和可能性源于"故事—情节"的二分法，这是传统形而上学思维在语言和叙事领域的又一次显现。这一二分法使人们相信有一个原初的故事，它是叙事的材料，正如亚里士多德的"质料"，当故事进入到文学话语中时就涉及"怎么讲"的问题，这就要通过叙事技巧而赋予其"形式"，使之成为情节。这一划分与后来叙事理论的危机有着最直接的关系：那就是将叙事技巧与叙事美学、叙事语法与叙事修辞相分离，而将叙事研究定位于前者，最终使叙事学丧失了活力。因为按照这一二分法，情节如何得以编织是叙事文学的关键所在，而至于这种编织究竟带来什么样的美学效果倒在其次，这样一种先后或因果关系，逐渐将审美与形式分开，从而使形式纯粹化、结构抽象化。于是，叙事理论貌似是要深入揭示文学话语的秘密，其结果却是对文学的缩小。

技巧与审美应当是一体的，但对形式的过分衷情则有意无意地遗忘了审美。叙事技巧的运用直接决定着情节的表现形态，当人们转而关注"怎么讲"的时候，叙事话语的生成和转换取代了故事内容和意义的优先性。这就是要考察文学作品的动词形态、句法形态和语义形态（或者叫文体、构成和主题），它们分别对应于古代修辞学的选词、布局和创意，[①] 这在修辞学领域涉及的乃是如何遣词造句、谋篇布局、表情达意这样的语言使用技巧，也正因为对技巧的专注使得修辞学长期以来被视为难登大雅之堂的雕虫小技。

　　但是在叙事理论中，技巧具有了特殊的意义，它是文学成为自足客体的基础：叙事技巧的揭示和总结凸显了叙事文本的虚构性，这拉开了文本与世界的距离；叙事技巧自身的规律性和客观性使文本又凌驾于作者和读者之上。这样一种分析显然是要刻意避开文学的社会性和情感性因素的，因为必然性或可能性的形式规律是要超越偶然性的，相对于技巧和结构的普遍性，社会性和情感性无非是其具体的"感性显现"。以托多洛夫（托多罗夫）在《诗学》一文中的结构主义规划为例，他划定了结构主义诗学（叙事学）的研究范围："结构主义者的研究对象并不在于文学作品本身。他们所探索的是文学作品这种特殊的话语的各种特性。"[②] 因此结构主义关心的不是"现实的文学"而是"可能的文学"，研究的是"可能的文学"中带有普遍性的形式技巧和抽象结构。然后他论述了叙事作品分析由小到大的几个层次，并对每个层次中的叙事技巧问题进行了总结。在第一层"语域"中涉及的是叙事话语的意义实现，包括讲述的指称意义、话语的字面意义和言语行为的进程。第二层"视角"包括叙事者本人是否介入作品、叙事者和人物之间的关系（由此可以区分内视角和外视角）。第三层"文本结构"包括逻辑顺序、时间顺序和空间顺序。第四层"句法"涉及命题得以被实现、情节得以被编织的具体技巧，如插入、连环、交替。在这样一种叙事理论中，托多洛夫对技巧和结构等问题给予了更多的关注，而对于审美问题是搁置的，这一点他也是心知肚明的，以至于他在文章的最后强调："通过对一部或几部著作的分析，不管分析得多么精辟，也不可能提出一些普遍的美学法则。"[③] 关于叙

---

① ［法］兹维坦·托多罗夫：《文学作品分析》，黄晓敏译，参见张寅德编选《叙述学研究》，中国社会科学出版社 1989 年版，第 45 页。

② ［法］茨维坦·托多洛夫：《诗学》，沈一民、万小器译，见赵毅衡编选《符号学文学论文集》，百花文艺出版社 2004 年版，第 190 页。

③ ［法］茨维坦·托多洛夫：《诗学》，沈一民、万小器译，见赵毅衡编选《符号学文学论文集》，百花文艺出版社 2004 年版，第 254 页。

事技巧的法则与审美的法则无关，可以说，叙事技巧的确应具有审美价值，但这种价值仅存在于作品内部，只有当读者阅读时，审美价值才真正体现出来。他还看到，结构并不是评判作品的唯一要素，叙事技巧的分析也不能穷尽作品传情达意的一切手段，同样，出于对文学审美价值的重视，结构主义叙事理论也不能是文学叙事研究的唯一标准。

我们前面谈到，"故事—情节"的二分法导致了叙事技巧被孤立出来，割断了文学形式的审美之维。要从叙事技巧走向叙事美学，就必须超越形式主义而恢复叙事与世界、读者和作者的联系。我们先谈前者。建立叙事与世界的关系并不是要返回模仿与再现的文学传统，衡量文学是如何对现实世界进行真实性摹写的，而是要将叙事技巧放在叙事行动中进行动态考察，将叙事技巧与叙事目的和效果相联系。对叙事技巧的这样一种理解，是和亚里士多德的"形式因"一致的。亚里士多德确立了事物产生、变化和发展的"四因"：质料因、形式因、动力因和目的因。其中质料因是指事物的最初基质，是事物得以形成的原料；形式因是事物的限度，用以指事物"是什么"，它是事物的本质规定；动力因是指使一定的质料取得一定形式的驱动力量；目的因是指具体事物之所以存在所追求的目的。从这四因的内在关系来看，"目的之达成也就是本质的实现，即形式被确定"，目的隐含于形式中并通过形式得以实现，因此目的和形式是"一码事"，而动力则"是事物的本质和目的实现过程中的张力，因此与形式也属于同一类原因"，这样，"四因"就成了"二因"，即"质料因"和"形式因"，"动力因"和"目的因"都归属于"形式因"。① 叙事关涉的是特殊的文学形式，它也应当包含动力因和目的因，叙事美学研究的形式技巧也应是处于话语活动中、并朝向某一目的运动的。

于是，作为美学范畴的"形式"除了具有"和谐"的含义——"秩序，匀称与明确"，② 还应当包括"完善"——质料形式化的过程要趋向善的目的。以此审视结构主义叙事理论可以发现，叙事技巧的强调只顺应了动力因中对"和谐"的要求，而有意放弃了善的目的论，希望以此方式通达文学的"本

① 赵宪章：《西方形式美学》，上海人民出版社 1996 年版，第 82 页。
② [古希腊] 亚里士多德：《形而上学》，吴寿彭译，商务印书馆 1959 年版，第 266 页。

质"，却不曾想恰恰是分割了"形式"本身，从而远离了文学本身。

　　这样我们也就不难理解布斯在《小说修辞学》中为何再次将"道德"问题置于叙事研究中。一方面从话语活动本身来看，"在人物身上，许多看起来是纯审美或纯智力的性质，可能事实上都有着道德的层面"，道德因素是叙事本身无法避免的；另一方面，从目的因角度来看，"善"不只是以其自身为目的，它也是形式之"美"的必要成分："小说的结构本身，因而连同我们对它的审美理解，就经常建筑于这种实用，就其本身来看是'非审美的'材料之上。"①我们不必担心这样会导致狭隘的道德主义，价值实现是人类活动不可或缺的部分，通过艺术形式而获得美的愉悦、真的感悟都是和善的目的为一体的，在这种意义上，道德无非是指人的完善和社会的完善以及事物本身的完善，这一完善本身就是具有审美意义的，因而建基于"形式"范畴之上的叙事本质上必然是美善统一的。这一点无论是在亚里士多德的《修辞学》还是《诗学》中，都是很明确的。在《修辞学》中，他认为修辞学技巧的运用涉及人的性格和美德的分析、人的情感及其产生原因和方式的分析，所以修辞学"也是伦理学的分枝"。②

　　强调叙事中的美善统一，并不是意味着再一次回到形式和内容的统一，在"形式"范畴中的叙事毫无疑问只关乎技巧的安排和情节的设置，目的因是内含于形式因的，道德因素不是外在的，而是叙事本身的逻辑，亚里士多德这样一种形式理论在文学叙事中是尤为明显的。具体说来就是将审美原则和道德原则共同贯穿于叙事技巧中，当亚里士多德在《诗学》中论及史诗和悲剧的情节安排时不是孤立地对待形式，毋宁说他面对的是"有意味的"形式。所以我们不能片面地理解他关于美是整一的观点，当他谈到史诗情节中"事件的结合要严密到这样一种程度，以至若是挪动或删减其中的任何一部分就会使整体松裂和脱节"③，这里的情节安排不仅仅是指结构主义叙事学理论中那种文本层面的话语编织活动，而是通过对行动的模仿使艺术具有美的结构和善的情感，也就是说，情节和行动的结合是美善统一的关键所在，所以他说"悲剧摹仿的不仅是一个完整的行动，而且是能引发恐惧和怜悯的事

---

①　[美] 韦恩·布斯：《小说修辞学》，付礼军译，广西人民出版社 1987 年版，第 138—139 页。

②　[古希腊] 亚里士多德：《修辞学》，罗念生译，生活·读书·新知三联书店 1991 年版，第 25 页。

③　[古希腊] 亚里士多德：《诗学》，陈中梅译，商务印书馆 1996 年版，第 78 页。

件"①。恐惧和怜悯正是内含于形式因的目的因，这并不是我们通常所理解的道德，其中虽然包括善恶观念，但准确地说它即是一种审美的快感。正如朱光潜所言，"亚里士多德是最早的一个替快感辩护的哲学家"②，这是与柏拉图针锋相对的，因为柏拉图既批判现象世界，也贬低人的情感和欲望，而亚里士多德在《诗学》中则通过将审美和道德相联合，恢复本能、情感和欲望之于人及其艺术活动的重要意义。

此外，亚里士多德还从动力因的角度强调情节安排与审美快感的关系："既然诗人应通过摹仿使人产生怜悯和恐惧并从体验这些情感中得到快感，那么，很明显，他必须使情节包蕴产生此种效果的动因。"③ 从动力因来看，情节的组织安排、故事的叙述方式就显得尤为重要，因为恐惧和怜悯的情感应该是出自情节本身，而不是由作者强加进去的，也不是通过某种怪诞可怕的"戏景"，所以，"组织情节要注重技巧，使人即使不看演出而仅听叙述，也会对事情的结局感到悚然和产生怜悯之情"。④ 将目的因和动力因内含于形式因之后，悲剧中的审美原则与道德原则也就统一了。这样，当我们在理解"情节是悲剧的根本，用形象的话来说，是悲剧的灵魂"⑤ 这句话时，一定不会再将情节的安排看成是纯粹的形式技巧。结构主义叙事学所总结出来的技巧运用的规律与亚里士多德说的情节的编织要符合"可然律"也是不可同日而语的，这种"可然律"体现的正是"怎么讲"故事的动力因和目的因，无论是要求情节的连贯和整一，还是突转和变化的发生，都是为了悲剧中恐惧和怜悯之快感的发生，这才是称之为"悲剧的灵魂"的情节。亚里士多德同样谈到在史诗中叙述与快感要统一："显然，和悲剧诗人一样，史诗诗人也应编制戏剧化的情节，即着意于一个完整划一、有起始、中段和结尾的行动。这样，它就能像一个完整的动物个体一样，给人一种应该由它引发的快感。"⑥ 总之，在任何需要合理安排情节的场合，都应保持审美原则和道

---

① ［古希腊］亚里士多德：《诗学》，陈中梅译，商务印书馆 1996 年版，第 82 页。
② 朱光潜：《西方美学史》，人民文学出版社 1963 年版，第 81 页。
③ ［古希腊］亚里士多德：《诗学》，陈中梅译，商务印书馆 1996 年版，第 105 页。
④ ［古希腊］亚里士多德：《诗学》，陈中梅译，商务印书馆 1996 年版，第 105 页。
⑤ ［古希腊］亚里士多德：《诗学》，陈中梅译，商务印书馆 1996 年版，第 64 页。
⑥ ［古希腊］亚里士多德：《诗学》，陈中梅译，商务印书馆 1996 年版，第 163 页。

德原则的统一。

按照这样一种理解，在叙事中技巧与目的、审美与道德的联姻就是非常必要的了。叙事中的道德不是一种说教，也不是指某些固化的价值观念，而是由作品激发起的某种审美情感。也就是说与道德性相联系的是情感性，这是超越叙事技巧而走向叙事美学的关键之处，文学不可能是一堆冷冰冰的技巧拼凑起来的死物，它以"活生生"的面目建立起人与世界、人与人的联系，叙事若抛弃了道德性或情感性也就沦为抽象的数学公式。换一个角度看，审美原则与道德原则的统一其实仍然是审美本身的问题，这无非是美的外观与美的情感的合一、审美的形象性和情感性的合一。因为即使亚里士多德从善的角度谈快感，这也是一种与现实的、功利的快感相区别的、带有审美距离的快感，比如他强调最好的悲剧选取的主角都是少数几个著名人物，悲剧的时间也选取遥远的古代，这都是注意到现实与虚构的区别。当布斯在《小说修辞学》中试图拯救形式主义文论的危机而重提道德的时候，也是基于审美意义。查特曼就认为布斯在书中常常提到道德价值，实际上是似是而非的，他强调的不过是美学价值，因为该书考虑的是道德价值如何为某部作品服务，而非将道德价值与真实世界中的行为相联系。[①] 布斯所关心的是如何通过各种叙事技巧建立起作者、叙述者、人物和读者等之间的关系，并由此达到某种特殊的效果，所以他才强调作者的介入和控制，作者或叙述者对读者情感的干涉和影响。这样就回复了亚里士多德意义上的叙事技巧与道德判断之间的联系，将动力因和目的因内含于叙事活动中。同样，布斯也强调叙事活动中的审美距离问题，作者可以通过控制距离来使读者接受其特定的信念和规范，而不是通过审美距离来孤立"情节和情感"，所以距离本身不是目的，而是为了使读者和某些趣味、某些价值增加联系，从而增加情感效果，最终达到叙事的形象性与情感性的统一。

不过要想总结出道德因素作用于叙事进程的规律绝非易事，同样叙事的形象性与情感性究竟该如何统一也是不会有定论的，因为这是由作者、叙述者、读者等在一定情境下共同作用的结果，于是我们看到布斯对小说叙事

---

① 参见申丹《修辞学还是叙事学？经典还是后经典？——评西摩·查特曼的叙事修辞学》，《外国文学》2002 年第 2 期。

的研究不像结构主义者们那样急于一劳永逸地抽象出程式和规则，而是借助具体作品深入考察情节的展开及其审美效果的实现。这就表明，作者在创作叙事作品时，来自隐含的读者、叙事者、人物的声音，推动和影响着作者的创作，这使得叙事技巧中充满着丰富的意识观念和情感色彩；而读者在阅读叙事作品的时候，形式技巧所造成的审美光晕不是超凡脱俗的，而是要让读者注入自己的价值判断，这样才能真正地和文本展开对话，才能获得审美的享受，情感与形式的统一构成了阅读活动的完整内容。卡西尔在《人论》中写道："人类文化并不是从它构成的质料中，而是从它的形式，它的建筑结构中获得它的特有品质及其理智和道德价值的。"[1]几乎所有的语言符号及其组织结构都带有特定的情感或情绪的色彩，我们没有理由将符号、形式与道德、情感分离。在叙事理论中被强调的那种强大的"文学性"冲动，并非某些理论家们所认为的是对永恒秩序的回应，而恰恰是某种强烈情感的体现，卡西尔指出了这种形式冲动背后的情感意义："审美的自由并不是不要情感，不是斯多葛式的漠然，而是恰恰相反，它意味着我们的情感生活达到了它的最大强度，而正是在这样的强度中它改变了它的形式。"[2]动力因的加入使形式成为具有生命的形式、饱含情感的形式，这乃是形式最本原的审美维度，形式的变化与情感的变化是同时进行的，特别是在叙事过程中，形式是于叙事行动中被唤醒和照亮的，这本身就是一种情感活动。退一步讲，即使在叙事中存在着某些较为明显和固定的基本规则，作家也不是为了这些规则去创作，而是借助它们来完成特定的叙事活动，从而为规则增添了新的生命，这也正是作家肩负的审美使命。对叙事的研究更不能停留于对形式技巧的抽象上，而是要从审美角度确认情感与形式的联系，这正是苏珊·朗格在《情感与形式》中所极力强调的，"那些做艺术鉴别的人（只有他们才能发现感性形式何以令人激动）知道情感原本就以某种方式蕴含在每一种想象形式之中"[3]，那种斩断形式中任何价值判断和情感色彩的做法，只能使我们在文学活动中朝向"子虚乌有"。

---

[1]　［德］恩斯特·卡西尔：《人论》，甘阳译，上海译文出版社1985年版，第46页。

[2]　［德］恩斯特·卡西尔：《人论》，甘阳译，上海译文出版社1985年版，第189页。

[3]　［美］苏珊·朗格：《情感与形式》，刘大基、傅志强、周发祥译，中国社会科学出版社1986年版，第66页。

三、叙事语法与叙事修辞

叙事审美维度的通达还有一个障碍，即叙事语法。布雷蒙在谈到叙事研究方法时曾指出："叙事作品的符号学研究可以分成两大方面：一方面是关于叙述技巧的分析；另一方面是关于对所叙故事起支配作用的那些规律的研究。"① 除了对叙事技巧的总结之外，结构主义叙事理论还热衷于揭示"叙事语法"，并将之视为一切文学意义包括审美意义的来源，甚至他们相信人类的一切活动都受制于某种结构，如列维－斯特劳斯的结构人类学中认为深层的语法结构决定着人类的社会文化状况，而托多洛夫则认为不仅一切语言，而且一切指示系统都具有同一种语法，其结构和世界本身的结构是相同的。这样做的结果就是将动态的叙事活动还原为静态的，将多样性的话语归之为单一性的结构，这仍是以牺牲文学的审美价值为代价，最终走向一种狭隘的科学主义道路。为了将叙事从语法研究中拯救出来，我们尝试从修辞的角度重新规划叙事活动。

从叙事技巧的角度看，形式主义文论将审美性等同于文学性，又将文学性限定在语言运用的技巧层面，② 而如果从叙事语法的角度看，结构主义又将文学性对应于结构性：具体的作品、作品中的叙事话语是某种固定结构的外化。在结构主义视野中，存在着一种抽象的逻辑结构或语法结构，是这种能产性的结构为叙事话语的形成提供了可能，即使后来叙事学开始在话语的层面上关注叙事技巧，如叙事时间、叙事视角等因素，这一层次的研究仍然忠实于叙事语法研究。这就是由俄国形式主义首创并在法国结构主义中盛行的，从千变万化的故事中提炼出一些相同的功能及其组合潜能，探索"所谓的叙述的组合，或生成故事的结构是如何构成的，亦即生成故事情节那种叙述能力，简言之，文学的语言"③。他们要建立起叙述话语由之产生的普遍的语法，关注的是文学"语言"的抽象结构，而不是鲜活的修辞和文学的

① ［法］克罗德·布雷蒙：《叙述可能之逻辑》，张寅德译，见张寅德编选《叙述学研究》，中国社会科学出版社 1989 年版，第 153 页。
② 这种技巧包括修辞手法，它与接下来要谈的修辞不同，或者说只是修辞活动中静态的部分。
③ ［英］特伦斯·霍克斯：《结构主义和符号学》，瞿铁鹏译，刘峰校，上海译文出版社 1997 年版，第 96 页。

"言语"，因而叙事的审美价值在此是被搁置了的。

　　叙事语法的研究关注作品的结构规律和发展逻辑等，而另一类聚焦于"话语"层次的叙事研究似乎为话语的审美价值提供了一些可能。比如热奈特在他的"辞格"（figure）研究中认为一切叙事作品，都是连贯一个或若干个事件的语言产物。语法规则是叙事作品最基本的东西，叙事作品可以看作是随心所欲地无限制地发挥了某一个动词形式，从语法意义上讲，即一个动词的扩充。这和语法研究相比，其实并不是更加极端化的抽象，而是为在此基础上的话语生成赋予了更大的自由度。我们希望知道的是这个自由度为作品美学意蕴的呈现提供了怎样的空间。他在研究中将最简化的故事看作最低级的叙事话语，比如"我走路，皮埃尔来了"。反之，热奈特为叙事修辞划定了地盘："《奥德修纪》或《追忆》只不过是在某种方式上扩充了（从修辞意义上讲）'尤利西斯回到了伊大嘉岛'或'马赛尔成了作家'这两个陈述句而已。"[①] 他认为语法与修辞在叙事学中的最简单的区别是：前者是研究"一个动词的扩充"，后者是研究"在某种方式上"的扩充，叙事语法研究"是什么"的问题，叙事修辞研究"怎么样"的问题，但是叙事修辞的自由在于它首先是被绑定在一定的语法框架之上，所有的审美偏离都指向一个语法中心。这一点明显地表现在他对修辞扩充行为的结构性分类上，他说："这个观点或许允许我们利用动词语法的分类法来组织，或至少来表述叙述话语分析的各个问题。"[②] 这似乎意味着语法的扩充正是修辞活动的领地，而审美意蕴的生成就在"扩充"中得以实现，但是语法中心性在这种理论中依旧占主导地位，这就使得修辞成为语法的附属、话语生成成为话语中心的投射、审美情感成为叙事结构的派生，从而在根本上制约了叙事审美维度的确立。这种研究仍执着于对结构性和规律性的关注，没有走出叙事语法的窠臼。

　　叙事语法在探寻普遍原则的时候，有意忽略了话语中更为普遍存在的个性和差别，也就是将活生生的修辞现象化为抽象枯燥的公式；而当叙事语

---

① ［法］热奈特：《论叙述文话语：方法论》，杨志棠译，见《叙述学研究》，中国社会科学出版社1989 年版，第 193 页。

② ［法］热奈特：《论叙述文话语：方法论》，杨志棠译，见《叙述学研究》，中国社会科学出版社1989 年版，第 193 页。

法转而试图指出不同的情节如何联系于不同的意义时，同样容易忽略表面的含混，将单一的结构的描述安在具有不止一种意义的诸故事头上。① 他们不是没有注意到话语的审美偏离，而是满怀信心地将审美性压榨到无时间性的静态结构中。一个重要的事实被结构主义者们忽略掉了，无论是作家的创作还是读者的阅读，其审美反应都不是来自语法框架，也不是精确化的实用语言，而是一种偏离的欲望，一种创造性的渴求。

语法化的叙事研究是一个与创作和阅读相反的过程，它在抽象化中展示了结构的某些魅力，但是这种展示是滞后的，话语修辞路线不能因此被划定，审美话语的生成、差异性和不确定性的动态发展是不会被结构所禁锢的。约翰·霍洛韦在对《十日谈》所做的讨论中指出，当我们在一个故事中前进时，每一个新场面都被解释为对至此为止的整个序列的一个修正，它又导致有关结局的期待受到修正。② 即使我们假定了一个由若干功能组成的序列，它也是开放性的和不稳定的，新场面并不总是支持这个序列的完成和转换，也可能作为一种解构性的因素为前面并未完成的叙事话语增添新的异质性成分，而这可能恰恰是审美意味的源起。卡勒指出："叙事学假定事件存在于话语之前，一种等级体系便由此建立起来，但叙事作品在运作时经常颠覆这一体系。叙事不是将事件表达为已知的事实，而是表达为话语自身。"③ 这体现了叙事与修辞的一致性，它们所关注的只是话语中展示的情节，而并不是依赖某一已然事件所进行的表达。

所以，叙事的过程不是语法的外化过程，而是修辞的过程和审美话语生成的过程，它消解作为本义的故事，在偏离和差异中为自己创造故事。将修辞看作是对话语的修补和填充只会让叙事自身丧失活力。自从古希腊开始，修辞学研究一直涉及了两个方面：一方面，它是说服能力的研究，另一方面，它是语言之运作的研究。它既重目的性又重过程性，既强调认知，又关注审美，形式层面的修辞必将带有一种话语变革的冲动，从而在叙事话语

---

① 参见［美］华莱士·马丁著《当代叙事学》，伍晓明译，北京大学出版社 2005 年版，第 97—98 页。

② 参见［美］华莱士·马丁《当代叙事学》，伍晓明译，北京大学出版社 2005 年版，第 100 页。

③ Jonathan Culler, *The Pursuit of Signs*：*Semiotics*，*Literature*，*Deconstruction*，Ithaca，New York：Cornell University Press，1981，p.172.

中搅乱了所谓的语法规则。修辞造就的不只是某种驯服的言说，准确地说它是以审美的方式展开的话语实践活动。从这个意义上说，叙事不只是自我组织和转化的，它的现实化还需要被言说的欲望，这种欲望直接刺激着话语的成形，审美就在这种具体的文本建构过程中产生了。

托多罗夫在对叙事学进行反思时指出了另一个被忽略了的事实：结构并不是评判作品的唯一要素，"可以设想，要更好地理解作品的审美价值，就必须抛开这种虽说是首要的、必不可少的，但却会给人枯燥乏味之感的领土分割，这种分割切断作品和作者，作品和读者之间的联系。"① 这种分割的结果是将文本视为一个封闭的、自足的结构，从而忽略了作者的独具特色的话语生成过程，读者的充满个体差异性的审美体验和建设性的理解活动，并且将文学所包含的审美情感以及内在的紧张而开放的交流过程排除在叙事学研究的视野之外。正如托多罗夫所揭示的，读者的参与才使作品的审美价值体现出来，从解释学来讲，就是在与作品的游戏过程中使作品得到具体化的表演，这不仅为作品注入了新东西，而且作为一种"写作"过程会重新开创一片新的能指空间。但是，读者此刻无疑也是在进行一种叙事，这和作者的叙事何等相似：他们面对着一个文本或传统，但他们并不是在语言之网中重复言说，而是扩展和修改这种语言，以多少具有颠覆性的力量建构自己的话语；其次，这种充满活力的话语生成活动不是任意而为的，现实的或隐含的读者使这种表达必须具备一定的说服力，作者与读者之间的较量使文本充满了张力。这样，叙事修辞就意味着作者通过一定的技巧手段，形成作者、叙述者、人物和读者之间的特殊关系，并在此过程中展现出作品特有的审美魅力。

布斯在《小说修辞学》中向我们展示了在话语生成中，引入作者和读者的关系就如何使叙事成为修辞的问题渐为清晰。他所讨论的问题实际上没有超出传统叙事学的框架，展示和讲述、戏剧化叙述和非戏剧化叙述的区分仍是叙述语式（托多罗夫）或距离、视角（热奈特）的范畴，② 但是他

---

① [法] 茨维坦·托多洛夫：《诗学》，沈一民、万小器译，见赵毅衡编选《符号学文学论文集》，百花文艺出版社 2004 年版，第 255 页。

② 布斯将传统的视点转换为"作家声音出现的形式"，参见《小说修辞学》，付礼军译，广西人民出版社 1987 年版，第 156 页。

将作者对读者的"控制"贯穿文章的始终，并由此在叙事理论中注入了亚里士多德的修辞学思想。控制和说服也许相距并不遥远，但是这一立场确实会惹怒一些人，而由此发展而来的叙事作品的交流模式相对就比较民主了。布斯认为作者的介入是绝对必要的，因为基于这种假设："读者需要知道，在价值的世界中，他站在什么地方——也就是，知道作家想让他站在什么地方"①。这是由"隐含作者"来承担的。"隐含着作家第二自我的每一笔，都会有助于形成适合欣赏他的作品的读者。这种交流的行动，是文学存在的根本原因，但在当代批评中，却遭到漠视、悲叹和否定。"② 因而话语生成源于这种交流的需要，以及通过话语修辞过程实现特定的意图。"虽然某些人物和事件能够以其自身向读者传达他们的艺术信息，因此，以较为弱的形式带着自身的修辞，但是，如果作家不将全部力量用来使读者看到这些人物和事件，那么，这些人物和事件决不会清晰和有力。作家不能选择是否运用修辞来加强效果。他唯一的选择是运用哪一种修辞。"③ 叙事修辞的力量于是并不是源自于自我表现，有些作家认为将技巧视为自我发现，这样才能写得更好。但读者的无处不在才真正决定着话语生成的方向，"写小说这个概念本身就意味着找到表达技巧，使作品最大可能地为读者所接受"④。叙事修辞的动力正在于生产并控制具有特定效果的话语，制造一定的距离不仅给读者带来一定的审美感受，也影响读者的情感和判断。

　　一旦读者进入叙述活动之中，叙事语法就因其专制性而成为话语修辞的反面，这也是认知向审美转化的过程。叙事作品的审美特性必然不能在公式中去找，纯粹的认知是对叙事作品的审美特性的剔除。即使语法的确在某些话语生成中发生了作用，但并不能因此而忽视修辞在审美偏离中对它的超越性和解构性；同样地，强调叙事修辞就是要冲破模式化的思维，在作者、叙述者、读者、文本等的交流对话或者说在文学创作与阅读的动态过程中，重新认识作为审美活动的话语生成。"为了体验再现的言语和思想的效果，

---

① ［美］韦恩·布斯：《小说修辞学》，付礼军译，广西人民出版社 1987 年版，第 80 页。
② ［美］韦恩·布斯：《小说修辞学》，付礼军译，广西人民出版社 1987 年版，第 97 页。
③ ［美］韦恩·布斯：《小说修辞学》，付礼军译，广西人民出版社 1987 年版，第 123 页。
④ ［美］韦恩·布斯：《小说修辞学》，付礼军译，广西人民出版社 1987 年版，第 111 页。

我们不必先认识它的语法特征，正如为了运用语言，我们无须一定要研究音素一样。"① 在对《小说修辞学》的总结中，马丁肯定了布斯对叙事语法研究的超越，以及对小说修辞的重新界定：修辞不只是形式主义的话语游戏，而是审美和认知上的统一，其说服力不仅要靠话语层面的感性魅力，也离不开不可分割的价值观念上的可靠性和诱惑力。

叙事活动中审美话语的生成是一个作者与读者之间积极的互动过程，并由于主体间性的对话使得控制、影响、说服并不是一种强力的胁迫，这一过程在相互作用的张力中充满着不确定性。深受布斯影响的一些学者甚至更进一步地将这种交流模式从作者一极移开。詹姆斯·费伦是这样定义叙事修辞的："当我谈论作为修辞的叙事时，或谈论作者、文本和读者之间的一种修辞关系时，我指的是写作和阅读这一复杂和多层面的过程，要求我们的认知、情感、欲望、希望、价值和信仰全部参与的过程。"② 他并不认为布斯的"控制"在上述整个过程中是有效的，叙事修辞中的话语生成不是自我中心的也不会是单向的，在作者、文本和读者的循环往复运动中，每一个因素都与其他两种相互作用，相互制约，文本始终处于开放状态。与此相关的，解构主义的文本研究对话语修辞的意义在于，叙事成就了转义，语言中的差异性、不稳定性以及文本结构的矛盾性和断裂性，使转义处在无限生成的途中。于是，阅读就是一种全新的写作，它挖掘出不断扩散着的转义，话语在新与旧的撕裂中不断彰显着审美价值。

正是修辞之转义而不是语法之本义使叙事的审美维度得以显明，转义激励着话语生成，使文学活动的每一环节，无论是作者、作品还是读者，都始终保持着形式创造的冲动。转义在叙事活动中的这一价值可以进一步从主体间性的角度来分析。也就是说"他人"意识始终制约着叙事修辞的整个过程，这使叙事不是僵死的语法规则，而是活生生的审美事件。这也使得话语的影响、说服作用在叙事中不再像演说过程中明显地倒向一边，而是双向或多向互动的过程。伽达默尔指出，语言只有在对话中，在相互理解的实

---

① [美] 华莱士·马丁：《当代叙事学》，伍晓明译，北京大学出版社 2005 年版，第 153 页。
② [美] 詹姆斯·费伦：《作为修辞的叙事：技巧、读者、伦理、意识形态》，陈永国译，北京大学出版社 2002 年版，第 23—24 页。

行中才有根本的存在，① 对话是语言的本质，只有通过对话语言才达到其现实性。叙事过程更是充满着对话，"怎么讲"的意识使形式创造的审美冲动表现于叙事的每一细节，是叙事修辞而非叙事语法构成了叙事活动的内在动力。

　　强调叙事的审美维度，既要确认形式的情感性，又要坚持语言的对话性，情感推动对话的展开，对话使情感具体和丰富。任何话语中都有特定的声音在其中回响，都表达着一定的意见，而绝不会是一片空白，否则就成了一个不具有生命的句子。这不仅意味着叙事过程从题材和表达上受到他人的影响，而且从整个修辞格局上看，一种叙事要想确立自己的地位，就得在"他人"面前更加生动形象、与众不同，必须具有审美的吸引力。这表明叙事活动既要创造情感性的形式，同时这种创造又不是闭门造车，而是在对话中进行的。在巴赫金看来，任何话语都具有"内在对话性"，并且同样要承受来自两方面的压力：一方面，任何话语总是处在社会的、历史的脉络的某个点上，总是带有其他时刻停留在里面的声音，不管我们的一段对话看起来多么具有独白性，实际上它都是对他人话语的回应，都同先于它的其他话语处在程度不同的对话关系之中，"它或反驳此前的话语，或肯定它，或补充它，或依靠它，或以它为已知的前提，或以某种方式考虑它"②，总之，它都是先前话语的继续和反响；另一方面，任何话语都希望被人聆听、让人理解、得到应答，都诱发和期待着他人话语的回应。这种情况下，面对"他人"而进行的叙事修辞既有模仿的成分，更有竞争的成分。因为一种话语的确立是建立在与众多的话语的对话、交往以及斗争的基础之上的，它要以自己的独特性和重要性为自己赢得一席之地，这就使形式创造和转义生成具有必要性。话语中广泛存在的一个基本事实是：用话语表现的一切对每个人来说都可一分为二，一个是自己话语的狭小世界，一个是他人话语的无边世界。两者的边界交错不清，在边界上经常有着对话式的紧张斗争。巴赫金说："我所理解的他人话语（表述、言语作品），是指任何他人的任何话语，不管

---

① 参见［德］汉斯－格奥尔格·伽达默尔《真理与方法——哲学诠释学的基本特征》（下卷），洪汉鼎译，上海译文出版社 1999 年版，第 570 页。

② ［苏］巴赫金：《言语体裁问题》，晓河译，《巴赫金全集》第 4 卷，河北教育出版社 1998 年版，第 177 页。

是用自己语言（即我的母语）还是任何别的语言说的或写的；换言之，是指任何非我的话语。"① 每一个主体的我都不得不生活在他人话语的世界里，没有对他人话语的积极理解，任何言语交际、思想交流都是不可能的。这种紧张关系的存在，使得任何一种话语都充满着论辩的色彩，充满着对立和斗争。

也正是这种紧张关系，使文学叙事织就了一个个开放的审美情境，这里不存在静态的情感与形式的统一，那只是一种抽象；而是将语言投入到生成的漩涡中，随时接受各种声音的认同和许可、质疑和挑战。由于他人话语的压力，任何叙事都不会是自足的，都要在转义行为中克服他人话语的阻碍。这同时也是一种动力，任何言说都不同程度地有他人话语的加入，因而一种内在的话语表演通过转义，给话语的所有方面增添了活力和戏剧性，这样叙事才能成为真正的审美事件。从审美的角度来看，叙事修辞中的转义并不是来源于某种语法或结构体系，而是来自特定社会历史语境下具体的话语活动。这也再次表明，叙事活动是在具体的话语修辞活动中进行的审美建构，作者、文本、读者以及相关的整个世界因之而建立起有机的联系，并整合为一个充满生机活力的审美世界。

第四节　精神意蕴的审美价值

借用黑格尔在《美学》中的说法，"艺术作品的意蕴"专指作品"内在的生气，情感，灵魂，风骨和精神"。② 较之语言文字和形象世界，精神意蕴处于作品结构的纵深层次，是文学作品的核心和灵魂，"意蕴总是比直接显现的形象更为深远的一种东西"③。"遇到一件艺术作品，我们首先见到的是它直接呈现给我们的东西，然后再追究它的意蕴或内容。前一个因素——即外在的因素——对于我们之所以有价值，并非由于它们所直接呈现的；我们假定它里面还有一种内在的东西，即一种意蕴，一种灌注生气于外在形状

---

① ［苏］巴赫金：《1970 年—1971 年笔记》，晓河译，《巴赫金全集》第 4 卷，河北教育出版社 1998 年版，第 407 页。
② ［德］黑格尔：《美学》第 1 卷，朱光潜译，商务印书馆 2009 年版，第 25 页。
③ ［德］黑格尔：《美学》第 1 卷，朱光潜译，商务印书馆 2009 年版，第 25 页。

的意蕴。那外在形状的用处就在指引到这意蕴。"① 深远的意蕴既是使语言文字和形象世界这些外在因素体现出审美价值的内在动力，亦是使文学作品独具魅力、常品常新的奥秘所在。故而，本节拟从精神意蕴的超越性本质、非确定性特征和"隐秀"功能这三个方面入手，对精神意蕴的审美特质展开分析，由此完成对文艺作品艺术审美价值呈现方式的探寻过程。

一、精神意蕴的超越性本质

雅斯贝尔斯曾经说过："生命像在非常严肃的场合的一场游戏，在所有生命都必将终结的阴影下，它顽强地生长，渴望着超越。"② 超越（Transzendenz）一词具有明显的超验意味，其要旨在于否定日常此在的有限性，追求某种无限的理想境界。人创造艺术主要是为了超越现实的束缚，在精神的时空中实现自己的生命理想，所以，文学作品的精神意蕴不同于语言和形象的表层含义，而是灌注着人类对生命存在意义和终极价值的追问和把握，特指日常生活经验之外的某种更为高妙深远的东西，超越性是其本质特征。

就其超越性本质而言，精神意蕴与英加登艺术作品理论中的"形而上质"颇有相似之处。从对"形而上质"的分析中，我们可以深入地体会到精神意蕴的超越性内涵。英加登对于"形而上质"（metaphysical qualities）的看法主要来自于海德格尔的"存在"论。"存在"论是以对"此在"的强调为依托的，"此在"既能以非本真的方式存在，也能够以本真的方式存在，当其以本真的方式存在时，"它是'已经照亮的'，这等于说：它作为在世的存在就其本身而言就是澄明的，不是由于其它存在者的澄照，而是：它本身就是澄明。唯对于从生存论上如此这般澄明了的存在者，现成的东西才可能在光明中通达，在晦暗中掩藏不露。"③ 结合海德格尔的其他言论，我们不难看出，"存在"论所强调的是存在者走进此在的澄明而使生命本真状态得到

---

① ［德］黑格尔：《美学》第 1 卷，朱光潜译，商务印书馆 2009 年版，第 24 页。

② ［德］雅斯贝尔斯：《存在与超越——雅斯贝尔斯文集》，余灵灵、徐信华译，上海三联书店 1988 年版，第 44 页。

③ ［德］马丁·海德格尔：《存在与时间》，陈嘉映、王庆节合译，生活·读书·新知三联书店 1987 年版，第 163 页。

呈现的情景，只有当存在者摒弃随波逐流的生活态度，充分高扬精神的自由与独立，才能够克服日常的非本真状态，走向本真意义上的存在，领会存在的真理。英加登曾经在《论文学的艺术作品》中谈到"形而上质"与海德格尔存在论之间的渊源关系："当我们看到它们（'它们'指的是'形而上质'——引者注）时，正像海德格尔所常说的那样，我们平时完全看不到的生存的深层和本原就显现在我们的心灵的眼睛之前。但是，它们并非是仅仅把自身显示给我们；在观看和使它们成为现实的时候，我们也就进入了本原的存在。……因此，形而上学性质在其中得以实现并显示给我们的状态是存在展开过程中真正的顶点，它们同样也是我们本身所能达到的精神—心理本质的最高点。"① 超越是人的本真存在和精神—心理本质，但是暗淡无光缺乏意义的日常生活却给这种存在和本质蒙上了厚厚的尘垢，使人看不到生命的意义，在蝼蚁般的生存状态中，形而上学性质则"像是上天的恩赐……把我们和我们的周围的世界都笼罩在这样一种非常奇特的不可言说的气氛之中……它本身总是表现为一种灿烂夺目的光辉，不同于灰暗的日常生活，不管它来自残酷和邪恶的谋害所引起的恐惧震惊还是来自由于神人感通而得到的精神上的无比愉悦，它都会使所发生的事情成为生活中的顶点。这些时常显示的形而上学性质正是让人感到生活是值得留恋的东西，而且，无论我们希望与否，渴望它得以具体显露的秘密情怀都活跃在我们心中，并且影响和决定着我们每天每时的生活。"② 只有由于"形而上质"等超越性精神意蕴的潜在作用，文学作品才得以揭示出生命和存在的深层意义，"获得了特殊的审美价值"③，成为一种令人赞叹的奇迹。

精神意蕴的超越性本质意味着文学作品可以借助人的情感心理因素，否定现实有限性，追求理想美，从而最大限度地开启了文学营造诗化人生境界的进程。诗化的人生境界是内部心灵世界与外部现实世界相互依存双向建构所达到的存在论意义上的统一，是自由对必然的超越，无限对有限的超越。古往今来的优秀作品之所以能够打动我们，吸引我们，就在于其中渗透着一种超越日常生活的精神意蕴，它可以把日常生活中惶惑、沮丧、短暂而

① Roman Ingarden, *The Literary Work of Art*, Evanston：Northwestern University Press，1973，p.292.

② Roman Ingarden, *The Literary Work of Art*, Evanston：Northwestern University Press，1973，p.291.

③ Roman Ingarden, *The Literary Work of Art*, Evanston：Northwestern University Press，1973，p.295.

无意义的零散经历成功地转变为令人振奋的、有意义的、跨越时空的人生体验，作品中的语言文字和形象世界就是这种人生体验诗意化的表达方式。例如，在司马迁的《史记》中，塑造得最为精彩动人荡气回肠的形象当属那些非凡的、具有旺盛生命力和传奇色彩的英雄人物，他们胸怀大志才能出众却命运多舛，特立独行锋芒毕露而不为世俗所容，虽然往往以悲剧命运告终，但是却在有限的人生历程中迸发出了壮丽炫目的生命火花。《项羽本纪》对项羽兵败自杀的场面的描写，《李将军列传》对李广蒙冤而死的过程的叙述，可谓是笔墨激越沉郁，气势酣畅雄健，回响着苍凉慷慨之音，喷射着悲悼叹惋之情，使人读来心动神摇，一唱三叹。造成这种审美效果的根本动因是，从英雄人物的悲剧命运中，我们可以看到崇高意志所特有的超越性：崇高的意志超越了命运的有限性，即使命运无法战胜，人的意志也是不可屈服的，在既定的命运和不屈的意志之间形成了一种张力，昭示着顽强而壮烈的人生精神。正视困境、反抗绝望是悲剧英雄的最后选择，也是《史记》对于生命存在本质和永恒意义的独特发现。又如，《古诗十九首》之十二："东城高且长，逶迤自相属。回风动地起，秋草萋已绿。四时更变化，岁暮一何速！晨风怀苦心，蟋蟀伤局促。荡涤放情志，何为自结束！燕赵多佳人，美者颜如玉。被服罗裳衣，当户理清曲。音响一何悲！弦急知柱促。驰情整巾带，沉吟聊踯躅。思为双飞燕，衔泥巢君屋。"诗歌将季节的更迭写得仓促无着，"回风动地起，秋草萋已绿。四时更变化，岁暮一何速！"自然而然地引发出人生寄世如同行客，时光荏苒寿命短促这种来自于生命深处的哀伤："晨风怀苦心，蟋蟀伤局促。"时间成了带走一切的最可怕的东西，在死亡阴影的胁迫下，人们急切地为这短暂而可悲的人生寻求解脱之道，而爱情的甜蜜和家庭的陪伴就是这短暂而可悲的人生中最值得珍惜的温暖："燕赵多佳人，美者颜如玉。""思为双飞燕，衔泥巢君屋。"对生命有限性的清醒认识和渴望超越有限性的执着感交织在一起，人生的荒凉感和欣悦感交织在一起，体现出一种在不完美的现世里寻找美与和谐，在刹那的情感体验中追求恒久慰藉的精神意蕴，故而阅读此诗常常可以给人带来直叩心灵的震撼感觉。又如，萧红的小说《小城三月》以凄凉而优美的抒情笔调讲述了翠姨早殁的故事，从表面上看，翠姨只是一个被传统习俗和客观环境制约教养得十分规矩的柔弱少女："她伸手拿樱桃吃的时候，好像她的手指尖对那樱桃十分可怜的样子，她怕把它触坏了似的轻轻地捏着。""假若有人在她的背后唤她一声，她若是正在走路，她就会停下来；若是正在吃饭，就会把饭碗放下，而后把头向着自己的肩膀转过去，而全身并不大转……"但是，其内心深处却燃烧着宁为玉碎不为瓦全的刚烈精神，一旦发现在一心向往的爱情和生活中都找不到自己的位置，倔强的翠姨便自觉选择了放弃生命："我现在也不知道为什么，心里只想死的快一点就好，多活一天也是多余的……我小时候，就不好，我的脾气总是，不从心的事，我不愿意……"翠姨以死抗争的决心与小城中人们保守麻木、随遇而安的精神状态形成鲜明对照，赋予小说一种既哀婉动人又悲壮惨烈的审美意蕴。在这种审美意蕴的作用下，作品虽然写尽了人的生存困境和灵魂深处无以自慰的精神痛苦，但是总的格调却并不流于阴郁和低沉，顽强的抗争意识和执着的生命追求使原本苍凉的小说世界里升腾起了对未来的无限希望。

要之，超越性作为文学作品精神意蕴的本质特征，可以使体验者摆脱日常意识的束缚和个体生活的有限性，充分领会到生命存在的意义，进入到无限的自由精神境界，正如日本美学家今道友信所说，艺术体验使我们心醉神迷，"而迷狂中依然蕴藏着摆脱常规，走向超越的可能性"。在艺术领域中常常会出现"青春能量的非集团性爆发……这种爆发是用迷狂中的幻象来补充生活中的失败，从而获得满足的"。"所谓艺术，不是脱离历史现实的，而是通过具体走向永恒的作品。艺术作品应该是通过有限，达到无限的精神桥梁，是超越世界的，从历史到普遍，从物质到理念垂直的柱子。"①

二、精神意蕴的非确定性特征

非确定性是文学作品精神意蕴的又一重要特征。精神意蕴处在作品结构的深层，作为形象世界背后的一种潜在的可能性，其本身就具有混沌的特点。而且，文学作为创造性活动的本质也直接决定了艺术作品精神意蕴的含糊特征，正如瑞士心理学家荣格所说的那样："创造性活动与单纯的反应是完全对立的，它将永远使人类难以理解。我们只能描述其表现形式；它可能

---

① ［日］今道友信：《关于爱和美的哲学思考》，王永丽、周浙平译，生活·读书·新知三联书店1997年版，第249、249、311页。

被朦胧地感受到，但不可能被完全把握住。"① 在文学作品中，精神意蕴所揭示的哲理性的生命感悟和形而上的存在意义并不是逻辑认识的对象，而是审美体验的对象，也就是说，对于文学作品的精神意蕴，无论是作者还是读者，都只能感受和领悟，而很难凭借纯理智的方式对其加以确定和把握，更不可能用逻辑判断和命题的形式把它们清楚地表述出来。凡此种种，势必会使精神意蕴呈现出某种程度的多义性、宽泛性和非确定性特征，类似于中国古代诗论中常说的"韵外之致"，"味外之旨"，"言有尽而意无穷"，从而使作品具备了一种永远也说不完的艺术魅力。

非确定性特征决定了精神意蕴潜在的复杂性，这种复杂性大大拓展了语言和形象结构的内在信息场，形成了一种多向度的意义表达方式，优秀的文学作品每每可以因此获得丰富而深刻的内涵，体现出鲜明的个性色彩。我们不妨试举两例。

鲁迅在散文《风筝》中写道，萧瑟的冬季里，"我"在北京街头所见到的放风筝的图景将一段与风筝有关的往事带到"我"的眼前，少年在故乡的时候，"我"认为玩风筝是没有出息的行为，可体弱多病的小兄弟偏偏特别喜欢风筝，为了防止弟弟玩物丧志，"我"自以为是地行使了长兄的权利，不顾小兄弟的惊惶和绝望，一脚踏碎了他正在偷偷制作的风筝。中年之后，"我"了解到游戏是儿童的神圣天性，意识到自己少年时候对小兄弟的指责与伤害是一种"精神的虐杀"，并为此深深地陷入了自责与痛悔之中，为了卸下心灵的重负，我在弟弟面前忏悔，请求他原谅，但是已经长了胡子的弟弟却惊异地笑着："有过这样的事吗？"看似简单明了的情节背后隐藏着丰富复杂的精神意蕴：对于"我"这个昔日的伤人者而言，忏悔的意义只能在被倾听被宽恕中得到实现，一旦倾听者和宽恕者消失，忏悔者的存在便构成了荒诞，弟弟的忘却使我失去了忏悔的机会，只能独自背负起这沉重的虚空，这是一种孤独人生的悲凉体验，是亲人之间心灵隔膜交流阻断所造成的失落感；对于"弟弟"这个昔日的受伤者而言，童年创伤的记忆已经消失，"全然忘却，毫无怨恨，又有什么宽恕可言呢？"长期折磨着兄长的痛悔之情只

① ［瑞士］荣格：《心理学与文学》，冯川、苏克译，生活·读书·新知三联书店1987年版，第125页。

不过是一个虚妄的精神泡沫，过去的意义已经在遗忘中被搁置和悬空，这种搁置和悬空本身就意味着，"我"今天清醒地认识到并深深自责的"精神虐杀"在弟弟那里却是合情合理的，根本不值得为之痛苦介怀，如此麻木健忘的个体非但没有能力和意识去完成精神上的自我救赎，反而会对几千年来的"精神虐杀"起到推波助澜的作用；对于"我"和"弟弟"共同的故乡记忆来说，因风筝而起的冲突似乎应该是不可缺少的一部分，在假想出来的和"弟弟""嚷着、跑着、笑着"放风筝的补过场景中，"我"仿佛回到了"久经诀别的故乡"，享受着久已失去的欢快童年，即使因为年龄所限，不能真正追回童年的欢乐，至少也可以在和弟弟谈论往事的过程中重现与故乡的精神联系，但是这种源自心灵深处的还乡冲动一经出口，即遭幻灭，"弟弟"已经什么都不记得了，随着时间的流逝，"我"和故乡的精神联系早已失去，留下的只是无尽的怅惘和空虚。如此，对隔膜的无奈，对遗忘的痛心，对故乡的追怀等种种意蕴交织在一起，就使得作品呈现出了一种既孤独又悲壮、既彷徨又执着、既虚幻又清醒的复杂况味，给读者留下了无尽的体会空间。

又如，沈从文 1929 年创作的小说《萧萧》，主人公萧萧从小失去父母，无所依傍，十二岁出嫁做了一个三岁孩子的童养媳，做家务干农活照料丈夫成了她的日常生活，十五岁受长工"花狗"的诱骗而失身怀孕，花狗逃走，秘密暴露，萧萧面临着被"发卖"的厄运，在等待合适主顾的日子里，萧萧的儿子牛儿出世，合家欢喜，"发卖"的事情也无人再提。到二十六岁的时候，萧萧按照原定计划与丈夫圆房，两年后，又抱着新生的毛毛，照规矩为十二岁的牛儿迎娶了一个十八岁的媳妇。朴实无华的语言文字，简单纯净的形象世界，勾勒了一种在外力限定下蒙昧轮回的人生状态，但是，小说最吸引我们的地方并不止于此，其最大魅力在于文本中透过表层叙事结构所呈现出来的多元的、矛盾的和不确定的深层精神意蕴。萧萧所处的乡村里，人们勤劳、善良、淳朴，没有衣食匮乏之苦，生活中也不乏温情和乐趣，应该说，在私通怀孕以前，萧萧在夫家的日子还是颇为舒心的，可以从劳作中攒点本分私房钱，可以和小丈夫温馨愉快地说笑玩耍，可以像亲孙女一样地对小丈夫的祖父撒娇，还可以听"花狗"唱那些令人脸红心跳的山歌。即使在失身怀孕生下牛儿以后，夫家人也没有因为牛儿不是自家骨肉而嫌弃虐待萧萧，反而"把母子二人照料得好好的，照规矩吃蒸鸡同江米酒补血，烧纸谢神"。牛儿"平时喊萧萧丈夫作大叔，大叔也答应，从不生气"。从这些叙述中，我们看不到对童养媳苦难生活的控诉，看不到对包办婚姻的批判，反而可以感觉到，这种宁静单纯、不懂"子曰"，也没有礼法束缚的乡间生活是一种与自然和谐相处、对历史毫无负担的生存方式，既封闭自足又明朗优美。但是，这并不意味着，我们可以就因此将整部作品视作乡村生活的纯美赞歌，萧萧琐屑的人生经历实际上是一个小人物的命运被类似于天意的偶然因素随意拨弄的悲喜剧。在封闭自足的乡村文化体系中，女性的价值主要体现为一种生殖功能，萧萧以生下儿子为条件换来了被乡间"文化场"重新接纳的幸运，如果生下的不是儿子，萧萧恐怕仍然难以摆脱被转卖的厄运。但是，对于自己的实际生存状态，萧萧始终茫然无知：先是顺应青春欲求接受了"花狗"的引诱；然后便是听天由命地等着夫家惩处发卖，在等候发卖的日子里，也不见其对未来的惶恐，甚至还有心思和小丈夫"姐弟一般有说有笑的过日子"；最后是怡然自得地抱着孩子，欣欣然地观看着又一场幼夫长妻的婚礼。理性的缺失使生命堕入了无意义的轮回，十几年的时光，仿佛只是使一切又回到了起点，另一个童养媳嫁过来的场景非但没有唤起萧萧对自身痛楚经历的回忆，反而给她提供了看热闹的好心情。也许，这并不是因为萧萧遗忘了自己昔日的伤痛，而是这伤痛从来就没有存在过，她只是被动地顺应着自然本能的驱使和乡间生活的规范，对自身的独立价值和情感需求始终无知无觉，当然也就谈不上什么难以消弭的心灵创伤。在现代社会里，这种蒙昧麻木的生活状态只能使乡村文化无可挽回地走向没落，就这一意义而言，《萧萧》更像是一曲乡村文化的悲凉挽歌。正如王晓明所分析的那样，《萧萧》等小说"虽还是用的那种笨拙迂缓的语句，渲染牧歌的热情却明显减弱了许多，你甚至会觉得作者的态度颇为暧昧，他似乎是在描写单纯、天真和浪漫，却像是在向你暗示麻木、浑噩和野蛮，看上去仍然在画牧歌图，可随着画卷展开，那先前蜷伏在一角的阴影分明正在一点点地在向中央蔓延"①。但是，值得注意的是，作者尽管揭示出了乡村生活的严重弊端，却并

---

① 王晓明：《"乡下人"的文体与"土绅士"的理想——论沈从文的小说文体》，见王晓明主编《二十世纪中国文学史论》第二卷，上海东方出版中心 1997 年版，第 376 页。

没有因此对其加以全盘否定，相反，我们从萧萧的故事中，仍然能够感受到作者对乡村生活的诗意观照和脉脉深情。如此，一面是对封闭自足自然平和的生存方式的欣赏认同，一面则是对处于这种生存中的人们精神状态的反思质疑，一面是深深的遗憾和忧虑，一面又是浓浓的怀念和眷恋，正是这种矛盾的态度和不确定的精神意蕴铸就了小说《萧萧》的无尽魅力。

三、精神意蕴的"隐秀"功能

"隐秀"的说法原本出自刘勰的《文心雕龙》："夫心术之动远矣，文情之变深矣，源奥而派生，根盛而颖峻，是以文之英蕤，有秀有隐。隐也者，文外之重旨者也；秀也者，篇中之独拔者也。隐以复义为工，秀以卓绝为巧，斯乃旧章之懿绩，才情之嘉会也。夫隐之为体，义主文外，秘响傍通，伏采潜发，譬爻象之变互体，川渎之韫珠玉也。故互体变爻，而化成四象；珠玉潜水，而澜表方圆。""深文隐蔚，余味曲包。"① 这里的"互体变爻，而化成四象"意指《易》卦之复义互生难以尽述的现象，"珠玉潜水，而澜表方圆"意指水底珠玉无法被明见，只能凭水纹形状推测其是方是圆的情状，它们和"重旨""复义""秘响""伏采""隐蔚""曲包"等描述性词语配合在一起，共同说明了"隐"幽深微妙又丰富无限的特点，前辈学者范文澜、黄侃都对其有过解说和归纳："重旨者，辞约而义富，含味无穷，陆士衡云'文外曲致'，此隐之谓也。"② "夫文以致曲为贵，故一义可以包余……盖言不尽意，必含余意以成巧……言含余意，则谓之隐……隐者，语具于此，而义存乎彼。"③ 一言以蔽之，"隐"所强调的就是文本中可意会不可言传的深层意味。这里的"独拔""卓绝"主要用来说明"秀"的特征，前辈学者多将其归纳为词句意象乃至整体篇章的生动秀拔之美，如，黄侃在《文心雕龙札记》中提出，"秀以卓绝为巧，而精语峙乎篇中……或状物色，或附情理，皆可为秀。"④ 范文澜在《文心雕龙注》中则认为"独拔

① ［南朝］刘勰：《文心雕龙·隐秀》，见范文澜《文心雕龙注》（下册），人民文学出版社 1958 年版，第 632 页。

② 范文澜：《文心雕龙注》（下册），人民文学出版社 1958 年版，第 633 页。

③ 黄侃：《文心雕龙札记》，吴方点校，中国人民大学出版社 2004 年版，第 191 页。

④ 黄侃：《文心雕龙札记》，吴方点校，中国人民大学出版社 2004 年版，第 191—192 页。

者，即士衡所云'一篇之警策'。"① 较之只言片语的惊人特出，"警策"更倾向于指涉篇章主旨的鲜明独特，钱钟书先生曾在《管锥篇》中说明过这个问题："采摭以入《摘句图》或《两句集》（方中通《陪集》卷二《两句集序》）之佳句、隽语，可脱离篇章而逞精彩；若夫'一篇警策'，则端赖'文繁理富'之'众辞'衬映辅佐，苟'片言'孑立，却往往平易无奇，语亦犹人而不足惊人。"② 可见，"秀"是和"隐"相对而言的，如果说"隐"专指含蓄微妙难以名状的深层复杂意蕴，那么"秀"所强调的就是集中鲜明、动人心目的显在审美效果，结合宋代张戒《岁寒堂诗话》之中所引用的《隐秀》篇佚文"情在词外曰隐，状溢目前曰秀"③，我们可以更为清晰地体会到这一点。

　　这里所说的"隐秀"功能，指的是精神意蕴以"隐"显"秀"的审美功能。我们的这一看法主要建立在对"隐""秀"关系的理解之上。由于《文心雕龙·隐秀》属于断简残篇，所以我们无法从中确定刘勰对"隐秀"之间的关系是否做过进一步论述，前辈学者对这一问题的认识也多有分歧。黄侃先生更强调二者间的区别，认为"隐"和"秀"是不同的表意方式所导致的两种相异的文体风格："隐秀之原，存乎神思，意有所寄，言所不追，理具文中，神余象表，则隐生焉；意有所重，明以单辞，超越常音，独标苕颖，则秀生焉。"④ 刘永济先生则更关注二者间的联系，认为"盖隐处即秀处也"⑤。在这里，我们对二者关系和"隐秀"功能的看法主要是从刘永济先生的观点生发而来的，即倾向于认为"隐"和"秀"可以成为水乳交融、辩证统一的有机体，二者的关系，根本还是在"隐"："隐"是"秀"的前提和基础，有"隐"才有"秀"，有了"文外之重旨"，才有"篇中之独拔"，有了复杂含蓄难以言传的深层意蕴做底，语言和形象才更能彰显出鲜明动人且持久强烈的审美效果。

　　举凡佳作，大都是不确定的精神意蕴和鲜明突出的审美效果的有机统

① 范文澜：《文心雕龙注》（下册），人民文学出版社1958年版，第633页。
② 钱钟书：《管锥编》第3册，中华书局1979年版，第1198页。
③ 陈应鸾：《岁寒堂诗话笺注》，四川大学出版社1990年版，第58页。
④ 黄侃：《文心雕龙札记》，吴方点校，中国人民大学出版社2004年版，第192页。
⑤ 刘永济：《文心雕龙校释》，中华书局1962年版，第157页。

一，换言之，正是多重感悟启示所造成的丰厚审美弹性给作品带来了饱满的艺术魅力。李商隐的诗歌《锦瑟》便是一个典型的例证。典故的堆叠与活用使该诗呈现出丰富复杂迷离恍惚难以尽述的精神意蕴，但是这种朦胧的精神意蕴却传达出了一种真切的审美感受：迷惘彷徨，无限惆怅。又如，老舍的小说《断魂枪》，对时代变化中个体生存状态的关注和生命价值无从寄托的虚无主义气息交织在一起，对现代潮流的认可尊重和对传统文化的依恋痛惜纠缠在一起，这种深层的心理冲突造成了文本内部的紧张感，共同铸就了一种既悲凉迷惘又执着愤激的复杂意蕴，正是在这种复杂意蕴的作用下，沙子龙这个过了时的江湖侠士才具有了悲剧性的审美价值。他失意彷徨又矜持孤傲，内心痛苦却神态超然，为了捍卫昔日走镖事业的光荣，他不愿像王三胜那样，将功夫当作挣饭吃的手段和炫耀的本钱，宁可自居为与世无争的客栈老板，出于对时代变化的清醒认识，他拒绝了孙老者的学艺请求，在他看来，昔日威震西北的"五虎断魂枪"只能与走镖事业同在，既然走镖的行业已日薄西山，那么"五虎断魂枪"只有自觉淡出新的时代才有望维护它最后的尊严："夜静人稀，沙子龙关好了小门，一气把六十四枪刺下来；而后，拄着枪，望着天上的群星，想起当年在野店荒林的威风。叹一口气，用手指慢慢摸着凉滑的枪身，又微微一笑，'不传！不传！'"小说的意蕴是丰富复杂难以尽述的，但是末世英雄的执着和苍凉却是具体可感的，荡气回肠的审美效果即由此而生。

　　以上我们从超越性本质、非确定性特征和"隐秀"功能这三个方面入手，对精神意蕴的审美特质进行了分析，作为文学作品审美结构的纵深层次，精神意蕴是使文学作品的审美价值得以呈现的最关键因素，它渗透在字里行间，灌注于形象世界，使之具有了动人心弦的强大力量。借用古代禅宗"水中盐味，色里胶青，决定是有，不见其形"（《景德传灯录·傅大士心王铭》）的说法，精神意蕴之于语言文字和形象世界，如同盐溶于水，体匿性存，无痕有味，对人生的具体感悟和价值判断已经隐去，留下的只是鲜明持久的审美感受。

　　要之，文艺作品审美价值的形成是极其复杂的，是各个层次，各种因素彼此依托相互渗透的有机结晶。如果语言文字中没有精神意蕴的参与，如果形象世界没有语言文字的铺垫……都是无法想象的。以上我们从静态分析的角度，分别阐释了文艺作品审美结构的三个层次：语言文字、形象世界、精神意蕴。它们中的每一个层次都具有相对独立的意义和自身的审美特质，同时又相互联系，相互制约，由表及里，层层推进，共同构成了文学作品的有机整体，产生出整部文学作品的审美价值和艺术魅力。

第六章　文艺接受与文艺审美价值的再创造

　　"文学接受"一词是随着 20 世纪 60 年代末德国接受美学的兴起才得到广泛流传的。其具体所指有广义和狭义之分：广义的文学接受泛指接受者根据自己的需要主动接纳和改造文学作品所含信息的活动，既包括审美过程，也包括非审美过程；狭义的文学接受则特指一种包含着阅读、欣赏与批评的多层次的审美交流活动。本章中的文学接受，是狭义的文学接受。如果说文艺作品是艺术审美价值得以呈现的载体，那么读者积极能动的参与就是使艺术审美价值成为现实审美对象的关键，在未被接受以前，文艺作品的艺术审美价值尚处于沉睡阶段，只有在多层次的审美交流活动中，语言、形象、意蕴等诸多层面的审美特质才有可能被激活，艺术审美价值才有可能从潜在的可能转化为现实的存在。所以，很多西方现代理论家都极为关注文学接受的审美功能，法国现象学大师杜夫海纳就曾经说过："阅读是'一种具体化'，它使作品成为它想成为的东西：一个审美对象，一种活意识的关联。在这个意义上说，批评——任何读者也是如此——有权怀有某种骄傲，因为是他把作品提升到了它的真正存在。他和作者合作，但同时也与作者竞争；因为，在使它成为作品时，他夺走了作者的作品。这个在痛苦中产生、有时还带有痛苦痕迹的作品，只有在读者接待时才得到安宁，才幸福地笑逐颜开。"[①] 接受美学的创始人伊瑟尔也曾经说过："文学作品具有两极，我们可以称之为艺术极与审美极：艺术极是作者的本文，审美极是由读者完成的对本文的实现。"[②] 无论是杜夫海纳还是伊瑟尔，他们所看重的都是读者激活艺术审美价

---

① ［法］米盖尔·杜夫海纳：《美学与哲学》，孙非译，中国社会科学出版社 1985 年版，第 158 页。

② ［联邦德国］W. 伊泽尔：《审美过程研究——阅读活动：审美响应理论》，霍桂桓、李宝彦译，中国人民大学出版社 1988 年版，第 27 页。

值的能力，在他们那里，文学接受就是以接受者为主体的对艺术审美价值的再创造活动，它和文艺创作一样，充满着个体性和多样性，都是人的审美心理的充分外化和审美理想的实现方式。

第一节　审美理解的阅读视野：文艺接受的基础

人们买书，可以是为了阅读，可以是为了收藏，也可以是出于其他目的；人们阅读，可以是为了提高文化素养，可以是为了从中得到美的享受，也可以是为了消磨时间或是基于其他目的。同样一部《红楼梦》，"经学家看见《易》，道学家看见淫，才子看见缠绵，革命家看见排满，流言家看见宫闱秘事……"① 民俗学家关注的也许是文中所显示的满文化习俗，而考据学研究者看到的则很可能是作者生平家事的投影。现实阅读活动的丰富性决定了阅读视野的复杂性，如此，在何种视野的制约下展开阅读就成了文学接受活动所面临的首要问题。讨论这一问题离不开对文学作品的理解，阅读视野的选择和文学作品的性质是相互参照、密不可分的。文学作品，就其本质属性而言，是具有美学目的的精神创造物，正如 S. H. 奥尔森在《文学理解的结构》中所指出的，"当一位作者写出一部他声称是文学作品的本文时，他便给自己规定了一个确定的美学目的。反过来，当一位读者将一部本文作为文学作品来解释时，他也赋予了作者一定的美学意图。将某一本文作为文学作品来进行解释，实际上就是将那些美学意图赋予作者的过程。作者创作文学作品，作为一种活动，旨在造成一种美学反应，这是他必然期待于读者的。该美学意图的本质以及作为其旨归的反应是按照惯例确定的。一篇文本在读者眼里是否文学作品，他可以选择；但读者一旦确定它是作为文学作品写成的，那么他赋予作者的意图也就无可选择了。文学作品不同于其他文本之处，就在于它在读者共同体中所起的特定作用———一种由读者的观念和实践所决定的作用。"② 既然文学作品是文学家审美理想和美学意图的物态化表现，那么，将一部文本当作文学作品来接受，就意味着接受者首先应该按照

---

① 鲁迅：《〈绛洞花主〉小引》，《鲁迅全集》第 8 卷，人民文学出版社 2005 年版，第 179 页。
② ［英］S. H. 奥尔森：《文学反应的结构》，金元浦译，《文艺理论研究》1989 年第 6 期。

审美的态度和方式去理解和阅读文本，只有在审美理解的领域里，文学作品才能够成为一种对象性的审美存在。文学作品的本质属性决定了审美理解这一阅读视野出现的合理性与必然性，只有以审美理解的阅读视野作为前提和基础，作为一种审美交流活动的文学接受进程才能够顺利地展开。

一、审美理解：一种特殊的体验方式

审美理解，顾名思义，就是从审美心理出发，用审美的态度来理解。审美心理的基本特征决定了这里的理解，不是认识方法，而是存在方式，其要旨不是通过理性观察和逻辑推理去发掘文学作品原初的意义，而是从体验出发去追寻文学作品内部所蕴含的无限意味。从这个意义上来说，体验贯穿于审美理解的全过程，没有体验，也就没有审美理解的发生和深化，审美理解实质上就是一种特殊的体验方式。

在把握"体验"这一概念时，我们不妨参照伽达默尔的解释学，其理论中的"理解"框架就是以"体验"作为基础概念建构起来的，他所说的对于艺术作品的理解实际上就是一种体验。在《真理与方法》和《美的现实性》等书中，伽达默尔曾对"体验"一词作过详尽的阐述，我们可以从中归纳出他所理解的"体验"的基本特征及其与艺术的关系：

首先，从伽达默尔对"体验"一词创造依据的论述中，我们可以清晰地看到他对"体验"直接性特征的强调和思考："对'体验'一词的构造是以两个方面意义为根据的：一方面是直接性，这种直接性先于所有解释、处理或传达而存在，并且只是为解释提供线索、为创作提供素材；另一方面是由直接性中获得的收获，即直接性留存下来的结果。"①"体验具有一种摆脱其意义的一切意向的显著的直接性。所有被经历的东西都是自我经历物，而且一同组成该经历物的意义，即所有被经历的东西都属于这个自我的统一体，因而包含了一种不可调换、不可替代的与这个生命整体的关联。"②作为一种主体行为，体验是人的一种基本的生命活动和存在方式，它的出现不依

---

① ［德］汉斯－格奥尔格·加达默尔：《真理与方法——哲学诠释学的基本特征》（上卷），洪汉鼎译，上海译文出版社 1999 年版，第 78 页。

② ［德］汉斯－格奥尔格·加达默尔：《真理与方法——哲学诠释学的基本特征》（上卷），洪汉鼎译，上海译文出版社 1999 年版，第 85—86 页。

赖于任何明晰的客观证明和逻辑推理，而是超越理智、超越功利、超越概念的，它可以凭着直观性的感受和体悟深入对象内部，在物我两忘的心灵化境中把握到对象的内在意义和精神价值，而这种内在意义和精神价值作为"直接性留存下来的结果"，其本身也是体验的一部分。

其次，体验不是主体对客体的认识，而是主客体交互作用和谐交融的结果，所以，体验的对象不是客观的实体世界，而是意义性的存在，其意义是在人的体验中不断生成的。"如果某个东西不仅被经历过，而且它的经历存在还获得一种使自身具有继续存在意义的特征，那么这种东西就属于体验。"① 体验就是对人类生命的自我阐释，对人类存在的自我表现，在体验中表现出来的是存在的完整性和生命的延续性相联系的永久意义，而体验物就是这种永久意义的象征性再现。

再次，艺术与体验密不可分，"艺术来自于体验，并且就是体验的表现"。"体验艺术概念也被用于那种专为审美体验所规定的艺术"。② 无论是艺术创作还是艺术欣赏都离不开审美体验的方式，一方面，审美体验是将主体的情感与智性渗透于作品形式构筑和内在表达的关键环节，是艺术得以产生的基础，没有体验就没有艺术作品；另一方面，体验亦是使艺术作品成为审美交流对象的必要条件，只有经过读者的审美体验，艺术作品中所蕴含的美学目的和审美意味才能够得到肯定、实现和升华。

从伽达默尔的理论观点中，我们可以领会到"体验"的基本特征及其与艺术的密切关系，但是，对于审美理解作为特殊体验方式的性质，伽达默尔并没有提供明确的答案。审美理解固然具有直接性等一般体验的特点，但是，并非所有的体验都可以成为审美理解，很多日常体验都是非审美的。较之一般体验，审美理解这种特殊的体验方式更强调审美活动的情感性、想象性和创造性。

首先，审美活动在本质上是一种情感活动。从俄国美学家康定斯基的审美流程理论中，我们可以明确地观照到情感的核心作用："感情（艺术家

---

① ［德］汉斯－格奥尔格·加达默尔：《真理与方法——哲学诠释学的基本特征》（上卷），洪汉鼎译，上海译文出版社 1999 年版，第 79 页。

② ［德］汉斯－格奥尔格·加达默尔：《真理与方法——哲学诠释学的基本特征》（上卷），洪汉鼎译，上海译文出版社 1999 年版，第 90 页。

的）→感受→艺术作品→感受→感情（观赏者的）。"① 整个流程自感情始，以感情终，艺术家将自身的情感体验寄托在艺术符号上，使其物态化为艺术作品，欣赏者则将从自身的感受出发，将艺术符号转化为非物质化的情感。情感贯穿于审美活动的始终，审美理解，作为审美活动重要组成部分，就其本质而言也是情感性的，主体对审美对象的理解很大程度上就建立在对自身情感的体察之上，审美理解同时也是将主体情感投射到对象身上的过程。譬如，《红楼梦》二十三回写林黛玉与贾宝玉共读《西厢记》后，正欲回房走到梨香院墙角，听到女伶们在演习《牡丹亭》中的戏文："偶然两句吹到耳内，明明白白，一字不落，唱到是：'原来姹紫嫣红开遍，似这般都付与断井颓垣。'林黛玉听了，倒也十分感慨缠绵，便止住步侧耳细听，又听唱道是：'良辰美景奈何天，赏心乐事谁家院。'听了这两句，不觉点头自叹，心下自思道：'原来戏上也有好文章。可惜世人只知看戏，未必能领略这其中的趣味。'想毕，又后悔不该胡想，耽误了听曲子。又侧耳时，只听唱到：'则为你如花美眷，似水流年……'林黛玉听了这两句，不觉心动神摇。又听到：'你在幽闺自怜'等句，亦发如醉如痴，站立不住，便一蹲坐在一块山子石上，细嚼'如花美眷，似水流年'八个字的滋味。忽又想起前日见古人诗中有'水流花谢两无情'之句，再又有词中有'流水落花春去也，天上人间'之句，又兼方才所见《西厢记》中'花落水流红，闲愁万种'之句，都一时想起来，凑聚在一处，仔细忖度，不觉心痛神痴，眼中落泪。"《牡丹亭》戏文中体现出青春空逝、似水流年的浓重感伤情绪直接触发了黛玉孤独忧伤的心境，在她的情感深处激起了不小的涟漪，使其心动神摇，浮想联翩，而她对戏文悲剧性内涵的审美理解就建立在这种情感体认之上。

　　需要注意的是，我们在论及审美理解的情感因素时，必须要将其与日常生活中的情感区别开来，日常生活中的情感每每与现实利害关系密切相关，而审美理解中的情感则建立在对审美情境的体认之上，具有很强的虚拟性和形式性的特征，朱光潜先生曾经说过："我们进入剧院时，用比喻的说法，我们的日常生活之线就被戏票剪断了"②。人一旦进入到了审美情境，被

---

①　[俄] 瓦·康定斯基：《论艺术的精神》，查立译，中国社会科学出版社 1987 年版，第 12 页。

②　朱光潜：《悲剧心理学》，人民文学出版社 1983 年版，第 46 页。

现实利害关系所缠绕的他就暂时消失了，审美对象以它特有的形式作用于人的感官，将其引入一个虚拟的世界，使其脱离生活现实，沉浸在对审美对象的审美观照之中，此时人心中所产生的强烈的情绪和感情，都是针对虚拟化和形式性的审美对象而发的，正如杜夫海纳所说："审美经验在它是纯粹的那一瞬间，完成了现象学的还原。对世界的信仰被搁置起来了，同时，任何实践的或智力的兴趣都停止了。说得更确切些，对主体而言，唯一仍然存在的世界并不是围绕对象的或在形相后面的世界，而是……属于审美对象的世界。"① 如果不停止"实践的或智力的兴趣"，就很容易受制于现实性因素的干扰，让日常生活经验中的利害打算妨碍、延缓甚至完全阻塞审美心境的产生，正如鲁迅所说的那样，"中国人看小说，不能用鉴赏的态度去欣赏它，却自己钻入书中，硬去充一个其中的脚色。所以青年看《红楼梦》，便以宝玉、黛玉自居；而年老人看去，又多占据了贾政管束宝玉的身份，满心是利害的打算，别的什么也看不见了。"②

其次，充沛的感情是激发想象活动的力量，而审美理解亦离不开想象的参与。"从存在论上讲，世界万物无穷无尽，它们是一个无穷无尽的相互关联之网；从认识论上来讲，我们不可能同时知觉到无穷多的万事万物，不可能让万事万物都同时出场，但我们可以从任何一个当前在场的有限之物出发通过想象把无穷多未出场的万事万物与在场的有限物综合为一体。"③ 想象可以为我们拓展一切可能的东西的疆界，使我们伸展到自身以外，甚至伸展到一切存在的东西以外。一般日常体验的对象往往直接依附于现实生活本身，无法超越有限的生命存在。而审美理解作为人的自由精神活动，其所观照的对象每每可以超出了日常经验世界，类似于中国古典诗学之中的"境"，属于形神兼备的层面，是对实在客体进行提炼和升华的产物，其中伴随着对情、神、意的体味和感悟，既包括对原有形象的反映，又包括由原有形象所引发的想象的空间，是原有形象在想象中的延伸和扩大，昭示着日常现实之外的本真存在。所以，审美理解与对象之间理应保持一种想象的虚构性关

---

① ［法］米盖尔·杜夫海纳：《美学与哲学》，孙非译，中国社会科学出版社1985年版，第53—54页。

② 鲁迅：《中国小说的历史的变迁》，《鲁迅全集》第9卷，人民文学出版社2005年版，第348页。

③ 张世英：《哲学导论》，北京大学出版社2002年版，第43页。

系，这种关系将会有助于显示出一种审美的自由状态，使人在精神上回归自身，去体验和发现生命存在的意义和真谛。譬如，在《艺术作品的本源》一文中，海德格尔对梵·高的油画《农鞋》所做的精妙绝伦的审美理解就和想象的介入密切相关："从鞋具磨损的内部那黑洞洞的敞口中，凝聚着劳动步履的艰辛。这硬邦邦、沉甸甸的破旧农鞋里，聚积着那寒风陡峭中迈动在一望无际的永远单调的田垄上的步履的坚韧和滞缓。鞋皮上粘着湿润而肥沃的泥土。暮色降临，这双鞋底在田野小径上踽踽而行。在这鞋具里，回响着大地无声的召唤，显示着大地对成熟的谷物的宁静的馈赠，表征着大地在冬闲的荒芜田野里朦胧的冬眠。这器具浸透着对面包的稳靠性的无怨无艾的焦虑，以及那战胜了贫困的无言的喜悦，隐含着分娩阵痛时的哆嗦，死亡逼近时的战栗。这器具属于大地（Erde），它在农妇的世界（Welt）里得到保存。"① 海德格尔借助想象的力量，由画面上这双破旧的农鞋生发出深刻的审美理解，农人的辛劳和坚毅，人类对大地的依恋，收获的喜悦，新生的期待融合在一起，形成了无限丰富的审美空间，生命的价值意义和人类精神的完整性就蕴含在这一空间之中。

再次，从根本上说，想象就是一种精神性的创造行为，以想象为主要特征的审美理解就是一种创造性的心理活动，正如杜夫海纳所说："只有想象力能把对象与它的天然背景隔离开，把它与某种内心的境界相连接。同时，想象力能在我身上挖掘所有对象能发出的响声并找到回声的深度，使它充分发展成为一个世界。想象力所集合的，丝毫不是那些会融合成一个同类表象的不同表象，而是自我的潜能，以便形成一个独特的表象。"② 对自我潜能的集合使想象生发出独特的表象，从而使得审美理解超越了作品本身的艺术表现形式，创造出向着未来开放的拥有无限意味的审美世界。审美理解并不是被动的接受过程，而是能动的创造过程，它可以不断将新的审美意味加诸对象，使其成为常看常新的存在，正是在这一意义上，接受美学的创始人姚斯才作出了如下论断："一部文学作品，并不是一个自身独立、向每一时代的每一读者均提供同样的观点的客体。它不是一尊纪念碑，形而上学地展

---

① ［德］马丁·海德格尔：《林中路》，孙周兴译，上海译文出版社 2008 年版，第 16 页。

② ［法］米盖尔·杜夫海纳：《美学与哲学》，孙非译，中国社会科学出版社 1985 年版，第 68 页。

示其超时代的本质。它更多地像一部管弦乐谱，在其演奏中不断获得读者新的反响，使文本从词的物质形态中解放出来，成为一种当代的存在。"①

要之，作为一种特殊的体验方式，审美理解既具有一般性体验的特点，又具有情感性、想象性、创造性等审美活动的特征，我们所说的文学接受，即是以审美理解作为基本阅读视野而展开的。

二、审美理解的阅读视野

如前所述，审美理解指向一种特殊的体验过程，而审美理解的阅读就是将文学作品当作审美体验的对象，并以之为起点来进行阅读，它融会着情感和想象，本身就是一种审美活动。

首先，从接受前提来说，进入审美理解的阅读视野意味着接受者对阅读对象具有审美特质这一事实的充分认同。伽达默尔曾经说过："理解意味着将某种东西作为答案去理解。"② 预先承认审美特质的存在，是文学作品和文学欣赏者之间约定俗成的规则和默契。对于拒绝面对或是基本忽视作品审美特质的接受者来说，审美理解的阅读视野是不存在的。只有在承认作品审美特质的前提下，读者才能进入审美理解的阅读视野，以审美的态度去接纳和欣赏文学作品。以蔡元培、胡适、王国维诸人对《红楼梦》的研究和品评为例：蔡元培对小说《红楼梦》进行阅读与研究的目的不是挖掘其中的审美特质，而是将自己的民主主义革命理想和民族主义思想观念落实到对小说寓意的分析中，发掘出作品所隐含的政治意义，故而，在《石头记索隐》一文中，蔡元培开篇即指出《红楼梦》一文的政治影射意义："《石头记》者，清康熙朝政治小说也。作者持民族主义甚挚。书中本事，在吊明之亡，揭清之失。而尤于汉族名士仕清者，寓痛惜之意。当时既虑触文网，又欲别开生面，特于本事以上，加以数层障幕，使读者有横看成岭侧成峰之状况。"文章最后蔡元培又再次重申《红楼梦》作为政治小说的定位："《石头记》之为政治小说，决非牵强附会，已可概见。触类旁通，以意逆志，一切怡红快绿

---

① [联邦德国] H. R. 姚斯、[美] R. C. 霍拉勃：《接受美学与接受理论》，周宁、金元浦译，辽宁人民出版社 1987 年版，第 26 页。
② [联邦德国] H. R. 姚斯、[美] R. C. 霍拉勃：《接受美学与接受理论》，周宁、金元浦译，辽宁人民出版社 1987 年版，第 179 页。

之文，春恨秋悲之迹，皆作二百年前之因话录、旧闻记读可也。"① 如果说蔡元培是从社会革命的角度来观照《红楼梦》的，那么胡适的《红楼梦考证》则是以科学实证之法来分析《红楼梦》的极端例子。他阅读分析《红楼梦》的主要目的是为了展开考证，以此将实验主义的科学求真精神贯彻到底："实验主义自然也是一种主义，但实验主义只是一个方法，一个研究问题的方法。他的方法是：细心搜求事实，大胆提出假设，再细心求实证。……我唯一目的是要提倡一种新的思想方法，要提倡一种注重事实，服从试验的思想方法。……哲学史的研究，《水浒》《红楼梦》的考证……都只是这一个目的。"② 这一目的直接决定着他阅读和研究《红楼梦》的具体方式，众所周知，《红楼梦》是以文学作品著称于世的，但是胡适却将其视为用实验主义方法进行科学考证的对象，提出在面对《红楼梦》一书时，"我们只需根据可靠的版本与可靠的材料，考定这书的著者究竟是谁，著作的事迹家世，著书的时代，这书曾有何种不同的本子，这些本子的来历如何……"经过大量翔实的文献分析和严密的逻辑推理，胡适得出了《红楼梦》的作者是曹雪芹，而该书是作者破产倾家之后在贫穷潦倒的境遇中运用自己的文学才能所做的追昔叹今的"自叙传"的结论。③ 从蔡元培的《石头记索隐》和胡适的《红楼梦考证》的接受和研究中，我们可以看到一种注重实用理性追求的倾向，《红楼梦》作为文学作品所具有的审美特质并不是他们关注的对象，与之形成鲜明对比的是，王国维的《红楼梦评论》从一开始就将小说《红楼梦》的悲剧审美特质作为关注的重点，以叔本华的悲观主义哲学观和悲剧美学观为基点来阐释《红楼梦》中所体现的人生本质和美学意蕴，认为较之《桃花扇》等中国其他古典文学作品，《红楼梦》是"哲学的也，宇宙的也，文学的也"，堪称是"悲剧中之悲剧也"。④ 尽管王国维囿于叔本华的哲学思

① 见王国维、蔡元培、胡适《三大师谈〈红楼梦〉》，上海三联书店 2007 年版，第 61、132 页。

② 胡适：《我的歧路》，见欧阳哲生编《胡适文集》(2)，北京大学出版社 1998 年版，第 365—366 页。

③ 胡适：《红楼梦考证》，见欧阳哲生编《胡适文集》(2)，北京大学出版社 1998 年版，第 432—465 页。

④ 王国维：《红楼梦评论》，见王国维、蔡元培、胡适《三大师谈〈红楼梦〉》，上海三联书店 2007 年版，第 22 页，第 25 页。

想，阐释中不免会出现许多立论牵强之处，[①] 但是，这并不妨碍《红楼梦评论》在挖掘小说审美价值方面所具有的里程碑意义。以蔡元培、胡适、王国维接受《红楼梦》的方式和态度而论，只有王国维是在承认《红楼梦》悲剧美学特质的前提下，真正沉浸在《红楼梦》的文学世界之中并对其展开审美理解的，蔡元培、胡适都有意无意地忽视了《红楼梦》作为文学作品的审美特质，其研究中势必存在着以知性分析和逻辑推理取代文学感悟，为求真而弃美的理论盲点。

其次，从接受效果来说，进入审美理解的阅读视野，将文学作品当作审美体验的对象，意味着阅读主体将会忘记作品以外的世界，自觉或不自觉地中断与现实生活的联系，呈现出一种"自失"的审美状态。"自失"就是失去自我，主要表现为阅读主体的意识、精神和感情完全被作品所控制，忘身忘时，深入到审美境界之中不可自拔的沉醉状态，其沉醉的强烈程度与美国人本主义心理学家马斯洛所描述的"高峰体验"颇有类似之处："自我有可能迷醉于对象，或者完全'倾注到'对象之中，从而消失得无影无踪。"[②] "我们平时看成是冲突、矛盾和没有联系的东西，这时就会被理解为是不可避免的、必然的、甚至是命里注定的东西。"[③] 在高峰体验的刹那，主体的过去与未来完全消融于现时顷刻的凝神观照之中，现实的时空消失了，剩下的只是物我合一的喜悦和沉醉。台湾女作家三毛所描述的自己在课堂上偷看《红楼梦》宝玉出家一段时的心理感受即为"自失"状态提供了绝佳的注脚："当我看完这一段时，我抬起头来，愣愣地望着前方同学的背，我呆在那儿，忘了身在何处，心里的滋味，已不是流泪和感动所能形容，我痴痴

---

① 譬如，王国维在《红楼梦评论》中从叔本华的悲剧人生哲学出发，认为"宇宙一生活之欲而已！而此生活之欲之罪过罚之，此即宇宙之永远的正义也。自犯罪，自加罚，自忏悔，自解脱。美术之务，在描写人生之苦痛与解脱之道……"而《红楼梦》即是一部"以生活为炉，苦痛为炭，而铸其解脱之鼎"的著作：贾宝玉的衔"玉"而生，即是衔"欲"而生，宝玉的一生即是堕于欲望人生的痛苦及解脱欲望的过程。将宝玉之"玉"等同于欲望之"欲"，是对佛教所主张的"直指本心，见性成佛"的解脱方式和叔本华灭绝欲望的解脱方式这两种东西方心性的根本差异缺乏认识的表现，其本身就说明了王国维在《红楼梦评论》中生硬套用叔本华哲学理论的弊端。

② ［美］马斯洛：《自我实现的人》，许金声、刘锋等译，生活·读书·新知三联书店1987年版，第286页。

③ ［美］A. H. 马斯洛：《存在心理学探索》，李文湉译，云南人民出版社1987年版，第83页。

地坐着、痴痴地听着，好似老师在很远的地方叫着我的名字，可是我竟没有回答她。老师居然也没有骂我，上来摸摸我的前额，问我：'是不是不舒服？'我默默地摇摇头，看着她，恍惚的对她笑了一笑，那一刹那间，我顿然领悟，什么叫作'境界'，我终于懂了。"① 《红楼梦》以特有的审美形式作用于三毛的感官，使其在想象中进入了一个与现实生活完全绝缘的审美的境界，从而呈现出了一种浑然忘我、恍恍惚惚的精神状态。在"自失"的审美状态中，阅读主体完全被客体的艺术感染力所折服，以至于忘记了自身的现实存在。但是，值得注意的是，失去自我的过程实际上亦是寻找自我的过程，阅读主体在陷入"自失"状态的瞬间，又发现了一个更为真实的自我，正如杜夫海纳所描述的那样："审美对象所暗示的世界，是某种情感性质的辐射，是迫切而短暂的经验，是人们完全进入这一感受时，一瞬间发现自己命运的意义的经验。"② "观众也在审美对象中自外于自己，恍惚要牺牲自己，以迎接它的降临……可是观众就在这样失去自己的同时又找到了自己。……通过注意的历程，观众发见他自己投身其中的审美对象世界也是'他的'世界。"③ 在"自失"的审美状态中，所有对于现实世界和自身处境的理性认识都被暂时中止了，审美对象的情感意蕴完全占据了读者的心灵世界，唤醒了读者内在的至情至性，阅读也因此而成了一个自我认同的过程。

三、审美理解的阅读视野：文学接受活动的基础

作为一种审美活动，文学接受理应在审美理解的阅读视野之中展开，审美理解的阅读视野堪称是文学接受活动的基础和起点。从姚斯的三级阅读理论中，我们也可以明确地看到这一点。

在《走向接受美学》等文章中，姚斯对诠释过程的三个步骤进行了分析："我的阐释的三个步骤，并非我在方法论上的发明。它建立在这种理论之上：我们把诠释过程看作由理解（intelligere）、阐释（interpretare）和应

---

① 三毛：《逃学为读书》，《背影》，湖南文艺出版社 1987 年版，第 9 页。

② ［法］米盖尔·杜夫海纳：《美学与哲学》，孙非译，中国社会科学出版社 1985 年版，第 28 页。

③ ［法］米盖尔·杜夫海纳：《审美经验现象学》，韩树站译，文化艺术出版社 1992 年版，代前言第 30 页。

用（applicare）三个瞬间过程组成的统一体。汉斯－乔治·伽达默尔独具慧眼，重新指出了这个三位一体的统一体的诠释过程理论的重大意义。这一统一体尽管常常只能达到某一方面的实现，却决定着古往今来的所有的本文阐释。"① 与理解、阐释和应用这三个诠释的瞬间过程相对应，姚斯将文学阅读划分为三个阶段：以审美感知为目的的直接理解式阅读，即以无功利的审美直觉态度进入到对文本语句的理解中；以意义反思为目的的阐释性阅读，即对文本整体意义的理性思考；以关注文本意义生成过程为目的的历史阅读，即将文学文本纳入接受史视域中加以观照，关注其意义在流传中的集合。在论及三者关系时，姚斯认为，具有审美感知的阅读水平是使文学阅读成为审美接受活动的关键，所以，我们在将其与反思的解释性阅读和历史阅读区别开来的同时，必须坚持其在作为文学阅读视野方面所具有的基础性和优先性："如果我们希望把对本文的理解（除去作者与读者暂时的距离），与其审美接受联系起来，那么，我们应仔细将最初的具有审美感知的阅读水平，与回顾的解释性阅读的第二水平区分开来，甚至与历史阅读的第三种水平相区别。"② 审美理解的阅读是一级阅读视野，反思性阐释阅读是二级阅读视野，历史理解的阅读是三级阅读视野，尽管在具体的阅读过程中，三者总是相互交织的，但是后两者的存在必须以审美理解的阅读视野作为基础。"如果我们要认识诗歌本文由于其审美特点而使我们得以感觉并理解些什么东西的方式，我们就不能从分析已获得整体形式的范围之内的特殊本文的意义问题入手，而必须追溯感知过程中开放的意义。……必须遵循本文构成过程的审美感觉、韵律的暗示，及其形式和逐渐完成。"③ "反思性阐释的区分只有通过再阅读经验的视野结构所进行的自我证实才能成立。一首诗的意义只有在周而复始地不断再阅读中，才能展示自己。每一个读者，都熟知这一经验。读者在不断发展着的审美感觉的视野中所接受的一切，能够作为阐释的反思视

---

① ［联邦德国］H. R. 姚斯、［美］R. C. 霍拉勃：《接受美学与接受理论》，周宁、金元浦译，辽宁人民出版社 1987 年版，第 176 页。
② ［德］汉斯·罗伯特·尧斯：《文学与阐释学》，见胡经之、张首映主编《西方二十世纪文论选》第 3 卷，中国社会科学出版社 1989 年版，第 361 页。
③ ［联邦德国］H. R. 姚斯、［美］R. C. 霍拉勃：《接受美学与接受理论》，周宁、金元浦译，辽宁人民出版社 1987 年版，第 178 页。

野而清晰地表达出来。这样，初级阅读经验便成为二级阅读的视野。"①"正是本文的审美特征首先跨越时间的距离，使艺术的历史理解成为可能，因此，审美欣赏必须作为一个诠释前提进入阐释活动。"②

　　要之，作为一种审美交流活动，文学接受必须以审美理解的阅读视野作为前提和基础，只有在审美理解的阅读视野中，作品与读者之间的审美互动才能够顺利展开，文学接受活动才能有望完成对艺术审美价值的激活与再创造。

第二节　读者与作品的交流对话：文艺接受的展开和文艺审美价值的再创造

　　在《真理与方法》一书中，伽达默尔从艺术作品与解释者之间的对话互动空间入手，找到了理解与真理之间的内在关联："艺术作品的真理性既不孤立地在作品上，也不孤立地在作为审美意识的主体上，艺术的真理和意义只存在于以后对它的理解和解释的无限过程中。……艺术的真理和意义永远是无法穷尽的，而只存在于过去和现在之间的无限中介过程中。"③对于伽达默尔来说，真理是作品在解释者的理解视域中所不断生成和呈现出来的，理解就是"流传物的运动和解释者的运动的一种内在相互作用（Ineinanderspiel），"④它"不只是一种复制的行为，而始终是一种创造性的行为。"⑤所以，真理并不是对作者原初创作意图或作品本来意义的还原和再现，而是在创造性的理解过程中不断发展和更新的存在。从伽达默尔对艺术

---

① ［联邦德国］H. R. 姚斯、［美］R. C. 霍拉勃：《接受美学与接受理论》，周宁、金元浦译，辽宁人民出版社 1987 年版，第 179—180 页。

② ［联邦德国］H. R. 姚斯、［美］R. C. 霍拉勃：《接受美学与接受理论》，周宁、金元浦译，辽宁人民出版社 1987 年版，第 183 页。

③ ［德］汉斯－格奥尔格·加达默尔：《真理与方法——哲学诠释学的基本特征》（上卷），洪汉鼎译，上海译文出版社 1999 年版，译者序言第 6 页。

④ ［德］汉斯－格奥尔格·加达默尔：《真理与方法——哲学诠释学的基本特征》（上卷），洪汉鼎译，上海译文出版社 1999 年版，第 376 页。

⑤ ［德］汉斯－格奥尔格·加达默尔：《真理与方法——哲学诠释学的基本特征》（上卷），洪汉鼎译，上海译文出版社 1999 年版，第 380 页。

真理的探讨中，我们可以获得这样的启示：艺术作品的意义在很大程度上取决于它和接受主体的关联方式，艺术作品的审美价值也不是固定在那里等待我们去揭示的东西，而是在读者与文本交流互动的过程中涌现出来的新的创造物。所谓的文学接受过程，实际上就是艺术审美价值的再创造过程。

一、期待视野：读者对作品审美价值的定向性期待

"期待视野"指的是读者在潜在审美经验结构的制约下所形成的对于作品审美价值的定向性期待，在具体的文学接受活动中，这种审美期待往往会成为读者衡量、理解和接纳作品的重要标准，影响着其对作品审美价值的再创造方式。

文学接受领域中的"期待视野"概念是随着接受美学的发展而产生的。德国接受美学创始人姚斯针对以往文学研究中存在的不足，主张把文学研究的重心转向接受美学和效果美学："本世纪六十年代以来，文学研究经历了一场范例变化……从历史角度讲，这要求运用过去的经验以塑造现在；而从当前着眼，这涉及到交流的方式；人们同艺术品的接触使得这种交流在社会生活中成为可能之事。"① 姚斯指出，接受美学是一种"转向研究文学作品效果的美学"，"这一运动是以我的《作为向文学理论挑战的文学史》（1967）和沃尔夫冈·伊泽尔的《本文的系统结构》（1970）两篇论文为先导的。……对于一种新的文学理论来说，获得成功的最好机会不在于超越历史，而在于利用艺术所特有的那种历史洞察力。不是那种完美的分类，也不是符号的封闭系统，更不是形式主义的描述模型，而是历史性的研究才能正确揭示生产和接受的动态过程，揭示作者、作品和公众的动态过程。这种历史性研究借助问答式的解释学，将更新文学的研究，把它引出文学史的迷途，因为文学史已经在实证主义那里搁浅了。"② 在姚斯所开创的新的文学研究范式中，读者的期待视野成了被关注的核心问题，我们不妨以此为起点，对期待视野的

① ［德］汉斯·罗伯特·尧斯：《我的祸福史或：文学研究中的一场范例变化》，林必果译，见［美］拉尔夫·科恩主编《文学理论的未来》，程锡麟等译，万千校，中国社会科学出版社1993年版，第133页。

② ［德］汉斯·罗伯特·尧斯：《审美经验与文学解释学·作者序言》，顾建光、顾静宇、张乐天译，上海译文出版社1997年版，第5—6页。

基本特征展开探讨。

首先，期待视野是一种具有先在性的心理图式，在读者阅读过程中起着定向的作用。也就是说，在接触特定的文学作品以前，读者已经拥有了一定的审美经验和阅读经历，并由此形成了一定的审美理想和阅读惯例，这些经验、经历、理想和惯例在具体的文学接受活动中，会凝聚和表现为一种潜在的审美尺度，决定着读者对作品的取舍选择和接受程度。所以，"一部文学作品，即便它以崭新面目出现，也不可能在信息真空中以绝对新的姿态展示自身。"① 即使是对于一部从未谋面的作品，读者也会从自己先行具有的期待视野出发对其展开观照。美国批评家乔纳森·卡勒也发表过类似的看法："把一部文本当作文学作品来阅读并不是要把读者的脑子变成一片空白，毫无先入之见地去读它；读者必定会带着他自己对文学论述作用的理解去读它，这种理解告诉读者该寻找什么。"②

其次，期待视野不仅决定着读者在特定阅读活动中的价值取向，而且影响着文学史的生成和发展。在姚斯看来，文学史就是文学作品的接受史和效果史，文学的历史效果即是在一代又一代持有不同期待视野的读者那里生成的："只有通过读者的传递过程，作品才进入一种连续性变化的经验视界。在阅读过程中，永远不停地发生着从简单接受到批评性的理解，从被动接受到主动接受，从认识的审美标准到超越以往的新的生产的转换。"③ "正是由于视界的改变，文学效果的分析才能达到读者文学史的范围"④。"文学的历史性并不在于一种事后建立的'文学事实'的编组，而在于读者对文学作品的先在经验。"⑤ 对此，伊格尔顿曾在《二十世纪西方文学理论》中做过这样

---

① ［联邦德国］H. R. 姚斯、［美］R. C. 霍拉勃：《接受美学与接受理论》，周宁、金元浦译，辽宁人民出版社 1987 年版，第 29 页。
② ［美］乔纳森·卡勒：《文学能力》，杨怡译，见中国艺术研究院马克思文艺理论研究所外国文艺理论资料丛书编委会编《读者反应批评》，文化艺术出版社 1989 年版，第 175 页。
③ ［联邦德国］H. R. 姚斯、［美］R. C. 霍拉勃：《接受美学与接受理论》，周宁、金元浦译，辽宁人民出版社 1987 年版，第 24 页。
④ ［联邦德国］H. R. 姚斯、［美］R. C. 霍拉勃：《接受美学与接受理论》，周宁、金元浦译，辽宁人民出版社 1987 年版，第 33—34 页。
⑤ ［联邦德国］H. R. 姚斯、［美］R. C. 霍拉勃：《接受美学与接受理论》，周宁、金元浦译，辽宁人民出版社 1987 年版，第 26 页。

的论述：姚斯的接受美学理论"企图以加答默尔的方式把一部文学作品置于它的历史'视野'之中，即置于它由之产生的文化意义关系之中，然后探索作品的历史视野与它的历史读者的变化的'视野'之间的转换关系。这个工作的目标是创立一种新的文学史——这种文学史不以作家、影响和文学潮流为中心，而以受着作品'接受'史的不同阶段的规定和解释的作品为中心。这并不是说文学作品自身保持不变而它们的解释发生变化：作品和文学传统本身按照它们在其中被接受的各种历史'视野'积极地改变。"①

　　再次，期待视野并不是一成不变的，其现实化进程离不开读者具体的阅读活动。具体的文学作品"可以通过预告、公开的或隐蔽的信号、熟悉的特点、或隐蔽的暗示，预先为读者提供一种特殊的接受。它唤醒以往阅读的记忆，将读者带入一种特定的情感态度中，随之开始唤起'中间与终结'的期待，于是这种期待便在阅读过程中根据这类本文的流派和风格的特殊规则被完整地保持下去，或被改变、重新定向，或讽刺性地获得实现。在审美经验的主要视野中，接受一篇本文的心理过程，绝不仅仅是一种只凭主观印象的任意罗列，而是在感知定向过程中特殊指令的实现……这一新的本文唤起了读者（听众）的期待视野和由先前本文所形成的准则，而这一期待视野和这一准则则处在不断变化、修正、改变，甚至再生产之中。"②当新的文本与读者的期待视野相符的时候，它就会推动着读者的期待视野走向现实化；当新的文本与读者的期待视野脱节或是发生冲突的时候，它就会对读者的期待视野产生一种反作用力，使其发生动摇和改变，形成新的期待视野，并进而改变现行的审美标准："作品在其诞生之初，并不是指向任何特定的读者，而是彻底打破文学期待的熟悉的视野，读者只有逐渐发展去适应作品。因而当先前成功作品的读者经验已经过时，失去了可欣赏性。新期待视野已经达到了更为普遍的交流时，才具备了改变审美标准的力量。"③在《文学史

---

① ［英］特雷·伊格尔顿：《二十世纪西方文学理论》，伍晓明译，陕西师范大学出版社1987年版，第92页。

② ［联邦德国］H. R. 姚斯、［美］R. C. 霍拉勃：《接受美学与接受理论》，周宁、金元浦译，辽宁人民出版社1987年版，第29页。

③ ［联邦德国］H. R. 姚斯、［美］R. C. 霍拉勃：《接受美学与接受理论》，周宁、金元浦译，辽宁人民出版社1987年版，第33页。

作为向文学理论的挑战》一文中，姚斯举过一个非常典型的例子，福楼拜的《包法利夫人》和费多的《范妮》这两部小说同时出现于 19 世纪中期的法国文坛，二者所写的题材也十分相似，但是，由于《范妮》非常符合当时大众的审美习惯和传统的期待视野，所以刚一问世即大受欢迎，竟创下了一年连印 13 版的佳绩，而《包法利夫人》所展现出来的崭新的思想道德倾向和审美表现形式却令一般读者望而却步，难以产生广泛的影响，"只有一小圈子的慧眼之士将其当作小说史上的转折点来理解、欣赏"，但是，随着时间的流逝和读者群的变化，"它却享有了世界声誉。它所创造的小说读者群终于拥护这种新的期待标准，这种标准反而使费多的弱点——他的花哨的风格、时髦的效果、抒情忏悔的陈词滥调——令人不堪忍受了。《范妮》最终只得落入昨日的畅销书之列"①。从《包法利夫人》和《范妮》的命运变化中，我们可以体会到新的作品渐渐唤醒新的期待视野并改变审美标准的巨大力量。

最后，期待视野和具体作品之间的审美距离是决定作品艺术特性及其审美价值的重要因素。"一部文学作品在其出现的历史时刻，对它的第一个读者的期待视野是满足、超越、失望或反驳，这种方法明显地提供了一个决定其审美价值的尺度。期待视野与作品间的距离，熟识的先在审美经验与新作品的接受所需求的'视野的变化'之间的距离，决定着文学作品的艺术特性。"② 艺术特性和审美价值并不是作者赋予作品的固定不变的客观属性，而是在读者的接受和传递活动中不断显现出来的，一部作品流传的时间越久远，作品的艺术魅力就会越大，因为，当其面对不同时代的读者的审美需求时，作品的艺术特性会不断得到新的发掘，这些被发掘出来的艺术特性融会在一起，就使得作品的潜在内涵和审美价值更加丰富充实。就这一意义而言，越是能够与期待视野保持距离，从而成功挑战已有的期待视野和阅读经验，不断引发读者再创造活动的文学作品，就越是有望体现出更大的审美价值。当然，作品与期待视野之间的距离必须是适度的，既能够使读者感到陌

---

① [联邦德国] H. R. 姚斯、[美] R. C. 霍拉勃：《接受美学与接受理论》，周宁、金元浦译，辽宁人民出版社 1987 年版，第 35 页。

② [联邦德国] H. R. 姚斯、[美] R. C. 霍拉勃：《接受美学与接受理论》，周宁、金元浦译，辽宁人民出版社 1987 年版，第 31 页。

生和新奇，又能够唤起其对已有审美经验的回忆，只有这样，才能不断激发读者对文学作品的理解、认识、反应和评价。

要之，作为读者对作品的定向性期待，在具体的文学接受中，期待视野会成为影响和推动艺术审美价值再创造活动的巨大力量。正如伽达默尔所说："意义总是同时由解释者的历史处境所规定的，因而也是由整个客观的历史进程所规定的。……本文的意义超越它的作者，这并不只是暂时的，而是永远如此的。"① 正是持有不同期待视野的读者拓展了文学作品的广度和深度，使其在连续变化的视野中不断滋生出新的意义和审美价值。

二、隐含的读者：作品对读者审美活动的潜在制约

以上我们从期待视野的角度论述了读者对作品的定向性期待，但是，作品并不是可以任由读者随意图解的完全被动的存在，其内部结构亦会对读者的审美活动起到潜在的制约作用，伊瑟尔即是以此为依据提出了"隐含的读者"这一概念。

正如霍拉勃所说的，通过"隐含的读者"这个概念，伊瑟尔"是在寻求一种'超验范型'，也可叫作'现象学的读者'，体现着所有那些文学作品实现自己的作用所必不可少的先决条件"②。作为现象学意义上的读者概念，"隐含的读者"指的并不是从事现实阅读活动的具体读者，而是作品自身设定的能够把文本提供的可能性加以具体化的预设读者，它意味着文学作品传达信息的独特结构，"体现了一部文学作品法规其效果所必不可少的所有那些部署——这些部署不是由外在的经验现实设定的，而是由本文自身设定的。理所当然，作为一种概念，'隐含的读者'的本质牢固地存在于本文的结构之中；它是一种结构，决不能把它和任何真实读者等同起来。"③ "关于这个概念，存在两个基本的、相互联系的方面：它一方面作为一种本文结构的

---

① [德] 汉斯－格奥尔格·加达默尔：《真理与方法——哲学诠释学的基本特征》（上卷），洪汉鼎译，上海译文出版社 1999 年版，第 380 页。

② [联邦德国] H. R. 姚斯、[美] R. C. 霍拉勃：《接受美学与接受理论》，周宁、金元浦译，辽宁人民出版社 1987 年版，第 368 页。

③ [联邦德国] W. 伊泽尔：《审美过程研究——阅读活动：审美响应理论》，霍桂桓、李宝彦译，中国人民大学出版社 1988 年版，第 45—46 页。

读者角色，另一方面作为一种构造活动的读者角色。"① "本文结构与读者构造活动的关系，和意向与实现的关系大致相同，虽然在我们已经描述过的这个能动过程中，它们是在'隐含的读者'概念之中联系起来的。"② "本文结构"指的是召唤读者参与的本文结构，所具有的是一种潜在的意义，"读者构造活动"指的是可以将这种潜在意义转化为现实意义的具有行动能力的读者的活动，二者互为表里，共同构成了"隐含的读者"的基本内涵，如此，"隐含的读者"既包含着本文潜在意义的先结构，又昭示着通过阅读使这种潜力走向现实化的希望，它对现实读者围绕具体作品所展开的审美活动可以起到潜在的制约作用，是现实阅读活动得以展开的前提，其重要性不容忽视。具体而言，"隐含的读者"即本文结构至少可以在以下四个方面影响和规定着现实读者进行艺术审美价值再创造活动的基本取向，使个性化的再创造活动也体现出某种共通性的特征。

其一，规定着读者对艺术程式和欣赏惯例的基本认识。艺术程式和欣赏惯例是作者和读者共同遵守的东西，是艺术接受的先决条件，"正如英国剧作家麦恩（A. A. Milne）经常所说的那样，每出戏都是骗局，而这场骗局的成功完全取决于观众心甘情愿的合作。虽然要求观众目睹的是未曾发生过的事或不可能发生的事，但他们仍然心甘情愿受骗相信事情确实是那样的，至少是几个小时。"③ 戏剧如此，文学亦是如此，如果观众不认为自己是在欣赏文学艺术，非要以日常生活中的惯例去规范自己在舞台上或在小说中看到的人和事，那么艺术接受根本就没有办法进行下去。

其二，规定着读者对语言情感内涵的基本把握。作为一种审美化的语言，文学语言是超越常规语法逻辑的情感符号，在具体的文学接受中，读者可以调动自己个体化的情感经验和审美体验，通过联想参与对这种情感符号的解码活动，但是，不管现实读者如何解码，都不会脱离"隐含的读者"

---

① ［联邦德国］W. 伊泽尔：《审美过程研究——阅读活动：审美响应理论》，霍桂桓、李宝彦译，中国人民大学出版社 1988 年版，第 46 页。

② ［联邦德国］W. 伊泽尔：《审美过程研究——阅读活动：审美响应理论》，霍桂桓、李宝彦译，中国人民大学出版社 1988 年版，第 48 页。

③ ［美］小罗杰·M. 巴斯费尔德：《作家是观众的学生》，李醒译，见［美］艾·威尔逊等《论观众》，李醒等译，文化艺术出版社 1986 年版，第 111 页。

所规定的基本情感取向。例如，鲁迅的《呐喊·社戏》中有这样一段为人称道的描写："于是看小旦唱，看花旦唱，看老生唱，看不知什么角色唱，看一大班人乱打，看两三个人互打，从九点多到十点，从十点到十一点，从十一点到十一点半，从十一点半到十二点，——然而叫天竟还没有来。"读者读至此处，一般都能由冗长的句子和间歇重复的叙述方式中，体会到文本结构中所蕴含的那种单调沉闷的观戏感受和从焦急到厌烦的等待情绪，体会到"我"在戏园子里面看戏完全是受罪，无论读者对当时的情形展开怎样的个性化联想，都不会脱离这种由语境和语言本身的质感所决定的基本情感取向。

其三，规定着读者对文学形象特征的基本建构。本文先在结构会不断传达显在信息，防止个体性化的现实读者在面对作品时陷入任意化的形象想象和建构之中。在具体的文学接受活动中，尽管会出现"一千个读者有一千个哈姆莱特"的情况，但是，这一千个读者心目中的哈姆莱特毕竟也还是哈姆莱特，读者只能将其想象成一个高贵的、忧郁的王子，不会将其想象成一个猥琐的、活跃的弄臣。读过《红楼梦》之后，尽管不同的读者围绕着大观园中的主要居所会生发出不同的想象，但是，一般人都会领会到蘅芜苑（宝钗居所）的清冷朴素，潇湘馆（黛玉居所）的精巧雅致，秋爽斋（探春居所）的宽绰阔朗。这些都是现实读者根据隐含读者所传达的显在信息而作出的必然判断，我们可以从中看到文本内部结构对读者的形象构想所起到的强大制约作用。

其四，影响着现实读者对作品精神意蕴的理解方式。"隐含的读者"是一种现象学意义上的本文的意义结构，它通过作品的整体设计营造了一个精神意蕴的复杂网络，诱导着现实读者介入其中。尽管现实中的读者可能会对作品的精神意蕴作出各自不同的理解，但是所有这些理解都不是以异想天开的方式凭空得来的，而是潜隐在本文结构之中的，"隐含的读者"始终在默默制约着现实读者对作品精神意蕴的理解方式。如果说"隐含的读者"包含三方面基本内容，即"在本文中表现出来的不同视野，读者综合这些视野所由之出发的优势点，以及这些视野汇聚到一起的相遇处"[①]，那么现实读者对

---

① 　[联邦德国] W. 伊泽尔:《审美过程研究——阅读活动: 审美响应理论》，霍桂桓、李宝彦译，中国人民大学出版社 1988 年版，第 47 页。

作品精神意蕴的具体理解就是基于单一视野生发出来的认识。譬如，从孙犁的小说《铁木前传》中，有些读者认识到的是新生力量与旧有思想斗争的艰难，有的读者看到的是人生的快乐原则和社会责任感之间的冲突，还有的读者领会到的是审美的人生要求在历史条件的局限中不得施展所带来的焦灼和悲凉，而这些对《铁木前传》精神意蕴的理解方式，都可以从文本内在结构中找到根据：九儿、四儿满怀对他人和社会的义务感，甘愿为集体奉献自我，积极推动合作化运动；六儿、小满儿自由洒脱，耽于享受，更加注重个体化人生所带来的满足感，虽然屡受批判但是却拒绝加入时代洪流去改造自我。在特定的历史条件下，前者显然因为代表着正确的政治方向而理应成为时代的选择，但是后者也因为合乎人的本性而具有强大的力量。不管读者对《铁木前传》的精神意蕴作出何种理解，都不能脱离"隐含的读者"所提供的这些信息和提示。

总之，在文学接受活动中，现实读者一旦进入艺术作品所营造的世界，他就开始了接受隐在读者召唤参与艺术审美价值再创造的进程，我们在肯定读者能动作用的同时，也要充分重视作品在审美活动中的规定性。韦恩·布斯曾经说过："必须对作为读者的我与正在付账单、修漏水龙头、缺乏仁慈与明智的那个时常很不相同的我之间加以区别。只有在我阅读时，我才变成了必须与作者的信念相一致的那个自我。不管我的真实信念和行为是什么，如果我要充分欣赏作品，我就得全心全意地附属于作品。"① 尽管韦恩·布斯这段话因不脱作者中心论的窠臼而暴露出明显的偏颇之处——处于阅读中的读者并不一定必须和作者的信念完全一致，但是，全心全意地附属于作品是充分欣赏作品的前提这一说法并没有错，只有在充分尊重和理解作品内在结构的基础上，读者才能够真正有效地展开和作品的双向交流对话，艺术审美价值的再创造活动才不致成为读者一厢情愿的主观臆造。

三、读者与作品的对话交流和艺术审美价值的再创造

从对"期待视野"和"隐含的读者"所进行的分析中，我们不难看到，

---

① ［美］W. C. 布斯：《小说修辞学》，华明、胡晓苏、周宪译，北京大学出版社 1987 年版，第152 页。

读者对作品审美价值的定向性期待和作品对读者审美活动的潜在制约是同时
存在且相互作用的，这无形中决定了作品和读者之间的关系不是"我——
他"式的"言说——倾听"的关系，而是"我——你"式的对话交流关系。
对话交流就是一个对话双方通过相互碰撞作用不断建构意义的动态过程，作
为对话双方的作品和读者同为积极行动的主体，它们不断地向对方提问，又
不断地针对对方的提问作出自己的回答，这种互相问答的交流过程本身就意
味着艺术审美价值再创造活动的充分展开。

　　根据伊瑟尔的观点，在现实生活中，任何人都无法真正体验到他人的
体验，为了加强相互了解，克服彼此体验的不可互见性，人与人之间围绕着
共同的情境和参照系展开了面对面的社会交流活动。与社会交流类似的是，
在文学接受中，作品和读者之间展开对话交流活动的基本动因亦是二者间的
不可互见性：读者难以原封不动地按照创作的原初语境去理解作品，作品也
不会根据每一个读者的理解模式去塑造自身。与社会交流不同的是，文学接
受作为一种对话交流活动，"它的发动和调节不是由一种给定的准则，而是
由一种存在于明确和含蓄、揭示和隐瞒之间、相互限制和不断扩大的相互作
用进行的。"① "对于阅读来说，不存在面对面的情境。"② 作品静态的存在状态
使其无法根据具体读者的反应作出相应的调整，读者也无法从作品那里直接
领会到自己的理解是否正确，推动和引导双方交流进程的不是可供调整彼此
意图的共有准则和情境，而是有待通过阅读活动来得到填补的"不确定的构
造性空白"③。

　　伊瑟尔关于"不确定的构造性空白"的思想深受波兰现象学美学家
罗曼·英加登的影响，英加登认为，"我们的观察必然会使我们得出结论：
纯粹的文学作品是一个由各个方面，包括空白（gaps）、不定点（spots of
indeterminacy）、图式化外观（schematized aspects）等构成的图式化形式。

---

① ［联邦德国］W. 伊泽尔：《审美过程研究——阅读活动：审美响应理论》，霍桂桓、李宝彦译，
中国人民大学出版社 1988 年版，第 229 页。

② ［联邦德国］W. 伊泽尔：《审美过程研究——阅读活动：审美响应理论》，霍桂桓、李宝彦译，
中国人民大学出版社 1988 年版，第 225 页。

③ ［联邦德国］W. 伊泽尔：《审美过程研究——阅读活动：审美响应理论》，霍桂桓、李宝彦译，
中国人民大学出版社 1988 年版，第 226 页。

另一方面，它的这些构成要素表现为一定的潜在性，我们试图用'等待阅读的状态'（holding-in-reading）来表达这种特点。然而，单个文学作品似乎无法明确显示出任何处于待读存在状态的空白、不定点，或任何图式化外观的潜在性，我们只能在阅读中与其产生鲜活的交流。"①"空白、不定点，或任何图式化外观的潜在性"召唤着读者对其进行填补、充实和具体化，而这种填补、充实和具体化本身就是一种特殊的创造活动，就这一意义而言，处于接受过程中的文学作品就是艺术家和欣赏者共同创造的产品。伊瑟尔在吸收改造英加登理论的基础上进一步深化了关于"不确定的构造性空白"的观点，他在《阅读活动：审美响应理论》一书中指出，在阅读中，不确定性是一种使本文和读者相互作用的推动力，它不仅仅像英加登所认为的那样是由本文的特性产生出来的，而且也与"读者在阅读过程中建立起来的、存在于本文和读者之间的联系有关。这种不确定性作为一个推动者（它制约读者对本文的'系统表述'）发挥作用"②。"在本文中，不确定性有两种基本结构——空白和否定，这些空白和否定是文学交流的基本结构，因为它们引起了本文和读者之间发生的相互作用，而且从某种程度上来说，它们也调节这种相互作用。"③

　　所谓"空白"，即"用来表示存在于本文自始至终的系统之中的一种空位（vacancy），读者填补这种空位就可以引起本文模式的相互作用"④，"作为空位，它们本身是'虚无'，但是作为'虚无'，它们又是引起文学交流的一种至关重要的推动力量。"⑤"只有当本文的图式被读者互相联系起来时，读者才开始构造想象性客体，正是空白使这种联结性运作得以进行。"⑥"在

① Roman Ingarden: *The Literary Work of Art*, Evanston: Northwestern University Press, 1973, p.331.
② [联邦德国] W. 伊泽尔：《审美过程研究——阅读活动：审美响应理论》，霍桂桓、李宝彦译，中国人民大学出版社 1988 年版，第 247 页。
③ [联邦德国] W. 伊泽尔：《审美过程研究——阅读活动：审美响应理论》，霍桂桓、李宝彦译，中国人民大学出版社 1988 年版，第 248 页。
④ [联邦德国] W. 伊泽尔：《审美过程研究——阅读活动：审美响应理论》，霍桂桓、李宝彦译，中国人民大学出版社 1988 年版，第 249 页。
⑤ [联邦德国] W. 伊泽尔：《审美过程研究——阅读活动：审美响应理论》，霍桂桓、李宝彦译，中国人民大学出版社 1988 年版，第 266 页。
⑥ [联邦德国] W. 伊泽尔：《审美过程研究——阅读活动：审美响应理论》，霍桂桓、李宝彦译，中国人民大学出版社 1988 年版，第 249 页。

虚构性本文中，空白是一种典型的结构；"①"是本文看不见的结合点，因为
它们把本文的图式和本文视野区分开来，同时在读者方面引起观念化的活
动"②。这些空白点是一种无言的意义建构方式，联结全文的需要就是发挥想
象填补空白的需要，读者要想完成阅读，就必须去有意无意地填补空白。文
学作品正是由于存在着大量空白点才具有了开放性的特征，才能吸引和组织
着读者发挥自身的审美经验以及自己对世界的创造性想象，投身于文本各部
分的联结和建构之中。这种经验和想象是因人而异的，这种联结和建构也是
多种多样的，就这一意义而言，填补"空白"的过程就是对文学作品的再
创造过程。英国女作家弗吉尼亚·沃尔夫在《论简·奥斯丁》中就曾经对
简·奥斯丁作品中所设置的空白给予了很高的评价，认为以空白刺激想象是
伟大小说家必须具备的条件："简·奥斯丁是一位比外表上看来具有更深刻
感情的大师。她刺激我们的想象力，让我们自己去补充她所没有写出来的
东西，从外表上看来，她所提供的不过是一桩细节，然而，在这桩细节之
中，包含着某种在读者的头脑中可以扩展的因素，她把外表琐细的人生场景
的最为持久的形式赋予这种因素。……那段迂回曲折的对话，使我们悬虑不
安，如坐针毡。我们的注意力一半放在目前，一半放在将来。……在这儿，
在这段未经润饰的、重要的附属情节里，确实包含着简·奥斯丁伟大品质
的所有因素。"③所谓"否定"（negation），即源自于本文结构和读者的理解
惯例在阅读过程中所发生的矛盾。正如杜夫海纳所说："作品期待于欣赏者
的，既是对它的认可又是对它的完成。"④但是，处于具体阅读过程中的读者
却常常会产生期待受挫的情况，原先持有的价值规范和审美习惯会遭到文本
结构的质疑甚至瓦解，再也不能依靠它们去发挥想象，建立起对本文的连贯
理解，在这种情况下，读者若要继续阅读活动，就需要自觉否定以往的理解
惯例，而这种否定本身就会造成接受过程中"不确定性的构造性空白"，为

---

① [联邦德国] W. 伊泽尔：《审美过程研究——阅读活动：审美响应理论》，霍桂桓、李宝彦译，
中国人民大学出版社 1988 年版，第 278 页。

② [联邦德国] W. 伊泽尔：《审美过程研究——阅读活动：审美响应理论》，霍桂桓、李宝彦译，
中国人民大学出版社 1988 年版，第 249 页。

③ [英] 弗吉尼亚·沃尔夫：《论小说与小说家》，瞿世镜译，上海译文出版社 2000 年版，19—
20 页。

④ [法] 米·杜夫海纳：《审美经验现象学》，韩树站译，文化艺术出版社 1992 年版，第 74 页。

了消除这种空白和不确定性，读者必须进一步加强与文本间的交流互动，尽快产生新的发现，形成新的观点，构建出能为自己所认可的文本意义。"在这种意义上，否定性可以称为文学本文的基本结构。""否定性充当表现与接受之间的一种调节，它发起了构成活动"，"帮助我们从我们自己的生活中摆脱出来，从而使我们能够汲取其他人的观点"。[①]"否定"引导和控制着作品和读者之间的对话交流和相互作用，因此，"否定的性质是文学价值的决定因素"[②]。

如前所述，读者与作品的双向对话交流活动与艺术审美价值的再创造活动是同一的，作为驱动读者与作品的双向对话交流活动的关键因素，"不确定性"亦是艺术审美价值的再创造过程得以展开的重要契机。具体来说，"不确定性"主要也是从"空白"和"否定"这两个方面激发和引导艺术审美价值再创造进程的：

首先，空白是激发读者想象的基本动力，而想象则是读者进行艺术审美价值再创造的重要渠道，在文学接受过程中，读者围绕着空白所展开的想象会有效地推动艺术审美价值再创造进程的发生和发展。一般来说，在不妨碍意义传递的情况下，作品中能够激发读者想象的空白点越多，作品可供审美再创造的空间就越大，作品的审美价值也就越高。概而言之，读者围绕着文中空白所展开的想象主要有两种：经验型想象和互文型想象。

经验型想象指的是在具体阅读中，读者响应文本结构和隐含读者的潜在召唤，从自己的生活经验出发所展开的审美想象。它既可以填补因语言文字本身的抽象性所造成的形象空白；又可以弥合因叙述中断所造成的构造性空白。前者如，《红楼梦》第四十八回"慕雅女雅集苦吟诗"中，香菱对黛玉谈到的读诗体会："……还有'渡头余落日，墟里上孤烟，'这'余'字和'上'字，难为他怎么想来！那年上京来，那日下晚便湾住船，岸上又没有人，只有几棵树，远远的几家人家做晚饭，那个烟竟是青碧连云。谁知我昨儿晚上看了这两句，倒像我又到了那个地方去了。"在这里，香菱调动生活

---

① ［联邦德国］H. R. 姚斯、［美］R. C. 霍拉勃：《接受美学与接受理论》，周宁、金元浦译，辽宁人民出版社1987年版，第380页。

② ［联邦德国］H. R. 姚斯、［美］R. C. 霍拉勃：《接受美学与接受理论》，周宁、金元浦译，辽宁人民出版社1987年版，第379页。

经验展开想象，将抽象的语言文字具象化，不但能够有效复现艺术形象中所包含的丰富内容，而且能够加入自己的理解和感受对艺术形象进行开拓和补充，使之化作自己的心声，充分领会到了诗句的妙处，而她的想象和领会本身就是对诗歌艺术审美价值的再创造过程。后者如，细心的读者在阅读《红楼梦》第三回"林黛玉抛父进京都"时，都会注意到其中黛玉前后言词的明显变化："贾母因问黛玉念何书，黛玉道：'刚念了《四书》。'黛玉又问姊妹们读何书，贾母道：'读什么书！不过是认得两个字，不是睁眼的瞎子罢了！'……宝玉便走近黛玉身边坐下，又细细打量一番，因问：'妹妹可曾读书？'黛玉道：'不曾读书，只上了一年学，些须认得几个字。'"贾母和宝玉问的是同一个问题，而黛玉的前后回答却大相径庭，书中并未明确交代黛玉改变回答的心理动因，但是读者却可以根据生活经验发挥想象去弥补这一空缺：作为一个初到亲戚家的敏感少女，黛玉对别人的看法必然是处处留心时时在意的，贾母谈及众姊妹读书情况时候的轻视态度分明流露出"女子无才便是德"的价值观，黛玉听闻肯定会对自己之前的回答后悔不迭，觉得不该在老祖宗面前表现得太把读书当一回事，所以，后来宝玉问到同一个问题时，林黛玉的回答就完全变了，而且不露痕迹地顺应了贾母的说法口气和价值取向，这不仅说明黛玉对自己寄人篱下处境的极度敏感，而且体现出黛玉有着"心较比干多一窍"的聪慧和机变。读者对黛玉心理活动所展开的想象既是对黛玉形象进行深入感觉和体验的过程，又是对这一形象的审美价值进行再创造的过程。

　　互文式想象指的是读者在文学阅读的过程中，围绕着文中的空白之处，结合自己从其他作品那里得到的审美感受所展开的想象。互文式想象建立在转喻式思维（罗兰·巴特语）的基础上，即将文本视为更大的文本海洋中的一部分，在想象中令其和他文本相互交融，产生互动作用。对此，叶维廉在《秘响旁通——文意的派生与交相引发》一文中曾这样描述说："打开一本书，接触一篇文，其他的书的另一些篇章，古代的、近代的、甚至异国的，都同时被打开，同时呈现在脑海里，在那里颤然欲语。一个声音从黑字白纸间跃出，向我们说话，其他的声音，或远远的回响，或细语提醒，或高声抗议，或由应和而向更广的空间伸张，或重叠而递变，像一个庞大的交响乐队，在我们肉耳无法听见的演奏里，交汇成汹涌而绵密的音乐。"① 与他文本的互动过程中，阅读对象的意义往往会"溢出"作者想要表达的思想，从而使文本的艺术审美价值也因此而获得了被再创造的机会和增殖的可能。例如，在对郁达夫《故都的秋》一文进行欣赏时，接受主体一般都会注意到抒情主人公对北国秋天悲凉之美的追怀、眷恋和珍惜，但是这种追怀、眷恋和珍惜的深层心理动因是什么，文中并没有作出明确的交代。在填补这一空白时，具有古典文学修养和熟谙传统文人气质的接受主体每每会将《故都的秋》一文置入无形的文本海洋之中，联系中国古代诗文著作，品读古代文人描写秋天的名句，如"悲哉秋之为气也！萧瑟兮草木摇落而变衰，憭栗兮若在远行，登山临水兮送将归。"（宋玉《九辨》）"秋风萧瑟天气凉，草木摇落露为霜，群雁辞归鸿南翔，念君客游思断肠。"（曹丕《燕歌行》）"无言独上西楼，月如钩，寂寞梧桐深院锁清秋。"（李煜《相见欢》）"多情自古伤离别，更那堪，冷落清秋节！"（柳永《雨霖铃》）等等，在品读中，接受主体可以结合着古典诗词中的悲秋情结展开互文式想象，从而在想象中自然而然地体会到《故都的秋》一文中的情感倾向和审美情趣：自古以来，中国诗人的生命状态是敏感，是孤独，更是多情，对于必然逝去的美好事物，他们有着最深挚的眷恋和最无奈的忧伤，而萧瑟的秋天恰好可以成为这种悲剧意识的载体，"自古逢秋悲寂寥"，文人们习惯于在寥落的秋景中品味灵魂深处的孤独，但是在品味之时，他们未尝没有曲高和寡的自得，未尝没有超脱世俗融入自然的快乐，所以，悲秋情结长盛不衰，一代又一代的文人享受着秋天寂寞孤高的美丽，沉溺在既惆怅又喜悦的悲秋情结之中。而《故都的秋》一文对秋天悲凉之美的赞赏，即是对中国古诗悲秋情结的自然承袭，主人公感受中的秋天，和破屋、苦茶、衰草、秋蝉联系在一起，清净至极，悲凉至极，但是传统文人积习甚深的主人公又是多么热爱这种清净和悲凉，以至于在结尾处不能自已地发出了情痴之语："秋天，这北国的秋天，若留得住的话，我愿意把寿命的三分之二折去，换得一个三分之一的零头。"

　　以上我们对经验型想象和互文型想象进行了分析，需要指出的是，在

---

① 叶维廉：《秘响旁通——文意的派生与交相引发》，见温儒敏、李细尧编《寻求跨中西文化的共同文学规律——叶维廉比较文学论文选》，北京大学出版社 1986 年版，第 168 页。

填补空白的具体想象和阅读过程中，经验型想象和互文型想象并不是可以截然分开的，而是互相溶浸、互相包含、你中有我、我中有你的。

其次，作为推动作品和读者交流互动的又一个重要契机，"否定"亦是激发艺术审美价值再创造活动的基本动力。如前所述，读者期待视野和审美惯例所遭受的否定会导致审美进程的短暂空白，为了保证文学接受活动的持续发展，读者只能进一步加强与文本的交流，争取尽快形成新的期待视野和审美观点，而这一过程本身就伴随着艺术审美价值的再创造活动。如，在欣赏朱自清的名篇《荷塘月色》时，读者看到题目，一般都会认为文中所写题材应该是月色下的荷塘美景，而文章的前六个自然段也确实是专意于描写月下荷塘及抒情主人公从中所感受到的"淡淡的喜悦"和"淡淡的忧愁"，随着阅读的展开，读者会渐渐陶醉于作者所营造的宁静、朦胧、朴素、淡雅的审美氛围。但是，正当读者对静谧优美的月色荷香充满期待之时，文中却陡然出现了七、八、九、十这四个自然段所构成的江南采莲图，且不说"江南采莲图"的具体内容与文章的标题"荷塘月色"并不相符，仅以所表达的氛围而论，江南采莲图中所洋溢的那种欢娱、冶游的风情就与朴素淡雅的审美基调大相径庭。无论是文中所引用的梁元帝的《采莲赋》还是作者铭记在心的南朝民歌《西洲曲》，所表现的都是江南采莲旧俗中的艳情和风流，热闹和欢乐是其基本的情感特色，而主人公所流露出来的对热闹和欢乐的艳羡和向往更是与安然自得、无欲无求的宁静氛围格格不入："那是一个热闹的季节，也是一个风流的季节。""可见那时嬉游的光景了。这真是有趣的事情，可惜我们现在早已无福消受了。""这令我到底惦着江南了。"凡此种种，断然否定了读者已经形成的审美期待，而否定本身又会引发读者更为深入的思考，引发其与文本之间更为深入的交流和对话，《荷塘月色》的意义和艺术审美价值也因此而得到了再创造和增殖。钱理群和刘泰隆的阅读分析就是对《荷塘月色》进行意义再创造的典型例证。前者抓住《荷塘月色》对"这几天心里颇不宁静"的描写和强调，结合1927年大革命前后中国自由主义知识分子进退失据的精神困境，将文中前后矛盾的情感基调和审美风格归结于主人公因时代风云而起的复杂心绪，认为这种复杂心绪"在《荷塘月色》里就外化为'荷塘月色'和'江南采莲图'两幅图画，在'冷'与'热'、'静'与'动'的强烈对比、相互颠覆中，写尽了这一代自由知识分子的内心矛盾与冲突。"① 后者则从抒情主人公思绪的微妙变化入手去思考文章前后两部分审美风格的差异，对主人公宁静与不宁静交替出现的情感层次进行了细致的探究："这种无牵无挂独自受用无边荷香月色的自由境地，就是他要摆脱由现实扰乱'心里颇不宁静'，而追求刹那间安宁的心境的反映。由这种情绪所决定，荷塘景色全是一派幽静安宁的景象……但是作者毕竟是不能真正超然，一听到'树上的蝉声与水里的蛙声'，一股愁思猛地袭上心头，不禁发出慨叹：'热闹是它们的，我什么也没有'，宁静的心情复又纷然。接着他想起采莲的事，从六朝的风流季节，忆起梁朝的《采莲赋》……作者思绪一直驰骋在历史记忆中，宁静又复不宁静，深切而微妙地反映了他'乐得暂时忘记'而又不能'忘记'的万分苦恼的心情。"②

可以说，正是"本文中产生出来的空白和否定""提供了一种特殊结构"③，这一结构发起了作品与读者之间的对话和交流，导引和控制着二者相互作用的过程，不仅有助于作品的意义、价值和效应的生成，而且可以为读者发现和建构新的审美意识提供有效的途径："本文意义的构成不仅意味着读者从相互作用的本文视野中创造逐渐显现出来的意义整体——正像我们已经看到的那样，而且意味着通过系统表述这个整体，它使我们有可能系统表述我们自己，从而发现一个内在的、我们迄今为止一直没有发现过的世界"④。

总之，文学接受活动不是一方向另一方的施予或是一方对另一方的收纳，而是作品和读者双向主动的交互作用过程：读者融入作品，创造出新的文学意义；作品向读者渗透，建构出新的审美视野。只有在这一过程中，文本的潜在结构才能够走向现实化，艺术审美价值的再创造活动才能够得到全面的展开："第一个读者的理解将在一代又一代的接受之链上被充实和丰富，一部作品的历史意义就是在这过程中得以确定，它的审美价值也是在这过程

---

① 钱理群：《关于朱自清的"不平静"》，《名作重读》，上海教育出版社 2006 年版，第 225 页。
② 刘泰隆、陈孝全：《朱自清作品欣赏》，广西人民出版社 1981 年版，第 132—133 页。
③ ［联邦德国］W. 伊泽尔：《审美过程研究——阅读活动：审美响应理论》，霍桂桓、李宝彦译，中国人民大学出版社 1988 年版，第 230 页。
④ ［联邦德国］W. 伊泽尔：《审美过程研究——阅读活动：审美响应理论》，霍桂桓、李宝彦译，中国人民大学出版社 1988 年版，第 216 页。

中得以证实。在这一接受的历史过程中，对过去作品的再欣赏是同过去艺术与现在艺术之间，传统评价与当前的文学尝试之间进行着的不间断的调节同时发生的。"①

第三节　文艺批评：文艺接受的特殊方式和文艺审美价值的评判

文学批评是文学接受的特殊方式，毋庸置疑，文学批评应以一般的文学接受作为前提和基础，正如莱辛所说，"一个学会最透辟地评论一出戏的人，总是那些最勤于看戏的人。"② 但是，二者却并不能完全等同起来。如果说一般的文学接受类似于兴之所至的随意鉴赏，那么文学批评则更富有专业研究的色彩，著名学者郑振铎说得好："原来鉴赏与研究之间，有一个绝深绝峭的鸿沟隔着。鉴赏是随意的评论和谈话，心底的赞叹与直觉的评论，研究却非有一种原原本本的仔仔细细的考察与观照不可。鉴赏者是一个游园的游人，他随意的逛过，称心称意的在赏花评草，研究者却是一个植物学家，他不是为自己的娱乐而去游逛名囿，观赏名花的，他的要务乃在考察这花的科属，性质，与开花结果的时期与形态。鉴赏者是一个避暑的旅客，他到山中来，是为了自己的舒适，他见一块悬岩，他见一块奇石，他见一泓清泉，都以同一的好奇的赞赏的眼光去对待它们。研究者却是一个地质学家，他要的是：考察出这山的地形，这山的构成，这岩这石的类属与分析，这地层的年代等等。鉴赏者可以随心所欲的说这首诗好，说那部小说是劣下的，说这句话说得如何的漂亮，说那一个字用得如何的新奇与恰当；也许第二个鉴赏者要整个的驳翻了他也难说。研究者却不能随随便便的说话；他要先经过严密的考察和研究，才能下一个定论，才能有一个意见。"③ 较之一般的文学接受，文学批评更强调价值判断的力量，正如雷蒙·威廉斯在《关键词》一书

① [联邦德国] H.R.姚斯、[美] R.C.霍拉勃：《接受美学与接受理论》，周宁、金元浦译，辽宁人民出版社1987年版，第25页。
② [德] 莱辛：《汉堡剧评》，张黎译，上海译文出版社1998年版，第129页。
③ 郑振铎：《鉴赏与研究》，见龙协涛编《鉴赏文存》，人民文学出版社1984年版，第109—110页。

中所指出的，"Criticism……有一个潜在'判断'的意涵"①。所谓的批评实际上就是一种判断活动，文学批评就是批评家对文学现象和文学作品所作出的判断，判断离不开一定的标准，而标准的寻求则有赖于文学价值的设定，韦勒克就曾经说过，"在标准与价值之外任何结构都不存在。不谈价值，我们就不能理解并分析任何艺术品。"②"假如我们要寻求某种标准，即人应该如何视文学为有价值的和应该如何去评价文学，我们就必须得通过某些定义去解释。人认为文学有价值必须以文学本身是什么为标准；人要评价文学必须根据文学的文学价值高低做标准。"③"一部艺术作品由于其自身的性质而充满价值。离开了价值评估，不是将作品作为一个价值客体来认识，我就无法体验作品。"④而审美性即是文学的重要价值所在，所以，文学批评作为文学接受的特殊方式，理应以一定的审美观点为标准对文学现象和文学作品的艺术审美价值作出评判。

一、批评家所应具备的基本素质

　　文学是对世界的审美把握，文学对社会生活本质的揭示，对历史运动规律的洞察，都必须通过个性化、情感化的艺术审美方式来实现。所以，只有在审美体验和审美感悟的基础上，文学批评才能够真正成为关于文学的研究。多年以前，在著名文学论文《比较文学的危机》中，韦勒克曾经忧心忡忡地指出："许多研究文学，特别是研究比较文学的著名学者其实上并非真正对文学感兴趣，他们感兴趣的是公共舆论史、旅行报告、民族性格的看法等等——简单说，他们的兴趣在于一般的文化史。他们从根本上扩大了文学研究的范围，使它几乎等同于整个人类史。但是，文学研究如果不决心把文学作为不同于人类其他活动和产物的一个学科来研究，从方法论的角度来说

---

① [英] 雷蒙·威廉斯：《关键词——文化与社会的词汇》，刘建基译，生活·读书·新知三联书店 2005 年版，第 97 页。

② [美] 雷·韦勒克、奥·沃沦：《文学理论》，刘象愚、邢培明、陈圣生、李哲明译，生活·读书·新知三联书店 1984 年版，第 164 页。

③ [美] 雷·韦勒克、奥·沃沦：《文学理论》，刘象愚、邢培明、陈圣生、李哲明译，生活·读书·新知三联书店 1984 年版，第 272—273 页。

④ [美] 雷纳·韦勒克：《近代文学批评史》第 7 卷，杨自伍译，上海译文出版社 2006 年版，第 654 页。

就不会取得任何进步。"① 审美是文学不可缺少的重要性质，也是文学作为艺术区别于哲学、史学、伦理学等精神文化领域的重要功能，但是审美的性质相当宽泛，并非为文学所特有，因此文学的独立品格不能被简单地概括为审美性，只有在审美的前面加上"语言"这一定语，凸显文学作为语言艺术的特性，才使之与音乐、美术、电影等其他艺术样式区别开来。所以，我们应该注意到，不管外在的社会历史力量如何强大，文学始终应该是能够最大限度地体现语言审美特性的艺术，关注文学作为语言艺术的审美价值则是对文学进行有效研究展开有效批评的关键所在。

要想对文学作为语言艺术的审美价值进行深入的分析和准确的评判，批评家首先应该具备如下三种基本素质：

其一，在承认文学价值多样性的同时，充分关注文学艺术作品中审美价值的主导地位。在这里，我们不妨借用韦勒克在《近代文学批评史》中的两段言论来说明这个问题："文学作品必须视为一个价值观念的组合体，包括社会、政治、知识、道德诸方面的价值观念，附带条件是居于主导的审美功能使之成其为一部文学的艺术作品。"② "我认为一部艺术作品中审美价值的主导方面是使之成其为一部艺术作品的决定性标准，同时我并不否认学术的、政治的、道德的、功利的以及其他诸多价值能够融会贯通于一部艺术作品，只要审美价值居于主导地位。倘若有人问我审美价值又是什么，我只能回答说，审美价值引发出审美境界，我认为这是犹如光明的感觉或痛感一样不言自明的。"③ 只有在承认审美价值主导地位的前提下，批评家才能对文学艺术的自主性提起充分的重视，文学批评才能体现出不同于其他研究的独特之处。

其二，从审美体悟出发，正确处理文学批评和文化理论之间的关系。文学批评离不开审美体悟，但是，对于整个西方理论界而言，自1960年以

---

① ［美］雷内·韦勒克：《批评的概念》，张金言译，中国美术学院出版社1999年版，第293—294页。

② ［美］雷纳·韦勒克：《近代文学批评史》第5卷，杨自伍译，上海译文出版社2002年版，第419页。

③ ［美］雷纳·韦勒克：《近代文学批评史》第7卷，杨自伍译，上海译文出版社2006年版，第654页。

来，文学和文学批评研究领域中发生的一个重要事实是对于文化理论的普遍关注，正如美国文学理论家乔纳森·卡勒所说："从事文学研究的人已经开始研究文学研究领域之外的著作，因为那些著作在语言、思想、历史或文化各方面所做的分析都为文本和文化问题提供了更新、更有说服力的解释。这种意义上的理论已经不是一套为文学研究而设的方法，而是一系列没有界限的、评说天下万物的著作，从哲学殿堂里学术性最强的问题到人们以不断变化的方法评说和思考的身体问题，无所不容。'理论'的种类包括人类学、艺术史、电影研究、性别研究、语言学、哲学、政治理论、心理分析、科学研究、社会和思想史，以及社会学等各方面的著作。我们讨论中的著作与上述各领域中争论的问题都有关联，但它们之所以成为'理论'是因为它们提出的观点或论证对那些并不从事该学科研究的人具有启发作用，或者说可以让他们从中获益。成为'理论'的著作为别人在解释意义、本质、文化、精神的作用，公众经验与个人经验的关系，以及大的历史力量与个人经验的关系时提供借鉴。"① 在对文化理论的普遍关注中，身份、性别、种族、阶级、意识形态等文化研究的主题逐渐代替文本、意象、修辞、典型等成了文学研究的宠儿，批评家不是从自己的审美感悟出发，而是从某种文化理论出发，按图索骥地在文学作品中寻找可以为这种文化理论提供佐证的东西，文学批评渐渐丧失了自身的特色，甚至有可能沦为对某种文化趣味的附和与对某种理论资源（特别是已经引起公众注意的理论资源）的开发。

文学固然是一种文化性的存在，但是情感化个性化的审美特征又规定了文学作为文化结构子系统的特殊性和相对独立性，作为文化大结构中的子系统，文学是文化的一种意义载体，它用语言文字这种文化符号，将存在于特定历史时空中的特定文化情境，在艺术审美的世界中凝定下来。没有真挚的情感，没有对世界个性化的审美感知，便没有文学。文学对社会生活本质的揭示，对历史运动规律的洞察，都必须通过个性化情感化的艺术审美表现来实现。文化与文学最根本的差异就在于前者不一定具有审美性，而后者必须具备审美性。在审美性的大前提之下，参与到文学之中的文化资源已经融会到了文学内部，文化的理智思索已经凝聚和积淀在文学的情感世界中，被

---

① ［美］乔纳森·卡勒：《文学理论入门》，李平译，译林出版社 2008 年版，第 4 页。

审美化成了有意味的形象世界的一部分，转化成了文学性的存在，而不再以赤裸裸纯理性的文化本来面目示人了。所以，文学批评必须牢牢抓住文学这种文化存在形式的特殊性——个性化情感化的审美特征，假如背离审美化原则，文学批评就会沦为某种文化学说的佐证，它借文化理论发展自己的愿望就会落空。文学批评的出发点是文学，落脚点也应该是文学，只是经历了文化理论的阐释之后，这种循环不再是简单的回归本位，而是一种螺旋式本体超越，得出的结论将大大超越原来的出发点，进入到一个更高的层次，使文学获得一种独特的哲学涵摄力和深厚的历史意识。而这恰恰是文化理论参与文学批评的方法魅力和理论价值。

其三，充分重视语言文字自身的审美特征。语言文字是构成文学艺术形式的基本要素，而"一切艺术形式的本质，都在于它们能传达某种意义。任何形式都要传达出一种远远超出形式自身的意义"[1]。可见，语言文字在文学形式中所传达的意义，绝不局限于语言文字符号的指称意义，更多的是指由语言文字整体结构所暗示出的审美意义。不同的艺术媒质所凸显的是不同的审美感知方式。语言文字作为抽象的意义载体，诉诸的是非感官的感受，建构的是非具象的形象，当它被用作文学这一艺术门类的专用媒质时，其所凸显的审美感知方式既非视觉亦非听觉，无法像色彩和声音等艺术媒质那样通过直接冲击人的视听感官来构建出可供感知的艺术幻境，使人获得美的享受以直接实现其审美意义，而只能通过激活人的审美想象来构建文学幻境和实现审美意义。现代语言学认为，"从发生学的观点来看我们必须将人类言语具有的这一想象的和直觉的倾向视为言语的最基本和最重要的特征之一"。"我们的常用词汇不仅仅是一些语义符号，而且还充满着形象和特定的情感。它们不仅诉诸我们的感情和想象——它们还是诗意的或隐喻的词组，而不只是逻辑的或'推理的'词组。"[2]语言的"想象"倾向使其本身就具有潜在的审美信息，但是，对语言的日常使用大都忽视了"想象"的作用，从而使语言指称性的概念意义遮蔽了它可能具备的"诗意或隐喻"的特征。只有在以

---

[1]　[美]鲁道夫·阿恩海姆：《艺术与视知觉》，滕守尧、朱疆源译，中国社会科学出版社1984年版，第74页。

[2]　[德]恩斯特·卡西尔：《语言与神话》，于晓等译，生活·读书·新知三联书店1988年版，第164页。

语言文字作为专用艺术媒质来营造文学幻境的过程中，由于审美想象的全面介入，有限的文字才能产生出无限的意义，语言本身的语义功能和表现功能才能得到强化和拓展，语言文字系统中的"形象和特定的情感"才能被充分地激活，从而产生超越自身的审美效果。批评家要想真正有效地发掘出文学作为语言艺术的审美价值，就必须格外注重文学语言以想象传达意义的审美特征。

二、文艺批评的评判功能

从审美体悟出发对文学的艺术审美价值进行评判是文学批评的重要功能，即使那些"印象"型和"注释性的"批评也带有评判的色彩。韦勒克曾对此做过如是分析："较老一些的文学批评著作中经常把'评判的'批评和'印象的'批评加以对立。这是一种会使人误解的区分方法。'评判'型的批评使用的是一些表面上看起来具有客观性的规定或原则；'印象'型的批评夸耀自己缺少大众的批评标准。但实际上，后者只是一个专家的未加明言的判断形式，其兴趣在于为那些具有较低的敏感性的人们提供一个标准。许多类似这种类型的批评家不可能不像古芒（R. de Gourmont）所指的任何真诚的人们一样要去做极大的努力以求'把自己的个人印象上升为规律'。"①"有时，文学批评被区分为'注释性的'和'判断性的'两种，作为可供选择的两个类型。把批评分为对意义的阐释（Deutung）和对价值的判断（Wertung）两种，当然是可以的。但是，在'文学批评'中，单取其中一种的做法是很少有过的，也是很难行得通的。'判断性批评'不加修饰地追求和提供出一种作家和诗的生硬的级别，同时摘引权威的论据或求助于文学理论的一些教条。除此而外，也不可避免地要包含有分析和分析性的比较。另一方面，一篇看起来好像是纯粹注释性的文章，从它的存在本身来说，其中也必然会提供一些最低限度的价值判断；而且，如果它是对一首诗的注释的话，它提供的就是一种审美价值的判断，而不是历史、传记或哲学性价值的判断。……'理解诗歌'很容易转入'判断诗歌'，这种判断是通

---

① ［美］雷·韦勒克、奥·沃沦：《文学理论》，刘象愚、邢培明、陈圣生、李哲明译，生活·读书·新知三联书店 1984 年版，第 288 页。

过作品细节的判断，是在分析中所做的判断，而不是在文章最后一段做声明式的判断。艾略特的论文从前曾被视为新奇，正是因为他不是通过文章的最后总结或通过孤立的判断来发表自己的意见，而是从头至尾在一篇文章中做判断：通过特殊的比较，通过对两个诗人的某些性质的并行比较研究，以及通过即兴式的临时的概括判断等等。"①

　　与一般的阅读鉴赏不同，文学批评所提供的是一种审美价值的评判，评判需要具备一定的客观性，所以，文学批评的对象可以是个人爱好和主观情趣的产物，但是文学批评的进程却不能单凭个人爱好和主观情趣的支配。对于一个文学批评者来说，文学欣赏所需要的体会、内省、直觉、顿悟等经验固然是有用的，但其职责却与作者欣赏者完全不同。文学欣赏可以只停留在体会、理解、对话、重构的层面上；文学批评者却必须注意分析、归纳、综合、概括以及运用范畴、规律来表述研究的成果，从而将他的文学经验转化成合理的能为他人所接受的形式，体现出价值评判的力量。而且，更重要的是，"如果某位批评家想要使他对某部作品的印象成为有份量的文学批评，而不至成为不值一读的个人印象的记录，那么即便是纯粹的印象式批评家也必须论及作品的某些众所公认的（因而是客观的）特点。"② 这些"众所公认的（因而是客观的）特点"主要表现为批评对象不同于其他作品及现象的特别之处，韦勒克曾在《文学理论》中指出，文学批评研究作家作品的目的不是探求他们与同类作家及文本的共同之处，而是其特别之处。他以莎士比亚的研究为例，"我们为什么要研究莎士比亚？显然，我们感兴趣的不是他与众人有共同之处，否则我们可以去研究任何一个人；我们感兴趣的也不是他与所有英国人、所有文艺复兴时期的人、所有伊丽莎白时代的剧作家有共同之处，如果是那样的话，我们满可以只去研究德克尔（T. Dekker）和海伍德（T. Heywood）。我们要寻找的是莎士比亚的独到之处，即莎士比亚之所以成其为莎士比亚的东西；这明显的是个性和价值的问题。其至在研究一个时期、一个文学运动或特定的一个国家文学时，文学研究者感兴趣的

① ［美］雷·韦勒克、奥·沃沦：《文学理论》，刘象愚、邢培明、陈圣生、李哲明译，生活·读书·新知三联书店1984年版，第288—289页。
② ［英］罗杰·福勒主编，袁德成译：《现代西方文学批评术语词典》，四川人民出版社1987年版，第62页。

也只是它们有别于同类其他事物的个性及它们的特异的面貌和性质。"① 文学批评就是围绕着作品的特别之处所展开的评判活动，在批评的过程中，批评家需要借助理性思辨的力量和一定的专业理论知识，发掘作品的深层美学意蕴，阐释艺术家表现手法的独特和精妙，以完成指导接受引导创作的重任。20 世纪 40 年代，张爱玲的小说《金锁记》一经出版，即好评如潮，翻译家傅雷在《论张爱玲的小说》一文中，联系新文学的创作状况对该作的特殊意义进行了切中肯綮的评价，堪称是《金锁记》诞生以来最有影响的批评言论：在以往的新文学创作中，"我们的作家一向对技巧抱着鄙夷的态度。'五四'以后，消耗了无数笔墨的是关于主义的论战"②，"其实……倘没有深刻的人生观，真实的生活体验，迅速而犀利的观察，熟练的文字技能，活泼丰富的想象，决不能产生一件像样的作品。而且这一切都得经过长期艰苦的训练。"③ "斗争是我们最感兴趣的题材。对。人生一切都是斗争。但第一是斗争的范围，过去并没有包括全部人生。作家的对象，多半是外界的敌人：宗法社会，旧礼教，资本主义……可是人类最大的悲剧往往是内在的外来的苦难，至少有客观的原因可得诅咒，反抗，攻击；……至于个人在情欲主宰之下所招致的祸害，非但失去了泄忿的目标，且更遭到'自作自受'一类的谴责。第二是斗争的表现。人的活动脱不了情欲的因素；斗争是活动的尖端，更其是情欲的舞台。去掉了情欲，斗争便失去活力。情欲而无深刻的勾勒，便失掉它的活力，同时把作品变成了空的僵壳。"④ 而《金锁记》"是一个最圆满肯定的答复。情欲（Passion）的作用，很少像在这件作品里那么重要"⑤。傅雷针对文坛上重题材主题轻艺术技巧的倾向，高度评价了张爱玲的

---

① ［美］雷·韦勒克、奥·沃沦：《文学理论》，刘象愚、邢培明、陈圣生、李哲明译，生活·读书·新知三联书店 1984 年版，第 4 页。

② 迅雨：《论张爱玲的小说》，见金宏达主编《回望张爱玲：华丽影沉》，文化艺术出版社 2003 年版，第 3 页。

③ 迅雨：《论张爱玲的小说》，见金宏达主编《回望张爱玲：华丽影沉》，文化艺术出版社 2003 年版，第 4 页。

④ 迅雨：《论张爱玲的小说》，见金宏达主编《回望张爱玲：华丽影沉》，文化艺术出版社 2003 年版，第 4 页。

⑤ 迅雨：《论张爱玲的小说》，见金宏达主编《回望张爱玲：华丽影沉》，文化艺术出版社 2003 年版，第 4 页。

小说的意义，认为其对这一缺陷进行了填补。他还对曹七巧的命运进行了分析："从表面看，曹七巧不过是遗老家庭里一种牺牲品，没落的宗法社会里微末不足道的渣滓。"[①]"最初她用黄金锁住了爱情，结果却锁住了自己……弱者做了情欲的俘虏，代情欲做了刽子手。"[②] 此外，与文坛上重题材主题轻艺术技巧的创作倾向不同，《金锁记》非常讲究艺术手法，"结构，节奏，色彩，在这件作品里不用说有了最幸运的成就"。特别值得一提的，还有下列几点："第一是作者的心理分析，并不采用冗长的独白或枯索繁琐的解剖，她利用暗示，把动作、言语、心理三者打成一片。"[③]"第二是作者的节略法（raccourci）的运用……这是电影的手法：空间与时间，模模糊糊淡下去了，又隐隐约约浮上来了。巧妙的转调技术！"[④]"第三是作者的风格。……是那么色彩鲜明，收得住，泼得出的文章！新旧文字的糅合，新旧意境的交错，在本篇里正是恰到好处。仿佛这利落痛快的文字是天造地设的一般，老早摆在那里，预备来叙述这幕悲剧的。"[⑤] 所以，《金锁记》"至少也该列为我们文坛最美的收获之一"[⑥]。傅雷的批评围绕着《金锁记》在新文学创作中的特别之处展开论述，提出了很有说服力的观点，充分体现出了文学批评的评判功能。

三、文艺批评的艺术创造性

如前所述，文学批评的评判功能决定了文学批评的公正性和客观性，但是，公正客观并不等于整齐划一，"如果排除了个人反应，批评就不成其

---

① 迅雨：《论张爱玲的小说》，见金宏达主编《回望张爱玲：华丽影沉》，文化艺术出版社 2003 年版，第 4 页。

② 迅雨：《论张爱玲的小说》，见金宏达主编《回望张爱玲：华丽影沉》，文化艺术出版社 2003 年版，第 7 页。

③ 迅雨：《论张爱玲的小说》，见金宏达主编《回望张爱玲：华丽影沉》，文化艺术出版社 2003 年版，第 7 页。

④ 迅雨：《论张爱玲的小说》，见金宏达主编《回望张爱玲：华丽影沉》，文化艺术出版社 2003 年版，第 8 页。

⑤ 迅雨：《论张爱玲的小说》，见金宏达主编《回望张爱玲：华丽影沉》，文化艺术出版社 2003 年版，第 8 页。

⑥ 迅雨：《论张爱玲的小说》，见金宏达主编《回望张爱玲：华丽影沉》，文化艺术出版社 2003 年版，第 9 页。

为批评了，因为个人反应所包含的内容是文学作品的重要组成部分。"① 文学是情感性的存在，情感是文学创作的直接动力，亦是文学批评得以产生的重要契机，文学批评的审美评判功能主要体现为对批评对象审美性的情感评价，批评家独特的情感体验直接影响着他对批评对象的审美评判，法国文学批评家蒂博代据此提出，文学批评的精神在于批评家和作品之间的感情交流："无论天才的作品是何等的具有独创性，它们也是由人来完成的，也是给人看的。只要这些作品有人情味，我们就会受到它们的感染，并且我们对它们所蕴涵的美的感觉与创造它们的感情在性质上并无区别。批评之精华就在于这种感情的交流，这就是为什么才智只能完成批评的一半的缘故，它所表现的只是感受机能，它必须有别的东西才能获得营养和进行创造。马蒙泰尔的这些话说得再好不过了：'下面这个原则怎么强调也不为过：只有感情才能判断感情，把感人的东西让精神去作出判断，无异于让耳朵去判断颜色，让眼睛去判断和弦。'"② 现代著名文学评论家李健吾对《边城》的批评即是以感情"判断感情"的典范："读者，当我们放下《边城》那样一部证明人性皆善的杰作，我们的情思是否坠着沉重的忧郁？我们不由问自己，何以和朝阳一样明亮温煦的书，偏偏染着夕阳西下的感觉？为什么一切善良的歌颂，最后总埋在一阵凄凉的幽噎？为什么一颗赤子之心，渐渐褪向一个孤独者淡淡的灰影？难道天真和忧郁竟然不可分开吗？"③ 情感经验的独特性不仅决定了文学作品的个体性特征，而且决定了文学批评的个体性特征。作为审美价值评判的文学批评既不能忽视"作品的某些众所公认的（因而是客观的）特点"，又应该体现出浓厚的个体性。如果说"论及作品的某些众所公认的（因而是客观的）特点"决定了审美价值评判的客观性，那么浓厚的个体性则决定了审美价值评判的创造性，使文学批评更具艺术色彩。李健吾曾经说过："一个批评家是学者和艺术家的化合"，批评"本身也正是一种艺术"。④

① ［英］罗杰·福勒主编：《现代西方文学批评术语词典》，袁德成译，四川人民出版社1987年出版，第62页。
② ［法］阿尔贝·蒂博代：《六说文学批评》，赵坚译，生活·读书·新知三联书店1989年版，第174页。
③ 李健吾：《咀华集·咀华二集》，复旦大学出版社2005年版，第37页。
④ 李健吾：《咀华集·咀华二集》，复旦大学出版社2005年版，第93页。

作为审美价值评判的文学批评本身就是一种艺术创造活动，哈特曼在《荒野中的批评》中将当代文坛上的批评家分为三种：作为学者的批评家、作为哲学家的批评家和作为诗人或小说家的批评家。作为学者的批评家主要指英美"批评家"，倾向于对独立的文本进行条分缕析的意义挖掘，把文本内部结构作为唯一的研究重点，割裂了文学与现实生活的联系；作为哲学家的批评家主要指受欧陆影响的批评家，他们倾向于运用自己的历史哲学知识去阐释文学现象，以哲学思考的方式研究文本，力求在有形的文本中探索出无穷的意味，但是，在义无反顾的哲学意味追寻过程中，文学本身的特性也遭到了流失。这两种批评家都"过于爽快地接受了他的附属作用。他否认他具有一种值得考虑的'心理'，或者换句话来说，他压抑了他自身的艺术冲动，他站在文学的'主体'之外。支持他的艺术作品被过高地评价为现实的奇变，这种奇迹显示了一种不合逻辑的和普遍的、而不是心理学的和束缚个性的结构"[①]。相形之下，哈特曼更倾向于具有"诗性想象"的第三种批评家，即作为诗人或小说家的批评家。哈特曼认为，"我们更容易接受在批评论文中的一种创造因素的概念，如果它的作者是一个诗人或小说家的话，那么，他在创作领域中权威就会继续留在批评的领域。"[②]法国文学批评家蒂博代甚至提出："所能给予一位大批评家的最高荣誉是说批评在他手中真正成为一种创造。"[③]具体而言，文学批评的艺术创造性主要体现在以下两个方面：

其一，审美视角的独创性。

文学批评主要是对批评对象的一种情感性的审美评价，文学批评的艺术创造性首先体现在审美视角的独创性上。20世纪四十年代，萧红的小说《呼兰河传》一经问世，即引来了一片争议之声。很多论者从对小说文体的固有认识出发，指责该作缺乏小说的文体特征，茅盾却力排众议，从新的审美视角介入，对作品的艺术审美价值提出了独到的见解："要点不在《呼兰

---

① ［美］杰弗里·哈特曼：《荒野中的批评——关于当代文学的研究》，张德兴译，天津人民出版社2008年版，第245—246页。

② ［美］杰弗里·哈特曼：《荒野中的批评——关于当代文学的研究》，张德兴译，天津人民出版社2008年版，第217页。

③ ［法］阿尔贝·蒂博代：《六说文学批评》，赵坚译，生活·读书·新知三联书店1989年出版，第163页。

河传》不像是一部严格意义的小说，而在它于这'不像'之外，还有些别的东西——一些比'像'一部小说更为'诱人'的东西：它是一篇叙事诗，一幅多彩的风土画，一串凄婉的歌谣。"① 审美视角的独创性在很大程度上昭示着文学批评已经摆脱了对作品的附庸，成为独立存在的艺术，譬如，李健吾曾从"装饰"两字"富有无限的悲哀"这一审美视角入手，对卞之琳的《断章》等诗歌作出了这样的评论："这里的文字那样单纯，情感那样凝练，诗面呈浮的是不在意，暗地却埋着说不尽的悲哀，我们唯有赞美诗人表现的经济或者精致，或者用个含蓄的字眼儿，把诗人归入我们民族的大流，说作含蓄，蕴藉。"② 面对与作者的意见分歧，李健吾坦然道："一行美丽的诗永久在读者心头重生。它所唤起的经验是多方面的，虽然它是短短的一句，有本领兜起全幅错综的意象：一座灵魂的海市蜃楼。于是字形，字义，字音，合起来给读者一种新颖的感觉；少一部分，经验便有支离破碎之虞。"③ 文本所唤起的情感经验和审美经验是多种多样的，"作者的自白（以及类似自白的文件）重叙创作的过程，是一种经验；批评者的探讨，根据作者经验的结果（书），另成一种经验"④。批评"有它的尊严。犹如任何种艺术具有尊严；正因为批评不是别的，也只是一种独立的艺术，有它自己的宇宙，有它自己深厚的人性作根据"⑤。"一个真正的批评家，犹如一个真正的艺术家，需要外在的提示，甚至于离不开实际的影响。但是最后决定一切的，却不是某部杰作或者某种利益，而是他自己的存在，一种完整无缺的精神作用，犹如任何创作者，由他更深的人性提炼他的精华，成为一件可以单独生存的艺术品。"⑥

其二，批评文字的创造性。正如李广田在《谈文艺批评》中所论述的那样："一个批评者不仅应当是一个最好的欣赏者，还必须是一个创造者，他不但要在自己心里把作者的创造再创造一番，就连他所写的批评文字，也

---

① 茅盾：《〈呼兰河传〉序》，见萧红著《呼兰河传》，人民文学出版社 2001 年版，第 7 页。

② 李健吾：《咀华集·咀华二集》，复旦大学出版社 2005 年版，第 69 页。

③ 李健吾：《咀华集·咀华二集》，复旦大学出版社 2005 年版，第 76 页。

④ 李健吾：《咀华集·咀华二集》，复旦大学出版社 2005 年版，第 16—17 页。

⑤ 李健吾：《咀华集·咀华二集》，复旦大学出版社 2005 年版，第 15—16 页。

⑥ 李健吾：《咀华集·咀华二集》，复旦大学出版社 2005 年版，第 16 页。

应当是创造的，也就是说，他不应当只是用了些呆板的格套，叫人读起来毫无兴味，他更不应当只是因袭或模仿，叫读者感到在他的笔下完全是浮词滥调，毫无新鲜气息，总之，他不但应当在批评文字中把作者的作品复活起来，并且要藉了他的批评使读者感受得更多，理会得更深，使读者愿意一再去读那作品，而在读者心中引起更多的创发来。我们且举钟嵘‘诗品’中论范云和邱迟一条为例，钟嵘说：‘范诗清便宛转，如流风回雪；邱诗点缀映媚，如落花依草。’这是钟嵘对范、邱两个诗人的批评，然而他的批评本身也是诗的，他的批评也创造了极好的形象，也就是一种艺术创造。"[①] 优秀的批评文字本身就是一种艺术创造，譬如李健吾论及何其芳的《画梦录》时，就采用了这样一段诗意化的语言："把若干情境揉在一起，仿佛万盏明灯，交相辉映；又像河曲，群流汇注，荡漾回环；又像西岳华山，峰峦叠起，但见神主，不觉险巇。他用一切来装潢，然而一紫一金，无不带有他情感的图记。这恰似一块浮雕，光影匀停，凹凸得宜，由他的智慧安排成功一种特殊的境界。"[②] 这段评论不仅可以使人直观地感受到作品的艺术特色，认识到作品的审美价值，而且其本身也堪称极富创造性和艺术性的美文。

综上所述，作为文学接受的特殊方式，理应根据一定的审美观点对文学现象和文学作品的艺术审美价值作出深入的分析和准确的评判，而分析和评判本身亦昭示着艺术创造过程的新进展。在《批评公司》一文中，"新批评"创始人之一兰塞姆曾经发表过两种含义迥异的言论："批评一定要更加科学，或者说要更加精确，更加系统化"；"文学批评永远不会成为一门非常精密的科学，甚至不会成为一门近乎精密的科学。"[③] 近乎相悖的言论有助于我们深化对文学批评的辩证认识：文学批评具有艺术性和科学性的双重性质，艺术创造的特征和理性评判的功能同时集中在文学批评上，缺一不可，尽管在具体的批评实践中，特征和功能往往会有所侧重，但是对二者进行割裂则肯定是行不通的。

要之，文学接受是文学活动的最后阶段，亦是艺术审美价值得以再创

---

① 李广田：《谈文艺批评》，见《李广田文学评论选》，云南人民出版社 1983 年版，第 87 页。

② 李健吾：《咀华集·咀华二集》，复旦大学出版社 2005 年版，第 90 页。

③ ［英］约·克·兰塞姆：《批评公司》，严维明译，见大卫·洛奇编《二十世纪文学评论》上册，上海译文出版社 1987 年版，第 387 页。

造的必经之路，对艺术审美价值的研究必然要发展到对文学接受的研究。所以，在本章中，我们从审美理解的阅读视野、读者与作品的交流对话、文学批评这三个方面入手，对文学接受的基础、展开和特殊方式进行了研究，由此完成了对文学活动和艺术审美价值关系的全面探讨。

第七章　审美教育与文艺审美价值的社会化

　　审美教育是文学艺术的核心功能，其要旨在于，借助文学艺术的审美感召力，塑造完整自然的人格，使之向着自由的方向发展。正如德国美学家席勒在《审美教育书简》中所指出的，我们应该对人格"有一个绝对的、以其自身为根据的存在的观念，这个观念就是自由"①。自由是人格的理想状态，而自由则与完整息息相关，"自由本身是自然的作用（自然这个词要在最广义上来理解），不是人的产品，因而自由也就能够通过自然的手段来加以促进和阻碍。当人是完整的，他的两种基本冲动已经发展起来时，他才开始有自由；只要人是不完整的，两种冲动中的一种被排除了，那就必定没有自由；并且必须通过一切把人的完整性归还给人的东西，自由才能够重新恢复"②。人的完整性取决于感性冲动和理性冲动的平衡与和谐，"唯有在审美状态中，我们才感到我们好像挣脱了时间；我们的人性才纯洁而完整地表现出来，仿佛它还没有由于外在力量的影响而受到任何损害"③。只有在挣脱时空束缚的审美状态中，人才能超越于外在力量的影响，实现自身的完整和自由。所以，审美教育与人类自由相关，审美教育的过程也就是文艺审美价值的人生化、社会化过程。在此过程中，超越于外在力量影响所昭显的是审美无用的一面，实现人自身的完整和自由所昭显的是审美具有大用的一面，无用中的大用就是文艺的审美教育功能的集中体现。

---

① ［德］席勒：《审美教育书简》，张玉能译，译林出版社 2009 年版，第 32 页。
② ［德］席勒：《审美教育书简》，张玉能译，译林出版社 2009 年版，第 61 页。
③ ［德］席勒：《审美教育书简》，张玉能译，译林出版社 2009 年版，第 67 页。

第一节　无用和大用：文艺的超功利审美品质和
审美教育功能的依存关系

需要指出的是，对文艺审美教育功能的强调和对文艺超功利审美品质的强调是互为表里的。历史经验告诉我们，将文艺活动和社会功利目标直接捆绑起来的做法必然会导致文艺审美教育功能的弱化。只有在重视文艺超功利审美品质的前提下，文艺的审美教育功能才能真正落到实处。

一、中国文艺功能观的功利主义传统

就广义而言，文学或多或少、或明或暗都会带有一定的社会功利色彩，纵观中国古代的文学观念，从孔子的"兴观群怨"①到柳宗元的"文以明道"②再到周敦颐的"文以载道"③，从《毛诗序》的"正得失，动天地，感鬼神，莫近于诗。先王以是经夫妇，成孝敬，厚人伦，美教化，移风俗"④到沈德潜的"诗之为道，可以理性情，善伦物，感鬼神，设教邦国，应对诸侯，用如此其重也"⑤，处处可见对文学社会功利性的阐发和强调。但是，将传统的诗教说载道论上升为合乎现代社会发展需要的文学功利主义，使其在推动现代诗学进程的诸种力量中占据绝对的主导地位，则是晚清以后的事情。晚清以后，面对着满目疮痍、民不聊生的社会现状，痛苦万分忧心如焚的先进知识分子们渐渐注意到了思想启蒙的重要性，注意到了文学可以影响接受者价值取向的特殊作用，祈望借助文化和文学的力量启迪人心，开化民

---

① 《论语·阳货》，原文为："小子何莫学夫诗？诗可以兴，可以观，可以群，可以怨。"见郭绍虞主编《中国历代文论选》第 1 册，上海古籍出版社 1979 年版，第 17 页。

② ［唐］柳宗元：《答韦中立论师道书》，原文为："始吾幼且少，为文章以辞为工。及长，乃知文者以明道，是固不苟为炳炳烺烺、务采色、夸声音而以为能也。"见郭绍虞主编《中国历代文论选》第 2 册，上海古籍出版社 1979 年版，第 144 页。

③ ［宋］周敦颐：《通书·文辞》，原文为："文所以载道也，轮辕饰而人弗庸，徒饰也。……不知务道德而第以文辞为能者，艺焉而已。"见郭绍虞主编《中国历代文论选》第 2 册，上海古籍出版社 1979 年版，第 283 页。

④ 《毛诗序》，见郭绍虞主编《中国历代文论选》第 1 册，上海古籍出版社 1979 年版，第 63 页。

⑤ ［清］沈德潜：《说诗晬语》，见郭绍虞主编《中国历代文论选》第 3 册，上海古籍出版社 1980 年版，第 414 页。

众，改良社会，拯救国家。为了实现这一目的，他们开始有意识地赋予"载道"之"道"以新的历史内涵，以求全面开启文学的新民启智功能："文学运动和社会改造的关系，从来也没有这一时期这样的密切。文学自觉地摒弃部分甚而全部对它来说乃是根本品质的审美愉悦的功用，而承担起挽救危亡和启发民智的责任。将近一个世纪的社会动荡，激使文学以自己的方式与社会作同步的争取。"① "中国儒家文学观念中的文以载道的传统，到了此时，便不仅仅附着于抽象的理念，而是非常具体地与救亡解危的目的紧紧地联系在一起了。"②

　　在现代文学发展进程中，梁启超堪称是有意识提倡文学功利主义观念并以此赢得社会广泛认同，进而影响现代文学价值取向的第一个关键人物。其主张的流布之广影响之大，正如历史在场者周作人所描述的那样，"他是想藉文学的感化力作手段，而达到其改良中国政治和中国社会的目的的……在我年小时候，也受了他的非常大的影响，读他的《饮冰室文集》《自由书》《中国魂》等都非常有兴趣。……他以改革政治改革社会为目的，而影响所及，也给予文学革命运动以很大的助力。"③ 为了达到以文学感化人心改革政治的目的，梁启超首先关注的是文学的体裁和内容。比诗文更通俗易懂且拥有广泛读者群的小说，作为最具有成为启蒙工具潜力的文学体裁，理所当然地成了梁启超文学改良的重中之重。在他看来，"小说有不可思议之力支配人道"④，直接影响和决定着受众的思想信念和道德风习，但是，中国传统小说却积弊甚深，"综其大较，不出诲盗诲淫两端。陈陈相因，涂涂递附，故大方之家，每不屑道焉。"⑤ 凡此种种，必然会导致国民精神的落后和社会群治的腐败。所以，"欲新一国之民，不可不先新一国之小说。故欲新道德，必新小说；欲新宗教，必新小说；欲新政治，必新小说；欲新风俗，必新小

---

① 谢冕：《1898：百年忧患》，山东教育出版社 1998 年版，第 252 页。

② 谢冕：《1898：百年忧患》，山东教育出版社 1998 年版，第 253 页。

③ 周作人：《中国新文学的源流》，见止痷编《周作人讲演集》，河北人民出版社 2004 年版，第 156—157 页。

④ 饮冰：《论小说与群治之关系》，见陈平原、夏晓虹编《二十世纪中国小说理论资料》第 1 卷，北京大学出版社 1989 年版，第 33 页。

⑤ 任公：《译印政治小说序》，见陈平原、夏晓虹编《二十世纪中国小说理论资料》第 1 卷，北京大学出版社 1989 年版，第 21 页。

说；欲新学艺，必新小说；乃至欲新人心、欲新人格，必新小说。""故今日
欲改良群治，必自小说界革命始；欲新民，必自新小说始。"① 而革新小说的
首要之务便是引进和学习西方小说特别是西方政治小说，在小说创作中模仿
"欧洲各国变革之始"的"魁儒硕学，仁人志士"，"以其身之所经历，及胸
中所怀，政治之议论，一寄之于小说"，实现"每一书出，而全国之议论为
之一变"的宏伟目标。② 正是基于这种认识，身为政治家的梁启超才会积极
从事小说的翻译和撰写工作，不仅"特采外国名儒所撰述，而有关切于今日
中国时局者，次第译之"③，而且身体力行，创作了一部仅成五回却处处充斥
着改良主义政治观念的小说《新中国未来记》。④ 在片面夸大文学的社会政
治使命的同时，梁启超不惜扭曲文学社会功能和审美功能的关系，有意贬低
文学所应具备的审美品质。在他看来，"词章乃娱魂调性之具，偶一为之可
也。若以为业，则玩物丧志，与声色之累无异"⑤。以调章弄句怡情养性为要
务的传统词赋，美则美矣，却无益于改良政治振兴国家，理应遭受冷落甚至
废弃。这种偏狭的认识无疑会动摇梁启超功利主义文学观的内在科学性与理

---

① 饮冰：《论小说与群治之关系》，见陈平原、夏晓虹编《二十世纪中国小说理论资料》第1卷，
北京大学出版社1989年版，第33页，第37页。

② 任公：《译印政治小说序》，见陈平原、夏晓虹编《二十世纪中国小说理论资料》第1卷，北京
大学出版社1989年版，第21—22页。

③ 任公：《译印政治小说序》，见陈平原、夏晓虹编《二十世纪中国小说理论资料》第1卷，北京
大学出版社1989年版，第22页。

④ 根据夏晓虹在《传世与觉世：梁启超的文学道路》之中的介绍，《新中国未来记》一书原定的情
节梗概曾在1902年8月《新民丛报》14号面世，原文如下："其结构，先于南方有一省独立，
举国豪杰同心协助之，建设共和立宪完全之政府，与全球各国结平等之约，通商修好。数年之
后，各省皆应之，群起独立为共和政府四五。复由诸豪杰之尽瘁，合为一联邦大共和国。东三
省亦改为一立宪君主国，未几亦加入联邦。举国国民，戮力一心，从事殖产兴业，文学之盛，
国力之富，冠绝全球。寻以西藏、蒙古主权问题与俄罗斯开战端，用外交手段联结英、美、日
三国，大破俄军。复有民间志士，以私人资格暗助俄罗斯虚无党，覆其专制政府。最后因英、
美、荷兰诸国殖民地虐待黄人问题，几酿成人种战争，欧美各国各纵以谋我，黄种诸国连横以
应之。中国为主盟，协同日本、菲律宾等国，互整军备。战端将破裂，匈牙利人出而调停，其
事乃解。卒在中国京师开一万国平和会议，中国宰相为议长，议定黄、白两种人权利平等、互
相亲睦等种种条款，而此书亦以结局焉。"（见夏晓虹《传世与觉世：梁启超的文学道路》，中华
书局2006年版，第40—41页）该书所拟定的规模之宏大，由此可见一斑。尽管因为种种原因，
梁启超只写了五回，直到搁笔时也没有进入核心情节的叙述，但是从已完成的篇章中，仍然处
处可见梁启超改良主义的政治说教。

⑤ 梁启超：《戊戌政变记》，中华书局1954年版，第104页。

论合理性。可以想见，当时文学界对梁启超早期诗学观念的推崇，与其说是基于对其思想内涵的深刻理解，不如说是出于对其价值取向的全面认同。在国难当头群情激愤的特殊岁月里，尽管小说"新民说"这一口号经不起仔细推敲，尽管革新小说必先学习西方政治小说这一说法本身就潜藏着困境，但是，仅仅其中所体现的民族危机意识和社会责任感就足以使众多知识分子引为知音，为之激动不已。①

　　从历史的眼光来看，梁启超功利主义文学观的影响并不只限于晚清文坛，正如钱中文后来所指出的那样，由于国情和文化制度等方面的原因，在大约七十多年的时间里，"我国的文学主张，大体承袭了梁启超早期的文学观，并随着时代的发展，逐步演化，把它发展到了极端"②。纵观20世纪80年代以前对我国文学发展进程起到关键性作用的理论观点，基本上都是梁启超功利主义文学观在不同话语环境下的继续和延伸。这种将文学定位为政治革命思想革命之"工具"的价值预设，制约着众多学者的文学批评观念，推动着他们有意忽略自己的审美感受，致力于以社会性甚至政治性的标准去衡量文学的价值和功能。这种价值预设势必会造成文学审美教育功能的弱化，到了20世纪六七十年代，这种弱化已经达到了极限：由于极左思潮和庸俗社会学的干扰，文学的功利价值被窄化和限定为张扬特定阶级的世界观和高远的政治理想，丧失了那种具有普适性的现实人文关怀，以人格完整和人性自由为关注对象的文学审美教育功能也随之消失殆尽。如此，在文学的功利价值和现实人生需要之间就产生了一种紧张甚至断裂，这种紧张和断裂使得文学功利主义的现实合法性日益成为问题，终于在新时期以后遭到了前所未有的普遍质疑与深刻反思。

---

① 20世纪20年代，梁启超围绕着"情感"和"趣味"撰写了大量的文学美学论文，如《趣味教育与教育趣味》《美术与科学》《美术与生活》《学问与趣味》《中国韵文里头所表现的情感》《情圣杜甫》《屈原研究》等等。较之早期文学功利主义观念的偏激和粗糙，梁启超这一时期的文学与美学思考显得更加稳健和精细，也更加符合文学艺术的自身发展规律。但是，这些更为成熟的文学观念却因为远离时代的兴奋点而并没有在当时的社会上引起大范围的关注。

② 钱中文：《文学理论：在新世纪的晨曦中》，《文学评论》1999第6期。

二、文艺审美教育功能的现代崛起

对文学审美教育功能的强调离不开对功利主义文学观的质疑和对文学超功利品质的重视。在相当漫长的历史时期内，尽管标举超功利品质的文学审美意识始终处于遭受贬抑的弱势地位，并不足以对抗文学功利主义的恶性膨胀，但是文学审美意识毕竟在潜滋暗长，默默积攒着崛起的力量。与这一意识互为表里的，是对文学审美教育功能的认识和强调。王国维、鲁迅、周作人、郭沫若、郁达夫、朱光潜等学者都曾对文学融超功利品质和美育功能于一身的特性进行了深入的分析，在王国维等人看来，那些被世人视为"无用"的哲学、美学、文学、艺术等，实际上并非无用。只不过，其所具备的，不是关乎一时一地效用的"有用之用"，而是关乎"宇宙人生之真相"和"人类之生存福祉"①的"无用之用"②，文学之所以能够跻身于"古今中西所崇敬"的"学问"③，其奥秘就在于这种以"无用"为前提的大用。

超功利性是康德建立美的范畴的基石，亦是他对审美特征的基本规定，按照他的观点，美应该和善、快适区别开来，"美是那不凭借概念而普遍令人愉快的"④，"美是无一切利害关系的愉快的对象"⑤，较之善和快适所带来的愉快感，"对于美的欣赏的愉快是唯一无利害关系的和自由的愉快；因为既没有官能方面的利害感，也没理性方面的利害感来强迫我们去赞许"⑥。审美鉴赏就是"凭借完全无利害观念的快感和不快感对某一对象或其表现方法的一种判断力"⑦。这种判断力体现为一种纯粹的静观，静观的对象只限于和人们的欲求意志毫无关涉的纯形式："花，自由的素描，无任何意图地相互

---

① 王国维：《〈国学丛刊〉序》，见周锡山编校《王国维集》第 2 册，中国社会科学出版社 2008 年版，第 326 页。

② 王国维：《〈国学丛刊〉序》，见周锡山编校《王国维集》第 2 册，中国社会科学出版社 2008 年版，第 326 页。

③ 王国维：《〈国学丛刊〉序》，见周锡山编校《王国维集》第 2 册，中国社会科学出版社 2008 年版，第 326 页。

④ ［德］康德：《判断力批判》上卷，宗白华译，商务印书馆 1996 年版，第 57 页。

⑤ ［德］康德：《判断力批判》上卷，宗白华译，商务印书馆 1996 年版，第 48 页。

⑥ ［德］康德：《判断力批判》上卷，宗白华译，商务印书馆 1996 年版，第 46 页。

⑦ ［德］康德：《判断力批判》上卷，宗白华译，商务印书馆 1996 年版，第 47 页。

缠绕着的、被人称作簇叶饰的纹线，它们并不意味着什么，并不依据任何一定的概念，但却令人愉快满意。"① 康德的这一思想得到了王国维的全面认同，在《古雅之在美学上之位置》和《孔子之美育主义》等文中，王国维从康德"无一切利害关系"的美学观点出发，对美的性质和审美活动的特征作出了明确的界定："美之性质，一言以蔽之曰：可爱玩而不可利用者是已。虽物之美者，有时亦足供吾人之利用，但人之视为美时，决不计及其可利用之点。其性质如是，故其价值亦存于美之自身，而不存乎其外。"② "吾人观美时，亦不知有一己之利害。德意志之大哲人汗德（今译康德），以美之快乐为不关利害之快乐（Disinterested Pleasure）。"③ 正如刘纲纪所说："王国维认为，美的对象与一切功利欲望不发生关系……还依据康德的非功利思想，强烈主张艺术以及哲学的研究应以其本身为目的，而不能成为政治与道德的工具、仆从。"④ 通过对康德美学思想的研习和汲取，王国维形成了以审美无功利标尺来考察衡量艺术纯粹性的自觉意识。在他的理论视野中，审美自律性是文学能够获得独立地位，跻身于纯粹艺术的关键。从这一视野出发，王国维旗帜鲜明地坚持文学的超功利品质，既反对将文学视作激发感官欲望的工具，又反对将文学视作某种政治道德意图的载体。在大力强调文学救国论的历史语境中，文学的超功利品质和独立地位所面临的威胁主要来自于政治道德意图的挟裹，而非感官欲望的威压，"观近数年之文学，亦不重于文学自己之价值，而唯视为政治教育之手段……欲求其学说之价值，安可得也！"⑤ 所以，扫清政教文学观的干扰就成了摆在王国维面前的首要任务。为了彻底扫清政教文学观的干扰，王国维追溯历史，对中国文学史上将文学家与政治家混为一谈，远离文学本质漠视文学家独立价值的倾向进行了毫不含糊的批评。在他看来，处于经世致用传统制约下的中国从来

---

① ［德］康德：《判断力批判》上卷，宗白华译，商务印书馆 1964 年版，第 44 页。
② 王国维：《古雅之在美学上之位置》，见周锡山编校《王国维集》第 1 册，中国社会科学出版社 2008 年版，第 184 页。
③ 王国维：《孔子之美育主义》，见周锡山编校《王国维集》第 4 册，中国社会科学出版社 2008 年版，第 3 页。
④ 刘纲纪：《传统文化、哲学与美学》，广西师范大学出版社 1997 年版，第 337 页。
⑤ 王国维：《论近年之学术界》，见周锡山编校《王国维集》第 2 册，中国社会科学出版社 2008 年版，第 302 页。

就没有成为"美术（艺术）之国"的机会，"一切学业，以利用之大宗旨贯注之。治一学，必质其有用与否；为一事，必问其有益与否。美之为物，为世人所不顾久矣！故我国建筑、雕刻之术，无可言者。……诗词亦代有作者。而世之贱儒辄援'玩物丧志'之说相诋。故一切美术皆不能达完全之域"。① 在中国历史上，只有具备宏大政治抱负的诗人才能被尊称为"大诗人"，"'自谓颇腾达，立登要路津。致君尧舜上，再使风俗淳。'非杜子美之抱负乎？'胡不上书自荐达，坐令四海如虞唐。'非韩退之之忠告乎？'寂寞已甘千古笑，驰驱犹望两河平。'非陆务观之悲愤乎？如此者，世之谓大诗人矣！"若是诗人没有宏大的政治抱负，就会和"小说、戏曲、图画、音乐诸家"一起被贬为"俳儒倡优"，丧失起码的尊严和价值。秉持着"'诗外尚有事在'，'一命为文人，便无足观'"等"金科玉律"，"历代诗人，多托于忠君爱国、劝善惩恶之意，以自解免，而纯粹美术上之著述，往往受世之迫害，而无人为之昭雪者也"。"甚至戏曲、小说之纯文学，亦往往以惩劝为旨，其有纯粹美术上之目的者，世非惟不知贵，且加贬焉。""呜呼！美术之无独立之价值也久矣。"② 文学艺术丧失独立价值的局面不仅是世人凡事都强调"利用之大宗旨"③ 的偏见所造成的，而且也是"美术家自忘其神圣之位置与独立之价值，而蒇然以听命于众"④ 的态度所造成的。要高扬文学艺术的独立价值，就必须超越"文以载道"的传统思想，树立以审美自律论为核心的现代文学观念，将文学超功利品质提升到前所未有的神圣地位。"无与于当世之用"是王国维对文学超功利品质的集中概括。在他看来，哲学和美术（即文学艺术）的神圣和尊贵不在于它附着于功利性的有用，而是在于它们超越于功利性的无用，一旦它们开始服务于"当世之用"⑤ 时，其独立价

---

① 王国维：《孔子之美育主义》，见周锡山编校《王国维集》第 4 册，中国社会科学出版社 2008 年版，第 6 页。

② 王国维：《论哲学家与美术家之天职》，见周锡山编校《王国维集》第 1 册，中国社会科学出版社 2008 年版，第 181—182 页。

③ 王国维：《孔子之美育主义》，见周锡山编校《王国维集》第 4 册，中国社会科学出版社 2008 年版，第 6 页。

④ 王国维：《论哲学家与美术家之天职》，见周锡山编校《王国维集》第 1 册，中国社会科学出版社 2008 年版，第 182 页。

⑤ 王国维：《论哲学家与美术家之天职》，见周锡山编校《王国维集》第 1 册，中国社会科学出版社 2008 年版，第 181 页。

值就会因此而全盘丧失。在反对将文学艺术视作推进社会政治改革的工具的同时，王国维对文学艺术的审美教育功能寄予了很高的期望。从1903年到1907年，他发表了《论教育之宗旨》《孔子之美育主义》《教育家之希尔列尔（席勒）》《霍恩氏之美育说》等一系列宣传文学艺术美育功能的文章，主张文学艺术可以而且应该借助人的情感心理因素，超越现实有限性，营造理想美，赋予接受者灵魂上升的力量，引导他们超越一般生命物的生存状态，接近人类梦想中的神圣和至善。在他看来，美育不仅和德育智育同为教育的有机组成部分，而且还是推进德育和智育的有效手段，在教育领域中拥有不可替代的重要地位。而美育的重要性和不可替代性，则主要取决于审美的超功利品质所带来的独特价值。具体说来，处于审美活动的主体理应抛却一切利害打算，超越即时性的社会政治目的和具体感官欲望，在纯粹而自由的审美境界中体会到一种高尚的感情和纯洁的快乐，当这种感情和快乐灌满心胸之际，审美主体也就在不知不觉中开始了陶冶精神净化灵魂完善人性的过程。陶冶精神净化灵魂完善人性既是审美的超功利品质所带来的独特价值，又是美育的基本目的。所以，若要将美育的基本目的落到实处，就必须遵守审美活动的独立地位和自由原则，决不可将其视为德育活动或是智育活动的附庸。

正是基于这一考虑，王国维在《论小学校唱歌科之材料》一文中才会指出，要真正发挥小学唱歌课程的教育功能，就必须尊重唱歌作为艺术审美活动的基本特性和独立地位，以"调和其感情"和"练习其聪明官及发生器"等"唱歌科自己之事业"为重。即便想达到"陶冶其意志"的修身目的，也不能将唱歌科等同于其他修身课程或干脆使其沦为"修身科之奴隶"，以经营富有道德教训含义的歌词作为建设唱歌课程的重点。因为，作为一种作用于主体感情的艺术审美活动，唱歌的重点"在形式而不在内容（歌词）"。流动婉转的声音之美是唱歌科教育功能得以实现的关键因素，"虽有声无词之音乐，自有陶冶品性，使之高尚和平之力，固不必用修身科之材料为唱歌科之材料也"。对于有词的歌曲而言，"则于声音之美外，自当益以歌词之美"，"咏自然之美及古迹"的古诗便可提供既富有美感又能"呈于儿童之直观"的歌词。总之，唱歌科必须在"保其独立之位置"，"不致为修身科之奴隶"的前提下，才能真正发挥其陶冶品性的审美教育功能。① 王国维对审美特殊性和美育独立地位的强调和理解由此可见一斑。

　　和音乐等人类审美活动一样，文学的美育功能亦是建立在文学自身的审美独立基础之上的。只有切断文学与世俗功利的逻辑联系，坚持超功利的审美品格，文学作品才能把日常生活中短暂零散的经历成功地转变为跨越时空的体验，实现自由对必然的超越，无限对有限的超越，从而最大限度地开启读者诗化人生境界的进程，使其摆脱凡俗人生的羁绊，领会到生命和存在的深层意义，成为拥有完美人格和自由精神的人。由此可见，拥有超功利品质是文学得以发挥美育功能的关键，如果将文学视为政治的仆从、道德的附庸或是情欲的载体，文学的美育功能就会遭到压抑。从这一认识出发，王国维在《莎士比亚传》一文中对莎士比亚作品的美育功能作出了高度评价，在他看来，莎士比亚"以超绝之思，无我之笔，而写世界上之一切事物者也。所作虽仅三十余篇，然而世界中所有之离合悲欢，恐怖烦恼，以及种种性格等，殆无不包诸其中"②。特别是在他经历过诸多人生挫折之后，"大有所悟，其胸襟更阔大而沈著。于是一面与世相接，一面超然世外，即自理想之光明，知世间哀欢之无别，又立于理想界之绝顶，以静观人海之荣辱波澜。……是等诸作均诲人以养成坚忍不拔之精神，以保持心之平和，见人之过误则宽容之，恕宥之；于己之过误，则严责之，悔改之，更向圆满之境界中而精进不息。……盖莎氏晚年诸作，均含有一种不可思议之魔力，以左右人世。"③ 正因为莎士比亚超越了一己之悲欢，他的著作才能成为"人类全体之喉舌，而读者于此得闻其悲欢啼笑之声，遂觉自己之势力亦为之发扬而不能自己"④。当读者从现实物欲的羁绊中脱身，走入莎士比亚笔下的超功利文学世界的时候，他们的感情就会自然而然地受到陶冶，精神就会自然而然

---

① 王国维：《论小学校唱歌科之材料》，见周锡山编校《王国维集》第 4 册，中国社会科学出版社 2008 年版，第 17 页。

② 王国维：《莎士比亚传》，见周锡山编校《王国维集》第 2 册，中国社会科学出版社 2008 年版，第 8 页。

③ 王国维：《莎士比亚传》，见周锡山编校《王国维集》第 2 册，中国社会科学出版社 2008 年版，第 5 页。

④ 王国维：《人间嗜好之研究》，见周锡山编校《王国维集》第 2 册，中国社会科学出版社 2008 年版，第 319 页。

地得到提升，人格就会自然而然地得到完善，而这种陶冶、提升和净化就是莎士比亚作品美育功能得到充分发挥的表现。基于对文学美育功能的认识和推崇，在《去毒篇》中，王国维将"美术"与"宗教"相提并论，认为二者均可以防治吸食鸦片等不良社会嗜好的泛滥，对国民的精神健康起到积极的作用。具体而言，"中国之国民"之所以会成为"鸦片的国民"，主要是因为"国民之无希望，无慰藉。一言以蔽之：其原因存于感情上而已"。由于经济文化等多方面原因，中国国民"感情上的苦痛及空虚之感深于他国民，而除鸦片外，别无所以慰藉之术也。"要真正禁绝鸦片，除了修明政治，大兴教育，提高国民的知识层次及道德水平之外，还得对国民的感情需要投以特别的关注。而宗教与美术就是解脱国民痛苦慰藉国民情感的有效手段，前者适用于下等社会，后者适用于上等社会，"美术者，上流社会之宗教也。彼等苦痛之感无以异于下流社会，而空虚之感则又过之。此等感情上之疾病，固非干燥的科学与严肃的道德之所能疗也。感情上之疾病，非以感情治之不可。必使其闲暇之时心有所寄，而后能得以自遣。……而美术之慰藉中，尤以文学为尤大。……故此后中学校以上，宜大用力于古典一科，虽美术上之天才不能由此养成之，然使有解文学之能力，爱文学之嗜好，则其所有慰空虚之痛苦而防卑劣之嗜好者，其益固已多矣。此言教育者，所不可不大注意者也。"[①] 在王国维的心目中，文学是超越人生痛苦、获得精神解脱的方式，如果教育者能够成功培养国民"爱文学之嗜好"，那么也就自然可以使国民从空虚痛苦中解脱出来，从而改变社会风气，杜绝吸食鸦片等不良的社会嗜好。

在中国现代诗学史上，王国维首次明确地将审美属性定位为文学艺术的核心特征，并以此为基础，对文学的审美教育功能进行了系统的说明和阐释。这对于中国文学与诗学的现代化进程无疑具有非凡的意义——强调社会功利性固然可以极大地提高现代文学和诗学的地位，但是现代文学和诗学独立价值的确立，却离不开纯文学观念和审美教育功能论的支撑。然而，遗憾的是，正如钱中文所说，王国维的这一思想，"由于我国国情、文化制度的

---

① 王国维：《去毒篇》，见周锡山编校《王国维集》第2册，中国社会科学出版社2008年版，第321—323页。

关系，在后来的 70 多年间，一直是忽隐忽现，处于抑制状态"①，并没有发挥出应有的作用。

1908 年，鲁迅的《摩罗诗力说》《科学史教篇》在《河南》月刊上发表。1913 年，他的《儗播布美术意见书》在《教育部编纂处月刊》上首次面世。尽管鲁迅一向将改造国民精神作为文学创作的首要目的，② 但是从这些早期论著中，我们却不难看出，他对文学改造国民精神这一作用的认识是以他对文学审美特征和审美教育功能的强调为前提的。在他看来，审美是文学之所以成为文学的本质属性，审美教育是文学改造国民精神的必经之路。在《儗播布美术意见书》中，鲁迅从学科分类的角度对"美术"（艺术）的基本要素进行了概括："故美术者，有三要素：一曰天物，二曰思理，三曰美化。缘美术必有此三要素，故与他物之界域极严。"③ "可知美术云者，即用思理以美化天物之谓。苟合于此，则无间外状若何，咸得谓之美术；如雕塑，绘画，文章，建筑，音乐皆是也。"④ 所以，文学⑤ 应该且必须将"美化"作为自己的基本要素，"兴感怡悦"的审美功能就是在"美化"要素的基础上产生的，"由纯文学上言之，则以一切美术之本质，皆在使观听之人，为之兴感怡悦"⑥。作为一种纯粹的审美感受，"兴感怡悦"意味着文学艺术具

① 钱中文：《文学理论：在新世纪的晨曦中》，《文学评论》1999 第 6 期。

② 1922 年，鲁迅在《〈呐喊〉自序》中叙述了自己留学日本期间弃医从文的动机："其时正当日俄战争的时候，关于战事的画片自然也就比较的多了，我在这一个讲堂中，便须常常随喜我那同学们的拍手和喝采。有一回，我竟在画片上忽然会见我久违的许多中国人了，一个绑在中间，许多站在左右，一样是强壮的体格，而显出麻木的神情。据解说，则绑着的是替俄国做了军事上的侦探，正要被日军砍下头颅来示众，而围着的便是来赏鉴这示众的盛举的人们。""这一学年没有完毕，我已经到了东京了，因为从那一回以后，我便觉得医学并非一件紧要事，凡是愚弱的国民，即使体格如何健全，如何茁壮，也只能做毫无意义的示众的材料和看客，病死多少是不必以为不幸的。所以我们的第一要著，是在改变他们的精神，而善于改变精神的，我那时以为当然要推文艺，于是想提倡文艺运动了。"（见《鲁迅全集》第 1 卷，人民文学出版社 2005 年版，第 438—439 页）由此可见，从一开始，鲁迅就是怀着以文学改造国民精神的功利主义目的投身文学事业的。

③ 鲁迅：《儗播布美术意见书》，《鲁迅全集》第 8 卷，人民文学出版社 2005 年版，第 50 页

④ 鲁迅：《儗播布美术意见书》，《鲁迅全集》第 8 卷，人民文学出版社 2005 年版，第 51 页

⑤ 结合前后文来看，鲁迅这里所谈到的"文章"，和现代意义上以审美为基本特质的"文学"应该是一致的。

⑥ 鲁迅：《摩罗诗力说》，《鲁迅全集》第 1 卷，人民文学出版社 2005 年版，第 73 页。

有超越现实功利远离实用价值的一面，"美术之中……如雕刻，绘画，文章，音乐，皆与实用无所系属者也"①。"文章为美术之一……与个人暨邦国之存，无所系属，实利离尽，究理弗存。故其为效，益智不如史乘，诚人不如格言，致富不如工商，弋功名不如卒业之券。特世有文章，而人乃以几于具足。"②但是，在"兴感怡悦"的审美过程中，接受者又确实可以在不知不觉中涵养神思陶冶情感提升思想完善人格，这就是所谓的"不用之用"："英人道覃（E. Dowden）有言曰，美术文章之桀出于世者，观诵而后，似无裨于人间者，往往有之。然吾人乐于观诵，如游巨浸，前临渺茫，浮游波际，游泳既已，神质悉移。而彼之大海，实仅波起涛飞，绝无情愫，未始以一教训一格言相授。顾游者之元气体力，则为之陡增也。……文章不用之用，其在斯乎？约翰穆黎曰，近世文明，无不以科学为术，合理为神，功利为鹄。大势如是，而文章之用益神。所以者何？以能涵养吾人之神思耳。涵养人之神思，即文章之职与用也。"③所以，作为"美术"（艺术）之一种，文学的"以娱人情"的审美功能和"有利于世"的功利效用其实是二位一体，不分彼此的，前者是后者的前提条件，后者则是前者自然而然的结果，"言美术之目的者，为说至繁，而要以与人享乐为臬极，惟于利用有无，有所牴午。主美者以为美术目的，即在美术，其于他事，更无关系。诚言目的，此其正解。然主用者则以为美术必有利于世，傥其不尔，即不足存。顾实则美术诚谛，固在发扬真美，以娱人情，比其见利致用，乃不期之成果"④。"以娱人情"和"有利于世"的自然结合造就了文学艺术有别于科学知识的独特价值，人类需要科学知识的帮助，但也同样少不了文学艺术的滋养，"盖使举世惟知识之崇，人生必大归于枯寂，如是既久，则美上之感情漓，明敏之思想失……故人群所当希冀要求者，不惟奈端已也，亦希诗人如狭斯丕尔（Shakespeare）；不惟波尔，亦希画师如洛菲罗（Raphaelo）……"⑤

　　从鲁迅一生所取得的文学实绩来看，他对文学审美价值与功利效应的

<hr>

① 鲁迅：《儗播布美术意见书》，《鲁迅全集》第 8 卷，人民文学出版社 2005 年版，第 52 页
② 鲁迅：《摩罗诗力说》，《鲁迅全集》第 1 卷，人民文学出版社 2005 年版，第 73 页。
③ 鲁迅：《摩罗诗力说》，《鲁迅全集》第 1 卷，人民文学出版社 2005 年版，第 73—74 页。
④ 鲁迅：《儗播布美术意见书》，《鲁迅全集》第 8 卷，人民文学出版社 2005 年版，第 52 页。
⑤ 鲁迅：《科学史教篇》，《鲁迅全集》第 1 卷，人民文学出版社 2005 年版，第 35 页。

辩证看法基本上没有改变。只是，随着政治斗争形势的日益严峻和鲁迅对马克思主义理论的自觉接受，在鲁迅后期的文章中，他开始更为自觉地强调文学的阶级性政治性等功利因素："生在有阶级的社会里而要做超阶级的作家，生在战斗的时代而要离开战斗而独立，生在现在而要做给与将来的作品，这样的人，实在也是一个心造的幻影，在现实世界上是没有的。"① "文学不借人，也无以表示'性'，一用人，而且还在阶级社会里，即断不能免掉所属的阶级性……倘说，因为我们是人，所以以表现人性为限，那么，无产者就因为是无产阶级，所以要做无产文学。"② 经过历次时代风云的选择，这些因素被渲染得益发浓墨重彩，③ 几乎令人感到文学功利主义就是鲁迅诗学思想的全部，而他对文学审美价值和美育功能的体认和阐释则被长期湮没和遗忘在历史的烟尘之中。

1922 年 1 月 22 日，周作人在《晨报副镌》上开辟了"自己的园地"专栏，正式走出了"人的文学"时代，④ 开始了从文学启蒙论向审美表现论的

---

① 鲁迅：《论"第三种人"》，《鲁迅全集》第 4 卷，人民文学出版社 2005 年版，第 452 页。

② 鲁迅：《"硬译"与"文学的阶级性"》，《鲁迅全集》第 4 卷，人民文学出版社 2005 年版，第 208 页。

③ 1937 年 10 月 19 日，毛泽东在陕北公学举办的纪念鲁迅逝世一周年大会上发表讲话，赞颂鲁迅对革命的贡献："他是一个民族解放的急先锋，给革命以很大的助力，他并不是共产党组织中的一人，然而他的思想、行动、著作，都是马克思主义的。他是党外的布尔什维克。……他近年来站在无产阶级与民族解放的立场，为真理与自由而斗争。"他"在革命队伍中是一个很优秀的很老练的先锋分子"。(毛泽东：《论鲁迅》，《毛泽东文集》第 2 卷，人民出版社 2004 年版，第 42—43、44 页) 1940 年，在《新民主主义论》中，毛泽东结合"五四"后"共产主义的宇宙观和社会革命论"作为文化生力军"以新的装束和新的武器，联合一切可能的同盟军，摆开了自己的阵势，向着帝国主义文化和封建文化展开了英勇的进攻"这一时代大背景，对鲁迅的政治地位和历史地位作出了高度的评价："而鲁迅，就是这个文化新军的最伟大和最英勇的旗手。鲁迅是中国文化革命的主将。他不但是伟大的文学家，而且是伟大的思想家和伟大的革命家。鲁迅的骨头是最硬的……鲁迅是在文化战线上，代表全民族的大多数，向着敌人冲锋陷阵的最正确、最勇敢，最坚决、最忠实、最热忱的空前的民族英雄。鲁迅的方向，就是中华民族新文化的方向。"(毛泽东：《新民主主义论》，《毛泽东选集》第 2 卷，人民出版社 1991 年版，第 697、698 页。)

④ 1918 年，周作人在《新青年》上发表了《人的文学》，次年，又发表了《平民文学》，将完善人性提升精神的功利主义目标作为文学创作的首要目的，此二文不仅带给周作人极大的声誉，而且确立了他作为新文学先驱的历史地位。但是，没过几年，周作人却比任何人都更快地疏离了"人的文学"口号。

自觉转型。[1] 在他看来，"'为艺术的艺术'将艺术与人生分离，并且将人生附属于艺术……固然不很妥当"；就其本质而言，"艺术当然是人生的，因为他本是我们感情生活的表现，叫他怎么能与人生分离？'为人生'——于人生有实利，当然也是艺术本有的一种作用，但并非唯一的职务。总之艺术是独立的，却又原来是人性的，所以既不必使他隔离人生，又不必使他服侍人生，只任他成为浑然的人生的艺术便好了。'为艺术'派以个人为艺术的工匠，'为人生'派以艺术为人生的仆役；现在却以个人为主人，表现情思而成艺术，即为生活之一部，初不为福利他人而作，而他人接触这艺术，得到一种共鸣与感兴，使其精神生活充实而幸福，而即以为实生活的基本；这是人生的艺术的要点，有独立的艺术美与无形的功利。"[2] "独立的艺术美与无形的功利"这一提法与鲁迅早期"不用之用"的艺术功能观颇有相合之处，其核心指向都是文学的审美教育功能。但是，开始耕种"自己的园地"后不久，周作人就已经被主流话语视作了革命的反动者和落伍者，[3] 再加上他在抗战期间参加伪政府的不光彩经历，他后期文学观的影响力如何也就可想而知了。

　　谈到 20 世纪 20 年代前期有关文学审美教育功能的观念，不能忽视创造社成员的言论。尊自我、重表现是那一时期大多数创造社成员的文学态度，在他们看来，"艺术家的求真不能在忠于自然上讲，只能在忠于自我上讲。……艺术是自我的表现，是艺术家的一种内在冲动的不得不尔的表

---

[1]　1926 年，在为《艺术与生活》撰写的自序中，周作人曾经对自己文学观的转变过程做过这样的回顾："照我自己想起来，即梦想家与传道者的气味渐渐地有点淡薄下去了。""一个人在某一时期大抵要成为理想派，对于文艺与人生抱着一种什么主义。我以前是梦想过乌托邦的……以前我所爱好的艺术与生活之某种相，现在我大抵仍是爱好，不过目的稍有转移，以前我似乎多喜欢那边所隐现的主义，现在所爱的乃是在那艺术与生活自身罢了。"（周作人：《〈艺术与生活〉自序一》，见钟叔河编《知堂序跋》，岳麓书社 1987 年版，第 22 页。）

[2]　周作人：《自己的园地》[首节]，见钟叔河编《知堂序跋》，岳麓书社 1987 年版，第 6—7 页。

[3]　1930 年 10 月 13 日，周作人在《骆驼草》上发表《草木虫鱼小引》一文，其中约略提到自己被主流文坛误会和排斥的情形："在写文章的时候，我常感到两种困难，其一是说什么，其二是怎么说。……有些事情固然我本不要说，然而也有些是想说的，而现在实无从说起。不必说到政治大事上去，即使偶然谈谈儿童或妇女身上的事情，也难保不被看出反动的痕迹，其次是落伍的证据来，得到古人所谓笔祸。"（见现代文学馆编《雨天的书》，华夏出版社 2008 年版，第 115 页。）

现。"① 从自我表现的文学创作观出发，他们对文学艺术与现实人生，审美主义与功利主义之间的关系作出了自己的理解。一方面，创造社成员普遍受到了西方近现代浪漫主义唯美主义文艺思潮中艺术无功利倾向的影响，认为"美与感情"是"艺术的最大要素"，"美的追求是艺术的核心"，② 坚持艺术的独立地位，反对以艺术作为人生的附庸，"认定艺术与人生，只是一个晶球的两面。只如我们的肉体和精神的关系一样，他们是两两平行，绝不是互为君主臣仆的。"③ "文学上的创作，本来只要是出自内心的要求"，"文学既是我们内心的活动之一，所以我们最好是把内心的自然的要求做它的原动力。"④ 对于文学家而言，除了忠实于"内心的要求"，专注于表现自我情感，不应该受制于其他的目的和动机，"对于艺术上的功利主义的动机说，是不承认他有成立的可能性的"⑤，因为，"文艺也如春日的花草，乃艺术家内心之智慧的表现。诗人写出一篇诗，音乐家谱出一支曲子，画家绘成一幅画，都是他们感情的自然流露：如一阵春风吹过池面所生的微波，应该说没有所谓目的。"⑥ 功利目的的强化只能导致艺术价值的弱化，以小说为例，"目的小说（或宣传小说）的艺术，总脱不了削足就履之弊；百分之九十九，都系没有艺术价值的。"所以，论及小说艺术的时候，绝对不能拿目的小说（或宣传小说）"做论断的准则"⑦。另一方面，在强调个性主义艺术观的同时，创造社成员非但没有放弃文学家所应具备的社会责任感，反而将这种责任感神圣化，使之上升为重塑人性改造乾坤的使命意识。从郭沫若《论国内的评坛及我对于创作上的态度》一文中，我们可以看到他对文学"大用"的热情歌

---

① 郭沫若：《印象与表现——在上海美专自由讲座演讲》，见黄侯兴主编《创造社丛书·文艺理论卷》，学苑出版社 1992 年版，第 23 页。

② 郁达夫：《艺术与国家》，见《郁达夫文论集》，浙江文艺出版社 1985 年版，第 57 页。

③ 郭沫若：《论国内的评坛及我对于创作上的态度》，见黄侯兴主编《创造社丛书·文艺理论卷》，学苑出版社 1992 年版，第 6 页。

④ 成仿吾：《新文学之使命》，见黄侯兴主编《创造社丛书·文艺理论卷》，学苑出版社 1992 年版，第 51、52 页。

⑤ 郭沫若：《论国内的评坛及我对于创作上的态度》，见黄侯兴主编《创造社丛书·文艺理论卷》，学苑出版社 1992 年版，第 5—6 页。

⑥ 郭沫若：《文艺之社会的使命——在上海大学讲》，见上海社会科学院、上海图书馆主编《郭沫若在上海——纪念郭沫若诞辰一百周年》，上海社会科学出版社 1994 年版，第 125 页。

⑦ 郁达夫：《小说论》，见《郁达夫文论集》，浙江文艺出版社 1985 年版，第 225 页。

颂："有人说：'一切艺术是完全无用的。'这话我也不十分承认。我承认一切艺术，虽然貌似无用，然在她的无用之中有大用存焉。它是唤醒人性的警钟，它是招返迷羊的圣篆，它是澄清河浊的阿胶，它是鼓舞生命的醍醐……它的大用，说不尽，说不尽。"① "唤醒人性""招返迷羊""澄清河浊""鼓舞生命"等种种洋溢着浪漫激情的赞颂之语道出了一个事实：郭沫若等创造社成员并不是完全否定文学功利价值的"艺术至上主义者"，文学对社会人生的影响始终都是他们的关注重心。正如郑伯奇在《中国新文学大系·〈小说三集〉导言》中论述的那样："真正的艺术至上主义者是忘却了一切时代的社会的关心而笼居在'象牙之塔'里面，从事艺术生活的人们。创造社的作家，谁都没有这样的倾向。郭沫若的诗，郁达夫的小说，成仿吾的批评，以及其他诸人的作品都显示出他们对于时代和社会的热烈的关心。所谓'象牙之塔'一点没有给他们准备着。他们依然是在社会的桎梏之下呻吟着的'时代儿'。"② 只不过，这些"时代儿"并没有因此就以明确的功利目的来限制自己的文学活动，更没有将自己的作品视作解决具体社会问题的工具，在他们看来，艺术美本身就可以慰藉心灵陶冶情感提升精神，自由自觉的追求艺术美就意味着"对于时代和社会的热烈的关心"。正是基于这一认识，成仿吾、郁达夫等创造社成员才会将艺术美作为自己的追求目标，"除去一切功利的打算，专求文章的全与美有值得我们终身从事的价值之可能性。而且一种美的文学，纵或它没有什么可以教我们，而它所给我们的美的快感与慰安，这些美的快感与慰安对于我们日常生活的更新的效果，我们是不能不承认的。"③ "小说在艺术上的价值，可以以真和美的两条件来决定。若一本小说写得真，写得美，那这小说的目的就达到了。至于社会的价值，及伦理的价值，作者在创作的时候，尽可以不管。不过事实上凡真的美的作品，它的社会价值，也一定是高的。"④ 应该说，在早期大多数创作社成员的心目中，

---

① 郭沫若：《论国内的评坛及我对于创作上的态度》，见黄侯兴主编《创造社丛书·文艺理论卷》，学苑出版社 1992 年版，第 6 页。

② 郑伯奇：《中国新文学大系·〈小说三集〉导言》，见刘运峰编《1917—1927 中国新文学大系导言集》，天津人民出版社 2009 年版，第 100 页。

③ 成仿吾：《新文学之使命》，见黄侯兴主编《创造社丛书·文艺理论卷》，学苑出版社 1992 年版，第 56 页。

④ 郁达夫：《小说论》，见《郁达夫文论集》，浙江文艺出版社 1985 年版，第 226 页。

文学的美育功能和对艺术美的自觉追求是互为因果，相辅相成的。而他们狂飙突进舍我其谁的浪漫主义激情和集体作战相互应和的团队气势①又将这一文艺观的号召力发挥到了极致，这无疑应该对中国现代文学美育意识的发展起到有效的促动作用。但吊诡的是，1925年以后，创造社又以同样的激情和气势扫荡铲除了自己曾一心捍卫的艺术独立论和审美表现论，②在对无产阶级革命文学的急切呼唤中将文学的功利性推向了极端。创造社的这一自觉转向不仅中断了自身对艺术美的探讨，而且使其早期对艺术美的热烈追求变成了一种缺乏深思熟虑的青春姿态，这势必会在相当程度上消解其早期文学美育观念所应具备的意义和影响。

在20世纪三四十年代的中国诗学史上，朱光潜始终作为文学审美特质的捍卫者卓然独立，他固守着以"美"为核心的文学观念，认为文艺有文艺自身的发展规律和价值功能，"我反对拿文艺做宣传的工具或是逢迎谄媚的工具。文艺自有它的表现人生和怡情养性的功用，丢掉这自家园地而替哲学宗教或政治做喇叭或应声虫，是无异于丢掉主子不做而甘心做奴隶。"③从朱光潜对文艺"怡情养性的功用"的倡导中，我们不难看到美育思想的端倪，但是，在革命形势风云激荡的岁月里，朱光潜的这些观点却遭到了革命文艺工作者集中猛烈的炮火攻击，被《大众文艺丛刊》同人指责为"堕落的和反动的文艺思想"，代表着"那种打着'自由思想'的旗帜，强调个人与生命本位，主张宽容而反对斗争，实际上是企图把文艺拉回到为艺术而艺术的境

---

① 尽管郭沫若等人一再申明创造社"是最厌恶团体之组织的：因为一个团体便是一种暴力，依恃人多势众可以无怪不作"。所以创造社"并没有固定的组织，我们没有章程，没有机关，也没有划一的主义。我们是由几个朋友随意合拢来的。我们的主义，我们的思想，并不相同，也并不必强求相同。我们所同的，只是本着我们内心的要求，从事于文艺的活动罢了。"（郭沫若：《编辑余谈》，原载1922年8月25日《创造》季刊第1卷第2期，见《文学运动史料选》第1册，上海教育出版社1979年版，第209页）但是，从创造社主要成员这一时期的理论建树来看，他们的价值追求和审美取向是基本一致的，文艺观念和探讨问题的方式也颇多相合之处。

② 例如，在《革命与文学》一文中，郭沫若一反早期观点，明确提出"我们对于个人主义的自由主义要根本铲除，我们对于浪漫主义的文艺也要取一种彻底反抗的态度。"（郭沫若：《革命与文学》，原载一九二六年五月十六日《创造月刊》第1卷第3期，见《文学运动史料选》第1册，上海教育出版社1979年版，第445页）

③ 朱光潜：《自由主义与文艺》，原载1948年8月6日《周论》第2卷第4期，见《文学运动史料选》第5册，上海教育出版社1979年版，第636页。

域中去的反动倾向"。① 尽管这种以政治讨伐取代文学研究的蛮横批判并未切中朱光潜诗学思想的实质,② 但是,由于《大众文艺丛刊》的特殊地位,③ 朱光潜初露端倪的美育思想从此就被打入了另册。

要之,文学的审美教育功能直接关涉着对文学独立价值的认可和强调,王国维、鲁迅、周作人、郭沫若、郁达夫、朱光潜等不少现代诗学家都注意到了这一点,反对将社会功利主义作为文学的价值基础,要求通过强化文学的审美品格实现其独特的审美教育功能。但是,正是因为对文学超功利审美品格的关注背离了强调文学工具论的时代主旋律,这些诗学家所主张的文学美育说才始终处于潜滋暗长的状态,无法取得与社会功利主义分庭抗礼的资格。所以,吸取历史的经验教训,正确看待超功利审美特质与文学功用之间的依存关系,确定既立足于艺术审美特质又不忘现实人生关怀的文学价值取向,对于文学美育功能的健康发展而言,是非常必要的。

---

① 《大众文艺丛刊》同人,荃麟执笔:《对于当前文艺运动的意见——检讨、批判、和今后的方向》,见《文学运动史料选》第 5 册,上海教育出版社 1979 年版,第 292 页。

② 抛开扣政治帽子的武断做法不论,仅就"为艺术而艺术"这一断语而言,也有悖于朱光潜的诗学思想实际。因为,早在 1932 年出版的《谈美》中,朱光潜就已经赋予了美以净化人心完善人性的神圣使命:"我坚信中国社会闹得如此之糟,不完全是制度的问题,是大半由于人心太坏。我坚信情感比理智重要,要洗刷人心,并非几句道德家言所可了事,一定要从'怡情养性'做起,一定要于饱食暖衣、高官厚禄等等之外,别有较高尚、较纯洁的企求。要求人心净化,先要求人生美化。"(朱光潜:《谈美》,安徽教育出版社 1989 年版,第 10 页)从中可见朱光潜美学思想与"为艺术而艺术"思潮之间的区别,在 1936 年出版的《文艺心理学》中,朱光潜对"为艺术而艺术"的观点做了更为明确的批评,认为"十九世纪后半期文人所提倡的'为文艺而文艺',在理论上更多缺点。喊这个口号的人们不但要把艺术活动和其他活动完全分开,还要把艺术家和社会人生绝缘,独辟一个阶级,自封在象牙之塔里,礼赞他们的唯一尊神——美……专在形式上作功夫,结果总不免流于空虚纤巧。"(朱光潜:《文艺心理学》,见《朱光潜全集》第 1 卷,安徽教育出版社 1987 年版,第 316 页)

③ 《大众文艺丛刊》,是中国共产党领导下的文化刊物,旨在强调无产阶级文艺思想的领导权。1948 年 3 月到 1949 年 3 月在香港共出版六辑,其主要作者邵荃麟、林默涵、冯乃超、潘汉年、胡绳等均是革命文艺阵营的中坚力量,且在建国之后都担任了文化要职,所以,《大众文艺丛刊》同人的思想立场和批评主张,实际上代表了新中国成立后的文艺批评基调,具有一种政治权威性。

第二节　寻求大用：文艺审美教育功能的践行之路

如上节所述，文艺的审美教育功能始终与社会人生的"大用"联系在一起，只不过，这种"大用"已经超越了世人眼中的"有用之用"①，是以"无与于当世之用"②的文学超功利品质为前提的"无用之用"③。具体而言，作为文学审美教育功能的"大用"主要体现在对健全人格和自由精神的培养上：由于文学艺术的超功利品质和作用于情感的基本特征，较之功利色彩明显且直接作用于理性的政治教育和道德教育，文学艺术的审美教育功能更容易发挥效用，在对优秀文学艺术作品的欣赏中，接受者往往会不知不觉地形成健全人格和自由精神。当文学的美育功能在全国范围内发挥效用的时候，国民素质就会得到大幅度的提高，社会也就会因此获得长足的进步。正是基于这一考虑，王国维才会在《文学与教育》一文中极力强调文学和文学家的重要地位，在他看来，政治家所代表的只是国民的物质利益，而文学家保障的则是国民的精神利益，对文学美育功能的轻视直接导致了文学的不发达和国民精神的贫弱，较之物质文明的完善，精神文明需要更长时间的培养，所以，从事教育者必须及早对其加以谋划，万不可掉以轻心。④ 所以，"生百政治家，不如生一大文学家。何则？政治家与国民以物质上之利益，而文学家与以精神上之利益。夫精神之于物质，二者孰重？且物质上之利益，一时的也；精神上之利益，永久的也。"⑤

---

① 王国维：《〈国学丛刊〉序》，见周锡山编校《王国维集》第 2 册，中国社会科学出版社 2008 年版，第 326 页。

② 王国维：《论哲学家与美术家之天职》，见周锡山编校《王国维集》第 1 册，中国社会科学出版社 2008 年版，第 181 页。

③ 王国维：《〈国学丛刊〉序》，见周锡山编校《王国维集》第 2 册，中国社会科学出版社 2008 年版，第 326 页。

④ 参见王国维《文学与教育》，见周锡山编校《王国维集》第 4 册，中国社会科学出版社 2008 年版，第 9—10 页。

⑤ 王国维：《文学与教育》，见周锡山编校《王国维集》第 4 册，中国社会科学出版社 2008 年版，第 9 页。

一、文艺审美的超越性品格

20 世纪 80 年代以后，以社会功利主义为核心的文学工具论遭到了普遍质疑，文学审美意识已经获得了长足的发展。然而，物极必反，审美意识的过度强化带来的是文学形式主义的新霸权，正如王元骧所说："到了新时期，随着思想解放运动，以及文艺界对长期以来统治我国文艺界的极'左'思潮和教条主义文艺观批判的展开，形式主义审美观不仅在我国迅速蔓延开来，而且成为某些学人用来作为评判艺术与非艺术的基本准则，扬言'对于艺术来说，内容无足轻重，形式就是一切'，所以对于文学艺术来说，重要的不是'写什么'而是'如何写'，是它决定了一部作品的审美价值；并不加分析地把除形式之外向艺术提出的要求都看作是从外部强加给艺术的一种束缚，它使艺术不堪重负。"[1] 这种将文学创作窄化为审美形式革新的做法同样会忽视和限制文学美育功能的丰富内涵，遮蔽和阻碍文学美育功能的践行之路。而且，将文学创作窄化为审美形式革新的做法也造成了精神价值的虚无主义倾向，不少文学家出于反拨心理，开始热衷于追求不带任何价值判断色彩的零度写作，在挣脱政治意识形态束缚的同时，也明显淡化甚至疏离了社会批判意识和现实人文关怀。20 世纪 90 年代以后，随着忽视主体、消解深度的后现代主义倾向在文学创作领域中影响的扩大，这种淡化和疏离所带来的负面影响越来越不容忽视：一旦丧失高远的精神追求，文学创作和文学批评就完全可以各行其是甚至随波逐流，那么，在商业大潮的冲击下，文学抹杀现实关怀，消解艺术内涵，趋同大众趣味，追踪商业热点，似乎也就成了一种必然趋向与合理选择。在价值失范和意义缺席的混乱状况中，娱乐倾向与拜金主义极易趁势而上，占据价值真空，使文学创作日益走向商业化和低俗化，文学的审美教育功能自然也就无从谈起。时至今日，为了充分发扬文学的美育功能，将文学旨在培养健全人格和自由精神的"大用"落到实处，文学家必须在捍卫文学审美特质的同时，杜绝文学创作的价值虚无倾向，积极弘扬文艺审美的超越性品格。

超越性品格是文学实现培养健全人格和自由精神的美育功能的基本保

---

[1]　王元骧：《审美超越与艺术精神》，浙江大学出版社 2006 年版，第 142 页。

障。奥伊肯说过："倘若人不能依靠一种比人更高的力量努力去追求某个崇高的目标、并在向目标前进时做到比在感觉经验条件下更充分地实现他自己的话，生命必将丧失一切意义和价值。"[1] 在现实中追求理想、在有限中寻找无限的超越性维度展开的是生命应有的意义和价值。作为人的生存本质，超越的要旨在于否定现实的有限性，追求自由的理想境界。但是，平庸琐屑缺乏意义的日常生活却给这种否定和追求设置了重重障碍，人类寄情于文学艺术，很大程度上就是为了超越日常有限性的束缚，在精神的层面上抵达无限的理想境界，感受到生命所应具备的充盈与完整，正如席勒在《审美教育书简》中所谈到的，"人性丧失了自己的尊严，但是艺术拯救了它"[2]。积极弘扬文艺审美的超越性品格，寻求日常生活经验之外的某种更为崇高深远的东西，是文学美育功能的基本践行之路。

弘扬文艺审美的超越性品格，意味着文艺审美活动可以而且应该帮助审美主体摆脱感官刺激和利己主义的羁绊，使其充分体会到生命本身的完整、自由和无限潜能，真正获得人格提升、灵魂净化和精神升华。这既是文艺审美的现实使命，又是文艺活动的根本目的。而这种使命和目的能否落到实处，首先有赖于文艺作品是否具备超越性的精神意蕴。伟大的文艺作品之所以能够轻松实现寓教于乐，主要在于其中灌注的超越性的精神意蕴，这种意蕴可以激活我们心灵深处的自由感和崇高感，使我们体会到精神解放和自我提升所带来的无上快乐。巴金晚年曾经借助高尔基的名言表明自己的文学观："一般人都承认文学的目的是要使人变得更好。"[3] 朴素的语言蕴含着深刻的真理：只有在超越性精神意蕴的作用下，文艺作品才可能揭示出生命和存在的深层意义，赋予读者灵魂上升的力量，帮助他们超越一般生命物的"平均状态"[4]，使其体味到人类梦想中的神圣和至善，看到凡俗人生背后的庄严和美好。正如朱光潜在《文艺心理学》中所指出的，"希腊悲剧家和

---

① ［德］鲁道夫·奥伊肯：《生活的意义与价值》，万以译，上海译文出版社 1997 年版，第 41 页
② ［德］席勒：《审美教育书简》，张玉能译，译林出版社 2009 年版，第 25 页。
③ 《巴金选集》第 10 卷，四川人民出版社 1982 年版，第 410—411 页
④ 海德格尔在《存在与时间》中的观点："平均状态是一种常人的生存论性质。常人本质上就是为这种平均状态而存在。"（［德］海德格尔：《存在与时间》，陈嘉映、王庆节合译，三联书店，1987 年版，第 156 页）

莎士比亚使我们学会在悲惨世界中见出灿烂华严，阿里斯托芬和莫里哀使我们学会在人生乖讹中见出谑浪笑傲，荷兰画家们使我们学会在平凡丑陋中见出情趣深永的世界。"① 超越性如同暗夜中的火炬，足以照亮文学所描写的一切现实，使形象世界变得光彩夺目，展现出一种令人心醉神迷的魅力。纵观中外文学史，那些拥有强大感染力和审美教育意义的文学形象大都离不开超越性精神的照耀：屈原《离骚》中的抒情主人公，感情炽烈，意志坚定，怀抱信念，九死不悔；司马迁《史记》中的诸多悲剧英雄，胆识过人，才华出众，锋芒毕露，决不妥协；鲁迅笔下的"过客"，困顿又倔强，明知无路可走也要奋力前行；海明威笔下的"硬汉"，孤独又无畏，即使濒临绝境也永不言败……面对悲怆的人生，他们所选择的是一条英雄之路：以强者的姿态去经历人生之苦，去探索在苦难深渊里还能以何种方式抵抗外部控制力量，颠覆那宿命般的结论，实现自我力量的确证和升华。从这些闪耀着超越性光芒的文学形象中，我们可以体会到生命意志的伟大和不朽，而这正是文艺审美体验所唤醒的最有价值的东西。这里需要说明的是，弘扬文学的超越性，并不一定要为人生困境提供出放之四海而皆准的答案，更多的时候，揭示和批判本身就是一种超越。在这里，我们不妨回想一下现代作家萧红的小说《呼兰河传》，该作鞭辟入里地揭示了小城民众千年如一日的麻木生活和愚昧野蛮的心理状态，并由此展开了对国民病态灵魂的尖锐批判，虽然写尽了民众生活的灰暗和苍凉，但是却并没有令人感到绝望和消沉，因为，这种揭示和批判本身就包蕴着顽强的抗争意识和执着的生命追求，昭示着对现实的强烈不满和对未来的无限希望。

二、文艺创作的虚无主义价值倾向与审美教育功能的弱化

文学超越性品格的死敌是文学创作的虚无主义价值倾向。在当代社会语境中，精神价值的虚无主义倾向直接导致了文学超越性品格的失落及文学美育功能的弱化。

作为一种审美文化，文学是一门人学，其关注重心是人的精神，力图通过探寻主体的心灵世界、价值取向和理想追求，来促进人的进步、发展和

---

① 朱光潜：《文艺心理学》，《朱光潜全集》第 1 卷，安徽教育出版社 1987 年版，第 324 页。

完善。文学的使命决定了作家的天职，正如威廉·福克纳所说："作家的天职在于使人的心灵变得高尚，使他的勇气、荣誉感、希望、自尊心、同情心、怜悯心和自我牺牲精神——这些情操正是昔日人类的光荣——复活起来，帮助他挺立起来。"① 对于创作主体而言，坚持高远的理想追求，培养超拔的精神境界是弘扬文学理想超越性品格、强化文学美育功能的必要保障。如果创作主体放弃高远的精神理想和价值追求，一味沉溺在琐屑庸常的日常生活之中，思想境界低迷狭隘，就会丧失判断是非的能力和抵制流俗的勇气，其文学写作就只能是屈从于时尚的挟裹，淡漠理想，消解崇高，津津乐道于苟活主义的庸人哲学和声色犬马的感官享乐。在这种情况下，即使写作者拥有再高的语言文字能力，他们的写作也不能被称之为真正的文学创作，因为，他们已经将人的生活简化成了维持生命的物性活动，丢弃了人之所以为人的神圣性和文学之所以为文学的超越性。创作主体精神境界的高低，是决定作品能否迸发出文学理想超越性光芒的关键因素。奥伊肯曾经说过："只有当我们独立和超拔于这个时代之时，我们才可能有助于满足该时代的种种需求。"② 只有当作家拥有足以抗衡时代鄙俗风气的精神理想和价值观念时，他们才能够打破生活的常规，将超越性维度引入文学创作，揭示生命所应具备的完整性和丰富性，重建人们所需要的精神家园，文学的美育功能才能真正落到实处。

遗憾的是，很多当代作家已经放弃了高远的精神理想和意义追求，陷入了价值虚无主义的泥沼。毕淑敏曾在《凝视崇高》一文中痛心地指出，蔑视崇高正在成为一种"时髦"："人们不谈信仰，不谈友谊，不谈爱情，不谈长远。人欲横流，物欲横流被视为正常，大马路上出现了一位舍己救人的英雄，人们可以理解小偷，却要把救人者当作异端……于是我们的文学里有了那么多的卑微。文学家们用生花妙笔殚精竭虑地传达卑微，读者们心有灵犀浅吟低唱地领略卑微。卑微像一盆温暖而浑浊的水，每个人都快活地在里面打了一个滚儿。我们在水中荡涤了自身的污垢，然后披着更多的灰尘回到太阳底下。"③ 这种精神价值的虚无主义倾向极易挟裹着中国当代文学发展脱离

---

① 《美国作家论文学》，刘保端等译，生活·读书·新知三联书店 1984 年版，第 368 页。
② ［德］奥伊肯：《新人生哲学要义》，张源、贾安伦译，中国城市出版社 2002 年版，第 2 页。
③ 毕淑敏：《凝视崇高》，《忍受快乐——毕淑敏散文集》，新华出版社 2001 年版，第 267 页。

健康有序的发展轨道，向着商业化低俗化的方向滑落。具体而言，加速度的社会生活刺激着物质潮流的汹涌澎湃，使人深陷其中，在不能自已中走向浮躁冲动，急功近利，经历过太多左冲右突的利益追逐之后，为了消解疲劳平衡心态，大众衍生出了释放自我和疏泄情绪的强烈欲望，这种欲望驱动着文艺和审美越来越向着娱乐化靠拢。应该承认，娱乐功能作为文艺多元化价值取向中一个相当重要的方面，其自身原本无可厚非，但是由于文化商业机制的过度参与，这种娱乐功能已经向着畸形和病态的方向发展，使文艺和审美逐渐脱离了自身发展的轨道，沦落成了商家赚取更多商业利润的工具。具体而言，为了抓住商机，迎合消费需求，追求最大限度的利润，商家从市场资源配置的角度出发，动用强大的商业机制对这种无所不在的娱乐欲望进行收编，将其打造成阅读消费市场中最具潜力的商业卖点，再以此作为核心模式，和则扬，不合则弃，为渴望释放自我娱乐自我的大众量身定做、批量生产文学消费品，使文艺活动充溢着寻欢作乐的气息，沦落成了一种商业效益至上的快感文化。由于精神理想隐退所造成的价值真空，甚至某些原本拥有严肃主题的文学创作也无法抵御商业机制强大的蛊惑力量，为了引发读者的心理快感，给作品贴上横扫阅读市场的畅销标签，作家们或是往俗里写，或是往狠里写，或是对食色场面进行符号性的叠加与拼凑，或是对血腥恐怖场面进行不遗余力的夸张和渲染。譬如，迟子建的小说《野炊图》本应是一部抨击官僚体制的力作，其中所蕴含的是作家对普通百姓缺乏基本话语权的不满和悲愤，然而，这篇拥有严肃主题的小说却以包大牙（话语权的争取者）和黑眉（使包大牙等人的话语权走向虚妄和无效的推动者）酒足饭饱后超乎常理的野合结束，一个不伦且刺激的性爱游戏夹杂着野合者的绵绵温情消解了痛说家史所带来的沉重感，为全文染上了一种伪浪漫的畅销书色彩，这不能不说是严肃小说创作中的遗憾。又如，在陈应松的《马嘶岭血案》中，作者极力凸显金矿勘探队的富足生活和粗暴态度对贫困挑夫九财叔所造成的心理刺激，渲染其从嫉妒走向仇恨，最终将开山斧砍向几个无辜的勘探队员，酿成了荒山野岭中的血腥惨剧。也许，作者的本意是要揭示严重的贫富悬殊所导致的内心失衡，但是，对鲜血四溅的杀人场面的详细刻画和对九财叔杀人时狂热兴奋情绪的过度渲染却使叙事带有一种将苦难奇观化的嫌疑。而且，作品在不断放大九财叔畸形心理的同时，也造成了对九财叔进行灵魂拷问和内心剖析的粗疏化，对其性格刻画始于贪财阴郁，止于残暴凶悍，甚至不加任何铺垫地令其对软弱善良的同乡也挥起了屠刀，除了一句无意识的表白"我想给妮子筹点学费"显露出一点属于常人的父爱，九财叔已经丧失了起码的人性，完全沦落成了作家编排的嗜血符号。通观整部作品，只能令人感到寒冷、压抑和绝望。这种重口味的写作与其说是基于反映现实人生的需要，不如说是出于吸引阅读消费者眼球的考虑，被符号化了的食色欲望和刺激场面在充当市场经济和大众文化急先锋的同时，也导致了精神价值的缩水和干瘪，使这些文学失去了应有的思想活力，沦落为一个空荡荡的僵壳。可以想见，在这种快感文化精神的支配下，写作已经成了商业社会中令人兴奋的看点和消费文化大合唱中的和谐声部，阅读已经成了一种欲望驱使下没有原则的意淫式幻想，商家和消费者各有斩获，剩下的只是日益衰竭的现实人文关怀和慵懒怠惰的文学鉴赏力。正如马克思所说，"物的世界的增值同人的世界的贬值成正比。"① 当文学作品被物化为消费符号的时候，其作为人的世界的现实冲击力和审美教育功能也就无处可寻了。毋庸讳言，被消费欲望操控的生活已经不能被称之为人的生活，因为它已经被简化成了维持生命的物性活动，丧失了人之所以为人的神圣性；陶醉在消费欲望中的写作已经不能被称之为真正的文学创作，因为它已经自动放逐了作家的天职，丢弃了文学之所以为文学的超越性。席勒曾经说过，艺术家应该和他所处的时代一起生活，"但不要成为它的产物"，艺术家献给同时代人的，"应该是他们所需要的东西，而不应该是他们所赞赏的东西"。② 只有在"向上仰望他的尊严和法则"，"蔑视时代的判断"的前提下，艺术家才有力量去"反对从各方面包围他的那个时代的腐败"。③ 文学创作者要想使自己的创作成为真正的文学创作，要想将文学的美育功能落到实处，就必须切实遵守作家的天职，摒弃那些迎合欲望化生存的个人情绪宣泄和为大众制造文化消费热点的商业化行为，从根本上杜绝精神价值虚无主义倾向的干扰，肩负起捍卫文学价值和尊严的任务，沉潜到现实人生内部，认真倾听来自生命深处的困惑和希冀，

---

① 马克思：《1844 年经济学哲学手稿》，《马克思恩格斯文集》第 1 卷，人民出版社 2009 年版，第156 页。

② ［德］席勒：《审美教育书简》，张玉能译，译林出版社 2009 年版，第 26 页。

③ ［德］席勒：《审美教育书简》，张玉能译，译林出版社 2009 年版，第 25 页。

重新审视生命所应具有的深度和意义，点燃理想之光，引导人们走向精神的彼岸。

三、文艺审美教育：真理、情感、形式的完美融合

如前所述，杜绝文学创作的价值虚无倾向，积极弘扬文艺审美的超越性品格是文艺美育功能的践行之路。而真理、情感、形式的完美融合则是这一践行之路畅通无阻的基本保证。

我们这里所说的真理指的是人类致力于追问和把握的生命存在意义和终极价值，即王国维所主张的"天下万世之真理，而非一时之真理"[①]，"唯其为天下万世之真理，故不能尽与一时一国之利益合，且有时不能相容，此即其神圣之所存也"[②]。对"天下万世之真理"的关注使文学艺术拥有了超越历史时空的精神效力，足以慰藉一代又一代人的知识渴求与情感需要，在王国维看来，只要宇宙人生没有发生根本性的变化，哲学和艺术所发明所标示的宇宙人生真理就将长久持存，其价值不会因时空转化而遭遇丝毫减损，这种宇宙人生真理的恒久价值是对"不为一时之势力所诱惑"的"旷世之豪杰"[③]的最好酬答。只有真正的哲学家和艺术家才能够跻身于"旷世之豪杰"的行列，他们绝不会像政治家实业家那样拘执于一时一地的效应，而是自觉超越当世功利主义思想的束缚，专注于对宇宙人生真理的探究，唯如此，才有望领会到获得最好酬答之后的欣喜与快乐，"一旦豁然悟宇宙人生之真理，或以胸中惝怳不可捉摸之意境一旦表诸文字、绘画、雕刻之上，此固彼天赋之能力之发展，而此时之快乐，决非南面王之所能易者也。"[④]

我们这里所说的情感指的是与个人具体的利害得失无关的审美情感，其核心不是一己之渴望而是全人类的共同向往。正是基于这一考虑，王国维

---

① 王国维：《论哲学家与美术家之天职》，见周锡山编校《王国维集》第 1 册，中国社会科学出版社 2008 年版，第 181 页。

② 王国维：《论哲学家与美术家之天职》，见周锡山编校《王国维集》第 1 册，中国社会科学出版社 2008 年版，第 181 页。

③ 王国维：《论哲学家与美术家之天职》，见周锡山编校《王国维集》第 1 册，中国社会科学出版社 2008 年版，第 182 页。

④ 王国维：《论哲学家与美术家之天职》，见周锡山编校《王国维集》第 1 册，中国社会科学出版社 2008 年版，第 182 页。

才在《奏定经学科大学文学科大学章程书后》一文中，将情感对于文艺的意义上升到了哲学本体论的层面："人类岂徒为利用而生活者哉，人于生活之欲外，有知识焉，有感情焉。感情之最高之满足，必求之文学、美术。"① 文艺源自于人的情感需要，情感只有借助文艺才能得到最高的满足，情感与文艺之所以具有这种先天的共生关系，是与审美情感的超功利性质分不开的。文艺美育功能的发挥也离不开这种具有超功利性质的审美情感。正如蔡元培所说："鉴激刺感情之弊，而专尚陶养感情之术，则莫如舍宗教而易以纯粹之美育。纯粹之美育，所以陶养吾人之感情，使有高尚纯洁之习惯，而使人我之见，利己损人之思念，以渐消沮者也。"② 与个人得失无关的审美情感可以使人变得高尚纯洁，而沉溺于一己私欲的情感从根本上背离了文学的审美教育功能，只能使人丧失心灵的宁静与平和，将人拖进更加痛苦的深渊。

我们这里所说的形式指的是具有审美意味的艺术构型。论及这一问题时，我们不妨参照德国美学家恩斯特·卡西尔《人论》中的说法："艺术确实是表现的，但是如果没有构型（formative）它就不可能表现。而这种构型过程是在某种感性媒介物中进行的。"③ "只受情绪支配乃是多愁善感，不是艺术。一个艺术家如果不是专注于对各种形式的观照和创造，而是专注于他自己的快乐或者'哀伤的乐趣'，那就成了一个感伤主义者。"④ "像所有其他的符号形式一样，艺术并不是对一个现成的即予的实在的单纯复写。它是导向对事物和人类生活得出客观见解的途径之一。它不是对实在的摹仿，而是对实在的发现。"⑤ 按照这种观点，艺术形式既不是再现也不是表现，而是一种创造性的发现，它是艺术之所以能够成为艺术的根本标志和终极原因。

对文艺创作者而言，对真理、情感和形式的关注缺一不可，因为，只有在真理、情感和形式完美融合的前提下，文艺美育功能的践行之路才能畅通无阻。从文艺接受的角度来说：艺术形式构筑起一个独立的审美世界，使

---

① 王国维：《奏定经学科大学文学科大学章程书后》，见周锡山编校《王国维集》（第四册），中国社会科学出版社 2008 年版，第 12 页。
② 蔡元培：《以美育代宗教说》，见高平叔编《蔡元培美育论集》，湖南教育出版社 1987 年版，第 46 页。
③ ［德］恩斯特·卡西尔：《人论》，甘阳译，上海译文出版社 2003 年版，第 180 页。
④ ［德］恩斯特·卡西尔：《人论》，甘阳译，上海译文出版社 2003 年版，第 181—182 页。
⑤ ［德］恩斯特·卡西尔：《人论》，甘阳译，上海译文出版社 2003 年版，第 182 页。

人浸沉其中，忘记了现实生活中的种种烦扰，产生出一种超越现实利害的审美情感，这种审美情感激活了心灵的丰富性，使人走出感性执迷，进入高远的精神空间，体会到宇宙人生的至理，在对宇宙人生至理的体会中，实现人自身的完整和自由。如果说具有独立审美意味的艺术形式和超越现实利害的审美情感所昭显的是文艺对现实功用的疏离，那么体会宇宙人生至理，实现人自身的完整和自由就是文艺"大用"的集中体现，文艺的审美教育功能就蕴含在这种远离现实功用的"大用"之中。

要之，无用中的大用是我们对文艺审美教育功能的基本定位，从这一定位出发，我们就无用与大用、寻求大用这两个方面对文艺美育功能进行了简要的分析，前者侧重探讨文艺的超功利审美品质和审美教育功能的依存关系，后者侧重探讨文艺审美教育功能的践行之路。毋庸讳言，作为一个有待研究的问题，文艺审美教育功能的内在容量很大，本文所涉及的，只是其中很小的一部分而已。但是，在我们看来，这很小的一部分堪称是文艺审美教育功能得以成立的基础，历史的经验和现实的需要都在告诫我们：只有建立在超越现实功利的基础上的文艺，才能发挥出真正的审美教育"大用"。

第八章　经典文艺美学理论元问题、元范畴研究

做中、外美学史的研究，能够感觉到这样一种明显的对比状况：西方美学史上的大家，其美学思想通常都与其哲学体系紧密相关，而且其美学观点一般都有一个元问题性质的理论命题，这个元问题性质的理论命题既将美学问题的探讨提升到一定的形而上高度，同时又成为其他相关美学问题由之生发的始原，比如古希腊时期柏拉图的"美在理念"说和近代德国哲学家黑格尔的"美是理念的感性显现"说就是如此。与之相较，中国古代思想家的美学观点，由于通常缺少一个系统化的哲学体系为理论支撑，因而其美学思想也形不成系统化的理论表述，以致后人往往不能直接见出其美学思想的元问题所在，并由此导致研究中的智者见智仁者见仁，认识评价莫衷一是。其实，只要认真研究就会发现，中国古代各种重要的文艺美学思想一般也是有其各自的元问题存在的。从元问题角度研究中外重要文艺美学理论体系，对于当代文艺美学理论体系的科学建构具有重要的借鉴价值和启发意义。

第一节　"里仁为美"：先秦儒家美学思想的元问题

一、儒家的人生美学与"里仁为美"

在中国古代美学大厦的建构中，以孔子和孟子为原始经典代表的先秦儒家美学占据着主导性的位置。研读《论语》和《孟子》这两部纪录孔、孟言行的经典文献，可以发现孔子和孟子在不同场合之下关于美与审美的许多直接或间接的言论和见解，从传统文化的传承和古今思想的融通角度来

说，这是现代美学研究需要面对的一份重要遗产。可以说，自20世纪初叶西方现代美学观念传入中国之后，从现代美学的思想和方法出发对于先秦儒家美学思想的研究和反思就已开始了，并已产生大量有见识有价值的学术成果。但是倘若我们仔细检索一下这些研究成果，则不难发现，从老一辈学术大家王国维的《孔子之美育主义》，朱光潜的《中国古代美学简介》，宗白华的《中国美学史中重要问题的初步探索》《中国美学思想专题研究笔记》，蒋孔阳的《先秦音乐美学思想论稿》，到80年代以来的各种中国美学史书写，大多数论者都是基于儒家的礼乐观，就孔子、孟子关于诗歌、艺术和审美鉴赏中的某些具体言论加以梳理和总结，有不少的研究虽然提供了比较丰富的思想资料，也做了较多的梳理条陈，但是却不能言简意赅地归纳总结出一个具有思想涵盖性和原生性的理论命题，致使读者很难形成对于先秦儒家美学思想的明确认识和把握。如果有人试问最能代表孔、孟美学观点的言论究竟为何？就现有的研究成果来说，尚不能给出一个确切的回答和论定。

　　为什么会出现上述情况？是因为孔子孟子的美学思想中从根本上就缺少这样一种理论质素呢，还是由于研究者的理论认识不足、学理阐发不够才造成的呢？我们的回答是后者。事实上，在先秦儒家的美学思想中是存在一个具有元问题性质的美学理论表述的，这个表述即是"里仁为美"。《论语》"里仁篇"的开篇写道："子曰：'里仁为美。择不处仁，焉得知？'"（知，同智）① 这里的"里"指居住的地方，"仁"即仁德，或译为仁厚的风俗。孔子的两句话直译为现代汉语，就是：住的地方有仁德就是美。不选择有仁德的地方居住，怎么能说是聪明呢？孔子这里谈的是居住之地的选择，孟子后来又在谈到人应该谨慎地选择职业时引述了孔子的这两句话：

　　　　孟子曰："矢人岂不仁于函人哉？矢人唯恐不伤人，函人唯恐伤人。巫匠亦然。故术不可不慎也。孔子曰：'里仁为美。择不处仁，焉得智？'夫仁，天之尊爵也，人之安宅也。莫之御而不仁，是不智也。不

---

① 《论语·里仁篇》，引见杨伯峻《论语译注》，中华书局1980年第二版，以下《论语》引证皆为此版，不再一一注明，仅注《论语》篇章。

仁、不智，无礼、无义，人役也。"①

从《论语》和《孟子》的这两处引文来看，孔子和孟子都是在论及人的生存行为时提出"里仁为美"这一表述的。从孔子话中选择居住之地的本意上看，"里仁"也可以翻译为"以仁德为邻居"或"与仁共处""居住于仁德之地"等等，这与孔子经常谈到的"亲仁""依于仁"等等是同样的意思，从一般的人生观意义上来看，都是强调要把仁作为人生的根本，而以仁为本的人生就是美的。明白这个基本人生道理的人才算是聪明亦即有智慧的人，否则就是愚蠢没有智慧的人。由此可见，美与仁有关，也就是与人的生活，与人的生存选择有关。我们知道，德国现象学哲学家胡塞尔曾经把哲学史上许多重要的哲学体系称为"人生观哲学"，认为"人生观哲学"以人本主义的态度看待世界，其目的在于发展社会和改善人类，是一种"生活的智慧"，而不关心他所推崇的"客观的真理"。②暂且撇开胡塞尔谈论"人生观哲学"的贬低意味不论，仅就思想系统的特点而言，将中国古代的儒家思想解读为"人生观哲学"或简称为人生哲学，倒是十分妥帖的，相应地，则可以将儒家美学视为人生观美学或曰人生美学（在中国古代美学内部，与儒家的人生美学相对应的是道家的自然美学）。"里仁为美"的观点集中反映和体现了儒家人生美学的内容和特点，可以作为先秦儒家美学一个具有元问题性质的理论命题来看待。

二、"里仁为美"具有元问题性质

为什么把"里仁为美"作为一个具有元问题性质的理论命题来看待，而不选用其他的提法呢？这要做一点具体的分析。

一般来说，美学问题之所以能被称为元问题，或者说美学元问题之成立，一是在于它能够显示与一定的哲学观念的内在联系，从而揭示美得以生成、审美得以发生的深层根源，二是在于它能够成为一种美学思想系统中其

---

① 《孟子·公孙丑章句上》，引见杨伯峻《孟子译注》，中华书局 1960 年第一版，以下《孟子》引证皆为此版，不再一一注明，仅注《孟子》篇章。
② 参见杜任之主编《现代西方著名哲学家述评》，生活·读书·新知三联书店 1980 年版，第239 页。

他相关观念和问题的始原，其他相关观念和问题都由此衍生出来，并可借此而获得具有理论自洽性的解释。由此认识，我们试来分析一下《论语》一书中其他各种涉及美的言论和观点。在《论语》一书中，"美"字共出现了14次，从语义上分析大致上有两层含义：一是广义或泛指的用法，在各种场合和行为领域里都可使用，可释义为好、好的、美好的事等，与好、善、优、良、吉等等字义相通；二是狭义或特指的用法，即在审美意义上使用，可释义为漂亮、美丽，或直接理解为并翻译为现代意义上的美字。具体梳理可见，其中有7次是在与人交谈时涉及有具体所指的美，如形容人之美："不有祝鮀之佞，而有宋朝之美"①，祝鮀、宋朝皆为古代人物；衣服、器物之美："恶衣服而致美乎黻冕"②，"有美玉于斯"③；宫室之美："不见宗庙之美"④。这些有具体所指的言论所涉及的"美"字通常是在狭义上加以运用的，虽然从中体现了孔子的审美观念，但缺少必要的理论提升和抽象，难以作为概括性的理论命题加以运用。此外，在《论语·学而篇》中引述了孔子的学生有子对"礼之用"的评论："礼之用，和为贵。先王之道，斯为美；小大由之。"《论语·颜渊篇》引述了孔子"君子成人之美（好事），不成人之恶（坏事）。小人反是"的言论。《论语·尧曰篇》里有孔子对弟子从政要"尊五美"的教导，即具备"惠而不费，劳而不怨，欲而不贪，泰而不骄，威而不猛"五种优秀素质。这些虽体现了孔子的思想，但言论的宗旨都是在评论什么是好的应该做的、什么是不好的不应该做的事情，审美评判的意味并不突出，也不足以引申为概括性的美学命题。相比较而言，孔子对舜时代的《韶》乐和周武王时代的《武》乐的评论非常具有美学理论价值，也被各种美学史著作多加阐发。原文为："子谓韶，'尽美矣，又尽善也。'谓武，'尽美矣，未尽善也。'"⑤显然，这段评论言简意赅，厘定了善与美各自的相对独立性，将美与善作了区分，但是却并没有对美何以成为美作出解答，其中间接地提出了中外美学理论研究中都必涉及的美善关系这一重要理论问题，但放在儒家

---

① 《论语·雍也篇》。

② 《论语·泰伯篇》。

③ 《论语·子罕篇》。

④ 《论语·子张篇》。

⑤ 《论语·八佾篇》。

美学的整个思想体系中来考量，这还算不上是一个元理论问题。

相比较而言，在孔子的言论中，只有"里仁为美"才可以作为一个元问题性质的美学理论表述来看待。首先，这一理论表述突出地显示出了孔子的美学思想与其仁学思想体系的紧密联系，揭示出美之为美的仁本根源。美是怎样才得以形成的呢？它是在礼乐教化的培育中，在仁爱人格的塑造中，在仁善行为的累积中，在仁政理想的追求中，才得以充实、生成起来的，而且美能够以其对于仁性光辉的焕发进入到崇高以至神圣的境界。其次，这一理论也成为孔子对于人生、社会、艺术以及自然等等各个不同领域进行审美思考和审美评判的依据和标准，换言之，孔子涉及审美问题的各种言论和观点，都可以由此获得合理的解释。比如说，孔子对于做人不欣赏过分文饰，尤其厌恶巧言令色，而主张"文质彬彬，然后君子"①，就是因为质朴做人，不离本分，与仁较近，而过分文饰就会陷于虚浮，离仁较远，至于巧言令色之人则"鲜矣仁"②，自然就更不值一提了；孔子论诗，有"诗三百，一言以蔽之，曰：'思无邪'"③之说，是由于思无邪才有仁心在；孔子论乐，讲"人而不仁，如礼何？人而不仁，如乐何？"④，又说"礼云礼云，玉帛云乎哉？乐云乐云，钟鼓云乎哉？"⑤，都是强调音乐同礼仪一样，必须是以仁为内容为基础的。其他像孔子"恶紫之夺朱也，恶郑声之乱雅乐也，恶利口之覆邦家者"⑥，以及谴责鲁国权臣季氏"八佾舞于庭，是可忍也，孰不可忍也？"⑦，也都是由于乱雅乐的郑声和季氏"八佾舞于庭"违仁背礼的缘故。

在先秦儒家之中，与孔子思想一脉相承的孟子也有过大量涉及审美问题的言论和观点，并且对美下过一个定义。在回答浩生不害关于乐正子算不算善人、信人，何为善、何为信的问题时，孟子发表了如下一段言论：

> 可欲之谓善，有诸己之谓信，充实之谓美，充实而有光辉之谓

---

① 《论语·雍也篇》。
② 《论语·学而篇》。
③ 《论语·为政篇》。
④ 《论语·八佾篇》。
⑤ 《论语·阳货篇》。
⑥ 《论语·阳货篇》。
⑦ 《论语·八佾篇》。

大，大而化之之谓圣，圣而不可知之之谓神。乐正子，二之中、四之下也。①

在这里，孟子提出了"充实之为美"的理论命题。我们知道，孟子的思想体系是从仁义出发的，讲求人的行为要行仁由义，实则其"义"的含义也包括在孔子所说的"仁"中。孔子认为对爹娘的孝顺和对兄长的敬爱是仁的根本，所谓"孝弟也者，其为仁之本与!"②；孟子则说："孩提之童无不知爱其亲者，及其长也，无不知敬其兄也。亲亲，仁也；敬长，义也"③，"仁之实，事亲是也；义之实，从兄是也"④。对上面孟子与浩生不害的相互问答，一定要与孟子的仁义观念结合起来，才能得到较为确切的理解。在孟子的回答中，"可欲"直解为值得喜欢或可以追求，值得还是不值得，可以还是不可以，按照孔、孟的思想应从符合不符合仁义来判断，符合仁义值得喜欢的可以追求的就是"善"（好），好的品德实际存在于本身便叫作"信"（实在，诚实），以好的品德充满自身便叫作"美"，"美"以"善"与"信"等好的品德为内在的充实物，也就是以仁义为根本，以仁义充实自己。在孟子看来，凡是人类，其实都于自身的心性中存在着仁善的根性，他称之为"不忍人之心"以及"恻隐之心""羞恶之心"等等，只要不断地用好的东西来扩而充之，发扬光大之，人就会走在事父事君、齐家治国、成仁成圣的路上。对此，《孟子》里有过如下一段著名的论述：

> 孟子曰："人皆有不忍人之心。先王有不忍人之心，斯有不忍人之政矣。以不忍人之心，行不忍人之政，治天下可运之掌上。所以谓人皆有不忍人之心者，今人乍见孺子将入于井，皆有怵惕恻隐之心——非所以内交于孺子之父母也，非所以要誉于乡党朋友也，非恶其声而然也。由是观之，无恻隐之心，非人也；无羞恶之心，非人也；无辞让之心；非人也；无是非之心，非人也。恻隐之心，仁之端也；羞恶之

① 《孟子·尽心章句下》。
② 《论语·学而篇》。
③ 《孟子·尽心章句上》。
④ 《孟子·离娄章句上》。

心，义之端也；辞让之心，礼之端也；是非之心，智之端也。人之有是四端也，犹其有四体也。有是四端而自谓不能者，自贼者也；谓其君不能者，贼其君者也。凡有四端于我者，知皆扩而充之矣，若火之始然，泉之始达。苟能充之，足以保四海；苟不充之，不足以事父母。"①

从这段话里，可以更加明了孟子要求"充实"的内容究竟是什么，他所要求"充之""扩而充之"的就是人之固有心性——恻隐之心、羞恶之心、辞让之心、是非之心——中包含着的人性"四端"，即仁、义、礼、智这四种仁善的萌芽。由此可见，孟子对美的界定与孔子本质上是一致的。但是，"充实之为美"作为一个单独的抽象理论命题来看，充实什么或用什么来充实没有确指，只有联系上下文才能理解，不如"里仁为美"的语义更为明确，故而本文还是愿意选择"里仁为美"作为先秦儒家美学的元理论问题。

三、"里仁为美"揭示了美的人学底蕴

将"里仁为美"作为先秦儒家具有元问题性质和阐发价值的美学表述，揭示了美的人学底蕴。

汉代许慎的《说文解字》对"仁"字的解释是："仁，亲也，从人从二。"宋代的徐铉注曰："仁者兼爱，故从二。"对"仁"字的这种解释是符合先秦儒家思想实际的。如前所述，儒家的思想体系是关于人生智慧的学说，或者说是一种人生哲学，而"仁"则是其思想的核心。在孔子和孟子那里，"仁"既是对人之应然本性的概括，也是关于人生和社会的道德规范和理想标准。从人之应然本性角度来说，"仁"首先表示的是建立在血缘亲情基础上的亲属之爱。"樊迟问仁。子曰：'爱人。'"② 孝顺父母，敬重兄长，都是这种爱的表现。但是，仁者之爱，不限于自己的亲属，还有一种推己及人之爱，所以孔子教导弟子要"泛爱众，而亲仁"③，孟子讲"人皆有不忍人之心"、有"恻隐之心"④，倡导"老吾老，以及人之老；幼吾幼，以及

① 《孟子·公孙丑章句上》。
② 《论语·颜渊篇》。
③ 《论语·学而篇》。
④ 《孟子·公孙丑章句上》。

人之幼"①。"仁"不仅是人之为人应该具有的一种善良本性，同时这种本性
又是易于被社会环境所污染、消泯的，所以人生还有一个如何"亲仁""依
仁""守仁""为仁""成仁""求仁"，即在追求"仁"的过程中保持和发扬
自己固有的仁爱本性以成为"仁人"的问题，这就使得"仁"又成为一种人
生在世的道德修养和人格塑造的标准，而且是一个很高的标准。孔子轻易
不许人以"仁人"，相反他总是强调求仁由己，强调人应该永远追求仁，向
仁的精神境界提升。孔子说"为仁由己，而由人乎哉?"②，又说"君子去仁，
恶乎成名? 君子无终食之间违仁，造次必于是，颠沛必于是"③。他甚至要求
"当仁，不让于师"，强调"志士仁人，无求生以害仁，有杀身以成仁"④。孔
子和孟子不仅要求一般人要培育和发扬自己的仁爱之心，求仁得仁，如孔子
所言"我欲仁，斯仁至矣"⑤，而且期望将仁爱原则普及到全社会，特别是强
调居上位的统治者要有仁心行仁政，《孟子》中的许多篇章都是记述孟子如
何劝导统治者施行仁政的。按照仁爱原则来治理国家，教化人民，简言之以
仁济世，是儒家的社会理想。

由于"仁"的上述这些含义，致使以"里仁为美"为基础和原生思想
的先秦儒家美学具有了如下一些特点:

其一，先秦儒家美学思想具有很强的人生意味。在孔子和孟子那里，
美其实是人生追求或者说生命成长中的一种很高的生命境界。值得追求的人
生境界包括善、信、美、大、圣、神六阶，这都是"仁"所具有的不同精神
阶位。从这六阶精神阶位的关系上来看，后边的阶位以前边的阶位为前提和
基础，具有包容关系，同时又是对前边的阶位的超越，是逐层提升的关系，
越往后边越高。于是可见，儒家的人生目标和理想是超越性的，越是要达到
更高的目标和理想，越是要充实更多的仁善内容，作出更多的仁行努力。这
其中，善、信、美三阶是一般的人生可以企及和追求的，而大、圣、神三
阶就不是常人可以企及的了。孔子和孟子经常拿善、信、美来评价古今人

① 《孟子·梁惠王章句上》。

② 《论语·颜渊篇》。

③ 《论语·里仁篇》。

④ 《论语·卫灵公篇》。

⑤ 《论语·述而篇》。

物及其言行，但却不轻易用大、圣、神来评价人。孔子曾以"大哉""巍巍乎""荡荡乎"形容尧，盛赞他"巍巍乎其有成功也，焕乎其有文章"，也以"巍巍乎"称誉过舜、禹①，但是却认为"圣"的境界"尧舜其犹病诸"②，亦即尧舜都达不到，这就更不用说"神"的境界了。不过，大、圣、神的境界是以善、信、美的存在和追求为前提的，常人虽难企及却可想望，而且是导引人生和人性向上提升的更高理想与标准。就美而言，在这六种精神阶位中，它在常人世界中是人生所能达到的最高境界，又是大、圣、神三个更高阶位的起点，从孔子对"大"即崇高的形容中可见，"大"的境界中是发散着美的光辉的，由此可见美在常人生活世界中的作用是何其重要，在价值序列中的位置又是多么不可或缺。美是基于人生又超越人生的，人生的无限延伸，使美具有了无尽的绵延属性，哪里有人生，哪里就有美，同时美的超越性，又使得具体的人生具有了精神向上提升的不竭动力，从而使美成为人类终极性的价值追求。这是美的现实性人性底蕴所在，也是其形而上价值理念所在。

其二，先秦儒家美学思想虽然已经认识到美与善的区别，在不少情况下从事物和人类活动的形式、外观等等来论美，但是在大多数情况下依然偏重于从内容、内在性质方面来论美。由于儒家所言之美以仁为本根，需要用善与信来充实自身，所以其美论是人性化、社会化了的美论，而不是形式化、自然化的美论。也正由于偏重于从内容、内在性质方面来论美，所以在先秦儒家的言论中，美、善在语义上往往是一致的，可以相互训释。在孔子和孟子的美学言论中，致使他们谈到了自然事物方面的美、形式外观方面的美，通常情况下也都是要说明与人，即与人生修养或国家治理等等有关的问题。比如，《论语》中有两段话谈到宫室之美：

> 子谓卫公子荆，"善居室。始有，曰；'苟合矣。'少有，曰：'苟完矣。'富有，曰：'苟美矣。'"③

---

① 《论语·泰伯篇》。
② 《论语·雍也篇》。
③ 《论语·子路篇》。

　　叔孙武叔语大夫于朝曰："子贡贤于仲尼。"
　　子服景伯以告子贡。

　　子贡曰："譬之宫墙，赐之墙也及肩，窥见室家之好。夫子之墙数仞，不得其门而入，不见宗庙之美，百官之富（官，本意指房舍——引者注）。得其门者或寡矣。夫子之云，不以宜乎？"①

前一段话是孔子用来夸赞卫公子荆会持家过日子，勤俭而不尚奢华，后一段话是子贡用建筑之美来形容孔子思想的博大精深。再比如，孔子对自然美也有很高的欣赏兴致，但面对自然，他通常想到的还是"知者乐水，仁者乐山"②，将自然的山水与主体的志意连接起来，从而把自然的欣赏高度人化。

　　其三，先秦儒家美学思想虽然已经将美列为一个与善（好，对"可欲"的追求）、信（实，确实具备的良善品德）、大以及义、礼、智、忠、恕、勇、恭等等有所区别的概念范畴，但是却并不把美的存在以及审美活动看成是与其他存在和活动相互绝缘的东西。这是因为所有这些概念都是涵盖在仁学思想之中的，人类所有的活动都应该是在仁性光辉的普照下展开的。"仁"字从人又从二，它实际上讲的就是人生世界人与人之间的关系问题，扩而言之又包括人与他人、人与社会、人与其所处的自然世界等等不同的关系，在这些不同的关系中都包含着善、信、礼、义、智等等的问题，也包含着审美的问题。孔子不仅以仁释礼，同样也以仁为善、信、美的本根。这些不同的概念，有时候标示的是有所区别相互不同的存在，而这些存在大多数情况下则是混然相处、难别你我的，处于你中有我我中有你的交叉、交融状态。这一点，还可以从孔子关于"成人"也就是全人的看法中得到证实。子路问孔子说，什么样的人才可以称为"成人"呢？孔子回答说，要有智慧，寡欲望，勇敢，多才艺，还要用礼乐来成就文雅风采，才可以称之为"成人"。③可见，艺术也就是审美的教养是人在求仁得仁的过程中成为全人的一个方面，而这一方面又是与其他方面相辅相成，不能截然分离的。这就是《论

① 《论语·子张篇》。

② 《论语·雍也篇》。

③ 《论语·宪问篇》。

语》和《孟子》中的美字具有多种含义，可以不限于狭义的审美而作多种解释的原因所在。

四、"里仁为美"的古代意义与现代价值

基于前面的简要分析，我们可以得出两个基本的结论：第一，"里仁为美"的表述可以抽象提升为先秦儒家美学思想中一个具有元问题性质的理论命题。第二，这一命题包含着极为丰富深广的人学底蕴。因此，深入分析和研讨"里仁为美"这一理论命题，对我们把握中国古代儒家美学思想的丰富内容及其特点和精髓，具有提纲挈领、纲举目张的作用，是我们借以洞识先秦儒家美学思想的一个关键。

这里，还有一点需要特别加以点明，就是"里仁为美"思想产生的时代背景。我们知道，孔子和孟子处于一个社会制度和社会关系发生剧烈动荡与变革的时代，从整个国家政治层面上看，周王朝的统治基础严重动摇，统治能力渐趋式微，列国纷争，战乱不止；从社会关系、生活秩序上看，上下失序，纲常紊乱，统治者朝不保夕，奢侈腐化，骄贪暴虐，老百姓深陷水火，苦于苛政，民不聊生；从文化上看，则是礼崩乐坏，人心不古，礼仪传统遭到破坏，文学艺术流入淫靡，文饰之风盛行。正是基于这样一种时代和文化背景，孔子和孟子才以当仁不让的精神，以一个士人的济世情怀，奔走呼号地到处张扬仁义精神，推广礼乐文化，宣传仁政理想，为时代的政治法度、道德观念和思想文化而"正名"。子路曾经问孔子，假若卫国的国君召孔子去治理国政，他准备首先做什么？孔子的回答是"必也正名乎！"子路认为这是迂腐之举，孔子则反驳说：

> 野哉，由也！君子于其所不知，盖阙如业。名不正，则言不顺；言不顺，则事不成；事不成，则礼乐不兴；礼乐不兴，则刑罚不中；刑罚不中，则民无所错手足。故君子名之必可言也，言之必可行也。君子于其言，无所苟而已矣。①

---

① 《论语·子路篇》。

由孔子的这段话，可以见出他对于"正名"是多么看重，实际上他一生的努力就是在为当时的社会和人生走上正道，为文化的发展步入正轨而做"正名"的工作。他宣扬仁政反对苛政，是在为政治正名，季康子曾经向孔子问政治，孔子干脆明确地回答说："政者，正也。子帅以正，孰敢不正?"① 他推崇仁爱忠恕厌弃下流不善，赞美君子人格，鄙视小人做派，是在为人性正名；而他授徒讲学，整理文献，崇雅乐，讲雅言，放郑声，恶巧言，如此等等，则是在为文化正名。可以说，"里仁为美"的美学表述正是他所做的这种"正名"大业的一个组成部分，是在为美正名。

如前所述，在春秋战国时代，美已经逐渐作为一种特殊的价值从一般或普泛意义上的好、善中独立出来。美的这种相对独立性的发展有其必然性与合理性，并在艺术活动尤其是在当时的音乐艺术中比较充分地表现出来。不过，这种独立性也表现出一些新的趋向和问题。如当时的音乐艺术已逐渐地脱离开礼的规范独立发展开来，不再完全作为统治阶级进行"礼治"的一种政治工具，这是一种进步，但当时的音乐在上层社会却逐渐沦落颓变成为"王公大人"追求享乐的一种重要形式，在下层社会则成为表达民众生活和心声的形式。墨家学派由于看到了当时音乐艺术的前一种表现形式给广大劳动人民带来的沉重负担，喊出了"上不厌其乐，下不堪其苦"② 的不平之声，并发起了著名的"非乐"运动。墨子在阐明自己的"非曰"理由时明确指出："子墨子言曰：仁人之事者，必务求兴天下之利，除天下之害。将以为发乎天下，利人乎即为，不利人乎即止。且夫仁者之为天下度也，非为其目之所美，耳之所乐，口之所甘，身体之所安，以此亏夺民衣食之财，仁者弗为也。是故子墨子之所以非乐者，非以大钟、鸣鼓、琴瑟、竽笙之声以为不乐也，非以刻镂华文章之色以为不美也，非以犓豢、煎炙之味以为不甘也，非以高台、厚榭、邃野之居以为不安也。虽身知其安也，口知其甘也，目知其美也，耳知其乐也，然上考之不中圣王之事，下度之不中万民之利。是故子墨子曰：为乐非也。"又说："今王公大人惟毋为乐，亏夺民衣食之财以拊

---

① 《论语·颜渊篇》。

② 《墨子·七患》，引见吴毓江撰、孙启治点校《墨子校注》，中华书局 2006 年第二版，以下《墨子》引证同为此版。

乐，如此多也。是故子墨子曰：为乐非也。"① 对音乐脱离礼的规范而变为一种享乐形式的发展趋向，孔子也是反对的，他对季氏"八佾舞于庭，是可忍也，孰不可忍也"② 的愤怒谴责即是一例。但孔子的愤怒不是因为过于排场靡费财力，加重了劳动人民的负担，而是因为季氏行八佾舞的逾于礼，僭越了一个臣子应该享受的礼乐的规定名分。同时，对当时音乐的后一种发展状况，孔子也不满意，这主要是因为许多的民间音乐内容不健康，不符合雅乐的标准，比如他在回答颜渊如何治理国家时要求"乐则韶舞（同武）""放郑声"，原因就在于"郑声淫"③，不符合善与美的标准。孔子对两种不同倾向的排斥，首先都是从内容方面着眼的，是由于它们都不符仁的要求，逾越礼的规范。虽然如此，孔子却不像墨家学派那样一概反对音乐艺术的存在。他充分认识到音乐以及包括诗歌在内的各种艺术在人生和社会生活中的重要作用，其关于"志于道，据于德，依于仁，游于艺"④，"兴于诗，立于礼，成于乐"⑤ 等等的言论，一再表明了这一点。于是，他在文学艺术领域所做的工作，同样也是正名。孔子曾不无自得地说："吾自卫反鲁，然后乐正，雅颂各得其所。"⑥ 这里的"正"是整理也是正名，整理的目的即在于正名。基于以上这些分析，可以说孔子对乐的整理或者说正名，正是其"里仁为美"思想在其艺术审美领域里的贯彻和体现。由此可见，"里仁为美"思想的形成相对孔子的时代和孔子的思想来说，都是有必然性的，是孔子从其仁学思想和仁政理想出发，对其时代的社会生活状况和审美文化状况的思想回应，这是我们应该给予历史地体察的。

此外，从古为今用的角度来说，"里仁为美"的思想也具有极为显明的现代价值。这里，有两个方面值得特别加以指明：首先，我们今天所处的世界与孔子和孟子的时代在许多方面有相似之处，包括社会制度和生活的转型与动荡，人生观念和信仰的变革与迷茫等等，因而孔子对其时代状况的哲思

---

① 《墨子·非乐上》。
② 《论语·八佾篇》。
③ 《论语·卫灵公篇》。
④ 《论语·述而篇》。
⑤ 《论语·泰伯篇》。
⑥ 《论语·子罕篇》。

当有许多可以为今人吸取的精神智慧。比喻，"里仁为美"思想所标举的仁爱精神，可以对当代人类欲望膨胀的物化人生起到一定的矫正作用，将之引入到一个向善向美的精神维度，同时这种仁爱精神所倡导的处事原则，如"己欲立而立人，己欲达而达人"①、"己所不欲，勿施于人"②、"老吾老，以及人之老；幼吾幼，以及人之幼"③等等，则能够给由于利益争夺而冲突不断的世界增添一副趋于和谐通往友爱的精神润滑剂。其次，当代的文化和审美状况与先秦时代也有不少相似的地方，如文化和艺术的政治取向的降低，传统精神价值的失落，以及艺术审美中对形式外观的重视并相应地对思想内容的淡化等等。由于受消费主义文化潮流的影响，当代人类的艺术审美活动趋向于追求消闲和娱乐，以致造成了内容空虚、情趣低俗的普遍性流行趋向。认真地吸取"里仁为美"思想的仁本精神，发扬传统艺术审美以善导美、美善并举的优秀传统，对于克服当下艺术潮流和审美趣味的种种弊端，也将发挥有益且有力的作用。

第二节　构建解脱"境界"：王国维美学体系及其元范畴分析

处于世纪之交，国家内忧外患，个人生性悲观，王国维忧国、忧生、忧世，处于这种生的语境，基于西方哲学美学和中国传统诗论的综合，建立了自己严密的现代美学体系。然而，这一美学体系，不是为了纯粹的艺术与美学问题而构筑的玄学的空中楼阁，而是从本质上寻求人之自我解脱的伦理价值之路。孟子曰："学问之道无他，求其放心而已。"④学问的目的在于捕捉业已逃逸的心灵，使之回归适当的位置，王国维正是以美学这一学术手段，试图寻找人生的解脱方式，以学术的历险进行人生的亲证：面对欲望滚滚的世界和在世的无边痛苦，以对"有我""无我"的徘徊拷问，寻找"我"在这个世界的位置和存在的理性状态，通过艺术与美这种无功利的形式，获得自我的解脱，达到某种"境界"。因而，"境界"这一范畴，在王国

---

① 《论语·雍也篇》。

② 《论语·卫灵公篇》。

③ 《孟子·梁惠王章句上》。

④ 《孟子·告子》。

维的美学体系中，统率着一系列的概念与术语，具有总括性、辐射性，居于理论体系的根底并具有最大的影响力，它是从忧生忧世的悲观主义人生观出发，寻求人生解脱之道的结论，也是王国维美学体系的首脑和机枢。因而，王国维"境界"的构建，以从"有我"到"无我"的主体运动为支柱，以"艺术的优美、壮美——游戏——古雅"一系为"无我"的解脱境界之目标，以"壮美"之主客对立为中介，复归于"现实的悲剧——眩惑"一系之"有我"的无境界，在艺术表现中则褒扬"出""造境""不隔"而贬低"人""写境""隔"的艺术品质，构成了一个逻辑严密、形上之思与形下之诗结合，以悲观始、以悲剧终的理论体系。

一、悲观主义人生观与"解脱"境界的追寻

王国维具有悲观的个性气质，这种忧郁的气质催生了其悲观主义的思维方式，成为他接受叔本华悲观主义理论的诱因。他身处近代中国文明剧变的多难之秋，不但修齐治平的政治理想无由实现，甚至个人的生存也成为问题。"侧身天地苦拘挛"①，"人间事事不堪凭"②，二十刚出头时的王国维以其异于常人的敏锐，深深感受到了人生的苦痛与无奈，以致"俯仰多悲悸"③了。王国维的平生遭际可谓集人世之悲：幼年丧父，中年丧妻，晚年丧子；身体病弱，老友交恶，几乎没有他欣慰的事。"体素羸弱，性复忧郁，人生之问题日往复于吾前"④。佛雏认为："王国维四岁丧母，依赖叔祖父、姑祖母抚养，体质单弱，'忧郁'性格的形成，看来是很早的。"⑤ 叶嘉莹也指出："他既秉有忧郁悲观的天性，而又喜欢追索人生终极之问题。"⑥ 王国维用"人间"二字来命名自己的词学和词作，就在于他认识到"人间一大梦""静观人生之变，感慨系之"。⑦ 其理论作品如《〈红楼梦〉评论》《屈子文学之

---

① 王国维：《杂感》，《王国维遗书》第 3 册，上海书店出版社 1983 年版，第 556 页。
② 王国维：《苕华词·鹊桥仙》，《王国维遗书》第 3 册，上海书店出版社 1983 年版，第 308 页。
③ 王国维：《静安诗稿·游通州湖心亭》，《王国维遗书》第 3 册，上海书店出版社 1983 年版，第 558 页。
④ 王国维：《王国维学术文化随笔》，中国青年出版社 1996 年版，第 37 页。
⑤ 佛雏：《王国维诗学研究》，北京大学出版社 1987 年版，第 339 页。
⑥ 叶嘉莹：《王国维及其文学评论》，河北教育出版社 2000 年版，第 8 页。
⑦ 陈洪祥编著：《人间词话·人间词注评》，江苏古籍出版社 2002 年版，第 326 页。

精神》《人间词话》等都弥漫着浓郁的悲观主义情结。

　　王国维认为人生的核心就是"忧生"，人的本体就是欲望，人的情感唯有痛苦。"人之大患，在我有身"（老子）、"大块载我以形，劳我以生"（庄子），说明人生痛苦的根源在于有"身"与"生"。他在叔本华的学说中找到了知音。"宇宙，一生活之欲而已！而此生活之欲之罪过，即以生活之苦痛罚之：此即宇宙之永远的正义也。自犯罪，自加罚，自忏悔，自解脱。"①"生活之本质何？欲而已矣。欲之为性无厌，而其原生于不足。不足之状态，苦痛是也。既偿一欲，则此欲以终。然欲之被偿者一，而不偿者什佰，一欲既终，他欲随之，故究竟之慰藉终不可得也。"② 人之欲，概而言之，一是"图个人之生活"，二是图"种姓之生活"，欲望无穷，人就永远处在追求之中，"如钟表之摆，实往复于苦痛与倦厌之间者也"。③ "然则人生之所欲既无以逾于生活，而生活之性质又不外乎苦痛，故欲与生活与苦痛，三者一而已矣。"④ 王国维在诗学阐释和文学创作中一直把生命视为最高的存在本体，而生命存在就是苦难岁月的结晶，人生即欲望即痛苦，作为世界本源的意志是一个无尽的追求，未曾满足的苦恼、欲望满足后的无聊与欲望如钟摆一样折磨着人生。

　　有痛苦就渴望解脱。何谓解脱？解脱在佛教中指解除世间烦恼的系缚，复归于自在。《注维摩诘经》中说："肇曰：'纵任无碍，尘累不能拘，解脱也。'"可见解脱即是要抛开尘世中名与利的束缚，达到尽性而为的自由状态。王国维追求的解脱与佛家的解脱是一致的。"佛教的解脱思想指向不同层次和等级的自由的实现，经由无数的级级上升的自由与解放，解脱者最终导向绝对的解放与自由，那就是无我的境地，也是真正常乐我净的大涅槃。"因为"一切的痛苦，都是由于'我'的自作自受。如果看透了空，放下了'我'，那就是无我，那就是解脱，那就是'此（我）灭故彼（苦）灭'，称为'纯大苦聚火'。"⑤ "我"即是"欲"，然而在现实生活中，人们根本无法

① 王国维：《红楼梦评论》，《王国维遗书》第 3 册，上海书店出版社 1983 年版，第 430 页。
② 王国维：《红楼梦评论》，《王国维遗书》第 3 册，上海书店出版社 1983 年版，第 416 页。
③ 王国维：《红楼梦评论》，《王国维遗书》第 3 册，上海书店出版社 1983 年版，第 416 页。
④ 王国维：《红楼梦评论》，《王国维遗书》第 3 册，上海书店出版社 1983 年版，第 417 页。
⑤ 忍法师：《什么是佛教的解脱和如何得解脱》，《佛教文化》2003 年第 6 期。

摆脱"欲"的纠缠,只有在艺术的殿堂里,人们才能暂时忘却生活之"欲"达到"无我"的状态。解脱之道,在佛为"无我",在世则为"艺术"。无我,抛弃自我,无欲无望,即自己这个个体对外界没有任何欲望,没有任何索取,则已经解脱。

然而,徒有一人、一时之解决却并不能解决人类全体的、永久的问题。这表现于他对于一向信仰的叔本华学说的"绝大之疑问"与修正。既然叔本华认为世界的本原是"意志",而且是一个"不可分割的整体的意志",是每一个个体的意志的总和,那么,"一切人类及万物之意志,皆我之意志也。然则拒绝吾一人之意志,而姝姝自悦曰解脱,是何异决蹄涔之水,而注之沟壑,而曰天下皆得平土而居之者哉!佛之言曰:'若不尽度众生,誓不成佛。'其言犹若有能之而不欲之意。然自吾人观之,此岂徒能之而不欲哉!将毋欲之而不能也。故如叔本华之言一人之解脱而未言世界之解脱,实与其意志同一之说,不能两立者也。"① 王国维的疑惑是,如果不解脱"整体的意志",个人的解脱怎么可能? 没有世界全体的解脱,一人的解脱无从谈起,故《人间词话》崇尚后主之词"俨有释伽、基督担荷人类罪恶之意"。作为一个忧生忧世的诗人,王国维一直致力于寻求人类而不是个体的小我在充满"欲"的人世间的解脱之道。

然而解脱之道,终无可能。"今使解脱之事,终不可能,然一切伦理学上之理想,果皆可能也欤? 今夫与此无生主义相反者,生生主义也,夫世界有限,而生人无穷;以无穷之人,生有限之世界,必有不得遂其生者矣。世界之内,有一人不得遂其生者,固生生主义之理想之所不许也","所谓最大多数之最大福祉者,亦仅归于伦理学者之梦想而已","理想者可近而不可即,亦终古不过一理想而已矣。"② 不论"无生主义"或者"生生主义",无非是伦理学者的梦想。即如艺术,也"仅一时之救济,而非永远之救济,此其伦理学上之拒绝意志之说,所以不得已也"③。同样,王国维自己在《红楼梦评论》中说"解脱",说"无生主义"胜于"生生主义",认为解脱后见到

---

① 王国维:《红楼梦评论》,《王国维遗书》第 3 册,上海书店出版社 1983 年版,第 445 页。
② 王国维:《红楼梦评论》,《王国维遗书》第 3 册,上海书店出版社 1983 年版,第 448、449 页。
③ 王国维:《叔本华之哲学及其教育学说》,《王国维遗书》第 3 册,上海书店出版社 1983 年版,第 392 页。

的"山川之美，日月之华"①，将是另一番景象，也未尝不是一种无所可寄的
人生理想，未尝不是叔本华那样对包括自我与现实社会在内的"今日之世
界"的不满和失望。基于人类及万物在叔本华所说的"根本"上的一致性与
一体性，不能拒绝一切人类及万物的生活之意志，则一人之意志，也谈不
到拒绝；一人之解脱，而不是世界全体之解脱，这种解脱同样不能成立。于
是，"无生主义"正如同"生生主义"，"终古不过一理想而已矣"。

以欲望与痛苦始，以艺术试图寻求解脱之道，而以悲剧终。解脱之不
得，证明人生不过是一彻头彻尾的悲剧。由此我们理解了王国维美学思想的
深沉与博大、痛苦与无奈，也把握了他的情感寄托与逻辑理路。

二、美论：超功利的形式

美与艺术何以能够成为人生解脱之道？从美学上说，艺术与美是超功
利的纯粹形式；从哲学上说，美与艺术是"无我"因而是知性之我即理念的
体现者：艺术与美作为无功利的纯粹形式，斩断了主体与对象间的功利关
系，把握了超越任何功利的理念，是人从"有我"到"无我"的解脱的最佳
方式。

（一）艺术与美：作为"无功利"的"形式"

人生而痛苦，痛苦之解脱，只能依赖无功利的艺术。"夫以人生忧患之
如彼，而劳苦之如此，苟有血气者，未有不渴慕救济者也，不求之于实行，
犹将求之于美术"②。"物之能使吾人超然于利害之外者，必其物之于吾人，
无利害之关系而后可，易言以明之，必其物非实物而后可。然则，非美术何
足以当之乎？"③"美术之务，在描写人生苦痛与其解脱之道，而使吾侪冯生
之徒于此桎梏之世界中，离此生活之欲之争斗，而得其暂时之平和。此一切
美术之目的也。"④王国维认为救济之道在现实生活中难以实现，只有求之于
艺术，艺术之所以能够提供解救之道是因为它使人们忘记物我之间的利害关
系。在虚构的世界里，人们才能放下沉重的生活包袱，从中得到审美和愉

---

① 王国维：《红楼梦评论》，《王国维遗书》第3册，上海书店出版社1983年版，第442—443页。
② 王国维：《红楼梦评论》，《王国维遗书》第3册，上海书店出版社1983年版，第449页。
③ 王国维：《红楼梦评论》，《王国维遗书》第3册，上海书店出版社1983年版，第419页。
④ 王国维：《红楼梦评论》，《王国维遗书》第3册，上海书店出版社1983年版，第430页。

悦，得到解脱。

艺术之美具有使人解脱的功用，且只有在艺术中，人才能从实利的现实中解放出来，故而艺术是人出离于痛苦的解脱之道。美是超利害关系的，这是王国维美学思想的一块基石。

从美的对象方面来看，"美之性质，一言以蔽之，曰：可爱玩而不可利用者是已。虽物之美者，有时亦足供吾人之利用，但人之视为美时，决不计其可利用之点。其性质如是，故其价值亦存于美之自身，而不存乎其外。"① 所谓"可爱玩而不可利用者"，就是美之为物而区别于他物的根本特性：第一，美的超物质性。美是人的一种精神产品，只供玩赏，以满足人的精神生活需要，而无益于衣食住行的物质生活需要，不同于物质生产的工具与产品。虽然有些物质用品，既可以被"利用"，又是美的，可以供"爱玩"，但在欣赏它的美时，决不计较其实用价值如何。第二，同属于精神领域，美与道德观念和科学概念也是有区别的。区别的根本标志在于，道德观念与科学概念，都含有利害关系，它们是否有价值，全在于对人是有利或是有害。而美的价值决不依赖于功利性，它的价值就在于它的形象"自身"，因此，美是完全超越利害的。

从美的主体方面来看，"夫自然界之物，无不与吾人有利害之关系，纵非直接，亦必间接相关系者也。苟吾人而能忘物与我之关系而观物，则夫自然界之山明水媚、鸟飞花落，固无往而非华胥之国、极乐之土也。岂独自然界而已，人类之言语动作悲欢啼笑，孰非美之对象乎！……天才者出，以其所观于自然人生中者复现之于美术中，而使中智以下之人，亦因其物之与己无关系，而超然于利害之外。……故美术之为物，欲者不观，观者不欲。而艺术之美所以优于自然之美者，全存于使人易忘物我之关系也。"② "欲"是常人无法避免的，唯有天才，由于有先验的审美判断能力，也就是"实念之知识"③，能拒绝它而独立。"独天才者，由于知力之伟大而全离意志之关系，

---

① 王国维：《古雅之在美学上之位置》，《王国维遗书》第 3 册，上海书店出版社 1983 年版，第 615 页。

② 王国维：《红楼梦评论》，《王国维遗书》第 3 册，上海书店出版社 1983 年版，第 419—420 页。

③ 王国维：《叔本华之哲学及其教育学说》，《王国维遗书》第 3 册，上海书店出版社 1983 年版，第 392 页。

故其观物，视他人为深；而其创作之也，与自然为一。故美者，实可谓天才之特许物也。"① 美是非关利害的，也就是说美是无功利的。叔本华将审美看作是完全摆脱了生命意志束缚的理念直观。在审美中，人们不是从事物与我们个人的目的或者意志的联系中获得愉悦和快感，而是从美本身获得它们。审美无功利按叔本华的观点可以说是"无欲"，王国维也说"无欲"，他说："无欲，故无空乏，无希望，无恐怖。其视外物也，不以为与我有利害之关系，而但视为纯粹之外物。此境界唯观美时有之。"②

美之所以是超越利害的，因为美只是一种形式；既然审美是无利害的，那么就不能到物质实践和现实生活中去寻找美的本质规定和价值意义。王国维在《古雅之在美学上之位置》中说："一切之美，皆形式之美也。就美之自身言之，则一切优美，皆存于形式之对称、变化及调和。至宏壮之对象，汗德虽谓之无形式，然以此种无形式之形式，能唤起宏壮之情，故谓之形式之一种，无不可也。就美术之种类言之，则建筑、雕刻、音乐之美之存于形式，固不俟论。即图画、诗歌之美之兼存于材质之意义者，亦以此等材质适于唤起美情故，故亦得视为一种之形式焉。释迦与马利亚庄严圆美之相，吾人亦得离其材质之意义，而感无限之快乐，生无限之钦仰。戏曲、小说之主人公及其境遇，对文章之方面言之，则为材质，然对吾人之感情言之，则此等材质，又为唤起美情之最适之形式。故除吾人之感情外，凡属于美之对象者，皆形式而非材质也。"③

美之所以为美，完全取之于形式诸因素。形式只是实际生活、人物、事件的一种表象，已超越它们原来所具有的实在性——利害、实用，只保存了它们的形式意义，只能唤起审美主体美感兴趣，而不能引起官能欲望，不具有可利用性。总之，"美之自身"就是美的本质，这种本质存在于事物的形式之中，而与事物的"材质"无关。这种性质决定了它能超越个体利害欲望而引起普遍的美感愉快，这就是它的价值。凡是能唤起吾人爱玩的感情的

① 王国维：《叔本华之哲学及其教育学说》，《王国维遗书》第 3 册，上海书店出版社 1983 年版，第 392 页。

② 王国维：《孔子之美育主义》，《教育世界》第 69 号，1904 年 2 月。

③ 王国维：《古雅之在美学上之位置》，《王国维遗书》第 3 册，上海书店出版社 1983 年版，第616—617 页。

那种形式，就是美。这种形式，是超时间与空间的，属于"物之种类之形式"，实际是种类形式的抽象，不代表具体的、个别的物象，而是"代表物之全种"的形象，因而具有普遍性。这种形式的普遍性，与科学知识、道德观念的普遍性也不同，它不受现实世界的"充足理由律"即因果律的制约，而属于自由、绝对的精神世界。这种自由、绝对的精神世界，康德称之为"本体"，叔本华称之为"理念"（来自柏拉图），王国维译之为"实念"："故美之知识，实念之知识也。"也就是说，研究形式诸因素如何能成为美的种种知识，乃属于"实念"领域之内的事，与现实世界已无关系。直观这种"实念"（即美），对于审美主体来说，也变成"纯粹无欲之我"，即普遍之"我"，而不是具体之"我"。"唯美之为物，不与吾人之利害相关系，而吾人观美时，亦不知有一己之利害。"[①] 审美之所以可能，在王国维看来，不仅对象不会有利害关系，主体也是无利害欲望的主体，实际上，主体成了不是个别的具体的有生命的人，而是人的一种先验抽象。这种抽象的"我"与普遍的"物"（美），加以融合、化一（审美），超绝世俗利害关系。

正是由于美是超越物质与现实利害的纯粹形式，美具有"无用之用"，只有美才能使人获得暂时的慰藉与欢乐。因而"解脱"人生苦痛，自然成为"美学的最终目的"，而美的艺术，就是解脱于人生之忧、之欲、之痛苦的形式。

（二）"有我"与"无我"：解脱境界中的主体状态

在《人间词话》中，王国维作了如下表述："有有我之境，有无我之境。'泪眼问花花不语，乱红飞过秋千去。''可堪孤馆闭春寒，杜鹃声里斜阳暮。'有我之境也。'采菊东篱下，悠然见南山。''寒波澹澹起，白鸟悠悠下。'无我之境也。有我之境，以我观物，故物皆著我之色彩。无我之境，以物观物，故不知何者为我，何者为物。此即主观诗与客观诗之所由分也。古人为词，写有我之境者为多，然非不能写无我之境，此在豪杰之士能自树立耳。"[②]

王国维的"有我"与"无我"，实质是从哲学、宗教学和伦理学上对人

---

① 王国维：《叔本华之哲学及其教育学说》，《王国维遗书》第 3 册，上海书店出版社 1983 年版，第 391—392 页。

② 王国维：《人间词话》，《王国维遗书》第 9 册，上海书店出版社 1983 年版，第 459—460 页。

的在世形态的一种探索。"有我之境"体现了他的悲观思想而反映为忧患与伤感之情，"无我之境"则是王氏渴望超脱"有我"之苦楚，进入一种"无欲""无我""天人合一"之境界。"有我"与"无我"的区分的关键在于，主体是否真正"解脱"。

在王国维看来，"有我"与人面对世界而生的"忧患""苦痛"是紧密联系在一起的。忧患、苦痛之所以然，皆在"有我"。他的"以我观物，故物皆著我之色彩"的"有我之境"，充满悲悯和忧伤之色彩。艺术之"有我"，是因为创作主体不能忘却自我的存在，艺术是用于表现并突出自我的，艺术中的对象世界是在与我对立的前提之下对"我"的表现，而且表现的一定是"人间"的忧患、痛苦与悲伤。这种境界中，人作为主体表现着、品味着甚至是以艺术的形式欣赏着自我的这种忧患、痛苦与悲伤，人未能从现实世界和艺术对象世界中解脱出来。这时，人是在世的、执着于对象的、无法从"物我"的纠结中解放出来，因而无法解脱。王国维的哲学和审美取向，是在于试图将个人自我抛入茫茫大块的宇宙、大化流行生生不已的永恒中，通过在痛苦的人生叩问中苦苦煎熬，摆脱茫茫尘俗和无边苦楚，去除忧患之源——"我"，达到"安得吾丧我，表里洞澄莹"（王国维：《端居（二）》）的"无我之境"。这种"以物观物，故不知何者为我，何者为物"的"无我之境"，就是忘我、是解脱、是直观，因而具有某种境界。"无我之境"重塑了人与世界的关系：

首先，我与世界并不是对立的，我只是世界内在的构成之一分子。或者说，并没有一个孜孜于"自我"的一个"小我"，没有"我"与"世界"，只有"我即世界"。我不是在自我中生活，我已经成为周围事物的部分，对于我，高耸入云的群山也是一种感情。王国维在《孔子之美育主义》中曾写道："之人也、之境也，固将磅礴万物以为一，我即宇宙，宇宙即我也。"① 要达到这样一种"我即宇宙，宇宙即我也"的境界，只有消除"意志"，从狭小的"自我"，即一己的忧患得失中解脱出来，与自然与宇宙结为一体，"我"的个体意识消融于整个宇宙自然之中，暂时忘却了尘俗的一切，只有对于宇宙人生的深刻感悟和体验。这样一种"忘我"，其实也可以说是一种

---

① 王国维：《孔子之美育主义》，《教育世界》第 69 号，1904 年 2 月。

"我"的自由解放。王国维将这种"意境两忘，物我一体，高蹈于八荒之表，而抗心乎千秋之间"①的"自我"状态作为他的审美（艺术）极致和生命（哲学）极致。

其次，"无我之境"是无欲的"知之我"所能把握到的"理念"。借助叔本华的理论资源，王氏认为，在虚静中达到物我合一、无欲无我的境界，就是从"欲之我"达到"知之我"，从情感意志主体解脱而变为"纯粹认识主体"，以把握理念。王国维所谓"无我"，其实就是叔本华的"纯粹无欲之我"。叔本华在其美学著作中区分了两种认识主体，一种是认识个体，一种是纯粹认识主体。认识个体，是指为意志所支配的生命个体，这种认识个体欲望地对待眼前的事物，很难摆脱利害的计较。因此它所关注的只是有限的事物和为根据律所规定的各种关系，无法达于隐藏在个别事物背后的理念。只有通过我们自身的"一种自我否定行为"，才能彻底地弃绝意志和泯灭自我，在意识中完全泯灭对自我存在的意识，使"对我自己的意识灰飞烟灭"。这种对自我的否定同时也就是对意志的否定，因为我们的自我意识，包括情感的流动，如欢乐、忧伤、激情、梦想等，都是意志活动的表现。通过这种对自我和意志的否定，人就从一个认识个体转化为一个纯粹认识主体。这也就是解脱的境界。"欲之我"就是生活在人间的芸芸众生，是徜徉于功名利禄、患得患失的个人。"知之我"是"欲之我"的反面，是"纯粹无欲之我"，是暂时摆脱庆赏爵禄之后感受到审美享受的人。"欲之我"纠缠于物我之间的利害关系，给人带来的是希望与恐怖，而"知之我"使人超然于物我之间的利害关系，给人带来的是宁静。在"有我之境"中，我们看到一个"欲之我"在诗里表现着自己的失意与无助，他毫不掩饰自己的情感，一任伤感在字里行间流淌。而"无我之境"中，我们看不到诗人明显的情感表达，只看到一幅自然的画卷。诗人处于淡泊宁静的状态中，仿佛完全忘却人世间的纷扰。有我之境，含有我自己的欲望，境中的物象具有我自己、主体自我的独特的情感体验与表达，强调个体性；而无我之境，则人人相同，是一种共同的体验，强调共通性，更多的是由于我的知性，即源于我的经验的理性的认识。超离于"欲之我"而达到"知之我"的"境界"，就是"解

---

① 樊志厚：《〈苕华词〉叙》，《王国维遗书》第 3 册，上海书店出版社 1983 年版，第 290 页。

脱"。"无我之境"在美学上的价值，就在于它能够使创作主体忘却"欲之我"即物我之间的利害关系达到"知之我"，使自己得到审美感受从而得到解脱。

三、艺术论：在"有无"之间

正是由于美的艺术，由于这种自人生之忧、之欲、之痛苦中解脱出来的手段和途径的艺术形式，人才能发现并实现真正自由自在的"我"。"有我之境"与"无我之境"是王国维"境界"论两个基本的子范畴和逻辑基础。从"有我"与"无我"出发，王国维以"主观之诗人"与"客观之诗人"、"内"与"外"、"造境"与"写境"、"隔"与"不隔"等几组对举的概念，分析、展示了"我"的存在方式，即人作为主体的"美"的因而是"解脱"的在世形态。这种形态，体现在艺术中，是意境的生成；体现在人生全体，则是有境界。所以，境界之有无、高下，是由"我"的状态——主体与世界的关系、我的解脱与否决定的。"我"的状态是"境界"的前提条件；境界是对"我"之解脱与否的一种描述。"有我"与"无我"也是"境界"的灵魂，是他的美学诸范畴的主体力量与动力。

论及诗人创作对生活的把握时，王国维说："诗人对宇宙人生，须入乎其内，又须出乎其外。入乎其内，故能写之。出乎其外，故能观之。入乎其内，故有生气。出乎其外，故有高致。""诗人必有轻视外物之意，故能以奴仆命风月。又必有重视外物之意，故能与花鸟共忧乐。"① 从这两条可以看出，王国维认为一位优秀的诗人、作家，必须"能入"又"能出"。"能入"，方能熟悉宇宙人生，了解社会文化心理，也就是"重视外物"，赋予描写对象以真实的情感，这样写出的作品自然能感人，有生气。"能出"，是指作家能站在一个较高的角度，透过生活中繁杂的现象发现其本质，掌握其规律，即"有轻视外物之意"，这样才能显示出作家的独创性。不过，王国维所说的"宇宙人生"，不仅仅是日常生活，在更大程度上是指本质上为精神性的"意志""欲"或"痛苦"。"入乎其内"，"重视外物"，更深层的含义是指作者要体验或参悟到生活是欲，是苦痛，这样才不致沉溺其中，受其束缚，真

---

① 王国维：《人间词话》，《王国维遗书》第 9 册，上海书店出版社 1983 年版，第 474 页。

正做到"出乎其外",排除一切欲念,从主体内在精神的自我超脱中洞察人的生命本性及宇宙深境,用纯粹审美的眼光看待外物(即"观之"),"与花鸟共忧乐",从而有"高致"。而高致就是从欲、生活、苦痛中得到解脱的感觉,"暂时之平和"。从"入"而"出",就是从"有我"而"无我",进而艺术地把握生活并内在地表现为艺术作品的解脱过程。

在审美效果上,王国维创造性地提出了"隔"与"不隔"一对概念。对于"隔"与"不隔"之别,王国维说:"陶、谢之诗不隔,延年则稍隔矣;东坡之诗不隔,山谷则稍隔矣。'池塘生春草'、'空梁落燕泥'等二句,妙处唯在不隔。词亦如是,即以一人一词论,如欧阳公《少年游》咏春草上半阕云:'阑干十二犹凭春,晴碧远连云。二月三月,千里万里,行色苦愁人。'语语都在目前,便是不隔。至云:'谢家池上,江淹浦畔。'则隔矣。白石《翠楼吟》:'此地,宜有词仙,拥素云黄鹤,与君游戏。玉梯凝望久,叹芳草,萋萋千里。'便是不隔。至'酒祓清愁,花消英气。'则隔矣。然南宋词虽不隔处,比之前人,自有浅深厚薄之别。"① 所以,"隔"与"不隔"作为鉴别作品优劣的考量,就是作品是否具有生动直观的艺术画面,实际也是指作者是否有无真挚的人生感悟以及能否生动鲜明、清晰流畅地表达情感。"不隔"是指描写直接,乃是直接呈现目前之景物情感,即所谓真景物真感情,我与物完全同化为一体,看不出我与物的区别;"隔",从接受的角度看,往往让人有隔膜之感,需要凭借间接的知识,需要联想和分析,必须凭借知性的理解才能达到。"隔",则我是我,物是物;"不隔",则物我不分,也没有物我分别的主观意识,因而才能让主体解脱。"不隔"是用一种"客观的精神"来处理自然,以便让自然的内在本性获得尽可能清晰、自由的充分显示;而"隔"往往掺杂某种"主观的精神",并把它加在自然客体上,自然的"真正面目"的展示常常蒙受一定的影响。所以,"不隔",即是诗人的艺术作品能够使读者对其所描绘的景物、所蕴蓄的情感有一个清晰、明了、一点也无遮蔽的洞察式把握。这样的作品是诗人真性情的自然流露,毫无虚饰,其景物是真景物的自然描绘,是"状景如在目前"的妙手偶得。否则,如果辞藻空泛,读者费尽思量,仍犹似雾里看花,那种艺术效果便是

---

① 王国维:《人间词话》,《王国维遗书》第 9 册,上海书店出版社 1983 年版,第 468—469 页。

"隔"。从"隔"到"不隔"，就是从"有我"到"无我"而走向解脱的艺术效果。

从创作主体和创作过程上看，有主观与客观、造境与写境之别。从审美创造主体的角度，王氏把诗人（艺术家）分为"主观之诗人"和"客观之诗人"。"客观之诗人，不可不多阅世。阅世愈深，则材料愈丰富，愈变化，《水浒传》《红楼梦》之作者是也。主观之诗人，不必多阅世。阅世愈浅，则性情愈真，李后主是也。"① 从五国维美学理论的整体来看，他赞赏主观的诗人；但也主张主客体的统一。相应地，从审美创造方法的角度，王氏分为"造境"与"写境"两种方法。"有造境，有写境，此理想与写实二派之所由分。"② "造"与"写"是两种不同的创境方法。造，即依理想之要求，想象虚构而成，偏重于主观；写，即依社会人生之客观真实摹写而成，偏重于客观。用现代术语说，一表现，一再现。此一思想来自西方"浪漫主义"与"现实主义"之区分，较早提出这一理论的是席勒《论素朴的诗与感伤的诗》。两种方法，大致上为两种诗人所用，即上述"主观之诗人"与"客观之诗人"。王氏的理想，是达成主观与客观、造境与写境的统一。"自然中之物，互相关系，互相限制。然其写之于文学及美术中也，必遗其关系限制之处。故虽写实家亦理想家也。又虽如何虚构之境，其材料必求之于自然，而其构造亦必从自然之法则。故虽理想家亦写实家也。"③ "造境"与"写境"互为邻里，"二者颇难分别"，它们常常互相渗透，造境之中有写境，写境之中有造境，不能截然分开。其实，由于诗人的直观感受作用，艺术对象已全部脱离了在现实世界中的诸种关系及时空的各种限制，而只成为一个直观感受的对象。所以无论"理想家"还是"写实家"，表现的都是诗人主观情感与客观事物的无间隙契合的审美表现，即创造出富有"境界"的艺术作品。作品在"自然"与"理想"、"写境"与"造境"的张力中显示特殊的艺术魅力：即让人在"直观"自己生存状况的同时，还展示出不同于平庸现实的精神境界与理想境地，能够引起读者的深层心理回应，激发起读者对理想人生的向往和追求。主观与客观、造境与写境的统一，作为"无我"生成的手

---

① 王国维：《人间词话》，《王国维遗书》第9册，上海书店出版社1983年版，第462—463页。

② 王国维：《人间词话》，《王国维遗书》第9册，上海书店出版社1983年版，第459页。

③ 王国维：《人间词话》，《王国维遗书》第9册，上海书店出版社1983年版，第460页。

段，就是解脱的境界在艺术创作主体和创作过程中的表现。

四、"境界"范畴构成分析

在叔本华、康德、席勒的理论基础上，结合中国古典范畴的时代性转换与运用，王国维在《〈红楼梦〉评论》《宋元戏曲考》《人间词话》等文中，以"境界"为核心，构织了包含丰富概念的美学体系，论证了意境、优美、宏壮、古雅、眩惑、悲剧等概念，成为中国现代美学虽不十分健全但是雏形已备的开拓性范型。王国维把"境界"细分为"优美与壮美"两种形态，分别延伸出"优美——游戏——古雅"和"壮美——悲剧——眩惑"两大概念系列，并因为"壮美"内含着"主观与客观的对立与紧张"，从而成为优美一系到壮美一系、从艺术到现实过渡的中介。

(一) 境界与意境

《人间词话》论词以有境界为上。"词以境界为最上。有境界则自成高格，自有名句。五代北宋之词所以独绝者在此。""有造境，有写境。""有有我之境，有无我之境。"① "喜怒哀乐，亦人心中之一境界。故能写真景物真感情者谓之有境界。""境界有大小，不以是而分优劣。"② "古今之成大事业、大学问者，必经过三种之境界"③。"幼安之佳处，在有性情，有境界。"④ "'明月照积雪'，'大江流日夜'……此种境界，可谓千古壮观。"⑤ "文文山词，风骨甚高，亦有境界。"⑥……

"境界"这一范畴，王国维自己并没有很精确的逻辑与定义。分析并综合而言之，境界，既是对文学作品中主体与客体关系即物我关系、情境关系的具体规定；同时，更重要的，它还是一种人生情怀、胸襟的梯次。境界是关于文学与人生某种状态的一种限定与定义，内含着心理、情感、级别认知评价和限定的标准，以之区别文学、人生之优劣和高下。

---

① 王国维：《人间词话》，《王国维遗书》第 9 册，上海书店出版社 1983 年版，第 459 页。
② 王国维：《人间词话》，《王国维遗书》第 9 册，上海书店出版社 1983 年版，第 460 页。
③ 王国维：《人间词话》，《王国维遗书》第 9 册，上海书店出版社 1983 年版，第 465 页。
④ 王国维：《人间词话》，《王国维遗书》第 9 册，上海书店出版社 1983 年版，第 470 页。
⑤ 王国维：《人间词话》，《王国维遗书》第 9 册，上海书店出版社 1983 年版，第 471 页。
⑥ 王国维：《人间词话》，《王国维遗书》第 9 册，上海书店出版社 1983 年版，第 484 页。

"境界"是从对于"人"的诉求出发的，并最终由"人"——主体以及主体性所决定。王国维推崇尼采所谓"一切文学，余爱以血书者"，说"道君（宋道君皇帝）不过自道身世之戚，后主则俨有释迦、基督担荷人类罪恶之意"。① 这是一种旷博的人类情怀。王国维有时"意境"与"境界"并用，隐含了他对于文学的"专业"态度，也意味着文学不足以限定他的精神世界与文化抱负。"境界"更能表征出他终生自我加压的殉道者和使徒形象，暗示出他以学术文化"亲证"生命、以生命"亲证"学术文化的虔诚，因此，"境界"也无法在纯粹诗学范畴内获得完整的诠释。意境与境界的混用，模糊了艺术与人生现实的界限，把文学艺术的诗意放置于人生中去，好像为活着提供了一条解放的途径，事实上却指出了一条走不通的死胡同。

相对于生命"境界"的广大，"意境"的指称是有限的。"境界"既规定文学实现，更规定整个生命实现的原则、途径与"阶级"，甚而更进一步指向某种政治伦理化的道德实现。大体说来，王国维的"境界"作为一个审美范畴至少由三方面的指称所构成：第一是适用于人物、作家品评方面的人格、性情、胸襟，是一种"人生境界"。所谓"词之雅郑在神不在貌。永叔、少游虽作艳语，终有品格，方之美成，便有淑女与倡伎之别"②。"境界"不止对于审美设计与判断有效，同时包含了对于生命存在的情感、道德、人格的指称。对"成大事业大学问"的论说，勾勒了"三种之境界"，而这种说法在《文学小言》中已经出现，只是使用的概念是"阶级"，而不是"境界"，谓"昨夜西风凋碧树，独上高楼，望尽天涯路""衣带渐宽终不悔，为伊消得人憔悴""众里寻他千百度，蓦然回首，那人却在灯火阑珊处"，为古今之成大事业、大学问者不可不经历的"三种之阶级"，称"未有不阅第一第二阶级，而能遽跻第三阶级者。文学亦然。此有文学上之天才者，所以又需莫大之修养也"③。之所以如此，也正表明王国维用"阶级""境界"来概括的，是远不能以文学"自了"、以"意境"称言的广大情怀。

第二，是站在哲学高度，以"直观"概念描述主体与客体关系。当主体处于直观中时，他本人"已自失于这种直观之中了。他已是认识的主体，

---

① 王国维：《人间词话》，《王国维遗书》第9册，上海书店出版社1983年版，第463页。
② 王国维：《人间词话》，《王国维遗书》第9册，上海书店出版社1983年版，第466页。
③ 王国维：《文学小言》，《王国维遗书》第3册，上海书店出版社1983年版，第627页。

纯粹的、无意志的、无痛苦的、无时间的主体。……在这样的观审中，反掌之间个别事物已成为其种类的理念，而在直观中的个体则已成为认识的纯粹主体。作为个体，人只认识个别事物，而认识的纯粹主体则只认识理念"①。"认识的纯粹主体"即是"知之我"，"知之我"就是"无我"，在直观中的诗人成为"知之我"，这正是艺术创作的前提。处于直观中的诗人才能不拘于一己的得失，以一种"天眼"来看待万物，达到"无我"，从而能够摄春草之魂，得到叔本华所说的理念。在文学作品中，主客体的关系表现为以下梯次：主客体的对立、主客体的融合、主客体关系的消失。后者无疑是文学的最高境界：在创作或欣赏过程的某一刹那间，主客体的关系消失，根本没有主体与客体的关系的存在。所谓"政治家之眼"与"诗人之眼"、"隔"与"不隔"的区别，包括"有我之境""无我之境"，所谓"诗人对宇宙人生，须入乎其内，又须出乎其外"，既能以"奴仆命风月"又能"与花鸟共忧乐"，② 等等，都是对于超越功利与认知遮蔽的审美直觉的肯定和强调。

第三就是指文学的"意境"。如果说"境界"范畴具有更大的外延，人生之境界与文学之境界兼容并包，但对于文学而言，"意境"更合乎其本质性描述。意境是境界的一个子概念，只用于指称文艺作品。王国维对于"意境"有较为明确的释义："文学之事，其内足以摅己，而外足以感人者，意与境二者而已。上焉者意与境浑，其次或以境胜，或以意胜。苟缺其一，不足以言文学。原夫文学之所以有意境者，以其能观也。出于观我者，意余于境；而出于观物者，境多于意。然非物无以见我，而观我之时，又自有我在。故二者常互相错综，能有所偏重，而不能有所偏废也。文学之工不工，亦视其意境之有无与其深浅而已。"③ 意境是对于文学中主客体、物我关系状态的描述，是一种关于二者的平衡与和谐的审美要求，因而是一个纯粹的文学批评的概念。

不论是艺术中的意境，还是人生的审美态度，"境界"这一范畴都指向主体与客体的一种诗性关系：当主体与客体达成一种"无我"、无功利的审

---

① ［德］叔本华：《作为意志和表象的世界》，石冲白译，商务印书馆 1982 年版，第 250—251 页。
② 王国维：《人间词话》，《王国维遗书》第 9 册，上海书店出版社 1983 年版，第 474 页。
③ 樊志厚：《〈苕华词〉叙》，《王国维遗书》第 3 册，上海书店出版社 1983 年版，第 288—289 页。

美关系，从而以既无我又无对象世界的直观的形式，达成人生之解脱的目的，则就具有"境界"。人生自然应该具有这种境界，文学艺术之意境，也是为这一"境界"的实现服务的。境界，细分之可以从优美与宏壮、古雅与眩惑、悲剧等概念中得以体察与表现。

（二）两种境界：优美与壮美（宏壮）

"无我之境，人唯于静中得之。有我之境，于由动之静时得之，故一优美，一宏壮也。"① 在"无我之境"中，诗人的心态大多是闲适的，宁静的，像陶渊明、王维的山水诗。"有我之境"，当激动的感情平静之后，诗人进入审美静观，他才能发现美，这种美就是宏壮。处优美的境界，"吾人心中无丝毫生活之欲存"，处壮美的境界，则"吾人生活之意志为之破裂"，② 故优美的美感为愉悦，壮美的美感为痛感中或痛感后的快感。

王国维对优美与宏壮（壮美）的理解基本上来自叔本华和康德，但他结合中国的传统文化，亦有所创造。综合王国维论述，他的看法大体是：其一，优美与壮美都是美，它们虽然有种种区别，但相同处在于都是"可爱玩而不可利用者"③。其二，"一切优美皆存于形式之对称、变化及调和，至宏壮之对象，汗德虽谓之无形式，然以此种无形式之形式，能唤起宏壮之情，故谓之形式之一种，无不可也。"④ 这里说的"无形式"，是指不能与内容相和谐的形式和超出主体知觉把握能力的形式，不是真的无形式。其三，处优美的审美境界，审美主体的心理呈宁静的状态；处壮美的审美境界，审美主体的心理呈分裂的状态。之所以如此，是因为处优美的境界，审美客体与审美主体是和谐的；而处壮美的境界，审美客体与审美主体对立的。其四，从实质上来看，优美是静态美，壮美是动态美。其五，优美的美感为愉悦，壮美的美感为痛感中或痛感后的快感。王国维所列举的壮美故事如"地狱变相之图""决斗垂死之像""庐江小吏之诗"，其美感都是这种痛感之中或之后

---

① 王国维：《人间词话》，《王国维遗书》第 9 册，上海书店出版社 1983 年版，第 460 页。
② 王国维：《红楼梦评论》，《王国维遗书》第 3 册，上海书店出版社 1983 年版，第 420 页。
③ 王国维：《古雅之在美学上之位置》，《王国维遗书》第 3 册，上海书店出版社 1983 年版，第 616 页。
④ 王国维：《古雅之在美学上之位置》，《王国维遗书》第 3 册，上海书店出版社 1983 年版，第 616 页。

的快感。

可见，艺术之境界可以艺术化为"优美"与"壮美"两种美之形式。但是值得注意的是，王国维在谈优美与壮美之时，强调处优美的境界，"吾人心中无丝毫生活之欲存"。这自然是一种最佳的解脱境界。而壮美的情况比较复杂。壮美也是一种解脱的境界，当主体经历了客体与主体的对立导致的心灵的撞击，一种距离感、疏离感、崇高感便油然而生，并在这种崇高感中获得震撼、钦仰等方面的情感与心灵的升华，从而获得美感。因而壮美也是一种解脱的境界。但是，壮美最突出的特点是主体与客体的对立；处壮美的境界，"吾人生活之意志为之破裂"①，当这种强大的"意志"被美捕获，主体就被保留在美的解脱的境界；而当意志导致的人与对象的对立复归于意志自身的过于强大，人就重新进入功利的现实世界，解脱的境界即刻化为乌有。这样，优美的境界进一步可以延伸为"游戏""古雅"，这是解脱的、审美的一系；而壮美的境界则进一步延伸为"悲剧"②与"眩惑"，这是复归于悲剧的、无解脱因而是由欲望支配的现实一系。而且，对于"游戏"与"悲剧"、"古雅"与"眩惑"的关系，王国维似乎也特意置之于对立的地位："游戏"的即不是"悲剧"的，而"古雅"的绝不"眩惑"。由此，我们终于明白王国维是在以学术探索人生的成功与失败：成功在于人们找到了一条通往主体解放的美学之路；失败在于，从自我解放、解脱的意义内涵中，人们又自然而然地回归了现实人生的悲剧。壮美就是这一分野的关节。

（三）两种艺术范型：游戏与悲剧

"境界"之"优美"或"壮美"，体现于艺术与人生上的"游戏"或"悲剧"。

王国维说："人类之于生活，既竞争而得胜矣。于是此根本之欲，复变而为势力之欲，而务使其物质上精神上之生活，超于他人之生活之上。此势力之欲，即谓之生活之欲之苗裔，无不可也。人之一生唯由此二欲，以策其知力及体力而使之活动。"③人类生活的本原在于欲望即所谓"势力之欲"，

---

① 王国维：《红楼梦评论》，《王国维遗书》第3册，上海书店出版社1983年版，第420、421页。

② 悲剧在西方美学中是一个很重要的范畴，悲剧常常与崇高联系在一起，大凡言悲剧必言崇高，而言崇高亦多言悲剧。

③ 王国维：《人间嗜好之研究》，《王国维遗书》第3册，上海书店出版社1983年版，第581页。

它体现为生活、工作及各种嗜好当中，以其剩余的各种形式得以"发表"。如果能够以艺术的形式发表，当主体与客体、情感与理性、景与情等的对立面获得了统一、平衡，人即可达到"优美"的"境界"。游戏，就是这种艺术形式的代表。

1、"游戏"的"优美""境界"

所谓"势力"，简而言之，就是人所具有的生存竞争的能力、力量；"势力之欲"，就是人争胜、进取的种种欲望、动机和冲动。当势力用于生活而有剩余时，仍不能自消自灭，而要求有"发泄之地"，即要求有对象性的活动，这种活动发而为艺术性的活动则为游戏。游戏直接来源于席勒的"游戏说"。席勒认为，游戏冲动是人共同的"天性"。游戏冲动，是由"物质冲动"与"形式冲动"两种因素构成，它把形式带进物质，把实在纳入形式。因此要求对象是内容与形式、感性与理性的完美统一，美是这两种冲动的共同对象，也就是游戏冲动的对象。在现实世界中，物质冲动与形式冲动并不完全和谐统一，或者物质冲动占优势，或者形式冲动占优势。也就是说，要满足物质冲动，就不可能满足形式冲动，反之亦然。唯有在审美的境界中，二者才能完全和谐一致而成为游戏冲动。在美的观照中，心情是处在法则与急需之间的一种恰到好处的中途，正因为它是由这两个因素共分的，所以它既免于法则的强迫，也免于急需的强迫。就认识说，前者关系到事物的实在性，后者关系到事物的必然性；就行动说，前者旨在生命的保持，后者旨在尊严的保持，二者都旨在真实与完美。席勒又进而指出，在人类的一切情况中能使人达到完美的，能同时发展人的双重天性的，正是游戏，只有当人充分是人的时候，他才游戏；只有当人游戏的时候，他也才完全是人。王国维的"势力说"，是吸收了席勒的"游戏说"与叔本华的"生活之欲说"之后的产物。

王国维说："文学者，游戏的事业也。人之势力用于生存竞争而有余，于是发而为游戏。婉娈之儿，有父母以衣食之，以卵翼之，无所谓争存之事也。其势力无所发泄，于是作种种之游戏。逮争存之事亟，而游戏之道息矣。唯精神上之势力独优，而又不必以生事为急者，然后终身得保其游戏之性质。而成人以后，又不能以小儿之游戏为满足，于是对其自己之情感及所观察之事物而摹写之，咏叹之，以发泄所储蓄之势力。"① 游戏是人的自由本质的体现。游戏又分为纯粹生物的游戏和审美的游戏，前者只是一种生命力过剩的表现，是动物和幼儿都具备的，后者是人性完整发展的表现，是身心和谐的状态。他又说："若夫最高尚之嗜好，如文学、美术，亦不外势力之欲之发表。希尔列尔即谓儿童之游戏存于用剩余之势力矣。文学、美术亦不过成人之精神的游戏，故其渊源之存于剩余之势力，无可疑也。"② 但是，艺术作为最高尚的游戏，不仅表现人的"势力之欲"，而且具有伟大的精神内涵，因此具有伟大的人生价值。"若夫真正之大诗人，则又以人类之感情为其一己之感情，彼其势力充实，不可以已，遂不以发表自己之感情为满足，更进而欲发表人类全体之感情。彼之著作，实为人类全体之喉舌，而读者于此得闻其悲欢啼笑之声，遂觉自己之势力亦为之发扬，而不能自己。"③

　　游戏之为艺术和对人生采取一种游戏的审美态度，所能达到的境界就是主体与客体的和谐的状态，就是一种优美的、自由的人生境界。艺术的目的就是"在描写人生之苦痛与其解脱之道"④，即使人消除欲望而达到"无我"的境界，游戏的态度即审美的态度，就是一种无我的因而是解脱的态度。在主体与客体、情与景、理性与情感、现实与想象的和谐化一中，欲望消失，功利态度消失，因而痛苦消失，人以是解脱。

　　2、"悲剧"的"壮美""境界"

　　与游戏的"优美"境界相反，当主体与客体、情感与理性、景与情等的对立面仍然对立，且此种对立日益加强，导致意志的破裂，或即可能以艺术"悲剧"的形式，经过审美的"壮美"阶段，进而外溢出艺术与审美的境界，复归于生活之欲，陷入生活的悲剧之中。

　　王国维将悲剧分为三种。第一种是"由极恶之人极其所有之能力以交构之者"；第二种是"由于盲目的运命者"；第三种是"由于剧中之人物之位置及关系不得不然者，非必有蛇蝎之性质与意外之变故也，但由普通之人

---

① 王国维：《文学小言》，《王国维遗书》第 3 册，上海书店出版社 1983 年版，第 624—625 页。

② 王国维：《人间嗜好之研究》，《王国维遗书》第 3 册，上海书店出版社 1983 年版，第 585 页。

③ 王国维：《人间嗜好之研究》，《王国维遗书》第 3 册，上海书店出版社 1983 年版，第 585—586 页。

④ 王国维：《红楼梦评论》，《王国维遗书》第 3 册，上海书店出版社 1983 年版，第 430 页。

物、普通之境遇，逼之不得不如是。彼等明知其害，交施之而交受之，各加以力而各不任其咎，此种悲剧，其感人贤于前二者远甚。何则？彼示人生最大之不幸，非例外之事，而人生之所固有故也"。[1] 所有各种悲剧的直接根源都是"欲""生活""苦痛"。摆脱痛苦有两种途径：一种是文学艺术；另一种就是厌世解脱。这两种途径的要旨，都是要求放弃生存意志，从而得到解脱。解脱与意志二者是矛盾的，若想解脱，必须放弃主体之意志；而一旦保留人之意志，则解脱就绝无可能。当人能够放弃自己的意志，经历了人生的"悲剧"，即可在"壮美"的"境界"中得到解脱。反之亦然。

悲剧在艺术中的表现有两种形式：必须表现人生的痛苦并示以解脱之精神，或者表现主人翁面对苦难时的抗争精神，即"主人翁之意志"。前者体现于王氏悲剧思想的前期即叔本华时期，后者出现于后期即尼采时期。从前者看，悲剧的价值最重要的不在描绘人生的痛苦，而在开启解脱之道。王国维认为，《红楼梦》之所以堪称"彻头彻尾之悲剧""悲剧中之悲剧"，是因为"《红楼梦》一书实示此生活、此苦痛之由于自造，又示其解脱之道不可不由自己求之者也"。贾宝玉就是一个最好的代表。王国维还认为"解脱之道存于出世而不存于自杀"。[2] 分别来看，解脱之中又有二种之别："一存于观他人之苦痛，一存于觉自己之苦痛。"[3] 通过观他人之苦痛来实现解脱，一般人是难以做到的；而通过觉自己的苦痛来实现解脱，不失为一种普遍可行的方法。这就是"以生活为炉，苦痛为炭，而铸其解脱之鼎"[4]。王国维说："前者之解脱，超自然的也，神明的也；后者之解脱，自然的也，人类的也。前者之解脱，宗教的也，后者美术的也。前者平和的也，后者悲感的也，壮美的也"[5]。很显然，王国维推崇的解脱是审美的解脱。"优美"和"壮美"皆能"使吾人离生活之欲，而入于纯粹之知识者"[6]，都有其审美价值。区别在于"优美"是人在宁静的心境中以纯粹的客观精神观照

① 王国维：《红楼梦评论》，《王国维遗书》第 3 册，上海书店出版社 1983 年版，第 434—435 页。
② 王国维：《红楼梦评论》，《王国维遗书》第 3 册，上海书店出版社 1983 年版，第 427 页。
③ 王国维：《红楼梦评论》，《王国维遗书》第 3 册，上海书店出版社 1983 年版，第 428 页。
④ 王国维：《红楼梦评论》，《王国维遗书》第 3 册，上海书店出版社 1983 年版，第 429 页。
⑤ 王国维：《红楼梦评论》，《王国维遗书》第 3 册，上海书店出版社 1983 年版，第 429—430 页。
⑥ 王国维：《红楼梦评论》，《王国维遗书》第 3 册，上海书店出版社 1983 年版，第 421 页。

对象获得的美感；而"壮美"是"生活之意志为之碎裂，因之意志遁去"①后凭独立的理智洞察对象所感觉到的美。普通的文艺作品主要靠"优美之情"领略，而悲剧的美学价值在于揭示人生的痛苦，使人心灵受到震撼。所以，悲剧之美往往是壮美。持此标准衡之，王氏认为《红楼梦》"壮美之部分，较多于优美之部分"②，是"绝大著作""彻头彻尾之悲剧"也就不难理解了。《红楼梦》中"宝玉与黛玉最后之相见一节"的描写是"最壮美者之一例"③，因为其表现了强烈的感情冲突。"壮美"之文能使人摆脱生活之欲，心灵得到净化。对于这一审美效果，王氏认为和"伦理学上最终之目的"是一致的，故"《红楼梦》之美学上之价值，亦与其伦理学上之价值相联络也"④。

　　而悲剧要表现主人翁面对苦难时的抗争精神即"主人翁之意志"这种悲剧观，始于王国维已经发现他一贯信奉的"生命意志"说的矛盾之处，对叔本华的学说开始由信奉到怀疑，转向尼采的"权力意志"学说。这样，王国维由"放弃意志"而求解脱走向了对意志的强调与追求。他认为，悲剧要表现而不是放弃"主人翁之意志"。悲剧的主人翁都有如此特点：一是具有高度的自我牺牲精神，如窦娥甘愿替婆婆受罪；韩厥、公孙杵臼甘愿为救赵氏孤儿而献出生命，程婴则甘愿献出自己的新生儿子，等等。这实际上就是"将人生的有价值的东西毁灭给人看"⑤。二是具有顽强的自我超越的意志。这正如尼采所说的"权力意志"，即，人在强大生命力的高涨和振奋之中追求自我扩张、自我超越的意志，它的本质不是"寂灭"，而是奋发有为；不是在痛苦的轮回之中备受煎熬，而是在抗争中享受人生的欢乐，领略酒神式的陶醉。王国维如此强调主人翁的意志，表明他高扬生命的旗帜，也体现了他积极入世的情怀。

　　可是，当主体的意志无限扩张，它就不可能满足于纯粹艺术领域的"奋发有为"，主体的意志就可能分裂，进而进入生活的现实领域，复归于生

①　王国维：《红楼梦评论》，《王国维遗书》第3册，上海书店出版社1983年版，第420页。

②　王国维：《红楼梦评论》，《王国维遗书》第3册，上海书店出版社1983年版，第436页。

③　王国维：《红楼梦评论》，《王国维遗书》第3册，上海书店出版社1983年版，第437页。

④　王国维：《红楼梦评论》，《王国维遗书》第3册，上海书店出版社1983年版，第439页。

⑤　鲁迅：《再论雷峰塔的倒掉》，《鲁迅全集》第1卷，人民文学出版社2005年版，第203页。

活之欲，从艺术的"悲剧"的"壮美"进入现实的"悲剧"。从放弃意志而求解脱到重拾意志而强调主人翁的奋斗，显示了王国维深刻的悲观主义的顽固与强大，进一步证实了以下结论：一，完全绝对的解脱是不可能的；二，艺术与美学上之解脱，只是暂时的、审美的解脱。

（四）两种形式美："古雅"与"眩惑"

"境界"之"优美"或"壮美"，还体现于审美上的"古雅"或"眩惑"。如果说，优美与壮美是天才的、直觉的艺术美感和美学境界，那么，非天才的、知性的艺术美感和美学境界则是古雅。"古雅""在优美与宏壮之间，而兼有此二者之性质"①。而"眩惑"的情况比较复杂。这种复杂性来自于壮美内涵的扩展与分歧。壮美作为美学范畴，标示出主体与客体的对立。当壮美中的主客体对立消失，从直觉的、天才的艺术与美的方面看，则进入优美的境界；从知性的、人力的艺术与美的角度看，则进入古雅的境界。而当壮美中的主客体对立进一步加强，复归于欲望的现实领域，壮美就被眩惑取代，艺术的悲剧就深化为人生现实的悲剧。这样，壮美就成为连接优美的艺术与美的境界和忧虑与欲望的现实世界的中介，是从解脱到无解脱的过渡环节，在王氏的美学体系中居于中间媒介的地位。

尽管古雅和壮美也有一定的关系，但是，就主体与客体的关系而论，古雅仍然是"休息"，与主"和平"的优美同出一系。因为面对艺术品，我们仍然可以得到优美的感觉，在欣赏古雅的艺术品时，我们仍然能够解脱于生活之欲，古雅的艺术品也还是艺术品，并不因为其非天才的创作出身而失去其解脱的伦理价值和功能。王国维说："优美之形式使人心和平，古雅之形式使人心休息，故亦可谓之低度之优美；宏壮之形式常以不可抵抗之势力，唤起人钦仰之情；古雅之形式则以不习于世俗之耳目故，而唤起一种之惊讶，惊讶者，钦仰之情之初步，故虽谓古雅为低度之宏壮亦无不可也。"②古雅是关于"人心"的"低度""优美"或"宏壮"。

---

① 王国维：《古雅之在美学上之位置》，《王国维遗书》第3册，上海书店出版社1983年版，第623页。

② 王国维：《古雅之在美学上之位置》，《王国维遗书》第3册，上海书店出版社1983年版，第622—623页。

　　但是，古雅有其独立性，"离优美、宏壮而有独立之价值"①。第一，优美与宏壮虽从离生活之欲言之，它们也属于形式，但它们受内容的影响较深，而古雅则为纯粹的艺术形式。古雅作为美主要指艺术技巧的美。"古雅"存在于艺术中，是优美和崇高得以表现的形式，必不可少的"原质"；如果说优美与崇高是艺术的第一形式，那么古雅就是第二形式，即形式美之形式美。"故古雅者，可谓之形式之美之形式之美也。"② 第二，"古雅"的判断，是经验的、后天的，故也是特别的、偶然的；崇高、优美的判断，是先天的，也是普遍的、必然的。第三，古雅是非天才的、常人的、"中知以下之人"的。"古雅之性质既不存于自然，而其判断亦但由于经验，于是艺术中古雅之部分，不必尽俟天才，而亦得以人力致之。"③ 由于天才能观之而又能写之，故使"中知以下之人"得以审美玩赏，忘掉物我的利害关系，而达到解脱之境。第四，古雅含有"摹仿""理性""机械性"和"后天努力"的意思。"古雅""典雅"相近，或就是"典雅"的另一种表述方式。"典雅"即因"典"而"雅"。典即经典，经典即已然形成的供他人模仿、借鉴的陈迹范式。雅即高雅，指作品弥散着作者人文表达所凝结的风格韵致。"典雅"必然地包含有对前人陈迹范式的模仿、挪用和借鉴。所谓"古雅"，即因仿"古"而"雅"，故称"古雅"。古、模仿、雅致，是其主要内含。"古雅"与优美、壮美的性质判然有别。作为优美、壮美的心智能力，是一种"天才"的能力，它是指创作者原生的先天的直觉创作表现力，简言之即直觉。优美、壮美是创作者直觉认知的产物，也是创作者直觉创造的产物。作为"古雅"的心智能力，是一种与"天才"的直觉创造力相区别的能力。优美、壮美构成的"美的艺术"则依赖的是天才的直觉创造力。而"古雅"，则是人力修养的产物，它依赖的是机械性的制作能力，"其制作之人，决非必为天才"④，"其制作之负于天

---

① 王国维：《古雅之在美学上之位置》，《王国维遗书》第 3 册，上海书店出版社 1983 年版，第 619 页。
② 王国维：《古雅之在美学上之位置》，《王国维遗书》第 3 册，上海书店出版社 1983 年版，第 617 页。
③ 王国维：《古雅之在美学上之位置》，《王国维遗书》第 3 册，上海书店出版社 1983 年版，第 620—621 页。
④ 王国维：《古雅之在美学上之位置》，《王国维遗书》第 3 册，上海书店出版社 1983 年版，第 615 页。

分者十之二、三，而负于人力者十之七、八"①。总的来说就是："古雅之性质
既不存于自然，而其判断亦但由于经验。于是，艺术中之古雅之部分，不必
尽俟于天才，而亦得以人力致之。苟其人格诚高，学问诚博，则虽无艺术上
之天才者，其制作亦不失为古雅。……若非优美与宏壮，则非天才殆不能捕
攫之而表出之。今古第三流以下之艺术家，大抵能雅而不能美且壮者，职是
故也。"王国维举例说："以绘画论，则有若国朝之王翚，彼固无艺术上之天
才，但以用力甚深之故，故摹古则优，而自运则劣。"②所谓"用力甚深"，就
是指艺术家后天学习和模仿的能力较强；所谓"自运则劣"，就是指艺术家缺
乏天赋的直觉创造力。王翚的艺术能力不是取决于他先天的审美创造力，而
是取决于他后天的文化及文学修养能力。故王国维曰，像王翚一类的艺术家，
其"古雅之能力能由修养得之"③。在批评史的意义上，"古雅"适用于那些
二三流的艺术现象，它恰恰概括和说明了这类艺术现象的本质特征。

　　如果说，古雅次于优美与壮美，但是古雅仍然是属于艺术和美的领域
的一个成员，那么，眩惑则不同，眩惑因其依赖主客体的对立，因其对于人
世之欲的执着，而具有现实性的性质。眩惑直接出于现实，关乎欲望。眩惑
不是艺术范畴和美学标准。眩惑是从壮美的意志分裂而至于生活之欲的原初
之时的一种状态，因而眩惑与生活之悲剧相连。眩惑最重要的特点是"复归
于生活之欲"，与生活苦痛的解脱正相反，当然其美学境界就等而下之了。
"夫优美与壮美，皆使吾人离生活之欲，而入于纯粹之知识者。若美术中而
有眩惑之原质乎，则又使吾人自纯粹之知识出，而复归于生活之欲。如粗
粆蜜饵，《招魂》《七发》之所陈；玉体横陈，周昉、仇英之所绘；《西厢记》
之《酬柬》，《牡丹亭》之《惊梦》；伶元之传飞燕，杨慎之赝《秘辛》：徒讽
一而劝百，欲止沸而益薪。"④眩惑不仅不能使人超越功利、进达纯粹知识，
相反使人"复归于生活之欲"，具有刺激鉴赏者的肉欲、偏离纯粹审美静观

① 王国维：《古雅之在美学上之位置》，《王国维遗书》第 3 册，上海书店出版社 1983 年版，第
　 628 页。
② 王国维：《古雅之在美学上之位置》，《王国维遗书》第 3 册，上海书店出版社 1983 年版，第
　 620—621 页。
③ 王国维：《古雅之在美学上之位置》，《王国维遗书》第 3 册，上海书店出版社 1983 年版，第
　 623 页。
④ 王国维：《红楼梦评论》，《王国维遗书》第 3 册，上海书店出版社 1983 年版，第 421—422 页。

的特征，具有极大的诱惑性、利害性，不利于人的审美境界的养成和审美修养的提升，"故眩惑之于美，如甘之于辛，火之于水，不相并立者也"。若以眩惑之作医人世苦痛，"犹欲航断港而至海，入幽谷而求明，岂徒无益，而又增之"。① 王国维从审美无利害关系出发，所言的"眩惑"原质实是指文艺作品中那些带有肉欲色彩、官能快感的如实再现。这种描写，不仅不能增人以美感，唤起钦慕之情，相反激发欲望，使人泯灭理性、迷失自我，从而抵消了艺术的净化、陶冶功用，失去其应有的价值。从"有我"与"无我"的角度看，优美是无我的，绝对无功利的解脱境界，是"无我之境"；壮美中我与物是对立的，它具有两个可能的发展方向，当它向无我方向发展时，则为优美，当它向有我方向发展时，则变为眩惑。所以，壮美兼有"有我"与"无我"、优美与眩惑两个相反的原质。而至于眩惑，则是绝对的有我之境了。

　　总之，自人生与世界的忧郁与欲望这一悲观主义人生观和世界观出发，王国维同时用自己的学术与人生寻找解脱之路。痛苦之根源在于这个世界有我、有世界，有这二者之间的对立与互相依存。人面对两个世界，一个是虚拟的艺术与美的世界，一个是现实世界。在艺术与美的世界中，因为艺术作为纯粹形式是无功利的，它切断了我们和欲望之间的欲望及其实现的关系，故而艺术与美成为我们人生解脱之最有效的途径和方法。在这一领域，出于天才的创造和先天的直觉的优美、壮美与后天的、常人的、摹仿性的古雅，以游戏或艺术悲剧的形式，展现了一个无我的"解脱"的"境界"。但是，艺术与美的世界与现实世界的关系是复杂的。壮美作为优美与眩惑的中介，作为艺术与现实的中介，它包含"有我"与"无我"两种原质，包含意志之对立本性的消失与强化两种可能；当意志的对立性得到强化，"有我"这一原质即被放大，人就会复归于现实"悲剧"的"眩惑"状态，复归于"无解脱"的痛苦人生。王国维一生都在寻找解脱的境界，但是，无以解脱的现实悲剧世界却总是萦绕不去的梦魇。理论的内在矛盾与张力，理论与现实的尖锐对立，造成了王国维学术体系的矛盾与人生的悲剧。从另一角度说，这种矛盾与悲剧，恰好可以看作中国近代以来学术与思想在中与西、传统与现

---

① 王国维：《红楼梦评论》，《王国维遗书》第 3 册，上海书店出版社 1983 年版，第 422 页。

代、用世与超世之间的取舍所必有的矛盾心态和行进轨迹的象征。从这个意义上说，"境界"也应该能够成为中国近代以来美学现代化和现代美学体系的元范畴。

第三节　哲学诠释学美学的元问题

作为一种重要的哲学思潮，哲学诠释学对人类文化、语言的思考正在作为一种重要的人文成果，在当下的时代发挥着重要的作用。反思哲学诠释学的美学成果，不仅是哲学诠释学理论本身的要求，也是哲学、美学适应新的时代的要求，更是人们对自身的精神、文化处境进行反思的一个必要阶段。本文旨在探讨伽达默尔哲学诠释学美学的元问题，探讨影响哲学诠释学美学发展动力和发展方向的根本性问题，在反思哲学诠释学美学发展过程的基础上，审视它对中国美学、哲学和文学的启示意义。

一、哲学诠释学的基本问题

支配着哲学诠释学的基本问题来自于三个方面：胡塞尔的现象学、海德格尔后期的存在论和诠释学史。哲学诠释学是现象学运动的一个组成部分。现象学的理想"追求科学的哲学"是哲学诠释学的追求，现象学"面向实事本身"进行描述的方法也是哲学诠释学的基本方法。除了这些基本的哲学前提之外，胡塞尔的现象学还为哲学诠释学预留了一个问题：胡塞尔认为，所谓科学的哲学，其表现就是为哲学找到一个最终的奠基，在这一奠基的基础上，所有的哲学问题都可以由之获得科学的解释。胡塞尔的一生都在寻找这样一种奠基。在后期，胡塞尔将这一奠基推进到先验主体，在对这一先验主体的来源进行论证的时候，胡塞尔意识到，任何的先验主体都是来自于"生活世界"："世界存在着，总是预先就存在着，一种观点（不论是经验的观点还是其他的观点）的任何修正，是以已经存在着的世界为前提的，也就是说，是以当时毋庸置疑地存在着的有效东西的地平线——在其中有某种熟悉的东西和无疑是确定的东西；那种可能被贬低为无意义的东西是与此相矛盾的——为前提的，这个事实的不言而喻性先于一切科学思想和一切科学的提问。"① 这也就是说，任何一个主体，都具有自己的生活世界。人类只能生活在其中一个生活世界之中，生活世界构成了人类的境域性，它是先验主体性得以形成的相对和历史的条件。现象学所要求的哲学作为严格的科学的理想在最终层面上必须回到这个境域性之中。"按照伽达默尔的看法，胡塞尔在这里表述了一种对一切科学努力的历史和文化境遇制约性的根本洞见。"② 人类只能生活在某一个生活世界之中，这构成了伽达默尔哲学诠释学的一个基本前提。

这一生活世界到底是什么样的？它如何构成人类的知识、文化和本体处境？伽达默尔在海德格尔后期的存在论中探讨这一问题。对于伽达默尔来讲，海德格尔后期的存在论为这一生活世界的具体展开提供了哲学思考的方向。"我的哲学解释学试图完全遵循后期海德格尔的思想路线，并且以新的方式使之更易于理解。"③

海德格尔指出，哲学所探讨的应该是事物为什么存在的问题。那么，事物是如何成为存在的呢？后期的海德格尔认为，事物是在人类的使用活动中存在的。在一个以使用为目的的活动中，事物被人们用到，在这样一个活动中，事物就具有了存在。比如，喝水时用到杯子，那么，杯子就因喝水这一活动而具有了存在。对于海德格尔来讲，追溯到这一活动只是他哲学思考的开始。海德格尔要探讨的，是我们为什么知道我们的某个使用目的要通过某种方式才完成，为什么我们在有了喝水这样一个目的之后，就知道要使用水杯？实际上，这个为什么才是事物存在的基础。而这个为什么只有通过此在才能找到答案。对此，海德格尔认为，此在是生活在一个世界之中的。这个世界使得此在筹划自身的使用目的时，对要用到的某物有一种信赖感。这一信赖感才是事物存在的基础。因此，海德格尔的存在论所要做的就是，寻找这一信赖感产生的原因。这一原因就存在于此在的世界之中。

---

① ［德］胡塞尔：《欧洲科学的危机与超越论的现象学》，王炳文译，商务印书馆 2001 年版，第 134 页。

② Georgia Warnke, *Gadamer*: *Hermeneutics*, *Tradition and Reason*, London: Cambridge, Polity Press, 1987, p.36.

③ ［德］伽达默尔：《现象学与辩证法之间———一个自我批判的尝试》，张荣译，见严平编选《伽达默尔集》，邓安庆等译，上海远东出版社 1997 年版，第 26 页。

世界这一概念是海德格尔后期哲学的基础，也是伽达默尔哲学诠释学的基础。海德格尔认为，在以使用为目的的活动中，世界是被遮蔽着的，在这样的活动中，此在只有忘了构成他的那个世界，他才能顺利地、自由地筹划他的使用活动。如果他把自己的视野从他的筹划目的中转移开来，他就不能顺利地筹划他的使用目的。这就是以使用为目的的活动的本质。也就是说，一个使用活动，是以世界和世界的遮蔽为基础的。因此，在以使用为目的的活动中，我们根本不能找到事物存在的基础——世界。怎样才能找到这一基础呢？海德格尔认为，这一基础只有在不以使用为目的的艺术活动中才能找到。在不以使用为目的的活动中，由于此在不是筹划某一使用目的，因此，世界才有可能是非遮蔽的。海德格尔将这一过程称之为去蔽，即真理的显现。

正是在这一哲学视野中，才有了哲学诠释学美学的基础。可以说，伽达默尔就是在海德格尔的世界这一本体背景中探讨哲学问题。在其哲学诠释学中，他认为，构成世界、构成此在的本体背景的是人类的文化和人类的语言，伽达默尔将这一背景称之为"传统"。同时，上述海德格尔对人类活动的基本分类也影响了哲学诠释学。伽达默尔正是沿着海德格尔的分类方式，也将人类的活动分为以使用为目的的活动和不以使用为目的的活动，其美学也正是以这两种活动的划分并以非使用目的的活动为基础的。

除了海德格尔的存在论构成了哲学诠释学的本体外，哲学诠释学还受到古典诠释学的影响。在诠释学的历史中，一直存在着一个根本的问题：文本如何转化为人的意义？这使得伽达默尔在接受海德格尔的存在论时，一直有着自己的哲学目的：如果说，世界构成了人类的本体背景，那么，这一本体背景如何规定着人，人类如何意识到制约着他的本体论处境？人类对这一本体论背景的理解对这一本体来讲又有着怎样的作用？海德格尔发现，此在是被世界所规定的，对这一本体背景，处于日常生活状态中的常人们不可能知道，因为这时的世界是被遮蔽的。只有通过诗意的沉思，这个世界才能去蔽。也就是说，一方面，海德格尔发现了世界对此在的决定作用，另一方面，他又通过诗意的沉思、用"天、地、人、神"这些概念诠释世界，又将通往这一世界的道路神秘化了。除了海德格尔本人和哲学家、艺术家等天才能通往世界，一般的此在不可能知道世界对他的构成性和决定性。对伽达默尔来讲，世界对每个人都不是神秘的，只要找到一定的方法，就能使所有的此在都能意识到世界对他的构成性，而且，此在是存在发展的一条必由之路。这也是《真理与方法》一书的动力。正是在这一动力之下，伽达默尔将其丰富的诠释学史知识和海德格尔的存在论结合起来，在将这一世界具体化为人类传统的同时，将本体与人的意识结合起来。

在伽达默尔看来，传统构成了此在，但传统也不是一成不变的，传统变化的动力来自于此在的开放性，而这一开放性的基础则来自于此在对自我有限性的理解或意识。伽达默尔将对自我有限性的理解称之为"效果历史意识"，即此在意识到自我的视域由传统构成，历史正是由不同的视域通过视域融合构成的。此在在"效果历史意识"中，意识到自我被某一传统所构成，并进而意识到自我的有限性和他人的有限性，意识到我们的传统正是这些不同视域相互融合的结果，从而导致了此在的开放性。而此在的开放则是真理形成的唯一动力。正是在此在的开放中，存在的本体——世界——才有可能发生变化，才有可能进入一个新的诠释学循环。所以，对于哲学诠释学来讲，此在对自我有限性、自我构成性的理解是本体发展的基本动力。而这一对自我有限性的理解本质上正是此在的意识。也就是说，哲学诠释学将人类意识的参与作为存在本体发展的基本动力，这就使得哲学诠释学具有明显的人本主义特色。对意识概念的强调，成为伽达默尔和海德格尔本质上的不同。"伽达默尔的核心概念'效果历史意识'就是——意识。"[1] 这也是海德格尔一直质疑伽达默尔的地方。尽管伽达默尔一直试图用存在来解释意识，"是的，人们可以肯定地说，海德格尔在面临对我的作品的接受时，对他来讲，最具挑战性的便是我所使用的术语'意识'，我在《真理与方法》中清楚地使用了一种历史起作用的意识（它通常被翻译为效果历史意识），但这种意识更是一种存在而不是意识。"[2] 人类的意识能不能作为存在发展的基本动力，构成了海德格尔和伽达默尔本质上的不同。

所以，如果说海德格尔所关注的是事物存在的基础，因而被称为"基础存在论"的话，那么伽达默尔所关注的就是这一基础如何走向人类的意

---

[1]　Richard · E · Palmer, *Gadamer in Conversation*, New York: Binghamton, 2001, p.5.

[2]　Gadamer, "Word and Picture: 'So True, So Vibrant!'", In *Gesammelte Werke 8-Ästhetik und Poetik I: Kunst als Aussage*, Tübingen: Mohr, 1993, p.373.

识，人类的意识通过对这个基础的理解，如何使世界这一本体发生变化。在这里，在"面向实事本身"的哲学追求中，胡塞尔的生活世界首先被海德格尔推进为世界，又被伽达默尔推进为传统。对于现象学的科学哲学——为所有的知识提供奠基——的理想，海德格尔证明了，能为所有的知识提供奠基的，就是那个决定着此在的世界；而伽达默尔则证明了，这个世界就是我们每个人所接受的传统。海德格尔认为通往世界的道路是神秘的，而伽达默尔则认为通过此在对这个传统本身的理解，传统就会发生变化，这一变化构成了知识的奠基，科学哲学的本质就在于研究这一变化。

二、哲学诠释学论美的本质

哲学诠释学正是在上述基本的哲学视野中探讨美的本质。伽达默尔跟随着海德格尔，也将人类的活动分为两种：以使用为目的的活动和不以使用为目的的活动。他并认为，在不以使用为目的的活动中，此在通过和艺术作品的对话，形成了艺术经验。在这一经验中，美才有可能出现。可以说，艺术经验构成了美的基础。只有在艺术经验这种不以使用为目的的活动中，美的本质才能展现出来。

具体地讲，伽达默尔认为，在不以使用为目的的活动即艺术这样的活动中，此在遭遇到一个艺术作品，这一艺术作品将此在从日常的以使用为目的的活动中拉开。由于此在不是以使用为目的，在这样的活动中，此在才能倒转自身的视野，转到那个决定着自身的世界上去。通过这一倒转结构，此在惊异地意识到，原来我是一个被决定的在者，这个决定着我的世界就是我的传统和我的语言。现在，我正站立在传统和语言之中。这一站立构成了此在的艺术经验，而艺术经验构成了哲学诠释学美学的基础。由此，伽达默尔认为，正是艺术，面向整体的艺术，一起统治着西方形而上学的传统。

在艺术经验之中，此在意识到自身存在的前提，通过这种意识，此在形成他的诠释学经验：传统像一个"你"那样与此在进行对话，此在通过自身的理解，意识到传统对自我的构成性。通过对自我构成性的理解，此在意识到自身的有限性，他永远只能是一个在此的在者，通过这样一种对自我有限性的理解，此在就形成了自身的开放，通过此在的开放，构成了传统赖以发展的动力。

　　在艺术经验中,由于艺术作品具有一种力量,它能将此在从日常生活状态拉入到艺术作品实现自身的过程之中。由于艺术作品本身在创立的时候就意向着在一个异己的他者身上实现自身,所以,艺术作品有一种力量,它能将遇到它的那个此在的经验变成艺术作品的现实存在,换一句话说,此在欣赏艺术作品的经验就是艺术作品在创立之初所设定的,而艺术作品通过此在对这一作品的参与、通过此在的艺术经验构成了自身现实的存在。

　　在艺术经验中,艺术经验不再以使用为目的,它不是一个在世界基础上的向前的筹划,而是形成了一个倒转结构,此在将其视野倒转回那个决定着他的世界之中。通过一个艺术作品的吸引,此在最终会问我为什么会被这样一个世界所吸引并从而惊异地意识到:原来我是一个被传统所决定的在者,现在,我正站立在这个传统之中。正是这个传统,构成了现在的我。我的日常的以使用为目的的活动正是以这样一个传统为基础的。如果说,传统构成了此在的家园的话,那么,在以使用为目的的活动中,此在所进行的筹划都是离家的筹划,而且,这些离家的筹划永远没有回到家的可能性,因为它本身就是以家的遮蔽为基础的。在这一点上,伽达默尔对使用活动的分析是以海德格尔的分析为基础的。只有在不以使用为目的的艺术经验中,由于此在以一种惊异的方式,意识到自身的被构成性,意识到传统作为自己的家,此在才有可能站立在自身的世界之中,站立在自我有限性之中。以这一有限性为基础,此在才有能力进行一个新的诠释学循环。可以说,艺术经验所形成的开放是进入诠释学循环的最佳入口。"每当艺术发生,亦即有一个开端存在之际,就有一种冲力进入历史中,历史才开始或者重又开始。"① 在这里,构成此在的那个传统进入在此在的意识之中,对于此在来讲,此在在这一自我有限性的理解中回到了家中,站立于家中,传统和此在的构成性一起进入了去蔽状态,这也使得此在不再将传统看作为一个异己的存在,这就是美。"美并非只是对称均匀,而是显露本身。它和'照射'的理念有关(照射这个词在德语中的意思是'照射'和'显露')'照射'意味着照向某物并因此使得光落在上面的某物显露出来。美具有光的存在方式。"② 所以,

---

① [德] 海德格尔:《海德格尔选集》上,孙周兴选编,生活·读书·新知上海三联书店1996年版,第298页。

② Hans-Georg Gadamer, *Truth and Method*, Garrett Barden and John Cumming, eds., W. Glen-

美和真都来自于世界这一本体，不同的是，真理是世界的显现过程即去蔽的经验，而美就是以一种惊异的方式意识到自己的世界，站立这世界之中并主动向世界开放自身的经验。通过这一经验，此在意识到自身的世界，意识到自身的构成性，并进而意识到自身的有限性，从而向所有的存在开放，构成了一个新的诠释学循环。美是追求真理的前提，真理只有通过站立在世界中的美的经验，才有可能获得。

三、哲学诠释学美学的基本问题

通过上述对美的本质的分析可以看出，对于哲学诠释学来讲，美就是此在惊异地意识到自己的世界并站立在这一世界之中的经验。哲学诠释学认为，只有在艺术的经验中，才有美产生的基础。由此可以说，在哲学诠释学这里，美学的问题就是：我们在这种不以使用为目的的经验中理解到了什么，这样的理解怎样使此在倒转了他的视野或意识？这样的意识对存在或存在本体的变化起着怎样的作用？伽达默尔将这种不以使用为目的的活动称作为艺术活动，将在艺术活动中获得的经验称之为艺术经验。在这里，哲学诠释学已经将系统的美学问题置换成艺术经验的问题。正是在艺术经验之中，此在才意识到自己的世界，意识到自身的有限性并从而形成了此在开放的动力即去蔽真理的基础。此在在艺术经验中站立在自己的世界之中的经验就是"美"的经验。因此，对于哲学诠释学来讲，美学的基本问题就转变成了下述几个相互联系的问题：

（一）艺术的本质是什么？

对于哲学诠释学来讲，艺术就是那种不以使用为目的的活动的集合体。在这一点上，伽达默尔很明显地承袭着德国古典哲学家康德、席勒的传统。认为艺术本质上是一种"来来回回"的运动，它本身并没有任何的目的，如果硬要使用目的这个词，那么，艺术创作本身就是为了被展出、被表现、被欣赏、被另一个此在所填充并成为他的经验，这就是艺术的目的。除此以外，艺术没有任何别的目的。这使得艺术活动同日常生活中以使用为目的的活动具有了本质的区分。在伽达默尔的著述中，他曾经使用三种不同的概念

Doepel，trans.，New York：Sheed and Ward Ltd.，1975，p.439.

来诠释艺术活动的本质：游戏、节日和图像。

对伽达默尔来讲，游戏、节日、图像的概念相同的地方都在于：它们都是一种不以使用为目的的活动。所谓游戏的本质，是指一种来来回回的运动，"它总是意指一种来回往返的运动，这种运动不会系于某一个使它中止的目的。……作为游戏的运动决没有一个使它停止的目的，而是在不断的重复中更新自身。"① 所以，游戏就是这种往返重复并且没有目的的运动，"可以肯定地说，它首先是一种来回往返、不断重复的运动——我们可以想到这种表达：'光的游戏'和'波的游戏'，这些游戏就是这样一些不断的来来回回的运动，这些运动决不束缚于任何的目标。"② 人类的游戏就是一种自我表现，也就是说，游戏这种活动的本质就在于：设立一定的游戏规则，通过此在的参与将这一规则带入现实的存在之中。除此以外，游戏不具别的目的。而节日的目的也不是为了某个日常的生活实用目的，毋宁说，节日的存在是为了它的被庆祝成存在："节日庆典活动仅仅由于它被庆祝而存在，但这绝不是说，节日庆典活动具有一种主观性的特征，它只是在庆祝者的主观性中才有它的存在。人们庆祝节日，实际上是因为它存于那里。"③ 在晚年，伽达默尔指出：所有的艺术作品的共性在于它们都是一种图像，而图像就是将混沌变为存在的一种方式。在这里，混沌指还没有变成存在的东西，比如那些没有进入人类视野的所有物品。存在指在我们的世界中具有存在秩序的物件，比如我们喝水时用的杯子，它是在一个世界的基础上具有存在的。由混沌向存在的变化，也就是存在形成的过程。艺术就处于这样一种形成过程，而一个以使用为目的的活动则是在存在基础上的活动，它和图像的存在方式处于存在生成中的不同阶段，具有不同的本质特点。

在艺术这种游戏之中，艺术家创作某一艺术作品。伽达默尔指出，艺术作品是一种创造，它不同于手工艺品的制造。制造是以使用为目的的，而

---

① Hans-Georg Gadamer, *Truth and Method*, Garrett Barden and John Cumming, eds., W. Glen-Doepel, trans., New York: Sheed and Ward Ltd., 1975, p. 93.

② Gadamer, *The Relevance of Beautiful and Other Essay*, Nicholas Walker, trans., New York: Press Syndicate of the University of Cambridge, 1977, p. 22.

③ Hans-Georg Gadamer, *Truth and Method*, Garrett Barden and John Cumming, eds., W. Glen-Doepel, trans., New York: Sheed and Ward Ltd., 1975, p. 110.

创造的本质则是为将来的被欣赏，被带入欣赏者的现实经验："戏剧只有当它被表演时才实际存在，确实，音乐必须鸣响。"① 艺术作品在设立之初，它就意向着在另一处被人接受、被人欣赏，它的设立本身就是为了被别人所接受，所欣赏，是为了被别人带入到他自己的经验之中，而不是为了某个使用的目的。为此，伽达默尔"建议涉及艺术作品时，用构成物一词替换作品一词"②。也就是说，伽达默尔认为，艺术作品只有在被观赏者观赏时、在被此在所构成时或成为此在的现实存在经验时才真正存在。纯粹的艺术作品，比如说一幅画、一首音乐、一首诗歌，在没进入此在的欣赏时，在没被此在所构成并成为此在现实的经验时，这一作品只是一个半成品，并不具有真正的存在方式。

（二）此在如何遭遇艺术作品

如果说艺术作品是一种创造，是一种需要此在的经验去填充并在此在的经验中才具有现实存在的构成物，那么，此在又是如何遭遇艺术作品的呢？此在能不能将艺术这一游戏带入表现？能不能用自己的经验去应合艺术作品的要求呢？

在这里，伽达默尔批判了认识论美学的"审美区分"，即在和艺术作品相遭遇的过程中，首先区分审美客体和审美主体，之后再区分审美内容和形式。伽达默尔认为，在和艺术作品打交道的过程中，这样一种审美区分的方式是不可能的。主体和客体的概念都是认识论的预设，实际上，在艺术作品的存在方式中，此在的存在要服从于艺术作品的存在方式。因为艺术作品是一种游戏，是一种节日现象，而游戏和节日的本质在于：它本身具有一种至高的权威，玩一种游戏不仅意味着进入一种不同的存在，同时也意味着游戏者要服从游戏本身的权威和要求。游戏包含一组参与者必须要遵守的规则和原则。在这里，人类的选择权表现在可以进入这一个或那一个游戏，但是，一旦他进入某一个游戏，他就要服从此游戏的规则和秩序，严肃地对待游戏，谁不严肃地对待游戏，谁就是破坏游戏的人。由于伽达默尔认为艺术作品在设立之初就意向着它的被欣赏，因此，读者对某一艺术作品的欣赏不

---

① Hans-Georg Gadamer, *Truth and Method*, Garrett Barden and John Cumming, eds., W. Glen-Doepel, trans., New York：Sheed and Ward Ltd., 1975, p. 104.

② Richard・E・Palmer, *Gadamer in Conversation*, New York：Binghamton, 2001, p. 72.

过是回应艺术作品本身的要求，是艺术作品要取得现实存在的一个具体的环节。读者在自己身上所取得的那些经验，都是艺术作品的要求本身，并不具独立的意义。另一方面，接受美学以读者作为接受的主体，并全力研究读者本身的接受过程，伽达默尔也是不赞同的。他认为，在接受艺术作品时，如果读者始终保持着一种强烈的、自主的主体意识，那么，这一读者就没有回应艺术作品的要求，艺术作品也不可能通过这样的读者而获得实现。接受美学不过是在另一个地方又进行了另一种审美区分。

总之，可以说，此在遭遇艺术作品的过程就是艺术作品要实现自我的过程，就是艺术作品要取得一个现实存在的过程，也就是艺术作品在此在那里构成一个现实经验的过程。这一过程是艺术作品独特的存在方式所规定的。正是在这样一种存在方式中，在对艺术作品的欣赏过程中，此在欣赏一个艺术作品，不是因为他要进行一个明确的使用目的的筹划，而是在不知不觉中被艺术作品所吸引。在这个被吸引的过程中，此在惊异地意识到自身的有限性，形成此在的倒转视野，将自身的视野由基于世界的向前的筹划倒转为对决定着这一世界的本身的关注，从而在这一关注中形成站立在世界之中的经验，形成了美。

（三）艺术作品的力量

在上文中，可以看到，艺术作品通过此在的参与完成了自我实现的意向，在接受者的经验中形成了一种现实的存在。在这个时候，读者的经验从属于艺术作品存在本身。从艺术作品这一角度来看，艺术作品怎样才能实现它的要求呢？这就要求艺术作品本身必须有一种力量，这一力量能将此在从现实的日常生活状态拉离开来，使读者进入到对艺术作品的欣赏之中。如果缺少了这种力量，艺术作品就无法实现它本身的要求，无法使读者用自身的现实经验去填充艺术作品的存在。

哲学诠释学将这一力量归结为一种惊异的力量。也就是说，当此在遭遇到艺术作品时，如果这一作品不能引起他的惊异感，它就不能将此在从日常生活世界拉离到艺术作品的存在过程。实际上，艺术作品所拥有的能将此在拉入它的存在中的力量也一直是伽达默尔关注的重心。他先后从游戏的严肃性、节日庆典的存在方式和图像所具有的精神力量来探讨艺术作品这种将此在拉入自身存在中去的力量。

在游戏中，游戏者必须将自己的存在忘掉，服从于游戏的存在，这才是一个认真游戏的人。这一解释将艺术作品的力量归结为游戏本身的权威性，游戏的这一权威性来自于游戏在设立之初，它就要求进入游戏的游戏者必须认真对待游戏。实际上，伽达默尔本人也觉得这一解释过于牵强。因此，其后，他又用节日的权威来强调艺术作品的力量。由于节日要求全民参与，因此，节日设立的过程也就规定了节日本身的权威性。为此，哈贝马斯曾批评伽达默尔的哲学诠释学中有一种"善良意志"，也就是说，伽达默尔将人们参与游戏、节日这样的活动的动力认作为由这些活动本身所规定的，并认为，只要这一活动规定了，人们就得按这一活动的规则来行动，它排除了人们不按游戏规则行动的可能性，这是一种善良的意志。

正是在这样的质疑中，伽达默尔在晚年继续思考艺术作品力量的来源。他回溯到古希腊语言中，用古代文化的首次定向来说明艺术作品力量的来源。他认为，无论言辞类艺术还是非言辞类艺术，本质上都是一种图像，这表明它们还处于由混沌向存在变化的途中。在图像中，还保留着存在生成过程中的"精神能量"。这种精神能量的本质在于它是一种纯粹的、无目的的"看"，通过这些无目的的"看"，一些还没有进入到存在中的事物（混沌）就开始了向存在的变化，而精神能量就是这一变化的过程。图像就是一种精神能量的变化方式，这一方式保存了混沌向存在变化的过程，真理就保存在这一变化过程中。人们要探讨真理，只要回到这一过程中，就可以发现。因此，作为图像的艺术作品，还保留着由混沌向存在变化的过程，这一过程与人类探求真理的本质是一致的，因此，艺术作品对人类有着强烈的吸引力。人们愿意被艺术作品所吸引，就来自于由混沌向存在变化的原初追问。

精神能量的概念并不能使伽达默尔摆脱善良意志的质疑。如上所述，在哲学诠释学看来，艺术作品内在地要求着读者接受和欣赏并有能力将读者从他的日常生活状态拉离出来，进入艺术作品的存在。然而，在这一点上，哲学诠释学始终不能说明的是：艺术作品何以具有这种力量？这也构成了哲学诠释学的局限性。可以说，在哲学诠释学的元问题中，已经潜存或内含了这种理论上的局限性。

第四节　元问题视野中的现代马克思主义文艺美学理论主题

如果将德国古典美学解体之后直到今天这一历史时段称为现代文艺美学的发展时期的话，那么一个毋庸置疑的事实是，马克思主义文艺美学理论是构成这一现代发展期的重要一翼，确切地说，是最重要的一翼。说它最重要，是因为在现代文艺美学发展史上，还没有另外一种文艺美学有比马克思主义文艺美学更为久远的历时年代，有比它更为庞大的理论队伍，有比它更为阔大的影响空间。马克思主义文艺美学理论在现代文艺美学领域里的地位，正如整体的马克思主义在现代思想和社会领域里的崇高地位一样，是任何其他的理论都难以比肩的。

一、马克思主义文艺美学的历史发展与不同研究路向

就历时态而言，马克思主义文艺美学大致上经历了两大发展时期：从 19 世纪 40 年代到 90 年代，是这一全新的文艺美学理论的创始期，创始人是马克思和恩格斯；从 19 世纪末叶至今，则是这一全新的文艺美学理论的进一步发展期，参与并推动了这一理论发展时期的人员数量众多且身份多样，其理论代表人物也因研究者的理论阐释和评价的重点相异而各有不同。上述两大发展时期，也可以简单地命名为以马克思和恩格斯为代表的"经典"时期和马恩之后的"后经典"时期。应该说，对马克思和恩格斯的文艺美学思想，国际学术界已做了较为充分的研究，对其理论内容、理论性质和理论价值的认知与评价也有着较多的共识，在苏联和中国学者中尤其如此。而对后经典时期的马克思主义文艺美学理论，中国学界甚至国际学界的研究，相对来说就不是那么充分，而且在其理论版图的厘定，尤其是在对其不同理论派别代表人物的理论性质和成就的认识与评价上往往存在着较大的甚至根本相异的分歧。这样一种研究状况，是从事马克思主义文艺美学研究的学者都自然会遇到而且不能不面对的。

从科学地全面地把握和认识马克思主义文艺美学的历史状貌、理论内容、理论性质和理论价值来说，对马克思主义文艺美学后一个发展时期的研究面临着更多的理论困难和挑战。虽然如此，我们却必须勇敢地去迎对这种

困难和挑战。这首先是因为后一个发展时期构成了马克思主义文艺美学发展的一个新的阶段，这一阶段产生了新的理论代表人物，提出了新的理论观念和命题，形成了新的建构，忽视乃至完全漠视之，就不足以全面认识马克思主义文艺美学的整体状貌和丰富多样的理论内容。进一步来说，虽然马克思主义文艺美学创始期的思想成果和理论遗产与马克思、恩格斯所创立的科学世界观和共产主义学说联系紧密而直接，其"马克思主义"性质无可置疑，但马恩的文艺美学思想毕竟是在 19 世纪的文艺现状和现实需求基础上产生的，其理论内容的现实指向或针对性必然使之与我们今天的现实需求和理论创生语境形成一定的"距离"和"疏隔"；而尽管马克思主义文艺美学后一个发展时期的人员构成和理论内容复杂多样、驳杂不一，有不少理论的"马克思主义"性质尚存争议，但它们大都是在 20 世纪以来的文艺现状和现实需求基础上生成的，其理论指向或针对性更具当下性，从而与我们今天的理论创造有着更为亲近、直接的共时性关联。就此而论，尽管我们在当代形态的中国化马克思主义文艺美学的创造中依然要在艺术审美理想、科学世界观与方法论诸方面从马克思恩格斯那里汲取理论滋养，但在现实问题的应对、理论观点的创生、理论创新的取向等方面，我们却与近一个世纪的马克思主义文艺美学理论有着更多的亲近感和相关性，而且作为发展期马克思主义文艺美学的一个重要分支，自 20 世纪 20 年代后期逐渐创生与发展起来的中国化马克思主义文艺美学在很多年代很多情况下往往就是以西方同期的马克思主义文艺美学为范本、为参照、为资源、为动力的。因此之故，对坚持与发展马克思主义文艺美学来说，认真地研究马克思主义文艺美学创始期的经典理论是必要的，而认真地研究、分析与总结马克思主义文艺美学后经典时期的理论成就与贡献、发展经验与教训同样也是必要的。而从后经典时期马克思主义文艺美学的发展与中国现当代文艺美学发展的共时性关联和影响关系以及学界对其研究的相对不足来看，对后经典时期的研究应该说有着更强的现实价值和现实紧迫性。

　　由于每个研究者的知识素养和理论旨趣的差异，对后经典时期马克思主义文艺美学的研究当然可以是多样而不同的。就其人员构成而言，可以做个案式的单人研究、流派研究，也可以做总体性的历史描述与分析；就其理论内容而言，可以做个别问题的理论研究，也可以做总体理论特征的归纳，还可以做不同理论观念与模式的比较性分析；就其理论特色与价值而言，可以对其不同的理论家和理论派别进行比较，也可以将后经典时期单个人的理论、某一流派的理论甚至整个时期的理论与经典理论加以比较，还可以将它们与不同时期的非马克思主义文艺美学加以比较，在比较中作出分析与评判，如此等等。可以说有多少不同的研究个人，就可能有多少不同的切入视角，有多少不同的理论认知与评判。而在我们看来，后经典时期马克思主义文艺美学的整体历史状貌和基本理论主题问题，相对而言更为重要一些，应首先予以关注，因为这一问题的解决不仅可以为如上所胪列的其他相关研究奠定基础，而且可以给当下的理论创新提供重要的理论参照和启示，从而将对对象的研究最终转化到当下的理论创造中来。

不难理解，就上述整体历史状貌和基本理论主题两方面研究而言，整体历史状貌的研究应该是对基本理论主题作出进一步研究的基础和前提。但是，由于后经典时期马克思主义文艺美学本身的多样性和复杂性使然，整体历史状貌的分析本身就不是那么容易展开的。我们知道，自 19 世纪末 20 世纪初马克思恩格斯的战友和学生拉法格、梅林、考茨基、普列汉诺夫等人在致力于工人运动的实践和传播马克思主义学说的同时，也大量涉及美学研究和文学评论工作起始，直到当今活跃于国际学术舞台上的新马克思主义文艺美学家詹姆逊、伊格尔顿等人，后经典时期具有国际性影响的马克思主义文艺美学家少说也有几十位之多。就身份而言，这其中既有拉法格、考茨基这类以马克思恩格斯的战士和学生身份名世的马克思主义理论家、著名工人运动活动家、第一和第二国际的领导人，有列宁、毛泽东这样公认的 20 世纪马克思主义思想家、政治家、革命领袖，也有卢卡契这类既有政治活动经历又主要以学术扬名的人物，更有像阿道尔诺、马尔库塞、阿尔都塞、戈德曼、威廉斯、詹姆逊、伊格尔顿这样一大批以学术为业的书斋学者。就思想倾向而言，这其中既有正统甚至今天也已成为经典的马克思主义者，也有在诸多思想领域向正统马克思主义提出挑战的所谓"西方马克思主义"或"新马克思主义"者，也有的基本上只是马克思主义的信仰者，思想成分中只有少量的马克思主义的因素。这种多样而复杂的状况，自然就给研究工作带来了相当的困难。在对马克思主义创始人的研究中，虽然也有因年代演进而带来的前后期思想的发展变化，有因个性差异和研究者的不同而带来的两位思想家的思想观点和思维方式上的细微差别，但他们二人的理论观点包括文艺美学思想在总体上属于同一个思想体系，可以做统一的整体的描述，而对后经典时期的马克思主义包括马克思主义文艺美学理论在内，做统一的整体的描述则不是很容易。通常，在对这一时期的马克思主义文艺美学理论的研究中，人们往往采取两种著述方式：大部分研究著作是按年代顺序、按国别或按年代与国别相结合的方式分而述之，在一一缕述中显示其整体的历史状貌，如我国学者吕德申主编的《马克思主义文艺理论发展史》、王善忠主编的《马克思主义美学思想史》和苏联著名美学家卡冈主编的《马克思主义美学史》等都是如此；也有少部分著作是按不同的理论取向或理论模式进行模块式研究，如英国学者戴维·福加克斯在其参与撰写的《现代文学理论导论》第六章中对20世纪马克思主义文学理论五种模式的分类，[①] 弗朗西斯·马尔赫恩在其1992年新出版的《当代马克思主义文学批评》一书"引言"里对当代马克思主义文学批评三种相位的概括，[②] 以及我国学者冯宪光在其《"西方马克思主义"美学研究》里以美学研究的核心问题和基本走向为经对西方马克思主义发展面貌的历史梳理，[③] 即属于此类研究。应该说这两种研究方法各有优点，按年代顺序和国别区分进行的编著体例有利于呈现各个文艺美学家及其文艺美学思想在历史绵延中的时空分布，而按观念取向

---

① 福加克斯把20世纪马克思主义文学理论分为以卢卡契为代表的反映模式，由马歇雷所阐发的生产模式，由戈德曼所创立的发生学模式，由阿道尔诺所倡导的否定认识模式，以及巴赫金学派的语言中心模式（参见 [英] 安纳·杰佛森等著《西方现代文学理论概述与比较》，陈昭全等译，湖南文艺出版社1986年版）。

② 马尔赫恩把马克思主义文论发端与发展的历史区分为三种不同的相位："一种古典主义或科学主义的相位，这一相位由马克思和恩格斯创立，一直强劲地持续到19世纪后半期和20世纪前半期；一种具有自我风格的批判相位，这一相位从本世纪20年代兴起，在随后的30年中成熟和趋于多样化，然后在60年代确立一种'非正统的规范'；一种新的相位，这一相位起初效忠于60年代早期的批判古典主义，在其后的10年间得到广泛传播，然后又在'唯物主义'和'反人文主义'之类含义宽泛的名目下迅速多样地发展、演变，这个发展演变的过程今天仍在继续。"（[英] 弗朗西斯·马尔赫恩编：《当代马克思主义文学批评》，刘象愚等译，北京大学出版社2002年版，第3页）

③ 冯宪光在《"西方马克思主义"美学研究》中，分别以"坚持和发展现实主义的美学""走向浪漫主义的美学""维护现代主义的美学""读解文本的结构主义美学""艺术政治学的美学"和"走向文化学的美学"为题，勾画了"西方马克思主义美学"自20世纪20年代至90年代70余年的发展面貌（参见冯宪光《"西方马克思主义"美学研究》，重庆出版社1997年版）。

和理论模式进行的研究方法则有利于凸显马克思主义文艺美学思想的理论疆界、思想高地和动态走向。但这两种研究方法也各有其缺陷，前者容易使人只见到一棵棵树木的方位，而形不成关于整个森林的印象，而后者勾画了整个森林的大致轮廓，却又易于模糊了一棵棵具体树木的方位及其相互之间的时空关联。

为了克服上述两种方法各自的缺陷同时汲取其优长，在对后经典时期马克思主义文艺美学的整体历史状貌的研究中我们尝试将年代顺序的演进与思想取向的区分有机地统一起来，希图借助于这种研究方法找到一种新的理论分析构架。根据这一新的认识思路，后经典时期的马克思主义文艺美学可以分为四种理论形态，即科学型的马克思主义文艺美学，政治型的马克思主义文艺美学，社会批判型的马克思主义文艺美学以及文化分析型的马克思主义文艺美学。这种区分，既从发生学的角度理清了各种类型的马克思主义文艺美学的先后序列，又凸出了各种类型的马克思主义文艺美学的思想取向和理论特色，有助于我们更为全面也更为深入地把握和分析后经典时期的马克思主义文艺美学理论。

二、现代马克思主义文艺美学的四种存在形态

依时间序列而言，后经典时期马克思主义文艺美学的第一种历史形态应是科学型马克思主义文艺美学。19 世纪末 20 世纪初，当马克思恩格斯在世和去世之后，他们的学生和战友拉法格、梅林、考茨基、普列汉诺夫等人，先后撰写了大量文学评论和有关艺术、美学的论著。在这些文艺美学论著中，他们力图用马恩创立的历史唯物主义理论为世界观和方法论指导，对历史上和现实中的文艺和审美现象作出科学的评述和探讨，为在文艺美学领域传播和发展马克思主义的历史唯物主义理论作出了贡献。梅林对古典作家的评论和对"现代艺术"的批判，对历史唯物主义的捍卫和发展；拉法格对资产阶级作家及其作品的局限性的揭露和批判，对民歌民谣和语言问题的研究；普列汉诺夫对艺术的起源、艺术的本质和社会作用的研究，对美感的生理基础和社会条件的探讨，对文学批评的性质和原则的分析；考茨基关于艺术与自然的审美关系的观点，关于艺术的精神生产与物质生产之间的矛盾的探讨等等，都是马克思主义文艺美学发展历程中凝结下的重要思想成果，至

今仍是值得汲取的珍贵理论资源。虽然如此，这一代马克思主义者的文艺美学思想也存在较为明显的理论缺陷，这就是辩证精神的欠缺。列宁和卢卡契都曾分别指出过梅林、普列汉诺夫这一代人的哲学和文艺美学研究中"辩证法的不充分"或忽视辩证法的问题。对辩证唯物主义的忽视，使得拉法格、梅林、普列汉诺夫等人的文艺美学论著更多地关注不同时代的文艺和审美现象对一定的社会生产方式和阶级关系的被动依存性，而相对忽视了文艺意识形态的复杂性与能动性，更多地关注文艺和审美现象与社会生活的联系性，而相对忽视文艺的审美特殊性和自主性。有鉴于此，卢卡契在研究马恩的文艺思想以及在建构自己的美学理论体系时一再申明，马克思主义美学的研究必须以历史唯物主义和辩证唯物主义为统一的哲学基础，并在其大量文艺研究论著尤其是其美学代表作《审美特性》中较好地贯彻了这一点。与卢卡契同时或在其之后，原苏联和东欧各社会主义国家以及中国20世纪三四十年代开始直到六七十年代占据主导地位的学院派文学理论和美学，基本上都是以历史唯物主义和辩证唯物主义的认识论或反映论为理论建构的哲学基础，以文学艺术对社会现实的审美反映关系为理论框架，以马恩所赞赏的19世纪现实主义文艺创作为艺术典范的，因而也都属于科学型马克思主义文艺美学之列。此外，以阿尔都塞、马歇雷、戈德曼为代表的结构主义马克思主义美学，也是在将马克思主义与现代结构主义思潮相结合的基础上追求着文学理论与批评的"科学"属性的。尽管马歇雷、戈德曼等人的理论与卢卡契的理论比起来有不同的理论旨趣，但他们基本上都是在卢卡契的反映模式所开创的研究艺术——历史——意识形态这三者关系的理论传统基础上向前做进一步理论拓展的。

其次是政治型马克思主义文艺美学。作为马克思主义的一个有机组成部分，马克思主义文艺美学理论从来都不讳言文学和艺术的思想倾向性，不讳言文学和艺术与阶级、党派也就是政治的关系。可以说，政治从来都是马克思主义文艺美学思想家审视文学和艺术的一个重要维度。换言之，在马克思主义文艺美学中也存在着一个政治诗学的美学相位。马克思恩格斯关于文艺的思想倾向性问题的有关论述，他们对革命文艺的历史使命的论说，对文艺创作中各种与无产阶级的革命事业和科学世界观相悖的资产阶级、小资产阶级错误倾向的批判，以及他们的学生拉法格、梅林、普列汉诺夫等对无产阶级艺术的审美本质和审美理想的张扬，对于资产阶级现代派艺术的批判，都与这个政治诗学的相位有关。当然，在马克思主义文艺美学的发展中，将文艺与政治的关系、将文学的党性原则提高到一个新的理论高度和时代高度的是苏联"十月"革命前后至第二次世界大战期间实际从事政治斗争并历史地成为社会主义运动领袖的一代马克思主义者，首先是列宁和毛泽东。英国学者马尔赫恩指出："政治组织、革命斗争的策略与战术、社会主义建设的令人敬畏的新奇感，是列宁、托洛茨基、卢森堡等辈注定要全神贯注的问题，是他们著作中最重要的题目，也是他们思考艺术和文化时具有决定作用的语境。"①他并且认为正是对革命与新文化建设问题的导向性关怀，使这一代人的文论与普列汉诺夫等老一代具有实证主义倾向的科学型文论形成了鲜明的对比和截然对立的论题。而在东方，毛泽东的《在延安文艺座谈会上的讲话》则是列宁 1905 年所提出的文学的党性原则在中国的历史语境中的一个创造性的发展。应该说，以列宁和毛泽东为代表的这一阶段的马克思主义文艺理论之所以有着鲜明强烈的政治性，这是有其特殊的历史规定性的。因为在 20 世纪上半叶，马克思主义的基本历史任务就是在新型革命政党的组织之下，在马克思主义革命理论和策略指引之下，完成夺取和巩固政权这一个革命实践任务，文艺理论的内容和性质也不能不被这一革命实践任务所规约。列宁曾在《社会主义政党和非党的革命性》一文中明确指出："严格的党性是高度发展的阶级斗争的随行者和结果。"②这里，应该进一步补充说，文学的党性原则的提出或者说对文学艺术的政治性的高度关注正是这种结果的必然伴生物。政治型的马克思主义文艺美学经常受到一些人的责难和攻击，其中最主要的一点就是指责这种文艺理论以政治取代审美，不讲艺术性，不讲艺术的特殊性。这种指责有一定的针对性，在某些政治型的文论和批评中，的确存在着此种情形。但是，不加区分，一概而论，认为所有的政治型文论统统如此，则是有违事实的，也是极不公允的。这里，需要指出的一点是，把列宁、毛泽东等人的文艺理论思想归结为政治型的，只是表明这种理论比较注重文艺与政治的关系，却并不意味着他们的文艺理论是唯政治

---

① ［英］弗朗西斯·马尔赫恩编：《当代马克思主义文学批评》，刘象愚等译，北京大学出版社 2002 年版，第 8 页。

② 《列宁选集》第 1 卷，人民出版社 1972 年版，第 656 页。

的，只有政治的取向而别无其他。比如列宁讲文学的党性原则，同时也讲文艺创作的自由，讲文艺创作中世界观与现实主义创作方法之间的矛盾，讲文艺创新中的历史继承性，如此等等。毛泽东虽然有政治标准第一、艺术标准第二的提法，也并不意味着他就轻视或者忽视文艺的审美特点。在延安文艺座谈会讲话之后不久的一次报告中他就一方面批评了许多文艺工作者忽视革命性的偏向，又批评了忽视艺术特殊性的偏向。① 当然，我们虽然作出了以上的辩护，也并不惮于承认列宁、毛泽东的文艺美学思想具有鲜明的政治性。这种政治性，从相对小一点的角度来看，是形成这些理论的时代特点和列宁、毛泽东的政治领袖身份决定的，而就更为广泛的视野来看，正是文艺美学理论的意识形态性质使然。正如倡导"政治批评"的新马克思主义美学代表人物伊格尔顿所指出的，包括文学理论在内，任何一种与人的生存意义、价值、语言、感情和经验有关的理论都必然与更深广的信念密切相连，而这些信念涉及个体与社会的本质，权力问题与性问题，以及对于过去的解释、现在的理解和未来的瞻望。因此，文学理论必然具有政治性。② 从当代西方马克思主义文艺美学范围来看，萨特主张文学介入现实政治斗争的"存在主义的马克思主义"美学与伊格尔顿的"审美意识形态"论和"政治批评"理论都可以说是马克思主义政治型文艺美学的代表性形态。由萨特和伊格尔顿所取得的理论成就和产生的较大影响来看，文艺与政治的关系问题还没有终结，马克思主义的政治批评直至今天依然有其理论价值和学术生命力。

后经典时期马克思主义文艺美学理论的第三种形态是以法兰克福学派为代表的社会批判美学和文论。作为新型无产阶级的革命理论，马克思主义既是人类历史上一切优秀的精神文化遗产的继承和发扬，也是在对于资本主义社会现实和各种错误思想理论的研究与批判中形成的，从一定的意义上说，与现实斗争紧密结合着的批判性，乃是马克思主义的本质性特征。对资本主义社会现实和各种错误的文学艺术观念和美学理论的批判一直是构成马克思主义文艺美学的一个基本传统，这种传统在各种形态、各种流派的马克

① 参见毛泽东《文艺工作者要同工农兵相结合》，《毛泽东文集》第 2 卷，人民出版社 1993 年版。
② 参见［英］特雷·伊格尔顿《二十世纪西方文学理论》，伍晓明译，陕西师范大学出版社 1987 年版。

思主义文艺美学中都有其理论表现，而在法兰克福学派中体现得尤为充分。法兰克福学派的理论家们从马克思早期的异化理论和意识形态批判以及卢卡契的物化理论和"总体性"思想中汲取理论营养，先后对法西斯主义、启蒙理性、工具理性和当代发达工业社会的科学技术控制形式、实证主义哲学思潮、大众文化和正统美学等等，展开了多方面理论批判，在不屈不挠的批判中表现了他们与现存秩序的对立立场，并从中展现了他们对一个更加正义、人道的理想社会的乌托邦渴望。在《单面人》中，马尔库塞写道："社会批判理论……始终是否定性的。"① 在《否定》中，他又指出："在矛盾中思维，必须变得在同现状的对立中更加否定的和更加乌托邦的。"② 将这种理论主张推延到艺术领域，那就是把植根于个人的主体性经验的具有自主性的艺术作为一种与社会现实唱反调的力量，高度肯定艺术对社会规范和体制的否定意向和批判意识。可以这样说，尽管从经典马克思主义到正统的马克思主义，其理论活动从来都不乏批判的意向，却只有法兰克福学派思想家们才把马克思主义本身即理解为批判理论，并把批判作为理论活动的唯一要务。始终一贯的批判品格赋予了该派的社会批判美学与众不同的理论特色。相比较而言，科学化的马克思主义美学大多具有实证主义的倾向，以自然科学为知识的典范，理论建构追求体系化，而批判型的马克思主义更多召唤的是黑格尔的哲学遗产，强调的是从黑格尔到马克思的辩证法传统，有的理论家如阿道尔诺由于片面强调辩证法的否定性一面，其理论研究中更有反体系化的特点；在美学方面，前者较多的是讲艺术在人的历史活动中的社会价值，并把 19 世纪的现实主义作为艺术的典范，而后者更多的是论艺术对异化现实的否定力量，且大多站在维护现代主义艺术的立场上。与政治型的马克思主义美学比起来，批判型的马克思主义美学也非常注重文艺的政治作用，但他们不是在文艺与外在的社会革命的隶属关系上谈政治性，而是从艺术自身、从艺术的审美形式中揭示艺术的政治潜能。科学型与政治型的马克思主义文艺美学一般都肯定艺术的意识形态性质，并由此界定艺术的社会本质和社会作用，但批判型的马克思主义文艺美学仅把为社会所同化的艺术视为意识形

---

① ［美］赫伯特·马尔库塞：《单面人》，左晓斯等译，湖南人民出版社 1988 年版，第 220 页。
② Herbert Marcuse, *Negations*：*Essays in Critical Theory*，Jeremy J. Shapiro，trans.，London：MayFly，2009，p. xxiv.

态，而把基于主体自由的美的表现的艺术视为统治意识形态的对立面，从主体自由与美的关联中界定艺术的性质和价值。

上述三种形态之外，文化分析型的马克思主义文艺美学构成了后经典时期马克思主义文艺美学的又一个重要传统。自 20 世纪 90 年代以来，西方文化界和文论界出现了一股声势浩大的文化研究或文化批评浪潮，目前这股浪潮也深入地波及到了中国学界。仔细研究这一新的学术思潮的历史与现状便不难发现，虽然文化研究并非马克思主义文艺美学的专利，而有着更为悠久、广泛的学术背景，但马克思主义无疑构成了文化研究的重要思想资源，并且构成了文化研究最具活力和影响的一翼。国内有学者曾指出，就当前时兴的文化研究的知识构型而言，其理论来源可以直接上溯到后结构主义和当代新马克思主义，"而当代新马克思主义主要可以划分为三大块：其一是法兰克福学派；其二是葛兰西的文化霸权理论；其三是威廉姆斯代表的英国文化唯物论"①。这个分析是确当的。从时间线索上看，意大利马克思主义思想家葛兰西的"文化霸权理论"构成了当代马克思文艺美学文化分析和文化批评思潮的第一道风景。从所谓"文化霸权"（cultural hegemony）即意识形态领导权的思想出发，葛兰西在其"实践哲学"和政治学说中特别地凸现出了意识形态——文化问题，注重对美学和艺术进行文化性质和功能的分析，希冀以此提出和探索建立工人阶级自身的文化领导权问题。他关于建立"民族——人民"的新文学的思想，关于艺术的"卡塔西斯"（净化）作用的论述，都直接派生于其"文化霸权"理论。葛兰西之后，法兰克福学派的社会批判其实首先是一种文化的批判，因而该派顺理成章地也就成为文化分析型马克思主义文艺美学的一个重要学派。佩里·安德森说西方马克思主义典型的研究对象不是国家或法律，"它注意的焦点是文化"②。这一点在法兰克福学派中表现得尤为充分。正如马丁·杰伊在其《辩证的想象》一书中所指出的，法兰克福学派对文化问题进行了广泛的分析，"研究所的成员始终不渝地抨击作为人类努力的崇高领域的文化与作为人类状态卑微方面的物质存在

---

① 陈晓明：《文化研究：后一后结构主义时代的来临》，见陶东风等主编《文化研究》第 1 辑，天津社会科学出版社 2000 年版，第 3 页。

② ［英］佩里·安德森：《西方马克思主义探讨》，转引自陆梅林选编《西方马克思主义美学文选》，漓江出版社 1988 年版，第 165 页。

之间的对抗"①。阿道尔诺自己也说过："批评的任务决不是被要求承受文化
现象的特定的利益集团，而是解释那些文化现象所表现的总的倾向，并且由
此实现它们自身最大的利益。文化批判必须成为社会的观相术。"② 这点明了
该派的社会批判作为文化批判的特色。可以说，法兰克福学派对资本主义时
代大众文化工业的批判和在哲学、社会学、美学与科学技术领域所展开的意
识形态批判都与该派学者的文化观念紧密相关，也只有从其文化观念出发，
才能更好地理解他们在各个具体的文化领域展开的文化批判的意义和价值。
就美学而言，阿道尔诺将艺术规定为"异界事物"，马尔库塞声称艺术"毕
竟是一个唱反调的力量"，尤其是该学派对大众文化的激烈批判，从根本上
说都是出之于他们对文化的否定性的认识。与法兰克福学派对大众文化的激
烈批判相反，以威廉斯为代表的英国文化研究学派却从不同的文化观念出
发，对大众文化问题作出了新的阐释。英国文化研究学派把文化理解为一种
整体的生活方式，强调文化形式和文化实践与生产关系和社会变迁的关系，
既反对庸俗的经济化约论和阶级决定论，重视文化在社会发展过程中的重要
作用，同时也反对精英文化与大众文化的对立模式，不赞成将文化局限于传
统精英文化的狭隘定义之中。英国五六十年代的文化研究因其对于工人阶级
文化生活和大众文化具有民族志传统的具体展示和分析，显示出了很强的重
视经验的特色。这一特色使之恢复了学术研究与工人阶级的联系，同时这
种研究也在批判庸俗的经济化约论和阶级决定论方面做了积极的理论探索。
70 年代以后，英国的文化研究又接受了阿尔都塞的意识形态理论和葛兰西
的"文化霸权"理论，将文化研究进一步导向了工人阶级的主体性和现实社
会的政治斗争和政治操控领域，从而更加强化了文化与政治的关联，为文化
研究走出书斋进入社会生活的广阔领域提供了理论动力，同时随着阶级、种
族、性别等成为文化研究的基本主题，也使文化研究具有了更为广阔的社会
与学术视野。当前颇有影响的英、美新一代马克思主义理论家詹姆逊和伊格
尔顿等人的文化和文学研究，就既深受英国文化研究学派传统理论的影响，
又广泛吸取了结构主义马克思主义、法兰克福学派以及葛兰西、卢卡契等人

---

① 转引自董学文、荣伟编《现代美学新维度》，北京大学出版社 1990 年版，第 402 页。
② 转引自董学文、荣伟编《现代美学新维度》，北京大学出版社 1990 年版，第 404 页。

思想的滋养，甚至深受女权主义、新历史主义和后结构主义等其他学术思潮的影响。无论是詹姆逊的辩证批评思想和后现代主义文化研究，还是伊格尔顿意识形态论的"政治批评"理论和后现代主义文化幻象研究，都既具有理论综合与包容的气度，又具有面向现实与实践的意向，既秉有马克思主义理论一贯的批判本色，又富有马克思主义理论"历史的"与"政治的"思维取向，从而在当代文化研究思潮中独树一帜，彰显出马克思主义文化批评的独特魅力。

三、艺术与人的解放：马克思主义文艺美学的共同理论主题

如同马尔赫恩所指出的，"马克思主义"的含义一直是 20 世纪文化中意见最为分歧的，多样性也是马克思主义的一个传统。以多样性形态而存在的马克思主义从来都不是一种单一的、只有一个声音的核心教义，"多样性的观点和各种观点的争论在马克思主义知识分子的生活中从来没有消失过"①。以上对后经典时期马克思主义文艺美学四种观念形态的梳理，就体现出了这种多样性。多样性使得马克思主义文艺美学和批评既因其内部争论而显示出内在的差异和活力，也因其相互之间的关联而在整体上显示出马克思主义文艺美学和批评的丰富与博大。

不过，以上对多样性的认可和论断，并不意味着各种形态的马克思主义文艺美学和批评之间是截然有别，互不相关的。其实，相互之间的区分是相对的，是相对于其各自的主要观念和方法论取向而言，而不是绝对的。由于后经典时期的马克思主义文艺美学共有同一个主要的思想来源——经典马克思主义，都是从马克思主义这棵思想大树上蘖生出来的分枝，这就使得马克思主义文艺美学不仅有着多样性的传统，而且在本质上又是具有共通性与统一性的。对于这种共通性与统一性，学术界一般都是从哲学基础的角度加以解释。从西方美学和文艺理论史上来看，由于美学和文艺理论大多是作为哲学的分支学科而存在或作为一定的哲学观念在审美和艺术中的具体体现，因此，各种文艺学和美学的思想特色和体系统一性往往是与其哲学体系和观

---

① ［英］弗朗西斯·马尔赫恩编：《当代马克思主义文学批评》，刘象愚等译，北京大学出版社2002 年版，第 1—2 页。

念密切相关的。同样，也正是因为将马克思主义哲学尤其是历史唯物主义作为思想基础，所以马克思主义文艺美学才能在文艺的社会本质和功能之类根本文艺问题上形成大体一致的观念，从而显示出统一性。因此，从马克思主义哲学出发寻求不同形态的马克思主义文艺美学的统一性是有道理的，有一定说服力的。

不过，仅仅从哲学基础出发寻求不同形态马克思主义文艺美学的统一性还是不够的。这是因为哲学理论仅为学术研究提供一般的世界观和方法论指导，从一般哲学理论到具体的文艺美学研究还需理论的转化，需要寻找和形成新的理论建构的纽结点和贯穿理论的核心观念。马克思在谈到哲学研究时曾指出："哲学史应该找出每个体系的规定的动因和贯穿整个体系的真正的精华，并把它们同那些以对话形式出现的证明和论证区别开来，同哲学家们对它们的阐述区别开来……哲学史应该把那种像田鼠一样不声不响地前进的真正的哲学认识同那种滔滔不绝的、公开的、具有多种形式的现象学的主体意识区别开来。这种主体意识是那些哲学论述的容器和动力。在把这种意识区别开来时应该彻底研究的正是它的统一性，相互制约性。在阐述具有历史意义的哲学体系时，为了把对体系的科学阐述和它的历史存在联系起来，这个关键因素是绝对必要的。"① 在这里，马克思把一种哲学的统一性和相互制约性首先归之于其"体系的规定的动因和贯穿整个体系的真正的精华"。文艺美学的研究又何尝不是如此？在一篇探讨马克思恩格斯艺术哲学思想变革意义的文章中，我们曾经阐明，构成马克思恩格斯艺术哲学体系的真正的精华就是其审美理想，正是它形成了马克思恩格斯多方面艺术哲学思想和内容的归结点和贯穿主线，成为统摄整个体系、显示内在统一性和逻辑连贯性的核心观念。马克思恩格斯的审美理想不是脱离开现实的人和人的现实的历史条件抽象地谈论艺术的自由，而是以艺术理想、人的理想、社会理想三者的有机统一为基本内容，将艺术审美理想的实现置于人的自由和解放与社会的进步和革命的基础之上。② 这样一个基本的认识对整个马克思主义文艺美学来说也是适用的。由于在马克思主义的思想系统中，人的自由和解放与

---

① 《马克思恩格斯全集》第 40 卷，人民出版社 1982 年版，第 170 页。

② 参见狄其骢、谭好哲《艺术哲学的革命》，载《文学评论》1991 年第 3 期。

社会主义革命及其未来前景是一而二、二而一的事情，因此也不妨进一步说，以社会进步与革命为基础和存在背景的艺术与人的自由和解放的关系问题，是马克思主义文艺美学的基本构成主题。澳大利亚学者波琳·约翰逊在其所著《马克思主义美学——日常生活中解放意识的基础》一书的"导论"中写道："初看起来，马克思主义美学理论领域是由一些极少共同之处的有差别的理论集合而成的。如果我们孤立地以它们的个别内容为视角来考虑这些理论，它们看来完全无共同尺度。例如，我们就面临着卢卡契关于伟大的现实主义传统的解放潜能的思想与阿道尔诺关于某些先锋派作品的概念准确的解释之间差别显著的对比。然而，撇开存在于它们的具体内容之间很实际的差异不论，马克思主义美学理论的主流确实共有一个相同的问题构架。马克思主义美学理论赋予艺术一种启蒙能力：它们全都试图去决定艺术作品的解放效果的基础。因此，在重视它们系统阐述的全部问题的同时，通过考虑它们的适当性，我们可以尝试对这些个别理论的相关价值进行评估。"① 这里，所谓"解放"当然是指对人的解放，把艺术作品的解放效果作为马克思主义美学共有的主题，并由此确定马克思主义美学的统一性，的确是很有见地的。

我们知道，将艺术与人的自由和解放问题联系起来，自德国古典美学就开始了。康德第一个从与生理快感、道德实践及科学认识的比较中论证了审美和艺术活动的自由性质，提出了美是无利害感的自由的愉快的观点。席勒追随其后，将艺术和审美作为人类由受局限的"感性人"变成自由的"理性人"的路径和桥梁。黑格尔也明确地指出艺术以及一切行为和知识的根本和必然的起源就是人的自由理性，并将审美和艺术的自由性与人的解放联系起来，提出了"审美带有令人解放的性质"② 这一重要理论观点。关于艺术的自由性和人性解放功能的思想是德国古典美学的精华，然而由于这一思想在德国古典美学诸思想家那里都是在论者将审美和艺术活动与其他人类活动尤其是人类最基本的实践活动相剥离的情况下展开的，因而带有极为抽象和唯心的性质。马克思恩格斯则在历史唯物主义新世界观的基础上，批判地继

---

① Pauline Johnson, *Marxist Aesthetics: the Foundations within Everyday Life for an Enlightened Consciousness*, London, Boston: Routledge & Kegan Paul, 1984, p. 1.
② ［德］黑格尔：《美学》第 1 卷，朱光潜译，商务印书馆 1979 年版，第 147 页。

承、改造和发展了上述思想遗产，从文化与社会历史发展辩证关系的角度阐发了艺术自由与社会进步和人的解放的关系问题，把艺术的自由和人的解放置于社会进步与革命的基础之上。应该说，后经典时期的马克思主义文艺美学诸形态也都从不同的角度切入了艺术的解放功能这一基本理论主题。而且正是从这一主题，才越发能够看清马克思主义文艺美学多样性与统一性的关系。比如政治型与社会批判型的马克思主义文艺美学是有很大不同的，前者多强调文艺的工具性质，后者多以文艺的审美自律性对抗压抑性现实秩序，并且对正统马克思主义文艺美学的政治思维取向不感兴趣甚至提出质疑和批评。但是，社会批判美学的主将马尔库塞等人将美和艺术视为自由的一种形式，借此形式对异化现实提出控诉和抗议，同时又借此给人以幸福的允诺，把美和艺术视为"解放形象的显现"和"解放的象喻"①，而以列宁和毛泽东为代表的政治型文艺美学虽然强调了文艺参与现实政治斗争的必然性，同时也把艺术的自由与社会主义革命的远景和人民大众的解放有机地联系了起来，坚持了文艺的人民本位和人民方向，可见二者在艺术的价值追求或终极功能设定上是存在一致性的。同样，科学型美学的后期代表卢卡契之所以特别重视现实主义、重视现实主义艺术反映的整体性，就在于他认为真正的艺术能够在一个拜物化即异化了的现实中为恢复人的意义、人的价值而贡献力量。他认为"对人和人类事物的把握、在社会以及自然中恢复人的权利的要求构成了在反映现实中再现运动的中心"②。对于现实的审美反映就具有一种自发的倾向，"这种倾向会使在人类发展过程中出现的、不论在生活实践中还是科学和哲学中都起作用的偶像崇拜或拜物化综合体瓦解，使实际对象关系在人的世界图像中恢复它相应的地位，并在世界观上重新获得由于这种歪曲而被贬低了的人的意义的认识"，因此，"真正的艺术按其本质说来内在地含有反拜物化的倾向"。③而卢卡契之所以将巴尔扎克、托尔斯泰视为自己

---

① ［美］赫伯特·马尔库塞：《美学方面》，引自［美］赫伯特·马尔库塞等著《现代美学析疑》，绿原译，文化艺术出版社 1987 年版，第 2、42 页。
② ［匈］乔治·卢卡契：《审美特性》第 2 卷，徐恒醇译，中国社会科学出版社 1991 年版，第 166 页。
③ ［匈］乔治·卢卡契：《审美特性》第 2 卷，徐恒醇译，中国社会科学出版社 1991 年版，第 169 页。

美学言说的"英雄"，也就在于"为了人的完美而斗争，反对各种对人的歪曲的假象和表现方式构成了——当然在其他大艺术家那里也是这样——他们作品的基本内容"①。在他那里，现实主义的主要美学问题乃是在于充分地表现人的完整的个性，并从中展示出人的本质属性以及人类的统一性。由此可见，尽管卢卡契现实主义的艺术反映理论模式与阿道尔诺、马尔库塞等社会批判美学为现代艺术辩护的反现实主义理论模式大异其趣，但却有着相同的人道主义的底蕴，在反抗现实异化，张扬艺术自由，致力于人的解放方面是有相通性的。此外，文化分析学派的文艺美学，将文学、文化的研究与工人阶级生活和社会主义革命策略结合起来，实际上也直接切入了人的解放这一主题，更是不待多言的。

当然，虽然在人的解放问题上，各种形态的马克思主义文艺美学有着相同的旨归，但在艺术与人的自由和解放的具体关系的认识上，它们又是各有不同的。科学型的马克思主义文艺美学——尤其是在其早期的代表人物那里——更多地把人的解放问题置于生产力和生产关系自然发展的基础之上，而对艺术在社会革命和人的解放进程中的积极能动作用缺乏辩证的认识。法兰克福学派的社会批判美学特别维护艺术的自主性和自由性，并以此作为实现人的自由和解放的途径，他们片面地发展了艺术与文化革命的能动作用，但却把艺术和文化领域的革命与政治、经济领域的社会革命割裂开来，重新回到了德国古典美学的旧有思路，因而带有很强的审美乌托邦的意味。英国文化分析学派的理论家们虽然对文化的复杂性有更科学的认识，对工人阶级的文化生活有一种出自阶级本能的认同，但他们的视野似乎也很少超出文化领域，对工人阶级的解放之路缺乏一种切实的有实践指导性的理论思考。相比较而言，政治型马克思主义文艺美学将艺术和审美问题的思考与社会主义革命事业的发展有机地联系了起来，在一定程度上回复到了经典马克思主义的本原思路上来，但20世纪某些政治型马克思主义文艺美学确实又往往在革命的名义之下相对淡忘乃至牺牲人的个体自由问题，同时往往以政治代替审美，忽视艺术审美的自主性。因此之故，如何在现代历史条件之下实现艺

---

① ［匈］乔治·卢卡契：《审美特性》第2卷，徐恒醇译，中国社会科学出版社1991年版，第167页。

术理想与人的理想和社会理想的有机统一，在艺术的自由与繁荣中彰显人的自由和解放，在人的自由和解放中孕育艺术的自由和繁荣，这不仅是一个有待理论研究努力去解决的历史课题，也是一个有待历史去自觉实现的理论之谜。

主要参考文献

1.《马克思恩格斯文集》，人民出版社 2009 年版。

2. [爱沙尼亚] 斯托洛维奇：《艺术活动的功能》，凌继尧译，学林出版社 2008 年版。

3. [波] 罗曼·英加登：《对文学的艺术作品的认识》，陈燕谷、晓未译，中国文联出版公司 1988 年版。

4. [波] 沃拉德斯拉维·塔塔科维兹：《古代美学》，杨力等译，杨照明校，中国社会科学出版社 1990 年版。

5. [德] H.李凯尔特：《文化科学和自然科学》，涂纪亮译，商务印书馆 1986 年版。

6. [德] 汉斯－格奥尔格·加达默尔：《真理与方法——哲学诠释学的基本特征》（上、下卷），洪汉鼎译，上海译文出版社 2004 年版。

7. [德] 黑格尔：《美学》第 1 卷，朱光潜译，商务印书馆 1979 年版。

8. [德] 莫里茨·盖格尔：《艺术的意味》，艾彦译，华夏出版社 1999 年版。

9. [德] 席勒：《审美教育书简》，张玉能译，译林出版社 2009 年版。

10. [法] 米盖尔·杜夫海纳：《美学与哲学》，孙非译，中国社会科学出版社 1985 年版。

11. [法] 米盖尔·杜夫海纳：《审美经验现象学》（上、下册），韩树站译，文化艺术出版社 1996 年版。

12. [古希腊] 亚里斯多德：《诗学》，罗念生译；[古罗马] 贺拉斯：《诗艺》，杨周翰译，人民文学出版社 1962 年版。

13. [捷] 弗·布罗日克：《价值与评价》，李志林、盛宗范译，知识出版社 1988 年版。

14. [联邦德国] H.R.姚斯、[美] R.C.霍拉勃：《接受美学与接受理论》，周宁、金元浦译，辽宁人民出版社 1987 年版。

15. [联邦德国] W. 伊泽尔:《审美过程研究——阅读活动:审美响应理论》,霍桂桓、李宝彦译,中国人民大学出版社 1988 年版。

16. [美] M. 李普曼编:《当代美学》,邓鹏译,光明日报出版社 1986 年版。

17. [美] R. B. 培里等:《价值和评价——英美价值论集粹》,刘继译,中国人民大学出版社 1989 年版。

18. [美] 雷·韦勒克、奥·沃沦:《文学理论》,刘象愚、邢培明、陈圣生、李哲明译,生活·读书·新知三联书店 1984 年版。

19. [美] 萨缪尔·亚历山大:《艺术、价值与自然》,韩东辉、张振明译,华夏出版社 2000 年版。

20. [美] 苏珊·朗格:《艺术问题》,滕守尧、朱疆源译,中国社会科学出版社 1983 年版。

21. [苏] 阿·布罗夫:《艺术的审美实质》,高叔眉、冯申译,上海译文出版社 1985 年版。

22. [苏] 斯托洛维奇:《审美价值的本质》,凌继尧译,中国社会科学出版社 1984 年版。

23. [苏] 斯托洛维奇:《现实中和艺术中的审美》,凌继尧、金亚娜译,生活·读书·新知三联书店 1985 年版。

24. [匈] H. 维坦依:《文化学与价值学导论》,徐志宏译,中国人民大学出版社 1992 年版。

25. [英] 吉尔德·德兰逊:《社会科学——超越建构论和实在论》,张茂元译,吉林人民出版社 2005 年版。

26. [英] 克莱夫·贝尔:《艺术》,周金环、马钟元译,中国文联出版公司 1984 年版。

27. [英] 特雷·伊格尔顿:《二十世纪西方文学理论》,伍晓明译,陕西师范大学出版社 1987 年版、北京大学出版社 2007 年版。

28. [英] 约翰·齐曼:《元科学导论》,刘珺珺、张平、孟建伟译,湖南人民出版社 1988 年版。

29.《蔡元培美育论集》,湖南教育出版社 1987 年版。

30.《鲁迅全集》,人民文学出版社 2005 年版。

31.《钱中文文集》,黑龙江教育出版社 2008 年版。

32.《王国维遗书》，上海书店出版社 1983 年版。

33.《朱光潜全集》，安徽教育出版社 1987—1992 年版。

34. 北京大学哲学系美学教研室编：《西方美学家论美和美感》，商务印书馆 1980 年版。

35. 曹俊峰：《元美学导论》，上海人民出版社 2001 年版。

36. 曹廷华：《文艺美学》，西南师范大学出版社 1990 年版。

37. 曾繁仁、谭好哲主编：《学科定位与理论建构——文艺美学论文选》，齐鲁书社 2003 年版。

38. 陈伟：《文艺美学的理论与历史》，上海三联书店 2006 年版。

39. 程麻：《文学价值论》，人民文学出版社 1991 年版。

40. 程相占：《文心三角文艺美学：中国古代文心论的现代转化》，山东大学出版社 2002 年版。

41. 董小玉：《西方文艺美学导论》，西南师范大学出版社 1997 年版。

42. 杜书瀛：《文艺创作美学纲要》，辽宁大学出版社 1986 年版。

43. 杜书瀛主编：《文艺美学原理》，社会科学文献出版社 1992 年版。

44. 杜书瀛：《价值美学》，中国社会科学出版社 2008 年版。

45. 冯宪光等著：《全球化文化语境中的中西文艺美学比较研究》，四川出版集团巴蜀书社 2010 年版。

46. 郭绍虞主编：《中国历代文论选》，上海古籍出版社 2001 年版。

47. 郝孚逸、张居华主编：《美与艺术审美价值》，甘肃人民出版社 1989 年版。

48. 何炼成：《价值学说史》，商务印书馆 2006 年版。

49. 胡经之：《文艺美学》，北京大学出版社 1989 年版、1999 年版。

50. 胡经之：《文艺美学论》，华中师范大学出版社 2000 年版。

51. 黄海澄：《艺术价值论》，人民文学出版社 1993 年版。

52. 黄凯锋：《价值论视野中的美学》，学林出版社 2001 年版。

53. 蒋述卓、刘绍瑾主编："中国古典文艺美学的现代价值研究丛书"（包括《古今对话中的中国古典文艺美学》《通向现代的中国古典文艺美学范畴》《移动的诗学——中国古典文论现代观照的海外视野》《庄子的"古典新义"与中国美学的现代建构》），暨南大学出版社 2012—2019 年版。

54. 金元浦等著：《继承与反思——马克思主义文艺美学观念对中国当代文艺学建设

的影响》《借鉴与融汇——中国当代文艺学对西方马克思主义文艺美学观念的研究与接受》，群言出版社 2015 年版。

55. 李春青：《文学价值学引论》，云南人民出版社 1994 年版。

56. 李德顺：《价值论》，中国人民大学出版社 1987 年版。

57. 李连科：《哲学价值论》，中国人民大学出版社 1991 年版。

58. 李心峰：《元艺术学》，广西师范大学出版社 1997 年版。

59. 李咏吟：《价值论美学》，浙江大学出版社 2008 年版。

60. 李咏吟：《审美价值体验综论》，中国社会科学出版社 2009 年版。

61. 李咏吟：《思想的智慧：文艺美学体系论》，沈阳出版社 1999 年版。

62. 李咏吟：《文艺美学》，广西师范大学出版社 2007 年版。

63. 卢善庆：《台湾文艺美学研究》，东北师范大学出版社 1992 年版。

64. 陆梅林选编：《西方马克思主义美学文选》，漓江出版社 1988 年版。

65. 马龙潜主编：《文艺美学的多重复合结构——文艺美学与美学、文艺理论、艺术哲学、部门艺术美学的关系研究》，长春出版社 2010 版。

66. 敏泽、党圣元：《文学价值论》，社会科学文献出版社 1997 年版。

67. 莫其逊：《元美学引论》，广西师范大学出版社 2000 年版。

68. 皮朝纲：《中国古代文艺美学概要》，四川省社会科学院出版社 1986 年版。

69. 钱中文：《新理性精神文学论》，华中师范大学出版社 2000 年版。

70. 苏丁主编：《简明文艺美学手册》，四川文艺出版社 1988 年版。

71. 谭好哲、程相占主编：《现代视野中的文艺美学基本问题研究》，齐鲁书社 2003 年版。

72. 谭好哲：《文艺与意识形态》，山东大学出版社 1997 年版。

73. 谭好哲主编：《从古典到现代：中国文艺美学的民族性问题》，齐鲁书社 2003 年版。

74. 陶水平：《现代性视域中的文艺美学》，江西高校出版社 2008 年版。

75. 童庆炳：《文学审美特征论》，华中师范大学出版社 2000 年版。

76. 王杰、仪平策主编：《文艺美学的学科定位和发展趋势研究》，人民文学出版社 2010 年版。

77. 王梦鸥：《文艺美学》，台湾新风出版社 1971 年版、台湾远行出版社 1976 年版。

78. 王世德：《文艺美学论集》，重庆出版社 1985 年版。

79. 王向峰主编：《文艺美学辞典》，辽宁大学出版社 1987 年版。

80. 王元骧：《论美与人的生存》，浙江大学出版社 2010 年版。

81. 王元骧：《审美超越与艺术精神》，浙江大学出版社 2006 年版。

82. 王元骧：《探寻综合创造之路》，陕西师范大学出版社 2000 年版。

83. 王志敏：《元美学》，辽宁大学出版社 1988 年出版。

84. 文艺美学丛书编委会：《美学向导》，北京大学出版社 1982 年版。

85. 夏之放、孙书文主编：《文艺学元问题的多维审视》，齐鲁书社 2005 年版。

86. 夏之放：《论块垒——文学理论元问题研究》，人民出版社 2007 年版。

87. 邢建昌、姜文振：《文艺美学的现代性建构》，安徽教育出版社 2001 年版。

88. 邢建昌：《文艺美学研究》，河北人民出版社 2006 年版。

89. 杨曾宪：《审美价值系统》，人民文学出版社 1998 年版。

90. 张寅德编选：《叙述学研究》，中国社会科学出版社 1989 年版。

91. 曾繁仁主编：《文艺美学教程》，高等教育出版社 2005 年版。

92. 曾繁仁主编：《中国文艺美学学术史》，长春出版社 2010 年版。

93. 周来祥：《文学艺术的审美特征和美学规律》，贵州人民出版社 1984 年版。

94. 周来祥：《文艺美学》，人民文学出版社 2003 年版。

95. 朱狄：《当代西方美学》，人民出版社 1984 年版。

96. 朱狄：《当代西方艺术哲学》，人民出版社 1994 年版。

97. 宗白华：《美学散步》，上海人民出版社 1981 年版。

98. 宗白华：《艺境》，北京大学出版社 1999 年版。

后　记

　　本书是由我和首都师范大学王德胜教授共同主持的教育部人文社会科学重点研究基地重大项目"文艺美学元问题与文艺美学学科体系建设研究"（批准号：0675011—44008）的最终结项成果。规划本课题最初的想法是：中外学术史上每一种有影响的文艺美学理论都有自己的元问题，当代文艺美学研究也不例外。元问题涉及对文艺美学学科性质的识认，更涉及对文艺美学的逻辑起点、基本范畴、基本理论内容及其理论关系诸相关问题的设定和理解。因此，元问题属于文艺美学的基础理论研究。

　　在项目进行过程中，王德胜教授分担的研究任务主要以公开发表的大量文章呈现，我则主要分担最终结项成果的系统理论研究与整合工作。全书写作以当代元哲学和中外文艺美学的发展，尤其是中国当代文艺美学的理论探索为学术语境和思辨基础，以美学、文艺学、哲学以及当代解释学的交叉融合为方法诉求，将审美价值的生成作为艺术活动的基本属性和文艺美学研究的元问题。以此为学理建构的起点，对文艺美学元问题与文艺美学的元范畴和文艺活动的起始根源的关系、文艺美学元问题与文艺美学体系建构的关系、文艺美学元问题与文艺本性的关系、审美价值在文艺活动过程中的动态生成、文艺审美价值在文艺作品中的结构性呈现等问题做了系统论述和阐发。此外，还从元问题视域对中外文艺美学史上的一些经典性理论做了研究，力图将问题的探讨和经典理论个案的解读有机统一起来。本书在中国当代文艺美学研究界首先提出进行文艺美学元问题研究的理论主张，算是对以往多限于进行学科定位研究和学科对象研究之不足的一个突破。同时，本书还力图超越学界以文艺作品的审美特性为文艺美学研究对象的对象性、认知性思维惯性，将审美价值的生成作为元问题，从文艺活动的整体系统中阐发艺术审美价值的动态生成过程，力图实现文艺美学元问题研究的对象性与关系性的统一、认知性与建构性的统一。

全书由我提出基本理论观念并设计出总体理论构架，课题组多位成员参与写作，最后由我统一合成。全书各章的写作分工如下：

绪论，第一章，第三章，第四章第二节，第八章第一节、第四节，谭好哲（山东大学文艺美学研究中心教授）；

第二章，孙书文（山东师范大学文学院教授），其中第一节谭好哲作了增补；

第四章第一节、第三节、第四节，第五章第一节、第二节、第四节，第六章，第七章，孙媛（韶关学院文学与传媒学院教授）；

第五章第三节，谭善明（淮阴师范学院文学院教授）

第八章第二节，韩书堂（山东财经大学文学与新闻传播学院副教授）

第八章第三节，孙丽君（山东财经大学文学与新闻传播学院教授）

本书是集体努力的结果，其中孙媛教授为之付出了极大的心力，感谢诸位参与者尤其是孙媛教授。书稿于几年前就已完成并签订了出版合同，由于其他事务分心，一直拖至今日方才将书稿统合完毕提交出版社，在此谨向各位参与写作者和出版社深表歉意。

本书的部分章节已作为阶段性成果以论文形式在多种刊物上公开发表，有的论文还被多种选刊选载并获得过多种学术奖励；书稿的出版则得到教育部人文社会科学重点研究基地山东大学文艺美学研究中心基金资助，尤其是得到人民出版社和王萍编辑的大力支持。在此，也一并向有关方面的同志和朋友们致以由衷谢意！

谭好哲

2021 年 8 月 2 日